D1575112

BASTEI
LÜBBE

Über den Autor:

Alexander Ollig, aufgewachsen in Mönchengladbach, studierte neuere und ältere deutsche Literatur in Aachen. Nach dem Examen arbeitete er mehr als zwei Jahrzehnte in verschiedenen Bereichen des ZDF. Dort betreute er unter anderem die Krimireihen »Rosa Roth« und »Sperling« sowie die Serie »Die Rosenheim-Cops«, die er seit 2009 als Produzent bei der Bavaria Fernsehproduktion verantwortet. Für seine Arbeit als Redakteur wurde er zweimal mit dem Deutschen Fernsehpreis (Kategorie: Bester Fernsehfilm/Mehrteiler) ausgezeichnet. Er schrieb mehrere Boulevardkomödien für das Theater sowie einige Drehbücher fürs Fernsehen.
»Im falschen Augenblick« ist sein erster Roman.

Alexander Ollig

IM FALSCHEN AUGENBLICK

Thriller

BASTEI LÜBBE TASCHENBUCH
Band 16 355

1. Auflage: November 2009

Bastei Lübbe Taschenbücher in der Verlagsgruppe Lübbe

Originalausgabe

Copyright © 2009 by Verlagsgruppe Lübbe GmbH & Co. KG,
Bergisch Gladbach
Titelillustration: © plainpicture/Marquardt, T.
Umschlaggestaltung: Bürosüd, München
Satz: Urban SatzKonzept, Düsseldorf
Gesetzt aus der Garamond
Druck und Verarbeitung: GGP Media, Pößneck
Printed in Germany
ISBN 978-3-404-16355-7

Sie finden uns im Internet unter
www.luebbe.de
Bitte beachten Sie auch:
www.lesejury.de

Der Preis dieses Bandes versteht sich einschließlich
der gesetzlichen Mehrwertsteuer.

Es war schon lange nach sechs, die Sonne war nach einem kurzen Auftritt längst wieder hinter dunklen Regenwolken verschwunden, und nur schemenhaft konnte man wie durch einen nebligen Schleier fallender Tropfen die Fassaden der gegenüberliegenden Häuser erkennen, als Achim Kröger mit seinem Gepäck das Hotelzimmer betrat. Er stellte den kleinen Koffer auf die dafür vorgesehene Ablage und machte zunächst einmal das Licht an. Durch mehrere Lampen erhellt, strahlte ihm nun das zarte, Eleganz und Luxus vortäuschende Altrosa der Tapeten entgegen, die dem Raum einen Hauch von Gemütlichkeit und Wärme geben sollten. Achim nahm seinen Kulturbeutel aus dem Koffer heraus und betrat das kleine neben dem Eingang liegende Bad. Es ist verrückt, dass alle Hotelzimmer praktisch gleich aussehen, dachte er, während er seine Reiseutensilien auf die kleine Ablage stellte. Schmaler Eingang, Bad und Schrank links oder rechts gleich gegenüber, und anschließend der Schlafraum, in welchem neben dem Bett ein kleiner Sessel, ein Beistelltisch sowie ein schmaler Schreibtisch standen. Alles zweckmäßig, aber eintönig und langweilig. Er versuchte, sich zu erinnern, ob er in genau diesem Zimmer schon einmal übernachtet hatte, aber im Gewirr der zahllosen Zimmernummern des Hotels, dessen dazugehörige Räume ihm immer wieder ein kurzfristiges Zuhause gegeben hatten, vermochte er keine Gewissheit zu finden. Vielleicht hatte er bei den verschiedenen Aufenthalten in den letzten mehr als zehn Jahren in Hamburg schon alle Zimmer dieses Hotels bewohnt. Wahrscheinlicher war aber, dass sich eben doch alle so ähnelten, dass er hier einer Täuschung erlag. Aber im Gegensatz zu anderen Städten war er immer wieder gern in Hamburg und auch in diesem Hotel, auch wenn der eigentliche Grund dieser Reise eher unangenehm war.

Er überlegte, ob er vor seiner Verabredung noch duschen sollte, denn er fühlte sich nach der langen Autofahrt verschwitzt, beschloss aber, erst zu telefonieren, um seiner Frau zu sagen, dass er gut angekommen war. Während er die Nummer wählte, dachte er darüber nach, wie lange er solche Anrufe nicht mehr gemacht hatte. Schon vor Jahren hatte er diese Angewohnheit mehr und mehr vernachlässigt, die sie beide in den jungen Jahren ihrer Ehe so liebevoll gepflegt hatten. Aber das sollte jetzt alles anders werden.

Er wartete und hörte geduldig dem Rufzeichen zu, das gleich durch ein leises Knacken und die Stimme seiner Frau abgelöst werden würde. Er stellte sich dabei vor, wie Susanne jetzt den Wohnraum betrat und auf den kleinen Tisch am Fenster zugehen würde, auf dem das Telefon stand. Wenige Sekunden später hörte er ihre Stimme, die sich beinahe geschäftsmäßig mit ihrem Namen meldete.

»Kröger.«

»Hallo Liebes ...«, sagte Achim und glaubte zu spüren, wie sich die Gesichtszüge seiner Frau entspannten. Sie lächelte bestimmt.

»Na, Lieber, schon im Hotel?«

Er mochte es, wenn sie ihn Lieber nannte, fühlte sich damit ihrer Liebe versichert, die er vor wenigen Wochen wiedergewonnen hatte.

»Vor einer halben Stunde angekommen. Ich hatte unterwegs schon versucht, dich zu erreichen.«

»Ich war noch kurz in der Stadt.«

»Im Geschäft?«, erkundigte er sich neugierig.

»Nein, nur ein paar Besorgungen. Das Geschäft interessiert mich nur noch einmal die Woche. Samstags.«

Das war ein Bestandteil ihrer Vereinbarung, mit dem sie ihre Ehe neu besiegelt hatten. Sie würde weniger arbeiten, sich vielleicht ganz aus dem Juweliergeschäft zurückziehen, dass sie von ihrem Vater, der es schon vor Jahrzehnten zu einem der ersten der Stadt aufgebaut hatte, übernommen hatte, und er, er würde sich wieder mehr um seinen Beruf und vor allem um seine Frau kümmern und Vater werden mit aller Konsequenz und Verantwortung, die damit verbunden war. Unter sein Leben der letzten Jahre musste er, wollte er, einen Schlusspunkt setzen. Deshalb war er auch nach Hamburg gereist, dienstlich, wie so oft, um einen Opernbesuch zu erleben, über den er für eine der nächsten Sendungen einen Beitrag schreiben wollte. Das war die offizielle Version.

»Ich bewundere deine Konsequenz«, stellte Achim lobend fest, denn er hatte tatsächlich nicht gedacht, dass Susanne der schrittweise Rückzug aus dem Geschäft so leicht fallen würde.

»Ich deine auch. Du hast gestern noch lange gearbeitet. Ich habe die Noten auf dem Klavier gesehen.«

Er hatte wieder begonnen zu komponieren, wie früher. Jahrelang hatte er es unterlassen, teils weil sich der Erfolg nicht einstellen wollte, teils aus gelangweilter, frustrierter Ziellosigkeit, die sein Leben in der letzten Zeit bestimmt hatte. Er hatte begonnen, sich treiben zu lassen, beruflich wie privat, aber das sollte Geschichte sein.

»Das hätten wir uns nicht zugetraut, oder?!«

»Wir wollten neu anfangen, und das tun wir.«

So einfach war das für sie. Hatte Susanne ein Problem,

suchte sie eine Lösung, machte einen Plan, führte den durch, und das Problem war gelöst. So war sie immer. Im Geschäft wie privat. Achim bewunderte sie dafür, und Susanne wusste das.

»Wir tun es für uns.«

»Ja, für uns.« Sie hatte recht, und das war gut so. »Ich muss mich jetzt langsam auf den Weg machen. Die Oper beginnt ja schon um halb acht.«

»Don Giovanni?«

»Don Giovanni«, bestätigte Achim und freute sich, dass sie damit unterstrich, dass sie auch an seinem Leben wieder Anteil nahm.

»Schade, dass uns dieser Herr einen Strich durch einen gemütlichen Abend macht.«

»Du bist ja morgen wieder zurück.«

Ein Abend noch, dann ist es überstanden, fuhr es ihm durch den Kopf, ein Abend, und der endgültige Schlussstrich wäre unter eine Vergangenheit gezogen, auf die er sich fahrlässig eingelassen hatte und die beinahe seine Ehe zerstört hätte. Noch heute Abend, in wenigen Stunden würde der kleine Rest Unbehagen von ihm abfallen, der ihn noch von seinem Glück, von seiner kleinen entstehenden Familie trennte.

»Und wie geht es dir?«

»Achim, ich bin nicht krank, ich bin schwanger.«

Auch hier war Susanne wie immer. Sachlich und nüchtern. Andere würden sich sorgen, sich schonen und dabei schon das Kinderzimmer einrichten und die ersten Babysachen kaufen. Susanne dagegen würde sich erst in drei bis vier Monaten damit befassen. Das war ihr Plan. Bis dahin würde sie den Rückzug aus dem Berufsleben abschließen und die Leitung der Alltagsgeschäfte in andere Hände übertragen.

»Ich weiß, und?«

»Es geht mir gut.«

»Schön.« Achim war ein Gefühlsmensch. Er brauchte auch auf selbstverständliche Fragen eine Antwort. Er fühlte sich jetzt tatsächlich besser. »Wir sehen uns morgen am späteren Nachmittag, ja, so gegen sechs. Ich fahre vorher noch in den Sender.«

»Dann bis morgen. Pass auf dich auf.«

»Du auch.«

Achim wartete, bis seine Frau aufgelegt hatte. Er hätte nie zuerst aufgelegt und das Gespräch endgültig unterbrochen. Das überließ er immer den anderen.

Einen kleinen Moment zögerte er auch danach noch, schließlich legte er langsam den Hörer auf die Gabel zurück. Er schaute einen Moment in Gedanken versunken aus dem Fenster. Dann wachte er gleichsam auf, schaute auf die Uhr und ging wieder ins Bad, um zu duschen.

Das Telefonat hatte ihn abgelenkt. Jetzt holte ihn die Wirklichkeit ein, stand der Abend vor ihm, den er nicht in der Oper verbringen würde, wie er gegenüber seiner Frau und auch seinem Chef behauptet hatte, sondern in einem japanischen Restaurant, das ihm kürzlich ein Kollege empfohlen hatte. Niemand durfte davon erfahren, schoss es ihm wiederholt durch den Kopf, und er spürte, wie sich sein Puls beschleunigte. Aber wie sollte auch, widersprach er sich beruhigend, versuchte, den Gedanken daran zu vertreiben. Jetzt gab es sowieso keinen Aufschub. In einer knappen Stunde würde er Sylvia gegenübersitzen und ihr schonend beibringen müssen, dass er ihr Verhältnis beenden wollte.

Er hatte es am Telefon nicht über sich gebracht, ja es war ihm kaum gelungen, dem Gespräch einen ernsten Ton zu geben, damit seine Nachricht Sylvia nicht allzu unvorbereitet traf. Er wollte ihr nicht wehtun, denn er mochte sie immer noch. Aber er hatte sich entschieden, für seine Frau und sein Kind, das in vier Monaten geboren werden sollte.

Als Achim wenig später aus dem Aufzug trat und durch das Hotelfoyer auf die Rezeption zuging, fühlte er sich gut. Er hatte seine Gedanken geordnet, hatte sich einige Sätze zurechtgelegt, mit denen er Sylvia schonend, aber bestimmt seine Entscheidung mitteilen wollte. Sicher keine alltägliche Situation, aber auch kein Drama, schließlich hatte ihre Beziehung nie eine Zukunft gehabt, war für beide nur ein kurzweiliges Vergnügen, wenn er in der Stadt war. Bei aller Sympathie, die er für sie und sie sicher auch für ihn empfand, ging es doch eigentlich nur um Sex als lustvollen Abschluss eines amüsanten Abends. Die letzten Monate war es so gewesen, zehn vielleicht zwölf Mal hatten sie miteinander gemeinsame Abende und Nächte verbracht. Es war eine schöne Zeit, und die war eben nun zu Ende.

»Guten Abend, Herr Kröger, schön, dass Sie wieder einmal bei uns sind. Kann ich irgendetwas für Sie tun?«

Achim Kröger war in diesem Hotel kein Unbekannter. Seit er beim Hörfunk in der Klassikabteilung arbeitete und regelmäßig zu allen interessanten Operninszenierungen reiste, hatte er sich angewöhnt, in den Städten, die er oft besuchte, immer in denselben Hotels abzusteigen, hatte also so in verschiedenen Städten eine Art zweites Zuhause, in dem er sich nicht unpersönlich abgefertigt, sondern wohlwollend aufgehoben fühlte.

»Danke, alles ist bestens.«

»Ihre Gattin ist auch schon da.«

Achim zuckte innerlich leicht zusammen und schaute

irritiert den Portier an. Wen meinte er mit Gattin? Es konnte nur eine Verwechslung sein. Aber der Portier deutete auf die Sitzgruppe hinter seinem Rücken, und als Achim sich umdrehte, sah er dort in einem der schweren Sessel Sylvia sitzen, die ihm freundlich zulächelte, aufstand und mit der Einkaufstüte einer edlen Boutique in Richtung Rezeption kam. Wie kam Sylvia hierher? Was hatte sie sich dabei gedacht, sich als seine Gattin auszugeben? Achim war fassungslos und starrte Sylvia an, die wie selbstverständlich auf ihn zukam. Auch wenn er erschrocken war, sie hier zu sehen, musste er zugeben, dass Sylvia hinreißend aussah. Sie trug ein schwarzes enganliegendes Kleid, dessen tiefer Ausschnitt einen atemberaubenden Blick auf ihr Dekolleté zuließ. Er konnte sich ihrer Faszination für einen Augenblick nicht entziehen, und er wusste, dass sie das spürte. Mit einem charmanten Lächeln sah sie ihn an, und in ihren Augen lagen alle Versprechen, die sie zu geben hatte. Als sie ihn erreichte, begrüßte sie ihn mit einem zu zarten Kuss auf die Wange, der mehr war als eine Begrüßung unter Partnern und der ihm vor dem Portier beinahe peinlich war.

»Ich war etwas früher fertig, und da dachte ich, ich hole dich einfach ab, und wir fahren gemeinsam«, erklärte sie mit sanfter Stimme, schaute Achim noch einen Moment in die Augen, bevor sie sich an den Portier wandte, der auffällig diensteifrig beschäftigt die Situation dennoch beobachtete.

»War im Da Salvo noch ein Tisch frei?«, fragte Sylvia den Portier.

»Sie hatten Glück. Ich habe gleich nachgefragt, nachdem Sie mich angerufen hatten. Im Lô Sushi abbestellt und im Da Salvo reserviert. Um halb neun ein Tisch für zwei Personen. In genau fünfzehn Minuten.«

»Hab ich für uns reserviert. Immer japanisch ... ich dachte, mal was anderes. Ist dir doch recht?«

»Ja, sicher«, brachte Achim unsicher hervor. Was sollte das? Achim hatte immer darauf geachtet, dass er im Hotel als alleinreisender Gast galt, damit, falls seine Frau oder jemand aus dem Sender anrufen sollte, kein Verdacht auf ihn fallen konnte. Mit einer Geliebten in der Stadt würden seine Reisen ein ganz anderes Gesicht bekommen, und den dann entstehenden Ärger wollte er unbedingt vermeiden.

»Wunderbar. Ich habe dir nicht zu viel versprochen. Du wirst es sehen.«

Nichts, nichts hatte sie gesagt. Er kannte natürlich dieses Da Salvo, denn in dem Lokal hatten Sylvia und er das erste Mal miteinander gegessen, und es war kaum anzunehmen, dass sie ohne Grund in dieses Restaurant umgewechselt war. Er erinnerte sich, dass Sylvia einmal dieses Da Salvo als »unser« Lokal bezeichnet hatte.

»Danke«, sagte Achim knapp zu dem Portier. Er wollte die Situation beenden, jetzt bloß nicht noch einen kleinen Schwatz, bei dem Sylvia was auch immer zum Besten geben würde. Mit sanfter Gewalt zog er Sylvia von der Rezeption weg.

»Dann wünsche ich einen schönen Abend«, hörte er im Hintergrund die Stimme des Portiers, aus der er nun einen leichten Unterton herauszuhören glaubte, was natürlich jeder Grundlage entbehrte.

Sylvia drehte sich im Weggehen noch einmal um, um dem Portier für seinen Wunsch zu danken, aber Achim zog sie unauffällig weiter, wobei sie seine Nähe nutzte, um sich an ihn zu schmiegen.

Gemeinsam gingen sie in Richtung Fahrstuhl.

»Musste das sein, dich beim Portier als meine Frau auszugeben?«, warf er ihr vor, wobei er bemüht war, seine Stimme unter Kontrolle zu halten, um kein Aufsehen zu erregen.

»Es war eine dumme Idee, sei mir nicht böse«, sagte Sylvia und lehnte ihren Kopf gegen seine Schulter. »Ich habe mich doch so auf dich gefreut.«

Sie hat den zurückhaltenden Ton meines Anrufs nicht bemerkt, fuhr es ihm durch den Kopf. Oder sie hatte ihn bewusst ignoriert, aber das glaubte er nicht. Er musste trotz der überraschenden Situation versuchen, eine Distanz zwischen ihnen aufzubauen, die das anschließende Gespräch erleichtern würde.

»Wir wollten uns nicht gegenseitig unter Druck setzen«, versuchte Achim, seine gereizte Stimmung zu beruhigen.

»Verzeih mir.«

In dem Moment kam ein Aufzug. Die Türen öffneten sich, und ein anderer Hotelgast trat heraus und ging an ihnen vorbei in die Hotelhalle. Achim wollte Sylvia den Vortritt lassen, aber offenbar hatte Sylvia sich anders entschieden.

»Ich fahre rasch nach Hause und ziehe mich um. Wir treffen uns dann im Da Salvo.«

Achim war verblüfft.

»Sollen wir nicht zusammen ...«

»Ich bin mit dem Auto da. Zum Da Salvo nehme ich mir dann ein Taxi. Bis du da einen Parkplatz gefunden hast, bin ich bestimmt auch da. Es ist in der Großen Bleiche. Ich beeile mich.«

»Sylvia ...«

»Der Aufzug wartet.« Sie küsste ihn rasch und hauchte ihm ein vielsagendes »Bis gleich« zu, bevor sie mit raschen Schritten durch das Foyer auf den Ausgang zu eilte.

Achim sah ihr nach, verblüfft, dass sie ihn einfach stehen gelassen hatte, aber er spürte, dass er es genoss, die Bewegungen ihres Körpers zu verfolgen, bis er merkte, dass auch der Portier mit seinem Blick Sylvia folgte, um ihm dann mit leicht anerkennender Miene zuzulächeln. Ein typischer Männerblick, fuhr es Achim durch den Kopf, wobei es ihn störte, dass der andere die Ehefrau eines Gastes mit solcher Mine betrachtete.

Auch wenn es nicht die Ehefrau war, war es eine Frechheit.

Achim ärgerte sich, dass der Portier sie beide beobachtet hatte. Und als er sich losriss und in den Aufzug steigen wollte, stieß er mit der Tür zusammen, die sich inzwischen automatisch wieder schloss.

Erneut drückte er den Knopf. Mit einem hellen Klang öffnete sich die Aufzugtür wieder, und Achim stieg, auch von diesem Missgeschick beschämt, ein und sah zwischen den sich schließenden Türen, dass der Portier sich wieder seiner Arbeit zugewandt hatte.

Im Aufzug wurde Achim bewusst, dass Sylvia nichts von ihrer Faszination eingebüßt hatte, aber er durfte jetzt nicht schwach werden. Er musste an Susanne denken und schüttelte den Kopf, gleichsam, um wieder zur Besinnung zu kommen.

Dann würde also das Da Salvo der Ort der Wahrheit. Das würde die Sache natürlich nicht leichter machen. Hier hatten sie an ihrem ersten Abend gegessen, bevor sie später in Sylvias Appartement gelandet waren. Es war Achim natürlich nicht gleichgültig, denn er hätte die etwas nüchterne Atmosphäre des japanischen Restaurants vorgezogen. Es sollte schließlich kein netter Abend werden, und er dachte, dass ihm die Kühle des Japaners die Mitteilung seiner Entscheidung im Gegensatz zu »ihrem« Lokal erleichtert hätte.

Als die Aufzugtür sich zwei Etagen tiefer wieder öffnete, schlug Achim die typische kalte, nach Abgasen und Öl oder Benzin riechende Luft der Tiefgarage entgegen. Dass alle Hotels ihren Gästen solche schlecht gelüfteten, kalten Garagen zumuteten, die so gar nicht zur behaupteten Eleganz des Foyers oder zur Funktionalität der Zimmer passen wollten, schoss es Achim durch den Kopf, als er die schwere Eisentür zur Parkgarage öffnete. Er war erst wenige Schritte in Richtung seines Wagens gegangen, als ein Knall ertönte, der sich wie ein Schuss anhörte. Achim erschrak, blieb kurz stehen und schaute sich um, um zu sehen, was passiert war. Er ging einige Schritte, als er zwischen den Betonsäulen einen Mann in einem hellen Regenmantel sah, der in einiger Entfernung einen schweren Gegenstand zu einer Limousine schleifte, die mit offenem Kofferraum vor einer der Parkbuchten stand.

In dem Moment ertönte hinter Achim ein lautes Krachen, das ihn herumfahren ließ. Achim spürte, wie sein Herz klopfte. Es war nichts. Nur die schwere Eisentür war hinter ihm ins Schloss gefallen. Nach den beiden lauten Geräuschen herrschte nun eine bleierne Stille. Achim drehte sich wieder um und sah, dass der Fremde zu ihm schaute. Einen kurzen Moment sahen sich beide Männer an. In der leeren Tiefgarage meinte Achim den Atem des anderen zu hören, der wie heller Nebel in die kalte Luft verströmte. Ohne den Blick von Achim zu wenden, ließ der Fremde langsam den Gegenstand auf den Boden sinken, dann näherte er sich mit vorsichtigen Schritten, wobei er sich nach allen Seiten umschaute, ob noch andere Personen in der Tiefgarage des Hotels waren. Mehr als dass er es auf die Entfernung von mehr als zwanzig Metern erkennen konnte, glaubte Achim, die sich nähernden, knirschenden Schritte des anderen zu hören.

Achim war die Situation unheimlich, und als es unübersehbar war, dass der Fremde auf ihn zukam, rannte er die wenigen Schritte zurück zur Eisentür, riss sie mit aller Kraft auf und verschwand dahinter.

Nun stand er vor drei geschlossenen Aufzugtüren, drückte in wilder Hast auf die Bedienungsknöpfe und schaute angstvoll auf die Eisentür, die ihn von dem Fremden trennte. Nach wenigen, für Achim endlosen Sekunden erreichte mit hellem Glockenschlag ein Aufzug die Ebene der Parkgarage. Achim wollte gleich hineinstürzen, aber ihm standen drei Personen in der sich öffnenden Kabine gegenüber, die ihn verwundert in seiner Hast und Angst ansahen. Er trat einen Schritt zurück, um die drei aussteigen zu lassen, stieg in den Aufzug, aber die Anwesenheit der anderen beruhigte ihn. Zudem war ihm klar, dass diese Leute ihm eine Chance boten, mit ihnen sein Auto zu erreichen und die Parkgarage zu verlassen. Später wäre er wieder allein dort, und wer wusste, ob der Fremde dann nicht noch da war. Also stieg Achim rasch wieder aus dem Fahrstuhl und schlüpfte durch die langsam zufallende Tür hinter den anderen her in die Tiefgarage.

Wenige Schritte vor sich sah er die drei anderen auf einen Wagen zu gehen, der in einer nahen Parkbucht abgestellt war. Achim nutzte die Gelegenheit und eilte zu seinem Wagen, der ein wenig abseits stand, als ihn das Geräusch eines startenden Motors zusammenfahren ließ. Sofort erkannte er, dass es sich um den Wagen des Fremden handelte, der nun langsam anfuhr und zwischen den Säulen in Richtung Ausfahrt rollte. Achim duckte sich, um den Wagen besser sehen zu können. Er konnte in gehockter Haltung durch die Scheiben der Autos das Kennzeichen der silbergrauen Limousine erkennen, sah die Umrisse des hellen Mantels, der über der Sitzlehne hervorschaute, das Gesicht des Fahrers jedoch lag im Schatten, sodass er nur die vage Silhouette eines Mannes erahnte.

Sekunden später war der Wagen in der Ausfahrt verschwunden.

Achim schaute dem Wagen noch einen Moment nach, erkannte das Kennzeichen. Es war eine Hamburger Nummer. HH–NA 627. Das Kennzeichen sagte ihm natürlich nichts, aber er sagte es sich halblaut vor, weil er es sich merken wollte. HH–NA 627. Dann ging er zu seinem Wagen und stieg ein. Als er auf dem Fahrersitz saß, spürte er, wie sein Pulsschlag sich allmählich normalisierte und wie die Anspannung von ihm abfiel. Im Augenwinkel sah er den Wagen der drei anderen Personen, die ihn mit ihrer Anwesenheit geschützt hatten, an sich vorbeifahren, erschrak kurz vor der Vorstellung, alleine in der Tiefgarage zurückzubleiben, und für einen kurzen Moment blitzte in seinem Kopf die Gefahr auf, dass der Unbekannte in der silbergrauen Limousine zurückkommen könnte. Mit einem schnellen Dreh des Schlüssels startete er den Motor und fuhr wenig später hinter dem anderen Wagen aus der Tiefgarage, um sich in den abendlichen Verkehr einzureihen.

Aber er fuhr nicht gleich weiter. Einen Moment blieb er in der Ausfahrt der Tiefgarage stehen und beobachtete auf der vierspurigen Straße den vorbeifahrenden Verkehr. Nichts Auffälliges war zu sehen. Die Wagen fuhren mit leuchtenden Scheinwerfern in der abendlichen Dämmerung an ihm vorbei, ohne Notiz von ihm zu nehmen. Achims Blick fiel auf einige Wagen, die seitlich in einer der Parkbuchten neben dem Hotel standen. Keine Person war hinter dem Steuer eines der Wagen zu erkennen. Achim fuhr einen halben Meter vor, sodass er mit der Stoßstange seines Wagen schon fast in die Fahrbahn ragte. Einige Wagen hupten, aber das störte ihn nicht, denn aus dieser Position konnte er seitlich an den Wagen vorbeischauen und so dank der Straßenbeleuchtung die Lackierung der Wagen sehen. Nur der mittlere Wagen war silbergrau. Achim beobachtete den Wagen, war sich aber nicht sicher, ob es der Wagen aus der Tiefgarage war. Es gibt Tausende silbergraue Autos in der Stadt, beruhigte er sich. Zudem schien der Wagen etwas kürzer, sicher war es nur ein ähnliches Modell. Aber als er scheinbar beruhigt den Gang einlegte und losfuhr, sah er im Augenwinkel, wie die Scheinwerfer des silbergrauen Wagens aufleuchteten. Achims Herz raste, er schaute gebannt in den Rückspiegel, während er sich weiter von der Hotelausfahrt entfernte. Er meinte in wachsender Entfernung zu sehen, dass der andere Wagen aus der Parklücke fuhr, als ihn ein wildes Hupen aus seiner Beobachtung riss. Im letzten Moment gelang es ihm, das Steuer nach rechts herumzureißen, um einem entgegen-kommenden Lastwagen auszuweichen, auf dessen Spur er geraten war.

Er fuhr noch einige Meter weiter, bremste und schaltete dabei das Warnblinklicht an und brachte den Wagen am Stra-ßenrand zum Stehen. Hinter ihm setzte erneutes Hupen ein, da er eine der beiden Fahrspuren blockierte. Aber Achim ließ sich nicht irritieren. Gebannt sah er in den Rückspiegel, ver-suchte bereits beim Blick in die kleine spiegelnde Fläche die herannahenden Autos zu identifizieren, um dann mit einem raschen Blick nach vorne seine Einschätzung bestätigt zu sehen, ob er sich in Farbe und Wagentyp nicht geirrt hatte. Wagen nach Wagen fuhr an ihm vorbei, aber selbst als er Minuten gewartet hatte und die Straße hinter ihm durch die Ampelschaltung einige hundert Meter zurück den nachfol-genden Verkehr aufhielt, war der silbergraue Wagen nicht an ihm vorbeigefahren. Er drehte sich um. Die Straße hinter ihm war bis zur weit entfernt liegenden Ampel leer. Hatte er sich getäuscht? Er glaubte nicht, aber es war ihm auch keine Einfahrt aufgefallen, in die der andere hätte abbiegen, verschwinden können. Aber es war nichts zu sehen. Ein Auto konnte sich doch nicht in Luft auflösen, konnte doch nicht plötzlich ... Ruhig, ganz ruhig, rief er sich selbst zur Vernunft. Vielleicht war er einfach nervös, sicher lag ihm das Gespräch mit Sylvia im Magen, dann der Schuss und die Geräusche in der Tiefgarage, die sicher nichts zu bedeuten, ihn aber erschrocken hatten. Er musste Vernunft bewahren, sich nicht durch alltägliche Nebensächlichkeiten täuschen lassen.

Achim wartete noch einen Moment, dann legte er den ersten Gang ein, schaltete die Warnblinkanlage aus und fuhr los. Die Straße vor ihm war frei, und auch hinter ihm war kein silbergrauer Wagen zu sehen.

Das Da Salvo lag in einer eleganten Nebenstraße, in der außer dem Restaurant vor allem Juweliere und noble Designerläden lagen. Achim fand erst einen Parkplatz, nachdem er mehrmals um den Block gefahren war, und der Parkplatz war auch mehr eine breite Ausfahrt, an deren Rand er sich mit dem Wagen zwischen zwei Begrenzungspfosten zwängte. Eigentlich liebte Achim es nicht, den Wagen an solchen Stellen abzustellen, aber er wollte Sylvia nicht noch länger warten lassen. Er legte deshalb die etwa zweihundert Meter bis zum Da Salvo fast im Laufschritt zurück und war ein wenig außer Atem, als er das Restaurant betrat, in dem sich sofort ein eifriger Kellner seiner annahm.

»Sie hatten reserviert?« Die Frage kam in jenem unnachahmlichen Gemisch aus Deutsch und italienischem Dialekt, und war in einem Tonfall gestellt, der im Falle einer fehlenden Reservierung wenig Aussicht auf einen freien Platz versprach.

»Sicher, für zwei Personen.«

Achim hatte Sylvia schon entdeckt. Sie winkte dezent, und Achim erwiderte ihren Blick mit einem kurzen Nicken. Der Kellner folgte Achims Blick.

»Sie werden schon erwartet? Ich gehe voraus.«

Das Da Salvo war ein schönes Restaurant im typischen Stil nobler italienischer Restaurants, in denen jeder Stammgast mit Handschlag und der Anrede »Dottore« begrüßt wurde, in dem ein kurzes Gespräch, als sei man seit Jahren befreundet, zum Umgangston gehörte, und in dem die Rechnung mit diskretem Bedauern auf den Tisch gelegt wurde, da dies unter Freunden eher unangebracht war. In dem geschmackvoll wirkenden Raum standen zwölf Tische, von denen etwa die Hälfte mit zwei bis vier Personen besetzt waren. Es herrschte eine elegante Ruhe, in der sich die wenigen Gäste leise unterhielten.

Achim folgte dem Kellner zu dem Tisch, an dem Sylvia mit Blick in das Lokal saß. Er gab dem Kellner seinen Mantel und wollte sich Sylvia gegenüber setzen.

»Hallo Achim.« Sylvia strahlte ihn an. Sie sah blendend aus, das musste er zugeben, und er verstand sofort, warum sie ihm damals aufgefallen war. Sie beugte sich ihm entgegen, zog ihn zu sich herunter. Achim fühlte sich überrumpelt und gab nach, um sie und sich nicht vor dem Kellner in Verlegenheit zu bringen. Sie küsste ihn kurz, aber zärtlich auf die Wange, eine dezente Begrüßung unter Freunden, die Achim geschehen ließ.

»Na, habe ich mich beeilt?«

Sylvia war blendender Laune und hatte sich trotz der Kürze der Zeit noch einmal umgezogen. In diesen Dingen überraschte sie ihn immer wieder, wie viel Wert sie darauf legte, in allen Situationen verführerisch auszusehen, auch wenn ihr meist der letzte Schliff klassischer weiblicher Eleganz fehlte. Nicht dass sie keine Klasse hätte, aber sie hielt keinen Vergleich mit Susanne stand. Susanne, das war das Leben zu Hause, bald das Leben einer kleinen Familie, die den Alltag bestehen und genießen konnte. Sylvia dagegen war ein Feuerwerk: bunt, schillernd, kurzlebig. Achim nickte nur unkonzentriert auf ihre Frage, denn er wollte erst gar keine versöhnliche Stimmung aufkommen lassen, was Sylvia aber nicht zu spüren schien. Sie sah ihn strahlend an, obwohl er sich eher plump auf den Stuhl fallen ließ und sie nichts sagend ansah. Er musste erst ein wenig seine Gedanken sortieren, überlegen, wie er das Gespräch beginnen sollte.

»Ich bin auch erst gerade gekommen«, sagte sie gut gelaunt, als wäre diese zufällige Gemeinsamkeit eine gute Nachricht. »Und? ... Ist doch netter hier, oder?«

»Doch, ja, entschuldige.«

»Ist etwas passiert?«, fragte sie ihn, da sie spürte, dass irgendetwas nicht stimmte.

In dem Moment trat der Kellner an den Tisch und brachte zwei Gläser Champagner, die er mit galanter Geste vor ihnen platzierte.

»Ein Gruß des Hauses«, sagte er mit sachlich klingender Stimme, aber Achim meinte ein winziges Zwinkern in seinen Augen zu bemerken, das Ausdruck einer Absprache sein konnte. Wo gab es schon Champagner als Gruß des Hauses, zumal wenn man kein ausgesprochener Stammkunde war. Aber ehe er den Gedanken weiterverfolgen konnte, hörte er Sylvias Stimme.

»Auf einen netten Abend?«

»Sylvia...«, setzte er an, als er den Kellner neben sich spürte, der sich zwar diskret, aber spürbar auf Hörweite genähert hatte.

»Zum Wohl«, sagte Achim in die Enge getrieben, und kaum hatten sie getrunken und die Gläser abgestellt, hielt der Ober Sylvia bereits die Karte hin, die sie lächelnd von ihm entgegennahm. Achim nahm ebenfalls die Speisekarte, und nickte kurz dankend dem Kellner zu. Er schlug die Karte auf. Der erste Moment war verpatzt. Und jetzt das Thema anzuschneiden wagte er nicht, da in wenigen Minuten der Ober wiederkommen würde, um die Bestellung aufzunehmen, und er wollte keine Unterbrechung, er wollte es ihr mit Anstand erklären, nicht sie unter ständigen Störungen abspeisen. Aber er konnte sich nicht auf die Gerichte in der Karte konzentrieren, zu nebensächlich war, was er in der nächsten Stunde essen würde. Er musste es hinter sich bringen, heute. Sein Blick glitt hoch, er sah kurz Sylvia an, die in die Karte vertieft war, und schaute auf die große Glasfront des Restaurants, auf der in geschwungenen Goldbuchstaben Da Salvo stand. Er starrte einen Augenblick auf den Schriftzug, als er plötzlich neben der Schrift schemenhaft eine Gestalt erblickte. Er sah für Sekunden einen Mann, der offenbar einen suchenden Blick in das Restaurant warf. Nur einen kurzen Moment, dann war der Mann wieder verschwunden. Das Einzige, was Achim wirklich erkannt hatte, war die helle Farbe eines Regenmantels. Es ging alles viel zu rasch, als dass Achim hätte Sylvia darauf aufmerksam machen können. Und was hätte er ihr sagen sollen? Da schaut gerade ein Mann in das Lokal, dreh dich schnell um, damit du ihn auch siehst. Ich habe ihn in der Tiefgarage... Nein, das ging nicht. Außerdem war der Mann verschwunden, ehe Achim ihn richtig erkennen konnte. Aber der kurze Augenblick reichte, um Achim die Bilder aus der Tiefgarage des Hotels wieder lebendig werden zu lassen. War ihm der silbergraue Wagen vielleicht doch gefolgt? Was sollte das bedeuten? Oder hatte er sich einfach nur geirrt?

Mit einem leichten Räuspern machte der Kellner auf sich aufmerksam. Offenbar hielt er Achim bereits ein paar Sekunden die Weinkarte hin, zog sie aber zurück, denn er hatte das Gefühl, dass Achim es nicht bemerkt hatte.

»Sie haben gewählt, oder benötigen Sie noch einen Augenblick?«

Achim, aus seinen Gedanken gerissen, schaute kurz in die Karte und entschied schnell.

»Ich nehme die Spaghettini mit weißem Trüffel«, sagte er überstürzt, als er merkte, dass der Ober Sylvia mit seiner Frage gemeint hatte.

»Das ist ein guter Vorschlag, das nehme ich auch«, sagte Sylvia, und als hätten sie bereits darüber gesprochen, fügte sie hinzu: »Und ich nehme zuvor das Lachstatar.«

»Eine gute Wahl, also zweimal das Lachstatar und als Primo zweimal die Trüffelspaghettini?«

Achim sackte innerlich zusammen, denn er wusste, dass sein Plan dahin war. Es würde kein kurzes Essen geben, keine sachliche, traurige Aussprache und das Aus. Natürlich konnte er sich unmöglich benehmen, es bei seiner Bestellung belassen und Sylvia brüskieren. Andere würden das machen, fuhr es ihm durch den Kopf, aber ihm waren solche peinlichen Auftritte zuwider. Aber wie konnte er den Abend durchstehen? Smalltalk bis zum Dessert und die schlechte Nachricht zum Kaffee? Es war verfahren, er hätte sich nie auf diesen Abend, nie auf dieses Restaurant, auf dieses Treffen einlassen dürfen. Aber wie hätte er es sonst ... Er hätte sich nie auf dieses Verhältnis einlassen dürfen. Das war sein Fehler, wurde ihm schlagartig klar. Aber was nutzte diese Einsicht?

»Ich wollte eigentlich nur ...«, setzte Achim zu zaghaft an, als Sylvia ihn unterbrach.

»Und als Zwischengericht das Basilikumsorbet.«

Basilikumsorbet? Das hatte Achim gar nicht gelesen, aber es hörte sich gut an. Er hatte so etwas noch nie gegessen, ja noch nicht einmal davon gehört, dass es so etwas gab.

»Oh, es ist wunderbar«, hörte er die Stimme des Obers neben sich.

»Da schließe ich mich gleich an«, sagte er rasch, zu rasch, und einen Moment später ärgerte er sich über sich selbst.

»Und als Secundo empfehle ich Ihnen den Loup de Mer mit Vanille-Knoblauchbutter, ein kulinarisches Gedicht«, fügte der Ober beinahe schwärmend hinzu.

Sylvia strahlte ihn erwartungsvoll an. Was blieb ihm jetzt noch übrig?

Achim nickte, sich in sein Schicksal ergebend.

»Sie werden es nicht bereuen«, schwärmte der Ober neben ihm. »Ich schlage vor: einen Di Gavi zur Vorspeise?«

»Gern«, strahlte Sylvia, und Achim nickte erneut, damit der Kellner sie endlich allein ließ.

»Was ist denn mit dir los?«, wollte Sylvia wissen, als sie einen Moment später ungestört waren. »Du wirkst angespannt.«

Natürlich wirke ich angespannt, dachte Achim.

»Nun erzähl doch.« Sylvia legte ihre Hand auf die seine. »Du siehst ganz blass aus.«

»Ich habe ein Verbrechen beobachtet«, brachte er knapp hervor.

»Bitte?«

»Ja, es klingt verrückt, aber ich habe zufällig gesehen, wie ein Mann jemanden erschossen hat. Also nicht gesehen, eher gehört.«

»Wie hört man so etwas?«

»Das ist nicht lustig. Ich habe einen Schuss gehört und dann einen Mann gesehen, der etwas zum Auto schleppte. Eine Leiche, was weiß ich?«

Achim verspürte eigentlich keine Lust, die Geschichte zu erzählen. Er wollte kein langes Gespräch, denn er wusste, dass es später immer schwieriger würde, das Gespräch wieder auf den eigentlichen Grund ihres Treffens zu bringen, nämlich dass er ihre Beziehung beenden wollte. Aber die Bilder wirbelten in seinem Kopf durcheinander, er musste sie sortieren, sich ihrer versichern, damit er sich darüber klar wurde, was eigentlich geschehen war. Was hatte er gesehen? Und mehr noch, bestand eine Gefahr für ihn? Der silbergraue Wagen, der plötzlich verschwunden war. Und jetzt der Mann im Regenmantel an der Scheibe des Restaurants.

»Hast du die Polizei gerufen?«

»Ich mit meiner Gattin in Hamburg?«, fragte er Sylvia mit ironischem Unterton. »Nein. Ich bin mir ja auch nicht sicher. Es ging alles so schnell. Und dann war es ja auch dunkel.«

»Wo ist es denn passiert?«

»In der Tiefgarage des Hotels. Als ich da reinkam, hörte ich einen Knall, wie ein Schuss, und dann habe ich gesehen, wie ein Mann etwas Schweres zu seinem Wagen schleppte.«

»Eine Leiche?«

Sylvia schien seiner Geschichte wenig Glauben zu schenken.

»So sah es aus.«

»Und du bist sicher, dass es ein Schuss war?«

Mit leisen Schritten war der Kellner an ihren Tisch herangetreten und hielt Achim eine Weinflasche hin.

»Ein Gavi di Gavi, 2006.«

Achim schaute kurz auf das Etikett der Flasche und nickte zustimmend.

Der Kellner zog sich für einen Moment zurück, um auf einem kleinen Beistelltisch die Flasche zu öffnen, aber im gleichen Moment kam eine andere Bedienung und stellte mit galanter Geste die passenden Weißweingläser vor Sylvia und Achim auf den Tisch.

Mit einem »Bitte sehr« verschwand der Kellner, aber es dauerte nur Sekunden, bis Achim den Flaschenhals über seinem Glas sah, aus dem eine kleine Neige in das Glas floss. Ein wenig steif bezog der Ober einen Schritt neben ihm seinen Platz, Achims Probierschluck und die Zustimmung zur Wahl abwartend.

»Wunderbar«, sagte Achim eine Spur zu lustlos, aber der Ober ließ sich nichts anmerken.

»Er wird Ihnen auch munden, gnädige Frau.«

»Sicher«, rutschte es Achim heraus.

Sekunden später war in beide Gläser der Wein eingeschenkt und der Ober verschwunden.

»Wird das der Ton des heutigen Abends?«, fragte Sylvia.

»Nein, entschuldige. Ich bin nur etwas … Musstest du dich als meine Frau ausgeben?«

Achim wusste nicht, wie er das Gespräch fortsetzen sollte. Wieder zurück zu den Erlebnissen in der Tiefgarage? Sie schien seiner Schilderung keinen Glauben zu schenken. Was würde sie erst zu dem Mann sagen, der suchend in das Restaurant geschaut hatte? Und jetzt das Gespräch auf sie beide lenken, ihre Beziehung und dem von ihm beschlossenen Ende. Er schaute sie ratlos an.

Sylvia dagegen erwiderte mitfühlend seinen Blick.

»Eine Fehlzündung im Parkhaus und ein Gast mit schwerem Gepäck. Ich hoffe trotzdem auf einen gemütlichen Abend.«

»Vielleicht hast du ja recht.«

Sie hob aufmunternd ihr Glas, um mit Achim anzustoßen.

»Es war dumm von mir ... das beim Portier. Auf uns?«

Achim schaute Sylvia an und wusste genau, dass er jetzt etwas sagen müsste, aber in dem Moment sah er in der Spiegelung der Glasscheibe hinter Sylvia, dass sich der Kellner mit einem Tablett dem Tisch näherte und aus Höflichkeit, den innigen Moment des Anstoßens nicht zu stören, zwei Schritte Abstand hielt. Ein leichtes Zögern war in Achims Bewegung zu spüren, aber als er in der Scheibe das einverständige, beinahe aufmunternde Lächeln des Kellners sah, sagte er einfach, was zu sagen war, um die Situation nicht noch untragbarer zu machen.

»Auf uns.«

Achim hob das Glas, und beide tranken; und während Achim die kühle Flüssigkeit erfrischend fruchtig durch seine Kehle rinnen fühlte, lächelte der Kellner, als habe er gerade einer großen Versöhnung beigewohnt.

»Ein Gruß aus der Küche, geeiste Krebsschwänze auf einer Senfvinaigrette mit mariniertem Blattspinat. Viel Vergnügen.«

Sie waren wieder unter sich. Achim schaute auf das kleine Amuse-Bouche, eine Winzigkeit, die sicher mit viel Mühe zubereitet war. Sylvia kostete zuerst.

»Das musst du probieren, es ist phantastisch«, sagte sie

mit träumerischer Stimme, als sie ihr Lieblingsgericht probiert hatte. Achim aß mit wenigen Gabelstichen die Krebsschwänze und den Rest. Er musste zugeben, dass es recht gut schmeckte, auch wenn es ihn ärgerte.

»Ja, nicht schlecht«, sagte er nur und nahm einen großen Schluck aus seinem Champagnerglas, das noch neben dem Weinglas stand.

»Und jetzt vergiss den Knall im Parkhaus, ich muss dir erzählen, was letzte Woche bei uns los war«, begann sie eifrig, und dann erzählte sie von der Arbeit in der Agentur.

Sylvia arbeitete in einer Werbeagentur und wusste immer Neuigkeiten aus ihrer Arbeitswelt zu berichten. Nicht dass Achim die Werbebranche besonders interessiert hätte, aber sie wusste bildreich zu erzählen, von Terminen, Aufträgen, von Leuten, mit denen sie es zu tun hatte, und sie brachte ihn so mit einer Welt in Kontakt, die wie ein buntes Konfekt für ihn war, das ihn für eine gewisse Zeit bezauberte. Diese Welt war oberflächlich, einem albernen Zeitgeist verfallen und äußerst kurzlebig, aber sie war abwechslungsreich und lebendig, sie war schillernd und bunt und erinnerte ihn an eine turbulente Kinderparty, deren Beteiligte ihr Treiben Arbeit nannten. Sie nannte Namen von Personen, die er teilweise aus der Zeitung kannte, wenn sie bei kulturellen oder politischen Festen als unterhaltendes Beiwerk den Abenden einen schrillen Farbakzent verliehen. Dort nahm sie niemand ernst, aber in Sylvias Arbeitswelt waren diese Stars und Sternchen wichtig, drehte sich alles um sie, und davon konnte Sylvia schillernd und abwechslungsreich erzählen.

Bald kam die Vorspeise und dann das Primo mit den weißen Trüffeln, zu dem der Wein gewechselt wurde, und allmählich wurde Achim entspannter, schob das ernste Thema des Abends vor sich her und fand mehr und mehr Gefallen an Sylvias Plaudereien. Bald hörte er nicht nur schweigend zu, sondern fragte nach, beteiligte sich, und als das Zwischengericht kam, war das Eis zwischen ihnen gebrochen.

Das Basilikumsorbet war wunderbar. Es schmeckte leicht, beinahe luftig, und neben dem klaren, reinen Basilikumgeschmack war nichts von der Öligkeit und der Bitternis bei zu großer Konzentration der Blätter zu spüren. Die löffelförmige, längliche, grüne Sorbetkugel thronte auf einem verfeinerten Joghurtspiegel, was dem Sorbet eine zusätzliche, zart säuerliche Note verlieh. Achim genoss das Essen von Gang zu Gang mehr, und noch vor dem Secundo ging er auf Sylvias Flirtversuche ein und genoss es, mit dieser hübschen Frau zusammen zu sein.

Ein Lächeln, kleine Komplimente, beinahe schüchterne Berührungen über den Tisch hinweg, die immer einen Augenblick länger als zufällige Berührungen dauerten und bald die Bedeutung kleiner Versprechen gewannen.

Als der Ober fragte, ob er noch eine weitere Flasche Wein öffnen sollte, stimmte Sylvia für ihn zu.

»Wir nehmen ein Taxi«, sagte sie schlicht zu ihm, und er stimmte wortlos zu, was für beide den weiteren Abend in immer klareren Formen aufscheinen ließ.

Er wusste, dass er sich falsch verhielt, dass es dumm, töricht und fahrlässig war, aber trotz dieses Wissens konnte er nicht zurück. Hätte er bei dem Kellner die neue Flasche Wein abbestellen sollen? Zudem hatte Sylvia recht, das Taxi vorzuschlagen, denn er hatte jetzt bereits zu viel getrunken, um mit dem Auto zurück zum Hotel zu fahren. Sylvia schaute ihm tief in die Augen, lächelte, wusste ihn mit Blicken und Gesten zu faszinieren, und langsam schwanden die mahnenden Worte seiner Vernunft in einem Nebel, von dem er sich bereitwillig einhüllen ließ.

Es folgte das zweite Hauptgericht, ein wenig Käse mit einem Schluck Rotwein, dann der Kaffee mit einem Digestif, und als Achim zahlen wollte, zog sich Sylvia diskret zurück, um sich frisch zu machen.

Achim fühlte sich wohl, sah kaum auf die Rechnung, die der Ober in einem eleganten Lederetui brachte, sondern legte eine Kreditkarte hinzu und klappte das Etui zu, als sei damit dieses Kapitel abgeschlossen. Genüsslich ließ er den letzten Schluck des milden, aromatischen Grappa auf seiner Zunge zergehen, als Sylvia wenig später zurückkehrte. Sie setzte sich ihm gegenüber, und der dezente, aber auffallende, feine Duft des Parfums, das er ihr an einem früheren Abend geschenkt hatte, erreichte ihn. Statt dies als eine letzte Warnung zu verstehen, die Sylvias Absicht mehr als deutlich durchschimmern ließ, freute sich Achim, dass sie sich daran erinnerte, dass ihr sein Geschenk so viel zu bedeuten schien, denn er selbst hatte diesen Duft für sie ausgesucht.

Gemeinsam verließen sie das Restaurant, nachdem der Ober die Vorfahrt des Taxis gemeldet hatte. Für einen kurzen Augenblick hatte er mit dem Gedanken gespielt, um ein zweites Taxi zu bitten, was zugegebenermaßen eigenartig gewirkt hätte. Aber spätestens in dem Moment, als er Sylvia zum Tisch zurückkommen sah, war der Gedanke verflogen. Charmant öffnete er ihr die Wagentür, setzte sich auf der Rückbank des Wagens neben sie, und Sylvia nannte die Adresse seines Hotels. Sie schmiegte sich an ihn, und er spürte die Nähe ihres Körpers, wie etwas Verheißungsvolles, wie ein Versprechen, das sie einlösen würde. Sie sprachen wenig, aber als Sylvia sich plötzlich aufrichtete und zu ihm herüberbeugte, um ihm etwas in einem Schaufenster zu zeigen, an dem sie gerade vorbeifuhren, sah er, dass sich ein weiterer Knopf der Bluse geöffnet hatte. Er sah die zarte weiße

Spitze, die ihre Brüste umspannte, sah die erregenden Formen und dachte für einen kurzen Moment an nichts mehr als an die vor ihnen liegenden Stunden.

Die Nachtluft vor dem Hotel umfing ihn, als er aus dem Taxi ausstieg, und schlagartig erinnerte sich Achim an die Ereignisse in der Tiefgarage. Er schaute sich um, ob ihm nicht wieder der silbergraue Wagen gefolgt war oder ihn vor dem Hotel erwartete, aber nirgends war ein ähnliches Auto zu sehen.

Er blieb einen Moment stehen, wartete, dass Sylvia auch ausstieg. Er zog sie an sich, zögerte, bis das Taxi losgefahren war. Er küsste sie zärtlich auf den Hals, rutschte mit seinen kleinen Küssen langsam ihren Hals empor, bis er eine Stelle hinter ihrem Ohr erreicht hatte. Sylvia drückte sich an ihn, aber plötzlich spürte er, dass sie sich ihm entzog.

»Denkst du noch an das, was in der Tiefgarage passiert ist?«

Er hatte tatsächlich für einen Moment daran gedacht, aber dieser Gedanke war längst verschüttet von der Lust, die ihn ergriffen hatte.

»Das war doch nur ...«, stammelte er. »Du hast sicher recht, eine Fehlzündung, was weiß ich.«

Er zog sie wieder an sich, aber Sylvia ließ nicht locker.

»Wetten, dass ich recht habe. Komm, zeig mir, wo es passiert ist, dein Verbrechen.«

Sie zog ihn einfach mit sich, und er ließ sich von ihr bereitwillig die schräge Abfahrt zur Tiefgarage hinunterziehen, die neben dem hell erleuchteten Eingang des Hotels nach unten führte.

»Und wenn jetzt wieder ein Schuss fällt?«, Sylvia ahmte ein Schussgeräusch nach und lachte über ihren kleinen Spaß.

»Damit macht man keine Scherze«, wandte Achim ein.

»Du hast recht, verzeih mir«, sagte Sylvia, zog ihn an sich und küsste ihn im Dunkel der Tiefgarage, wie ein trunkener Teenager, der die Hauseingänge zum Austausch verbotener Zärtlichkeiten sucht.

Beiden gefiel dieses Versteckspiel, die erste flüchtige Erotik an einem beinahe öffentlichen Platz, und er spürte unter Sylvias Bluse ihre Haut, seidig und weich, während seine Hände ihren Körper hinaufwanderten.

»Später«, flüsterte sie, »gleich.«

Sie ging ein paar Schritte, zog ihn an sich und küsste ihn ein weiteres Mal und zog dabei sein Hemd aus der Hose, um auch seiner Haut näher zu sein.

»War es hier?«, fragte sie ihn unvermittelt.

»Da vorne.« Achim wies in eine Richtung einige Parkboxen weiter, und während er seine Kleidung ein wenig in Ordnung brachte, hörte er Sylvias Schritte sich entfernen.

»Hier mitten im Parkhaus?«, hallte Sylvias Stimme aus einiger Entfernung durch die Tiefgarage. »Ich hätte mir wenigstens eine dunkle Ecke ausgesucht, wenn ...«

»Mach dich nur über mich lustig.«

Achim sah an sich herunter, ob er alles geordnet hatte, dann folgte er ihr. Sylvia bückte sich und schaute sich auf dem Boden um, als ob sie nach Spuren oder verdeckten Hinweisen suchte.

»Ich sehe nichts. Es war sicher ein Irrtum. Schau selbst.«

Achim ging zu ihr und bückte sich ebenfalls.

»Und das hier?«

»Das ist Blut!«, rief Sylvia mit verstellter, drohender Stimme.

»Bist du sicher, dass ...?«

Aber Sylvia hatte Gefallen an ihrem Spiel.

»Und hier? ... Willst du nicht doch zur Polizei gehen?«

»Du nimmst mich nicht ernst.«

»Das kann auch alles Mögliche sein. Öl, Teer, Dreck, was weiß ich?«, wiegelte Sylvia ab. »Bei dem Licht kann man wenig erkennen. Komm, hier ist es ungemütlich. Ich brauche ein Taxi.«

Sylvia legte ihren Arm um seine Taille und zog ihn mit sich fort, aber nicht wieder zu der schrägen Ausfahrt aus der Tiefgarage, sondern in Richtung der Aufzüge, die in das Hotelgebäude hinaufführten.

»Und wenn es doch ...«

Sie küsste ihn.

»Und wenn nicht?«, sagte sie beruhigend.

Nachdem beide die Tür zu den Aufzügen erreichten und in dem kleinen Vorraum standen, fiel langsam die schwere Tür ins Schloss, und das laute Geräusch verhallte in der Leere der Tiefgarage. Sylvia und Achim betraten einen der Aufzüge, dessen Tür einladend offen stand. Sylvia lehnt sich an die Wand und schaute Achim provozierend an.

»Was würdest du jetzt machen, wenn ich über dich herfallen würde?«, sagte Achim und zog sie an sich.

»Das würdest du nicht machen.«

»Und wenn doch?«

»Dann würde ich morgen früh den Hotelier um das Videoband bitten«, sagte Sylvia mit Blick auf die kleine runde gläserne Wölbung in der Aufzugdecke, die offenbar das Objektiv einer Überwachungskamera war.

»Dann werde ich mich eben gedulden.«

»Etage Nummer ...?«

»Sieben.«

Ohne den Blick von ihm zu lassen, drückte Sylvia auf den Knopf mit der Etagenzahl, in der Achim sein Hotelzimmer hatte, und schaute ihn herausfordernd an.

»In der Etage gibt es aber keine Taxis.«

»Man kann eben nicht alles auf einmal haben.«

Während sich der Aufzug nach oben entfernte, durchbrach ein Motorengeräusch die Stille der Tiefgarage. Langsam erschien eine Limousine, den weißen Pfeilen auf dem Boden folgend, und rollte an den parkenden Wagen vorbei. Es war ein silbergrauer Wagen mit Hamburger Kennzeichen.

Die ersten Sonnenstrahlen erhellten bereits das Zimmer, als Achim noch immer schlafend im Bett lag. Seine Sachen lagen auf dem Boden verstreut, und neben dem Bett standen auf einem Nachttisch zwei Gläser und eine Flasche Champagner, in der noch ein kleiner Rest zu erkennen war. Aus dem Bad hörte man Wasserrauschen, und wenig später erschien Sylvia frisch geduscht und zurechtgemacht. Sie trug nicht mehr das Kleid vom Abend, sondern ein helles Kostüm, schwarze Pumps und eine helle Bluse, die sie noch nicht zugeknöpft hatte. Sie trat kurz vor den Spiegel, prüfte ihr Make-up, den Sitz des BHs und ging so zum Bett, beugte sich zu Achim herunter und weckte ihn mit zärtlicher Geste.

»Es war ein schöner Abend, auch wenn du etwas müde warst.«

Achim erwachte und sah direkt vor sich Sylvia auf dem Bett sitzen, sah, dass sie bereits aufgestanden und zurechtgemacht war, sah ihre Augen, die ihn prüfend ansahen. Unübersehbar aber auch, dass sie absichtlich ihre Bluse offen gelassen hatte und ihm unter ihrem reizvollen BH den Blick auf ihre Brüste freigab.

Achim setzte sich nach einem kurzen Orientierungsblick verschlafen, aber rasch, auf.

»Du musst schon weg?«

Achim fiel aus allen Wolken. Sie konnte doch jetzt nicht gehen. Er schaute sich um und sah seine Sachen über den Boden verstreut. In einem dumpfen Nebel erschienen Bilder der vergangenen Nacht in seinem Gedächtnis. Es war alles schiefgegangen. Er hatte sich von ihr überrumpeln lassen, war ihrem Charme, ihrer Erotik erlegen; er war ein Idiot. Ein Idiot vor allem deshalb, weil er es hatte kommen sehen, es hätte kommen sehen müssen, denn er war nur allzu bereit gewesen, sich überrumpeln zu lassen, mit der Aussicht auf eine berauschende Nacht. Und jetzt der Morgen danach, mit einem leichten Kater und dem Bewusstsein, alles falsch gemacht zu haben. Das hätte nicht passieren dürfen. Diese Reise, dieses Treffen sollte für diese Beziehung ein Ende besiegeln und der Neuanfang seiner Ehe mit Susanne und seiner kleinen Familie sein. Er musste mit Sylvia reden, wenn nicht alles umsonst sein sollte. Natürlich wusste er, dass es eigentlich unmöglich war nach dieser Nacht, aber er wollte nicht mit schlechtem Gewissen weitermachen, wollte nicht mit einer Lüge Susanne unter die Augen treten.

»Du hast dich umgezogen.«

»Ich hatte ein wenig Gepäck an der Rezeption hinterlassen, und die waren so freundlich, es auf dein Zimmer zu bringen.«

Sie beugte sich über ihn, küsste ihn auf die Stirn, sodass sein Gesicht zwischen ihren Brüsten lag.

»Bleib einfach noch liegen, ich muss los.«

Sie stand auf und knöpfte ihre Bluse zu.

»Sylvia … Guten Morgen.« Etwas Besseres fiel ihm nicht ein.

»Es geht nicht anders. Arbeit ohne Ende, da war kein freier Tag zu kriegen. Bei uns in der Agentur ... du weißt doch.«

Sylvia machte die Hoffnungslosigkeit einer solchen Überlegung mit einem resignierten Abwinken zunichte, stand vom Bettrand auf und ging zur Garderobe, um sich ihr Jackett anzuziehen.

»Ich dachte, wir frühstücken noch zusammen und könnten noch ein wenig reden.«

»Ich weiß, aber das müssen wir auf nächste Woche verschieben.«

Nun war Sylvia ganz geschäftsmäßig. Achim war völlig durcheinander. Er hatte alles ins Reine bringen wollen, und nun war die Situation verfahrener als zuvor. Aber er musste das jetzt zu Ende bringen. Es konnte doch so nicht weitergehen, noch konnte er in ein paar Tagen wieder eine Dienstreise nach Hamburg machen. Irgendwann fiel das auch auf. Und Susanne? Er durfte gar nicht an sie denken.

»Darüber wollte ich auch mit dir reden. ... über nächste Woche und ...«

Sylvia schaute ihn verärgert an.

»Du hast es mir heute Nacht fest versprochen. Jetzt sag nicht, dass ...«

Achim setzte sich gerade auf und deutete auf den Platz neben sich.

»Komm jetzt, setz dich. Es ist nicht ganz einfach, aber ...«

»Was willst du mir denn erzählen?«

Sylvia setzte sich tatsächlich noch einmal zu ihm und strich ihm über das Haar. Aber sie gab ihm keine Chance, auf ihre Frage zu antworten. Sie riss gleich das Gespräch an sich und gab das Thema vor.

»Du siehst angespannt aus.«

»Ich habe nicht gut geschlafen. Sylvia . . .«

»Wegen gestern in der Tiefgarage? Eine komische Geschichte. Mach dir keine Sorgen deswegen.«

»Daran habe ich jetzt gar nicht gedacht.«

Sylvia schaute auf die Uhr.

»Du, sei mir nicht böse, aber ich muss jetzt los. Grübele nicht zu viel, das macht Falten auf der Stirn.«

Sie küsste ihn flüchtig, dann rasch zärtlich, und ging zur Tür.

»Ich freue mich auf nächste Woche«, sagte sie, nahm im Hinausgehen ihren Mantel, ihre Tasche und einen kleinen Reisekoffer, der Achim noch gar nicht aufgefallen war, und drehte sich in der Tür noch einmal kurz um.

»Tschau.«

Dann fiel die Tür hinter ihr ins Schloss, und Achim war allein. Er fühlte sich wie vor den Kopf gestoßen. Alles, alles hatte er falsch gemacht, und jetzt saß er da, und Sylvia war weg. Jetzt musste er erst einmal einen klaren Gedanken fassen. Erst eine Dusche, später Kaffee, aber Achim wusste, dass das nur Aufschub, aber keine Lösung bedeutete.

Etwa eine Stunde später kam Achim mit seinem Gepäck durch die Hotelhalle auf die Rezeption zu. Er hatte geduscht und ein wenig Kaffee getrunken, den er sich auf das Zimmer hatte bringen lassen, aber in seinem Kopf pochten immer noch einige der Gläser, die er gestern Abend besser nicht getrunken hätte. Gefrühstückt hatte er nicht, nur rasch seine Sachen gepackt und dann weg. Er hatte nicht einmal Susanne angerufen, denn er brachte es nicht fertig, sie aus dem Hotelzimmer anzurufen, in dem er auch beim Aufbruch noch das Parfum Sylvias wahrzunehmen glaubte. Er würde sie von unterwegs anrufen, schließlich war es noch nicht zu spät. Er würde sagen, dass er sie vorher nicht wecken wollte, was eigentlich Unfug war. Susanne war die geborene Frühaufsteherin, war immer als Erste auf und hatte meist nicht nur Kaffee gemacht, sondern war schon im Garten gewesen, hatte nach ihren Blumen geschaut und bereits einen Blick in die Zeitung geworfen, bevor er überhaupt aufgestanden und nach unten gekommen war. Aber sie würde diese Lüge als höfliche Geste sicher glauben.

In der Hotelhalle war das übliche morgendliche Treiben der Gäste auf dem Weg zum Frühstück, zur Rezeption oder bereits im Mantel auf dem Weg zu den ersten Terminen. Hinter der Rezeptionstheke stand neben anderen bereits wieder der Portier vom Vortag, der die Nachtschicht bereits wieder abgelöst hatte. Achim steuerte auf den Mann zu, da er gerade frei war.

»Guten Morgen, Herr Kröger. Sie hatten einen angenehmen Aufenthalt?«

»Ja, danke. Die Rechnung bitte.«

»Hatten Sie noch etwas aus der Minibar?«

Achim schüttelte den Kopf.

»Ach, doch, eine Flasche Champagner.«

»Ich sehe, der Zimmerservice. Dann wären es 360 Euro.«

Achim gab dem Portier seine Kreditkarte.

»War Ihre Gattin auch zufrieden?«, begann der Portier das Gespräch erneut.

»Ja, danke«, erwiderte Achim knapp und wusste in dem Moment, dass er das Hotel nie wieder betreten würde. Es wäre schließlich möglich, dass Susanne ihn nicht auf seinem Handy, sondern direkt im Hotel anrufen würde, was böse Folgen haben könnte.

Während die Rechnung und der Beleg ausgedruckt wurden, stellte sich wie zufällig ein Mann neben Achim, der offenbar auch bezahlen wollte. Der Portier gab Achim die Rechnung und den Beleg zum Unterschreiben.

»Bitte, Herr Kröger.«

»Mein Name ist Benrath«, fuhr der Mann dazwischen. »Haben Sie eine Nachricht für mich?«

»Einen Moment, bitte«, vertröstete ihn der Portier mit Blick auf Achim, der gerade den unterschriebenen Beleg zurückgab.

»Sie können doch eben rasch nachschauen, ich bin in Eile.«

Der Portier schaute Achim um Verständnis bittend an, dann drehte er sich zu einer seitlich angebrachten Regalwand um, in der den einzelnen Zimmern kleine Fächer für etwaige Nachrichten zugewiesen waren.

Achim schaute wartend dem Portier einen Moment zu, ließ dann den Blick schweifen, wobei sein Blick zufällig auf den Spiegel hinter der Rezeptionstheke fiel. Er erschrak. Der Mann, der sich als Benrath vorgestellt und nach einer Nachricht für sich gefragt hatte, war derselbe, den er am Abend zuvor in der Tiefgarage gesehen hatte. Natürlich war er sich nicht sicher, aber die Größe, die Statur und vor allem der helle Regenmantel stimmten überein.

»Tut mir leid, Herr Benrath. Ich habe keine Nachricht für Sie«, hörte Achim den Portier sagen.

»Das ist doch nicht möglich.«

»Wenn Sie einen kleinen Moment warten, dann sehe ich einmal hinten nach. Vielleicht wurde bei einem Kollegen vor mir etwas für Sie hinterlegt.«

Der Portier wandte sich wieder kurz Achim zu und gab ihm die Rechnung, die er gefaltet in ein Couvert gesteckt hatte.

»Dann vielen Dank, Herr Kröger. Bis zum nächsten Mal.«
Achim steckte den Umschlag in die Tasche seines Sakkos, hob sein Gepäck auf und wollte losgehen, als er mit dem Unbekannten zusammenstieß, der offenbar zu der Stelle der Rezeptionstheke gehen wollte, an der der Portier nun erneut nachschauen wollte. Obwohl dieser Zusammenstoß zufällig wirkte, war sich Achim sicher, dass der Zusammenstoß von dem Mann provoziert worden war.

»Entschuldigen Sie, Herr Kröger«, hörte er halblaut die Stimme des Mannes, der ihn aber weder ansah noch weiter Notiz von ihm nahm.

Achim stand irritiert da und wusste nicht recht, wie er sich verhalten sollte. Er zögerte einen Moment, dann ging er in Richtung Aufzug. Auf dem Weg dahin schaute er sich noch einmal um und sah, dass der Fremde weiterhin mit dem Portier diskutierte, ohne dass er ihm Beachtung schenkte. Das Warten auf den Aufzug schien Achim endlos. Er spürte eine plötzliche Unruhe. War dieser Benrath der Mann aus der Tiefgarage? Der Mann, der ihn gestern Abend durch das Fenster des Da Salvo beobachtet hatte? Er war sich nicht sicher, aber wenn in der Tiefgarage des Hotels wieder der silbergraue Wagen stand, konnte es kein Zufall sein. Was sollte das bedeuten? Achim drückte erneut den Rufknopf des Aufzugs, und als der endlich kam, stürzte er beinahe hinein, sodass er einen anderen Gast anrempelte.

»Es geht auch langsamer«, wies dieser Achim unwirsch zurecht.

Achim murmelte etwas Entschuldigendes, gab aber dennoch dem anderen die Schuld.

Als sie in der Tiefgarage ankamen, ließ Achim dem anderen mit einer ironischen Geste den Vortritt, obwohl er sich am liebsten erneut vorgedrängt hätte. So ging der andere voran, was wiederum den Vorteil hatte, dass Achim Zeit hatte, sich zu beruhigen und beim Betreten der Garage seinem Blick etwas gleichgültig Zufälliges zu geben.

In der Tiefgarage des Hotels waren ein paar Gäste, die ihr Gepäck in den Wagen luden, als Achim hinter dem andern Gast durch die schwere Stahltür die Parketage betrat. Mit seiner Reisetasche ging er durch die Reihen parkender Autos auf einen Wagen zu, als habe er als Gast dort geparkt. Dabei schaute er sich wie zufällig um. Er ging an den Parktaschen entlang, die zwischen den schweren Betonsäulen auf den Boden gezeichnet waren. Er stockte, als ihm einige Parktaschen weiter eine silbergraue Limousine auffiel. Abrupt verlangsamte Achim seine Schritte. Zeit gewinnen!, schoss es ihm durch den Kopf. Achim blieb kurz stehen, schaute sich um, als suche er sein Fahrzeug, und ging dann entschlossen weiter, als habe er es entdeckt. Er ging zielstrebig an dem silbergrauen Wagen vorbei und warf im Vorbeigehen einen Blick auf das Kennzeichen. Eine Hamburger Nummer, dann NA 627. Es war der Wagen des gestrigen Abends. Achim stockte fast der Atem, aber er ging weiter, als sei nichts geschehen, blieb dann vor einem beliebigen Fahrzeug stehen, als habe er sich geirrt, und ging dann wieder die paar Schritte zu dem Wagen zurück. Er fand seine Komödie selber ein wenig albern, aber er wollte unauffällig sein. Vielleicht war er es durch sein Spiel gerade nicht, aber das konnte er nun auch nicht mehr ändern. Er hatte sich nicht geirrt. Es war derselbe Wagen, den er gestern in diesem Parkhaus beobachtet hatte. Und es war der Wagen von dem Mann im hellen Regenmantel, der sich oben an der Rezeption Benrath genannt hatte. Der Mann war hier im Hotel. Achim spürte, wie sein Puls schneller wurde. Er hatte sich also doch nicht getäuscht, war vielleicht doch Zeuge eines Verbrechens geworden, und der

Täter war hier im Haus. Vielleicht war auch im Kofferraum... Achim zögerte einen kleinen Moment, schaute sich
um. Er war beinahe allein. Die meisten der anderen Gäste
waren schon weggefahren oder mit sich und ihrem Gepäck
beschäftigt. Achim ging rasch um den Wagen herum und
versuchte wie im Vorbeigehen den Kofferraum zu öffnen.
Aber der Wagen war abgeschlossen.

Im Weggehen vergewisserte er sich noch einmal des Kenn-
zeichens des anderen Wagens. HH–NA 627. Es war der Wagen von gestern. War alles Zufall? Was hatte er damit zu tun?
Ihm schwirrten die Gedanken durch den Kopf. Was hatte das
alles zu bedeuten? Er wusste es nicht, aber er hoffte, dass ihm
nur seine angespannten Nerven einen Streich spielten.

In dem Moment hörte er die Tür des Parkhauses zufallen
und sah, dass der andere, Benrath, ebenfalls die Parkebene
betrat. Achim erfasste leichte Panik, aber da hörte er erneut,
dass der Aufzug des Hotels auf der Ebene der Tiefgarage
ankam und mit ihm Gäste. Rasch ging Achim mit seiner
Tasche zur Ausfahrt, denn er wollte Benrath nicht erneut
unmittelbar begegnen. Als er endlich die Ausfahrt erreichte,
spürte er, wie er am ganzen Körper zitterte. Kurz bevor er die
Ausfahrt hinaufging, warf er einen letzten Blick zurück und
sah, dass weitere Gäste durch die Stahltür hereintraten, aber
auch dass Benrath unbeweglich neben seinem Wagen stand
und ihm nachschaute.

Achim kam fast atemlos vor dem Hoteleingang an, vor dem
einige Taxis warteten. Er ging zu dem ersten Wagen, stieg
ein und nannte den Namen der Straße, in der er gestern seinen Wagen abgestellt hatte. Mehrfach drehte er sich während der Fahrt um, aber es war nichts Auffälliges zu sehen.

Keine silbergraue Limousine mit Hamburger Kennzeichen, die ihnen folgte. Zehn Minuten später saß er in seinem Wagen. Die Tasche hatte er im Kofferraum verstaut und überlegte, was er machen sollte. Er hatte das Gefühl, mit jemandem darüber reden zu müssen. Aber wer käme dafür infrage? Besser war es heimzufahren. Mit sorgenvoller Miene steckte er den Schlüssel ins Zündschloss und startete den Motor.

Die Rückfahrt zog sich endlos hin, da viele Lkws die Autobahn befuhren und sich die schnelleren Fahrzeuge regelmäßig auf der linken Spur aufstauten und nur in dichten Kolonnen vorwärtskamen. Erst als er die großen Autobahnkreuze hinter sich gelassen hatte, kam Achim zügiger voran, wobei er fast automatisch vor sich hin fuhr, da seine Gedanken zwischen den Erlebnissen der letzten Nacht und den Fragen für die Zukunft hin und her sprangen. Wie sollte es nun weitergehen?

Jetzt war es ihm nicht nur misslungen, sein Verhältnis mit Sylvia zu beenden, jetzt hatte er auch noch diese merkwürdige Geschichte erlebt, die seine Gedanken nicht zur Ruhe kommen ließ. Wie hatte er sich noch gestern Morgen auf der Hinfahrt seine Erleichterung ausgemalt, wenn er den Abend überstanden hätte, frei wäre für seine Familie, für die er sich mit ganzem Herzen entschieden hatte! Und nun war alles anders gekommen. Er war enttäuscht, und zwar vor allem von sich selber.

Auf einer Raststätte machte er kurz Pause, parkte den Wagen und ging zum Tankstellenshop. Hier holte er sich an einem Automaten einen Kaffee. Er musste Susanne anrufen. Sie würde sich sowieso wundern, dass er sich noch nicht gemeldet hatte. Und Sylvia? Er wollte diese Beziehung nicht am Telefon beenden, aber was blieb ihm jetzt übrig? Er konnte und wollte nicht noch einmal eine angebliche Dienstreise vorschieben, noch einmal in Hamburg vor ihr sitzen, alles noch einmal, weil er gestern versagt hatte. Aber jetzt wollte er sie nicht anrufen. Dafür brauchte er Zeit, brauchte Ruhe und musste sich konzentrieren. Auch wenn er wusste, dass dies eine Ausrede war, mit der er den Anruf vor sich herschob, hielt er diesen Aufschub für richtig. Er holte sein Handy aus der Tasche und wählte.

Mit spürbarem Herzklopfen hörte er, wie sich die Verbindung aufbaute und das Telefon läutete. Achim spürte, dass er angespannt war. Würde Susanne sich melden? Und vor allem, wie würde sie sich melden? Natürlich wusste er, dass Susanne nichts ahnen konnte, aber das schlechte Gewissen ließ ihn nicht los.

Es klingelte mehrfach, beinahe endlos, schien es Achim, als endlich der Anrufbeantworter anging. Er hörte die Stimme seiner Frau, die dem Anrufer erklärte, dass zurzeit telefonisch niemand zu erreichen sei, da sie Erledigungen mache und ihr Mann auf Reisen sei, der Anrufer aber bei Hinterlassung einer Nummer am Abend zurückgerufen würde. Als die Stimme ihn aufforderte, eine Nachricht zu hinterlassen, stockte Achim einen Moment und beendete dann das Gespräch.

Alles war korrekt. Sie war in der Stadt, er auf Reisen. Es war eine Angewohnheit Susannes, den Anrufbeantworter jedes Mal neu zu besprechen. Achim hatte es immer für fahrlässig gehalten, als Inhaberin eines Juweliergeschäfts jedem Anrufer genau zu berichten, wo man war, beziehungsweise, dass man verlässlich nicht zu Hause war, aber Susanne ließ diesen Einwand nie gelten. Zum einen habe man eine Geheimnummer, die nur gute Freunde hätten, und genau diese hätten Ehrlichkeit verdient. Zum anderen sei sowohl das Geschäft als auch ihr Haus durch entsprechende Anlagen gesichert, es also keinen Grund zu falschen Ängstlichkeiten gäbe.

Achim bemühte sich, sich an ihre Stimme zu erinnern. Klang sie wie immer, oder war eine Verstimmung zu erkennen? Sprach sie wie gewohnt, oder war ein unterdrückter Ärger zu hören, eine Traurigkeit oder Irritation? War sie vielleicht enttäuscht, dass er sich noch nicht gemeldet hatte, nahm sie es leicht? Dachte sie sich vielleicht etwas dabei? Er war sich darüber im Klaren, dass er begann, jede Kleinigkeit abzuwägen. Jeder noch so kleinen Stimmnuance nachzuspüren. Das war unsinnig und albern, aber er kam nicht dagegen an. Spontan hatte er den Gedanken, sich noch einmal die Stimme seiner Frau anzuhören, aber wie sähe es aus, wenn er mehrfach angerufen hätte, ohne sich zu melden. Würde sie dann nicht erst recht Verdacht schöpfen, selbst wenn sie es bis jetzt noch nicht getan hatte? Aber der eine Anruf ohne Nachricht war auch ungeschickt.

Achim wählte erneut. Wieder läutete es mehrfach, dann kam die Stimme seiner Frau, dann der obligatorische Pfeifton, dann Stille.

»Liebes, ich hoffe, dir geht es gut. Ich wollte dich nicht zu früh wecken und bin jetzt schon auf dem Rückweg. Ich freue mich auf euch, bis später.«

Achim drückte das Gespräch weg und dachte noch einmal über seine Nachricht nach. Natürlich war es zu spät, etwas daran zu ändern, aber er wollte sich vergewissern, seiner Stimme nachhorchen, ob er alles richtig gemacht, seine Unruhe und sein schlechtes Gewissen ihn nicht verraten hatten. Er war sich nicht sicher, ob seine Stimme nicht nervös geklungen hatte, und natürlich war die Ausrede, die er für die Verspätung seines Anrufs gebraucht hatte, wenig glaubhaft. Er nahm sich vor, seine Frau gleich nach der Ankunft im Sender anzurufen, bevor er sich daranmachte, die Kritik der gestrigen Operninszenierung zu schreiben. Dass er diese geschwänzt hatte, bereitete ihm wenig Kopfzerbrechen, er musste sich eingestehen, dass er inzwischen sogar ein wenig Übung darin hatte. Beim ersten Mal war er ängstlich, hatte Hemmungen, den Text abzugeben, und war noch Tage in Angst, dass sein Schwindel auffiel. Dass sein Vorgesetzter ihn durchschaute, schloss er damals aus, aber jeder beliebige Hörer konnte sich per Leserbrief zu Wort melden und seine Kritik entlarven. Aber nichts geschah. Die weiteren Male machte er sich immer weniger Gedanken und gewann Routine darin, aus anderen Kritiken eine ausgewogene eigene Meinung zu entwickeln. Zudem konnte man sich immer in Allgemeinplätze über die Oper selbst retten, was ihm als studiertem Musiker keine Schwierigkeiten machte. So würdigte einmal sein Vorgesetzter seine Kritiken zwar nicht als sehr meinungsbildend, aber dank des musikhistorischen Ausflugs in die Operngeschichte als besonders hörenswert für ein breiteres Publikum. Spätestens seit dieser Äußerung war jede Sorge von ihm abgefallen, dass man sein Fernbleiben der einen oder anderen Aufführung entdecken würde.

Nur Susanne gegenüber ließ seine Befürchtung nicht nach. Hier plagte ihn das schlechte Gewissen. Natürlich konnte er ihr erzählen, was er wollte, denn Susannes Musikverständnis reichte kaum über das eines gebildeten Normalbürgers hinaus, aber dennoch meinte er hinter ihrem wohlwollenden Zuhören, hinter ihrer Anteilnahme nicht nur das Interesse einer Ehefrau, sondern eine versteckte Skepsis zu verspüren, als ob sie ihn durchschaute. Anfangs dachte er sich nichts dabei, wähnte sich sicher, bis die Ahnung zur Gewissheit wurde. Er wusste nicht, wie und ab wann er sie durchschaute, aber die dadurch zunehmende Entfremdung setzte ihm ebenso wie ihr zu, bis es zur offenen Aussprache kam. Kein Streit, kein böses Wort fiel, vielmehr die sachliche, beinahe geschäftsmäßige Feststellung, dass es so nicht weiterging. Sie stellte ihm kein Ultimatum, forderte aber unumstößlich seine Entscheidung. Für oder gegen sie. Es schien ihr nicht gleichgültig zu sein, wie er sich entscheiden würde, aber sie bat um nichts, weinte oder flehte nicht, sondern teilte ihm mit, dass sie so nicht leben wolle und nicht leben werde, und da sie beide finanziell auch voneinander unabhängig waren, sie weit mehr als er, würde man sich entweder eine neue Chance geben oder er müsse sich nach einer eigenen Wohnung umsehen. Seine Versuche, zuerst zu leugnen, dann zu erklären, vielleicht sogar zu rechtfertigen, erstickte sie mit einem Blick, der ihm klarmachte, dass sie nicht diskutieren würde. Ja oder nein, so einfach war das für sie gewesen.

Die nächsten Wochen waren Achim endlos und mühsam vorgekommen. Nicht dass er lange für eine Entscheidung gebraucht hatte. Für ihn waren seine Ausflüge, wie er seine Seitensprünge vor sich im Geheimen nannte, nur kleine unbedeutende Abenteuer, die nicht zählten. Er wusste selber nicht, warum er sich darauf eingelassen hatte. Zudem war es ja auch nicht oft vorgekommen. Einmal fand er sich nach einer alkoholisierten Feier in einem fremden Hotelzimmer wieder, ein anderes Mal war es an einer Hotelbar zu einer kurzen stürmischen Bekanntschaft gekommen, die aber nach zwei Wochen in beiderseitigem Einvernehmen beendet wurde. Und dann eben Sylvia. Sie hatte er in Hamburg bei einem Pressetermin kennengelernt, bei dem es um die Präsentation einer neuen Hörreihe ging, die er mit einem

Kollegen entwickelt hatte. Solche Termine wurden meist von Agenturen organisiert, die Presse und Fotografen einluden, Interviews und Ähnliches arrangierten und für eine lebendige Atmosphäre sorgten. Es begann am späten Vormittag, dauerte fast drei Stunden, und als die letzten Journalisten gegangen waren, stand man noch ein wenig zusammen, um über den Verlauf und Erfolg der Aktion zu sprechen. Es dauerte nicht lange, und aus der größeren Gruppe kristallisierten sich vier Personen heraus, die gemeinsam essen gehen wollten. Es gab ein unterhaltsames Abstimmen, ob man italienisch – isst man immer –, lieber indisch – oft zu gewürzt –, vietnamesisch – kannte nicht jeder –, japanisch – roher Fisch war nicht jedermanns Geschmack – essen gehen sollte, und so stritt man munter, beinahe ein wenig ausgelassen, wobei das eine oder andere Gläschen auf die erfolgreiche Präsentation sein Übriges tat. Das Ergebnis war, dass er und Sylvia sich wenig später bei einem beliebten Italiener einfanden, wogegen die anderen beiden dann doch szenebewusst den Japaner vorzogen.

So saßen sie an ihrem ersten Abend im Da Salvo, aßen und tranken – und als sie gegen Mitternacht im Restaurant die letzten Gäste waren, beschlossen sie, dass er sie bei ihrer Wohnung absetzen sollte. Noch im Taxi wurde umdisponiert, und so landeten sie schließlich erst an der Hotelbar und am Ende in seinem Hotelbett. Das war vor sieben Monaten. Danach sahen sie sich immer wieder, wenn er in Hamburg war und Sylvia es einrichten konnte. Ohne es auszusprechen, hatte sich ihre Beziehung auf diese Besuche beschränkt. Sie rief ihn nie an, weder am Arbeitsplatz und natürlich schon gar nicht zu Hause, denn ein Handy hatte er nicht. Er liebte diese leicht antiquierte Attitüde, und er war der einzige unter den Kollegen, der allen Aufforderungen seines Chefs, endlich mit der Zeit zu gehen, widerstand. Seine Frau kannte es nicht anders und hielt es für die liebenswerte Marotte seiner Musikerexistenz.

Der telefonische Kontakt ging also immer von ihm aus, aber er rief sie nur an, um sein Kommen anzukündigen. Es gab keine Fragen nach dem Leben des anderen, kein näheres Kennenlernen über den gemeinsamen Abend und die anschließende Nacht hinaus. Keine Frage von wegen »Wann kommst du?« oder »Warum kommst du nicht?« Es blieb alles unausgesprochen und unkompliziert, bis Susanne ihn mit ihren Blicken enttarnte. Seine Frau hatte nichts gesagt, sich kaum anders verhalten als zuvor, aber er spürte hinter ihrem Blick ein Verstehen, das ihm unangenehm war. Es war nicht einmal so sehr die Tatsache, dass sie seinen Seitensprung zu spüren schien. Es war vielmehr die Art, wie sie damit umging. Er fühlte sich bloßgestellt, ohne dass sie etwas gemacht hatte. Ohne jedes Wort. Achim empfand dies als Schmach, die schwerer wog als jede Klage und jeder Vorwurf. Ab diesem Zeitpunkt reduzierte er seine Hamburgaufenthalte auf ein Minimum, denn ohne es auszusprechen konnte jede Reise in diese Stadt als die Fortsetzung des Verhältnisses interpretiert werden. Einige Wochen lang brach der Kontakt zu Sylvia beinahe ganz ab, bis sie eines Tages zufällig in einem Hotel in Berlin auftauchte, in dem er gerade abgestiegen war. Der Zufall wurde nach anfänglicher Verlegenheit natürlich ein wenig gefeiert, und so war nun das Berliner Hotel der Treffpunkt, mit dem sie ihre Liaison wieder aufnahmen, bis Susanne, die es ahnte oder wusste, von ihm eine Entscheidung forderte.

Das war jetzt beinahe drei Wochen her. Seitdem hatte er sich alle Mühe gegeben, Susanne durch sein Verhalten zu beweisen, dass er es mit seiner Entscheidung für sie, für ihre

Ehe, ernst meinte. Und nun war diese Reise, die der letzte Schlussstrich unter der unrühmlichen Vergangenheit sein sollte, ein Fehlschlag geworden.

Die Fahrt zog sich hin, und allmählich wurde Achim ruhiger, beschloss, gleich nach seiner Ankunft Sylvia anzurufen, so unschicklich es auch am Telefon und nach dieser Nacht war, das Verhältnis zu beenden. Selbst wenn sie sich beleidigt und ausgenutzt fühlen würde, war ein rasches Ende die beste Lösung.

Der Parkplatz des Senders war nicht mehr voll, als Achim am Nachmittag vor dem Funkhaus ankam. Um diese Zeit gingen die ersten Mitarbeiter aus der Verwaltung schon nach Hause, aber für die Mitarbeiter der Redaktionen, die meist erst am späteren Vormittag ihre Arbeit aufnahmen, war es üblich, dass sie oft bis weit nach sechs arbeiteten.

Entsprechend waren die Flure noch nicht ganz verwaist, und es mischten sich zwischen die um diese Zeit regelmäßig arbeitenden Putzkolonnen noch einzelne Kollegen, an denen er mit kurzem Nicken vorbeiging.

Als er sein Büro betrat, traf er auf einen ausländischen Mitarbeiter der Reinigungsfirma, dem er zu verstehen gab, dass er jetzt noch arbeiten wollte.

»Heute nix sauber?«, fragte der Mann.

»Nein, danke. Morgen.«

»Morgen.«

Mit leichtem Nicken bestätigte der Mann, dass er verstanden hatte, und schloss hinter sich die Tür.

Achim hängte seinen Mantel auf, nahm aus seiner Tasche einige Unterlagen, die er eigentlich schon in Hamburg hatte lesen wollen, als erneut die Tür aufging und sein Kollege Paul Wegener seinen Kopf hereinstreckte.

»Ach, du bist schon da?« Die Frage klang ironisch.

»Es war dichter Verkehr, Stau und alles andere, was eine Autofahrt angenehm macht.«

»Du wurdest schon vermisst. In zehn Minuten ist Redaktionssitzung. Kurzfristig angesetzt.«

»Ich hätte noch langsamer fahren sollen.«

»Sitzungen und dem Tod entgeht man nicht. Da rettet dich nicht einmal das fehlende Handy.«

Paul Wegener hatte sich, wie einige andere, einen gesunden Zynismus zugelegt, mit dem er die alltäglichen Unsinnigkeiten dieses Berufslebens ebenso ertrug wie die Tatsache, dass er vor vielen Jahren von einer Karriere als Tenor geträumt hatte. Er war aber nicht über die zweite Stimme im Chor des städtischen Opernhauses hinausgekommen und musste dann letztendlich froh sein, beim Sender als Musikredakteur eine feste Anstellung zu bekommen. Wegener hatte Jahre gebraucht, bis er sich damit abfinden konnte, was seinem Weltbild einen zynischen Unterton gegeben hatte.

»Und um was geht es?«

»Quotendruck und Kostenfragen. Wie immer ... Kann ich deinen Schlüssel zum Archivschrank haben? Ich habe meinen irgendwo verlegt.«

»Müsste im Mantel sein«, sagte Achim und wies auf das am Garderobenständer hängende Kleidungsstück.

Achims Laune war auf dem Nullpunkt, und er fragte sich, was ihn dazu bewogen hatte, um diese Zeit doch noch in den Sender zu fahren. Hätte er morgen behauptet, der dichte Verkehr hätte ihn noch mehr aufgehalten, hätte auch kein Hahn danach gekräht. Nun konnte er nicht verschwinden und wusste, dass er kaum vor sieben nach Hause kommen würde.

Und das Telefonat mit Sylvia musste er auch auf morgen verschieben, schließlich wollte er sie nicht alleine zu Hause erreichen, sondern lieber zu einer Zeit, da sich nach dem Telefongespräch noch genügend Gelegenheit fand, auf andere Gedanken zu kommen, als abends alleine zu Hause.

Paul Wegener ging zum Kleiderständer und begann, in den Manteltaschen zu suchen. In der ersten Tasche fand er ein Taschentuch und stopfte es wieder zurück.

»Und wie war der Don Giovanni?«

Achim sah kurz auf, aber die Frage klang beiläufig. Wahrscheinlich wollte sich Wegener nur unterhalten, während er im Zimmer war.

»So lala.«

Achim gab sich Mühe, seine Stimme natürlich klingen zu lassen.

»Hatte ich dir gesagt. Aber du wusstest es ja besser.«

»Das nächste Mal höre ich auf dich.«

Aus der anderen Tasche zog Wegener den gesuchten Schlüssel, aber auch ein Streichholzheftchen, auf dem auf schwarzem Hintergrund ein leuchtendes lilafarbenes Herz zu sehen war, unter dem in geschwungenen Buchstaben True Love, Hamburg und eine Telefonnummer zu lesen war.

»Oh lala.«

Ein anerkennender Pfiff ließ Achim neugierig aufschauen, während sein Kollege das Streichholzheftchen aufklappte.

»Es war unbeschreiblich, Cindy ... Vor, nach oder statt Don Giovanni?«

Achim trat zu ihm.

»Wo hast du das her?«

Er nahm Wegener das Streichholzheft aus der Hand, der spielerisch abwehrend die Hände hob.

»Keine Sorge. Ich schweige wie ein Grab.«

»Das ist nicht von mir.«

»Sicher. Nur pass auf, dass es deine Frau nicht findet. Die nimmt das bestimmt nicht so locker … Danke für den Schlüssel. Und nicht vergessen, in zehn Minuten.«

Mit einem verständnisvollen Augenzwinkern verließ Wegener den Raum. Achim schaute ihm entgeistert nach, schaute auf das Streichholzheftchen in seiner Hand. Wie sollte das in seine Manteltasche gekommen sein? Oder wollte ihm Wegener nur einen geschmacklosen Streich spielen? Instinktiv wandte sich Achim seinem Mantel zu und begann ebenfalls die Taschen zu durchsuchen. In der einen war nur das Taschentuch, aber in der Tasche, in der Paul Wegener das Streichholzheft gefunden hatte, fühlte er noch etwas Unbekanntes. Ein weiterer Schlüssel an einem schweren Anhänger in Form eines nackten Frauenkörpers, auf dessen Rücken ebenfalls True Love stand. Wie kam das in seine Tasche? Sollte Wegener es ihm zugesteckt haben, um sich einen Spaß mit ihm zu machen? Dann hätte er sicher auch den Schlüssel herausgefischt, denn so würde er sein verblüfftes Gesicht wegen dieses Fundes doch gar nicht sehen. Aber wenn es Wegener nicht gewesen war, wie kamen die Sachen dann in seine Tasche? Er konnte sich darauf keinen Reim machen. Weder war er gestern Abend so betrunken gewesen, dass er sich nicht hätte erinnern können, noch hatte er bemerkt, wie es ihm zugesteckt wurde. Sylvia, fuhr es ihm durch den Sinn. Sollte sie sich diesen Scherz ausgedacht haben? Aber warum? Damit seine Frau die beiden Sachen fand und er damit Schwierigkeiten bekäme? Unwahrscheinlich, dass sie sich diese Mühe machte, extra das Streichholzheftchen und den Schlüssel zu besorgen; das hätte sie doch viel einfacher haben können, indem sie ihm ein Kondom unter seine Sachen schmuggelte. Das wäre für die Ehefrau eines Vielreisenden doch Anstoß genug. Es machte keinen Sinn, aber er hatte auch nicht die Zeit, jetzt darüber zu grübeln, denn der Sitzungstermin rückte näher, und sein Chef Hartung hasste es, wenn man zu spät kam. Eine solche Respektlosigkeit würde er nicht ungesühnt lassen, und Achim hatte keine Lust, deswegen mit einer sinnlosen Zusatzaufgabe beschäftigt zu werden. Rasch verstaute er die beiden Sachen in einer abschließbaren Schublade seines Schreibtischs und verließ sein Büro.

Der Besprechungsraum lag in derselben Etage, und als Achim den Raum betrat, waren Paul Wegener, ein weiterer Kollege sowie der Redaktionsleiter, Herr Dr. Hartung, bereits da. Das Gespräch verstummte. Achim nickte den anderen kurz zu und nahm auf einem der freien Plätze, dem Redaktionsleiter gegenüber, Platz.

»Schon zurück, Herr Kröger? Das ist erfreulich. Wir hatten ja keine Möglichkeit, Sie von diesem Termin zu unterrichten.«

Achim zuckte entschuldigend mit den Schultern.

»Wie war der Don Giovanni?«, fragte Hartung.

Hartung liebte es, informiert zu sein, wollte alles genau wissen und so den Überblick behalten, wie er es nannte. Hartung war vor allem eines: wichtig. Zumindest aus seiner Sicht. Er hatte als Einziger in der Redaktion nicht Musik studiert, sondern Romanistik, hatte aber irgendwelche politischen Beziehungen, die ihm diesen Führungsposten bescherten. Sicher weil kein anderer frei war. So weit Achims Spekulation. Hartung sah ihn über seine Halbbrille abwartend an.

»Keine Sensation, aber auch kein Reinfall.«

»Ihr Kollege Wegener hat mich überzeugt, dass wir vielleicht doch einen kleinen Beitrag über die Hamburger Inszenierung machen sollten.«

Achim schaute seinen Kollegen Wegener kurz an, der sich ein leichtes Grinsen nicht verkneifen konnte.

»Ich glaube nicht, dass sich das lohnen würde«, sagte er an seinen Chef gewandt.

»Auch das ist eine Einschätzung, die wir unseren Hörern nicht vorenthalten sollten. Oder?«, mischte sich Wegener ein.

Wer Kollegen hat, braucht keine Feinde, schoss es Achim durch den Kopf.

»Der Beitrag über die Instrumentenausstellung ist noch nicht fertig. Uns fehlt also ein Musikthema für die nächste Magazinsendung. Sie sind einverstanden?«

Das war eine Erklärung, die man akzeptieren musste, auch wenn sich Achim nicht sicher war, ob die nicht nur vor-geschoben war. Nachdem Wegener das Streichholzheftchen gefunden hatte, ging er sicher davon aus, dass Achims Ham-burgreise eine Vergnügungsfahrt gewesen war, und wollte ihm jetzt eins auswischen. Aber sollte Achim sich wehren? Ihm blieb keine Wahl; er nickte seinem Chef zu, dass er den Beitrag machen würde.

»Dann kommen wir zum eigentlichen Grund unserer kleinen Runde«, setzte der Chef erneut an und erging sich dann in Bekanntem, Vermutungen zu den Ursachen der Probleme und Thesen zu deren Lösung. Achim ließ seine Gedanken schweifen, denn dies kannte er beinahe auswen-dig. Nichts ist schlimmer als ein Vorgesetzter, der aus Mut-losigkeit und Mangel an Phantasie nichts macht, und dies in langen Sitzungen in unterschiedlichster Argumentation als Erfolg darstellt.

Zweieinhalb Stunden dauerte die Sitzung, und als Achim mit den anderen endlich den Raum verlassen konnte, spürte er eine große Leere in sich. Mit scheinbar wachen Augen, hinter denen er nur mühsam sein völliges Desinteresse an der Sitzung verbergen konnte, hatte er die wichtige Rede seines Chefs überstanden, und nicht nur Achim war froh, dass alle weiteren Punkte auf einen neuen Termin vertagt wurden. Achim verließ den Raum als Erster, aber Paul Wegener holte ihn nach wenigen Schritten ein.

»Jetzt sei nicht beleidigt, aber jedes Vergnügen hat seinen Preis.«

»Ich weiß nicht, was du willst. Ich mache einen Beitrag über eine Operninszenierung, die ich in Hamburg gesehen habe.«

»Ja, wenn das so ist.«

Achim blieb stehen.

»Ja, das ist so. Und dieses Streichholzheftchen hat mir irgendjemand zugesteckt«, sagte Achim, den Schlüsselanhänger bewusst unterschlagend.

»Ist ja okay.«

Achim wollte noch etwas sagen, aber ihm fiel so schnell auch nichts ein, was Wegener davon hätte überzeugen können, dass er mit seiner Vermutung unrecht hatte. Also schauten sich beide einen kurzen Moment an.

»Das war doch wieder einmal was«, scherzte Wegener, um die ungute Stimmung zwischen ihnen zu vertreiben; schließlich waren sie Kollegen, und Wegener wollte keinen internen Streit. »Ich komme morgen erst später, ich denke, das habe ich mir in den letzten Stunden redlich verdient.«

»Tu, was du nicht lassen kannst«, gab Achim zurück und verschwand nach einem kurzen Feierabendgruß in seinem Büro. Er packte rasch seine Tasche, als er wie zufällig das Telefon wahrnahm. Morgen ist auch nur verschoben, fuhr es ihm durch den Kopf. Er setzte sich kurz hin, suchte im Speicher des Telefons Sylvias Nummer, die er unauffällig unter

»Berg, A.« für Amberg abgelegt hatte und wählte. Er hatte sich nicht überlegt, wie er sein Geständnis anfangen wollte, aber er fühlte, dass er es hinter sich bringen musste. Es klingelte mehrfach, aber er erreichte nur den Anrufbeantworter. Das ging nun wirklich nicht. Er legte auf. Unter Sylvias Handynummer sprang gleich die Mailbox an. Nichts zu machen. Achim nahm seine Tasche, löschte das Licht und verließ das Büro.

Im Aufzug wurde ihm klar, dass eigentlich der ganze Tag inklusive dem davor eine Katastrophe war. Der unterdrückte Ärger stieg in ihm hoch, nicht zuletzt weil er Sylvia nicht erreicht hatte. Er könnte ganz entspannt nach Hause zu Susanne fahren, wenn dieses Telefonat stattgefunden hätte. Stattdessen würde er den treuen Ehemann spielen müssen, der immer noch den Geruch der Untreue und der Lüge verströmte. Der Aufzug hielt noch einmal an, und zwei ihm unbekannte Kollegen stiegen ein. Sofort verstummte beider Gespräch, als wäre es peinlich, vor einem Dritten weiterzusprechen. Stattdessen grüßten sie wortlos und stellten sich mit dem Rücken zur Fahrstuhlwand. Es schien ein menschliches Bedürfnis zu geben, in Fahrstühlen anderen nie den Rücken zuzukehren. Beim Anstehen in der Kantine, auf Bahnhöfen, in Flughäfen oder bei anderen Gelegenheiten der Schlangenbildung schien es den Menschen egal zu sein, Fremden oder Bekannten den Rücken zu zeigen. In Aufzügen war das anders, als gäbe es besonders dort Gefahr von hinten. Aufzüge waren Anlass, den Mitmenschen das wahre Gesicht zu zeigen. Freundlich lächelnd, als wäre man in bester Gesellschaft, aber vorsichtig, ja misstrauisch den anderen lieber im Auge behaltend, als wäre man ein ängstliches Beutetier. Wohin man schaute, reduzierte sich der Mensch auf seine archaische Programmierung, woher diese auch immer stammte.

So fuhr der Aufzug dem Erdgeschoss entgegen, ein leichtes Rucken, und dann entließ er mit dem üblichen Klingelton seine Fahrgäste. Achim ließ den anderen den Vortritt, nicht nur aus Höflichkeit, sondern auch aus einer nicht wirklich bewussten Vorsicht. Sein Kollege Wegener hatte in seinem Mantel das Streichholzheft mit dem Aufdruck True Love gefunden, er selber den Schlüssel mit dem Anhänger desselben Etablissements entdeckt, es gab den Mann aus der Tiefgarage, den er meinte vor dem Fenster des Da Salvo und am Morgen danach an der Hotelrezeption gesehen zu haben. Alles vielleicht Zufälle, aber vielleicht auch nicht.

Die frische Abendluft umfing ihn, aber seine Laune hatte sich noch nicht gebessert, als er wenig später den Sender verließ. Er hatte in seinem Büro noch einen Moment überlegt, was er mit dem Schlüssel und dem Streichholzheftchen machen sollte. Er konnte beides kaum in den Papierkorb werfen. Der Putzkolonne könnte es auffallen; vielleicht würde sie es als Spaß auf seinen Schreibtisch legen, wo es jeder sehen könnte. Er wollte es eigentlich nicht mit nach Hause nehmen, da es ihm irgendwie wie eine Art Lüge vorkam, wenn er die beiden Sachen in seiner Tasche ins Haus schmuggeln würde, obwohl sie nichts mit ihm zu tun hatten. Natürlich hätte er sie auch einfach in seinem Schreibtisch zurücklassen können. Er wusste, dass auch andere Kollegen ihre Schreibtische verriegelten, auch wenn es natürlich den Eindruck hinterließ, man hätte etwas zu verbergen. Aber schließlich sollte er ja einen Beitrag vorbereiten, und da war es nichts Ungewöhnliches, dass er die ersten Einfälle zum Manuskript nicht offen herumliegen lassen wollte. Er ertappte sich dabei, dass er begann, sich für eine nichtige Selbstverständlichkeit wie das Abschließen des Schreibtisches Gründe einfallen zu lassen, worüber eigentlich jeder verschwendete Gedanke zu viel war.

Aber dann hatte er den Schlüssel und das Streichholzheftchen doch eingesteckt. Irgendwie hatte er das Gefühl der Kontrolle über beides, wenn er es mit sich führte. Fast unbewusst prüfte er durch das Futter der Manteltasche, ob beides noch an seinem Platz war, und ein Gefühl der Erleichterung durchströmte ihn.

Achim ging gerade über den Parkplatz, als er über zwei Autodächer hinweg die Stimme eines anderen Kollegen hörte.

»Wie war's in Hamburg?«

Ohne erkennbaren Grund schien ihm die Stimme einen leichten Unterton zu haben, glaubte er ein schwaches, aber ironisches Lächeln im Gesicht des anderen zu erkennen. Warum sprach ihn ein Kollege aus einer anderen Redaktion an, der mit ihm selten mehr als einen Gruß bei zufälligen Begegnungen auf dem Flur wechselte?

»Was willst du wissen?«, hörte Achim seine Stimme, in der er einen gereizten Unterton nicht unterdrücken konnte.

»Wie der Don Giovanni war. Ich konnte ihn selber nicht . . .«

Er vermutete also zu Recht. Wegener hatte gequatscht oder wer auch immer. Achim blieb stehen und musterte sein Gegenüber über die Autodächer hinweg. Der andere hatte Glück, dass sie nicht unmittelbar voreinander standen, denn Achim war sich sicher, dass er den anderen am Kragen gepackt hätte.

»Was soll das?«, fuhr er zurück.

»Entschuldige, ich wollte bloß . . .«

»Wenn du meinst, du kannst mich hier für blöd verkaufen . . .«

Achim spürte, dass er sich im Ton vergriff, aber er wusste auch, dass jedes weitere Wort alles nur schlimmer machen würde. Also ließ er den anderen stehen und stieg in seinen Wagen ein.

»Hey, ich wollte doch nur wissen ...«

Die Situation war nicht mehr zu retten. Achim ließ die Scheibe ein kleines Stück herunter, denn er wollte nicht wortlos wegfahren.

»Hör dir mein Feature an, dann weißt du es. Ich muss los.«

Der elektrische Motor des Fensterhebers surrte erneut, und die Scheibe war zu. Im Augenwinkel sah Achim, dass ihm der andere fassungslos nachschaute. Das war wirklich kein rühmlicher Abgang. Aber er wollte jetzt auch keinen Gedanken daran verschwenden. In weniger als einer halben Stunde war er zu Hause bei seiner Frau, die von ihm ein Kind erwartete und mit der er einen wunderbaren, ruhigen Abend verbringen wollte.

Es war um diese Zeit wenig Verkehr auf den Straßen, da die meisten Berufstätigen schon daheim waren, und die Leute, welche die längeren Verkaufszeiten der Geschäfte noch für letzte Erledigungen nutzten, noch nicht den Heimweg angetreten hatten. Nur auf der Brücke über den Rhein, die mit dem Fluss auch gleichzeitig die Grenze zwischen den benachbarten Bundesländern Hessen und Rheinland-Pfalz überspannte, floss der Verkehr etwas zäher, was man aber beileibe noch nicht Stau nennen konnte.

Achim verstand sowieso nicht die Kollegen, die sich jeden Morgen endlos über den schrecklichen Verkehr auslassen konnten. Natürlich kam er auch lieber etwas zügiger vorwärts, aber er fand, im Auto saß man trocken und bequem, und es war vor allem Susannes Vermögen zu verdanken, dass er sich nicht in einen Kleinwagen quetschen musste, sondern in einer luxuriösen Limousine dahinrollen konnte. Dank der Klimaautomatik war es angenehm warm oder im Sommer leicht gekühlt. Zu allem Überfluss hatte er eine für ein Auto mehr als respektable Musikanlage eingebaut, wodurch er sich mit wechselnden Komponisten, Orchestern oder Sängern die Zeit angenehm vertreiben konnte. Nicht dass ihm diese Qualität für seine Musik genügt hätte, aber es gab so viele Neuerscheinungen, in die er wenigstens reinhören musste, und für dieses Informationshören, wie er es nannte, dafür reichte eine gute CD-Technik allemal.

Die Villa der Eheleute Kröger lag in einer angesehenen Villengegend, umgeben von einem weitläufigen, eher Park zu nennenden Garten, in dem es neben einem umfangreichen alten Baumbestand im hinteren Teil auch einen größeren Teich gab, in dem neben Enten und anderen Wasservögeln sich auch seit einigen Jahren ein Schwanenpaar niedergelassen hatte. Dies alles zeigte unübersehbaren Wohlstand, den beide vor allem Susannes Herkunft und dem elterlichen Geschäft und praktisch gar nicht Achims Einkommen zu verdanken hatten.

Susannes Urgroßeltern hatten vor mehr als einhundert Jahren in der Stadt ein kleines Uhrengeschäft eröffnet, dass der gemeinsame Sohn Anfang des zwanzigsten Jahrhunderts zum ersten Juwelier- und Goldschmiedegeschäft der Stadt ausgebaut hatte. Natürlich gab es in den folgenden Jahrzehnten durch die Wirtschaftskrisen und Weltkriege Rückschläge, aber diese schienen eher die unteren und mittleren Bevölkerungsschichten zu treffen, denn die Oberschicht hatte offenbar immer Geld und war bereit, dieses auch auszugeben. So wuchs auch das Vermögen der Familie Kröger, die zunächst ein Stadthaus bewohnt hatte, bevor sie dann diese prunkvolle Villa in einem angesehenen Stadtteil errichten ließ. Diese übernahm Susannes Vater ebenso wie das Geschäft aus den Händen seiner Eltern und führte es mit geschäftlichem Geschick und viel Phantasie weiter. Susanne waren das florierende Geschäft und das beträchtliche Vermögen quasi in den Schoß gefallen. Als Kind aus gutem Hause absolvierte sie die Schule, studierte Kunstgeschichte und machte parallel dazu erwartungsgemäß eine Ausbildung als Goldschmiedin, spezialisierte sich später auf Perlen und arbeitete im väterlichen Geschäft, bis sie vor mehr als zehn Jahren dessen Leitung übernahm, nachdem sich ihr Vater aus Altersgründen zurückgezogen hatte und wenig später verstorben war. Von Susannes Mutter war weniger bekannt, da sie kaum ein Jahr nach Susannes Geburt bei einem Autounfall ums Leben kam. Susanne wurde daraufhin von einer Pflegemutter erzogen, während ihr Vater alleinstehend blieb. Vor allem die fünfziger und sechziger Jahre nach dem Zweiten Weltkrieg brachten ungeahnten Aufschwung, machten Sylvias Vater noch vermögender und die heranwachsende Susanne zu einer der begehrtesten Partien der Stadt.

In der ersten Zeit war es Achim unangenehm gewesen, in dieses feudale Anwesen zu ziehen, aber als es nach dem Tod von Susannes Vater leer stand und sie gemeinsam überlegt hatten, was nun mit dem Haus geschehen sollte, hatte er sich schließlich überreden lassen. Wie er sich überhaupt hatte zu einigem überreden lassen, seit er die hübsche Tochter des Juweliers und Edelgoldschmieds Kröger kennen- und lieben gelernt hatte. Anfangs hatte er auch die Liebelei der jungen Susanne nicht ganz ernst genommen. Sie waren bei einem Jazzfrühschoppen einander vorgestellt worden, weil Susanne den mitreißenden Saxophonisten kennenlernen wollte, der sonntags mit einer Band auf einer renommierten Altstadtbühne aufspielte, die sich in kürzester Zeit zu einem In-Treff gemausert hatte. Es hatte einige Zeit gedauert, bis Achim die Gefühle der jungen Frau ernst nahm und sich eingestand, dass auch er sich in die hübsche Susanne verliebt hatte. Zunächst war alles eine harmlose Liebelei, leicht, wie Verliebtheiten sind, bis er erfuhr, dass Susanne *die* Susanne Kröger war. Hätte er vorher geahnt, was es bedeutete, mit der Familie Kröger in Verbindung gebracht zu werden – er war sich lange Zeit nicht sicher, ob er sich darauf eingelassen hätte. Susanne Kröger, der die besten Partien der Stadt offen standen, und er, ein gelegentlich bei einem Sender jobbender Musiker, bei dem es vielleicht zu einem ernstzunehmenden Konzertmusiker, aber nicht zu einem der raren Solisten gereicht hatte und dessen Kompositionen höchstens bei diesem Frühschoppen gespielt wurden. Für Achim war die Aussicht, inmitten eines Orchesters zu sitzen und zu musizieren, eine wenig reizvolle Vorstellung. Das war ihm zu sehr Herdenspielen, wie er es für sich nannte. Er wollte Solist werden, spielte mehrfach vor, kam immer in die engere Auswahl, aber war am Ende immer Zweiter oder Dritter, also der Verlierer. Mehr per Zufall als nach Plan bekam er über das Rundfunkorchester Kontakt zum Sender, und als man dort die Stelle eines Musikredakteurs ausschrieb, kam ihm das gerade recht. Die ersten Monate verliefen auch ganz nach seinem Geschmack, aber dann machte sich Routine breit, musste er mehr, als ihm lieb war, mit seiner Musikauswahl dem Massengeschmack entsprechen, bis er schließlich gleichgültig Dienst nach Vorschrift machte. In dieser Zeit war der wöchentliche Auftritt mit der Jazzband die einzige erfreuliche Abwechslung, bis Susanne in sein Leben trat. Als er ihr vorgestellt wurde, gefiel ihm die junge Frau, aber erst als sie danach jeden Sonntag unter den Zuschauern war und nach jedem Auftritt das Gespräch mit ihm suchte, erkannte er, dass sie nicht nur seine Musik, sondern auch ihn selber meinte. Es folgten erste Verabredungen, beide kamen sich rasch näher, und nach der ersten gemeinsamen Nacht in seiner kleinen Wohnung gestand sie ihm, dass sie *die* Susanne Kröger war. Wenige Tage später hatte er eine Einladung ins Haus Kröger erhalten, ein Abend im kleinen Kreis, bei dem Kröger senior neben dem Neuen seiner Tochter noch ein paar Freunde nebst Gattinnen um sich versammelt hatte. Achim schlug sich in den Augen Susannes ausgezeichnet, er selber fand sich eher tapfer, aber er hatte seinen Einstand vor allem deshalb erfolgreich gegeben, weil er als studierter Musiker als Mann der Kultur galt und zu den Themen Konzert und Oper der städtischen Bühnen fundiert Auskunft geben konnte.

Natürlich hatte die lokale Klatschpresse wochenlang immer wieder Stoff für Schlagzeilen, bis sie sich ebenso wie Susannes Vater und ihr Freundeskreis damit abgefunden hatte, dass Susanne zu Achim stand und beide ein Paar waren. Als die Hochzeit beschlossene Sache war, bekam Achim ein Hochzeitsgeschenk der besonderen Art, denn er konnte aus der Musikredaktion, in der es nur darum ging, Musikprogramme zusammenzustellen, was bedeutete, die Hitparade mehr oder weniger sortiert herauf- und herunterzuspielen, in die Kulturredaktion wechseln, und Achim war sich sicher, dass Kröger senior dabei seine Finger im Spiel hatte. Das wurde natürlich nie an- oder ausgesprochen, aber als Kulturjournalist war er als Bräutigam natürlich passender für die begehrte Krögertochter. Das war jetzt mehr als fünfzehn Jahre her. In der Zwischenzeit hatten sie

Höhen und Tiefen erlebt, eine große Krise hinter sich, aber sich erneut füreinander entschieden und nun einen Neuanfang gemacht.

Als Achim mit seinem Wagen durch das sich auf Knopfdruck öffnende Tor auf den Kiesweg einbog, musste er sich eingestehen, dass er dieses Haus und vor allem diesen Garten lieben gelernt hatte. Die erste Zeit war es ihm immer wie ein geliehenes, zu großes Kleidungsstück vorgekommen, und er musste lange gegen das Gefühl ankämpfen, hier nicht hinzugehören. Wie ein Besucher in einem Restaurant, das für den eigenen Geldbeutel zu teuer ist, wie ein Gast bei einem Fest, dessen Garderobe den passenden Stil vermissen lässt, kam er sich anfangs geduldet vor. Susannes selbstverständliche Art, mit diesem Luxus umzugehen, war ihm lange fremd, auch wenn sie alles tat, damit er sich wohl und zu Hause fühlen konnte.

Die letzten Meter ließ er den Wagen langsam rollen und genoss auch das knirschende Geräusch des Kieses unter den Reifen, die er immer mit dem berauschenden Gefühl verband, dass er eigentlich ein glückliches Leben hatte. Er musste es nur annehmen wollen.

Achim parkte seinen Wagen neben dem schicken Zweisitzer seiner Frau, von dem er wusste, dass sie ihn gedanklich bereits zugunsten einer Limousine aufgegeben hatte, da sie keinesfalls mit einem Säugling auf dem Beifahrersitz herumfahren wollte. Susanne schien dennoch nicht da zu sein, denn der Jeep fehlte, den sie meistens benutzte, wenn sie in der Stadt Erledigungen machte.

Hinter ihm schloss sich das Tor, nachdem er es mit der Fernbedienung angepiepst hatte. Er stieg aus, nahm seine

Reisetasche aus dem Kofferraum und ging auf das Haus zu, dass trotz seiner Größe beinahe eine gemütliche Heimeligkeit versprach.

Hinter der Haustür empfingen ihn die Räume mit einer Stille, die seine innere Beklommenheit widerspiegelte. Wie sehr hätte es ihn erleichtert, Susanne zu sehen, sich zu vergewissern, dass alles gut war, dass sie von den Ereignissen der letzten beiden Tage nichts ahnte. Andererseits bot ihm Susannes Abwesenheit die Gelegenheit, den Schlüssel und das Streichholzheftchen irgendwo in seinem Arbeitszimmer zu verstecken. Natürlich hätte er beides unterwegs auch einfach wegwerfen können, aber das schien Achim auf eine unbestimmte Art riskant. Irgendeine Bewandtnis musste es doch mit den beiden Dingen haben. Vielleicht doch der alberne Scherz eines Kollegen, der morgen beides wiederhaben wollte. Das wäre noch die naheliegendste und vor allem einfachste Lösung, auch wenn Achim niemand einfiel, dem er einen solchen geschmacklosen Einfall unterstellen könnte.

Achim ließ seine Reisetasche in der Eingangshalle stehen und ging, noch im Mantel, in sein Arbeitszimmer, das mit dem geräumigen Wohnraum durch eine zweiflügelige Tür verbunden war. Hier war seine umfangreiche Schallplattensammlung untergebracht, die edle Musikanlage, die sich Susanne und er zugelegt hatten, und hier stand auch der Flügel, Susannes Hochzeitsgeschenk an den musikbegeisterten Gatten.

Achim verstaute das Streichholzheftchen und den Schlüssel mit dem True-Love-Anhänger rasch in der untersten Schublade seines Schreibtischs hinter allerlei alten Notenblättern, voll mit früheren Kompositionsversuchen, die er zwar nicht mehr brauchte, von denen er sich aber aus einer eigenwilligen Sehnsucht nach seiner Musik nicht trennen konnte. Vielleicht würde er sie ja doch noch einmal hervorholen; vielleicht war einiges davon doch nicht so schlecht, wer konnte das wissen. Er hatte in den Jahren seiner Ausbildung mit dem Komponieren begonnen, hatte kleinere Klavieretüden geschrieben und sich sogar an einem Konzert für Orchester versucht. Einige Jahre hatte er sich damit die Freizeit vertrieben, wenn Susanne geschäftlich unterwegs war oder wie an den meisten Abenden erst spät aus dem Geschäft kam. Beflügelt von letztem jugendlichen Elan, hatte er seine Kompositionen auch bei Musikverlagen vorgestellt, hatte sie persönlich abgegeben, aber er bekam bei allen Stellen rasch das Gefühl, dass sich niemand dafür interessierte, einem jungen Musiker den Weg zu ebnen. Vielmehr reichte es den meisten hiesigen Verlagen, die vorhandenen Aufnahmen zu verwalten oder Aufnahmen berühmter Musiker und Orchester aus dem Ausland einzukaufen. An der mühevollen Förderung oder Entwicklung des Nachwuchses hatte niemand Interesse. Anfangs störten ihn die ersten Absagen wenig, aber im Laufe der Zeit waren die Folgen für seine Kreativität katastrophal. Selbst Susannes Anteilnahme und ihre aufmunternde Zustimmung reichten bald nicht mehr aus, ihn zu überzeugen. Zum einen unterstellte er Susanne, dass sich in ihrer Meinung mehr die liebende Gattin spiegelte, zum anderen sprach er ihr aus fachlichen Gründen eine für ihn hilfreiche Einschätzung ab. Susanne war sicher gebildet im besten Sinne, aber zur Beurteilung kompositorischer Qualität fehlte ihr eine grundlegende musikalische Ausbildung. So hatte er sich immer weniger mit eigener Musik befasst, hatte das Komponieren mehr und mehr vernachlässigt, bis er es irgendwann ganz eingestellt hatte. Danach gab es immer wieder Phasen, in denen er das bereute, ihn das Gefühl beschlich, fahrlässig etwas versäumt zu haben, seine

Chancen nicht konsequent genug genutzt zu haben, aber das reichte nur für ein schlechtes Gewissen und nicht für eine Wiederaufnahme der Arbeit. Erst in den letzten Wochen, seit er und Susanne sich wieder einander genähert hatten, seit er wusste, dass er Vater wurde und einmal ihrem eigenen Kind seine Musik würde vorspielen können, hatte er wieder mit dem Komponieren begonnen. Aber er hatte nicht seine alten Sachen, wie er sie fast verschämt nannte, hervorgeholt und an ihnen weitergearbeitet, sondern unbelastet von seinen früheren Versuchen Neues begonnen. Nun verbargen die alten Sachen seine zwei Zufallsfundstücke und erfüllten damit auf eine gewisse Art auch einen Sinn.

Anschließend ging Achim zurück in die Eingangshalle, hängte seinen Mantel an der Garderobe auf und ging mit seiner Reisetasche nach oben, wo er die wenigen Utensilien der kurzen Reise im Bad und im begehbaren Kleiderschrank verstaute. Ihm fiel auf, dass er dabei immer wieder auf die Uhr schaute, als könne er damit Susannes Erscheinen beschleunigen. Er ertappte sich sogar dabei, dass er aus dem Schlafzimmerfenster auf die Zufahrt zum Haus starrte, riss sich aber sogleich los und ging wieder nach unten. Was konnte er Sinnvolles machen, bis Susanne zurückkam? Sie hatte seine letzten Kompositionsversuche gelobt, fiel ihm wieder ein.

Wenig später saß er am Flügel, spielte die Noten, die er zwei Tage zuvor notiert hatte, brachte ein paar Korrekturen an, aber er musste sich eingestehen, dass seine Unruhe ein erfolgversprechendes Arbeiten verhinderte. Aber er blieb sitzen, spielte ein wenig, probierte Variationen aus, denn Komponieren war wie jeder kreative Prozess Arbeit, nichts was einem zufiel, und oft entstanden die Ideen aus diesem Arbeitsprozess heraus, fielen einem dann wie zufällig zu. Aber dass es anstrengend, ja mühsam war, merkte man, wenn man sich eine oder zwei Stunden später eine Pause gönnte. Dann spürte er die verspannten Schultern und im Kopf eine nicht unangenehme Leere, wie sie ein Sportler in seinem Körper fühlt, wenn er sich nach einem Trainingsprogramm ausruht. Und je erfolgreicher die Arbeitsstunden waren, desto mehr genoss er die Pausen, die nicht nur Erholung, sondern vor allem neue Energie für den nächsten Arbeitsschritt versprachen. Doch an diesem Abend wollte sich diese Befriedigung nicht einstellen. Sein Spiel blieb blass, seine Noten ohne Energie, und auch seine Einfälle, die begonnene Komposition weiterzuführen, schienen ihm wenig wirkungsvoll. Natürlich war Komponieren Arbeit, man musste sich mühen, musste die Ideen herbeidenken, durfte nicht leichtfertig aufgeben, wenn es nicht zügig vorwärtsging. Aber man durfte sich auch nicht zwingen, denn zu großer Druck macht das Denken taub.

Er brach seine Versuche ab, holte sich ein Glas Wein aus der Küche und spielte anschließend einfach, was ihm in den Sinn kam. Kleinere Übungen, von denen er manche aus den tiefsten Winkeln seiner Erinnerung hervorsuchte, und mehr und mehr stellte sich eine beinahe beschwingte Zufriedenheit ein, die vor allem daher resultierte, dass das Spiel die Erinnerung an die letzten beiden Tage vertrieb.

Es war schon weit nach neun, als das Knirschen des Kieses anzeigte, dass ein Wagen vor dem Haus vorfuhr. Achim ließ sich jedoch nicht stören, sondern spielte weiter, auch als er hörte, dass seine Frau das Haus betrat. Erst als sie wenig später ins Wohnzimmer kam, in der offenen Tür zu Achims Arbeitszimmer stand und ihn aufmerksam beobachtete, brach er sein Spiel ab.

»Wie vor siebzehn Jahren.«

»Nur hatte ich damals keinen Flügel.«

Susanne trat zu ihrem Mann und küsste ihn zur Begrüßung.

»Deine Musik war trotzdem wunderbar. Wie war Hamburg?«

»Hamburg war mäßig, der Nachmittag in der Redaktion war Galeere pur. Ich möchte dich nicht mit Details langweilen.«

»Dann musst du es auch nicht tun.«

Susanne wusste, dass Achim seine Arbeit zwar gern machte, dass ihn aber die interne Arbeit, dieses kollegiale Hin und Her zwischen den Sitzungen und der verstaubten Bürokratie eher nervte.

»So schlimm war es auch wieder nicht«, wandte Achim versöhnlich ein.

»Keine Sitzung?«

»Aber doch. Der Quotendruck und die Kostenprobleme. Wie immer wichtig, wie immer ergebnislos vertagt. Möchtest du auch ein Glas?« Er schaute sie an. »Besser nicht, oder?«

»Später nehme ich eins. Bis dahin gebe ich mich mit deiner Musik zufrieden. Ich hole mir eben von oben eine Jacke.«

Achim stand vom Flügel auf und ging seiner Frau bis in die Eingangshalle nach, wo er am Fuße der Treppe stehen blieb.

»Wie war dein Tag?«, fragte er seine Frau, die gerade die ersten Stufen hinaufgegangen war.

»Ich habe die Frau deines Kollegen Wegener getroffen und konnte nur mit Glück verhindern, dass sie sich heute Abend bei uns einladen.«

»Ich danke dir für dein diplomatisches Geschick.«

Achim durchzuckte einen Moment der Gedanke, was daraus wohl geworden wäre. Sicher konnte es Zufall sein, aber es war natürlich auch nicht auszuschließen, dass Paul Wegener ihn auch bei seiner Frau wegen des Streichholzheftchens anschwärzen würde.

Achim wollte sich gerade wieder dem Wohnraum zuwenden, als das Telefon klingelte.

»Gehst du ran? Es ist doch bestimmt für dich!«, rief er seiner Frau nach.

»Eben, aber heute ist nicht Freitag. Das müssen die anderen eben noch lernen«, hörte er ihre Stimme aus dem Schlafzimmer zurück.

Natürlich verstand Achim, dass seine Frau ihm diese Aufgabe überließ, und ging zum Telefon.

»Kröger.«

»Herr Achim Kröger?«, hörte er eine unbekannte Männerstimme.

»Ja, Sie wünschen?«

Die Stimme des Mannes klang irgendwie bedrohlich.

»Ich hoffe, der Anruf kommt jetzt nicht ungelegen. Sonst kann ich auch gern später noch einmal ...«

Der Rest des Satzes blieb ungesagt. Achim spürte, wie sich sein Puls beschleunigte. Die Stimme schien ihm unbekannt, aber er konnte sich auch irren, denn die Stimme klang dumpf, als halte sich der Mann beim Sprechen ein Tuch vor den Mund.

»Ist schon in Ordnung. Was kann ich für Sie tun?«

»Hier ist das True Love in Hamburg. Normalerweise belästigen wir unsere Kunden auch nicht privat. Aber Sie haben bei Ihrem letzten Besuch versehentlich den Zimmerschlüssel eingesteckt, und da wir eine moderne Schließanlage haben ...«

»Hören Sie. Sie haben sich in der Nummer geirrt. Ich kenne Sie nicht und auch nicht Ihren Laden in Hamburg. Ich weiß daher nichts von einem Schlüssel und kann Ihnen auch nicht weiterhelfen.«

Im Hintergrund hörte Achim seine Frau die Treppe herunterkommen.

»Aber Herr Kröger, Sie haben doch ...«

Was sollte das nun? Achim spürte eine Wut in sich aufsteigen, die er sich nicht erklären konnte.

»Ich habe gar nichts. Hören Sie, der Name Kröger ist nicht so selten. Schauen Sie doch einmal nach, welchen Herrn Kröger Sie sprechen wollen, und dann wählen Sie beim nächsten Mal die richtige Nummer. Guten Abend.«

Achim legte geräuschvoll den Hörer auf die Gabel, während er Susannes Hand auf seiner Schulter spürte.

»Du bist ja unverzeihlich, auch beim kleinsten Fehler.«

»Bin ich im Unrecht?«

»Nein, nur so kenne ich dich nicht.«

»Dein guter Einfluss.«

Er küsste seine Frau auf die Wange.

»Jetzt das eine Glas Rotwein statt Musik?«

»Du bist ein raffinierter Rhetoriker«, erwiderte Susanne ihrem Mann und ging voraus ins Wohnzimmer.

Der Rest des Abends verlief ruhig und harmonisch. Achim vertiefte sich in die Kulturseiten der Tagespresse, seine Frau blätterte in einem Bildband, der sie auf das Thema Reisen brachte, was in Zukunft nicht mehr so einfach werden würde, denn bald wären sie zu dritt, würde für sie ihr Wunsch in Erfüllung gehen.

Immer wieder schaute Achim zu seiner Frau, versuchte, ihr Verhalten zu prüfen, einzelne Sätze zu analysieren, aber es schien alles in bester Ordnung.

Später beschlossen beide, schlafen zu gehen. Achim würde noch die Gläser und den Wein in die Küche bringen und dann seiner Frau folgen. Einen Impuls folgend ging er dann aber doch noch in sein Arbeitszimmer. Auch wenn er nicht wusste, was er zu so später Stunde dort machen wollte, setzte er sich noch einmal an den Schreibtisch und schaute gedankenversunken auf die Holzblende der untersten Schublade, als sei da ein Zeichen zu entdecken, das den verdächtigen Inhalt verriet. Natürlich war das Unfug, aber Achim verstand eben nicht, was es mit den beiden Dingen auf sich hatte. Von einem schlechten Scherz oder einem Zufall konnte jedenfalls nach dem Anruf keine Rede mehr sein, denn wer auch immer ihm das Streichholzheft und den Schlüssel in die Manteltasche gesteckt hatte, der wusste, wer er war und wo er wohnte. Ihm fiel unwillkürlich wieder dieser Benrath ein, der Mann mit dem hellen Mantel. Hatten die beiden Ereignisse etwas miteinander zu tun? Konnte dieser Benrath ihm den Schlüssel und das Streichholzheftchen untergeschoben haben, als sie am Morgen nebeneinander an der Rezeption standen? Aber was machte das alles für einen Sinn? Achim verstand es nicht. Er verstand nur, dass sein Glück auf tönernen Füßen stand, einer zarten Fassade gleich, die jeden Moment einstürzen konnte. Trauer und Enttäuschung machten sich in ihm breit, denn alle guten Vorsätze, die harmonischen letzten Wochen nach der Aussprache, an deren Ende ein Neuanfang stand, alles hing an einem seidenen Faden, der jeden Augenblick reißen konnte.

Müde und ratlos erhob er sich, löschte das Licht im Arbeitszimmer, ging durch den Wohnraum in die Eingangshalle, löschte auch hier das Licht und ging aus der Dunkelheit des unteren Stocks die Treppe hinauf.

Hier brannte noch Licht im Flur, aber aus dem Schlafzimmer fiel nur der schwache Lichtschein aus dem dahinterliegenden Bad und Ankleidezimmer. Im Schlafzimmer hatte Susanne das Licht auf ihrer Seite bereits gelöscht, und ihr gleichmäßiger Atem verriet, dass sie bereits eingeschlafen war.

In einem leisen Anflug der Verzweiflung schaute er auf seine Frau herab, die nichts von der Not ahnte, in die sich Achim aus eigener Dummheit und Schwäche gebracht hatte.

Im Hause Kröger begann der nächste Morgen noch bevor die Sonne mit ihren ersten Strahlen ins Schlafzimmerfenster schien, denn Susanne war begeisterte Frühaufsteherin, und Achim hatte beschlossen, es ihr gleichzutun. Mit müdem Blick schaute er auf den Wecker, der 6.15 Uhr anzeigte. Achim ließ sich zurückfallen, denn er brauchte noch ein paar Minuten, um wach zu werden. Aus dem angrenzenden Bad hörte er das Wasser der Dusche rauschen, Susanne war ihm also wieder etwas voraus. Er stand auf und ging in das zweite Bad.

Kurz darauf stieß er mit Susanne im Ankleidezimmer zusammen, das sie gerade verlassen wollte.

»Guten Morgen.« Sie küsste ihn. »Ich dachte schon, du würdest noch ein wenig liegen bleiben.«

Achim schaute sie an.

»Ich bin gestern gleich nach dir schlafen gegangen, aber als ich hochkam, warst du schon eingeschlummert.«

»Ich dachte auch eher an vorgestern. Vielleicht ist es ja in Hamburg spät geworden?«

Sie sah ihm direkt in die Augen. Aber keineswegs kalkulierend oder abschätzend, sondern freundlich, wie eine liebende Frau ihren Mann anschaut.

»Nicht später als sonst. Ich habe nach der Oper noch Kollegen getroffen«, begann er beiläufig. Man habe noch ein, zwei Bier getrunken, aber dann sei er auch schon zurück ins Hotel gefahren.

»Und wie war der Don Giovanni?«

»Kaum der Reise wert, ich hätte bei dir bleiben sollen.«

»Immerhin gibst du zu, dass du mich einem zweihundert Jahre alten italienischen Wüstling vorziehst. Kaffee?«

Sie zog ihn an sich, küsste ihn kurz und ging dann hinaus.

»Gern. Ich komme auch gleich herunter.«

Achim zog einen grauen Anzug an, ein blaues Hemd mit dezenten Streifen und entschied sich gegen eine Krawatte. Schon dass er seit einiger Zeit meist einen Anzug oder eine Kombination trug hatte bei einem Teil der Kollegen zu Kommentaren geführt, da sich im Sender ein eher lässiger Kleidungsstil durchgesetzt hatte. Aber Achim wusste, dass Susanne korrektes Erscheinen schätzte, und so war die elegantere Kleidung für ihn zu einem äußeren Zeichen ihres ehelichen Neuanfangs geworden.

Der Kaffee stand duftend auf der Küchentheke, als Achim den Raum betrat. Susanne saß am Esstisch und blätterte in der Tageszeitung.

»Und, hast du heute schon Pläne?«

»Ich werde mich in die Gartenarbeit stürzen, Herr Limpert kommt und hilft. Dann werde ich einkaufen, schließlich kommen Doris und Bernd heute Abend. Ich werde eine Kleinigkeit vorbereiten.«

Diese Kleinigkeit kannte Achim. Susanne würde ein Menü vorbereiten, als käme die Queen persönlich und würde sich den Kopf zerbrechen, was es geben könnte. Es musste etwas Neues sein, durfte nicht schon bei anderen Einladungen aufgetischt worden sein und auf keinen Fall bei anderen Freunden schon auf dem Speiseplan gestanden haben. Achim fand diesen Aufwand immer recht anstrengend, aber Susanne war nicht davon abzubringen. Sie war so aufgewachsen in einem Haus, das regelmäßig Gäste empfing, während seine Eltern bestenfalls alle paar Wochen Besuch hatten. Im Hause Kröger fanden diese Abende immer in einem gewissen Rahmen statt; es kamen die Honoratioren der Stadt, wichtige Geschäftspartner oder finanzkräftige Kunden, zu denen man ein beinahe freundschaftliches Verhältnis pflegte.

»Und was wirst du vorbereiten?«, fragte er, um an Susannes Tagesaufgaben teilzunehmen.

»Ich weiß es noch nicht. Einen kleinen Salat, dann irgendetwas mit Fisch. Doris und Bernd lieben Fisch, mit Fleisch tut sich Doris doch schwer. Ich werde mal sehen, was ich bekomme. Und du?«

»Erst einmal den Beitrag über den Don Giovanni, Texten, Sprachaufnahme, Endfertigung, dann ist der Tag praktisch rum.«

»Geh mit dem armen Don Giovanni nicht zu hart ins Gericht, man muss auch bei Ganoven und Ehebrechern einmal ein Herz haben.«

Achim sah seine Frau an, ob dieser Satz nur dem Don Giovanni galt oder ob sie ihn mit einem Hintergedanken gesagt hatte.

»Ich muss dem Hörer meine Einschätzung sagen, zu der ich auch stehen kann. Was denkt der nachher von mir?«

»Dann musst du ihn hinrichten, wenn er es nicht anders verdient hat.«

Achims Blick schnellte schlagartig zu seiner Frau, aber die schien diesen Satz ohne jede Mahnung, ohne tiefere Bedeutung gesagt zu haben. Aber Susanne lächelte ihn nur freundlich an und widmete sich dann wieder ihrer Lektüre, während Achim seinen Kaffee trank.

Er hatte eigentlich noch Zeit, aber er wollte in den Sender fahren. Er brauchte Ruhe, wollte Zeit haben zum Nachdenken, wollte herausbekommen, was die Ereignisse der letzten Tage und was dieser Anruf aus dem True Love zu bedeuten hatten, aber vor allem musste er aus dem Haus, weil es ihm unmöglich schien, noch länger bei Susanne zu bleiben, die ihn mit ihrer Ahnungslosigkeit oder ihren nicht ausgesprochenen Vermutungen in die Enge trieb.

»Ich fahr dann schon mal los«, sagte er und hätte beinahe noch »Liebes« angefügt, aber in seiner momentanen Stimmung wäre ihm das wie Verrat vorgekommen.

»Vielleicht kommst du heute Abend nicht so spät?«

»Doris und Bernd?«

»Du magst sie schließlich auch.«

In diesem Punkt hatte Susanne recht, denn die beiden waren die wenigen ihrer Freunde, die Achim damals gleich ins Herz geschlossen hatten. Die ersten Jahre hatten beide Paare vieles gemeinsam unternommen, bis Doris schwanger wurde, erst einen Sohn und dann eine Tochter bekam. Durch die Kinder wurde in den nächsten Jahren die Beziehung zueinander etwas lockerer, zum einen, da Doris und Bernd nur noch selten etwas unternahmen und dann meist die Kinder dabeihatten, zum anderen drehten sich die Gespräche fast nur noch um den Nachwuchs, was für Susanne und Achim auf die Dauer zu monoton war. Jetzt, seit die beiden Kinder schon auf das Gymnasium gingen, hatten sich die beiden Paare wieder angenähert, und es stand ein netter Abend bevor, an dem Susanne Achim gern dabeihaben wollte.

»Dann bis heute Nachmittag«, verabschiedete er sich, aber in dem Moment fiel ihm ein, dass er ungern den Schlüssel und das Streichholzheftchen zurücklassen wollte. Nicht dass er Susanne unterstellt hätte, sie würde in seinen Sachen suchen, aber in seinem angespannten Zustand fuhren ihm die unsinnigsten Möglichkeiten durch den Kopf, die Susanne die vermeintlichen Indizien einer Untreue in die Hände spielen konnten.

»Ich brauche noch die Noten«, schob er vor und ging rasch in sein Arbeitszimmer.

Hier blieb er stehen und horchte. Würde sie ihm wegen irgendeiner Lappalie nachkommen, einer Frage zum abendlichen Essen oder ob er ihr eine Besorgung abnehmen könnte? Aber es blieb still, mehr noch hörte er kurz darauf Susanne aus der Eingangshalle.

»Brauchst du noch einen Moment, ich gehe kurz nach oben?«

»Ich brauche noch ein paar Minuten!«, rief er zurück und achtete darauf, seiner Stimme nicht die Erleichterung anmerken zu lassen, dass er jetzt ungestört die beiden Dinge aus seinem Schreibtisch holen konnte.

Minuten später stand er mit einer kleinen Aktentasche im Flur und sah Susanne wartend entgegen, die gerade wieder herunterkam.

»Ich habe alles«, deutete er auf die Tasche und die Partituren, die er in einer größeren Mappe unter seinen Arm geklemmt hatte, während er das Gewicht des Schlüssels, den er mit dem Streichholzheftchen in die innere Manteltasche gesteckt hatte, an seinem Oberschenkel spürte.

»Dann einen erfolgreichen Tag, Lieber«, sagt Susanne und streckte ihm ihren Mund entgegen. Er küsste sie.

»Bis später, Liebes«, sagte er, wobei sich seine Stimme für ihn belegt anhörte.

»Dann frohes Gelingen«, sagte sie und schaute zu, wie er in Richtung Haustür ging.

»Carpe diem«, scherzte er zurück, öffnete die Tür, trat hinaus und meinte eine friedliche Welt hinter sich zu lassen, als er die Tür ins Schloss zog.

Erst als er mit seinem Wagen schon einige Kilometer gefahren war, fiel die Anspannung von ihm ab, und er versuchte festzulegen, wie er vorgehen wollte. Gab es das True Love tatsächlich, musste jemand dort den Schlüssel gestohlen haben, um ihm diesen unterzuschieben. Es konnte aber ebenso gut eine Fälschung sein, oder das True Love gab es gar nicht. Aber wer würde diesen Aufwand treiben und warum? Wenn es darum ging, seine Ehe zu zerstören, hätte der Unbekannte alles doch gleich an Susanne geschickt. Er konnte sich beim besten Willen keinen Reim darauf machen. Es war wie verhext.

Am späteren Vormittag saß er an seinem Schreibtisch in seinem Büro. Er hatte sich aus dem Internet und dem Zeitungsarchiv des Senders Material über berühmte Don-Giovanni-Inszenierungen besorgt, die Kritiken der wichtigen Hamburger Aufführungen der letzten Jahrzehnte und natürlich alles, was über die diesjährigen Hamburger Aufführungen zu finden war. In den letzten Stunden hatte er sich einen guten Überblick angelesen und wusste auch schon, wie er seine Kritik für das Hörfunkpublikum angehen wollte. Achim machte sich Notizen und schrieb Passagen ab, die er als Zitate prominenter Kritikerkollegen einfließen lassen würde. Ganz auf diese Arbeit konzentriert, die er nicht zuletzt deshalb sehr gut machen wollte, um mögliches Gerede im Keim zu ersticken, merkte er nicht, wie die Zeit verrann.

Er hatte ein wenig gebraucht, um Zugang zu seiner Arbeit zu finden, denn als er das Büro am Morgen betrat, war seine erste Überlegung gewesen, was er mit dem Schlüssel und dem Streichholzheft aus dem True Love machen sollte. Beides wegzuwerfen schien ihm unklug, denn er konnte nicht wissen, ob sich der Anrufer aus dem Nachtlokal noch einmal melden würde. Wenn ja, war es vielleicht damit erledigt, dass er ihm den Schlüssel zusandte. Das Streichholzheftchen würde er aufheben, falls es zu beweisen galt, dass jene ihm unbekannte Cindy gar nicht ihn gemeint hatte. Er wusste, dass das nicht unbedingt logisch war, aber wegwerfen konnte er die Sachen immer noch. Die lagen nun seit ein paar Stunden im abschließbaren Teil seines Schreibtischs, der persönlichen Dingen vorbehalten war, und waren dort seit ein paar Stunden vergessen.

Es war schon kurz vor der Mittagszeit, als es klopfte, die Bürotür sich öffnete und Paul Wegener seinen Kopf hereinsteckte.

Achim schaute nur kurz auf, widmete sich dann aber wieder seiner Arbeit.

»Na, noch sauer?«, fragte Paul in aller Unschuld.

»Ein reizender Kollege bist du«, knurrte Achim bewusst grimmig, aber es klang durch, dass sein Ärger längst verraucht war.

»Dafür trage ich dir auch deine Post nach«, erwiderte Paul, auf den lockeren Ton des anderen eingehend, und betrat das Büro. »Ein Fax für dich. Irgendein Zeitungsartikel.«

Achim nahm das Fax scheinbar achtlos entgegen und legte es nach einem flüchtigen Blick beiseite, wobei kaum zu bemerken war, dass das Fax doch seine Aufmerksamkeit gefunden hatte.

»Sei mir nicht böse, aber ich bin etwas unter Druck. Dank deiner Hilfe.«

Paul hob entschuldigend die Hände.

»Bin schon weg«, und dann im Hinausgehen: »Heute Mittag, so gegen eins?«

»Ich schaue, wie weit ich bin.«

»Ich komm unverbindlich vorbei.«

»Trotzdem danke.«

»Schon okay«, und damit schloss sich die Tür, und Achim war allein. Rasch nahm er das Fax zur Hand und begann eilig den Text zu überfliegen. Die Schlagzeile lautete: »Verschwunden: Nur sein Wagen legt eine letzte Spur. Neues Opfer im Bandenkrieg?« Neben der Überschrift ein Foto des silbergrauen Wagens, an dem das Kennzeichen deutlich zu erkennen war. HH–NA 627. Achim las den Artikel und hatte Gewissheit. Das Kennzeichen des Wagens war identisch mit dem Kennzeichen, das der verdächtige Wagen des Unbekannten in der Tiefgarage hatte. Und unter dem Foto des Wagens mit Kennzeichen sah er das Bild des Vermissten, nach dem offenbar die Polizei fahndete und für dessen Ergreifung die Polizei die Bevölkerung um Unterstützung und Hinweise bat. Er hatte sich nicht geirrt, er war Zeuge eines Verbrechens geworden. Hatte sich nicht Sylvia noch am Abend über seine Vermutungen lustig gemacht? Zugegeben, sie hatten beide einiges getrunken, und ihre Nerven waren schon für andere Dinge sensibilisiert, aber er hatte recht gehabt. Aber dies erfüllte ihn keineswegs mit Befriedigung, vielmehr steigerte es seine Unruhe, denn nun musste er nicht nur wegen des Anrufs aus dem True Love in Sorge sein, jetzt konnte jederzeit die Polizei auf ihn stoßen, wenn man feststellen würde, dass es einen unmittelbaren Tatzeugen gab. Rasch wandte er sich wieder seinem Computer zu und gab bei einer Suchmaschine den Namen True Love und den Namen der Stadt Hamburg ein. Sekundenbruchteile später erschien die Ergebnisliste, und eine der ersten Positionen nahm eine Erotikbar gleichen Namens im Stadtteil St. Pauli ein. Er hatte es merkwürdigerweise auch nicht anders erwartet. Ohne weiter zu überlegen griff er zum Telefon, ließ sich eine Nummer unter dem Stichwort »Berg, A.« anzeigen und wählte.

Es dauerte eine Weile, bis sich eine junge, frische Stimme meldete, die gute Laune ausstrahlte. Typisch für eine Agentur, zu deren Lebensphilosophie es gehörte, immer gut drauf zu sein, was immer das heißen sollte.

»Guten Tag, könnte ich bitte Frau Amberg sprechen, Frau Sylvia Amberg. Ja, danke.«

Auch typisch, dass die Stimme nicht fragte, wer er war und was er wollte. Mit solch veralteten Umgangsformen hielt man sich in der hippen Agenturwelt nicht auf.

Während er wartete, las er erneut das Fax, das er in seinen Händen hielt. Dann hörte er Sylvias Stimme.

»Ja, Amberg.«

»Sylvia, ich bin's, Achim.«

Er spürte, dass seine Stimme hastig klang, aber er bemühte sich auch nicht besonders, das zu verbergen.

»Kaum wieder zu Hause, schon Sehnsucht nach mir?«

Sollte das witzig sein, oder meinte sie das ernst?

»Ich habe dein Fax erhalten«, sagte er nur, ohne auf ihre Anspielung einzugehen.

»Was für ein Fax?«, kam es prompt zurück.

»Der Zeitungsartikel, der ist doch von dir?«

»Wenn er von mir wäre, hätte ich bestimmt einen kleinen anonymen Gruß draufgeschrieben.«

»Wer soll mir denn sonst ein …« Achim spürte, wie er den Boden unter den Füßen verlor. Er schaute auf die Kopfzeile des Faxes. »Es ist aus Hamburg, aber von der Hauptpost aus geschickt.«

»Warum sollte ich dir einen Zeitungsartikel von der Post aus zufaxen? Die Dinger sind zwar aus der Mode, aber wir haben hier noch eins in der Agentur.«

»Ich dachte, weil ...« Jetzt musste er ihr auch noch erklären, was doch auf der Hand lag. »Du erinnerst dich an diese Geschichte in der Parkgarage.«

»Der ominöse Schuss und der Mann mit der Leiche.«

»Lass das, die Sache ist ernst. Hast du eine heutige Ausgabe vom Hamburger Morgenblatt? Da müsste er drin sein.«

»Warte, die haben wir hier sicher irgendwo.«

Dann hörte er, wie sie irgendein Schätzchen rief, wahrscheinlich war damit die junge Frau gemeint, die jetzt losgeschickt wurde, zu suchen.

»Einen Moment ... ja, da ist sie ... Danke, Süße«, hörte er noch, dann sprach sie wieder mit ihm. »Ich habe sie. Ja, heutige Ausgabe.«

»Seite eins im Lokalteil ... oben links«, dirigierte er sie, während er das Rascheln von Papier hörte.

»Ich hab's ... Leeres Auto als letzte Spur. Das rätselhafte Verschwinden des Fahrers beschäftigt die Hamburger Polizei. Ja und? Kennst du den Mann?«

»Nein, das Bild ist ja kaum zu erkennen. Zudem habe ich den Toten doch nicht gesehen. Aber den Wagen. Es ist der Wagen aus der Hotelgarage. HH–NA 627. Das war er.«

»Bist du sicher?«

»Hundertprozentig.«

»Und wenn. Es kann dir doch egal sein.«

Er fasste es nicht. Begriff sie denn gar nicht, in welcher Situation er sich befand? Er war kurz davor, ihr von dem Schlüssel und dem Streichholzheftchen zu erzählen, aber das würde die Sache nur noch komplizierter machen. Auch den Anruf aus dem True Love würde er nicht erwähnen. Er wusste nicht mehr, was er sagen sollte, so sehr war er davon überzeugt gewesen, dass Sylvia die Absenderin war. Aber jetzt?

»Und wenn die Polizei etwas herausfindet?«, fragte er aufgebracht.

»Es hat dich doch niemand gesehen«, versuchte sie ihn zu beruhigen. »Oder glaubst du, der Täter geht zur Polizei und erzählt denen, dass ihn jemand beobachtet hat, der eigentlich in der Oper sein sollte?«

»Du weißt, was ich meine. Das war ein kaltblütiger Mord. Solche Leute sind zu allem fähig.«

Er wusste, dass das leere Plattitüden waren, mit denen er jetzt hilflos um sich warf.

»Mach dich nicht verrückt. Die haben Fingerabdrücke am Wagen gefunden, die bald den Täter überführen werden.«

»Wenn die vom Täter sind. Außerdem ist von zwei verschiedenen Fingerabdrücken die Rede. Und einer davon ist von mir.«

»Sei mir nicht böse, aber ich bin im Büro und muss arbeiten.« Ihre Stimme klang mit einem Mal sachlich und eher kühl. »Wir können uns ja das nächste Mal darüber unterhalten, aber jetzt geht es wirklich nicht.«

Sie hatte ja recht, ärgerte er sich, denn er fühlte sich wie einer, den man mit seinen eher kindischen Phantasien zurückwies.

»Schon okay.«

»Ich kann dich ja heute Abend zu Hause anrufen.«

»Sehr komisch«, gab er grob zurück, denn zu solchen Späßen war er wirklich nicht aufgelegt.

»Dann ruf mich eben an, wenn du Zeit hast.«

»Ja, mach ich. Bis dann.«

Achim ließ den Hörer sinken und legte ihn behutsam auf

die Gabel. Er hatte sie angerufen und sich mit ihr über den Vorfall in der Tiefgarage unterhalten, als wäre es das Selbstverständlichste, dass sie sich am Telefon austauschten. Er ärgerte sich, dass er nicht zuvor auf den Absender geschaut hatte. Dann hätte er sich dieses Telefonat sparen können, und es stünde nicht neben allem auch noch ein gemeinsames Thema zwischen ihnen, das auch irgendwann der Klärung bedurfte. Eigentlich sollte das ihr letztes Telefonat gewesen sein, jetzt konnte sie sich jederzeit melden, aus Anteilnahme an seinen Problemen oder schlicht aus Neugierde. Er wollte die Beziehung, den Kontakt zu ihr abbrechen, und stattdessen hatte er ihnen beiden ein gemeinsames Geheimnis gegeben. Hätte er doch zuvor auf die Absendernummer geschaut! Aber dann schoss ihm eine ganz andere Frage durch den Kopf. Wenn das Fax nicht von Sylvia kam, woher hatte ein anderer Absender seine Faxnummer? Hatte der Mann, der sich Benrath nannte, über das Hotel seinen Arbeitsplatz ausfindig gemacht? Wenn ja, war es sicher nicht so schwer, die Faxnummer herauszubekommen, denn es gab immer irgendwo in der Zentrale oder an einer anderen Stelle jemanden, der bereitwillig mit solchen Infos weiterhalf, wenn der Anrufer nur den Eindruck vermittelte, ein Berufskollege oder vom Fach zu sein. Und langsam wurde ihm klar, warum sich dieser Benrath solche Mühe gab. Das Fax bewies doch, dass Achim Zeuge eines Verbrechens war. Er könnte zur Polizei gehen und eine Aussage machen, die vielleicht den Täter überführte. Offenbar wollte man ihn unter Druck setzen, damit er schwieg. Dabei konnte er doch nicht mehr sagen, als die Polizei laut diesem Zeitungsartikel ohnehin wusste. Aber das wusste der andere, der sich Benrath nannte, anscheinend nicht.

Wenig später mühte er sich, sich wieder auf das Thema

des Don-Giovanni-Beitrags zu konzentrieren. Er hatte das Fax in ein Seitenfach seiner Aktentasche getan, die er mit einem Reißverschluss verschloss. Er musste dieses Fax vernichten, es loswerden, aber das ging natürlich nicht hier. Das Blatt einfach in den Papierkorb zu werfen, schien ihm völlig unmöglich. Eher verbrennen, aber zunächst musste er Zeit gewinnen, den Tag und die Aufnahme seines Beitrags hinter sich bringen, dann würde er weitersehen. Seine Tasche war in seinem Schrank eingeschlossen, und er arbeitete wieder intensiv, als es erneut klopfte.

»Essenszeit«, ließ sich Paul Wegener vernehmen, nachdem er das Büro betreten hatte.

»Sei mir nicht böse, aber . . . «

»Wir wollen nur kurz zum Italiener, also ich, die Mädels aus dem Schreibbüro und noch zwei oder drei«, versuchte er Achim noch einmal zu ködern.

»Kein Denken dran.«

»Du verhungerst, nicht ich«, gab er noch zum Besten, hielt sich die Finger an die Stirn und grüßte locker.

Wenigstens war er jetzt ungestört, denn um sich jetzt mit der fröhlichen Truppe beim Italiener hinzusetzen, fehlte ihm die Stimmung und vor allem die Zeit. Er kannte nämlich das »nur kurz beim Italiener« ganz genau. Zuerst gab es keinen Wein, dann einen kleinen, und schließlich kam man leicht beschwipst zwei Stunden später aus der Pause zurück. Zu diesem Zeitpunkt würde er schon im Aufnahmestudio sitzen, und bis dahin musste sein Text stehen.

Eine gute Stunde später war er fertig, und er war sogar sicher, dass ihm der Text gelungen war. Niemand würde den Verdacht hegen, dass er der Aufführung ferngeblieben war. Vielmehr würden die Hörer neben der beinahe ausgewogenen, leicht ablehnenden Kritik vor allem den informationsreichen Überblick über die Tradition und die Entwicklung der Inszenierungsmoden am Beispiel Don Giovannis zu schätzen wissen. Eigentlich wäre es der korrekte Dienstweg gewesen, wenn er seinem Vorgesetzten den Text vor der Aufnahme noch einmal hereingereicht hätte, aber dieses Rumkritteln an seinen Texten, dieses sinnlose Austauschen vereinzelter, weniger Worte, damit die Leitungsgewalt der eigenen Eitelkeit gehuldigt hatte, danach stand ihm jetzt wirklich nicht der Sinn, und sollte er auf diese Unterlassung angesprochen werden, würde er sagen, dass er in der Mittagszeit niemanden angetroffen habe.

Als das Telefon läutete, schaute er zuerst auf das Display des Apparats. Es war die interne Nummer des Studios. Offenbar war man so weit, und er könnte kommen. Etwas früher als geplant, aber da er die letzten Stunden genutzt hatte, den Text immer wieder auch laut zu lesen, fühlte er sich gut vorbereitet.

Im Studio waren die Techniker, der Aufnahmeleiter und der Regisseur schon da.

»Wir sind etwas früher«, begann der Aufnahmeleiter entschuldigend, aber Achim wiegelte ab.

»Kein Problem.«

»Wunderbar, Sie haben nämlich auch Kollegen ...«

»Wer hat keine Kollegen.«

Die Technik war so weit vorbereitet, es folgten einige Sprechproben, und eine knappe Stunde später war die Aufnahme fast im Kasten. Mehrfach wurde die Aufnahme unterbrochen, weil Achim sich versprochen hatte oder Räusperer herausgeschnitten werden mussten. Aber sie kamen gut voran.

»Und bitte noch einmal ab ›Alle Voraussetzungen für ...‹, und bitte.«

»Alle Voraussetzungen für einen großen Abend schienen gegeben«, setzte Achim neu an, »hätte Regisseur Heller es nicht versäumt, mit neuen Einfällen der hinlänglich bekannten Geschichte belebende Impulse ...«

Während er las, sah Achim über der Tür das rote Licht blinken, was einen eingehenden Telefonanruf ankündigte, der offensichtlich angenommen werden sollte. Er fühlte sich irritiert, kam ins Stocken und brach ab.

»Telefon«, sagte Achim zum Tonmeister und wies mit der Hand auf das blinkende Schild über der Tür.

»Ja?«

Der Tonmeister hatte über Knopfdruck die Leitung nach draußen geschaltet.

»Ein Gespräch für Herrn Kröger«, hörte man die Stimme aus der Telefonzentrale.

Der Tonmeister sah Achim fragend an.

»Wer weiß, wer es ist?«

»Okay!«, rief der Tonmeister in den Raum. »Fünf Minuten Pause!«

»Ich beeil mich«, sagte Achim entschuldigend.

»Nur kein Stress. Dauert auch fünf Minuten«, sagte der Tonmeister und deutete auf seine Zigaretten. »Das Laster ist mir leider treu. Hier drücken, und dann einfach abnehmen.«

Der Tonmeister deutete auf das Telefon, das neben seinem Mischpult stand, nahm seine Zigarettenschachtel und das Feuerzeug und verließ den Raum.

Achim wartete noch einen Moment, bis die Tür hinter dem anderen zufiel. Es gab eigentlich keinen Grund dafür, denn kaum einer wusste, wo er zurzeit im Sender war, aber er spürte, dass Vorsicht in seiner Situation besser war.

»Ja, Kröger«, sagte Achim, und in diesem Moment wusste er, dass er richtig gehandelt hatte. Am anderen Ende der Leitung hörte man zunächst nur jemanden atmen.

»Kröger, hallo?«

»Sie haben meine kleine Nachricht erhalten?«

Es war eine Männerstimme, die Achim unbekannt vorkam.

»Woher haben Sie die Telefonnummer?«

»Ich würde Sie gern diskreter anrufen, aber Sie haben ja kein Handy. Was soll ich also machen?«

»Was wollen Sie?«

»Ich? Nichts? Aber wenn man Post verschickt, will man doch sicher sein, dass sie auch angekommen ist.«

»Sie, Sie haben sich verwählt«, sagte Achim rasch und knallte den Hörer auf die Gabel. Er wusste nicht, wie lange er reglos dagestanden hatte, wie lange er auf das Telefon starrte, aber als er bemerkte, dass er alleine im Raum stand, war er froh, dass die Pause offenbar noch andauerte. Wie konnte es sein, dass ihn der Anrufer im Sender ausfindig gemacht hatte? Sein Büro, seine Faxnummer, das war ja noch erklärbar, aber es bedurfte schon hartnäckiger Nachfragen, ihn bis ins Aufnahmestudio zu verfolgen. Wie würde es weitergehen? Würde ihm dieser Benrath oder wer auch immer bis nach Hause folgen? Gab es ein Komplott gegen ihn, und wie konnte er ihm entfliehen oder es wenigstens beenden? Er wäre jetzt gern weit weg gewesen, hätte gern Ruhe gehabt, ohne Menschen vor der Studiotür, die ihn in Anspruch nehmen würden, von ihm erwarteten, dass er konzentriert funktionierte.

Es dauerte nur wenige Minuten, bis einer der Techniker in der Tür erschien.

»Können wir weitermachen?«

»Klar«, brachte Achim hervor, aber er war sich nicht sicher, ob seine heisere Stimme überhaupt verständlich war.

»Alles in Ordnung?«, fragte der Tonmeister, als er auf seinem Stuhl Platz nahm.

Achim nickte nur.

»Hol einer mal ein Glas Wasser!«, sagte er in die Sprechanlage. »Ist auch trocken die Luft hier drin. Ist die Klimaanlage«, fügte er erklärend hinzu, als sei damit alles gesagt.

Wenig später stand das Glas Wasser halbvoll vor Achim neben dem Mikrophon, und die Stimme des Tonmeisters klang durch den Raum.

»Macht wirklich nichts«, versuchte er ihn zu beruhigen. »Sie trinken noch einmal einen Schluck, atmen ruhig noch einmal durch, und dann setzen wir noch einmal an mit ›Alle Voraussetzungen für einen großen Abend‹ und so weiter.«

Achim sah durch die Trennscheibe in den Vorraum, in welchem die Techniker saßen und geduldig seine letzten Versuche ertragen hatten.

»Kommen Sie, vor der Pause hat es doch wunderbar geklappt.«

Vor der Pause, fuhr es Achim durch den Kopf, da war er mit seinen Gedanken konzentriert bei der Sache. Da war er in der Welt der Musik bei Don Giovanni, aber jetzt hatte ihn diese gottverdammte Geschichte wieder eingeholt. Die ihn systematisch aufrieb, ihm jeden freien Gedanken nahm und ihn umklammerte wie ein Korsett, das einem die Luft zum Atmen nahm. Er konnte es nicht, er musste hier raus.

»Alle Voraussetzungen für einen großen ...«, mit einem leichten Räuspern versuchte Achim seiner Stimme neue Kraft zu geben, aber er wusste, dass es sinnlos war. »Es geht nicht«, sagte er unbeholfen. »Es tut mit leid.«

Er schaute in die Gesichter, die ihn alle ein wenig ratlos

ansahen, legte das Manuskript auf den Schreibtisch neben das Mikrophon, stand auf und ging auf die schalldichte Studiotür zu. Im Vorraum starrten ihm alle entgegen.

»Aber wir können doch …«, versuchte es der Tonmeister noch einmal, aber Achim schüttelte unmissverständlich den Kopf.

»Es tut mit leid.«

Dann ging er. Hinter sich hörte er, bevor die Studiotür zum Gang ins Schloss fiel, die Stimmen der Techniker, die sich über seinen merkwürdigen Abgang unterhielten, aber mit dem Zufallen der Tür war es still um ihn.

Trostlos lag der lange Gang vor ihm, und selbst am Aufzug begegnete er niemandem. Erst kurz bevor der Aufzug kam, gesellten sich zwei Kolleginnen zu ihm. Da man sich nicht näher kannte, nickten sie sich wie üblich kurz zu, bevor sie in die Kabine stiegen. Drei Stockwerke weiter stieg er aus und erreichte Minuten später sein Büro.

Wie erschöpft ließ sich Achim auf seinen Schreibtischstuhl fallen und rieb mit den Händen über sein Gesicht, als versuchte er, aus einem langen tiefen Schlaf zu erwachen.

Er ging zum Fenster und schaute hinaus ohne Grund und ohne Ziel, einfach nur, um auf andere Gedanken zu kommen.

Das schrille Läuten des Telefons riss ihn aus seiner Lethargie. Einen Moment zögerte er, dann ging er hin und erkannte die Nummer von Hartungs Sekretärin. Das hatte ihm gerade noch gefehlt.

»Kröger«, meldete er sich dennoch, denn zu tun, als wäre er nicht im Zimmer, wäre nur ein albern erschwindelter Aufschub.

»Der Chef bräuchte Sie einmal«, hörte er die Stimme von Hartungs Sekretärin.

»Jetzt?«, fragte er knapp.

»Wenn es für Sie möglich ist?«, fragte sie ungelenk zurück.

»Bin unterwegs«, sagte er und wusste, dass er damit die junge Frau zumindest für einen kleinen Moment glücklich gemacht hatte. Nun musste sie nicht zu Hartung gehen, ein »Ich habe ihn nicht erreicht« stammeln und sich anhören, dass jeder andere es geschafft hätte, den Auftrag erfolgreich zu erledigen, sie aber eben nicht.

Aber was konnte Hartung wollen? Es war sehr ungewöhnlich, so herzitiert zu werden. Hatte Hartung etwas von den Ereignissen seiner Reise erfahren? Dass er gar nicht in der Oper war? Hartung hatte schon bei der letzten Sitzung ungewöhnlich beharrlich auf seinem Beitrag über den Hamburger Don Giovanni bestanden. Vielleicht hatte jener Benrath seine Anrufe breiter gestreut und ihn bei Hartung oder jemand anderem angeschwärzt. Normalerweise machte er sich wenig daraus, zu Hartung zitiert zu werden, aber dieses Mal kam in ihm jene Unruhe auf, die nun schon seit zwei Tagen bei der geringsten Irritation sein Gemüt erfasste.

Ein kurzer Weg über den Gang, dann stand er schon in Hartungs Vorzimmer und wurde nun mit einem »Er telefoniert gerade« aufgehalten.

Gab es etwas Wichtiges und Hartung ließ ihn absichtlich schmoren?

»Jetzt können Sie«, sagte Hartungs Sekretärin, die gesehen hatte, dass das rote Belegtzeichen für Hartungs Leitung auf ihrem Telefon ausgegangen war.

»Kommen Sie doch, Herr Kröger«, sagte Hartung, als er in der sich öffnenden Tür seines Büros erschien. »Einen Kaffee?«

»Danke, ich hatte gerade einen.«

Hartung machte eine einladende Geste, und Achim trat in das Büro und nahm am Besprechungstisch Platz.

»Ich habe gehört, es gab Schwierigkeiten mit Ihrem Beitrag?«

Daher weht der Wind, dachte Achim beinahe erleichtert.

»Es gab kurzfristig einen Studiotermin, da dachte ich, ich spreche den Beitrag gleich selber, aber dann hatte ich Probleme mit der Stimme, und dann ...«

Achim ließ den Rest in der Luft hängen.

»Ich hoffe, nichts Ernstes.«

»Nein, nur eine kleine Heiserkeit, die ich nicht wegbekam«, zerstreute Achim die aufgesetzte Fürsorge seines Vorgesetzten.

»Und jetzt?«

»Morgen wird es einer der diensthabenden Sprecher aufnehmen. Sendung ist erst am Abend, alles im Lot also.«

»Sehr gut«, bestätigte Hartung. »Das heißt, den Text des Beitrags gibt es schon?«

»Ich kann Ihnen den Text gern zumailen, es war nur heute Mittag wegen des kurzfristigen Aufnahmetermins ...«

»Aber das war doch kein Vorwurf«, wehrte sich Hartung sofort gegen den Eindruck, er könnte Kritik geübt haben. »Ich dachte nur, vielleicht kann ich dabei auch noch etwas über Don Giovanni lernen.«

Nett gesagt, aber Achim wusste genau, wie es gemeint war. Texte gingen vor der Aufnahme formlos über Hartungs Schreibtisch, damit er sich im Falle eines Falles rechtzeitig distanzieren oder einen Teil des Lobs auf seine Schultern satteln konnte.

Dann kam das Gespräch noch auf allgemeine Dinge, ein paar Planungsfragen und Fragen der Themenverteilung unter den Kollegen. Das Gespräch zog sich hin, sie kamen von einem zum nächsten Thema, und Achim war rasch klar, dass Hartung nun durch das allgemeine Plaudern dem Termin die kontrollierende Schärfe nehmen wollte, unterließ es aber dennoch nicht, ihn bei der Verabschiedung an die versprochene Mail des Beitragstextes zu erinnern.

»Kommt bestimmt, Sie können sich darauf verlassen.«

»Weiß ich doch, Herr Kröger. Und danke.«

Dieses Danke war eine von Hartungs Marotten, die vielleicht sogar nett gemeint waren, aber dem Betroffenen das Gefühl gaben, man arbeite Hartung zuliebe. Wenn es einen Grund zum Arbeiten gab, dann die Liebe zur Musik, bei vielen sicher auch das Gehalt, aber keinem der Kollegen ging es um den Dank eines Vorgesetzten, und sei er noch so wahrhaftig gemeint.

Als Achim endlich in sein Büro zurückkam, verriet das Licht draußen, dass der Feierabendbeginn schon lange verstrichen war. Viele seiner Kollegen waren offenbar auch schon gegangen, und er und Hartung gehörten zu den Letzten. Er setzte noch rasch die Mail mit dem Beitragstext über Mozarts Oper Don Giovanni ab, wartete, bis sein Computer anzeigte, dass die Sendung erfolgreich abgesetzt war, und begann dann auch, seine Arbeit zu beenden. Er stapelte ein paar Sachen auf handliche Türmchen, um einer etwaigen Putzkolonne die Arbeit zu erleichtern, wartete bis der Computer heruntergefahren war, nahm seine Tasche und verließ das Büro.

Er war kaum auf den Gang getreten, als ihm einfiel, dass er den Schlüssel und das Streichholzheftchen des True Love im Privatfach seines Schreibtischs gelassen hatte. Er zögerte einen Moment, dachte aber dann, dass das kein schlechter Platz für die kommende Nacht war, denn es enthob ihn der Notwendigkeit, sich erneut mit seiner Aktentasche an

Susanne vorbeizuschleichen, um beides an einem sicheren Ort zu verstauen. Aber hier im Büro konnte er es schon gar nicht lassen. Er musste die Sachen mitnehmen und wenig glücklich mit dieser Entscheidung schloss er sein Büro ab und startete wenig später auf dem Parkplatz seinen Wagen.

Bald darauf sah man auf einer stadtauswärts verlaufenden Straße einen eleganten Wagen fahren, der mit rascher Geschwindigkeit die geschwungenen Straßen durch ein kleines Waldstück fuhr, hinter dem bereits die großzügigen Häuser des eher noblen Vororts der Stadt zu erkennen waren. Niemand bemerkte, dass aus einem offenen Fenster des Wagens ein zusammengeknülltes Blatt Papier geworfen wurde, das bereits nach wenigen Tagen von Regen, Sonne und Wind zersetzt von keinem zufälligen Passanten als gefaxter Zeitungsartikel zu erkennen gewesen wäre.

Die Sonne war längst untergegangen, als der Wagen aus dem Wald herausfuhr und sich mit verlangsamter Geschwindigkeit seinem Ziel näherte. Das Stadtteilschild mahnte noch einmal, das Tempo zu drosseln, und so fuhr der Wagen mit einer Geschwindigkeit weit unter seinen Möglichkeiten die letzten hundert Meter in den Ort, bevor er vor einem schmiedeeisernen Tor wartete, welches sich auf den Knopfdruck aus dem Wagen langsam öffnete.

Kies spritze links und rechts unter den Reifen hervor, als sich der Wagen seinem Bestimmungsort neben dem Jeep näherte.

Bald könnte hier ein Kombi stehen, ein Wagen, an den sich vor allem seine Frau gewöhnen müsste, wobei auch er in diesem Moment einen Augenblick des Glücks zu verspüren schien. Natürlich gab seine momentane Situation wenig

Anlass dafür, aber unbelastet von allen Indizien sündiger Vergangenheit, fuhr er beinahe erleichtert mit seinem Wagen über den Kiesweg zu ihrem gemeinsamen Haus.

Achim betrat das Haus und verspürte eine lange nicht erlebte Gelassenheit, ja Fröhlichkeit, da er meinte, mit dem weggeworfenen Fax auch seinen Schatten weggeworfen zu haben, der seit Tagen auf ihm lastete. Natürlich wusste er, dass seine gute Stimmung unbegründet war, aber daran wollte er jetzt nicht denken.

In der Eingangshalle kam ihm seine Frau in eleganter Garderobe entgegen.

»Du bist reichlich spät.«

»Erst einmal hallo, meine Liebe?«

»Hallo«, sagte Susanne eher spröde und küsste ihren Mann flüchtig auf die Wange. »Du bist etwas in Verzug.«

»Doris und Bernd«, fiel es Achim wieder ein. »Entschuldige, aber ...«

»Nicht nur, es kommen auch Anne und Rüdiger.«

»Das ist doch nicht dein Ernst«, entfuhr es Achim, aber Susanne hörte ihm kaum zu, sondern ging in Richtung Küche.

Achim stürmte hinter ihr her.

»Das kannst du doch nicht machen. Du weißt genau, dass ich diese beiden ...«

Susanne drehte sich um und legte ihm einen Finger auf den Mund.

»Ich bin mit Doris in der Stadt gewesen, und da haben wir Anne zufällig getroffen. Ich konnte gar nicht anders.«

»Oh Gott, wieder diese bedeutenden, schönen Menschen, die den ganzen Abend über den eigenen Erfolg philosophieren wollen?«

»Du magst sie nicht, weil du sie nicht kennst.«

»Ich kenne sie sehr gut, deswegen mag ich sie nicht. Außerdem ist mir ein Abend mit dir allein lieber.«

Inzwischen waren sie in der Küche angekommen, in der auf der Anrichte mehrere Schalen und Platten standen.

»Hast du das alles selber gemacht?«

»Das meiste habe ich bei Heinkens gekauft. Bei dem Rest hat mir Frau Schneider geholfen.«

»Frau Schneider ist jetzt auch für die Küche zuständig?«

»Ausnahmsweise, ich konnte doch nicht alles allein machen. Ich habe sie eben aus der Stadt angerufen und sie gebeten, schon einmal anzufangen.«

»Und dann ist sie noch mal gekommen?«

Frau Schneider war sogar gern gekommen, als Susanne sie anrief, denn zum einen arbeitete Frau Schneider gern im Haus Kröger, seit sie jeden Morgen für drei Stunden nach dem Rechten sah. Sie machte die Schlafzimmer, holte die Post herein, machte kleinere Besorgungen für Susanne und war eine Art gute Seele des Haushalts, auch wenn sie immer gegen zwölf Uhr mittags wieder verschwand. Zum anderen waren ihr Susannes Anrufe recht gewesen, denn auch die Nachmittage wurden ihr manchmal lang, seit ihr Mann vor einigen Jahren gestorben war. So war der Einsatz, das Büfett vorzubereiten, eine willkommene Abwechslung, und sie hatte einiges von ihrem alten Können erneut unter Beweis stellen können.

Achim nahm sich einen Löffel mit Fingerfood von einem Tablett und probierte.

»Hmm, das hätte ich Frau Schneider gar nicht zugetraut.«

»Sie hat früher einmal in einem Restaurant gearbeitet, bevor ihr die Abendarbeit zu viel wurde.«

»Und ich dachte ...«

»Nein, sie ist nicht nur Putzfrau, wie man so nett sagt.«

»Dann bekommen die Herrschaften wenigstens eine gute Küche.«

»Ich habe mich zwar aus dem Geschäft zurückgezogen, aber wichtige Kontakte muss ich aufrecht halten. Ich will ihnen nebenbei auch neue Entwürfe zeigen.«

»Du warst im Geschäft?«

»Nein, ein paar Zeichnungen hätte ich vielleicht selber holen können, aber zwei Entwürfe sind bereits angefertigt, und die wollte ich natürlich nicht selber herumtragen.«

»Und darf ich auch ...«

»Wenn es dich interessiert?«

Susanne sah ihren Mann aufmunternd an, denn sie freute sich, dass ihr Mann Anteil an ihrem Beruf nahm, dem er jahrelang eher gelangweilt, beinahe desinteressiert gegenübergestanden hatte.

»Komm.«

Gemeinsam gingen sie in den Salon, einem kleinen Raum neben dem Wohnzimmer, in dem sie sich ein kleines Arbeitszimmer eingerichtet hatte. Sie benutzte es zwar selten, aber hier war der Tresor eingebaut.

»Ich hoffe, dass dir die beiden Colliers auch gefallen; sie sind vielleicht etwas ausgefallen, aber sie werden ihren Kunden finden«, erklärte Susanne, während sie den Tresor öffnete und die beiden Schmuckschatullen hervorholte. Als wäre es ihr unangenehm, die Schatullen zu öffnen, hielt sie beide noch einen Moment fest.

»Ich weiß, dass du es unsinnig findest, wenn Leute solche Summen für Schmuck ausgeben, aber ...«

»Das stimmt so nicht«, unterbrach er sie. »Ich finde eben, dass in den meisten Fällen die falschen Leute das Geld haben.«

»Das liegt nicht in unseren Händen.«

»Nein, natürlich nicht«, gab er nach. »Und?«

Susanne öffnete die beiden Schatullen. In der einen lag ein Collier aus bunten Steinen, die wie farbige Kiesel eher unsortiert umeinander drapiert wirkten. Es sah aus, wie von Kinderhand aufgefädelt, aber die erlesene Klarheit der Steine ließ erkennen, dass es nur einen kleinen Kundenkreis geben würde, der sich dieses Stück überhaupt leisten konnte. Das zweite Collier war ähnlich, aber hier dominierten blaue und grüne Steine, sodass es nicht so spielerisch wirkte, sondern eher edel aussah.

»Sie sind beide sehr schön, aber ich befürchte, dass sie in die falschen Hände fallen werden. Schöner Schmuck sollte nur von schönen Frauen getragen werden.«

»Das musst du aber heute Abend nicht unbedingt zum Besten geben.«

»Meinst du, deine Freundin Anne würde es persönlich nehmen?«

»Das sind nicht nur Freunde, sondern vor allem auch gute Kunden und wichtige Leute in der Stadt. Unseren kleinen Kundenkreis muss ich pflegen.«

»Ich weiß. Der Abend wird also mehr ein Verkaufsanbahnungstermin.«

»Doris und Werner sind auch da, und es wird bestimmt sehr nett.«

»Meinst du ...«, begann er gespielt vorsichtig, denn er sah in den Augen seiner Frau, dass sie ahnte, was er sagen wollte, »... ich könnte doch noch einen plötzlichen unaufschiebbaren Termin haben, sodass ich erst später zu euch stoßen kann?«

»Und dem soll ich zustimmen?«, fragte sie lächelnd und legte ihre Arme um seinen Hals.

»Ich ersuche ausdrücklich um Erlaubnis«, sagte er, zog sie an sich und küsste sie.

»Na, dann muss ich eben zunächst auf dich verzichten. Was hast du denn vor?«, fragte sie, während sie die beiden Schatullen wieder in den Tresor legte und diesen verschloss.

»Ich könnte mich mit Rolf verabreden. Ich habe ihn seit Wochen nicht gesehen.«

»Ist er denn wieder zurück?«

»Er müsste gestern angekommen sein.«

»Muss er dann nicht in seinem Laden nach dem Rechten sehen?«

»Der läuft doch auch ohne ihn, wenn er es sich leisten kann, wochenlang zu verschwinden. Außerdem arbeitet der doch jetzt erst an seinem Film.«

»Dann nichts wie los«, sagte Susanne auffordernd. Sie kannte Rolf, seit sie Achim kannte, denn die beiden Männer waren schon damals gute Freunde. Rolf arbeitete als Dokumentarfilmer und war deshalb häufig wochenlang unterwegs, aber die Freundschaft zwischen den beiden Männern hatte unter dem unterschiedlichen Studieneifer nicht gelitten, denn beide verband auch die Liebe zur Musik. Aber was dann bei Achim in einem engagierten Studium endete, blieb für Rolf eine Liebelei. Überhaupt blieb alles bei Rolf eine Art ständig wechselnde Liebelei, nur seine Neigung zum Dokumentarfilm gab er nicht auf, sondern gab ihr wie einem entlegenen Hobby von Zeit zu Zeit nach. Rolf studierte eifrig, wechselte immer wieder die Fächer und finanzierte sein Studium durch Gelegenheitsarbeiten. Bald fuhr er Ware aus, bald machte er Hilfsarbeiten, bis er schließlich in Studentenkneipen kellnerte und den Anschluss an das Studium verlor. Heute betrieb Rolf ein gutgehendes In-Lokal und reiste nur noch gelegentlich, um ab und zu noch einen kleineren Dokumentarfilm zu drehen. Das war einerseits Hobby, andererseits machte es ihn auch als In-Wirt interessant. Auch Susanne verstand sich mit Rolf gut, und sie trafen sich gelegentlich zu dritt oder zu viert, aber Rolf heute Abend zu den anderen einzuladen, wäre atmosphärisch nicht klug. Susanne hatte ein seismisches Gespür für Personenkonstellationen und wusste, dass ihre Absichten an diesem Abend ohne Rolf erfolgversprechender sein würden. Dann sollte lieber Achim mit seinem Freund einen netten Abend haben, bevor Achim später dazustieß.

»Ich komme nicht zu spät und setze mich dann noch auf ein Glas zu euch. Ist das ein Angebot?«

»Bis dahin entschuldige ich dich.«

»Du bist ein Goldstück.«

»Hoffentlich hat dein Freund heute Abend überhaupt Zeit, sonst musst du alleine um den Block laufen.«

»Rolf ist sicher froh, wenn er einen Grund findet, aus seinem Studio zu verschwinden, denn so wie ich ihn kenne, arbeitet er jetzt wieder Tag und Nacht an seinem Film.«

Achim betrat sein Arbeitszimmer, griff zum Hörer und wählte, während er seiner Frau noch zurief: »Ich ruf eben Rolf an!«

»Viel Glück, Drückeberger.«

Es klingelte mehrfach, aber schließlich hob jemand am anderen Ende der Leitung ab.

»Hier Achim. Na, wieder im Lande?«

»Nein, komme morgen«, scherzte Rolf zurück.

»Wie war Rom?«

»Anstrengend«, berichtete Rolf. »Erst hat man Drehgenehmigungen, dann gelten die wieder nicht. Ein ewiges Hin und Her, aber am Ende hatte ich dann doch alles, was ich brauche.«

»Und jetzt sitzt du in deinem Studio und arbeitest.«

»Ich sichte erst einmal das Ganze, ist noch eine Menge Arbeit, bis ich abliefern kann.«

»Und Lust auf eine kleine Pause?«

»Du, ich habe so viel zu tun«, entschuldigte er sich. »Ich muss mich auch um meinen Laden kümmern.«

»Keine einzige Stunde für einen alten Freund?«, versuchte Achim ihn umzustimmen. »Wir haben uns lange nicht gesehen. Und Susanne hat heute Abend ein paar Leute eingeladen, die nicht unbedingt mein Geschmack sind.«

»Überredet«, gab er nach. »Für einen Freund sollte man immer Zeit haben.«

»Du bist ein Freund«, bestätigte Achim. »Dann heute Abend im Schwan?«

»Meinst du, die lassen uns alte Herren da überhaupt noch rein?«, scherzte Rolf.

»Ich weiß zufällig, dass du da öfter bist, als du zugibst, wenn dir die schicke Kundschaft aus deinem Laden zu sehr auf die Nerven geht.«

»Ist ja schon gut. Und um wie viel Uhr?«

»Halb acht?«

»Halb acht? Das ist ja quasi jetzt.«

»Besser jetzt als nie. Sonst kommst du eben nach.«

Eine kurze Verabschiedung, dann ging Achim durch den Wohnraum in die Küche, wo Susanne beschäftigt war.

»Rolf hat Zeit und erwartet mich im Schwan.«

»Oh, ein Besuch in der Vergangenheit?«

»Das muss auch mal sein. Ich fahr dann gleich los.«

»Sofort?«

»Dann wird es nicht so spät«, erklärte Achim seiner Frau. »Er hat morgen früh einen wichtigen Termin, da will er ausgeschlafen sein.«

»Dann, einen netten Abend.«

»Bis später.«

Ein kurzer Abschiedskuss, dann war Achim schon auf dem Weg nach draußen, dann im Wagen und dann auf dem Weg in die Stadt. Achim war froh, dem Abend mit Anne, Rüdiger und dem ganzen Getue erst einmal entronnen zu sein. Jetzt stundenlang den unterhaltenden Gastgeber zu mimen, wäre ihm schwergefallen.

In der Stadt hatte er Glück. Er fand rasch einen Parkplatz und kam wenig später im Schwan an. Der Goldene Schwan war früher einmal das gewesen, was man eine Studentenkneipe nannte. Der glattgewetzte Holzfußboden und die dunklen Holzwände gaben dem Lokal etwas Düsteres, was die Fenster bestenfalls bei hereinfallendem Sonnenlicht ausgleichen konnten. Dennoch hatte das Lokal Charme, durch die Bilder an den Wänden, die Plakate, die für Ausstellungen oder Konzerte warben, den Zeitungsständer, an dem man sich mit aktueller Lektüre versorgen konnte, und natürlich durch den Wirt und die Bedienung, die mit den Studenten von einst mitgealtert waren. Heutige Studenten traf man im Schwan, wie er von den Stammgästen kurz genannt wurde, kaum an. Die verkehrten eher in den angesagten In-Cafés, wie in Rolfs Lokal, in dem man Latte macchiato trank oder abends Daiquiri schlürfte. Einfaches Bier war bei der jungen Generation nicht angesagt. Auch musikalisch war der Schwan in den späten 70ern hängen geblieben, aber das störte Achim nicht. Es war wie ein kurzes Abtauchen in eine jüngere Vergangenheit, die einen an Jeans und T-Shirts denken ließ, was Achim beides seit Jahren nicht mehr getragen hatte.

Der Schwan war mäßig besucht, und Rolf war noch nicht da, als Achim das Lokal betrat. Früher hätte er hier jeden, hätte auch ihn jeder gekannt, aber das war weit mehr als zwanzig Jahre her. Das war zu der Zeit, als er begann, mit der kleinen Band aufzutreten. Da fühlte er sich als Student, genoss dieses Leben aus Musizieren, Üben und Student sein und war regelmäßig Gast im Schwan, um sich dort mit seinen Freunden und natürlich auch Freundinnen die Abende und manchmal auch die Nächte um die Ohren zu schlagen. Als er dann Susanne kennen und lieben lernte, nahmen seine Schwan-Besuche ab, denn sie passte nicht so recht in diese unkonventionelle studentische Welt. Auch heute würde Susanne nicht hierher passen, vielleicht sogar heute noch weniger als damals, denn nun verkehrten hier jene ehemaligen Studenten, die in den Kulturredaktionen bei Presse, Funk und Fernsehen arbeiteten und sich hier gern den Anstrich freien Intellektuellentums gaben, oder eben jene, die sich inzwischen den Ruf des ewigen Studenten ernsthaft erworben hatten.

Achim setzte sich an einen freien Tisch am Fenster, bestellte ein Bier und nahm sich eine jener Zeitungen, die man als Szene-Blatt bezeichnete. Er blätterte darin, als wäre er fast in einer fremden Welt. Manche Lokale, die darin annonciert hatten, kannte er noch, andere nicht. Ebenso war eine neue Generation von Musikern und Kabarettisten erwachsen, die mit Anzeigen für ihre Auftritte warben. Nur gelegentlich stieß er auf Namen, die er noch kannte, und statt sich freudig zu erinnern, beschlich ihn eher der Gedanke: Die gibt es auch noch.

Achim hatte das erste Bier schon fast ausgetrunken, als Rolf den Schwan betrat. Rolf hatte sich durch seine sicher nicht so seltenen, beinahe regelmäßigen Besuche einen gewissen Stammgaststatus bewahrt, denn er winkte dem Wirt hinter der Theke zu, was für den Begrüßung und Bestellung in einem war. Achim stand auf, als sich Rolf seinem Tisch näherte, und als hätten sie sich ewig nicht mehr gesehen, fielen sich die beiden Männer in die Arme. Eigentlich war beiden ihre spontane Begrüßung peinlich, denn sie lösten sich rasch, schlugen sich gegenseitig auf die Schultern, was die Situation normalisieren sollte, aber was nicht recht gelang. Und auch als sie sich beide gesetzt hatten, lebte der verlegene Nachhall der Begrüßung noch einige Momente fort.

»Na, schon lange da?«, versuchte Rolf das Gespräch aufzunehmen.

»Nicht der Rede wert. Ich dachte, ich lass dich dieses Mal nicht warten.«

»Und einem Abend unter kultivierten Leuten entflohen?«

»Du kennst doch diese Art Abend«, erklärte Achim. »Ich habe nichts gegen Leute mit Geld ...«

»Das würde ich an deiner Stelle auch sagen, Herr Juweliersgatte«, warf Rolf lakonisch ein.

»Ich schätze deinen Humor«, erwiderte Achim ironisch. »Du weißt doch, was ich meine. Auch reiche Leute können nett sein, aber wenn sich Reichtum und Dummheit in solch unglaublichem Ausmaß treffen, dann ist das unerträglich.«

»Susannes Stammkundschaft?«

Achim nickte.

»Fast wie deine.«

In der Zwischenzeit hatte die Bedienung Rolfs Bier gebracht.

»Da muss man durch«, sagte Rolf und hielt Achim das Glas mit dem Glasboden zugeneigt entgegen.

Achim nahm seins und stieß mit dem Glasboden des seinen gegen den des Freundes.

»Auf uns.«

Rolf nickte zustimmend, und beide tranken.

»Dann lieber weg?«, stellte Rolf fragend fest.

»Mit Susannes Zustimmung«, entgegnete Achim. »Ich glaube, es ist ihr auch lieber, dass sie den ersten Teil des Abends unter sich sind. Dann kann sie freier ihre Talente spielen lassen, als wenn sie mich mit bedenklicher Mine hinter sich weiß.«

»Du musst es wissen«, sagte Rolf ausweichend.

Eine kleine Weile herrschte Schweigen zwischen Achim und seinem Freund, man trank und schaute sich um, und es gab kein drängendes Gefühl, das Gespräch in Gang zu halten.

»Und sonst?«, fragte Rolf nach einer Weile.

»Schwierig«, entgegnete Achim ausweichend, aber hatte damit das Problem, sein Problem, ausreichend beschrieben.

»Also alles beim Alten«, hakte Rolf nach und bestellte mit einem Wink zur Theke zwei weitere Biere.

»Alles nicht so einfach.«

Achim wich weiter aus, aber nicht aus Angst oder Sorge, er wusste, er wollte dies zum Thema machen, denn er musste mit jemandem darüber reden.

»Also war Hamburg ein klassischer Umfaller.«

»Es ist nicht so einfach, Schluss zu machen. Sylvia war nicht irgendeine . . . Liebelei, die man abserviert. Ich habe sie wirklich gerngehabt.«

»Wenn man sich auf so etwas einlässt . . .«

»Ich habe kein Verbrechen begangen, und eine . . . Geliebte haben schon ganz andere gehabt«, verteidigte sich Achim.

»Auch wenn man Vater wird?«

»Wenn ich geahnt hätte, wie alles weitergeht ... Ich war damals einfach anfällig. Susanne hat doch nur noch gearbeitet. Wir sahen uns kaum noch. Ich war ... einsam, planlos. Es war eine Situation wie in einem Vakuum. Sylvia war ein neuer Fixpunkt. Es fällt mir einfach schwer, ihr wehzutun.«

»Sie oder Susanne, beides geht schief.«

»Das weiß ich auch.«

»Aber mit Susanne hat sich alles wieder eingerenkt, oder?«

»Unser Neuanfang? Es scheint zu klappen. Susanne arbeitet kaum noch, das Komponieren geht voran. Wir sind wieder füreinander da. Deswegen wollte ich ja auch mit Sylvia Schluss machen.«

»Dann mach es, bevor du deinem Kind erklären musst, warum Mami Papi aus dem Haus wirft.«

»Susanne ist im vierten Monat.«

»Dann hat es ja noch Zeit.«

Auch wenn Rolf recht hatte, ärgerte sich Achim über seine belehrende Art.

»Jetzt spiele dich nicht so auf. Du bist auch nicht besser.«

»Bei mir ist das etwas anderes. Ich bin alleinstehend. Aber vielleicht bist du das ja auch bald ... wenn du so weitermachst.«

»Ich mach ja nicht so weiter.«

»Ach, nicht«, sagte Rolf ironisch. »Dann habe ich dich eben falsch verstanden.«

»Ich mache ›jetzt‹ nicht mehr so weiter.«

»Das sagt man so lange, bis es dann schiefgeht.«

Achim wollte jetzt nicht weiterstreiten, denn er brauchte Rolfs Rat.

»In Hamburg ist noch etwas passiert. Ich glaube, ich habe ein Verbrechen beobachtet. Als ich in die Tiefgarage kam, hörte ich einen Knall und sah einen Mann, der einen Gegenstand in seinen Wagen zerrte.«

»Und?«

»Heute stand in einer Hamburger Zeitung, dass ein Mann vermisst wird, dessen Wagen man gefunden hat. Es war das Kennzeichen des Wagens aus der Tiefgarage. Wenn die mich als Zeugen finden ... ich war mit Sylvia im Hotel.«

»Hat dich jemand gesehen?«

»Dieser Mann natürlich. Und der war dann auch am nächsten Morgen im Hotel an der Rezeption.«

»Wie, er war an der Rezeption?«

»Er stand plötzlich neben mir und versuchte, sich vorzudrängen. Und dann habe ich am nächsten Tag den Schlüssel von einem Nachtclub in meiner Manteltasche und habe keine Idee, wie der da hineingekommen ist.«

»Mein Lieber, da hast du dich aber in etwas hineinmanövriert.«

»Ich verstehe es auch nicht.«

»Ahnt Susanne etwas von der ganzen Geschichte?«

»Ich glaube nicht, zumindest lässt sie sich nichts anmerken.«

In dem Moment kam die Bedienung.

»Noch zwei Bier?«, fragte sie.

Achim und Rolf sahen sich kurz an, dann nickten sie der Frau zu.

»Gern.«

Die Bedienung nahm die beiden leeren Gläser und verschwand.

»Oder soll ich zur Polizei gehen?«

»Dann wird dein Seitensprung aktenkundig«, stellte Rolf sachlich fest. »Wie wollen die dich denn finden?«

»Meine Fingerabdrücke sind auf dem Auto.«

»Du bist echt ein Könner. Wie hast du das denn hingekriegt?«

»Der Wagen stand am nächsten Morgen wieder im Parkhaus, und ich habe versucht, im Kofferraum nachzuschauen.«

»Und?«

»Nichts und. Der Kofferraum war abgeschlossen.«

»Mach dir wegen der Fingerabdrücke keine Sorgen. Da du bisher nicht aktenkundig bist, können die nicht auf dich kommen ... Aber geschickt hast du es schon eingefädelt.«

»Ich weiß. Alles könnte so wunderbar sein, und jetzt das ...«

Sie saßen noch einige Zeit zusammen, sprachen über ihre beruflichen Probleme, wobei sie sich gegenseitig darin bestärkten, dass sie eigentlich gern tauschen würden. Der eine wollte die berufliche Freiheit des anderen, mit allen Herausforderungen, während der andere gerade die sichere Position des einen für beruhigend und nicht lähmend hielt.

»Du bekommst dein Gehalt, arbeitest in größter Freiheit und klagst, dass dich alles einengt. Mein Mitleid hält sich in Grenzen.«

Achim schaute auf die Uhr und trank sein Bier aus.

»Ich muss«, sagte er. »Ich habe Susanne versprochen, dass ich mich am späteren Abend blicken lasse.«

»Na, dann will ich dich nicht aufhalten. Und wenn ich etwas für dich tun kann ...«

»Ich weiß, danke.«

Achim ging zur Theke und bezahlte für beide.

»Statt Therapiegebühr«, sagte er erklärend.

Wenig später standen sie bei Achims Wagen.

»Wenn ich jetzt in irgendeine Kontrolle hineingerate ...«

»Dann gehen die Lichter aus. Komm, sei vernünftig.«

Achim nickte.

»Hast ja recht. In meiner jetzigen Phase sollte ich mein Glück nicht strapazieren.«

»Es kommen auch andere Zeiten, Kopf hoch.«

Sie klopften sich zum Abschied auf die Schulter, sich ermutigend, dass es besser werden würde. Dann gingen sie getrennter Wege, der eine direkt nach Hause und der andere zum Taxistand, der Vernunft gehorchend.

Als das Taxi vor dem Tor hielt, sah Achim an den Wagen in der Einfahrt, dass Susannes Besuch noch da war. Er atmete tief durch, bezahlte das Taxi und stieg aus.

Wie gern hätte er noch Aufschub, hätte er eine Lösung für seine Probleme, aber die gab es wohl nicht. Er schloss das Tor auf und ging über den knirschenden Kies in Richtung Haustür.

Als er das Haus betrat, hörte er aus dem Wohnzimmer Stimmen und Gelächter, die bis in den Eingang hallten. Zufällig öffnete sich die Tür zum Wohnraum, und Susanne erschien. »Ich hatte mich nicht verhört«, sagte sie und ging ihrem Mann entgegen und küsste ihn. »Hat ja ganz schön lange gedauert, dein Geschäftsessen«, scherzte sie. »Was sollte ich denn sonst sagen? Es waren Opernkritiker anderer Sender, mit denen du dich alle paar Monate triffst.«

»Danke.«

»Ach, ein Herr Benrath wollte dich sprechen, der meldet sich aber selbst wieder. Und eine Dramaturgin aus Hamburg hat angerufen. Eine Frau Amberg. Hier ist die Nummer. Du möchtest sie bitte zurückrufen, es sei wichtig.«

»Mach ich.«

»Aber dann kommst du zu uns, auf ein Glas. Und bitte, zieh dir etwas anderes an. Für mich.«

Achim stand wie versteinert da und sah seiner Frau nach, die zurück in den Wohnraum ging. Er hatte so gehofft, dass das alles ein Ende haben würde, aber er spürte, wie die Sorge in ihm wuchs, dass ihm die Dinge über den Kopf wachsen könnten. Jetzt hatte dieser Benrath ihn auch schon zu Hause aufgespürt. Was wollte der Mann von ihm? Wenn er wenigstens das wüsste. Dann könnte er reagieren, aber so musste er warten, was passierte, und war den Ereignissen und ihrer Entwicklung ausgeliefert. Und Sylvia hatte angerufen? Es musste etwas passiert sein, sonst hätte sie die Spielregeln zwischen ihnen nicht gebrochen.

Achim betrat das Schlafzimmer, lehnte hinter sich die Tür an und horchte einen Moment. Er hörte nur in weiter Ferne die Stimmen und gelegentlich das sorgenfreie Gelächter. Wie ein Dieb im eigenen Haus. Er schloss vorsichtig die Tür.

Er überlegte einen Moment, ob er Sylvia anrufen sollte, aber es war eigentlich klar, dass er sich bei ihr erkundigen musste, was geschehen war. Aber was es auch war, es war kein Grund, ihn zu Hause anzurufen. Sie hätte bis Morgen warten müssen, so dringend konnte es doch nicht sein. Was wäre, wenn Susanne nicht arglos die Nachricht aufgenommen und weitergegeben hätte? Was, wenn sie hellhörig geworden wäre? Seine Wut wuchs, und selbst wenn sie sich auch gegen ihn selbst richtete, machte er Sylvia dafür verantwortlich.

Dann nahm er den Hörer ab und wählte. Er hörte das Freizeichen. Achim wartete sichtlich ungeduldig, immer mit einem Auge zur Tür schauend.

Er wartete voll Ungeduld, bis er endlich ihre Stimme hörte.

»Ja, Amberg.«

»Könntest du mir bitte erklären, was dir einfällt, hier anzurufen?«, fuhr er sie an.

»Achim, bitte, ich ...«

Aber er ließ sie nicht zu Wort kommen.

»Jetzt hör mir einmal zu. Wir waren uns einig, dass wir das Privatleben des anderen ...«

»Achim«, versuchte sie es erneut, »ich wollte dir nur helfen. Ich habe alle möglichen Zeitungen durchgesehen. Außer einer kleinen Meldung im Emslandboten steht nichts in den Zeitungen. Es sind nur ein paar Zeilen, warte ...«

»Deswegen rufst du mich zu Hause an?«

»Ich weiß doch, dass du dir Sorgen machst. Ich hab's nur nett gemeint.«

»Ja, ist schon gut«, beruhigte er sich und sie.

Er ging, während er weiter telefonierte, zum Kleiderschrank und begann, einige Sachen herauszulegen, die er später anziehen würde. Gedankenlos wählte er ein blaues Hemd, eine graue Stoffhose und ein sandfarbenes Sakko, weil er wusste, dass dies Susanne gefallen würde.

»Ich weiß ja, dass es gut gemeint war, aber trotzdem ...«

»In ein paar Tagen ist diese Geschichte vergessen«, beschwichtigte sie erneut.

»Schön wär's.«

Es entstand eine kleine Pause, aber keiner von beiden wagte, das Gespräch zu beenden. Achim begann, den Hörer zwischen Schulter und Kinn geklemmt, sich umzuziehen. Er zog seine Schuhe aus, während Sylvia weitersprach.

»Ich weiß doch, wie du dich fühlst. Ich denke auch schon, ich sehe Gespenster.«

Achim wurde hellhörig. Der erste Satz war eine alberne Plattitüde, aber der zweite erregte seine Aufmerksamkeit.

»Was hast du gesehen?«

»Ich dachte heute Abend, dass mir jemand nachgeht. Ich kann es dir auch nicht erklären, aber ... mich nimmt die Sache auch mit.«

Benrath!, schoss es Achim durch den Kopf. Wer sollte es sonst sein?

»Wie sah der Mann aus?«

»Ich weiß nicht, ein Mann eben. Außerdem war es dunkel.«

»Ist dir der Mann bis zu deiner Wohnung nachgegangen?«

»Wahrscheinlich habe ich mich geirrt.«

»Jetzt weich nicht aus und rede dir die Sache passend. Was hatte er an? Einen hellen Mantel oder einen dunklen? Hut, Brille, du musst doch irgendetwas erkannt haben.«

»Ich glaube, der Mantel war grau.«

Das klang vage, besagte nichts. Benrath musste ja nicht immer im selben Mantel herumlaufen.

»Beobachtet jemand deine Wohnung? Schau nach, aber geh nicht zu nah an die Scheibe.«

»Du machst mir Angst.«

»Du brauchst keine Angst zu haben«, versuchte er sie zu beruhigen, auch wenn seine Stimme einen ganz anderen Eindruck erwecken musste.

»Und?«

»Jetzt sehe ich niemanden.«

»Ich komme nach Hamburg.«

Achim hatte das ohne nachzudenken gesagt. Es war unüberlegt, aber es war die einzige Lösung. Er musste zu ihr und nach dem Rechten schauen. Wenn es tatsächlich Benrath war, der sie beobachtete, dann wüsste er jetzt wenigstens, wo er zu finden war. Er würde ihn zur Rede stellen, um herauszukriegen, was der andere wollte. Er musste ihn sich vom Hals schaffen, ehe er seine Ehe zerstörte. Denn was sollte er sonst wollen? Achim wusste, dass das alles keinen Sinn machte, aber nach Hamburg zu fahren schien ihm richtig.

»Wie soll das gehen? Du hast einen Beruf, du kannst doch nicht einfach ...«

»Ich habe jetzt keine Zeit zu diskutieren.«

»Ich weiß, deine Frau.«

»Ja, meine Frau«, gab er ärgerlich zurück. »Lass uns morgen miteinander telefonieren. Ich melde mich gegen zehn, ist das gut?«

»Ja, morgen um zehn.«

»Bis morgen.«

Achim ließ beinahe erschöpft den Hörer sinken. Es hörte nicht auf. Wie sollte er die erneute Hamburgreise seinem Vorgesetzten plausibel machen? Und vor allem, wie sollte er es Susanne beibringen, ohne ihren Verdacht zu erregen? Andererseits wollte er nichts unversucht lassen, um dem Spuk ein Ende zu machen.

Wie oft hatte er sich in den letzten Wochen gesagt, dass es eine Riesenblödheit war, sich überhaupt auf das Verhältnis mit Sylvia einzulassen. Die eine Nacht war eine Leichtsinnigkeit, und die wäre wahrscheinlich folgenlos geblieben, wenn er sie nicht bei seinem nächsten Besuch wieder angerufen hätte. Und wieder, und wieder – er ärgerte sich, dass er sich alle jetzigen Probleme selber eingebrockt hatte. Ausgerechnet jetzt, da seine Beziehung zu Susanne wieder an Normalität gewann. Und er würde Vater werden. Noch einmal würde Susanne ihm nicht verzeihen.

Er stand noch einen Moment da und starrte auf das Telefon.

Es half alles nichts. Jetzt musste er sich weiter umziehen,

denn er konnte Susanne und den Besuch nicht noch länger warten lassen. Er ging noch kurz ins Bad, um ein wenig Aftershave aufzutragen, wusch sich Gesicht und Hände und schaute sich beim Abtrocknen tief in die Augen. So sieht ein Idiot aus, der sein Glück verspielt, fuhr es ihm durch den Sinn. Nein, das durfte nicht passieren.

Als er die Treppe herunterkam und durch die Eingangshalle ging, hörte er schon die Stimmen aus dem Wohnzimmer, aus denen er vor allem Annes laute, leicht schrille Stimme heraushörte. Seine Lust, sich zu ihnen zu gesellen, sank auf den Nullpunkt, aber es gab kein Entkommen, wollte er nicht Susanne brüskieren und ihre halb private, halb geschäftliche Beziehung gefährden. Schon vor der Tür konnte er erste Gesprächsfetzen verstehen.

»Und Bernd wollte mir nicht glauben, dass ...«

»Bernd hatte gar keine Möglichkeit zu glauben, da Doris mir nur die halbe Geschichte erzählt ...«, fuhr Bernd mit zynischem Ton dazwischen.

»Jetzt rede dich doch nicht raus, du hast selber ...«

Als Achim den Wohnraum betrat, verstummte das vorher so abwechslungsreiche Gespräch für einen kurzen Moment. Im Wohnzimmer saßen Susanne und Anne in den breiten Sesseln, während Doris und ihr Mann auf dem Sofa saßen. Rüdiger saß auf dem anderen Sofa den anderen gegenüber. Alle waren elegant und sicher teuer gekleidet, da sie unübersehbar zum besser verdienenden Teil der Gesellschaft gehörten und das auch zeigen wollten.

»Oh, seltener Besuch«, begrüßte Anne Achim und schaute ihn provozierend an. Den tadelnden Blick ihres Mannes übersah Anne.

»Achim, das ist schön, dass dein Termin nicht so lange gedauert hat. Wir sind inzwischen bei Espresso und Grappa angelangt. Es ist aber auch noch etwas Rotwein in der Karaffe.«

»Da ich den ersten Teil des Abends verpasst habe, versuche ich, über den Rotwein Anschluss zu finden.«

Es folgte eine etwas umständliche Begrüßung aus Händeschütteln und Wangenküsschen links und rechts, unterbrochen von kleinen Komplimenten oder schlichten Begrüßungsworten, und es dauerte einige Zeit, bis alle wieder Platz genommen hatten. Erst dann ging Achim zum Esstisch, auf dem sein unberührtes Gedeck stand, nahm davon das Rotweinglas und schenkte sich ein.

»Wir hoffen, du hattest einen ähnlich entspannenden Abend wie wir«, nahm Bernd das Gespräch auf, womit er Annes Spitze die Wirkung nehmen und Achim in das Gespräch einbeziehen wollte.

»Es war ein Arbeitsessen, das ist meistens weniger entspannend«, sagte Achim, was nicht gerade sehr charmant war. »Es tut mir leid, dass es ausgerechnet auf heute Abend fiel, und dann auch noch so kurzfristig, aber ...«

Er ließ den Rest des Satzes im Raum stehen, um die Unvermeidlichkeit des Termins zu unterstreichen.

Achim stand mit seinem Glas etwas verloren im Raum.

»Komm, setz dich zu uns«, forderte seine Frau ihn auf und wies auf den letzten freien Sessel.

»Achim, du siehst blass aus«, stellte Anne »charmant« fest.

»Das machen die Vatervorfreuden«, versuchte es Bernd scherzhaft. Das war sicher nett gemeint, aber Achim spürte, wie ihm dieses überflüssige Geplapper auf die Nerven ging. Hatte er nicht andere Probleme, als einen Abend entspannt zu verplaudern? Während er hier den fröhlichen Gatten mimen sollte, braute sich über ihm ein Unheil zusammen, dass ihn leicht aus seinen Lebensverhältnissen, aus diesem Haus treiben konnte. Eigentlich gehörte er schon fast nicht mehr hierher, hatte er sein Recht verspielt, hier neben seiner Frau zu sitzen, die vielleicht schon nicht mehr seine Frau war und dies nur noch nicht wusste. Gab es überhaupt einen Moment im Leben, in dem man sich seiner selbst sicher sein konnte? War nicht das Leben selbst einer ständigen Bedrohung ausgesetzt, an die man nur nicht zu denken wagte, um das Leben überhaupt ertragen zu können? Stand nicht jedermanns Existenz auf tönernen Füßen? Natürlich würden Leute wie dieser Rüdiger und seine Frau keine Sekunde über so etwas nachdenken. Sie saßen auf ihren Bergen von Geld, und alles andere konnte ihnen nichts anhaben. Diese selbstverständliche Selbstzufriedenheit war ekelhaft. Achim spürte, dass er sich in diese Gedanken hineinsteigerte, und er rief sich selber zur Ordnung, damit er die Geselligkeit der anderen nicht nur ertragen, sondern dabei seiner Frau zuliebe mithalten konnte.

»Achim ist erst gestern von einer Dienstreise zurückgekommen«, hörte er Susannes Stimme erklären.

»Lass mich raten. Drei Opern, einmal Tanz ...«

Anne konnte es nicht lassen, ihn aufzuziehen; das war immer so. Sie liebte es, andere zu bevormunden und über deren Leidenschaften oder Neigungen zu lästern. Nur wenn es auf ihre Kosten ging, verstand sie keinen Humor.

»Opernhäuser bieten nur den Mief vergangener Jahrhunderte. Musikalisch wie klimatisch«, gab ihr Mann Rüdiger zum Besten.

»Das sagen die, die nie in die Oper gehen«, sagte Doris und sah Annes Mann abschätzig an.

»Es gibt eben Leute, die die Steuern verdienen müssen, die mit vollen Händen für das ausgegeben werden, was eine kleine Gruppe antiquierter Schwärmer für Kultur hält.«

Es war zu erwarten, dass dies wieder Thema war. Rüdiger war ein Kulturbanause, der in der Abfallentsorgungsbranche das Geld bergeweise scheffelte, was ihm und seiner Frau ein absolut luxuriöses Leben bescherte. Sie spielten natürlich Golf, reisten zweimal im Jahr in die Karibik und machten das, was sie für eine Art Jetsetleben hielten. Da hatte etwas in ihren Augen so Langweiliges wie Kultur keinen Platz. Aber sie zählten zu Susannes besten Kunden, weshalb Achim gezwungen war, sich ein wenig zurückzuhalten.

»Lass dich nicht ärgern«, wandte sich Doris an Achim. »Rüdiger ist schon den ganzen Abend so. Nun glaubt er, ein neues Opfer gefunden zu haben. Bisher musste Bernd herhalten, weil er sich für eine ökologische Technik eingesetzt hat.«

»Auch so ein Unfug«, bellte Rüdiger dazwischen.

»Da fällt mir ein«, warf Bernd ein. »Gibt es eigentlich Vaterschutzurlaub? Ich meine, Susanne könnte doch ihr Geschäft einfach ...«

Rüdiger hatte sich aufgesetzt und nach der Grappaflasche gegriffen, die auf dem Tisch stand, um sich noch ein Glas einzuschenken.

»Es reicht jetzt«, hielt Anne ihn zurück. »Du musst noch fahren.«

»Dann fährst eben du«, entgegnete Rüdiger seiner Frau und schenkte sich demonstrativ großzügig ein.

Susanne versuchte, das Gespräch wieder aufzunehmen, denn es war auch schon vorgekommen, dass Anne und Rüdiger einen heftigen Streit miteinander vom Zaun brachen.

Und das wäre nicht nur nicht schön, sondern auch geschäftsschädigend, denn vor dem Essen hatten sie nicht nur miteinander geplaudert, sondern sie hatte ihren Gästen auch die Entwürfe und die beiden Schmuckstücke gezeigt. Doris und Bernd schauten sich die Entwürfe mit dem Interesse von Gästen an, die dem Gastgeber gegenüber nicht unfreundlich sein wollen, aber es war klar, dass beide keineswegs daran dachten, solche Summen für Schmuck auszugeben. Anne dagegen war aus dem Häuschen, sie war regelrecht begeistert, nahm beide Schmuckstücke in die Hände und ließ sich von Susanne das Collier mit den bunten Steinen umlegen, um sich im Spiegel zu betrachten.

»Und, was meinst du?«, fragte sie ihren Mann, der sich mit einem nichtssagenden »Nun ja« aus der Affäre ziehen wollte.

»Du verstehst eben nichts von solchen Dingen«, stellte Anne fest. »Ich finde es zauberhaft. Oder meinst du, das andere steht mir besser?«

Susanne war sich sicher, dass Anne für sich bereits entschieden hatte, dass sie eines der beiden Colliers kaufen würde. Keine Frage nach dem Preis, auch nicht der Versuch einer Andeutung, welches der beiden das Teurere war. Das spielte für Anne keine Rolle. Wenn sie etwas wollte, setzte sie es durch.

»Ich denke, das andere ist nicht so auffällig«, urteilte Rüdiger.

»Das ist ja gerade das Langweilige daran.«

Man sah Rüdiger an, dass er diese Zurechtweisungen seiner Frau vor den anderen nicht schätzte, und er wollte gerade etwas erwidern, als Susanne ihm zuvorkam, denn ein Abend, der im Streit endete, könnte die Erinnerung an den Schmuck belasten.

»Das Bunte ist sicher vielfältiger zu kombinieren, man ist farblich nicht so festgelegt.«

»Da ist auch wieder was dran«, nahm Rüdiger dieses Versöhnungsargument auf.

Das war jetzt gut drei Stunden her, seitdem hatte keiner mehr von dem Schmuck gesprochen.

Jetzt zu späterer Stunde nahm Susanne das Gespräch wieder auf.

»Ich wollte noch etwas zu Annes Einwand sagen. Zur Frage der Zurückhaltung.«

»Richtig«, sagte Bernd und wandte sich erklärend an Achim. »Bevor du kamst, sprachen wir gerade über freiwillige Bescheidenheit. Also über Luxus- und Lustfeindlichkeit.«

Da diskutieren ja die Richtigen bei diesem Thema, dachte Achim und hörte im Folgenden, wie sich Anne brüstete, dass ihr Luxus zwar etwas bedeutete, dass sie aber keineswegs darauf angewiesen sei. Sie könnte sich auch ein Leben in Bescheidenheit vorstellen, gab sie stolz zum Besten, wobei ihre schweren Goldarmbänder am Handgelenk klimperten.

»Wenn man an einem reich gedeckten Tisch sitzt, lässt sich freilich leicht übers Fasten philosophieren«, sagte Achim in einem Tonfall, der vielleicht etwas zu spöttisch geraten war.

»Was willst du damit sagen?«, fuhr Anne auf.

»Er meint nur, dass es uns allen doch sehr gut geht, und wir kaum beurteilen können, wie es ist, mit sehr wenig Geld auskommen zu müssen«, sprang Susanne ihrem Mann bei.

Diesen zaghaften Versuch, etwas näher an der Wahrheit zu bleiben, wies Anne weit von sich, und als Rüdiger vehement seiner Frau zustimmte, erkannte Susanne, dass ein Themenwechsel das Klügste war. Wenigstens verbesserte diese Übereinstimmung kurzfristig das Klima zwischen Anne und ihrem Mann, dass zur Zeit nicht zum Besten stand. Sicher hatte Rüdiger sich wieder einmal etwas geleistet, was Anne »seine Eskapaden« nannte, und ließ ihn das nun büßen.

Man unterhielt sich dann noch eine gewisse Zeit über Städtereisen, da Doris und Bernd kürzlich im belgischen Brügge waren, aber bald machte sich bei allen eine gewisse Müdigkeit breit. Rüdiger gähnte unübersehbar und schaute dabei auf die Uhr.

»Kinder«, sagte er jovial, »seid mir nicht böse, aber ich habe morgen einen harten Tag. Wir müssen.«

»Es ist ja schon fast ein Uhr!«, rief Anne erstaunt, und auch Doris und Bernd nahmen dies zum Anlass, den Abend zu beenden.

»Es war ein reizender Abend«, sagte Doris und strahlte Susanne an.

»Und wir haben ausgezeichnet gegessen«, fügte ihr Mann hinzu.

»Und getrunken«, setzte Rüdiger noch hinzu.

Gemeinsam stand man auf, suchte Taschen, Jacken und andere persönliche Sachen zusammen und ging in Richtung Eingangshalle.

»Das nächste Mal sind wir bei uns«, kündigte Doris an.

»Und dann gibt es keine Ausrede«, meinte Bernd freundlich zu Achim.

»Ich tue mein Möglichstes.«

»Wissen wir doch«, gab Bernd zurück.

Es folgte die eigentliche Verabschiedung; es wurden Wangenküsse getauscht, nur die Männer verabschiedeten sich mit einem kräftigen Händedruck. Als alle das Haus bereits verlassen hatten und in Richtung der Wagen gingen, kam Anne noch einmal zurück, und Susanne ging ihr die letzten Schritte entgegen.

»Es wird das Bunte«, sagte sie ihr ins Ohr. »Ich melde mich in ein paar Tagen. Das ist Rüdiger mir schuldig. Und danke für den netten Abend.«

Ein letztes Wangenküsschen für Achims Frau, dann eilte auch Anne zum Auto, in dem ihr Mann Rüdiger bereits auf dem Beifahrersitz Platz genommen hatte.

Susannes Vermutung war also richtig, denn Rüdiger würde sich nun seinen Ehefrieden mit einem Collier aus vielen bunten Steinen erkaufen müssen. Ihr sollte es recht sein.

Doris und Bernd waren schon durch das Tor gefahren, als auch Anne und Rüdiger endlich startklar waren und mit lautem Gehupe der Nachbarschaft zu verstehen gaben, dass jetzt Ruhe einkehren würde.

Achim stand in der Eingangshalle und schaute durch die offene Tür hinaus, wo seine Frau gerade den Gästen in den wegfahrenden Wagen nachwinkte. Was für ein Affentheater, dieses Getue um die eigene Wichtigkeit! Vor allem Anne hatte seine Nerven ziemlich strapaziert, und Achim war froh, dass er es überstanden hatte.

Als die Lichter der Wagen in der Dunkelheit verschwunden waren, kam Susanne zurück und ging ohne ihn anzuschauen an ihm vorbei in die Eingangshalle. Achim schaute ihr hinterher und wunderte sich über das Verhalten seiner Frau.

»Ein wenig netter hättest du schon sein können.«

»Ich.«

»Du musstest Anne nicht unbedingt ihren Hang zu den schönen Dingen vorwerfen. War das wirklich nötig?«

»Ich kann auf jede Form von Luxus verzichten. Ein bescheidenes Leben hat auch seine Reize, machte er Annes Stimme nach.

»Vielleicht sollte es ein Spaß sein. Nicht mehr und nicht weniger.«

»Es ist kein Spaß, wenn man sich bei teurem Wein und nach einem guten Essen über die amüsiert, denen das Leben weniger Geld in den Schoß gelegt hat.«

»Du hast ja recht.«

»Dieser Rüdiger ist ein arroganter Zyniker.«

»Sicher, aber ein erfolgreicher. Und Anne haben meine Entwürfe gefallen. Sie will in den nächsten Tagen ins Geschäft kommen, dann werden wir weitersehen.«

»Verstehe, deshalb ist Annes Haltung über jede Kritik erhaben.«

»Das ist unfair.«

»Das ist nicht unfair, das ist offensichtlich.«

»Ein hübsches Wortspiel«, sagte Susanne, und es war unüberhörbar, dass ihr der Verlauf des Gesprächs missfiel.

»Ein weiteres protziges Collier für seine schöne Anne.«

»Anne liebt Schmuck.«

»Damit kauft er ihr ihren Stolz ab, ohne den sie ihn längst zum Teufel gejagt hätte. Auf solche Kunden würde ich verzichten.«

Achim hatte den letzten Satz kaum ausgesprochen, da wusste er, dass er zu weit gegangen war.

»Ich weiß.« Susannes Gesicht war beinahe weiß vor Zorn, aber ihre Stimme blieb ruhig. »Du lebst im Wolkenkuckucksheim. Ich dagegen ...«

»Bitte nicht ...«, versuchte Achim, sie zu beschwichtigen. »Ich wollte nicht ...«

»Nur ein wenig netter. Das war alles, worum ich dich

gebeten hatte. Und nicht um eine Aufklärung, wie man sein Geld anständig verdient.«

Susanne ging an ihm vorbei und stieg die Treppe empor, ohne ihn eines weiteren Blickes zu würdigen.

»Ich hatte mir den Abend eben anders vorgestellt«, begann Achim erneut, aber Susanne hörte es nicht mehr, oder sie wollte es nicht mehr hören, denn kurz darauf fiel oben eine Tür ins Schloss.

Achim überlegte, ob er ihr nachgehen sollte, aber er entschied sich dagegen. Er hatte weder Lust auf eine langwierige Diskussion noch das Bedürfnis, den bescheidenen, liebenden Gatten zu spielen, denn er merkte, dass die Unruhe, die ihn den ganzen Abend beherrscht hatte, noch nicht nachgelassen hatte. Wie auch? Es hatte sich nichts verändert. Alles war noch genauso verworren und bedrohlich wie zuvor.

Er ging ins Wohnzimmer, schenkte sich den Rest des Rotweins aus der Karaffe ein und stand herum, ohne eine Ahnung, was er jetzt anfangen sollte. Er ging zum Fenster und schaute in den Garten, der noch immer von einigen Lampen beleuchtet wurde und dadurch wie ein romantischer Zaubergarten wirkte, in dem es Feen und Kobolde geben könnte. Man sah dem Garten die jahrzehntelange Pflege erfahrener Gärtner an, die es verstanden hatten, ihm einen parkähnlichen Charakter zu geben, ohne dass er zu ordentlich oder gestaltet wirkte. Er hatte Lust hinauszugehen, aber die Temperatur der Nacht, die er erst eben vor dem Haus gespürt hatte, hielt ihn davon ab. Er trank einen Schluck und erinnerte sich, wie sehr er immer diesen wundervollen Garten genossen hatte. Nicht nur seine Frau, auch den Garten würde er verlieren, wenn er es nicht schaffte, seine Verhältnisse zu ordnen, bevor ihm alles über den Kopf wuchs. Und er würde sein Kind verlieren, das er sich so lange mit Susanne gewünscht hatte. Nein, er musste dieser Bedrohung Herr werden. Er könnte zur Polizei gehen, ging es ihm durch den Sinn. Aber war es denkbar, seine Aussage zu machen, ohne dass Susanne davon erfahren würde? Ohne dass sie zumindest erfahren würde, dass er eben nicht in der Oper, sondern in später Nacht zusammen mit einer Frau ihm Hotel gewesen war? Es war möglich, aber eben nicht sicher. Also besser schweigen und es alleine durchstehen. Er musste nach Hamburg, fiel ihm wieder ein. Er hatte es Sylvia angekündigt, denn er konnte sie doch nicht damit allein lassen. Zudem hatte dieser Benrath ihn inzwischen im Sender und auch hier im Haus aufgespürt. Dieser Mann, wenn er denn Benrath hieß oder wie auch immer, hatte irgendeinen Plan, irgendetwas vor, dass er nicht verstand.

Achim leerte sein Glas. Er würde jetzt auch schlafen gehen, denn grübeln half ihm nicht weiter.

Als er in der oberen Etage ankam, war das Licht im Schlafzimmer bereits gelöscht. Vielleicht schlief Susanne schon oder stellte sich schlafend, um nach der Szene vorhin ungeschickten Gutenachtwünschen aus dem Weg zu gehen. Er ging in sein Bad, zog sich im Ankleidezimmer um und war erleichtert, als er sich scheinbar unbemerkt von seiner Frau neben sie in das gemeinsame Bett legen konnte. Langsam ließ er seinen Körper neben sie auf die Matratze sinken, und die ersten Minuten wagte er kaum zu atmen, so sehr war er von dem Wunsch beseelt, dass es in der heutigen Nacht weder eine Aussprache noch eine verlogene Aussöhnung gab. Er wollte lieber schweigen, lieber seine Sorgen und Probleme mit in den Schlaf nehmen, als ihr irgendetwas Versöhnliches ins Gesicht zu lügen.

Er lag noch längere Zeit wach, versuchte, Klarheit in seine

sorgenvollen Gedanken zu bringen, aber ohne jede erkennbare Gewissheit, dass er der Unsicherheit und Bedrohung seiner Lebenssituation Herr werden könnte, schlief er schließlich in einem vagen Gefühl ein, dass er es schaffen würde, als sei das rettende Licht am Ende des Tunnels seiner Sorgen greifbar.

Die Stadt lag noch unter der morgendlichen Dämmerung, und herbstliche Nebelschwaden zogen über die Dächer der Häuser und hinterließen den Eindruck eines leichten Regens. In den meisten Häusern war es hinter den Fenstern noch dunkel, und nur vereinzelt tauchten die wenigen Autos, die schon unterwegs waren, mit ihren hellen Scheinwerfern die Straßen vor sich in gleißendes Licht. Achim stand hinter der Balkontür des Ankleidezimmers und starrte ins Dunkel. Wie gern hätte er mit einem der vielen Namenlosen hinter den anderen Fenstern getauscht, die noch ruhig schliefen und für die das Erwachen nicht das Eintauchen in einen Albtraum darstellte. Tauschen mit irgendeiner beliebigen, in sich zufriedenen Existenz, die ein Leben führte, in dem sie sich heimisch und zu Hause fühlte. Er hing noch einige Zeit jener jugendlichen Phantasie nach, ein anderer sein zu können, als er aus dem Schlafzimmer erste Geräusche hörte. Susanne war aufgewacht und ging in ihr Bad.

Nun hatte ihn der Alltag wieder, sein Alltag mit dem missglückten gestrigen Abend, mit den missglückten letzten Tagen, die sich wie ein dunkler Schleier über ihn legten. Wie zufrieden schien ihm sein Schlaf in den letzten Stunden, in denen die unmittelbare Bedrohung, die er für sich spürte, von ihm abgefallen war. Erst in aller Frühe hatte ihn irgendetwas aus dem Schlaf gerissen. Nun musste er auch ins Bad und sich anziehen, denn Susanne würde sich wundern, dass er zwar schon länger auf war, aber immer noch im Schlafanzug im Ankleidezimmer stand.

Es war immer noch recht früh, als Achim fast fertig angezogen und rasiert die gemeinsame Küche betrat. Schon auf dem Weg dahin hörte er seine Frau, die gerade ihr Frühstück zubereitete. Er hörte den Mixer, der Obst zerkleinerte, und hörte den Wasserkessel, in dem das Teewasser kochte. Ein ganz normaler Morgen, zu dem er sich jetzt gesellen wollte.

Als Achim die Küche betrat, bemühte er sich, wach und gut gelaunt zu erscheinen, denn er wollte den Streit des gestrigen Abends nicht weiterführen.

»Gibt es schon Kaffee?«

»Wenn du gesagt hättest, dass du schon um sieben ...«

Achim küsste seine Frau auf die Wange.

»Es war nur eine Frage«, sagte er kurz und bemerkte, dass ihm kein sorgloser Ton gelungen war, sondern dass er eher gereizt klang.

»Nun sei doch nicht mehr so empfindlich.«

Susanne nahm ihren Mann in den Arm.

»Guten Morgen, mein Lieber.«

»Guten Morgen.«

Sie küsste ihn und hielt ihn einen Moment lang im Arm.

»Ich wollte wissen, ob es einen besonderen Anlass gibt, dass du so früh aufstehst.«

Susanne lächelte ihren Mann versöhnlich an.

»Ein paar Telefonate mit ausländischen Partnern. Die Zeitverschiebung ist das Problem. Konferenzschaltung mit der Leitung und deren Leitung und so weiter«, skizzierte Achim kurz seinen Arbeitstag.

»Sei nicht mehr grantig. Was soll denn unser Kind denken, wenn sein Vater am frühen Morgen mit einem solchen Gesicht herumläuft.«

»Es sieht mich ja noch nicht.«

»Aber es hört dich.« Sie küsste ihn aufmunternd. »Es war vielleicht keine gute Idee, dass du noch auf ein Glas zu uns gekommen bist.«

»Vielleicht. Aber es war ja auch ...«

Susanne legt ihm liebevoll einen Finger auf den Mund, um seine Verteidigungsrede zu unterbinden.

»Es ist immer schwierig, wenn man mitten im Abend in eine Gesellschaft kommt und unvorbereitet mit der Stimmung konfrontiert wird, die sich im Laufe von Stunden entwickelt hat«, nahm sie ihm die Erklärung ab.

»So schnell kann man gar nicht nachtrinken«, sagte Achim.

Susanne überlegte einen Moment, ob dies eine Provokation war, aber dann blieb sie versöhnlich.

»Auch das. Geh ins Bad, ich mach dir Kaffee. Für ein kurzes Frühstück hast du noch Zeit?«

»Ich nehme sie mir einfach«, sagte Achim leichthin, denn er wollte nicht das Haus verlassen, ohne dass sich die Stimmung zwischen ihnen wieder entspannt hatte.

»Ich hole rasch frische Brötchen.«

»Das ist doch eigentlich mein Part.«

»Du duschst in der Zeit, ich bin gleich wieder da. Außerdem steht dein Wagen noch in der Stadt«, sagte Susanne, und ohne eine Antwort ihres Mannes abzuwarten, verließ sie die Küche. Sekunden später hörte Achim die Haustür ins Schloss fallen und kurz darauf den startenden Motor von Susannes Wagen.

Einmal mehr kam Achim sich verlassen vor. Er ging zum Fenster und schaute Susannes Wagen nach, der durch das geöffnete Tor auf die Straße fuhr und hinter den nächsten Büschen verschwand, aber Achim war mit seinen Gedanken ganz woanders. Er musste sich überlegen, wie er seine erneute Hamburgreise begründen könnte, denn er durfte keine Zeit verstreichen lassen. Natürlich würde er erst mit seinem Vorgesetzten im Sender sprechen, denn nichts wäre dümmer, als Susanne von einer Dienstreise zu berichten, die dann gar nicht stattfand. Er ging ins Arbeitszimmer und fuhr den Computer auf seinem Schreibtisch hoch. Irgendeine Veranstaltung im Theater, in der Oper, irgendeine Ausstellung mit einem musikalischen Bezug musste es doch als Reisegrund geben.

Achim suchte auf den einschlägigen Internetseiten, auf der Homepage von Hamburg, den Seiten der Theater und Opernhäuser, aber er fand nichts wirklich Passendes. Er konnte schlecht ein zweites Mal in den Don Giovanni gehen. Bei dem Gedanken musste er schmunzeln, denn in Wahrheit wäre es ja das erste Mal. Aber dann stieß er doch auf eine mögliche Lösung.

»Seit wann interessieren Sie sich für Musicals?«

Achim saß seinem Chef gegenüber. Er hatte schon vorher gewusst, dass ihm genau diese Frage gestellt würde.

»Ich dachte, es verstärkt unsere Hörerzahlen und arbeitet dem Quotenmangel entgegen, wenn wir unser Themenspektrum ausweiten?«

»Und dabei soll dann Musical helfen«, winkte Achims Chef ab. »Das macht doch keinen Sinn.«

»Ich habe bei meiner Arbeit an verschiedenen Beiträgen die Erfahrung gemacht, dass hier Insider über Insiderwissen berichten«, erklärte Achim seine Idee.

»Wir sprechen ein interessiertes und engagiertes Publikum an.«

»Das schon. Aber wenn ich über eine Inszenierung spreche, blicke ich oft auf mehr als zehn verschiedene Aufführungen derselben Oper in den letzten zwei Jahrzehnten zurück. Ich kann doch behaupten, was ich will. Außer den Fachleuten und ein paar Kollegen kann das doch niemand mehr beurteilen.«

»Und jetzt wollen Sie sich des Musicals annehmen?!« Hartung war noch nicht überzeugt, aber immerhin zur Diskussion bereit.

»Ich habe zwar einen fachkundigen, aber keinen zu spezialisierten Blick, der vielleicht auch einem breiteren Publikum den Zugang öffnet.«

Achim sah in Hartungs Gesicht, dass dieses Argument saß. Er spürte förmlich, wie es in Hartungs Schädel rumorte, wie ein Rädchen in das andere griff und hoffentlich bald Zustimmung signalisierte.

»Das ist sicher denkbar. Aber über einige Aufführungen wurde bereits berichtet.«

»Ich denke auch nicht an eine aktuelle Kritik, sondern an eine Art Rückblick über das erste Halbjahr. Was boten deutsche Musicalbühnen dem interessierten Publikum? Vielleicht auch etwas für Kollegen anderer Ressorts?«

»Also die Musical-Leute über ihre Opern?«

Achim nickte Hartung zu. Jetzt hatte er ihn.

»Ich hatte diese Idee auch schon einmal, war mir aber nicht sicher, wie Sie und die Kollegen sie aufnehmen würden«, setzte Hartung an. »Die Idee hat natürlich etwas für sich.«

Vor allem wenn es jetzt plötzlich die Idee des Chefs selber war. Hartung liebte es, die Ideen anderer rasch zu seinen eigenen zu machen, und Achim fragte sich einmal mehr, ob das einfach nur Frechheit war oder doch eine Art selektiver Gedächtnisschwund, dass Hartung es selbst nicht merkte, dass er geistigen Diebstahl betrieb. Wahrscheinlich eine Mischung aus beidem, aber das war Achim im Moment egal, denn er würde seine Dienstreise genehmigt bekommen. Er hätte natürlich einfach privat nach Hamburg fahren können, aber das Risiko, dass Susanne das herausbekam, war zu groß. Zudem hätte er wenigstens seinen Kollegen Peter Wegener einweihen müssen für den Fall, dass er und Susanne sich zufällig über den Weg liefen. Und das fehlte noch, denn nachdem der schon das Streichholzheftchen vom True Love in Achims Mantel entdeckt hatte, schlug dessen Phantasie ohnehin schon Kapriolen.

»Ich schlage vor, Sie schauen sich mal was an, machen ein Konzept fürs Programm, und dann sehen wir weiter. Einen Versuch ist es wert. Mit welchem Musical wollen wir anfangen?«

Jetzt fangen ›wir‹ schon an.

»Die drei Musketiere, Musik: Rob und Ferdi Bolland.«

»Wo wird das aufgeführt?«

»In Hamburg.«

»Und wann wollen Sie hin?«

»Ich kann Karten für die heutige Aufführung bekommen.«

»Das kommt jetzt aber etwas plötzlich.«

»Ich könnte das Konzept bis Ende der Woche fertig haben«, schlug Achim vor. »Die Konferenz Anfang nächster Woche steht doch unter dem Motto ›Neue Projekte‹.«

»Herr Kröger, jetzt überraschen Sie mich.« Hartung schaute Achim erstaunt an. »Ich dachte, Sie gehören eher zu denen, die hier mit Dienst nach Vorschrift dem Ruhestand entgegendämmern.«

Hartung musste gemerkt haben, dass diese Bemerkung doch etwas zu direkt geraten war.

»Sie müssen entschuldigen, Herr Kröger«, lenkte er ein. »Aber es gibt doch wirklich unter den Kollegen manche ... na ja, wie auch immer«, brach Hartung ab. »Dann machen Sie sich mal auf den Weg nach Hamburg. Aber das Programmkonzept ...«

»... liegt Ende der Woche auf Ihrem Schreibtisch.«

Achim war schon in der Tür, als Hartung ihm noch etwas nachrief.

»Das nächste Mal kommen Sie aber bitte mit einer Programmidee, nicht mit einem Überfall!«

Achim drehte sich noch einmal um, lächelte entschuldigend und ging. Er fühlte sich für einen kurzen Moment fast glücklich, so geschickt hatte er das eingefädelt; als wären damit gleich alle anderen Probleme ebenfalls beseitigt.

Auf dem Weg in sein Büro legte sich seine Euphorie allmählich, denn natürlich wurde ihm klar, dass damit bestenfalls das äußere Problem der Reise gelöst war.

Gerade als Achim im Flur in den Gang einbog, auf dem sein Büro untergebracht war, sprach ihn ein Kollege aus einem benachbarten Büro an.

»Herr Kröger!«

Achim ging einen Schritt zurück und blieb in der Tür zu einem anderen Büro stehen.

»Welke, Jens Welke. Ich bin der neue Hospitant«, stellte er sich vor. »Also, in Ihrer Abwesenheit gab es vier Anrufe für Sie. Jedes Mal ein Herr Benrath, der aber nicht sagen wollte, um was es geht. Er sagte, Sie wüssten schon Bescheid.«

»Benrath, sicher. Danke für die Nachricht.«

»Er hat keine Nummer hinterlassen.«

»Kein Problem. Ich rufe ihn dann gleich mal zurück. Danke.«

»Wenn Sie etwas für mich zu tun haben ... Ich meine, Telefondienst ... dafür habe ich nicht Musik studiert.«

»Ich weiß, Hospitantenschicksal.«

»Vielleicht haben Sie demnächst mal einen Moment Zeit, dann ...«

»Sicher, nächste Woche«, antwortete Achim ausweichend und sah, dass sich der andere abgewimmelt fühlte. »Ich bin auf dem Weg nach Hamburg und in zwei Tagen zurück. Kommen Sie einfach auf mich zu.«

»Gern, mach ich«, strahlte Jens Welke ihn an. »Bis nächste Woche, und gute Reise.«

Achim nickte ihm ein »Danke« zu und ging weiter in sein Büro.

»Ich habe Ihnen auch einen Zettel auf Ihren Schreibtisch ...!«, rief der andere ihm nach, verstummte aber dann, weil Achim nicht reagiert hatte.

In seinem Büro sah Achim sofort den Zettel mit der Notiz »Bitte Herrn Benrath zurückrufen« auf seinem Schreibtisch liegen, den er sofort zerknüllte und in den Papierkorb warf. Es ließ ihn nicht los. Dieser Benrath war wie eine Klette, die sich nicht abschütteln ließ. Aber was wollte der? Einen Moment später beugte sich Achim über den Papierkorb und holte den Zettel wieder heraus, glättete ihn und steckte ihn in seine Hosentasche. Dann schaute er auf die Uhr; es war kurz vor elf. Er griff zum Telefon und wählte. Dann hörte er am anderen Ende Sylvias Stimme.

»Amberg.«

»Hallo, ich bin's. Wie geht es dir?«

»Und dir?«

»Alles in Ordnung«, sagte er zuversichtlich, obwohl ihm

ganz anders zumute war. Aber sollte er Sylvia damit beunruhigen? Sie machte sich sicher selber schon genug Sorgen.

»Und? Alles in Ordnung?«

»Ja, schon«, antwortete sie ausweichend.

»Was ist?«

»Heute Morgen stand ein Auto gegenüber am Straßenrand, und ein Mann saß darin.«

»Bist du sicher?« Eine blöde Frage, aber Achim fiel nichts Besseres ein. »Was war das für ein Wagen?«

»Ein weißes Auto, ich kenne mich doch mit den Modellen nicht so aus. Ein Mittelklassewagen.«

»Das kann auch Zufall sein«, sagte er hilflos. »Ist er dir nachgefahren?«

»Wieso sollte er mir nachfahren, wenn du sagst, dass es Zufall ist?«

»Ist er dir nachgefahren?« Achims Stimme wurde schärfer.

»Ich glaube nicht. Nein, bestimmt nicht«, fügte sie hinzu. »Wie ist es? Kommst du?«

Was sollte er machen?

»Sicher. Ich komme heute«, sagte er schwach. »Die Maschine landet gegen sechs. Ich melde mich dann.«

»Ich danke dir. Wir stehen das gemeinsam durch. Bestimmt.«

»Sicher«, sagte Achim fast tonlos. Er überlegte noch einen Moment, ob er etwas sagen sollte, legte dann aber den Hörer auf.

Benrath musste in Hamburg sein, und seine Anrufe mussten ebenfalls von dort kommen. Das hieß, dass er zwar wusste, wo Achim lebte und arbeitete, aber dass er nicht die räumliche Nähe zu ihm suchte. Alles lief auf Hamburg hinaus und damit auf das Verbrechen, das er in der Tiefgarage des Hotels gesehen hatte. Er musste Benrath sprechen, musste ihm zusichern, ihm schwören, dass er nichts sagen würde und dass er genaugenommen auch nichts gesehen hatte, was die Polizei interessieren könnte. Solange dieser Benrath vor dem Haus im Wagen saß, könnte er Kontakt mit ihm aufnehmen, könnte versuchen, die Geschichte für sich und Sylvia aus der Welt zu schaffen. Es kam auf die nächsten beiden Tage an. Er musste los.

Mit äußerlich stoischem Gleichmut und innerem Ärger ertrug er die Kommentare bei der Reisedienststelle, dass er nun schon wieder nach Hamburg reise, und die Frage, warum man das nicht besser koordiniert hätte. Aber er hatte Hartungs Unterschrift auf dem Antrag, was alle Diskussion erübrigte. Es amüsierte ihn für einen kurzen Moment, dass ausgerechnet Hartung als Kronzeuge seines Reisegrundes herhielt. Aber das war natürlich ein kindliches Denken, denn wenn der tatsächliche Reisegrund ans Licht käme, wäre Hartung einer der Ersten, die ihn im Regen stehen lassen würden.

Eine knappe Stunde später war Achim zu Hause mit wenigen Handgriffen damit beschäftigt, die Utensilien für eine Nacht aus dem Bad und dem Ankleidezimmer zusammenzusuchen. Wenig später verließ er mit seinem kleinen Reisekoffer den Raum und eilte die Treppe hinunter in den Wohnraum, wo er einen kleinen Block von einer Anrichte nahm und zu schreiben begann. Er hatte kaum die Anrede an seine Frau geschrieben, als er den Kies der Auffahrt knirschen hörte. Er zerknüllte den Zettel, steckte ihn in seine Hosentasche und legte den Block wieder zurück auf die Anrichte. Plötzlich fiel ihm ein, dass er den Schlüssel des True Love nicht im Haus lassen durfte. Er musste ihn mitnehmen, das schien ihm sicherer; und eilig lief er noch einmal in sein Arbeitszimmer, holte den verdächtigen Schlüssel und das Streichholzheftchen und verstaute beides in seinem Koffer. Minuten später hörte er Susannes Schlüssel im Schloss.

»Achim«, hörte er ihre Stimme von unten.

»Ich bin oben«, gab er zurück.

Jetzt musste er ihr beibringen, dass er wieder nach Hamburg reisen würde. Er wusste nicht, wie sie es aufnehmen würde, denn sie hatten eine Abmachung. Sie würde sich aus dem Geschäft zurückziehen und er seine Dienstreisen auf ein Minimum reduzieren. Natürlich würde sie sich daran erinnern, und dass er jetzt wieder reiste, könnte sie als einen ersten Wortbruch verstehen. Aber was sollte er machen? Blieb ihm etwas anderes übrig?

Er nahm rasch seine Sachen, als er Susannes Schritte auf der Treppe hörte.

»Susanne, du bist schon zurück?« Diese Frage war selten dämlich, und er ärgerte sich über sich selber.

Susanne schaute auf seine Tasche.

»Und du verreist?«

»Ich wollte dir gerade einen Brief schreiben.«

»Dann bin ich dir jetzt zuvorgekommen.«

»Unsinn«, sagte er und nahm seine Frau in den Arm. Aber Susanne löste sich rasch und trat einen Schritt zurück.

»Und wohin geht die Reise?«

» Ich muss noch einmal rasch nach Hamburg.«

»Aber du warst doch gerade erst ...«

»Ein neues Projekt«, begann er zu erklären. »Hartung hat mich zu sich bestellt. Ich werde jetzt über Musicals schreiben; als Musikkenner über ein quasi artfremdes Sujet.«

»Aber das liegt dir doch gar nicht.«

»Das ist der Witz der Geschichte, um dem Publikum näher zu sein.«

»Und willst du das denn?«

»Ich kann es mir eben auch nicht immer aussuchen.«

»Ich dachte nur … Nachdem der gestrige Abend doch ein wenig missglückt endete, dachte ich, dass wir beide … Du könntest mir deine neuen Kompositionen vorspielen.«

»Das holen wir morgen nach. Versprochen.«

Achim spürte, dass seine Frau enttäuscht war, aber sie sprach ihre Vereinbarung nicht an. Vielleicht dachte sie auch nicht daran oder wollte einfach Streit vermeiden.

»Hat dich Anne wenigstens heute auch im Geschäft besucht?«, versuchte Achim das Thema zu wechseln.

»Hat sie. Und sie hat sich auch entschieden.«

»Ist Rüdiger wieder so großzügig?«

»Jetzt müssen wir erst mal ein paar Steine besorgen, auswählen, und dann muss der Entwurf genauer durchgerechnet werden. Aber großzügig trifft es sicher.«

»Dann ist es doch nicht das bunte Collier geworden?«, fragte Achim überrascht.

Susanne schüttelte den Kopf.

»Sie hat sich dann doch für einen der Entwürfe entschieden. Aber für mich läuft das auf dasselbe hinaus, denn wir werden das bunte umarbeiten und dann mit den neuen Steinen ergänzen.«

»Gratuliere … Ehrlich.«

»Dann wäre doch deine Musik eine nette Belohnung für mich.«

»Die bekommst du, versprochen. Ich bin selbst neugierig, wie du es findest. Wenn die Stücke fertig sind, wollte ich sie dir widmen. Da muss ich doch wissen, ob du sie überhaupt gewidmet haben willst.«

»Ich finde das eine nette Idee.«

»Für Susanne«, sagte Achim. »Das ist nach ›für Elise‹ vielleicht ein wenig vermessen.«

»Es ist doch für mich, und ich freue mich. Und wenn es veröffentlicht wird, steht Susanne neben Elise, mich stört das nicht.«

»Auf jeden Fall bist du in bester Gesellschaft«, scherzte Achim zurück.

»Dann drücke ich uns die Daumen, dass deine Musik veröffentlicht wird.«

»Danke.«

Achim küsste seine Frau zärtlich. Danach sah Susanne ihn lange an.

»Ich bin morgen wieder da.« Achim versuchte, ihrem Blick auszuweichen, aber Susanne ließ nicht locker.

»Wenn du in Zukunft wieder mit den vielen Reisen anfängst, überdenke ich meinen Entschluss vielleicht doch noch. Einsame Hausfrau statt beschäftigter Geschäftsfrau ist keine gute Alternative«, sagte sie mit ruhiger, aber bestimmter Stimme.

»Das heute ist eine Ausnahme, sonst bleibt es dabei. Nicht mehr als drei Reisen im Monat. Unser Kind soll doch schließlich wissen, wer sein Papi ist.«

Aber er spürte, dass sein kleiner Scherz nicht ankam.

»Ich meine es ernst«, sagte Susanne.

»Ich doch auch«, erwiderte Achim, aber er spürte, wie ihm das schlechte Gewissen das Herz schneller schlagen ließ.

»Ich hoffe es sehr.«

Susanne sah ihm noch einen Moment in die Augen, als könne sie in deren Grund die Wahrheit sehen. Achim hielt ihrem Blick stand, auch wenn er sich dabei wenig wohl fühlte und hoffte, nicht rot zu werden.

Wenig später saß er in seinem Wagen und fuhr auf der Autobahn unter dem Hinweisschild FLUGHAFEN durch. Einige hundert Meter neben sich sah er eine Maschine sich langsam in den Himmel erheben, in dem sie bald hinter den Wolken verschwinden würde. Wie hatte er früher die Reisen genossen, die Abwechslung im beruflichen Einheitstrott, die ihn neben den regelmäßigen Standardzielen wie Hamburg oder Berlin gelegentlich auch ins europäische Ausland und dreimal nach Amerika geführt hatten. Jetzt dachte er nur daran, so schnell wie möglich zurückzukehren, hinter sich gebracht zu haben, was er tun musste, um dann diese unselige Geschichte zu vergessen. Wie befreit, wie glücklich würde er sich dann fühlen. Susannes Augen tauchten in seinem Gedächtnis auf, und er meinte, eine Mahnung darin zu lesen, deren Ernst und Tragweite ihm beinahe Angst machten.

Langsam lenkte er seinen Wagen ins Parkhaus 3 des Frankfurter Flughafens, da von hier aus der Weg zur Abflughalle A der kürzeste war. Dann fuhr er gewohnheitsmäßig auf Parkdeck 11, an dessen Ende er am liebsten parkte. Es war ein wenig albern, aber von Parkdeck 11 brauchte er nur eine Etage hinauf zum Übergang in das Flughafengebäude zu gehen. Bei seiner Rückkehr konnte er dann dieselbe Treppe benutzen. Zu Beginn einer Dienstreise mit morgendlichem Elan eine Treppe hinauf und am Ende müde eine Treppe hinunter. Eine etwas alberne Marotte, von der er aber auch heute nicht lassen wollte.

Während er mit seinem Wagen die einer Wendeltreppe ähnliche Auffahrt hinauffuhr und dann zwischen den parkenden Wagen eine freie Parkbucht suchte, stiegen die Bilder aus der Tiefgarage in Hamburg vor seinem inneren Auge auf. Auch die Angst spürte er wieder, aber er bemühte sich, die Bilder zu vertreiben, die ihm die Ähnlichkeit der Park-reihen unter dem Hamburger Hotel und hier im Frankfurter Flughafen in Erinnerung gebracht hatten.

Nun würde er einmal fliegen, dachte er, während er den Wagen abschloss. Auch Susanne hatte ihn überrascht angeschaut, denn seit ein, zwei Jahren reiste er innerhalb Deutschlands meist mit der Bahn oder mit dem Wagen, um vor Ort nicht auf Taxis angewiesen zu sein.

Die Abflughallen waren zu dieser Jahres- und Tageszeit nicht besonders voll, und so ging er zügig die langen Gänge zum Abfluggate, wo noch gähnende Leere herrschte. Er setzte sich auf einen der freien Sitzplätze, angelte sich vom Zeitungsständer eine Zeitung und blätterte unkonzentriert darin herum. Später stand er noch kurz an einer Coffeebar, von wo aus er freien Blick auf das Gate hatte, dass sich während seiner zweiten Tasse allmählich füllte. Er sah die Fluggäste kommen, einzeln und in kleinen Gruppen, und stellte sich die Reisegründe der anderen vor. Die meisten würden geschäftlich reisen, einige sicher auch privat, aber keiner aus einem so absurden Grund wie er, der geschäftlich reiste, um sein Privatleben in den Griff zu bekommen.

Später im Flugzeug versuchte er, wenigstens eine Viertelstunde zu schlafen, was ihm nicht zuletzt die zwei Tassen Kaffee verdarben, die er vor dem Abflug getrunken hatte.

Nachdem die Maschine beim Landeanflug die Wolken durchflogen hatte, erschienen in der Tiefe erste einzelne Lichter, die sich bald verdichteten und die Ausläufer Hamburgs andeuteten. Rasch wurden die Lichter größer, ließen sich erste Häuser und deren erleuchtete Fenster erkennen, und das Fasten-Seatbelt-Licht über den Sitzen signalisierte, dass die Landung unmittelbar bevorstand. Mit einem leichten Ruck setzten die Räder der Maschine auf, und kurz darauf heulten die Motoren durch den aufbrausenden Umkehrschub auf, und das Flugzeug verlor rapide an Geschwindigkeit. Dann dauerte es eine halbe Ewigkeit, bis Achim mit seinem Reisekoffer durch die marmornen Gänge des Hamburger Flughafens in Richtung Ankunftshalle ging.

Die Schiebetüren zur Halle waren noch geschlossen, als er als einer der Ersten darauf zuging. Die Lichtschranke ließ beinahe geräuschlos die zweiflüglige Tür auffahren, und Achim bog mit seinem Reisekoffer links in Richtung Autoverleih ab. Aber er war noch nicht weit gekommen, als er seinen Namen hörte.

»Achim ... Achim!«

Erschrocken drehte er sich um und erkannte Sylvia, die sich einen Weg durch die Wartenden bahnte.

»Sylvia, was machst du denn hier? Wir hatten doch vereinbart ...«, sagte Achim und drehte sich vorsichtig um, als befürchtete er, dass man sie beobachten könnte.

Aber Sylvia schien jede Vorsicht überflüssig, sie fiel ihm sichtlich erleichtert um den Hals, als sei er ein Retter, der sie vor dem Ertrinken bewahren könnte.

»Sylvia, bitte«, ermahnte Achim.

»Ich dachte einfach, ich hole dich ab. Ich wollte dir nur eine Freude machen.«

»Ich muss meine Sachen ins Hotel bringen.«

»Das können wir doch zusammen machen.«

Er sah sie an, denn sie begriff anscheinend gar nichts.

»Ich habe ein Problem, und das weißt du. Genau genommen haben *wir* ein Problem«, präzisierte er.

»Ich weiß«, gab Sylvia so kleinlaut zu, dass sie ihm beinahe leidtat.

Achim nahm ihren Arm und zog sie mit sich, um endlich aus der Menge verschwinden zu können.

»Und danach fahren wir zu mir?«

Achim schaute Sylvia überrascht an. Darüber hatte er gar nicht nachgedacht, aber es war natürlich logisch, dass sie zu ihr fuhren. Natürlich sollte er sehen, wo der Mann gestanden hatte, wollte er doch sehen, ob der Mann noch da stand, um ihn zur Rede zu stellen. Und dafür musste er natürlich in ihr Appartement. Aber was würde ihn erwarten? Er war noch nie bei ihr gewesen, hatte jede Form von Einladung zu ihr geschickt umgangen, da er diese Form von Privatheit zwischen ihnen vermeiden wollte. Aber jetzt? Achim nickte ihr nach einem kurzen Zögern zu, denn er erkannte, dass dies die einzige sinnvolle Möglichkeit war, zu der es keine Alternative gab. Aber die Konsequenzen, die sich daraus ergaben, ließen Besorgnis und Ärger in ihm aufsteigen. Genau das, genau diese Situation konnte, nein, würde alles verkomplizieren. Ihre Wohnung war kein neutraler Ort; sein Besuch bei ihr konnte sogar missverstanden werden, konnte für Sylvia ein Beweis dafür sein, dass ihr Verhältnis doch mehr war als gelegentlicher Sex. Sie könnte es als den Beginn einer neuen, vertrauteren Phase ihrer Beziehung verstehen, da er jetzt auch räumlich in ihr Privatleben trat. Er musste alles tun, um diesen Eindruck zu verhindern, dachte er, als er neben ihr durch die Flughafenhalle in Richtung Parkhaus ging.

Susanne erledigte noch einige Kleinigkeiten im Haushalt, aber sie spürte, dass sie dies lustlos und unkonzentriert machte, denn ihre Gedanken kreisten immer wieder um die überstürzte Abreise ihres Mannes, der einmal mehr vorgab, beruflich nach Hamburg reisen zu müssen. Sie versuchte, sich mit Lesen, später mit Fernsehen die Zeit zu vertreiben, aber es gelang ihr nicht, und da es erst später Nachmittag war, beschloss sie, noch einmal in die Stadt zu fahren. Das würde sie auf andere Gedanken, bringen. Sie spielte zunächst mit dem Gedanken, ins Geschäft zu fahren, doch den verwarf sie sogleich. Wenigstens sie wollte sich an die Verabredung zwischen ihr und ihrem Mann halten, als gutes Omen, dass nicht nur sie sich daran hielt. Sie könnte eine Freundin anrufen, aber bei Doris meldete sich niemand, und sich Annes aufgesetzt guter Laune auszusetzen oder der einer anderen, wollte sie nicht auf sich nehmen. Sie würde ein wenig bummeln und dann weitersehen.

In der Stadt ging sie erst die lange Einkaufsstraße entlang, schaute in die Auslagen und betrat zweimal sogar Geschäfte, doch beide Male kam eine dienstbeflissene Verkäuferin auf sie zu, die sie mit ihrem servilen Getue in die Flucht schlug. Bald spürte sie erste Müdigkeit in den Beinen, und sie legte eine kleine Pause ein, indem sie das Straßencafé betrat, welches Achims Freund seit einigen Jahren betrieb. Sie schaute sich kurz um, konnte ihn aber nicht entdecken, und so nahm sie an einem der freien Tische Platz und setzte sich, worauf unverzüglich ein Kellner kam.

»Einen Eiskaffee, bitte.«

Der Kellner verzog sich dankend, und Susanne schaute sich ein wenig um. Im Gegensatz zu dem hektischen Treiben in der Fußgängerzone herrschte im Café eine freundliche Ruhe, die nur durch lebhafte Gespräche an einigen Tischen untermalt wurde. So viele scheinbar sorgenfreie Menschen, dachte Susanne und ertappte sich bei dem Gedanken, warum sie nicht eine der anderen war. Warum nicht jene Frau, die offenbar nach einem Einkaufsbummel mit Tüten und Taschen beladen an einem der Nachbartische Platz genommen hatte. Oder jene junge Frau, die sich offenbar mit ihrem Freund die nachmittäglichen Stunden hier vertrieb. Aber vielleicht verbargen auch diese Gesichter fassadengleich nur andere Schicksale, die ihrem an Verzweiflung und Ängsten in nichts nachstanden. Aber während sie dies dachte, ermahnte sie sich, sich nicht durch vielleicht falsch interpretierte Nebensächlichkeiten verrückt zu machen. Ihr Mann musste kurzfristig dienstlich verreisen, das war schließlich alles; und sie machte in ihrer blühenden Phantasie daraus eine Schreckensgeschichte. Das mussten die Hormone sein, schließlich war sie eine schwangere Frau, eine werdende Mutter, was ihr beinahe ein Anrecht auf Stimmungsschwankungen gab. Aber in ihrem Innersten befürchtete sie, dass es eben keine hormonellen Gespinste, sondern berechtigte Sorgen waren.

Ein männlicher Arm stellte den Eiskaffee auf den kleinen Tisch vor ihr.

»Hübsche Kundinnen bedient der Chef persönlich«, hörte sie eine Stimme.

Es war Rolf, der Susanne nun lachend mit einem Wangenkuss begrüßte.

»Darf ich?«, fragte er höflich.

»Ich wäre beleidigt, wenn nicht«, gab Susanne nicht weniger höflich zurück.

»Und wie geht es dir?«

»Gut, das wenig Arbeiten tut mir richtig gut. Ich habe lange nichts mehr von dir gehört.«

»Bei so einem Laden bist du froh, wenn endlich Sperrstunde ist, bevor morgens die Ersten ihr Frühstück haben wollen. Und dann arbeite ich doch an meinem neuen Film.«

»Ich meine, auch Achim hat lange nichts mehr von dir erzählt. Habt ihr euch auch lange nicht mehr gesehen?«

»Hört sich ein bisschen nach Auskundschaften an, oder?«, fragte Rolf nach. »Achim und ich haben gestern Abend zusammen in vergangener Studentenwelt ein paar Gläser Bier getrunken, bevor er zu deiner kleinen Abendveranstaltung zurückmusste. Er hat mich zwar erst kurz vor unserem Treffen angerufen, aber er war da. Ehrenwort.«

»So genau wollte ich es gar nicht wissen.«

»Doch, ich glaube schon.«

Susanne war es beinahe peinlich, wie genau Rolf ihre Frage durchschaut hatte.

»Es gab einige merkwürdige Anrufe in den letzten Tagen. Vergiss es einfach.«

»Den Eindruck, dass ich das einfach so vergessen darf, machst du aber nicht.«

»Komm, lass uns von etwas anderem reden.«

»Achim freut sich wie ein kleiner Junge, dass er Vater wird, und kann es kaum erwarten«, blieb Rolf beim Thema und fügte ernst hinzu: »Er ist dabei, sein Leben grundlegend zu ändern.«

»Ja, es scheint so.«

»Ich würde dich nicht belügen, auch wenn Achim mein Freund ist.«

Susanne wandte ihr Gesicht zu Rolf und schaute ihn lange ernst an.

»Ich weiß«, sagte sie leise, während ihr Blick durch eine aufsteigende Träne glasig wurde. Hektisch griff sie zu ihrer Tasche, wühlte darin und fand schließlich ihre Sonnenbrille, die sie sich aufsetzte. Aber als sie durch das dunkle Glas Rolf ansah, erkannte sie in seinen Augen, dass ihm diese Maskerade nicht verborgen hatte, wie angespannt sie unter der momentanen Situation litt.

»Er ist noch einmal nach Hamburg«, sagte sie leise.

»Er war schon hundert Mal in Hamburg«, hielt Rolf dagegen.

»Es ist anders, das weißt du.«

»Vielleicht war es anders, aber ich weiß, dass Achim es sehr ernst meint.«

Das sagte sich so leicht, das tröstete so einfach, aber die Zweifel blieben, wenn sie einmal gesät waren, dachte Susanne. Dann brauchte es lange Zeit, bis ihre Saat verging, bis Vertrauen wuchs, das nicht durch jede Kleinigkeit Gefahr lief, zerstört zu werden. Aber konnte sie das Rolf so erzählen? Konnte sie ihn damit belasten, dass es ausgerechnet sein Freund war, der ihr Leben zu zerstören drohte? Natürlich machten ihr die versichernden Worte ein wenig Mut; vielleicht sollte sie seinen Worten vertrauen, aber in ihrem Inneren nagten Zweifel, die sie nicht zum Verstummen bringen konnte.

»Ich hoffe, dass du recht hast«, sagte sie, um ihn nicht zu enttäuschen.

Rolf nickte, wie um sich selber zu bestätigen.

»Hast du noch einen Moment?«, fragte er hastig, weil hinter der Theke im Café seine ordnende Hand gebraucht wurde. »Ich bin gleich wieder da.«

»Hab ich Zeit?«, fragte Susanne und lächelte Rolf unglücklich an. »Was hat man als Strohwitwe denn Wichtigeres zu tun, als zu warten?«

Rolf stand auf, schüttelte missbilligend den Kopf.

»Wann kommt er zurück, hat er gesagt?«

»Morgen Abend.«

»Das ist allerdings eine lange Zeit, besonders für eine wartende Strohwitwe.«

Rolf lächelte sie an, und sie selber musste über den pathetischen Vergleich schmunzeln.

Die herbstliche Abenddämmerung legte sich bereits über die Stadt, obwohl es eigentlich früher Abend war, als Sylvias Auto in die Straße einbog, in der sie wohnte. Die Dämmerung war bereits so weit fortgeschritten, dass man die Konturen der Hausdächer nur noch bedingt erkennen konnte, während im unmittelbaren Zentrum der Stadt noch die Geschäfte in den unteren Etagen der Häuser mit ihren erleuchteten Schaufenstern und den Werbeflächen die Umgebung erhellt hatten.

Achim hatte während der Fahrt immer wieder zu Sylvia hinübergeschaut, aber sie starrte wie gebannt auf die Fahrbahn.

»Hast du ihn noch einmal gesehen?«

»Wen gesehen?«

Achim wandte ruckartig seinen Kopf zu ihr und sah Sylvia an, aber sie schien nichts zu bemerken.

»Den weißen Wagen! Den Mann! Sylvia, hörst du mir überhaupt zu.«

»Entschuldige«, antwortete sie fahrig. »Entschuldige, aber es ist alles ...«

Den Rest des Satzes ließ sie in der Luft hängen, aber sie fuhr sich mit der Hand über das Gesicht, als würde sie eine Träne wegwischen.

»Ich bin das nicht gewohnt. Ich habe Angst, und ich weiß nicht, wie es weitergehen soll.«

Ein kaum hörbares Schluchzen war zu hören.

»Nun beruhige dich doch. Ich bin extra gekommen, damit du dir keine Sorgen zu machen brauchst.«

Sylvia nickte stumm.

»Und hast du den Mann noch einmal gesehen, oder das silbergraue Auto? Du musst mir alles sagen, auch das kleinste Detail kann wichtig für uns sein.«

Für uns, fuhr es ihm durch den Kopf. Das war das Dümmste, was er sagen konnte, aber als er Sylvia ansah, machte sie nicht den Eindruck, als maß sie dieser Formulierung eine besondere Bedeutung bei. Ich muss aufpassen, ermahnte sich Achim. Aufpassen, dass dieser Besuch sie nicht fester aneinanderband, sondern, obwohl er nun schon wieder in Hamburg war und dann auch noch in ihrem Appartement sein würde, eher eine Distanz zwischen ihnen schuf.

»Ich war den ganzen Tag in der Agentur«, erklärte sie. »Heute Morgen war er da. Aber dann bin ich ja weg gewesen.«

»Und heute Nachmittag?«

»Ich war in der Stadt«, sagte sie ausweichend. »Ich musste etwas erledigen.«

Sie warf ihm einen kurzen Blick zu.

»Ehrlich gesagt, bin ich in die Stadt gegangen, weil ich nicht nach Hause wollte«, gestand sie. »Ich wusste doch, dass du heute kommst.«

Achim schwieg. Was sollte er dazu sagen? Er verstand sie sogar. Er hätte an ihrer Stelle genauso gehandelt. Aber dennoch war es unklug.

Die Straße, in der Sylvia wohnte, lag abseits der größeren Stadtstraßen, und sie war menschenleer, als der Wagen einbog und sich dem Haus näherte, in welchem Sylvia ihr

Appartement hatte. Achim sah sich unauffällig um, aber er konnte keinen weißen Mittelklassewagen oder eine silbergraue Limousine entdecken. Die meisten hatten dunkle Farben, oder es waren Kleinwagen oder Vans. Plötzlich fiel Achim ein weißer Kombi auf.

»Und der?«, entfuhr es ihm.

»Ich weiß nicht.«

»›Ich weiß nicht?‹ Das ist wichtig!«, fuhr Achim sie an. »Könnte er es sein?«

»Das ist doch ein Kombi.«

»Ich weiß, dass das ein Kombi ist.« Achim merkte, dass er wütend wurde. »Könnte der es gewesen sein, oder war es eine Limousine?«

»Ich erinnere mich. Es war eine Limousine, keine sehr große.«

»Sicher?«

»Ich bin mir sehr sicher«, gab Sylvia zu.

Im Vorbeifahren warf Achim einen Blick in den Kombi, aber es schien niemand darin zu sein. Vielleicht war Benrath, oder wer immer der Mann war, an diesem Abend zu Fuß unterwegs. Aber auch unter den Bäumen, die die Straße säumten, konnte Achim keinen Menschen entdecken. Selbst in den parkenden Autos am Straßenrand waren keine Personen zu sehen. Aber was bedeutete das schon? Jeder Wartende konnte sich in einem Hauseingang oder hinter einem parkenden Wagen verstecken, sobald er die Scheinwerfer des Wagens in die Straße einbiegen sah. Oder vielleicht war er einfach heute nicht da oder noch nicht da oder bereits gegangen. Es bedeutete alles und auch nichts. Sylvia fuhr einige hundert Meter weiter, wo sie einen freien Parkplatz fand, und fuhr mit dem Wagen vorwärts in die Parklücke, wobei sie rumpelnd über den Bordstein fuhr.

»Entschuldige«, sagte sie, als sie seinen Blick sah. »Ich bin einfach unkonzentriert.«

Dann weinte sie, und obwohl er zögerte und es eigentlich nicht wollte, nahm er sie in den Arm.

Es war schon später am Abend, als Susanne nach Hause kam. Das Haus lag dunkel im weitläufigen Garten, aber Susanne verspürte keine Angst, alleine in dieses große Haus zurückzukehren. Dafür kannte sie dieses Haus zu gut, schließlich hatte sie fast ihr ganzes Leben hier verbracht. Lediglich die Studienjahre und die Zeit der Ausbildung bei anderen Goldschmieden, und als sie zur Schleiferlehre in Amsterdam gewesen war, hatte sie nicht in diesen vertrauten Mauern verbracht. Und natürlich die erste Zeit, die sie mit Achim in seiner kleinen Wohnung gelebt hatte. Sie musste beinahe lächeln, wenn sie an diese Zeit zurückdachte. Achims Wohnung war fast kleiner als die Küche im Haus ihrer Eltern, hatte sie spontan gedacht, aber es nie mit einem Wort gegenüber Achim erwähnt. Vielleicht hatte er es selber gedacht, als er das erste Mal im Haus ihrer Eltern war. Sie wusste es nicht.

Heute Abend wusste sie nur, dass sie nicht zu negativ denken durfte. Es war eine gute Idee gewesen, in die Stadt zu fahren, denn das Gespräch mit Rolf hatte ihr gutgetan. Sie hatten noch bis nach zehn zusammengesessen, hatten etwas gegessen, und auch Rolf schien es genossen zu haben, sich einmal in seinem eigenen Lokal wie ein Gast bedienen zu lassen. Rolf war ein guter Freund. Natürlich war er vor allem ein Freund von Achim, das wusste Susanne, aber sie wusste auch, dass Rolf sie nicht anlügen würde. Sie vertraute ihm und war sich sicher, dass er sie nicht enttäuschen würde.

Susanne war sich dessen sicher, vor allem weil Rolf nicht das Blaue vom Himmel heruntergelogen und Achim in den schillerndsten Farben als treuen Gatten dargestellt hatte. Nein, es war vielmehr die Tatsache, dass er in dezenten Andeutungen zugab, dass die Vergangenheit noch ihre Schatten nach sich zog, aber dass Achims Bemühen um einen Neuanfang ihrer Ehe sehr ernst gemeint war. Sie musste ihrem Glück eine Chance geben, das hatte Rolf ihr ins Gedächtnis zurückgerufen, und sie war ihm dankbar dafür, sodass sie jetzt zwar müde, aber dennoch irgendwie leichter in ihr gemeinsames Zuhause zurückkehrte.

Als Sylvia und Achim aus dem Aufzug stiegen, standen sie ein wenig verlegen vor ihrer Appartementtür. Zumindest Achim fühlte diese Verlegenheit, und auch Sylvia zögerte einen winzigen Augenblick, bevor sie die Tür aufschloss. Er hatte ihren Blick in diesem Moment nicht gesehen, da sie mit dem Rücken zu ihm stand, aber er war sich sicher, dass auch sie sie spürte. Achim hörte, wie der Schlüssel das Schloss entriegelte. Sylvia betrat als Erste das Appartement, blieb aber einen Schritt später stehen und drehte sich zu ihm um.

»Komm herein«, sagte sie, und Achim meinte in ihrer Stimme eine intime Vertraulichkeit zu hören, die ihm unangemessen schien. Er war nicht zu einem persönlichen Besuch hier, und es gab nichts, was es in diesen Besuch hineinzudeuteln gab, außer der Tatsache, dass sie ein gemeinsames Problem hatten, das sie lösen mussten.

Sylvias Appartement war eine typische Singlewohnung, aber sie war nicht so, wie Achim sie sich immer vorgestellt hatte. Achim hatte eine kleine, eher durchschnittlich eingerichtete Wohnung erwartet, die mit Geschmack, ja vielleicht auch mit Liebe eingerichtet war, aber eben doch jene Gleichgültigkeit widerspiegelte, die er bei den meisten Alleinstehenden kennengelernt hatte. Nicht dass es diese Leute nicht verstanden hätten, es sich gemütlich zu machen, aber es schien durch den fehlenden Partner der Motor zu fehlen, diese Mühe auf sich zu nehmen. Sylvias Appartement dagegen entsprach nicht diesem tristen, einsamen Dasein. Ihr Appartement schien den elegantesten und erlesensten Hochglanzmagazinen entsprungen, in denen die Designer teuer Wohnaccessoires ihre Produkte zur Schau stellten. Das Appartement bestand aus einem weiträumigen Wohn- und Essbereich, an den sich eine schicke Küche anschloss. Der Boden war mit dunklem Parkett ausgelegt, auf dem sich die hellgraue Ledergarnitur mit dem niedrigen weißen Tisch eher wie eine Skulptur denn als ein Möbelstück ausnahm. Mit wenigen Handgriffen tauchten dezente Lichtquellen den Raum in eine angenehme, beinahe heimelige Atmosphäre. Sylvia ging wie selbstverständlich in Richtung Küche.

»Möchtest du auch was trinken?«, sagte sie. »Ich komme um vor Durst. Ein Wasser?«

»Ja, gern«, stimmte Achim zu. Nicht dass er auch solchen Durst verspürte, aber ihm fiel spontan nichts Besseres ein.

Sylvia stellte zwei Gläser auf die Anrichte und holte eine Flasche Mineralwasser aus dem Kühlschrank. Während sie einschenkte, schaute sie Achim kurz an.

»Wenn du dich frisch machen willst, das Bad ist vorne links«, sagte sie und wies mit dem Blick in die entsprechende Richtung.

Achim nickte nur und ging ins Bad. Nicht dass er sich erfrischen wollte. Er musste einfach einen Moment Zeit gewinnen, um seine Gedanken zu sortieren. Das Bad umfing ihn mit wohliger Wärme. Auch hier war alles mit erlesenstem Geschmack gestaltet. Dunkle, beinahe schwarze Steinplatten gaben den Wänden eine kühle Eleganz, gegen die die weißen Bodenfliesen und die Sanitärobjekte fast blendend abstachen.

Achim war von diesem hohen Lebensstandard Sylvias überrascht. Sicher, er hatte nie wirklich darüber nachgedacht, aus welchen Verhältnissen Sylvia stammen könnte. Aber gerade deshalb hatte er sie eher im Mittelfeld des Milieus zahlloser Angestellter gesehen; doch was ihn hier umgab, konnte Sylvia kaum mit ihrem Einkommen finanziert haben. Andererseits hatte er auch keine konkrete Vorstellung, was genau Sylvia beruflich machte. Sie arbeitete bei einer Agentur, hatte sie ein paarmal erwähnt, aber was hieß das. War sie eine einfache Angestellte oder in einer gehobenen Position? Er wusste es nicht. Aber wenn sie dieses Appartement ohne elterliches Erbe erreicht hatte, musste ihre Position nahe an der Geschäftsleitung sein.

Als Achim wenig später in den Wohnraum zurückkam, stand Sylvia immer noch an der Küchentheke. Sie hatte neben die beiden Wassergläser zwei Weingläser gestellt, an denen die kleinen Tropfen verrieten, dass der Wein gut gekühlt war.

»Ich weiß, wir brauchen einen klaren Kopf, aber meine Nerven müssen sich auch beruhigen.«

Sie versuchte gar nicht, mit ihm anzustoßen, ja sie wartete nicht einmal ab, ob Achim ebenfalls das Glas nahm. Sie nahm einfach einen großen Schluck und sah ihn an.

Achim ging zum großen Panoramafenster des Wohnbereichs und schaute hinunter, sodass er möglichst viel sehen konnte, ohne sich selber ganz den Menschen auf der Straße preiszugeben. Viel sah er so natürlich nicht.

»Im Schlafzimmer gibt es ein Fenster mit Gardinen, da siehst du besser«, hörte er Sylvias Stimme hinter sich.

»Vielleicht hast du recht«, sagte Achim tonlos, denn ausgerechnet jetzt mit einem Glas Wein in ihr Schlafzimmer gehen wollte er eigentlich nicht. Aber natürlich hatte sie recht, denn durch das Panoramafenster konnte er immer nur so viel von der Straße einsehen, wie er sich selber hinter der großen Glasfront präsentierte.

Er drehte sich zu Sylvia um, die bereits vorausging. Schon durch den Türspalt konnte er sehen, dass das Schlafzimmer eher eine Schlaflandschaft war. Es war ein riesiger Raum, der mit dezenten Lichtquellen eher gestaltet schien, als dass man von Beleuchtung sprechen konnte. An der hinteren Seite des Raums stand ein beinahe überdimensionales Bett, das auch eher ein Designerobjekt denn ein Möbelstück war. Achim versuchte, sich seine Verblüffung nicht anmerken zu lassen, aber er spürte, dass Sylvia ihn beobachtete, was nicht verwunderlich war. Schließlich erwartete sie von ihm Hilfe, und es gab jetzt keinen Grund, über ihre Vermögensverhältnisse zu sprechen. Zudem ging ihn das gar nichts an, wollte er es auch gar nicht wissen; vielmehr sollte es ihn beruhigen, dass sie offenbar finanziell unabhängig war und so keine Ansprüche an ihn stellen würde.

»Hast du dir meine Wohnung anders vorgestellt?«

Sie hatte doch seine Blicke bemerkt, oder sie wollte einfach ein Gespräch anfangen, um die Anspannung zwischen ihnen zu lösen.

»Nein, wie kommst du denn darauf?«, gab Achim hilflos zurück.

»Nur so.«

Sie trat an ihn heran und legte ihm die Arme um den Hals; nicht verführerisch, sondern einfach schutzsuchend.

»Ich bin froh, dass du da bist.«

Sylvia lehnte sich an ihn, aber gerade diese Nähe rief ihm seine Situation ins Bewusstsein. Er machte sich los und trat an das Fenster. Aber er schaute noch nicht hinaus.

»Weißt du, was es für mich bedeutet, Hals über Kopf meine Koffer zu packen und hierherzukommen?«

Achim wusste, dass dies ein sinnloser Vorwurf war, aber er konnte nicht anders.

»Ich habe dich nicht gezwungen, du bist ...«

»Ich weiß.«

Das klang nicht nur versöhnlich, Achim empfand es auch so. Er drehte sich um und schaute durch die Fenstergardine hinaus.

»War es da?«

Er deutete nach unten. Da Sylvia nichts sagte, drehte er sich um und begegnete ihrem fragenden Blick.

»Wo hat der Mann gestanden?«

Sie trat neben ihn, stand jetzt ganz dicht bei ihm, aber sie berührte ihn nicht. Er spürte den leichten Duft des Weins aus ihrem Glas, aber mehr noch roch er den Duft ihres Parfums. Für einen kurzen Moment schien es ihm vertraut wie ein guter Bekannter, den wiederzusehen man sich freute.

»Da unter dem Baum, aber man konnte kaum etwas erkennen, es war ziemlich dunkel.«

»Jetzt scheint er nicht da zu sein. Vielleicht versteckt er sich auch und wartet, bis ...«

Das Gespräch der beiden hatte einen vertraulichen Ton. Sie waren durch das gemeinsame Thema verbunden, wie Kollegen, die sich einer gemeinsamen Arbeit widmen. Aber es war dennoch mehr. Es war mehr, weil beide spürten, dass etwas zwischen ihnen stand, was sie näher aneinanderführte. Es war, als warteten beide unausgesprochen darauf, dass der andere die kleine Schwelle zwischen ihnen übertreten würde. Wie bei einem ersten Flirt, wo jeder die Worte, Gesten und Bewegungen des anderen wie mit einem seismischen Gespür aufnimmt, um darauf zu reagieren. Beide vermieden alles Missverständliche, aber es schien für beide nur eine Frage der Zeit, wann sich der erste Übertritt ereignen würde, von dem niemand wusste, wie es danach weiterging.

Auch Achim spürte diese Anspannung, die gleichsam in der Luft lag, aber sie war für ihn mehr eine Warnung, auf der Hut zu sein, denn er musste ihre Beziehung auf das gemeinsame Problem, jene Ereignisse, die sie verfolgten, reduzieren. Mehr durfte es nicht mehr geben und gab es für ihn auch nicht.

»Und wenn ich mich geirrt habe?«

Achim sah Sylvia fragend an, aber sie meinte die Frage ganz ernst. Er sah Sylvia an und sah vor sich eine Frau, die in ihrer Hilflosigkeit beinahe rührend wirkte, und er spürte, dass er handeln musste. Sie erwartete von ihm Taten, denn sie allein fühlte sich hilf- und schutzlos.

»Ich habe mich nicht geirrt in der Tiefgarage«, unterstrich Achim einmal mehr. »Und der Zeitungsartikel, die Anrufe von diesem Benrath, das Fax. Glaubst du, das sind alles Irrtümer, glaubst du, das sind Hirngespinste?«

Sie schüttelte den Kopf.

»Ich hatte auch einen merkwürdigen Zettel im Briefkasten.«

»Was für einen Zettel? Das hast du mir gar nicht erzählt.«

»Du warst gestern Abend so abweisend, da wollte ich dich heute Morgen nicht damit aufhalten.«

»Aber das kann doch wichtig sein. War es irgendein Brief? Was stand drin?«

»Es war so ein Zettel, auf dem stand, dass Wissen Macht ist, aber eben auch Gefahr.«

»Wann hast du ihn gefunden?«

»Gestern Morgen. Er war im Briefkasten.«

»Wo ist der Zettel?«

»Ich habe ihn weggeworfen. Ich dachte, er hat nichts zu bedeuten. Erst nach dem Zeitungsartikel ist mir aufgefallen, dass das vielleicht ernst gemeint war.«

Achim schaute sie an.

»Es sah aus wie irgendein Werbezettel. Von einer Kirche, einer Sekte, was weiß ich.« Sylvias Stimme wurde lauter. »Ich weiß doch auch nicht, ob der Zettel etwas zu bedeuten hat. Vielleicht ist es Zufall? Vielleicht ist alles Zufall? Vielleicht...«

Sylvia sprach nicht weiter. Sie hatte gerade noch ihr Weinglas abgestellt, hatte die Hände vor das Gesicht gepresst und wurde von heftigem Schluchzen geschüttelt.

»Ich kann nicht mehr«, hörte er ihre Stimme hinter den Händen hervor. »Ich kann einfach nicht mehr.«

Achim stand einen Moment hilflos im Raum, dann ging er langsam zu ihr, zögerte noch einen Moment, bevor er sie in die Arme nahm, aber er war geradezu bestürzt, mit welcher Kraft sie sich an ihn klammerte.

»Es wird gut«, versuchte er sie zu beruhigen. »Ich verspreche es dir.«

So standen sie einige Minuten engumschlungen in dem riesigen Raum, wie zwei Verlorene, die einander gegenseitig zu retten versuchten, ohne sich die Unsinnigkeit ihres Bemühens einzugestehen. Immer wieder redete Achim beruhigend auf sie ein, strich ihr über den Kopf oder den Rücken, strich ihr über den Körper, der ihm noch vor Kurzem ein scheinbar sorgenloses Vergnügen bereitet hatte. Jetzt wirkten seine Berührungen eher therapeutisch, wollte er ihr mit ihnen helfen, sich ihrer gemeinsamen Situation zu stellen.

Nach und nach merkte er, wie sich ihr Körper entspannte, wie ihr Schluchzen nachließ, bis es ganz verebbte, bis sie sich schließlich von ihm löste.

»Entschuldige«, sagte sie, während sie sich die Nase putzte und sich die Tränenspuren aus dem Gesicht wischte. »Eine hysterische Frau kannst du jetzt doch am wenigsten gebrauchen. Ich bin gleich wieder da.«

Dann verschwand sie im Bad, und er hörte durch die geschlossene Tür, wie das Wasser ins Waschbecken rauschte. Achim ging wieder zum Fenster und schaute in die Nacht, ließ den Blick die Häuserfront gegenüber hinabgleiten und suchte schließlich die Gehsteige und ihre Schattenregionen nach Personen ab. Unter ihm lag die wenig befahrene Straße in einer guten Wohngegend, auf deren Gehwegen auch nur gelegentlich Passanten zu sehen waren. Aber die gingen, ohne für Achim auffällig zu sein, nach Hause oder sonst wohin, kamen von der Arbeit oder gingen aus, aber keiner von denen widmete dem Haus, an dessen Fenster Achim stand, auch nur einen zufälligen Blick.

Ich möchte wissen, in was wir da reingeraten sind, fuhr es ihm durch den Sinn. Sein Blick suchte weiter, aber er konnte niemanden entdecken. Die Straße war menschenleer. Aber er wusste, irgendwo da unten musste der Kerl sein, der, warum auch immer, nichts anderes plante, als sein Leben zu zerstören.

Achim hörte aus dem Bad das Rauschen des Wassers, aber er meinte auch, hinter dem andauernden Rauschen Sylvia weinen zu hören. Er klopfte ein paarmal an die Tür, aber

Sylvia reagierte nicht. Er horchte noch einige Zeit, aber bald war nur noch das Rauschen des Wassers zu hören, das schließlich auch verstummte. Er wartete noch einen Moment, lauschte an der Tür, aber es war kaum etwas zu hören, außer Schritten und nicht näher zu definierenden Geräuschen.

Achim trat an das Fenster, schaute hinaus in die Dunkelheit, aber nicht getrieben von der Neugier, etwas auf der Straße zu sehen, sondern aus dem Bedürfnis, sich der Stille und Unendlichkeit der Nacht hinzugeben, die aus der Sicherheit eines Hauses neben der Nichtigkeit gegenüber dem Universum gleichzeitig auch die Geborgenheit gab, die die umgebenden Wände schenkten. So stand er da, dachte einen Moment an nichts, bis ihn das Geräusch des Schlüssels der Badezimmertür in die Gegenwart zurückholte.

Sylvia kam auf ihn zu. Er sah ihre geröteten Augen, deren Make-up die geweinten Tränen mühsam kaschierten, und ihr Lächeln, mit dem sie ihn tapfer ansah.

»Wollen wir etwas essen?«, fragte sie und schaute ihn entschuldigend an, aber ihr zartes Lächeln verriet, dass sie ihn aufmuntern wollte.

»Sylvia«, begann er, aber sie unterbrach ihn.

»Alles okay.«

Sie ging in die Küche, schenkte sich ein Glas Wasser ein und trank einige Schlucke.

»Was hältst du von Pasta, oder wir können uns auch etwas kommen lassen?«

»Sylvia, wir können jetzt doch nicht ...«

»Was können wir nicht?«, begann sie, und Achim bemerkte, ein leichtes Vibrieren in ihrer Stimme.

»Wir müssen doch etwas essen; ich meine, du kannst doch jetzt noch nicht mich einfach ...« Sie stockte.

»Nein, du hast recht«, lenkte Achim ein, denn er sah, dass sie ihre Gefühle noch nicht unter Kontrolle hatte. Und sie hatte natürlich recht, dass er noch bleiben musste, wenn er irgendeine Chance haben wollte, jenen Mann, jenen Benrath abzupassen. Und warum sollten sie nicht etwas essen, wenn ihnen ohnehin nichts anderes blieb, als zu warten.

Während Sylvia eine Kleinigkeit zubereitete, trat Achim immer wieder ans Panoramafenster und warf einen vorsichtigen Blick hinaus, während er von Zeit zu Zeit ins Schlafzimmer ging, um mit einem prüfenden Kontrollblick durch die schützende Gardine die Straße nach Auffälligkeiten abzusuchen. Nur während des Essens nahm die Frequenz seiner Rundgänge ab.

Das Essen bestand aus einer kleinen Vorspeise, die Sylvia sicher bei einem Feinkostladen in der Stadt gekauft hatte, die anschließende Pasta hatte sie rasch selber gekocht, wobei sie das grüne und rote Pesto schon zuvor zubereitet hatte. Sie aßen beide ohne rechten Appetit, obwohl es gut schmeckte, aber der Grund des gemeinsamen Abends überschattete alles. Zudem vermied Achim jedes allzu persönliche Thema, denn er wollte Sylvias Nerven nicht zu alledem auch noch mit dem Ende ihrer Beziehung belasten.

Als sie die Mahlzeit beendet hatten, nahm Achim seine Kontrollgänge zu den Fenstern wieder auf und ging beinahe im Minutentakt zwischen dem Panoramafenster im Wohnraum und dem Schlafzimmerfenster hin und her, aber auch dies zerrte an Sylvias Nerven.

»Nun bleib doch einmal sitzen. Dieses Hin- und Hergelaufe ...«

»Komm mal schnell!«, rief Achim aus dem Schlafzimmer. »Vielleicht ist es der?«

»Bitte?«

Sylvia schien ihn nicht verstanden zu haben.

»Er steht da und schaut hoch. Komm, schau ihn dir an.«

Sylvia kam eilig ins Schlafzimmer, stellte sich neben ihn und reckte aus lauter Sorge, gesehen zu werden, vorsichtig den Kopf für den Blick nach unten über die Fensterbank.

»Siehst du ihn?«

Achim merkte, dass er beinahe flüsterte.

»Das ist sicher nur irgendein Fußgänger.«

»Sicher? Was ist sicher? Er schaut schon lange hoch, schon mehrere Minuten«, fügte er erklärend hinzu, auch wenn er wusste, dass das mehr als großzügig geschätzt war. »Hast du ihn schon einmal gesehen?«

»Das weiß ich nicht. Er sieht aus wie jeder. Kennst du ihn?«

Sie war ihm keine Hilfe, wirklich nicht.

»Es ist nicht der Mann aus der Tiefgarage«, stellte Achim fest. »Der war viel schlanker und jünger. Vielleicht ist es ein Komplize?«

»Oder einfach ein Passant, was weiß ich.«

Plötzlich schien sie das alles nicht mehr recht zu interessieren. Vielleicht war es nur irgendein Fußgänger oder ein zufälliger Passant, aber vielleicht eben auch nicht. Sie musste sich wie er konzentrieren, nachdenken. Es ging nicht nur um das Offensichtliche, sondern auch um die Möglichkeit, eine Lösung zu finden.

»Ein Passant würde doch nicht so lange da unten stehen.«

»Und was machen wir jetzt?«

»Ich werde mir den Kerl einmal aus der Nähe anschauen«, sagte Achim entschlossen.

»Tu es nicht. Wenn er mit dem anderen unter einer Decke steckt.«

»Das will ich ja gerade wissen.«

Achim ging vom Fenster weg auf die Schlafzimmertür zu in Richtung Wohnraum.

»Achim, bitte ...«, mahnte sie.

Er blieb stehen und drehte sich zu ihr um.

»Wie stellst du dir das vor?« Seine Stimme klang schroff, aber das war ihm jetzt egal. »Was sollen wir deiner Meinung nach machen? Soll ich bleiben, bis jemand klingelt, der sich mit Benrath vorstellt? Was würdest du an meiner Stelle tun?«

»Ich weiß es nicht«, gab Sylvia kleinlaut zu.

»Du weißt es nicht, aber das, was ich machen will, soll ich lassen.«

»Ich meine doch nur ...«

»Ich meine auch nur«, äffte er sie nach. »Meinst du, hier herumzusitzen bringt uns weiter?«

»Ich habe doch nur Angst«, gab sie zu.

»Meinst du, ich nicht? Ich habe wahrscheinlich ein Verbrechen gesehen, und seitdem gerät alles aus den Fugen«, gestand er. »Ich muss einfach etwas unternehmen.«

Achim ließ Sylvia alleine im Schlafzimmer zurück, ging in den Flur und betrat kurz darauf mit seiner Jacke in der Hand den Hausflur. Während er mit dem Aufzug herunterfuhr, zog er seine Jacke an und spürte, wie seine Angst, aber auch die Ausweglosigkeit der Situation, ihn wütend machte, wütend auf den anderen da unten, aber auch auf sich.

Als er aus dem Haus trat, sah er, noch in der Haustür, den Mann auf der anderen Straßenseite stehen. Es war ohne Frage der Mann, den er und Sylvia von oben gesehen hatten und der immer noch am Haus hinaufstarrte. Mit wenigen Sätzen war Achim auf der anderen Straßenseite und ging ohne Zögern auf den anderen zu. Er war noch einige Meter entfernt, als er ihn ansprach.

»Können Sie mir sagen, was Sie hier machen?« Seine Stimme klang gereizt, auch wenn er noch einen Rest Umgangsform wahrte. Als der andere Achims Stimme hörte, schaute er ihn überrascht an.

»Bitte?«

»Verstehen Sie mich nicht? Was machen Sie hier?«

Achim stand bereits dicht vor dem anderen und schaute ihm ins Gesicht. Ist das doch Benrath?, fuhr es ihm durch den Kopf. Achim war sich nicht sicher, es war Tage her, und er hatte Benrath auch immer nur kurz und flüchtig gesehen. Es konnte sein, es konnte aber auch nicht sein, aber das war Achim in diesem Augenblick auch egal. Der andere war irgendwie Bestandteil der Bedrohung, die ihn seit Tagen in Atem hielt.

»Ich bitte Sie, was geht Sie das an?«, wehrte sich der Mann.

»Jetzt sagen Sie, was Sie wollen«, sagte Achim zu dem Mann, wobei er ihn leicht anstieß. Nicht fest, nicht gewalttätig, aber doch so, dass der Mann kapierte, dass er keinen Spaß verstand. »Sie spionieren mir nach, stehen hier herum und beobachten die Wohnung dort.«

Dabei schaute Achim hinauf zu Sylvias Wohnung, in der man hinter der Gardine des Schlafzimmerfensters ihren Schatten erkennen konnte. Achim bemerkte aus dem Augenwinkel, dass der Blick des Mannes seinem Blick folgte, und stieß den Mann erneut, aber ungleich heftiger mit der Faust an.

»Sagen Sie, wer Sie sind und was Sie wollen. Na los. Aber wir werden es uns nicht gefallen lassen, dass Sie hier herumlungern und die ganze Zeit ...«

»Sie haben sie doch nicht mehr alle«, verteidigte sich der andere und ging ein paar Schritte zurück.

»Ich werde die Polizei rufen«, drohte er.

»Sie? Ausgerechnet Sie?« Achim war mit ein paar Schritten bei ihm. »Das wagen Sie?«

Achim griff den Mann am Kragen, der versuchte, Achims Griff abzuwehren, und schubste ihn zurück. Achim kam ins Straucheln, packte den Jackenärmel des anderen, schwankte, aber es gelang ihm, sich auf den Beinen zu halten. Ihre Gesichter waren nah beieinander, aber bei der schwachen Straßenbeleuchtung konnte Achim das Gesicht des anderen kaum erkennen.

»Was wollen Sie von mir?«, schnaubte er. »Heißen Sie eigentlich Benrath, oder ist das Tarnung?«

Statt einer Antwort versuchte der Mann sich krampfhaft aus Achims Griff zu lösen, bekam einen Arm frei und schlug damit auf Achims anderen Arm, um seinen zweiten freizubekommen, aber Achim hielt seinen Befreiungsversuchen stand.

»So kommen Sie nicht davon«, drohte Achim. »Mich machen Sie nicht fertig, mich nicht.«

Plötzlich fühlte Achim einen brennenden Schmerz im Gesicht. Der andere hatte ihm mit der freien Hand ins Gesicht geschlagen.

»Du Schwein«, entfuhr es Achim, der sich unwillkürlich über die Backe strich. Einen Moment zögerte er, dann holte er mit der Faust aus, aber bevor er den anderen traf, traf ihn eine Faust im Gesicht. Achim brauchte einen winzigen Moment, um sich über die Situation im Klaren zu sein. Er griff rasch die Hand des anderen, bevor der erneut ausholte, stieß mit aller Kraft die Hand zurück und schubste den anderen von sich. Sie standen voreinander und taxierten sich.

Achim griff plötzlich erneut den anderen an, zog ihn an sich, um ihn gleich wieder fortzustoßen, und löste im selben

Moment seinen Griff, weshalb der Mann plötzlich strauchelte und beinahe zu Boden fiel. Der Mann stolperte noch ein paar Schritte, bevor er sich wieder fing. Dann stand er einen Augenblick da, taxierte Achim, und ein Lächeln schien über das Gesicht des anderen zu huschen. Der Mann sah Achim an, dann hob er den Blick an der Häuserfront hoch, bis er an dem Fenster hängen blieb, hinter dem sich Sylvias Schatten schemenhaft abzeichnete. Der Mann lachte kurz, und Achim befürchtete, dass die Schlägerei zwischen ihnen noch nicht ausgestanden war, aber augenblicklich entsann der Mann sich anders und rannte Hals über Kopf davon.

»Und lassen Sie sich hier nie wieder blicken, Sie ...!«, schrie Achim trotz seiner Angst dem Mann beinahe triumphierend hinterher, der ohne sich umzuschauen die Straße entlanglief und in einiger Entfernung hinter einer Häuserecke verschwand.

Erst jetzt spürte er, dass seine Nase lief. Er griff unwillkürlich mit der Hand dort hin, die sich augenblicklich rot färbte. Er suchte in seiner Jackentasche, holte ein Taschentuch hervor, aber obwohl er den Kopf in den Nacken hielt, konnte er nicht verhindern, dass das Blut auf sein Hemd tropfte. Er presste sich das Taschentuch vor die Nase, setzte sich auf einen Steinquader, der eine der Parkbuchten begrenzte, und lehnte sich zurück, um die Blutung zu stoppen. Er war wütend, dass er sich auf die Schlägerei eingelassen hatte, aber gleichzeitig erleichtert, dass er den anderen in die Flucht geschlagen hatte. Natürlich wunderte er sich, dass der andere so plötzlich aufgegeben hatte, nachdem doch eher er in Bedrängnis geraten war, aber er war erleichtert darüber, dass es vorbei war. Vielleicht hatte er dem anderen doch mehr zugesetzt, als er dachte.

Achim setzte sich auf, fühlte vorsichtig an seiner Nase, aber der Blutfluss war gestoppt. Sein Hemd war ruiniert und konnte bestenfalls nach einer gründlichen Wäsche wieder angezogen werden. Auf dem Weg zu Sylvias Haus wischte er zwar noch daran herum, aber es war eher eine Geste der Hilflosigkeit, die er auch nach wenigen Versuchen aufgab.

Als die Aufzugtür sich öffnete, stand Sylvia bereits in der Wohnungstür und erwartete ihn.

»Achim, ich hatte solche Angst um dich!«, rief sie ihm besorgt entgegen. »Wie siehst du denn aus? Komm erst einmal herein.«

Noch im Flur half sie ihm aus dem Sakko und zog ihn mit sich in den Wohnraum.

»Setz dich, ich hole dir etwas zu trinken.«

Sie ging eilig in Richtung Küchentheke, schenkte etwas zu trinken ein, befeuchtete unter dem Wasserhahn ein Küchentuch und kam zurück.

»Hier, das tut dir gut.« Sie hielt ihm das Glas hin.

Achim spürte den stechenden Geruch von Alkohol in seiner Nase, und obwohl er eigentlich nichts trinken wollte, kippte er den Inhalt des Glases hinunter und genoss das brennende Gefühl, mit dem der Alkohol durch seine Kehle floss.

»Komm, lass mich mal«, hörte er Sylvias Stimme, die mit dem feuchten Küchentuch in seinem Gesicht herumwischte.

»Das kann ich selber, lass das«, sagte er etwas zu schroff, nahm ihr das Tuch ab und verschwand im Bad. Er konnte jetzt wirklich darauf verzichten, dass sie ihn auch noch bemuttern und bemitleiden wollte. Er schloss hinter sich die Tür ab und stellte sich vor den Spiegel. Sein Anblick war jämmerlich. Nicht nur dass sein Hemd mit Blut bekleckert und beschmiert war, auch sein Gesicht und seine Haare waren beschmutzt. Der Kragen des Hemdes war auf der einen Seite ebenso eingerissen wie die Seitentasche seiner Hose. So hatte er sich Hamburg nicht vorgestellt. Dass er als Geprügelter dastehen würde, geschlagen und mit den alten Problemen belastet. Aber andererseits hatte er den anderen vertrieben, hatte ihm gedroht und gezeigt, dass mit ihm nicht zu spaßen war. Vielleicht war es sogar gut gelaufen, entschied er. Der andere hatte seine Schranken kennengelernt, und die Geschichte könnte ein Ende haben.

Aus dem Bad hörte Sylvia Wasser rauschen und schenkte sich und Achim ein Glas Wein ein. Sie trank einen Schluck und wartete, und als Achim schließlich aus dem Bad kam, sah er zwar immer noch ein wenig mitgenommen aus, aber seine Stimmung schien sich gebessert zu haben.

»Hier, für dich.« Sie reichte ihm sein Glas.

Achim nahm es wortlos und trank einen Schluck.

»Ich habe es nur von oben gesehen, es war schrecklich.«

»So schrecklich nun auch wieder nicht. Auf jeden Fall belästigt der dich so schnell nicht wieder.«

»War es denn der Mann aus der Tiefgarage?«

»Ach, Unsinn. Das war irgendein Typ, der sich hier herumtreibt«, sagte Achim, sie beruhigend.

»Nichts, was einem Angst machen kann.«

Sylvia kam zu ihm, legte ihm die Arme um den Hals und zog ihn an sich.

»Ich würde etwas geben, wenn du recht hättest.«

Achim machte sich abrupt los und stellte sein Glas ab.

»Bleibst du heute Nacht hier?«

»Ein Musicalbesuch wartet«, sagte er entschieden. »Ich kann es mir wirklich nicht leisten, den zu verpassen. Du brauchst keine Angst mehr zu haben. Wenn etwas ist, ruf mich an.«

»Und morgen?«

»Muss ich zurück. Es geht nicht anders.«

»Verstehe.«

Sie standen einen kurzen Moment voreinander und sahen sich an.

»Wir müssen reden, Sylvia.«

Sylvia schüttelte den Kopf.

»Nein, lass das«, reagierte sie fast hektisch. »Das ist alles zu viel. Das ist alles zu viel. Ich brauche jetzt meine Ruhe, bitte. Nur Ruhe. Ich verspreche dir, nichts zu tun, was uns betrifft, aber geh jetzt, bitte.«

Sie sah ihn flehentlich an, und er spürte, wie sein Mitleid wuchs. Er war heute Abend aus eigenem Verschulden in große Schwierigkeiten geraten, aber irgendwie spürte er, dass die vorbei waren. Es gab keinen vernünftigen Grund für diese Vermutung, nicht den Hauch eines Indizes, aber ihn durchströmte eine Gewissheit, gegen die er sich nicht wehren konnte. Ob der Mann nun Benrath selber oder ein Komplize war, er hatte es überstanden, und in ihm wuchs die Zuversicht, dass damit für ihn alles überstanden war. Er würde zurückkehren in seine Welt, würde das Kapitel Hamburg abschließen, doch er brachte es nicht über sich, jetzt zum Abschied Sylvia zu verletzen. Sie würde auch so verstehen, dass es zwischen ihnen nicht weitergehen konnte. Warum sollte er dann jetzt noch grausam sein, ihr die Wahrheit ins Gesicht sagen. Er wusste, dass es feige war, aber er wollte sich dennoch seiner Verantwortung nicht stellen.

Achim ging zum Esszimmerstuhl, an den Sylvia sein Sakko gehängt hatte, und zog es über.

»Ich geh dann jetzt«, sagte er.

Sylvia nickte nur. Er machte eine hilflose Geste, die er selber nicht hätte deuten können, und ließ Sylvia einfach inmitten der Wohnung stehen, während er ging und hinter ihm die Wohnungstür ins Schloss fiel.

Eine schwere Last fiel mit jedem Schritt, den er sich von dem Haus entfernte, weiter von ihm ab. Natürlich blieb ein Rest des schlechten Gewissens, das ihn plagte, aber er spürte auch die Erleichterung, es hinter sich zu haben. Sylvia hatte ihn verstanden, musste ihn verstanden haben, dass es vorbei war. Und damit war er frei.

Der Abend im Musical lenkte ihn ab, ja, beinahe fühlte er sich gut unterhalten. Er war zuvor noch kurz im Hotel gewesen, hatte geduscht, sich umgezogen und es gerade noch rechtzeitig geschafft, seinen Platz im Parkett einzunehmen. Die Musik war beschwingt, wenn auch einfach, das Bühnenbild war opulent, wenn auch ohne künstlerischen Anspruch, die Sängerinnen und Sänger nicht schlecht, wenn auch nicht besonders bemüht, aber alles fügte sich in eine unterhaltende Mischung, die Achim an diesem Abend seine Gedanken vertrieb. Selbst als im dritten Akt einer der Akteure versehentlich gegen die Dekoration stieß und diese mit großem Getöse umfiel, trübte dies nicht seine Laune, sondern er wertete es als komische Einlage, was ihm sonst die Zornesröte des harten Kritikers ins Gesicht trieb.

Er saß später noch im Hotel an der Bar, trank ein Bier und dachte über den Abend nach, dessen Beginn jetzt schon für ihn in einer fernen Vergangenheit zu liegen schien.

Auf dem Zimmer rief er trotz der späten Uhrzeit noch zu Hause an und hinterließ einen lieben Gruß für Susanne auf dem Anrufbeantworter, bevor er zu Bett ging, in dem er rasch in einen tiefen, ruhigen Schlaf fiel.

Es war noch sehr früh am Morgen, als Susannes Wecker klingelte, denn sie liebte den Morgen, wenn die Natur noch schlief, der Tau noch auf den Wiesen war und sich die Sonne hinter dem Horizont eher erahnen als an ihm sehen ließ. Sie stand rasch auf und ging nach einem kurzen Aufenthalt im Bad im Morgenmantel hinunter, um die Rollläden im Wohnbereich und der Küche zu öffnen, und während die Motoren die Rollläden langsam hochzogen, ließen sich draußen in der frühen Dämmerung schemenhaft die Büsche und Bäume des Gartens erkennen. Susanne öffnete die Terrassentür, und die hereinströmende Luft ließ sie erschauern. Dennoch trat sie hinaus, sah sich auf der Terrasse ein wenig um, bevor sie dann doch frierend den Rückzug ins Haus antrat.

Während der Tee in einer kleinen Porzellankanne ziehen musste, fiel ihr Blick auf den blinkenden Anrufbeantworter, der ihr eine eingegangene Nachricht ankündigte. Eher wenig interessiert ging sie zu dem Gerät und betätigte den Knopf, um die eingegangenen Nachrichten abzuhören. Ein leichtes, beinahe wehmütiges Lächeln glitt über ihr Gesicht, als sie die Stimme ihres Mannes hörte, der ihr eine gute Nacht wünschte, nachdem er in wenigen knappen Sätzen über den Musicalabend berichtet hatte, bei dem es offenbar zu einem Missgeschick auf der Bühne gekommen war, als ein Teil der Dekoration umkippte. Aber es mischte sich auch der Gedanke in das frohe Gefühl, das ihr diese Nachricht gebracht hatte, dass ein rasch gesprochener Nachtgruß gar nichts bedeutete. Und obwohl sie sich gegen den Gedanken wehrte, würde sie sich eine Zeitung besorgen, um seinen Bericht zu überprüfen. Natürlich wusste sie, dass das nicht gerade ein Ausdruck von Vertrauen war, aber Achims erneute Dienstreise hatte ihr Misstrauen geweckt, dass selbst Rolf nicht hatte völlig zerstreuen können.

Obwohl draußen die ersten Sonnenstrahlen schienen und unter dem zugezogenen Vorhang den Raum erhellten, schlief Achim noch, als das Telefon klingelte. Achim wachte nach mehrfachem Läuten auf und griff zum Hörer.

»Bitte?«

»Guten Morgen, Herr Kröger, hier die Rezeption. Entschuldigen Sie die Störung, aber es sind hier zwei Herren, die Sie gern sprechen wollen. Ich befürchte, Sie müssen jetzt aufstehen.«

»Wer ist es denn?«

»Die Polizei ist im Haus. Sicher eine Formalie, aber wie gesagt, Sie werden hier im Foyer erwartet.«

Achim ließ den Hörer auf das Telefon sinken und lehnte sich wieder auf das Kopfkissen zurück. Was hatte das jetzt zu bedeuten? Was konnte die Polizei von ihm wollen? Der gestrige Zwischenfall konnte doch kaum Anlass zu polizeilichen Ermittlungen sein, schließlich hatte er mehr einstecken müssen als der andere. Vielleicht wirklich nur eine Formalie, aber wieso waren die Beamten dann ins Hotel gekommen? Dann hätten sie auch einfach anrufen und ihn zur Polizeistation bestellen können. Achim war zwar nicht sonderlich beunruhigt, aber er stand rasch auf, duschte und zog sich an, und es war kaum eine Viertelstunde vergangen, als er aus dem Fahrstuhl trat.

Bei seinem Weg durch das Foyer konnte Achim niemanden entdecken, den er für einen Beamten gehalten hätte. Offenbar hielten sich die beiden Zivilbeamten unauffällig im Hintergrund. Als Achim Kröger mit zügigem Schritt auf die Rezeptionstheke zueilte, empfing ihn der Portier mit um Verständnis bittenden Blick und wies auf die zwei Männer in einer nahe stehenden Sitzgruppe, die sich sogleich erhoben.

»Ich bedaure, aber . . .«, sagte der Portier und ließ den Rest des Satzes in der Luft hängen.

Achim nickte dem Mann zuversichtlich zu, schließlich war eine Formalität dazu da, aus der Welt geschafft zu werden, und lenkte seine Schritte in die angewiesene Richtung.

»Herr Kröger?«, begrüßte ihn einer der Beamten fragend.

»Was kann ich für Sie tun?«

»Es tut mir leid, dass wir Sie so früh stören mussten, aber wir wollten sicher sein, dass wir Sie noch erreichen, bevor Sie wieder . . .«

»Und um was geht es?«, fragte Achim dazwischen

»Schneider, mein Kollege Geller«, stellte der erste den zweiten vor. »Es liegt eine Anzeige wegen Körperverletzung gegen Sie vor.«

»Das ist ausgeschlossen«, sagte Achim spontan. »Der Name Kröger ist keine Seltenheit, es handelt sich bestimmt um eine . . .«

»Sie sollen gestern Abend gegen sieben vor dem Haus Brahmsallee 15 einen Mann körperlich angegriffen und verletzt haben«, fuhr der erste Beamte dazwischen. »Wir müssen Sie daher bitten mitzukommen.«

»Das ist ja lächerlich. Wie kommen Sie darauf, dass ich . . .«

»Es gibt eine Zeugin, die Sie eindeutig identifiziert hat«, erklärte Schneider. »Machen Sie uns und sich bitte keine Schwierigkeiten.«

Achim nickte bloß, einsehend, dass jede Diskussion hier keinen Sinn machen würde. Die beiden hatten ihre Vorschriften, und es blieb ihm nichts übrig, als denen Folge zu leisten.

»Kann ich noch mein Gepäck holen?«

»Sicher. Ich warte hier auf Sie«, sagte der Beamte ruhig.

Achim nickte, dass er sich in sein Schicksal ergeben würde, aber als er in Richtung Fahrstuhl gehen wollte, schloss sich ihm der zweite Beamte an.

»Vorschrift, Herr Kröger«, sagte Geller trocken, und wie ein ungleiches Paar gingen sie in geringem Abstand hintereinander zum Aufzug.

Als sie gemeinsam in die Höhe fuhren, fiel Achim ein, dass er nicht einmal nach ihren Dienstausweisen gefragt hatte. Nicht dass er daran zweifelte, es mit tatsächlichen Beamten zu tun zu haben, doch ihn beschlich das Gefühl, dass die Probleme, die er in den letzten Wochen angehäuft hatte, auch ein Ergebnis seiner Leichtgläubigkeit und Fahrlässigkeit waren. Und trotz der Lehren, die er hieraus ziehen konnte, war er seiner Schwäche erneut erlegen. Er nahm sich fest vor, sich spätestens unten im Foyer die Ausweise zeigen zu lassen, bevor er den beiden Männern folgen würde.

Eine halbe Stunde später stieg Achim vor dem Hotel in den Wagen der beiden Beamten. Es ist wenigstens ein Zivilfahrzeug, dachte Achim, auch wenn er durch die milchigen Scheiben des Foyers sah, dass dem Portier nicht entging, dass Achim gemeinsam mit den anderen wegfuhr. Zuvor hatte er sein Gepäck an der Rezeption deponiert, hatte die Ausweise der beiden Beamten Schneider und Geller gesehen und war ihnen dann zu deren Fahrzeug gefolgt. Sie fuhren durch die Stadt, hielten nach einiger Zeit vor einem großen Backsteingebäude, in dem sie sich wenig später in einem spartanisch eingerichteten Raum wiederfanden.

Hier würde er also seine Aussage machen, dachte Achim und fragte sich gleichzeitig, welche Konsequenzen sich daraus ergeben könnten. Sollte und konnte er diese Geschichte vor Susanne verheimlichen, oder sollte er es ihr als ebenjenes Missverständnis erzählen, das es offensichtlich war. Er konnte schlecht die Beamten fragen, die gerade ihren Computer für seine Aussage hochfuhren. Was wären die Konsequenzen? Würde er es verschweigen, könnte spätere Post den Verdacht auf ihn lenken. Würde er es erzählen, könnte der Ort des Geschehens Zweifel an seiner Schilderung aufwerfen, denn auch wenn sich Susanne sicher nicht so gut in Hamburg auskannte wie er, so war doch klar, dass die Brahmsallee weit von seinem Hotel wie von der Oper entfernt war, in der er gestern Abend das Musical besucht hatte.

»Sie wohnen in . . . ?«

»Ich wohne in Wiesbaden, Goethestraße 15.«

»Ihr Beruf?«

»Musikredakteur.«

»Was machen Sie in Hamburg?«

Ohne zu einer Entscheidung gekommen zu sein, ob er und was er Susanne erzählen würde, beantwortete er Frage um Frage, machte er gegenüber Schneider seine Aussage, die dieser regungslos zur Kenntnis nahm.

»Sie haben Glück«, sagte Schneider, nachdem er alles in seinem Computer notiert hatte. »Wir haben eine zweite Aussage, die Ihre Version bestätigt.«

Eigentlich hätte Achim dieser Umstand beruhigen müssen, aber das Gegenteil war der Fall. Das kann doch gar nicht sein, fuhr es ihm durch den Sinn. Wer sollte das sein? War es wieder Benrath oder wer auch immer dahintersteckte und hatte ihm eine Falle gestellt?

»Ich denke, das freut Sie«, hörte er die Stimme Schneiders. »Damit dürfte die Angelegenheit keine größeren Konsequenzen für Sie haben.«

»Was verstehe ich bitte unter ›keine größeren Konsequenzen‹?«, fragte Achim alarmiert.

»Nun, der Tatbestand der Körperverletzung wird nicht wegzudiskutieren sein«, erklärte Schneider. »Aber die Anschuldigung des Vorsatzes dürfte sich dadurch entkräften«, fügte er beinahe versöhnlich hinzu.

»Ich habe doch nicht vorsätzlich diesen ...« Achim war außer sich.

»Ich sage doch, dieser Tatbestand dürfte sich erledigt haben.«

»Und was ist mit meinen Verletzungen?«

»Es steht Ihnen frei, ebenfalls eine Anzeige zu erstatten.«
Achim sah den Beamten an.

»Aber ich würde Ihnen davon abraten, denn man würde es Ihnen als Schutzbehauptung auslegen.«
Der Beamte sah Achims fragenden Blick.

»Es stellt sich doch die Frage, warum Sie erst nach der Anzeige des anderen selber Anzeige erstattet haben. Es stünde Aussage gegen Aussage; es würden Gutachter bestellt, die die Verletzungen feststellen; es würde ein Verfahren geben. Am Ende zahlen Sie beide mehr, als wenn Sie es auf sich beruhen lassen.«

»Und der Zeuge?«

»Es ist eine Zeugin, eine Bekannte von Ihnen. Das schmälert zwar ihre Glaubwürdigkeit, aber ...« Sylvia, das konnte nur Sylvia sein. Dieser idiotische Auftritt gestern Abend schuf wieder eine neue Bindung, wieder eine Begebenheit, die sie wie ein weiteres Glied einer Kette verband.

»Wieso wird mir und der Zeugin weniger geglaubt als dem anderen?«

»Ich glaube gar nichts. Ich nehme nur die Aussagen zu Protokoll. Entscheiden tun andere.«

Es würde ihm keine Wahl bleiben, als dem Rat des Beamten zu folgen. Es waren nicht die Kosten, die Achim dazu führten, sondern der kaum zu vermeidende Umstand, dass Susanne alles erfahren würde. Aber nicht das Verfahren, nicht seine angebliche Tat wollte er verschweigen, sondern die Ursachen seiner Verfassung, die den Ausschlag gaben, dass er einen offenbar wildfremden Mann auf offener Straße in einem Hamburger Vorort angegriffen und verletzt hatte.

»Dann kommen Sie bitte mit«, sagte Schneider. »Sie müssen Ihre Aussage noch unterschreiben, und dann händigen wir Ihnen Ihre Papiere aus.«

Schneider stand ebenso wie Achim auf und ließ dem anderen den Vortritt. Sie gingen schweigend den langen, mit tristem Neonlicht erleuchteten Gang entlang, bogen um eine Ecke in den nächsten, als aus einer der zahllosen Türen ein Beamter und hinter ihm Sylvia trat. Sie hatte ihn nicht gesehen, aber Achim blieb perplex stehen, als hätte er es nicht geahnt.

»Sylvia?«

Sylvia schaute auf, erkannte ihn und errötete.

»Was machst du denn hier?«

Sylvia schaute den Beamten an, der sie begleitet hatte, aber der schaute sich ebenfalls nur um und sah Achim an.

»Darf ich?«, fragte Achim Schneider und kam sich dabei irgendwie klein vor. Musste er um Erlaubnis fragen? Aber obwohl er die Frage sicher verneint hätte, wartete er, bis Schneider mit einer zustimmenden Geste den Weg freigab.

»Sie sind ein freier Mann, Herr Kröger. Daran ändert eine Anzeige gegen Sie auch nichts. Erst eine Klageerhebung würde hier Konsequenzen nach sich ziehen.«

Er ließ Achim stehen, sagte aber, bevor er in einem Büro einige Türen weiter verschwand: »Wir brauchen aber noch Ihre Unterschrift und Sie Ihre Papiere.«

Achim nickte nur und ging dann die wenigen Schritte auf Sylvia zu.

»Was machst du hier?«, wiederholte er seine Frage.

»Ich habe eine Aussage gemacht«, sagte Sylvia. »Ich bin ...«

»Kommen Sie bitte«, ging der Beamte, mit dem Sylvia auf den Flur getreten war, dazwischen. »Sie können sich doch noch später unterhalten. Wir würden die Aussagen gern abschließen.«

»Sicher«, sagte Achim, nickte Sylvia zu und betrat hinter ihr und dem Beamten das Büro, in dem Schneider soeben verschwunden war. »Darf ich mal kurz telefonieren? Ich habe einen reservierten Rückflug«, fügte er erklärend hinzu.

»Sicher, wir erwarten Sie dann«, sagte Schneider, zeigte ihm den Weg zu einem Telefon, das ein Stück weiter im Gang in einer Nische an der Wand hing, und ging dann wieder zu Sylvia zurück in das Büro.

Achim wählte seine Privatnummer, wartete, aber kurz bevor der Anrufbeantworter ansprang, kam ein Beamter den Gang entlang und öffnete die Bürotür, hinter der Schneider mit Sylvia saß. Der Mann sah, dass das Büro besetzt war, entschuldigte sich und ging wieder, aber er schloss die Tür nicht wieder, sondern ließ sie einen breiten Spalt offen stehen. Was sollte Achim nun auf den Anrufbeantworter sprechen? Die Wahrheit war unmöglich und lügen ging nun schon gar nicht. Also legte er nach kurzem Zögern einfach auf.

»Keiner im Büro«, sagte er leichthin, während er zu den anderen ins Zimmer trat. »Ich probiere es einfach später.«

Als das Telefon läutete, stand Susanne gerade in der offenen Tür des Wintergartens und sprach mit dem Gärtner, der einmal in der Woche kam, die notwendigen Arbeiten durch. Sie versuchte zwar, das Gespräch rasch zu unterbrechen, um zum Telefon zu gehen, aber der ältere Mann war gerade dabei, seine Ideen zu erklären, dass sie nicht so unhöflich sein und ihn einfach mitten im Satz stehen zu lassen wollte. Also wartete sie ab, bis er seine Erklärung beendet hatte, entschuldigte sich dann, aber als sie das Telefon erreichte, war es natürlich zu spät. Sie sah gerade noch, dass es eine Hamburger Nummer war. Sicher war es Achim, aber der würde sich sicher gleich noch einmal melden. Sie wunderte sich nur, dass er keine Nachricht hinterlassen hatte, wie er es sich angewöhnt hatte, aber sicher war er von einem Kollegen oder einer Kollegin gestört worden, so dass er jetzt sicher auch nicht zu erreichen war. So widmete Susanne sich wieder dem Gespräch mit dem Gärtner, der sie bereits erwartete.

Im Büro des Polizeireviers saßen Sylvia Amberg und Achim gemeinsam mit dem Beamten Schneider, der nun die Aussagen vervollständigt hatte.

»Ich fasse noch einmal zusammen. Sie behaupten, der Geschädigte habe die Wohnung von Ihnen beobachtet«, er wandte seinen Blick kurz zu Sylvia, die seinen Blick nickend erwiderte, »und den Eindruck einer Bedrohung erweckt.«

»Und ich habe ihn daraufhin zur Rede gestellt, was er jetzt als Körperverletzung auslegt.«

»Sie haben ihn angegriffen«, korrigierte Schneider.

»Am Revers seiner Jacke festgehalten, wobei er gestolpert ist und zu Fall kam. Außerdem hat er mir die Nase blutig geschlagen und …«

»Nachdem Sie ihn angegriffen haben ... sagt er.«

»Aber es war doch anders.«

»Das haben wir doch alles notiert«, sagte der Beamte und unterschrieb seinerseits die Aussage. »Gut. Das ist Ihre Aussage. Lesen Sie sie bitte noch einmal durch, und unterschreiben Sie hier.«

Achim nahm das Blatt, überflog es flüchtig und unterschrieb. Ebenso Sylvia.

»Und wie geht es nun weiter?«

»Ihre Aussage und die des Geschädigten werden an die Staatsanwaltschaft weitergeleitet. Sie hören dann von uns.«

»Wegen einer solchen Lappalie?«

»Es geht um Körperverletzung.«

»Es steht doch hier Aussage gegen Aussage.«

»Vielleicht gelingt es ja, einen außergerichtlichen Vergleich zu erreichen, indem Sie sich bei dem Mann entschuldigen. Vielleicht willigt er ein.«

»Es war doch alles ein Missverständnis. Wir dachten, dass der Mann Sylvia beobachtet. Sie hatte Angst. Was hätten Sie denn an unserer Stelle getan?«

»Die Polizei gerufen ... Nun gut. Wir werden Ihren Wunsch auf eine gütliche Lösung vermerken, und dann werden wir sehen. Aber wie stellen Sie sich das denn vor?«

»Ich war müde, abgespannt«, begann Achim, aber er spürte selber, dass das nur unzureichende Erklärungsversuche waren. »Ich ... mir sind einfach die Nerven durchgegangen.«

»Kommt das öfter vor?«, fragte der Beamte und taxierte aus dem Augenwinkel Sylvia, um ihre Reaktion auf seine Antwort mitzubekommen.

»Nein, eigentlich nie. Ich weiß auch nicht, was an dem Tag mit mir los war.«

Der Beamte sah Sylvia an, die seine Aussage mit einem

leichten Nicken bestätigte, was der Beamte regungslos zur Kenntnis nahm.

»Kann ich mich bei dem Mann mit einer kleinen Aufmerksamkeit entschuldigen?«

»Wir leiten das gern für Sie weiter«, sagte der Beamte und nickte wohlwollend. »Vielleicht ist die Sache ja damit aus der Welt.«

Eine knappe Stunde später gingen Achim und Sylvia durch das Polizeipräsidium in Richtung Ausgang. Sie gingen schweigend nebeneinander her, noch geprägt von der Protokollierung ihrer Aussagen in der letzten Stunde, wobei es vor allem Achim belastete, dass er sich wie ein Verbrecher behandelt fühlte. Aber er sagte nichts, sondern ging schweigend neben ihr her, auch wenn er merkte, dass Sylvia ihn immer wieder ansah und darauf wartete, dass er etwas sagte. »Kannst du mir bitte erklären, weshalb du denen gesagt hast, wer ich bin?«, fuhr er sie an.

»Etwa eine Stunde, nachdem du gegangen warst, stand die Polizei vor der Tür. Die haben mich so unter Druck gesetzt, dass ich ... Ich weiß, das war ein Fehler, aber was hätte ich denn tun sollen?«

»Wie sind die auf deine Wohnung gekommen?«

»Der Mann muss mich am Fenster gesehen haben.«

Achim blieb einen Moment stehen und sah Sylvia an. Er konnte ihr keinen Vorwurf machen. Was hätte er an ihrer Stelle getan? Sie hätte natürlich schweigen können, leugnen, dass sie etwas von der Schlägerei auf der Straße unter ihrem Appartement mitbekommen hatte. Aber hatte sie ihn nicht auch mit ihrer Aussage schützen wollen? Hatte sie nicht dazu beigetragen, dass nicht nach ihm gefahndet wurde, sondern der Tatbestand der Vorsätzlichkeit fallen gelassen würde? Wenn sie geschwiegen hätte, würde man ihn suchen. Vielleicht erfolglos, aber wenn man ihn dann identifizieren würde, wären seine Probleme erheblich größer. Von Susannes Reaktion ganz zu schweigen. Aber es war dennoch verfahren.

»Für mich ist das eine sehr unangenehme Situation. Wenn meine Frau das erfährt, wie soll ich das erklären?«

»Du musst den Brief eben abfangen«, schlug Sylvia vor.

»Das ist eine tolle Idee, wenn neunzig Prozent der Post für sie sind.«

»Es war schließlich auch nicht meine Idee, eine Schlägerei auf der Straße anzufangen.«

Achim ärgerte sich, dass Sylvia ihn nun auch noch belehren musste, aber sie hatte natürlich recht, dass die Post der Polizei nicht in Susannes Hände fallen durfte.

Missmutig ging er neben Sylvia durch die Eingangshalle der Polizeistation, in der ihre Schritte hallten, und die Stimmung hob sich nicht mehr, als beide schließlich vor dem Gebäude standen. »Und jetzt?«, fragte Sylvia.

»Jetzt reise ich zurück«, begann er. »Ich habe gebucht und werde erwartet, das weißt du.«

»Ja, ich habe verstanden«, sagte sie bloß und ohne einen Blick oder eine Geste drehte sie sich um und ging.

Achim sah ihr einen Moment nach, aber dann besann er sich und stieg in ein Taxi, das am Straßenrand wartete. Das Bild, wie sie allein den Bürgersteig entlang sich entfernte, verfolgte ihn noch einige Zeit, auch wenn es nur Sekunden waren, die er ihr nachgeschaut hatte. Er hatte Angst gehabt, dass sie sich umdrehen und seinen Blick missverstehen würde. Es war besser so, und es war vorbei.

Es war noch nicht viel los in der Stadt, und so hatte Susanne wenig Mühe, einen Parkplatz zu finden, um ein paar Besorgungen zu machen. Sie holte ein paar Sachen bei der Reinigung ab, ging noch in ein paar Geschäfte, ohne etwas zu kaufen, und gestand sich schließlich ein, dass es Feigheit war, die sie herumtrödeln ließ. Schließlich betrat sie den Zeitschriftenladen im Bahnhofsgebäude, in welchem sie eine Hamburger Zeitung fand. Sie bemerkte, dass ihre Hände leicht zitterten, als sie die Zeitung durchblätterte, und dass sie beinahe ein Glücksgefühl empfand, als sie die kleine Meldung entdeckte, in der von der Panne bei der Aufführung am Abend berichtet wurde. Er hatte nicht gelogen, er hatte sich nicht einfach etwas ausgedacht, um sie in Ruhe zu wiegen, sondern war tatsächlich wegen des Musicals nach Hamburg gereist. Sie kaufte die Zeitung und hielt sie fast wie eine kleine Trophäe vor sich, als sie das Lokal von Rolf betrat. Der war zwar nicht da, aber sie trank dennoch einen geschäumten Kaffee in der Hoffnung, dass er noch kommen würde. Schließlich hinterließ sie ihm die kleine Nachricht, dass er wie immer recht gehabt hätte, und machte sich beinahe beschwingt auf den Heimweg.

Vor dem Hamburger Hotel warteten wie immer mehrere Taxis, als Achim das Hotel betrat. Er ging mit raschen Schritten durch das Foyer auf die Fahrstühle zu und eilte dann zu seinem Zimmer. Zu seiner Überraschung ließ sich das Zimmer nicht mehr mit der elektronischen Karte öffnen. Er schaute auf die Uhr, es war bereist fast zwei. Er sah am Ende des Gangs eine Hotelangestellte kommen, die er ansprach.

»Entschuldigen Sie, aber die Tür geht nicht mehr auf.«

»Ist das Ihr Zimmer?«, fragte sie höflich, aber Achim war verstimmt, weil er sich erneut in einer Art Verhörsituation befand.

»Ich habe hier übernachtet.«

»Sie reisen heute ab?«

Langsam reicht es, dachte er, aber natürlich konnte er der jungen Frau keinen Vorwurf machen, denn sie ging nur ihrer Arbeit nach. Sicher gab es in großen Häusern wie diesem auch Gauner, die sich auf diese Weise Zugang in fremde Zimmer verschaffen wollten.

»Ja, ich bin quasi schon weg.«

»Das tut mir leid, dann ist das Zimmer bereits geräumt.« Sie lächelte ihn freundlich an. »Ihr Gepäck ist sicher an der Rezeption hinterlegt.«

Auch gut.

Wenig später trat Achim aus dem Aufzug ins Foyer des Hotels, und er traute seinen Augen nicht, als er in einer der vorderen Sitzgruppen Sylvia sitzen sah. Er zögerte kurz, ging aber dann entschlossen zu ihr.

»Was machst du hier?«

»Gehen wir noch irgendwohin?«

Achim schaute sie entgeistert an. Was sollte das denn? Sie schien doch alles verstanden zu haben. Er schaute sie an und schüttelte schweigend den Kopf.

»Einen Kaffee trinken?«, fügte sie hinzu. »Ich bin noch ganz aufgeregt.«

»Dann trink einen Kaffee. Ich muss zum Flughafen und dann nach Frankfurt. Ich bin schließlich vor allem beruflich hier.«

»Ja, dann tschüss. Du meldest dich?«

»Ja, sicher.«

Sie standen einen kurzen Moment schweigend, beinahe

ratlos voreinander. Aus einer spontanen Idee heraus küsste er sie nach einem kurzen Zögern auf die Wange und ging rasch zur Rezeption, um seine Rechnung zu bezahlen.

»Ich habe Ihren Koffer gleich da vorne deponiert«, empfing ihn der Portier.

»Danke.«

Achim stand an der Rezeption dem Portier gegenüber und ahnte, was nun kommen würde.

»Ich hoffe, Sie hatten keine Unannehmlichkeiten?«

»Eine Schlägerei, bei der ich unglücklicherweise Zeuge wurde.«

»Ich hoffe, die Angelegenheit ist für Sie erledigt.«

»Ich befürchte, nicht.«

»Das ist bedauerlich«, stellte der Portier fest. »Und nun müssen Sie wiederkommen, um als Zeuge auszusagen.«

»Es gab Verletzte, da muss ein Gericht die Schuldfrage klären; das kann dauern.«

»Eine unangenehme Sache. Für alle Beteiligten«, fügte er hinzu. »Auch für uns. Polizei im Haus ist nie gut für ein Hotel.«

»Nun ist die Sache ja geklärt, zumindest für Ihr Hotel«, setzte Achim nach, denn er ärgerte sich über die Frechheit des Hotelangestellten, ihm den Besuch der beiden Zivilbeamten vorzuhalten.

»Wir mussten leider Ihr Zimmer räumen. Es ist inzwischen nach zwei und ...«

»Ist in Ordnung«, sagte Achim knapp. »Und danke«, fügte er noch hinzu, denn er wollte eigentlich ein Gespräch mit dem Portier meiden, als ihm ein Gedanke kam. »Noch eine Frage. Bei meinem letzten Besuch war ein früherer Bekannter von mir auch ih Ihrem Haus. Ich meine, ihn erkannt zu haben. Könnten Sie bitte einmal nachschauen?

Benrath heißt er, den Vornamen weiß ich leider nicht mehr.«

»Warten Sie, ich schaue rasch nach«, antwortete der Portier diensteifrig und eilte zu einem der Bildschirme, die hinter dem Portiertresen aufgebaut waren.

»Benrath sagten Sie?«

Achim nickte.

»Das tut mir leid. Ein Herr Benrath war an dem Tag nicht bei uns.«

»Es war am letzten ...«

»Ich weiß, wann Sie und Ihre Gattin das letzte Mal hier waren.«

Achim taxierte den Portier, aber er hatte dies ohne jeden Argwohn gesagt, oder er ließ es sich nicht anmerken. Natürlich störte sich Achim daran, aber da er einmal das Thema angeschnitten hatte, musste er weiterfragen.

»Und einen Tag davor oder danach?«

»Bedauere. Auch an keinem der anderen Tage.«

»Vielleicht habe ich mich geirrt. Aber die Ähnlichkeit war verblüffend«, sagte Achim und gab sich den Anschein, als sei die Angelegenheit ihm schon nicht mehr wichtig.

Er wartete auf den Beleg, den er unterschreiben musste, nahm die Rechnung im Umschlag in Empfang und steckte sie ein. Dabei achtete er darauf, sich nicht sonderlich zu beeilen, denn er wollte Sylvia nicht mehr begegnen und hoffte, dass sie die Zeit nutzen würde, um zu gehen. Erst als nichts mehr zu erledigen war, holte er seinen Reisekoffer und drehte sich um, um das Hotel zu verlassen. Und tatsächlich war sie gegangen. Auch vor dem Hotel konnte Achim sie nicht entdecken, als er sich beim Einsteigen ins Taxi vorsichtig umschaute.

Bei der Fahrt im Taxi in Richtung Flughafen schaute Achim auf die Uhr. Er hatte einen Flug am späten Vormittag gebucht, der aber längst weg war, und musste nun umbuchen. Durch seine häufigen Reisen kannte er den Flugplan und wusste, dass er vielleicht die frühe Nachmittagsmaschine bekommen konnte, wenn sie durch den Verkehr nicht weiter aufgehalten wurden. Aber natürlich staute es sich vor dem Flughafen, da es in Hamburg nur eine Haltespur für Taxis gab. So musste man manchmal warten, bis sich der Fahrer langsam vorwärtsmühte, da die meisten Fahrgäste nicht nur selber ausstiegen, sondern auch noch ihr Reisegepäck aus den Autos wuchten mussten. Sie standen einige Zeit auf der brückenartigen Zufahrt, und als sie endlich den Halteplatz erreichten, war es für diese Maschine bereits knapp. Achim hatte den Fahrer während der stockenden Zufahrt die Fahrt bezahlt und die Quittung erhalten, sodass er jetzt losstürzte. Er eilte durch die Schalterhalle, aber er sah schon aus einiger Entfernung, dass bereits mehrere Fluggäste anstanden. Das wird nichts, wusste er, und er hatte recht. Er versuchte zwar noch, sich mit Hinweis auf seine Eile an den Anstehenden vorbeizudrängen, aber das ließen die natürlich nicht zu. Man habe es selber eilig. Und wenn er es so eilig habe, solle er einfach früher kommen. Es war sinnlos, sich mit diesen Kleingeistern und Wichtigtuern herumzuschlagen. Als er endlich an der Reihe war, war längst klar, dass die Maschine bereits in der Luft war. Er erkundigte sich nach der nächsten Maschine, erfuhr, dass die bereits ausgebucht war, und ließ sich auf die Warteliste setzen, wissend, dass er erst am Abend eine Chance haben würde, zurückzufliegen.

Nun stand er da, hatte Stunden Zeit und überlegte, was er tun könnte. Er konnte sich in eine Lounge setzen und Zeitung lesen, oder er konnte hier im Flughafen essen gehen. Beides keine verlockenden Angebote, aber er könnte auch etwas anderes tun. Seine Neugierde war geweckt. Wenn er sowieso hier warten musste, dann konnte er auch in die Stadt fahren und sich unauffällig das True Love anschauen, und niemand würde es bemerken. Sylvia wähnte ihn schon lange auf dem Heimflug, und Susanne würde es nicht erfahren.

Achim war fast erfreut, dass sich ihm diese Gelegenheit bot. Er holte den Schlüssel mit dem Anhänger des True Love aus dem Koffer, gab diesen schon einmal auf, damit er ihn nicht mit sich herumschleppen musste, und fuhr dann mit der Rolltreppe hinunter in den Ankunftsbereich, auf dessen linker Seite die Schalter für die Leihwagen untergebracht waren. Die meisten drängten sich an der Absperrung vor dem milchglasfarbenen Ankunftstor oder gingen, gerade angekommen, in die andere Richtung zu den Parkhäusern oder gerade hinaus zum Taxistand. Auf der linken Seite war ungleich weniger los, und die junge Frau hinter dem Schalter schien erleichtert, dass ihr Warten ein Ende und sie einen Kunden hatte.

Achim entschied sich für einen Mittelklassewagen, denn auch wenn ihn eine größere Limousine gereizt hätte, wollte er nicht mit einem allzu auffälligen Wagen in die Stadt fahren. Wichtig war ihm nur, dass der Wagen über ein Navigationssystem verfügte. Schließlich wusste er nicht, in welcher Gegend das True Love lag. Und war es eine eher ärmliche Gegend oder mitten im Rotlichtmilieu, dann war es besser, wenn sich niemand an ihn erinnern würde. Die bitteren Erfahrungen der letzten Tage hatten ihn Vorsicht gelehrt.

Wenig später bewegte sich Achims Wagen durch den Vorstadtverkehr des frühen Nachmittags. Die Straßen waren wenig befahren, da es bis zum Einsetzen des Berufsverkehrs noch gut zwei Stunden dauern würde. Achim hatte das Navigationssystem aktiviert und die Straße eingegeben, die auf dem Streichholzheftchen als Adresse des True Love genannt wurde.

Beinahe vergnügt fuhr er durch das zwar herbstliche, aber sonnige Hamburg. Er fühlte sich wie ein Junge, der ein Abenteuer vor sich hatte, das keine Gefahren barg. Er würde sich das Haus und das Lokal von außen im Vorbeifahren ansehen, würde sich ein Bild davon machen und dann vielleicht noch im Innenhof des Hamburger Hotels Atlantic einen Kaffee trinken, bevor er zum Flughafen zurückfuhr. So viel Zeit hatte er, und er brauchte sich nicht einmal zu beeilen.

Das Navigationssystem leitete ihn mit freundlichen Kommentaren durch die Stadt, bis die weibliche Stimme verkündete, er solle nach links in die Zielstraße einbiegen. Achim setzte den Blinker, fuhr auf die linke Spur und bog, nachdem er den Gegenverkehr vorbeigelassen hatte, in die Straße ein. Die Blücherstraße war wenig befahren und beinahe menschenleer.

Lediglich eine alte Frau ging mit ihrer Einkaufstasche langsam den Bürgersteig entlang. Sonst sah er niemanden. Die Häuser waren typische Nachkriegsbauten aus den fünfziger Jahren, deren Straßenfronten langweilig, eintönig und grau aussahen. Es war eine typische Gegend, die wegen ihrer niedrigen Mieten beinahe nur von alten Menschen bewohnt wurde, wofür die Alte mit ihrer Einkaufstasche ein Beispiel war. Oft waren solche Straßen auch von ausländischen Menschen bewohnt, aber diese schien noch in der Hand der Alten zu sein. Vielleicht waren die Wohnungen zu klein, oder die Lage war für jüngere Menschen schlecht. Achim wusste es nicht. Während er weiterfuhr, war er sich beinahe sicher, dass er falsch war. In diesen Wohnhäusern würde es kein

True Love geben, und er konnte auch nirgendwo ein Schild mit dieser Aufschrift sehen. Achim fuhr langsam weiter, bis er sah, dass die Straße einen Knick machte. Er wusste, er war nicht am True Love vorbeigefahren, aber vielleicht gab es das True Love auch nicht mehr, selbst wenn er sich nicht vorstellen konnte, wo es hier gewesen sein sollte. Er sah, dass die Straße auch nach der 90°-Kurve immer noch Blücherstraße hieß. Zuerst kamen nach der Kurve einige unbebaute Grundstücke, die beinahe an Trümmergrundstücke erinnerten. Dann folgten ähnlich alte Häuser wie zuvor, aber hier hatten sich kleinere Geschäfte angesiedelt, die zwar größtenteils wieder aufgegeben waren, aber davon zeugten, dass hier einmal reges Treiben geherrscht haben musste. Und dann sah er nach wenigen hundert Metern vor sich am Straßenrand das große weiße, beinahe werkstattähnliche Gebäude, über dessen Eingang in unübersehbar roten Buchstaben True Love stand. Entsprechend der Tageszeit waren die Rollläden herabgelassen, aber es schien noch in Betrieb, denn es standen gleichmäßig in einer Reihe mehrere Mülltonnen davor, die offenbar noch nicht geleert waren. Ohne anzuhalten, fuhr Achim am True Love vorbei und sah den Schriftzug im Rückspiegel immer kleiner werden. An der nächsten Kreuzung musste er einen Moment warten und sah im Rückspiegel die menschenleere Straße. Einer plötzlichen Idee folgend, bog er in einem weiten Bogen in die Querstraße ein, schlug das Lenkrad aber weiter ein, wendete und fuhr den Weg zurück. Nun fuhr er aus der anderen Richtung auf das True Love zu. Es war erkennbar, dass der Laden schon bessere Zeiten gesehen hatte, aber es war unübersehbar, dass das True Love noch in Betrieb war. Er fuhr noch ein Stück weiter, hielt an und parkte den Wagen halb auf dem Bürgersteig.

Neben dem Eingang hing ein kleiner Schaukasten, in dem die Speisekarte und die dazugehörigen Preise ausgewiesen waren, aber schon daran erkannte er, dass das True Love mehr als eine einfache Kneipe war. Die Preise waren völlig überteuert; ein einfaches Bier kostete zwölf Euro, die anderen Preise waren entsprechend.

Achim schaute sich ein wenig um, dann drückte er gegen die Tür, die zu seiner Überraschung nachgab. Innen empfing ihn ein dunkler Eingangsraum, der in das eigentliche Lokal führte. Trotz der mangelnden Beleuchtung waren mehrere kleine Sitzgruppen zu erkennen, deren Tische aufgrund der Größe sicher nicht nur für das Abstellen von Gläsern gedacht waren. An der Seite stand eine lange Theke, an die sich vorne eine kleine Tanzfläche mit Stange anschloss. Achim ging nur ein, zwei Schritte in den Gastraum des Etablissements. Es war niemand zu sehen. Von dem Eingangsflur aus waren auf der einen Seite die Toiletten und gegenüber ein langer Flur, der auf beiden Seiten zahlreiche nummerierte Türen hatte. Achim blieb einen Moment stehen, horchte, aber nichts war zu hören. Nur von der Straße hörte er das Knattern eines vorbeifahrenden Mopeds, dessen gleichbleibender Lärm schwächer wurde, bis nichts mehr zu hören war. Langsam, sich immer wieder umschauend, ging er den Gang entlang. Seine gute Laune, mit der er im Flughafen den Wagen geliehen hatte und losgefahren war, war einer nervösen Anspannung gewichen, seit er das True Love entdeckt hatte, und seine Nervosität nahm zu, seit er das Etablissement betreten hatte, denn er glaubte, hier dem Schlüssel der Ereignisse der letzten Tage nahe zu sein. Fast am Ende des Ganges stand er nun vor der Tür mit der Nummer 25. Er nahm den Schlüssel aus der Tasche und probierte vorsichtig, die Tür aufzuschließen, aber der Schlüssel passte nicht. Achim probierte es, indem er an der Tür rüttelte, den Schlüssel herauszog und erneut einführte, aber es war nichts zu machen. Er war so damit beschäftigt, dass er nicht bemerkte, dass ein Mann den Vorraum betreten hatte, und erschrak, als er plötzlich die Stimme des Mannes hörte.

»Hey, was machst du denn da?«

Achim spürte seine Knie weich werden. Er hatte den Mann noch nie gesehen, aber dennoch ging von dem Mann etwas Bedrohliches aus. Er war nicht besonders groß oder kräftig, aber die Selbstverständlichkeit, mit der er Achim mit »du« ansprach und auf ihn zukam, gab ihm eine Überlegenheit, die Achim Angst machte.

»Entschuldigung, ich wollte nur sehen, ob der Schlüssel passt«, antwortete er entschuldigend.

»Klar, Mann. Und an den Mädchen hier hast du zufällig kein Interesse.«

»Nein, wirklich nicht.«

»Sind auch keine da um die Zeit. Da musst du später wiederkommen. So ab sieben geht es hier los bis morgens früh. Und jetzt raus hier.«

»Ich bin wirklich wegen des Schlüssels ...«

Der Mann musterte Achim.

»Was für eine Schlüsselnummer haben Sie denn?«

»Die Fünfundzwanzig.«

»Dann kommen Sie mal mit«, sagte der Mann und ging voraus.

Achims Argwohn gegenüber dem Mann wich schlagartig, denn der andere war plötzlich beinahe freundlich und hatte seine anfänglich schroffe Haltung aufgegeben.

»Nichts für ungut«, hörte Achim den Mann vor sich sagen. »Aber Sie glauben gar nicht, was sich hier manchmal für ein Volk herumtreibt. Die meisten sind brave Ehemänner, die mal was erleben wollen, aber es gibt auch jede Menge Verrückte.«

Achim ging hinter dem Hausmeister wieder in die Eingangshalle zurück, und gemeinsam betraten sie das Lokal, in welchem der Hausmeister mit einem Griff hinter eine Säule per Knopfdruck die Deckenbeleuchtung aufflackern ließ. Grell leuchteten die weißen Neonröhren, die am Rand der Decke angebracht waren und deren Licht die Schatten der zahlreichen Scheinwerfer neben ihnen wie seltsame sperrige Wesen an den Wänden abbildeten.

Während sich Achim umsah, ging der Hausmeister hinter die Theke, bückte sich und holte aus einem bodennahen Fach einen kleinen Briefumschlag hervor.

»Hier, ist für Sie abgegeben worden«, sagte er und reichte Achim den Umschlag über die Theke.

»Für mich?« Achim war fassungslos.

»Für den Mann mit dem Schlüssel Nummer fünfundzwanzig. Nun nehmen Sie schon«, fügte er ungeduldig hinzu.

»Wer hat Ihnen das gegeben?«

»Ist doch egal. Diesen Umschlag und ein kleines Trinkgeld für meine Bemühung. Da kann ich doch nicht nein sagen.«

»War es ein Mann? Wie sah der Mann aus?«

»Keine Ahnung. Ein Mann eben.«

»Sie müssen sich doch erinnern.«

»Ich muss gar nichts«, sagte der Mann, dessen Ton wieder etwas schärfer wurde. »Und erinnern schon gar nicht. Sie haben, was Sie bekommen sollten, und das war's für mich. Tschüss.«

Achim stand noch einen Moment vor der Theke, aber er sah ein, dass er den Mann nicht zum Reden bringen würde. Gerade in diesem Milieu war Diskretion zwingend notwendig, für die Beteiligten mindestens so wie für die Kundschaft, und wer gegen diese Spielregel verstieß, war entweder der, der Ärger machte oder eben welchen bekam.

Achim grüßte wortlos und verließ das True Love.

Draußen ging er zu seinem Wagen und schaute sich dabei um, aber die Straße war menschenleer. Irgendwer musste gewusst haben, dass er das True Love besuchen würde, und er ahnte auch, dass es dieser Benrath war, wer auch immer das sein mochte. Er setzte sich in den Wagen, aber bevor er den Wagen startete und losfuhr, öffnete er den Umschlag und zog einen Zettel heraus, den er auseinanderfaltete. Auf dem Blatt stand in Druckbuchstaben: »Zu viel Neugierde kann auch gefährlich sein. Benrath.«

Er hatte es gewusst. Als der Hausmeister sagte, er habe etwas für ihn, hatte er es gewusst. Er hätte nicht herkommen dürfen. Wie war er bloß auf diese hirnverbrannte Idee gekommen, hierherzukommen? Benrath hatte ihm eine Warnung hinterlegt, weil er wusste, dass Achim eine Gefahr für ihn war. Aber warum suchte er dann seine Nähe? Warum rief er ihn an? Und warum jetzt diese Nachricht?

Er startete den Wagen und fuhr eine Spur zu schnell los, als könnte er damit seiner Wut auf sich selbst Platz machen, als würde er so seine Sorgen hinter sich lassen, die er mehr durch Dummheit als durch Neugierde wieder nah an sich herangezogen hatte.

Während er durch Hamburg in Richtung Flughafen fuhr, beruhigte er sich allmählich, und der Ärger über sich selbst wich einer Konzentration. Wenn dieser Benrath damit gerechnet hatte, dass er im True Love aufkreuzen würde, wenn er zuvor in den letzten Tagen vor Sylvias Haus gestanden hatte, musste er immer wieder hier in Hamburg sein. Auch an jenem Tatabend war er in der Stadt, und am Morgen danach. Er lebt wahrscheinlich in Hamburg, dämmerte es Achim. Ab diesem Moment hielt Achim nach einem Postamt oder einer Telefonzelle Ausschau, in der er ein Telefonbuch finden würde. Er stellte nach einigem Suchen fest, dass dies kein leichtes Unterfangen war, denn die öffentliche Einrichtung einer Telefonzelle schien vom Aussterben bedroht. In einer Zeit wachsender Handyverbreitung verständlich, aber für ihn wenig hilfreich.

In einer Geschäftsstraße fand er dagegen ein Internetcafé. Nun suchte er einen Parkplatz, stellte seinen Wagen ab und saß wenig später mit einem Latte macchiato vor einem Bildschirm und schaute in einem elektronischen Telefonbuch die Einträge unter dem Namen Benrath durch. Er fand den Namen in verschiedenen Schreibweisen. Es gab den Namen mit und ohne Schluss-h, es gab ihn mit t, d oder dt am Ende. Zur Sicherheit zog er den Brief, den er im True Love erhalten hatte, aus der Tasche und schaute sich dabei um, als würde er damit die Aufmerksamkeit der anderen auf sich ziehen. Aber die zwei anderen Surfer waren mit ihren Spielen beschäftigt, und die Bedienung am Eingangstresen blätterte in einer Computerzeitung. Niemand achtete auf ihn. Unter dem Namen Benrath, in der Schreibweise des Briefes, fanden sich elf Einträge. Sieben waren mit einem männlichen, vier mit einem weiblichen Vornamen. Wahrscheinlich konnte er diese vier vernachlässigen, aber selbst wenn Benrath unter den anderen war, blieben noch sieben Möglichkeiten. Neben vier Namen stand eine Adresse, die anderen waren ohne. Ein aussichtsloses Unterfangen, diese vier zu überprüfen, denn er konnte weder bei den Leuten anrufen noch sich nacheinander vor die entsprechenden Häuser der vier Adressen stellen, in der Hoffnung, seinen Mann zu entdecken. Das würde Stunden, Tage dauern, und letztlich wäre das auch sinnlos. Was würde er machen, wenn er wüsste, wo der Mann wohnte. Und wenn er sich unter den genannten Adressen nicht befinden würde, besagte das auch nichts. Am Ende hatte Benrath keinen Festnetzanschluss, dann wäre alles umsonst. Enttäuscht beendete Achim die Internetanwendung, zahlte den halb ausgetrunkenen Kaffee und die kurze Surfzeit und befand sich wenig später auf der Ausfahrtstraße in Richtung Flughafen. Durch die Telefonzellensuche, den Aufenthalt in dem Internetcafé inklusive der Parkplatzsuche hatte er sich zwar länger als geplant in der Stadt aufgehalten, aber es war gerade noch rechtzeitig, um den geplanten Flug zu erreichen.

Als er die große Abflughalle betrat, sah er auf der Anzeigetafel, dass das Boarding längst begonnen hatte, aber als er am Gate ankam, standen noch ein paar andere Fluggäste vor der Bordkartenkontrolle und warteten. Achim stellte sich hinter ihnen an.

Als er an die Reihe kam, musste er wie gewohnt seine Taschen leeren und spürte, wie ihm die Röte ins Gesicht stieg, als er den Schlüsselanhänger des True Love in die kleine Plastikschale legen musste. Zwar ließ sich die Beamtin des Sicherheitspersonals kaum etwas anmerken, aber in ihrem kurzen Blick lag weibliche Missachtung gegenüber dem potentiellen Barbesucher.

Als er die Maschine betrat, fiel ihm ein, dass er sich außer mit dem kurzen Anruf am Morgen den ganzen Tag nicht mehr bei Susanne gemeldet hatte, wenn er von seinem kurzen Fehlversuch absah. Für einen kurzen Moment beschlich ihn ein schlechtes Gewissen, andererseits konnte er auch noch in Hamburg Termine gehabt haben und würde abends wie gewohnt heimkommen. Und im Sender würde er nach der Landung kurz anrufen und sich entschuldigen, aber dass ihn dort jemand vermissen würde, war eher unwahrscheinlich. Zudem sagte ihm ein Blick auf die Uhr, dass es dafür längst zu spät sein würde. Es war auch egal, schließlich hatte er eine wichtige Reise unternommen, an deren Ende er Hartung ein neues Sendekonzept vorlegen würde. Das hieß, dass er erst einmal ein paar Tage Ruhe haben würde. Und wenn ihm ein überzeugendes Konzept gelang und es schließlich realisiert würde, war er sowieso aus dem Schneider. Dann würde sich keiner mehr für die heutigen Nachlässigkeiten interessieren.

Am nächsten Morgen lag das Haus Kröger noch im herbstlichen Frühnebel, als Susanne bereits im Wintergarten nach den Pflanzen sah. In der Etage über ihr war entgegen seiner sonstigen Gewohnheit Achim bereits im Bad. Eigentlich wäre er wie an anderen Tagen auch erst gegen sieben Uhr aufgestanden, aber er hatte sich gestern Abend den Wecker auf 6.15 Uhr gestellt. Susanne würde überrascht sein, aber dies auch seinen guten Vorsätzen zuordnen. Für Achim dagegen war das frühe Aufstehen notwendig, da in ihrer Straße der Briefträger seine tägliche Route begann und meist schon kurz nach sieben die Post in den Kasten warf. Achim glaubte zwar nicht, dass die Hamburger Polizei ihm so rasch etwas zusenden würde, aber sicher war sicher. Zudem wusste er, dass jener Mann, der sich Benrath nannte, auf irgendeine Art sein Spiel mit ihm trieb. Was wäre, wenn der ihm irgendetwas nach Hause schicken würde? Achim war sich sicher, dass Benrath erfahren würde, dass er gestern im True Love war und ihm seine Nachricht ausgehändigt worden war. Vielleicht wollte Benrath ihm zeigen, dass er es wusste. Auf jeden Fall sorgte sich Achim wegen der Post und hatte beschlossen, nun jeden Morgen früher als gewohnt aufzustehen, um Susanne beim Hereinholen und Sortieren der Post zuvorzukommen. Er zog sich nach dem Duschen und Rasieren rasch an und ging nach unten. Die Post war noch nicht da. Er ging in den Wohnraum und hörte seine Frau im Wintergarten.

»Guten Morgen, Liebe«, sagte er und begrüßte seine Frau mit einem Kuss.

»Guten Morgen, Lieber, du bist aber früh auf«, stellte sie fest.

»Das wird jetzt zur Gewohnheit«, verkündete er. »Ich werde den Tagesrhythmus einfach um eine knappe Stunde vorverlegen, dann haben wir morgens noch Zeit für einen gemeinsamen Kaffee. Oder Tee«, fügte er, die Trinkgewohnheiten seiner Frau berücksichtigend, hinzu.

»Soll ich dir Kaffee machen?«, bot sie sich an.

»Nein, das bekomme ich schon hin. Kümmere dich ruhig um deine Blumen.«

Er ging in die Küche und machte sich an der Kaffeemaschine zu schaffen, schaute zu, wie das dampfende Getränk in die Tasse strömte, und hörte kurz darauf das Auto des Briefträgers vor dem Haus halten. Achim eilte in die Eingangshalle, öffnete die Tür und ging dem Briefträger entgegen, der gerade aus seinem Wagen aussteigen wollte.

»Guten Morgen, geben Sie es mir«, sprach er den Mann an, der nickend zurückgrüßte.

»Umso besser, schönen Tag noch«, erwiderte dieser, startete seinen Wagen und fuhr los, während Achim statt ihm nachzusehen rasch die Post durchsah. Das meiste war ohnehin für Susanne, denn es kam eher selten vor, dass Achim Post erhielt. Und wenn, waren es meist Sendungen von Plattenlabels, die ihn mit Gratiszusendungen auf sich aufmerksam machen wollten. Aber nur wenige schickten dies an seine Privatanschrift, das meiste landete im Sender. Auch heute war neben den leidigen Werbesendungen und zwei Briefen für Susanne nichts für ihn dabei. Rasch warf er im Hineingehen einen Blick auf Susannes Post, aber beide Briefe waren nicht in Hamburg eingeworfen worden und verfügten über Absender, die ihm bekannt vorkamen. Schließlich konnte es auch sein, dass jener Benrath Susanne mit zweideutiger Post belästigen und ihn damit einmal mehr in die Bredouille bringen würde.

Nachdem er nichts für sich gefunden hatte, legte er die Post auf eine Schale, die auf einem kleinen Tisch in der Eingangshalle stand, und ging wieder in die Küche, um dann mit seinem Kaffee Susanne im Wintergarten Gesellschaft zu leisten.

Der Tag in der Redaktion zog sich ein wenig hin, aber Achim nutzte die Zeit, um noch einmal den Text durchzugehen, den er am Morgen über den Opernbesuch verfasst hatte. Er war unzufrieden mit dem, was er geschrieben hatte. Irgendwie war der Ton missglückt, las es sich holperig und ließ einen faden Nachgeschmack zurück. Hiermit konnte er wenig Eindruck machen, dabei war es doch seine Absicht gewesen, sich mit diesem Beitrag besondere Mühe zu geben. Schließlich war es in der Sitzung schon ein wenig peinlich, wie er sich zu drücken versucht hatte. Achim wusste, dass Wegener davon ausging, dass er gar nicht in der Oper, sondern im True Love war, seit er das Streichholzheftchen in Achims Manteltasche gefunden hatte. Diesen fatalen Verdacht wollte er mit einem glänzenden Beitrag ausgleichen, aber alles, was er bis jetzt zu Papier gebracht hatte, war mäßig. Er arbeitete den Text um, redigierte ihn erneut, gab aber schließlich auf, da der Termin der Aufzeichnung unaufschiebbar näherrückte. Er war ein wenig ratlos, aber schließlich gab es nur einen Ausweg. Er ging zum Büro des Disponenten, bei dem die Redakteure die Studiotermine anmelden mussten. Im Büro war niemand, aber der Belegungsplan hing an der Wand. Für heute vierzehn Uhr war sein Termin eingetragen, und Achim schaute, ob er nicht den Termin eines Kollegen finden könnte, mit dem er tauschen konnte. Er schaute den Tagesplan durch und fand in der letzten Schicht am Abend des nächsten Tages einen Termin, für den sein Kollege Wegener eingetragen war. Das wäre eine Möglichkeit. Wenn Wegener kollegial wäre, könnte er tauschen.

Er griff zum Telefon und wählte.

»Hier ist Kröger«, meldete er sich. »Ist Herr Wegener da?«

»Nein, der ist im Haus unterwegs«, antwortete eine Stimme.

»Können Sie ihm bitte ausrichten, dass er mal bei mir vorbeikommen soll? Danke.«

Es war typisch, dass Wegener nicht an seinem Platz und irgendeine Aushilfe den Telefondienst machte, denn Wegener war bekannt dafür, dass er Schreibtischarbeit hasste. Wegener war sowieso im Sender fehl am Platz. Er hatte wie viele von Achims Kollegen Musik studiert, aber die Arbeit im Sender als Journalist und Kritiker nur angenommen, weil sein Können als Pianist für eine Solokarriere nicht reichte. Der Chef des Orchesters, bei dem Wegener beim Vorspielen endgültig gescheitert war, hatte dank seiner guten Kontakte dem sympathischen jungen Mann daraufhin einen Redakteursjob besorgt, dem Wegener mehr schlecht als recht seit Jahren nachging. Wegener wusste um seine mangelnden

Qualitäten, weshalb er einen besonderen Diensteifer an den Tag legte. Manche Kollegen munkelten hinter vorgehaltener Hand, dass sich Wegener seine Beiträge an den Wochenenden von seiner Frau schreiben ließ. Achim kümmerte sich nicht um dieses Gerede, aber es war tatsächlich auffällig, dass Wegener seine Texte immer montags fertig hatte. Achim lernte Wegener in der Zeit seiner Krise näher kennen, weil sie eine Zeitlang das Desinteresse an der Arbeit und der Groll aufs Leben im Allgemeinen verband.

Nun konnte Wegener ihm behilflich sein, denn Achim wollte den Aufnahmetermin mit ihm tauschen, da ihm bis zu Wegeners Termin noch einige Arbeitsstunden blieben, seinen Text umzuschreiben.

Achim saß immer noch an seinem Schreibtisch und bastelte an seinem Text, als es klopfte und Paul Wegener den Raum betrat.

»Danke, dass du kommst. Du hast doch morgen Abend einen Aufnahmetermin?«, begann er so beiläufig wie möglich, aber Wegener lächelte sofort.

»Ich ahne, was jetzt kommt.«

»Macht es dir etwas aus, den Studiotermin mit mir zu tauschen? Ich bin noch nicht fertig, und wenn du so weit bist, kannst du meinen Studiotermin heute um vierzehn Uhr haben.«

»Und du gewinnst noch einen Tag, um fertig zu werden?«

»Ich schaff's nicht früher.«

»Immer noch der vielzitierte Don Giovanni?«

»Ja, vielen Dank.«

»Es tut mir leid, das war blöd von mir.«

Achim machte eine abwinkende Geste.

»Schwamm drüber, ich wollte dich nur um einen Tausch bitten. Wenn ich einfach absage, gibt's Ärger mit Hartung.«

»Dann machst du morgen Abend freiwillig Überminuten? Respekt.«

»Ja oder nein?«

Achim hatte keine Lust auf ein langatmiges Geplänkel, denn auch wenn Wegener tauschen würde, hatte er noch genug zu tun, bis er mit dem Beitrag zufrieden wäre.

»Tauschen wir. Das ist aber gleichzeitig meine Entschuldigung, okay? Ich kläre, ob der Sprecher auch um zwei kann. Wenn du nichts mehr von mir hörst, geht's glatt. Ach was, ich melde mich in jedem Fall.«

»Danke.«

»Wir sind Kollegen.«

Wegener verließ das Büro, und Achim lehnte sich einen Moment zurück. Jetzt hatte er fast einen ganzen Tag gewonnen, denn er war sicher, dass der Tausch klappte. Er warf einen Blick aus dem Fenster in die herbstliche Landschaft, raffte sich aber auf und wandte sich wieder seinem Text zu, denn auch bis zum nächsten Abend war es nicht ewig. Er wusste, dass seine Hauptschwierigkeit darin bestand, dass ihm der persönliche Eindruck fehlte, der sich nicht durch andere Kritiken oder Rezensionen ersetzen ließ. Üblicherweise begann er seine kleinen Beiträge mit persönlichen Eindrücken, aus denen sich das Weitere fast wie von selbst ergab. Und dieser Einstieg fehlte, daher bekam sein Text keinen rechten Fluss, sondern blieb ein Sammelsurium von Versatzstücken. Vielleicht kam es ihm aber auch nur so vor; er wusste es nicht.

Es war noch keine halbe Stunde vergangen, als das Telefon klingelte. Achim nahm ab.

»Das ging aber schnell ... Hallo.«

Achim stutzte, denn der andere sagte nichts.

»Hallo, Paul?«

»Störe ich Sie?«

Die Stimme klang dunkel und beinahe akzentfrei. Eine Männerstimme, fuhr es Achim durch den Kopf.

»Wer spricht da?«, fragte er, und in seiner Stimme schwang Nervosität mit, denn er ahnte bereits, wer am anderen Ende der Leitung war.

»Sagen wir, Benrath. Erinnern Sie sich?«

Er hatte es geahnt, nein befürchtet, dass sein dummer Besuch im True Love nicht ohne Nachspiel bleiben würde. Aber er würde es sich nicht anmerken lassen.

»Nein, was wollen Sie?«

»Das ist gut, wenn Sie sich nicht mehr erinnern, aber kann ich mir sicher sein, dass es so bleibt?«

»Ich weiß nicht, was Sie meinen.«

»Stellen Sie sich doch nicht dümmer, als Sie sind.«

»Was wollen Sie?«

»Ich schlage vor, dass Sie mir Ihr Schweigen mit einer kleinen Unterstützung versichern.«

»Sie sind doch verrückt.«

Spontan legte Achim den Hörer auf den Apparat, aber im gleichen Moment überlegte er, ob das nicht ein Fehler war. Nein, es war richtig, ermutigte er sich. Stärke zeigen. Er musste diesem Benrath zeigen, dass er nicht machen konnte, was er wollte. Vielleicht war das die richtige Art, ihn loszuwerden. Aber im gleichen Moment klingelte das Telefon erneut. Achim zögerte einen Augenblick, nahm dann aber doch ab.

»Hören Sie ...«

»Achim?«

Es war die Stimme Paul Wegeners.

»Entschuldige, was gibt's?«

»Ist alles in Ordnung?«

»Nur ein nervender Hörer, den ich kaum loswurde«, log er souverän. Das war eine plausible Ausrede, denn immer wieder gelang es Hörern, von der Zentrale durchgestellt zu werden, um ihm und den Kollegen dann mit ihren manchmal sehr verqueren Privatmeinungen die Zeit zu stehlen.

»Du Armer, also, es geht in Ordnung. Du hast den morgen um sieben. Und telefoniere nicht so viel, sonst wirst du nie fertig.«

Achim wollte noch etwas erwidern, als es klopfte und Rolf seinen Kopf in den Raum steckte. Er schaute erfreut auf, machte eine einladende Geste, und Rolf betrat den Raum.

»Störe ich?«, flüsterte Rolf und deutete mit der Hand auf das Telefon.

»Ja, danke«, sagte Achim noch zu seinem Kollegen und legte auf. »Komm rein«, begrüßte er seinen Freund. »Was führt dich denn hierher?«

»Man hat mir gesagt, dass ich dich hier finde.«

»Setz dich. Einen Kaffee?«

»Habe ich den ganzen Tag, danke«, sagte Rolf, während er sich einen Stuhl heranzog und dem Schreibtisch gegenüber Platz nahm.

»Was treibt dich sonst hierher? Wein gibt es in der Kantine erst ab sechs«, fügte Achim spaßend hinzu.

»Mach dir keine Umstände. Ich wollte dich nur als Freund darauf hinweisen, dass dein Hamburger Abenteuer nicht so unentdeckt ist, wie du meinst.«

»Was soll das heißen?«

»Vorgestern war deine Frau zufällig bei mir im Café und hat sich nach einem Alibi für dich erkundigt. Ob wir beide vorgestern zusammengesessen hätten.«

»Und was hast du gesagt? Wir haben doch den Abend zusammen verbracht.«

»Natürlich habe ich das auch gesagt. Die Wahrheit, was sonst. Ich warne dich nur, da geht was schief.«

»Nun mach es nicht so spannend.«

»Susanne fallen deine häufigen Hamburgreisen auf.«

»Das gehört doch zu meinem Beruf.«

»Du warst letzte Nacht wieder in Hamburg, sagt Susanne? Und merkwürdige Anrufe sind ihr auch aufgefallen. Das Einzige, was sie ein wenig beruhigt hat, war ein Zwischenfall gestern bei der Aufführung, den sie in einem Zeitungsartikel gefunden hat.«

Achim sah seinen Freund an, dann schaute er auf die Uhr und stand auf.

»Komm, lass uns gehen. Ich komme sowieso nicht weiter. Und ich kann es auch noch morgen machen.«

Er schaltete rasch den Computer aus und griff zum Telefon.

»Einen Moment noch ... Ja, Frau Schrade, ich mach heute früher Schluss und schreibe den Beitrag zu Hause fertig ... Ja, bis morgen, danke.«

Er legte auf.

»Das wäre erledigt. Komm, gehen wir.«

Er nahm seine kleine Aktentasche, schob ein paar Papiere hinein, die auf dem Schreibtisch lagen, als wolle er tatsächlich zu Hause weiterarbeiten, und löschte das Licht auf dem Schreibtisch. Er ließ Rolf den Vortritt, und so verließen sie zusammen das Büro.

Gemeinsam gingen sie zum Aufzug und warteten dort einen Moment, bis er kam. Die Flure waren wie die meiste Zeit menschenleer, was sich in einer knappen halben Stunde schlagartig ändern würde, denn die Mehrheit der Mitarbeiter hatte es sich angewöhnt, pünktlich Feierabend zu machen. Dann würden innerhalb von wenigen Minuten die meisten der knapp achthundert Mitarbeiter aus dem Gebäude stürmen und im kurzfristig stockenden Verkehr langsam das Gelände des Hörfunksenders verlassen.

Vor siebzehn Uhr dagegen gingen nur wenige, sodass Achim und Rolf alleine im Aufzug waren, als dieser nach unten fuhr.

»Du bist mit dem Taxi gekommen?«

»Als alter Autoverweigerer habe ich keine Alternative«, erklärte Rolf.

»Als Autoverweigerer Taxi fahren. Es lebe die Prinzipientreue«, zog Achim ihn auf.

»Mit solchen Begriffen solltest ausgerechnet du vorsichtig sein. Ich hab kein Auto, du kein Handy, oder telefonierst du auch sonst nicht?«

»Lustig, ich nehme dich trotzdem mit.«

Kurz darauf kamen sie aus dem Haus und gingen zu Achims Wagen, als der Pförtner Achim nachrief.

»Herr Kröger?«

Achim und Rolf hielten inne, dann ging Achim dem Mann ein paar Schritte entgegen, der ihnen nachlief und mit einem Blatt Papier wedelte.

»Ja?«

»Ein Fax. Kam hier bei mir an. Scheint für Sie zu sein.«

»Danke.«

»Ich dachte, es ist vielleicht vertraulich«, fügte der Mann hinzu und gab Achim ein zusammengefaltetes Blatt. Achim nahm das Fax, auf dem in großen Buchstaben stand: »Herrn Kröger« und faltete es auseinander. Auf der unteren Hälfte des Blattes stand: »Ich kann auch anders. Benrath.«

Achim stand einen Moment reglos da. Er wusste, dass Rolf ihn beobachtete, und wollte sich jetzt keine Blöße geben, wollte keine weiteren Ermahnungen über sich ergehen lassen. Kurz entschlossen zerknüllte er das Fax und warf es in einen nahe stehenden Papierkorb, während er auf Rolf zuging.

»Ein lästiger Hörer. Sonst nichts«, sagte er so beiläufig wie möglich, wissend, dass das Wegwerfen des Blattes, wenn es denn Hörerpost gewesen wäre, keinen besonders guten Eindruck hinterließ.

»So geht ihr also mit meinem Brief um, wenn ich euch schreiben würde«, kam auch prompt Rolfs Kommentar.

Sie kamen an Achims Wagen an. Er legte seine Tasche auf die Rückbank und schaute Rolf über das Wagendach hinweg an.

»Ich muss dir was erzählen. Vielleicht weißt du einen Rat.«

Rolf schaute seinen Freund mit neugierigem Blick an.

»Es hat auch mit dem Fax eben zu tun.«

»Die Hörerpost?«

Achim schüttelte den Kopf.

»Es ist eine ernste Geschichte. Verrückt, aber ernst.«

Wenig später saßen sie in einer Kneipe in der Altstadt. Hier konnten sie ungestört reden, aber bevor Achim mit seiner Schilderung begann, rief er aus dem Lokal zu Hause an.

Es läutete dreimal, bevor sich Susanne meldete.

»Hallo, Liebe«, sagte er. »Ich hoffe, es geht dir gut?«

»Danke, und selbst?«

»Ich habe heute etwas früher Schluss gemacht und sitze noch ein bisschen mit Rolf zusammen.«

»Wieder ein Männerabend?«

»Sicher nicht, ich war jetzt lange genug weg. Ich bin gegen sieben zu Hause.«

»Grüße Rolf von mir.«

»Mache ich«, sagte er in den Hörer und zu Rolf, dass seine Frau ihn grüßen lasse.

»Lieben Dank, Grüße zurück«, sagte Rolf so laut in Richtung Telefon, dass Susanne es hören musste.

»Dann bis später.«

»Ja, bis später.«

Achim beendete das Gespräch.

»Gut so?«, fragte Rolf. »Das war doch der Alibibeweis, meine Grüße an Susanne.«

»So hatte ich es nicht gemeint.«

»Komm, lass das«, sagte Rolf und machte ein leicht gequältes Gesicht.

»Ja, dann war es eben ein Alibibeweis. Ich war gestern noch einmal in Hamburg, ich kann nicht dauernd nur auf ihr blindes Vertrauen setzen.«

»Das ja so blind nicht ist«, gab Rolf zurück. »Aber nun leg mal los.«

Rolf hatte bereits das dritte Bier getrunken, während Achim zunächst Kaffee und dann Mineralwasser bestellt hatte und seinem Freund ausführlich über die Ereignisse der letzten beiden Tage berichtete.

»Und du weißt nicht, weshalb man dich belästigt?« Rolf schien diese Geschichte kaum zu glauben.

»Nein, wirklich nicht. Okay, ich habe … hatte eine Geliebte, aber das ist doch kein Grund. Ich bin doch keine prominente Person, die sich so etwas nicht leisten kann.«

»Denk an Susanne, die sieht das sicher anders.«

»Es kann doch keiner wissen, wie Susanne reagiert, wenn sie davon erfährt. Glaubst du, das erzähle ich überall herum?«

Da hatte Achim unbestreitbar recht, dass ein einfacher Seitensprung für eine solche Belästigung nicht ausreiche.

»Was kann der Anrufer dann von dir wollen, wenn du nicht als Gast in diesem ...«

»True Love.«

»... True Love gewesen bist?«

»Wenn ich es wüsste, würde ich es dir sagen. Ich habe keine Ahnung.«

»Hast du denn den Schlüssel noch? Und dieses Streichholzheftchen?«

»Ich habe es zu Hause in meinem Schreibtisch unter allem möglichen Kram versteckt.«

»Es gibt nie ein wirklich gutes Versteck. Geh entweder damit zur Polizei oder schmeiß die Sachen weg. Wenn Susanne die findet, glaubt sie dir nie, dass du den Laden nicht kennst.«

Achim schaute Rolf an und nickte.

»Und dieser Benrath fordert nichts?«

»Beim letzten Telefonat hat er eine Erpressung angedeutet. Aber ich habe sofort aufgelegt.«

»Und dann?«

»Kam dieses Fax eben.«

»Die Hörerpost.«

Achim nickte.

»Das war von ihm.«

»Man kann doch sicher inzwischen auch Faxnummern ausfindig machen.«

»Die Nachrichten stammen aus Internetcafés oder öffentlichen Faxgeräten. Der Kerl ist clever.«

»Nicht dass dir da etwas über den Kopf wächst.«

»Ich habe doch nichts verbrochen.«

»Und deine Sylvia?«

208

»Bei nächster Gelegenheit. Ich kann sie in dieser Geschichte doch nicht allein lassen.«

Rolf sah seinen Freund skeptisch an und schüttelte den Kopf.

»Du musst wissen, was du tust, aber entscheide dich. Es soll nicht belehrend klingen, aber du machst einen Riesenfehler. Es ehrt dich ja, dass du mit deiner Hamburger Ex Mitleid hast, aber das ist völlig falsch. Du hilfst ihr nicht damit, und dir schadest du nur.«

»Du hast ja recht.«

»Wenn ich dir einen Rat geben soll, mach Schluss, so schnell wie möglich. Ob am Telefon oder nicht ist jetzt auch egal. Susanne weiß, dass irgendetwas war, und kann damit offenbar umgehen. Aber wenn die rauskriegt, dass das fröhlich weiterköchelt, dann sehe ich schwarz für dich als werdenden Vater. Dann sehe ich ein ungeborenes Scheidungskind vor mir. Und ich kann Susanne nur recht geben.«

Achim nahm einen letzten Schluck aus seinem Glas, stellte es auf den Tisch zurück und griff in die Tasche, um sein Portemonnaie herauszuholen.

»Ich muss jetzt los«, sagte er, was aber nicht ausweichend gemeint war, denn er kam sogleich wieder auf Rolfs Rede zurück. »Du hast recht, tausend Mal recht. Und es war gut, von dir einmal die Tatsachen zu hören, bevor ich noch mehr Unfug anstelle als bisher.«

»Das geht auf mich«, sagte Rolf, auf die Gläser deutend. »Schließlich habe ich dich besucht.«

»Danke«, erwiderte Achim. »Und nun werde ich mich mal in mein konfuses Privatleben stürzen, in der Hoffnung, dass noch nicht alles verloren ist.«

Das klang leichter, als es gemeint war, denn in Achims Gesicht konnte man unschwer erkennen, wie sehr ihn die

Ereignisse belasteten. Nicht nur dass zwischen ihm und Sylvia das Ende ihrer Beziehung nicht ausgesprochen war, Achim fand es bedrohlich, dass dieser Benrath in seinem Leben auftauchte, wann und wie er es wollte, und dass er dabei seine Kreise anscheinend immer enger zog. Sicher war der Besuch im True Love eine Dummheit gewesen, aber Achim glaubte nicht, dass er ohne diesen Besuch Benrath schon los wäre. Vielmehr schien dieser Benrath einen Plan zu verfolgen, der heute Nachmittag in einer unverhohlenen Erpressung mündete. Benraths Satz, dass Achim ihm sein Schweigen mit einer kleinen Unterstützung versichern sollte, war der aktuellste Höhepunkt der Entwicklung, und Achim war sich sicher, dass dies nicht der letzte sein würde. Aber hatte er eine andere Wahl, als abzuwarten, ob und wann sich Benrath wieder meldete? Eigentlich nicht, gestand er sich ein, und in diesem Punkt würde ihm auch Rolf recht geben, der gerade mit einem Geldschein ihre Getränke bezahlte.

»Danke. Wir sehen uns.«

Sie gaben sich die Hand, aber bevor sie auseinandergingen, wollte Rolf seinen Freund nicht geknickt und mutlos sehen.

»Du bekommst das hin«, sagte Rolf und klopfte Achim aufmunternd auf die Schulter. »Nur lass dir nicht zu lange Zeit, denn die arbeitet gegen dich. Vergiss das nicht.«

Achim nickte, denn er wusste, dass Rolf es gut meinte und recht hatte.

Als Achim nach Hause kam, stand Susannes Wagen nicht in der Einfahrt. Sie schien noch einmal weggefahren zu sein. Er war enttäuscht, auch wenn er sich eingestehen musste, dass auch sie das gleiche Recht hatte, sich zu verabreden, wie er.

Zudem hatte sie sicher gedacht, dass er doch später als zur verabredeten Uhrzeit nach Hause käme, und würde sich deshalb auch nicht sonderlich beeilen.

Er parkte seinen Wagen vor der Doppelgarage, sodass Susanne ihren hineinstellen oder ebenfalls davor parken konnte. Dann nahm er seine Tasche aus dem Wagen und ging zum Haus. Irgendwie ertappte er sich dabei, dass er mehr auf seine Umgebung achtete, als es sonst seine Art war. Mehr und mehr bemerkte er, dass ihn die Befürchtung, hinter jeder Ecke Benrath zu entdecken, hinter jedem Passanten einen Boten zu vermuten, der wie der Pförtner oder der Hausmeister im True Love eine Nachricht für ihn hätte, zu schaffen machte. Selbst hier, in seinem Zuhause, spürte er eine mögliche Nähe des anderen.

Es war entsetzlich, mit welch einfachen Mitteln dieser Mann in sein Leben eingedrungen war und es veränderte. Wie das viel zitierte Damoklesschwert hing jetzt Benrath mit seinen Drohungen über ihm, belastete sein Leben und legte sich wie ein dunkler Schatten über seine berufliche wie private Existenz. Er musste diesen Schatten vertreiben, vor allem musste er für den heutigen Abend froh gelaunt sein, um nicht erneut Susannes Verdacht zu erhärten. Er würde von der Hamburger Musicalaufführung erzählen, von dem Beitrag, den er morgen fertigstellen würde, und von dem neuen Programmvorhaben, dass er Hartung vorgeschlagen hatte. Natürlich würde er Hartungs Auftrag, kurzfristig noch einmal nach Hamburg zu reisen, noch einmal erwähnen, aber das Programmvorhaben, dass sich nun daraus ergeben würde, würde er sich zuschreiben, wie es ja auch den Tatsachen entsprach. Hierfür hatte er auch weitere Gespräche geführt, weshalb er erst am Nachmittag im Sender angekommen war.

Im Haus machte er zunächst in der Eingangshalle Licht, ging dann in sein Arbeitszimmer, wo er aus seiner Tasche die Papiere holte, die er kurz zuvor im Sender eingesteckt hatte. Er wollte die Zeit nutzen, bis Susanne käme. Nicht dass er erwartete, dass er in der kurzen Zeit den Artikel in den Griff bekäme, aber vielleicht fand er einen neuen Ansatz. Zumindest würde es auch auf Susanne einen guten Eindruck machen, wenn er ernsthaft seiner Arbeit nachging.

Er stand an seinem Schreibtisch und ordnete die Papiere, als er neben sich auf dem Fußboden vor seinem Faxgerät ein Blatt auf dem Boden liegen sah. Er bückte sich und hob es auf.

Auf dem Fax stand in großen Buchstaben: »Wie wäre es mit zehntausend. So viel sollte Ihnen meine Beruhigung schon wert sein. Benrath.«

Was sollte man in einem solchen Moment machen? Achim stand fassungslos mit dem Blatt in der Hand im Raum und starrte vor sich hin. Er fühlte sich vernichtet, geschlagen, sah sich ohne jeden Ausweg, so sehr hatte ihn dieses Fax getroffen. Es war natürlich nicht nur diese Nachricht, die wie aus einer fremden Welt in seinem Arbeitszimmer lag. Die Frage, die ihn wirklich beunruhigte und die seinen Puls schneller schlagen ließ, war die Frage, wie lange dieses Fax schon in seinem Arbeitszimmer war.

Achim schaute auf den oberen Ausdruck und sah, dass das Fax um 18.32 Uhr angekommen war, und er wusste, dass sich jedes Fax mit einem dezenten, aber bis in den Wohnraum hörbaren Piepston ankündigte. War Susanne zu diesem Zeitpunkt noch zu Hause gewesen? Hatte sie dieses Geräusch gehört, hatte sie es beachtet und war in sein Arbeitszimmer gegangen? Kannte sie nun dieses Fax und hatte seinen Inhalt gelesen? Was musste sie annehmen?

Natürlich ging es um ihn. Es gab zwar keine Anrede, keinen einzigen Hinweis, dass er der Adressat war, aber das war nebensächlich. Jeder denkende Mensch in diesem Haus – allen voran Susanne – würde wissen, wer gemeint war. Was wäre, wenn sie das Fax gelesen hatte? War sie vielleicht deswegen nicht da, weil sie ihn bereits verlassen hatte? Rolf hatte davon gesprochen, dass Susanne mehr wusste, als sie zugab. War dieses Fax der Tropfen gewesen, der das Fass zum Überlaufen brachte?

Es war ein ganz normaler Nachmittag gewesen, sagte er sich. Der Ehemann war dienstlich in Hamburg, und während ihr nachmittäglicher Tee zog, hörte Susanne das Signal des Faxgerätes, das eine eingegangene Nachricht signalisierte. Würde sie sich dafür interessieren? Würde sie dem gegenüber gleichgültig sein? Eher nicht, wenn der Ehemann nach einer Hamburgreise weniger als fünfzehn Stunden danach erneut in diese Stadt reiste. Und sie ahnte offenbar, dass seine Reisen in der letzten Zeit nicht nur dienstlicher Natur waren. Das hatte Rolf ihm unmissverständlich erklärt. Ein einmal gesätes Misstrauen würde Früchte tragen, und so war es nur naheliegend, dass er ihr Misstrauen voraussetzte.

Achim versuchte, sich zu konzentrieren. Was wäre, wenn sie diese Nachricht gelesen hätte? Müsste er nicht die Leere spüren, die sie hinterlassen hätte? Dann wäre er verloren, dann würde in diesem Haus nicht mehr mit ihm gerechnet, dann wäre er abgemeldet. Aber dann hätte manch andere Frau auch in ihrer Wut und der Konsequenz daraus sicher auch die Schlösser und Codes ausgetauscht. Natürlich wäre das übertrieben, und es wäre auch nicht Susannes Art, aber er war sich sicher, dass er diesen Stimmungswandel bemerkt hätte.

Er war also noch willkommen, dachte er, als er die Tür zu seinem Arbeitszimmer öffnete.

Achim zerriss das Fax rasch in viele kleine Stücke, die er in das untere Fach seines Schreibtischs legen wollte, in dem er unter durcheinanderliegenden Papieren wieder den Schlüsselanhänger und das Streichholzheftchen des True Love versteckt hatte. Er holte schnell einen Stapel Papiere heraus, legte die Schnipsel darunter und räumte die Papiere wieder ein, sodass sie nicht zufällig gefunden werden konnten. Dann schloss er das Fach des Schreibtischs wieder und sah sich um, ob er auch nichts übersehen hatte. Nein, es schien alles in Ordnung. Vorsichtshalber schaltete er das Faxgerät ab, für den Fall, dass eine weitere Nachricht eingehen und mit dem hellen Klingelton auf sich aufmerksam machen würde.

Als er die Haustür hörte, betrat er rasch den Wohnraum und ging von dort seiner Frau entgegen, die gerade die Post aus der Schale genommen hatte.

»Hallo, du bist schon zurück?«

»Es war nicht viel los, und ich wollte lieber nach Hause.«

Er küsste seine Frau auf die Wange, wobei sie den Blick, den er auf die Post warf, bemerkte.

»Erwartest du Post?

»Nein, eigentlich nicht.«

»Du kannst es ruhig sagen, dann lasse ich dir jeden Tag den Vortritt, damit du deine Briefe diskret herausfischen kannst.«

»Ich bitte dich, was willst du …«

»Ich stelle nur fest, dass du neuerdings ein auffälliges Interesse an der Post hast, und da liegt der Verdacht doch nahe, dass dir jemand schreibt, von dem ich besser nichts erfahren soll.«

»Und wer sollte das sein?«

»Eine kleine Freundin vielleicht?«

»Ich werde mich gegen diesen Vorwurf nicht verteidigen. Es ist absurd.«

»Dann irre ich mich sicherlich.«

Achim verstand die streitbare Haltung seiner Frau nicht, aber er blieb wachsam, denn irgendetwas musste die Ursache für diesen Angriff sein. Sonst war es nämlich nicht Susannes Art, die Dinge so offen auszusprechen. Susanne war auch in diesen Dingen von einer fast vornehm zu nennenden Diskretion. Sie hatte selbst in den Monaten, in denen ihre Ehe kurz vor dem Aus stand, nie das direkte Gespräch gesucht, sondern sich auf Andeutungen und vage Hinweise beschränkt. Und selbst bei dem Gespräch, mit dem sie ihre Versöhnung begonnen, ihren Neuanfang besiegelt hatten, hatte er gespürt, wie unangenehm ihr dies war. Susanne war geprägt durch das vornehme Elternhaus, in dem Kultur gepflegt wurde, in dem Geld immer vorhanden, aber nie ein Thema war. Wie in ihrem Juweliergeschäft, in dem das Bezahlen des Schmucks immer als eine leider unumgängliche Hässlichkeit betrachtet wurde, die beinahe den ästhetischen Vorgang des genüsslichen Auswählens zerstörte. »Ist es nicht angenehmer, jenseits der Preise sich ausschließlich der Schönheit der Steine, ihrer Farbe, ihrem Schliff zu widmen, als darüber nachzudenken, was sie kosten?«, hatte sie ihm einmal zu erklären versucht. Auch hier war sie seinem Realismus, dass alles seinen Preis habe, und der Frage, ob es sinnvoll sei, viel Geld für den schönen Schein auszugeben, aus dem Weg gegangen.

Für Susanne schien auch das Thema mit dem höflichen Eingeständnis, dass der Irrtum wahrscheinlich bei ihr läge, beendet.

»Möchtest du auch einen Tee?«, fragte sie freundlich.

»Nein, eher nicht.«

»Warum hast du in Hamburg einen Passanten angegriffen?«

Diese Frage, mit der gleichen Beiläufigkeit gestellt wie die nach dem Tee, traf ihn wie ein Schlag.

»Bitte?«

Mehr als dieses fast tonlose »Bitte« brachte er nicht zustande. Er wagte es kaum, Susanne in die Augen zu sehen. Wenn er nur wüsste, was ihn jetzt erwartete.

»Ein Herr Peter Zinnfelder hat sich gemeldet und dir verziehen. Er dankt für den Champagner und zieht seine Anzeige zurück. Soll ich dir ausrichten.«

In den Schrecken über Susannes Äußerung mischte sich kurz die Erleichterung, dass der andere die Entschuldigung für seine Tätlichkeit angenommen hatte und die behördliche Ermittlung damit abgeschlossen war.

»Das war ein Missverständnis. Wir sind zufällig zusammengestoßen, und er hat das eben missverstanden. Das war alles.«

Mehr fiel ihm nicht ein. Klang das glaubhaft? Er wusste es nicht, und Susanne ließ sich nicht anmerken, ob sie seiner Darstellung Glauben schenkte.

»Und eine Zeugin bei dieser Geschichte war zufällig die Dramaturgin aus Hamburg, die vor einiger Zeit am späten Abend dich dringend erreichen musste?«

»Wir haben uns eine Taxifahrt geteilt. Deshalb war sie zufällig dabei.«

»Du weißt, wie ich über solche Geschichten denke«, sagte Susanne mahnend und schaute ihren Mann an. Nicht prüfend, wie es vielleicht andere getan hätten. Nein, einfach ohne jede Regung. Auch hier wich sie der Konfrontation aus, wollte gar nicht genau wissen, was vorgefallen war. Sie wollte diese Probleme erledigt sehen. So oder so. Mit ihm oder ohne ihn. Sie brauchte diese Art Stabilität, in der sie sich einrichten konnte. Die Ungewissheit schreckte sie.

Sie stand auf und nahm einen Teil der Post unter den Arm, um zu ihrem Schreibtisch zu gehen, der in einer Art Salon stand, der auf der anderen Seite an den Wohnraum grenzte.

»Nicht dass ich eines Tages auf jenen ominösen Brief stoße«, sagte sie, bevor sie den Raum verließ. »Wir haben uns verstanden«, fügte sie hinzu, als sei damit nicht nur alles gesagt, sondern auch beinahe erledigt.

»Ich weiß nicht, was du willst. Ich habe einen Passanten angerempelt und mir mit einer Kollegin von der Oper ein Taxi geteilt«, verteidigte sich Achim, obwohl er wusste, dass er damit alles nur schlimmer machte.

»Dann ist ja alles in Ordnung. Mein Kind wird in keiner unklaren Beziehung aufwachsen. Ich will klare Verhältnisse. Ich gebe viel auf für uns. Du musst auch deinen Teil dazu beitragen.«

»Das tue ich. Vertraue mir«, sagte Achim, und er wusste, wie schwach das klang.

»Das mache ich«, sagte Susanne und meinte es so einfach und ehrlich, wie sie es sagte. »Aber enttäusche mich nicht.«

Susanne strich ihm mit der Hand über den Arm, dann ließ sie ihn stehen und verließ das Zimmer. Was hatte das zu bedeuten? Hatte Sylvia selbst angerufen? Das konnte nicht sein, sie würde ihm doch nicht so in den Rücken fallen. Aber wieso sollte dieser Zinnfelder Sylvias Namen erwähnt haben? Oder war es Benrath, der sich einen neuen Spaß erlaubte, mit dem er ihm zeigen konnte, dass er ihn in der Hand hatte? Anfangs hatte Achim das Gefühl, dass die

Geschichte irgendwann ein Ende haben würde, dass die Belästigung mit Anrufen und Faxen nach einiger Zeit aufhören würde, wenn der andere verstanden hätte, dass er doch nichts Nennenswertes gesehen hatte. Aber nun zog sich die Schlinge immer enger zusammen. Jetzt war es nur noch eine Frage der Zeit, bis Susanne mehr erfahren würde, denn offenbar hatte es dieser Benrath, oder wer auch immer dahintersteckte, darauf abgesehen, sein Leben zu ruinieren.

Der Abend verlief wenig angenehm. Susanne ließ sich zwar nicht anmerken, dass es den Anruf vom Nachmittag gegeben hatte, aber sie sprachen kaum miteinander. Sie ging ihm nicht aus dem Weg, antwortete, wenn er sie etwas fragte, aber von sich aus sagte sie nichts. Sie schrieb ein wenig in ihrem Tagebuch, in dem sie die kleinen Alltäglichkeiten notierte. Sicher würde sie das Telefonat nicht erwähnen, ebenso wenig ihren kleinen Disput darüber. Nicht dass Achim ihr Tagebuch kontrollierte, aber als es eines Tages einmal offen dalag, während seine Frau an der Haustür mit einem Lieferanten sprach, hatte er einen Blick hineingeworfen und wusste seitdem, dass das Tagebuch seiner Frau mehr eine liebe Angewohnheit der Schöngeisterei war, als dass es ihr darum ging, das Leben zu dokumentieren. Später las sie ein wenig, lehnte das angebotene Glas Wein ab und ging wie gewohnt gegen elf Uhr schlafen.

Alles war wie jeden Abend, nur sprach sie ihn nicht bewusst an. Es herrschte eine merkwürdige Atmosphäre, denn es gab nichts, was man ihr vorwerfen konnte, dass sie ihn schnitt oder ihm entsprechende Blicke zuwarf. Es war eigentlich wie immer zwischen ihnen, nur schien ihr Interesse an ihm gesunken. Sie ging nur diskret ihm und den von ihm heraufbeschworenen Problemen aus dem Weg.

Der letzte Abend lag wie ein Nebel über Achim, als er am Morgen das Haus verließ. Als hätte es keine Missstimmung zwischen ihnen gegeben, als wären sie einfach Freunde, war der Abend vorübergegangen. Kurz bevor seine Frau zu Bett ging, hatte er einen letzten Versuch unternommen, mit ihr zu sprechen, aber sie hatte ihn mit einer kleinen Geste zum Schweigen gebracht. Sie wollte nicht reden, wollte nicht mit Problemen behelligt werden, die er selbst verschuldet und nun mit Versprechungen ungeschehen machen wollte. Sie erwartete, dass er sein Wort hielt und seinen Beitrag zu ihrem Neuanfang leistete.

Als er am Morgen herunterkam und die Küche betrat, hatte sie das Haus schon verlassen. Sie musste, während er unter der Dusche stand, rasch gegangen sein, denn als er aufwachte, hörte er, dass sie schon in ihrem Bad war. So waren sie sich nicht begegnet.

Achim hatte einen Kaffee getrunken, und während noch das Wasser mit Zischen durch das Kaffeepulver und den Filter gepresst wurde, packte er seine Tasche für den heutigen Arbeitstag. Er hatte in seiner kleinen Musikbibliothek in zwei Büchern Artikel über die neueren Musicals gefunden, die ihm wahrscheinlich bei der Entwicklung des neuen Programmvorhabens hilfreich sein würden. Während er den Kaffee trank, überlegte er, was er unternehmen sollte, denn er wollte aktiv sein Leben in die Hand nehmen, um sich und Susanne zu beweisen, dass er es ernst meinte.

Als Erstes würde er die unglückseligen Souvenirs entsorgen, die ihm Benrath am Morgen im Hotel untergeschoben hatte. Er ging in sein Arbeitszimmer, leerte das unterste Fach seines Schreibtisches und packte das Streichholzheft, den Schlüssel mit der Nummer 25 und die Schnipsel vom Fax in seine Tasche. Obwohl er eigentlich weder etwas Entscheidendes getan noch erreicht hatte, fühlte er sich besser, so wie man sich besser fühlt, wenn man gute Vorsätze hat. Auch bei diesen reicht schon das Vorhaben, um ein Gefühl zu erzeugen, als sei damit schon ein Teil der Abmachung erfüllt.

Nachdem er noch einen Schluck Kaffee getrunken hatte, zog er sein Sakko an, das er über einen Stuhl gehängt hatte, nahm seine Tasche und verließ das Haus. Mit lockerem Klicken und dem Aufleuchten der Blinker öffnete sich das Auto, in welchem er die Tasche und sein Sakko in den Kofferraum legte, wobei er sich umsah, ob er auch nicht beobachtet wurde. Auch beim Verlassen des Grundstücks schaute er sich aufmerksam um, bevor er in die entgegengesetzte Richtung abbog, um stadtauswärts zu fahren, und rasch flog die Landschaft an ihm vorüber, seit er außerhalb der Ortschaft den Wagen beschleunigt hatte.

Wenig später fuhr Achims Wagen auf einer Landstraße abseits des großen Verkehrs und näherte sich einem kleinen Fluss, der sich durch die Landschaft schlängelte. Hier war er früher oft spazieren gegangen oder mit dem Rad gefahren, was er lange nicht mehr gemacht hatte. Auch das würde er wieder aufnehmen, wenn alles überstanden war. Er verlangsamte das Tempo und hielt schließlich kurz vor der Brücke an. Er stieg aus, lehnte sich an sein Auto, als wollte er sich mit einer kleinen Pause vor der Weiterfahrt erholen. Unauffällig schaute er sich dabei um, aber es war weit und breit niemand zu sehen. Er ging zum Kofferraum, holte das Streichholzheftchen, den Schlüssel und die Papierschnipsel aus seiner Tasche, steckte sie in die Hosentasche und ging zur Brücke. Er wartete noch einen Augenblick, dann ließ er wie zufällig einzelne Schnipsel herunterregnen, die wie kleine Blütenblätter ins Wasser fielen und sich spielerisch drehend fortgetragen wurden. Niemand würde diese Blättchen zu einem Ganzen zusammensetzen können. Auch das Streichholzheftchen flatterte in Stücke zerrissen in den Fluss, auch wenn die einzelnen Teile eher fielen als schwebten. Plötzlich hörte Achim ein nahendes Auto, stellte sogleich seine Entsorgung ein und wartete, ohne aufzusehen, als sei er ein Melancholiker, der im Betrachten des Flusses Kraft finden würde. Erst als der Wagen mit hoher Geschwindigkeit hinter ihm vorbeigerast war, sah er auf und ein ihm unbekanntes Auto in der Ferne verschwinden. Er nahm seine unterbrochene Tätigkeit wieder auf und holte den Schlüssel mit dem Anhänger aus seiner Hosentasche. Versonnen betrachtete er den nackten Frauenkörper, der in billigem Metall gegossen durchaus ins True Love gepasst hätte. Mit sattem Platschen verschwand der Schlüssel mit Anhänger in den Fluten, und selbst die Ringe, die sich auf dem Wasser augenblicklich ausbreiteten, wurden von der Strömung des Flusses verzerrt und lösten sich schließlich gänzlich auf. Es herrschte eine beinahe grenzenlose Stille, und als habe er einen wichtigen Schritt hinter sich gebracht, wandte sich Achim vom Fluss ab und schaute sich wie befreit um. Niemand war zu sehen, nur auf einem weit entfernten Feld rumpelte ein Traktor mit einem Pflug seine Bahnen, aber es war ausgeschlossen, dass der Fahrer auf diese Distanz etwas gesehen hatte. Erleichtert wandte sich Achim ab, stieg in seinen Wagen und fuhr weg.

Susanne war an diesem Morgen tatsächlich früher aufgestanden, hatte sich angezogen und ausnahmsweise Achims Dusche benutzt, um dann unbemerkt das Haus zu verlassen. Sie konnte es nicht erklären, aber sie wollte ihn an diesem Morgen nicht sprechen. Vor allem wollte sie ihm nicht erzählen, dass sie einen Arzttermin hatte. Es war ein reiner Routinetermin, wie er in der Schwangerschaft regelmäßig vorkam, vor allem wenn die werdende Mutter über 35 Jahre alt war. Als sie das erste Mal hörte, dass sie zu den Spätgebärenden gehörte, fand sie das eher kleinlich und wollte es als Lappalie abtun, aber dann hatte sie ein vertrauensvolles Gespräch mit ihrer Gynäkologin und nahm den Status »spätgebärend« sehr ernst. Deshalb machte sie viel Sport, ernährte sich gesund, verzichtete weitgehend auf Alkohol und kontrollierte ihr Gewicht. Sie hatte Achim nicht genau in ihr Programm eingeweiht, weil sie sich ihm gegenüber zunächst ein wenig geschämt hatte, als würde der Begriff spätgebärend sie zu einer alten Frau machen. Denn so fühlte sie sich beileibe nicht und wollte auch nicht als solche angesehen werden. Aber Susanne war klug genug, um einzusehen, dass sie mit ihren fast 38 Jahren natürlich nicht mehr zu den jüngsten werdenden Müttern gehörte. Das fiel ihr vor allem immer bei den Arztbesuchen auf, denn alle Frauen, denen sie dort begegnete, waren erheblich jünger; sie konnten teilweise ihre eigenen Töchter sein. Sie konnte sich zwar nicht vorstellen, jetzt schon eine erwachsene Tochter zu haben, aber möglich wäre es. Sie selber hatte eine eher junge Mutter gehabt, aber durch deren frühen Tod hatte sie nicht erlebt, wie sich ein Mutter-Tochter-Verhältnis entwickelt, wenn die schwindende Jugendlichkeit der einen mit der entstehenden Fraulichkeit der anderen konkurriert. Das würde sie nun auch nicht erleben, denn wenn ihr Kind einmal beginnen würde, auf eigenen Füßen zu stehen, waren sie und Achim längst ein Rentnerpaar, das den Ruhestand genießen würde. Wenn sie dann noch ein Paar wären, fuhr es ihr durch den Sinn, denn sicher war sie sich dessen in den letzten Tagen nicht mehr.

Achim hatte sich verändert. Er war nervös und gereizt, aber sie konnte sich nur schemenhaft die Ursache vorstellen. Sie vermutete, dass er eine Geliebte hatte, aber sie war davon ausgegangen, dass das vorbei war. War das der Grund für seine wechselhaften Launen? Sie hatte ihm keine Vorhaltungen gemacht, das war nicht ihre Art, und sie hasste es auch, solche für beide Seiten entblößenden Gespräche zu führen. Wie sollte man Achtung voreinander haben, wenn man sich dem anderen mit seinen wahren Gefühlen und intimsten Geheimnissen preisgab? Sie wusste, dass dies eine überholte, altertümliche Ansicht war, aber sie war so erzogen und hatte diese Art immer beibehalten. Sie wusste von anderen, dass es Paartherapien gab, das Mediatoren in Streitfällen vermittelten, aber sie würde sich niemals einer solch entwürdigenden Situation aussetzen. Selbst wenn sie und Achim sich trennen würden, würde sie diskret von einer Anwältin alles regeln lassen, und sie wäre eher großzügig oder würde verzichten, bevor sie sich einem hässlichen Streit unterziehen würde.

Sie lebte jetzt ein wenig ihr eigenes Leben, auch wenn sie es gern mehr mit Achim geteilt hätte, aber lieber machte sie die jetzt notwendigen Schritte alleine, als dass sie diese mit der Ungewissheit belasten würde, die Achim in den letzten Gesprächen heraufbeschworen hatte. So hatte sie auch den Morgen mit dem gewohnten Besuch in ihrem Garten begonnen, schaute nach den Kübelpflanzen, von denen die ersten Frostempfindlichen bald in den später leicht beheizten Wintergarten gebracht werden mussten, und genoss ein wenig die spürbar kühle Morgentemperatur des Herbstes, der sich in den vielfarbigen Blättern der Bäume und Sträucher seit fast zwei Wochen ankündigte. Gern hätte sie diese Augenblicke mit ihrem Mann geteilt, aber es schien, als hätte der zurzeit anderes im Kopf, von dem sie nicht genau wissen wollte, was es war. Sie hatte ihr Reich, das war ihr sicher, und das würde ihr bleiben, was immer auch geschehen würde.

Susanne gehörte zu den Menschen, die sich nicht in Träumen verausgaben. Lieber etwas weniger Hoffnung als ständige Enttäuschungen; und so wünschte sie sich zwar, dass ihr und Achim der Neubeginn ihrer Ehe gelingen würde, aber sie war klug genug, sich selber nicht zu sehr daran zu klammern. Sie würde sich auch alleine einrichten, würde wie viele andere als alleinerziehende Mutter leben können, und das lieber, als an der Seite eines Mannes, bei dem man nie wusste, was die nächste Zeit bringen würde. Treue und Verlässlichkeit waren für sie Tugenden, die nicht infrage gestellt wurden. Es waren vielmehr Regeln, die für sie, für ihre Zufriedenheit unabdingbar waren, und wenn Achim diese Regeln nicht befolgen konnte, dann würde sie dies nicht folgenlos hinnehmen. Dann lieber auf sich allein gestellt. Und so war auch der bevorstehende Arztbesuch eine Sache zwischen ihr und dem Kind, für das sie sich noch entscheiden musste, ob es Mutter und Vater haben würde.

Es war schon kurz nach neun, als Achim die Redaktion erreichte. Er holte sich einen Kaffee und zog sich, ohne lange mit der Kollegin im Sekretariat zu plaudern, in sein Büro zurück. Er hatte den Text über die Don-Giovanni-Aufführung längst beendet und arbeitete bereits am Programmkonzept, das er Hartung in den nächsten Tagen vorlegen wollte, als das Telefon klingelte. Er schaute kurz auf und erkannte die Nummer.

»Ja?«

Das war nicht gerade freundlich, aber er fühlte sich in seinen Gedanken gestört. Er hatte zuvor gebeten, ihn die nächsten Stunden ungestört arbeiten zu lassen.

»Hartung fragt nach dem Don Giovanni, ob der schon fertig sei.«

»Natürlich ist er fertig, schließlich habe ich heute Nachmittag Aufnahme.«

»Können Sie mir den Text mailen, dann kann ich ihm den reingeben.«

Das war eine Frechheit. Hartung, der von Musik nicht gerade allzu viel Ahnung hatte und aus sehr durchschaubaren Gründen Leiter der Abteilung geworden war, wollte ihn kontrollieren, wollte womöglich in seinem Text herumredigieren, nur um das bisschen Macht auszuspielen, auf das er so stolz war.

»Was bleibt mir übrig.«

»Er ist wie er ist«, sagte die Stimme am anderen Ende.

»Sie sprechen ein weises Wort gelassen aus«, erwiderte Achim und legte auf.

Er fügte den Text an eine leere Mail, schickte ihn ab, und gerade als ein heller Klingelton den erfolgreichen Versand meldete, klingelte das Telefon erneut. Im Display leuchtete eine Handynummer auf.

»Kröger.«

»Sie sind im Hause, das ist erfreulich«, hörte er eine Stimme und wusste sofort, dass es Benrath war. »Wie geht es Ihnen?«

»Was wollen Sie?«, fragte Achim zurück und notierte währenddessen vom Display die Telefonnummer des Anrufers.

»Haben Sie sich mein Angebot überlegt?«

»Was für ein Angebot?«

»Das Sie mir Ihr Schweigen mit einer kleinen Unterstützung versichern.«

»Was soll das?«

»Ich hatte Auslagen. Was meinen Sie?«

Es klang freundlich, als würde ein guter Bekannter einen Gefallen erbitten, den man aus nicht nachzuvollziehenden Gründen abgelehnt hatte.

»Ich meine gar nichts, und rufen Sie mich nicht mehr hier an«, sagte Achim verärgert und legte den Hörer auf die Gabel.

Auf dieses Spiel würde er sich nicht einlassen, das würde er nicht mit sich machen lassen. Er versuchte, sich wieder auf seine Arbeit zu konzentrieren, als Minuten später ein Fenster auf seinem Computer den Eingang einer Mail ankündigte, die Achim gleich öffnete.

»Wie hat Ihrer Frau eigentlich Hamburg gefallen, oder soll sie mir das persönlich sagen?«, war auf dem Bildschirm zu lesen. Und darunter stand: »Legen Sie nie wieder auf!«

Er hatte es kaum gelesen und sich noch keine Gedanken darüber gemacht, als erneut das Telefon klingelte. Es war dieselbe Handynummer wie beim letzten Anruf.

Achim überlegte einen Moment, ob er nicht tun sollte, als sei er zufällig nicht im Büro, aber wenn er es zu lange läuten ließ, würde eine Kollegin im Sekretariat drangehen, und es war nicht abzusehen, was daraus werden würde. Er nahm den Hörer ab.

»Ich dachte schon, Sie wollten sich verleugnen lassen.«

»Warum sollte ich?«

»Haben Sie es sich überlegt? Sagen wir fünftausend?«

»Sie sind doch verrückt.«

»Mit solchen Äußerungen sollte man vorsichtig sein«, sagte Benrath leicht tadelnd. »Was halten Sie von zehntausend? Die erste Zahl war wirklich verrückt niedrig. Das meinten Sie doch?«

»Ich werde nicht zahlen«, sagte Achim entschieden. »Warum auch? Ich habe mir nichts vorzuwerfen. Sie dagegen ... Was ist denn eigentlich mit dem Mann passiert? Den haben Sie doch auf dem Gewissen.«

»Sie mischen sich schon wieder in fremde Angelegenheiten. Denken Sie daran, man steckt schneller selber drin, als man denkt.«

»Ich habe mir nichts vorzuwerfen.«

»Sicher würde man Sie nicht wegen eines Verbrechens verurteilen, und sicher würde Sie auch ein guter Anwalt aus der Geschichte heraushauen. Aber bis dahin ... Denken Sie an Ihre Frau, Ihre Arbeit, das wäre doch sicher alles sehr unangenehm für Sie.«

»Sie können mir nicht drohen.«

»Drohen! Ich hätte gern zehntausend Euro. Das ist alles. Dann sind Sie mich los.«

»Und wenn ich mich weigere?«

»Ich kann auch Ihre kleine Freundin anrufen. Vielleicht will die ja auch Ihre Frau kennenlernen, nachdem sie schon den Ehemann so gut kennt.«

Achim zuckte zusammen.

»Woher wissen Sie ...?«, entfuhr es ihm.

»Überdenken Sie es in Ruhe. Die Polizei sucht noch immer den Mann zu den Fingerabdrücken an dem Mercedes. Das reicht sicher für einige Tage Untersuchungshaft ... Ich melde mich wieder.«

»Und hören Sie auf, überall Nachrichten und Faxe zu hinterlassen.«

»Verstehe, Sie wollen, dass wir unseren Kontakt vertraulich halten.«

»Sie müssten doch viel mehr an Diskretion interessiert sein. Sie ...«

»Überheben Sie sich nicht. Sie hören von mir.«

Ein leises Knacken in der Leitung, das Gespräch war beendet.

Achim ließ sich in seinem Stuhl zurücksinken. Jetzt war zumindest klar, was dieser andere wollte. Es ging um Geld, Zehntausend Euro wollte er, damit Achim schwieg. Es war doch paradox, denn eigentlich müsste Achim sich sein Schweigen doch von Benrath bezahlen lassen. Der stand schließlich unter Druck und hatte etwas zu verbergen. Aber Benrath hatte den Spieß umgedreht und wollte Geld von ihm. Natürlich konnte Achim sich einfach weigern, indem er sich zukünftig verleugnen ließ. Er konnte auch zur Polizei gehen und Anzeige erstatten, schließlich hatte er jetzt Benraths Telefonnummer. Aber was würde daraus werden? Wenn er wirklich seine Geschichte erzählte, würde man ihm glauben? Er hatte nichts in der Hand. Selbst die spärlichen Beweise hatte er vernichtet, er hatte nichts außer Benraths Handynummer. Und was bewies die? Dass er angerufen hatte, wie viele andere Hörer auch. Er hätte das Gespräch mitschneiden sollen. Aber sicher verfügte sein Telefonanschluss nicht über diese Möglichkeit, und ein Handy, mit dem er hätte die Sprache aufzeichnen können, besaß er ebenfalls nicht.

Er musste diesen Benrath loswerden. Denn wenn er nicht zahlte, würde Benrath ihm immer im Nacken sitzen und sein Privatleben ruinieren. Aber wenn er zahlte, war das wie ein Schuldeingeständnis. Und wer garantierte ihm, dass Benrath nicht bald darauf mit neuen Forderungen kommen würde. Er war der Situation vor allem deshalb ausgeliefert, weil er immer nur reagieren konnte. Immer war Benrath ihm einen Schritt voraus. Benrath wusste fast immer, wo er sich aufhielt, aber er umgekehrt nicht. War es Zufall, dass Benrath ihn immer dort erreichte, wo er war? Verfolgte Benrath ihn geschickt und kannte deshalb immer seinen Aufenthaltsort? Aber irgendwann könnten Kollegen oder Susanne wieder einen Anruf von Benrath entgegennehmen; und konnte er sich darauf verlassen, dass Benrath ihn nicht verriet? Er musste sich ein Handy besorgen. Denn er hatte jetzt eine erste Spur. Er hatte Benraths Nummer. Das nächste Mal würde er ihn anrufen.

Er musste die Situation umkehren, musste Benrath sehen. Vielleicht sollte er doch bezahlen, oder wenigstens so tun, als ob. Das wäre eine Gelegenheit, Benrath zu treffen, zu erfahren, mit wem er es zu tun hatte, und nur das wäre eine Chance, den Mann loszuwerden.

Er war noch nicht viel weiter mit seinen Gedanken, als das Telefon erneut läutete. Missmutig nahm er ab, als er die Nummer von Hartungs Vorzimmer erkannte. Er wurde zum Chef zitiert.

Hartung thronte hinter seinem Schreibtisch, als seine Sekretärin Achim die Tür öffnete.

»Herr Kröger wäre jetzt da.«

»Kommen Sie«, sagte Hartung und wies mit einladender Geste auf den Stuhl vor seinem Schreibtisch. »Haben Sie Herrn Kröger schon … ah, es liegt noch hier«, korrigierte sich Hartung und entließ seine Sekretärin, die diskret die Tür hinter sich schloss.

»Hier, schauen Sie einmal«, begann Hartung und reichte

Kröger einen Ausdruck seines Artikels. Auf den ersten Blick erkannte er, dass Kröger einige Passagen geändert hatte.

»Was hatten Sie an dem Text auszusetzen?«

Achim war aufgebracht, was aber nicht nur durch Hartungs Eigenmächtigkeit begründet war. Es waren der Anruf zuvor, die Sorge um sein Privatleben, seine Ehe, die zu zerbrechen drohte, und jetzt auch noch das. Es waren die vielen kleineren und größeren Missgeschicke und Ärgernisse, die ihn jetzt so schnell in Rage versetzten.

»Im Grunde ist es nur eine Lappalie. Sie sollten das nicht so überbewerten.«

»Ach ja?«, gab Achim gereizt zurück. »Wie soll ich es denn sonst bewerten? Als Ausdruck der Wertschätzung?«

»Sicher nicht«, erwiderte Hartung. »Wissen Sie, Herr Kröger, eigentlich ist es nicht meine Art, mich in die Beiträge der Kollegen einzumischen. Freie Meinungsbildung und erst recht freie Meinungsäußerung ist die Devise. Aber ich gebe zu, dass mich Ihr Beitrag über den Don Giovanni in Hamburg doch eher verärgert hat.«

»War er dieses Mal zu unkritisch oder gerade zu kritisch?«

»Lassen Sie uns nicht streiten. Ich denke, unsere Zuhörer haben das Recht auf eine fundierte Analyse und nicht bloß auf einen Beitrag, der im Wesentlichen aus zusammengeschriebenen Kritiken besteht, die in jeder Zeitung nachzulesen sind.«

»Was wollen Sie damit sagen?«

»Ich will damit gar nichts sagen. Die Arbeit war unter ihrem Wert. Das ist alles.«

»Das kann doch mal passieren.«

»Sicher. Aber es sollte die Ausnahme bleiben. Einverstanden?«

Hartung schaute Achim an.

»Mensch, Kröger«, sagte Hartung jovial, stand auf und kam um den Schreibtisch herum. »Sie wissen, wie sehr ich Sie und Ihre Arbeit schätze. Also, wenn Sie ein Problem haben und ich irgendwie helfen kann . . . «

»Danke. Es ist alles in Ordnung.«

Als er später wieder in seinem Büro stand, zerknüllte er das Blatt und warf es wütend in den Papierkorb. So ließ er sich nicht behandeln, so nicht, und von Hartung schon gar nicht. Aber er wusste auch, dass er am Ende kneifen würde. Wie immer.

Wenig später wurde Achim im Musikraum erwartet. Es waren neue Aufnahmen angekommen, und wie immer fanden sich ein paar Kollegen in einem der Musikzimmer ein, um die Aufnahmen anzuhören. Im Prinzip war dies kein Pflichttermin, aber wenn nichts Dringendes anlag, gehörte es zum guten Ton, dabei zu sein.

Im Musikzimmer saß bereits Paul Wegener mit einem Päckchen CDs auf dem Schoß und schaute sie durch, um eine erste Reihenfolge vorzulegen. Als Achim kam, hielt er ihm zwei hin, damit Achim eine spontane Auswahl traf. Achim entschied sich, ohne genau auf die Titel zu achten, was Wegener aber nicht zu stören schien, denn er schob die andere CD in die Anlage und lehnte sich in seinem Sessel zurück.

»Erst diese«, sagte er nur.

Sekunden später klangen die ersten Gitarrentöne durch den Raum, mit denen das Concerto begann. Spanien also, dachte sich Achim, denn er erkannte sofort die Musik von Joaquin Rodrigo wieder, die offenbar neu aufgenommen war.

Achim lauschte ein wenig unkonzentriert dem inzwischen zum Klassiker gewordenen Konzert, das aus den Lautsprechern erscholl. Neben ihm saß Paul Wegener in entspannter Haltung, hatte die Augen geschlossen und war offenbar in der Musik versunken, und man konnte meinen, er schliefe. Achim rutschte anfangs auf seinem Stuhl hin und her, und er überlegte mehrmals, ob er nicht einfach gehen sollte.

Nach etwas mehr als einer halben Stunde verklang die Musik des Stücks.

»Habe ich dir zu viel versprochen? Eine neue Einspielung allererster Qualität.«

Paul erhob sich und griff wieder nach dem kleinen Stapel.

»Und auch das hier ist eine Klasse für sich. Erscheint im Herbst. Ich habe das Band über gute Kontakte vorab bekommen.«

Paul sah Achim an.

»Kein Interesse?«

»Sei mir nicht böse, aber ich hab noch ein paar Sachen zu erledigen. Und ich erwarte noch einen Anruf.«

»Das ist doch gerade das Schöne an diesem Job. Musik hören, für niemanden erreichbar sein, und dennoch ein Gehalt beziehen. Aber wenn du nicht willst.«

Achim stand auf.

»Ein anderes Mal.«

»Dir fehlt die nötige Ruhe. Hält diese Kleine aus Hamburg dich so auf Trab? Die unbeschreibliche Cindy?«

»Ich hatte dir doch erklärt, dass ...«, brauste Achim auf.

»Hey, das sollte ein kleiner Spaß sein. Ich nehme es zurück, okay?«

Achim verließ wortlos den Raum und ging in sein Büro. Auch hier waren mit der Hauspost ein paar Umschläge auf seinem Schreibtisch gelandet, die unschwer als CD-Lieferungen zu erkennen waren. Er holte die CDs aus den Umschlägen, warf wenig interessiert einen Blick darauf und steckte sie in seine Tasche. Vielleicht würde sich am Abend eine Gelegenheit geben hineinzuhören, und wenn nicht, war es auch egal.

Aber vielleicht wäre es heute sogar günstig. Mit seinen Kompositionsversuchen, seiner eigenen Musik, hatte er sich in den letzten Tagen kaum mehr befasst, auch wenn er wusste, dass er Susanne damit eine Freude machen würde. Aber er war zu angespannt, zu unkonzentriert, als dass die Chance bestand, etwas Sinnvolles in Noten zu Papier zu bringen. Und sinnloses Dilettieren wollte er nicht vorführen. Er wäre sich dabei wie ein Schauspieler vorgekommen, der einen schlechten Text sprechen muss und dabei spürt, dass auch sein Publikum diese Verlogenheit durchschaut. Dann lieber Musik hören.

Zudem wusste er auch nicht, was seine Frau am Abend vorhatte. Er hatte sie am Morgen nicht gesehen, hatte aber auch nicht versucht, sie tagsüber zu erreichen. Was hätte er ihr am Telefon sagen sollen, welches Gesprächsthema hätte sich angeboten nach ihrer Unterhaltung am Abend zuvor? Da war es besser, auf den Abend zu warten, wenn sie sich zu Hause treffen würden. Aber bis dahin waren es noch ein paar Stunden. Er würde die Mittagspause nutzen, um eine wichtige Erledigung zu machen. Dann würde er noch einmal in den Sender zurückkehren, und dann … Man würde sehen, was der Abend brachte.

Schon von Weitem sah er die leuchtende, marktschreierisch überladene Neonwerbung des Handyladens, der in seiner Auslage warb, als würde er Geld verschenken. Alle Sonderangebote waren in großen Zahlen mit den Summen versehen, die man sparen konnte, und nur im Kleingedruckten würde der versierte Kunde lesen, was ihn das Vergnügen, überall zu telefonieren, kosten würde. Im Laden lagen in Vitrinen die Schaustücke, als seien es kostbare Preziosen, am Morgen frisch poliert und inzwischen mit den patschenden Fingerabdrücken einer namenlosen Interessentenschar belegt. Neben einigen Kunden, die sich der schweren Entscheidung zwischen einem der vielen Modelle gegenübersahen, standen ein paar gestylte Verkäufer, die sich in aufgetakelter Garderobe langweilten, als sei dieser Beruf unter ihrer Würde. Entsprechend behandelten sie auch die Kundschaft, die die Mittagszeit zum Kauf oder zur Beratung nutzte, mit der herablassenden Arroganz der Wissenden, die die Handymarken und ihre Vorzüge und Nachteile auseinanderhalten konnten, und die problemlos die verschiedenen Bedienungsmöglichkeiten der Modellpalette beherrschten.

Einen kurzen Augenblick stand Achim vor dem Laden, ging dann aber entschlossenen Schrittes hinein.

»Sie haben keinen Vertrag?!«, sagte der Verkäufer, der mit frisch gegelter Haarpracht vor ihm stand, als sei Achim ein Schüler, der wieder einmal seine Hausaufgaben nicht gemacht hatte.

»Bin ich der Erste ohne?«

»Seit Jahren«, sagte der junge Mann nun mit einem Bedauern, als gäbe es kaum eine Rettung aus diesem Dilemma.

»Welches hätten Sie denn gern? Mit zwei, zwei Komma fünf oder drei Millionen Pixel, Internetfähig, mit Video oder mit iPod?«

Achim schaute den Mann etwas ratlos an und erntete den mitleidigen Blick des Verkäufers, der es mit einem Anfänger zu tun hatte.

»Wollen Sie eins kaufen oder eins mit Vertrag?«, war die nächste Frage, mit der der Mann aufwartete.

»Welches empfehlen Sie?«

»Dieses hier, 198 Euro mit Vertrag, ist der Marktspitzenreiter.«

Im Blick des Verkäufers lag ein Bedauern, als würde Achim spätestens nachdem diese Summe im Raum stand von seinem Vorhaben zurücktreten.

»Und welche gibt es noch?«

Achim nutzte das Gespräch über die Modelle, sich auch über die Sicherheit der Geräte zu informieren.

»Und gibt es die Möglichkeit, eine Telefonnummer zum Ort des Telefonats zurückzuverfolgen?«

»Klar, über den Netzanbieter. Bei dem werden alle Gespräche aufgezeichnet. Wegen der Rechnung. Aber natürlich nicht, von wo gesprochen wurde, sondern nur, von welchem Gerät.«

»Dann kann also jeder völlig ungeschützt mit einem Handy telefonieren, ohne dass man den Anrufer ausfindig machen kann.«

»Wenn es ein Extremfall ist, hilft die Polizei. Die können den Teilnehmer über die Nummer ausfindig machen und im Ausnahmefall auch orten.«

»Und wie geht das?«

Achim überhörte das leise Seufzen des Verkäufers, aber mit der Aussicht, für mehrere hundert Euro ein Handy mit Vertrag zu verkaufen, ließ sich der Verkäufer zu einer Erklärung herab.

»Jedes Handy sendet ununterbrochen Signale aus, damit der Satellit weiß, wo es sich befindet. Denn nur dann kann der einen ankommenden Anruf an das Gerät weiterleiten. Das heißt, dass der Satellit immer signalisiert bekommt, über welchen Sendemast dieses Handy gerade erreichbar ist. Und über den Sendemast weiß man dann auch, in welchem Einzugsgebiet sich das Gerät befindet. Ob und wie lange diese Daten gespeichert werden, das wird Ihnen nicht einmal die Polizei sagen, wenn die es überhaupt wissen. Das ist eher was für Geheimdienste und so.«

Der Verkäufer hatte sich mit seiner langen Rede fast verausgabt, auf jeden Fall schien seine Geduld abzunehmen.

»Wollen Sie nun das oder ein anderes?«

»Gibt es auch Handys, mit denen man Gespräche aufzeichnen kann?«

»Dann müssen Sie dieses hier nehmen, das gibt es mit einer entsprechenden Software«, sagte er und sah dabei Achim an. »Sie müssen aber dem Anrufer sagen, wenn Sie das Gespräch mitschneiden.«

»Ja, versteht sich von selbst«, sagte Achim ein wenig zu rasch.

»Sie müssen einfach während des Gesprächs auf Record gehen, und dann klappt es.«

»Gut, dann nehme ich es.«

»Ich hoffe aber nicht, dass man Sie eines Tages orten wird.«

»Was meinen Sie damit?«

»Ich habe noch keinen Kunden erlebt, der es so genau wissen wollte.«

»Wer nicht fragt, bleibt dumm«, sagte Achim lapidar.

»Sicher, kommen Sie dann bitte mit zur Kasse.«

Achim war sich sicher, dass der Verkäufer heute seinen Freunden etwas zu erzählen hatte. Wenn Achim ein südlicheres Aussehen gehabt hätte oder gar einen fremden Akzent, es wäre durchaus möglich gewesen, dass der Verkäufer ihn für einen verkappten Extremisten mit düstersten Plänen gehalten hätte.

Kurz darauf verließ Achim mit einer kleinen Tüte das Geschäft. Nun hatte er ein Handy, das über eine Sprachaufnahmefunktion verfügte. So würde er Beweise sammeln, mit denen er etwas gegen Benrath in der Hand haben würde.

Die breite Einkaufsstraße war auf beiden Seiten mit Bäumen gesäumt. Auf der einen Seite stand eine Häuserreihe, in der sich verschiedene Geschäfte befanden. Auf der anderen Straßenseite war der weitläufige Stadtpark, an dessen Rand ein kleiner Parkplatz für etwa zwanzig Autos war. Achim saß in seinem Wagen und packte sein Handy aus. Es war klein, handlich und hatte ein glänzendes Display. Er legte den winzigen Chip ein, dann den Akku, und nach wenigen Handgriffen leuchtete das Display auf. Nun suchte er den Zettel mit der Nummer, die er sich bei Benraths letztem Anruf notiert hatte, und wählte.

»Ja?«, sagte eine Stimme, die sicher Benraths war.

»Kröger.«

»Sie haben ein Handy? Das ist praktisch. Dann brauche ich Sie ja nicht mehr zu Hause oder am Arbeitsplatz zu stören.«

Achim ärgerte sich, dass er vergessen hatte, die Sprachaufnahmefunktion des neuen Handys zu aktivieren. Dies wäre ein erstes Gespräch gewesen, das er hätte aufzeichnen können. Natürlich konnte er damit nicht gleich zur Polizei gehen und seine Probleme lösen, aber es wäre ein erstes Indiz gewesen, mit dem er Benrath einmal in der Hand haben könnte.

»Gut, dass Sie anrufen. Ich habe eine Bitte.«

»Was wollen Sie?«

»Ich dachte, Sie wollten mit mir über das kleine Päckchen sprechen, das Sie für mich schnüren wollen.«

»Ich habe doch gar nicht gesagt, dass ich auf Ihre Erpressung eingehe.«

»Das brauchen Sie auch nicht. Ich erwarte Ihre kleine Zuwendung am kommenden Freitag. Einfach zwanzig kleine oder besser große lilafarbene Scheine. Die passen in einen einfachen Briefumschlag. Sie sehen, ich mache es Ihnen so einfach wie möglich.«

»Und wie kommen Sie dann zu diesem Umschlag?«

»Sie hinterlegen ihn für mich. Was halten Sie davon? Einfach in einer Zeitung auf einer Parkbank. Sie lesen ein wenig darin und lassen sie dann einfach liegen.«

»Einfach auf irgendeiner Parkbank. Wirklich eine tolle Idee.«

»Nicht auf irgendeiner. Was halten Sie von einer grünen Holzbank?«

»Sie spinnen doch.«

»Ich meine die grüne Holzbank links von Ihnen.«

Achim erschrak, sah sich hektisch um und sah neben sich auf dem Gehsteig tatsächlich eine grüne Holzbank, die in der Einkaufsstraße zwischen zwei Blumenbeeten stand. Er sah sich rasch um, doch er konnte nichts Auffälliges entdecken. Aber irgendwo musste Benrath sein, schließlich konnte er ihn sehen. Er musste in der Nähe sein.

»Freitag, kurz nach fünf. Und enttäuschen Sie mich nicht«, klang es aus dem Handy. Dann war das Gespräch beendet.

Achim schaute sich um, sah die Passanten, die ihren Besorgungen nachgingen, sah Autos die Straße entlangfahren. Irgendwo musste Benrath sein, aber es war unsinnig, ihn jetzt zu suchen. Es konnte jeder in einem der Autos sein, die an ihm vorbeifuhren, ebenso wie einer der Passanten, die sich gerade entfernten. Es konnte der Mann sein, der gerade im Abgang zur Tiefgarage verschwand, ebenso wie der Schatten hinter der Gardine eines Kaufhauses, der sich hinter dem Fenster in der ersten Etage bewegte. Hinter jedem Fenster der umliegenden Häuser konnte er stehen. Er musste ihn den ganzen Tag beobachtet haben.

Achim ließ das Handy in den Schoß sinken. Aber im gleichen Moment raffte er sich wieder auf und wählte eine andere Nummer.

»Amberg.«

»Ich bin's, Achim.«

»Ich bin froh, dass du dich meldest. Ich habe mir schon Sorgen gemacht.«

Sylvias Stimme klang wirklich erleichtert.

»Das brauchst du nicht. ... Wie geht es dir?«

»Wie schon. Ich höre nichts mehr von dir.«

»Ich weiß, Sylvia ... Es tut mir leid, und ich weiß, wie blöd das jetzt ist, aber wir sollten uns eine Weile nicht sehen. Ich denke, es ist das Beste.«

Achim hörte keinen Laut vom anderen Ende.

»Sylvia, bist du noch da?«

»Sicher. Es ist also aus.«

Ihr Stimme klang gefasst, aber er spürte, dass sie um diese Fassung kämpfte.

»Das hab ich so nicht gesagt«, entfuhr es ihm spontan, weil ihn der Mut verließ. Sie tat ihm leid. Er sah sie alleine in ihrer Wohnung stehen, umgeben von der kühlen, designten Atmosphäre oder in der hektischen Umgebung in der Agentur. Sicher würde sie nicht an dieser Trennung zerbrechen, denn es hatte Männer vor ihm gegeben und würde Männer nach ihm geben. Aber vielleicht bedeutete er ihr doch mehr als nur eine gelegentliche gemeinsame Nacht. Es konnte doch sein, dass für sie aus der anfänglichen, eher erotischen Beziehung inzwischen mehr geworden war. Aber das durfte jetzt alles keine Rolle spielen. Jetzt war der Anfang gemacht, und nun musste er es zu Ende bringen. Es musste Schluss sein.

»Versteh das doch. Wir sind da in etwas reingeraten. Ich weiß auch nicht weiter. Ich weiß nur, es ist besser so.«

»Verstehe. Das ist dann die einfachste Lösung.«

»Aber nein. Meinst du, mir fällt es leicht? Es ist doch auch besser für dich. Du hast doch nichts gesehen, und wenn wir uns trennen, was kann der dann noch von dir wollen?«

»Du traust dich noch nicht einmal, es mir ins Gesicht zu sagen.«

Jetzt war ihr Ton verletzend, aber er spürte ihre Angst vor dem Verlassenwerden.

»Was soll ich machen? Ich kann jetzt nicht weg. Ich habe Ärger im Sender, meine Frau … und dann dieser Benrath, der ständig anruft und mir Faxe schickt. Überallhin. Ich weiß nicht mehr weiter.«

»Aber ich könnte dir helfen«, versuchte sie es wieder.

»Das kannst du eben nicht. Es tut mir leid, aber du machst es eben noch komplizierter. Entschuldige, aber …«

»Leb wohl, sagt man dann wohl.«

Achim ließ den Hörer sinken, schloss die Augen und atmete tief durch. Einige Sekunden später schaute er erschrocken auf, blickte um sich, aber alles war unverdächtig.

Achim startete den Wagen und fuhr mit dem beklemmenden Gefühl los, dass er beobachtet wurde. Benrath musste irgendwo da draußen sein. Er schaute in den Rückspiegel, ob ihm eine silbergraue Limousine folgte, aber es war kein Wagen dieser Bauart und Farbe zu sehen. Aber was bedeutete das schon? Benrath konnte längst den Wagen gewechselt haben, konnte einen Komplizen auf ihn angesetzt haben, alles war möglich. Klar war nur, dass er ihn eben gesehen haben musste. Benrath hatte die grüne Bank erwähnt, musste ihn also gesehen haben, denn das konnte er weder über einen anderen erfahren noch zufällig einfach behauptet haben. Benrath war in der Stadt und damit auch nahe an Susanne und ihrem Zuhause, wenn er das überhaupt noch so nennen durfte.

Es war kurz vor Schließung der Bank, als Achim den Schalterraum betrat. Er hatte lange mit sich gerungen, was er machen sollte, und hatte sich auch noch nicht endgültig entschieden. Aber er wollte vorbereitet sein. Sollte Benrath ihn bedrängen, wollte er handeln können. Dann ging er zu einem der freien Stehpulte und nahm ein Auszahlungsformular. Er trug seine Kontonummer und die Bankleitzahl ein und schrieb in das Feld, das für den Auszahlungsbetrag vorgesehen war, € 10 000. Er zögerte einen Moment, schob das kleine Formular zwischen seinen Fingern hin und her, als gälte es, dessen Gewicht zu wiegen, dann fasste er einen Entschluss, zerriss das Formular und begann rasch erneut. Dieses Mal setzte er in das Auszahlungsfeld den Betrag € 1 200.

Achim steckte das zerrissene Formular ein und ging zum Schalter, wo er das zweite Formular dem Bankangestellten über den Tresen schob. Der Kassierer nahm das Formular, stempelte es ab und kennzeichnete es mit seinem Kürzel.

»Tausendzweihundert Euro, Herr Kröger. In Hundertern oder verschiedene Größen?«

»Zwei Fünfhunderter und zwei Hunderter bitte.«

Der Kassierer stutzte einen winzigen Moment, weil die großen Scheine eher selten gewünscht wurden, dann nahm er aus einem oberen Fach zwei Fünfhunderteuroscheine und aus dem Fach mit den anderen Scheinen die zwei Hunderter.

»Fünfhundert, eintausend, und ein-, zweihundert.«

Achim steckte die Scheine ein, nickte dem Bankbeamten zu und verließ die Schalterhalle. Er konnte sich auch nicht erklären, weshalb er sich kurzfristig anders entschieden hatte. Ursprünglich wollte er die zehntausend Euro abheben, um im Notfall Benraths Forderungen nachkommen zu können. Er war sich sicher, dass er das Geld bekommen hätte. Natürlich hatte er nicht so viel Bargeld auf seinem Konto, aber das Guthaben und der genehmigte Dispositionsrahmen, den er vor allem Susannes Bankguthaben zu verdanken hatte, hätten die Auszahlung zugelassen.

Aber er wollte Benrath ja gar nicht bezahlen. Das erpresste Geld wollte er nur übergeben, um eine Spur zu Benrath zu bekommen. Nur über das Geld würde er ihn zu sehen bekommen und könnte dann etwas gegen ihn unternehmen. Aber dafür brauchte er doch nicht die ganze Summe. Dafür reichten doch zwei Scheine, mit denen er oben und unten das Päckchen abschließen würde, das dazwischen nur aus wertlosem Papier bestand.

Susanne verließ gerade das Haus, als sie Achims Wagen die Einfahrt hineinkommen sah. Sie trug eine Jeans, einen hellen Pullover und eine leichte Jacke. Über der Schulter hing ihre Sporttasche, denn sie würde sich wie jeden Donnerstag mit Doris im Fitnesscenter treffen, in dem sie seit mehr als fünf Jahren Mitglied war. Früher war sie auch durch den großen Stadtpark gejoggt, war oft mit dem Rad im angrenzenden Wald unterwegs gewesen, aber seit im weitläufigen Stadtpark vor Jahren eine Passantin überfallen worden war, hatte Susanne ihre sportlichen Aktivitäten nur noch dann im Freien ausgeübt, wenn Achim dabei war oder sie in einer Gruppe unterwegs war. Parallel dazu war sie damals Mitglied im Fitnesscenter geworden, was ihr anfangs nicht einmal besonders behagte. Sport drinnen auszuüben, lästerte sie anfangs, wäre eine Paradoxie an sich. Aber mehr und mehr nahm sie, wenn Achim dienstlich verhindert war, das Angebot des Centers an, bis es eben donnerstags zur festen Einrichtung geworden war.

Nun traf sie sich dort immer mit ihrer Freundin Doris. Sie machten Sport für ihre körperliche Fitness, Gymnastik zum Erhalt ihrer jugendlichen Figuren, und gingen anschließend in die Sauna, bevor sie an der Getränketheke beim wöchentlichen Plaudern den Flüssigkeitshaushalt wieder auf Normalstand brachten.

Achim wusste das und akzeptierte den freien Abend seiner Frau. Das fiel ihm vor allem heute besonders leicht, da ihm ihre Abwesenheit eigentlich sehr entgegenkam. Er sah, dass sie neben ihrem Wagen wartete, bis er den Wagen vor der Garageneinfahrt abgestellt hatte. Als er ausstieg, war sie bereits neben ihn getreten und begrüßte ihn mit einem Kuss auf die Wange.

»Na, genug getan für heute?«

»Zwei neue Einspielungen von Liedern. Die höre ich mir doch lieber zu Hause an als in diesem miefigen Büro«, erklärte er.

»Ich bin bereits auf dem Sprung.«

»Ich weiß, ich wünsche kein allzu großes Leiden«, neckte er sie.

»Könnte dir auch mal wieder nicht schaden.«

»Und die Aufnahme?«, fragte er und holte als Beweis zwei noch eingeschweißte CDs aus seiner Tasche.

»Dann viel Vergnügen, du harter Arbeiter.«

Er begleitete sie noch zu ihrem Wagen, in dessen Kofferraum sie zunächst ihre Sporttasche verstaute.

»Wird es spät?«

»Wir gehen sicher noch etwas trinken nach dem Sport.«

Er küsste sie zum Abschied auf die Wange, ein wenig zärtlicher als bei einer rein freundschaftlichen Geste, und hielt ihr die Wagentür auf, damit sie einsteigen konnte. Er beugte sich herunter, was Susanne sah. Sie ließ sogleich die Fensterscheibe herunter.

»Ich werde trotzdem auf dich warten«, sagte er und sah sie an. Sie strich ihm mit der Hand über die Wange.

»Das ist nett, bis später.«

Dann startete sie den Motor, und er sah, dass, während sie die Einfahrt hinausfuhr, die Fensterscheibe nach oben glitt. Er schaute ihr nach, bis sie außer Sichtweite war, und ging dann rasch ins Haus.

In der Küche öffnete er den Kühlschrank, denn er hatte Hunger. Er hatte in der Mittagspause nicht wie gewohnt eine Kleinigkeit gegessen, sondern sich nach dem Besuch im Handyladen und den beiden Telefonaten nur einen kleinen Snack gekauft, den er während der Rückfahrt in den Sender gegessen hatte. Er brauchte nicht lange zu suchen, denn vom gestrigen Abend waren noch reichhaltige Reste übrig. In wenigen Minuten hatte er sich auf einem Teller ein schmackhaftes Abendessen zusammengestellt, das manch einem Lokal Ehre gemacht hätte. Er nahm den Teller mit in sein Arbeitszimmer, wohl wissend, dass Susanne das entschieden gestört hätte. Aber er würde später den Teller und das Besteck in die Küche zurückräumen, sodass Susanne an diesem Fauxpas keinen Anstoß nehmen musste. Nachdem er den Teller auf seinem Schreibtisch abgestellt hatte, ging er noch hinunter und holte sich eine Flasche Wein aus dem Weinkeller. Auch so etwas gehörte zu einer einst herrschaftlichen Villa. Nicht dass Achim ein völliger Banause gewesen wäre, bevor er mit

Susanne in dieses Haus zog, aber erst die reichhaltigen Bestände, die ihnen Susannes Vater mit dem Haus überlassen hatte, gaben oft Gelegenheit zum Probieren, sodass Achim inzwischen zwar noch kein ausgesprochener Kenner war, aber doch das eine oder andere von Wein verstand. So wählte er für den heutigen Abend einen 98er St. Émillion aus, entkorkte ihn vorsichtig in der Küche und stellte die Flasche zunächst einfach auf seinen Schreibtisch, damit der Wein ein wenig atmen konnte, bevor er sich später ein Glas einschenken würde.

Schon während er an seinem Schreibtisch saß und aß, holte er die beiden 500-Euro-Scheine aus seiner Brieftasche und legte sie neben den Teller auf ein Blatt Papier und versuchte herauszufinden, wie man am geschicktesten die Scheine darauflegte, um mit möglichst wenig Schnitten das Papier so zu zerschneiden, dass es der Größe der Scheine entsprach. Als er die optimale Lösung gefunden hatte, zeichnete er mit leichten Bleistiftstrichen die Scheingröße ab und begann, die Papierscheine auszuschneiden.

Es waren noch keine zwei Stunden vergangen, die Flasche Wein war zur Hälfte geleert, da lag vor Achim ein ansehnlicher Stapel kleiner weißer Zettel; und als Achim diese oben und unten mit den echten Geldscheinen bedeckte, hätte jeder Beobachter geschworen, dass Achim einen dicken Packen Geldscheine in den Händen hielt. Mit beinahe kindlicher Freude betrachtete er sein Werk, als sei ihm eine Gaunerei gelungen und der Erfolg schon sicher. Er legte das vermeintliche Geldbündel in einen Umschlag, den er sicherheitshalber zuklebte, und verstaute diesen in einem Seitenfach seiner Aktentasche.

Gutgelaunt setzte er sich in einen Sessel im Wohnzimmer, griff die bereitliegende Wochenzeitung und vertiefte sich in das Feuilleton. Er hatte mehrere Artikel gelesen, die Flasche Wein beinahe ganz geleert, als er den Wagen von Susanne in der Einfahrt hörte.

Noch im Sportdress, betrat sie den Wohnraum.

»Guten Abend, wie war es beim Sport?«, fragte Achim seine Frau.

»Wie jede Woche«, sagte sie wortkarg.

»Ist etwas?«, fragte er, denn er spürte, dass sie etwas bedrückte, aber sie schüttelte nur den Kopf.

»Darf ich dir auch ein Glas anbieten?«, fragte er und wies auf die Weinflasche.

»Danke, zu einem frischen Orangensaft und einem Glas Wasser würde ich nicht nein sagen«, schlug sie alternativ vor. »Aber zuerst gehe ich duschen.«

Es dauerte eine knappe halbe Stunde, bis Susanne wieder im Wohnraum erschien. Sie hatte sich einen legeren Hausanzug angezogen und traf Achim in der Küche, wo er gerade die Orangen presste.

»Du siehst beinahe erholt aus, wenn man daran denkt, dass du in den letzten Stunden vor einem Bildschirm quer durchs Land geradelt bist«, sagte er nett.

»Jetzt übertreibst du aber gewaltig.«

»Ich kenne dich doch«, sagte er, während er den Saft einschenkte und seiner Frau das Glas hinschob. Sie trank einen Schluck.

»Und was hast du gemacht?«

»Ich habe ein wenig auf dem Flügel dilettiert, dann aufgegeben und mich den Feuilletons gewidmet.«

»Das hört sich nach einem angenehmen Abend an.«

»Es war vielleicht nicht gerade für den Körper, aber dafür für den Geist anregend.«

Sie setzten sich noch ein wenig zusammen, aber vor allem

Susanne war müde, und so beschlossen sie bald darauf, schlafen zu gehen.

Erst als er im Bett lag, seiner Frau eine gute Nacht gewünscht hatte und hörte, wie ihre zunehmend gleichmäßiger werdenden Atemzüge verrieten, dass sie schlief, fiel ihm wieder ein, dass seine Vorbereitungen am Abend den Versuch ermöglichten, Benrath reinzulegen. Aber war das klug? War es überhaupt klug, sich der Erpressung zu beugen? Er wusste selber, dass es klüger wäre, zur Polizei zu gehen, aber was sollte er denen erzählen? Er hatte doch praktisch keinen einzigen Beweis in der Hand. Neben sich hörte er die regelmäßigen Atemzüge Susannes, und die schienen ihm plötzlich so wichtig und liebenswert, dass er es kaum wagte, daran zu denken, was geschehen würde, wenn ihr alles bekannt würde. Die Nacht mit Sylvia, seine fortgesetzte Untreue und die Lügen, die er ihr seitdem aufgetischt hatte. Würde sie das klaglos hinnehmen? Sie hatte ihm mehrfach klargemacht, was sie mit ihrem Neuanfang meinte, hatte ihm auch zu verstehen gegeben, dass sie eher eine rasche Konsequenz ziehen würde, als sich der entwürdigenden Situation einer betrogenen Ehefrau auszusetzen, hinter deren Rücken man sich Geschichten erzählte, wie sie es bei ihrer Freundin Anne so oft erlebt hatte. Wenn er seine Ehe, seine gerade entstehende kleine Familie nicht gefährden wollte, blieb ihm nichts anderes übrig, als die Geldübergabe zu nutzen, Benrath näherzukommen. Wenn Achim dessen Identität gelüftet hätte, vielleicht würde Benrath dann einsehen, dass es nun für ihn gefährlich werden könnte. Solange Benrath nur ein Name und wahrscheinlich ein falscher Name war, konnte er nichts unternehmen.

Die Geldübergabe war eine günstige Gelegenheit, die er nutzen musste. Benrath würde merken, dass sein Inkognito zerstört war, und die falschen Geldscheine würden zeigen, das Achim den Mut hatte, seiner Erpressung zu trotzen. Es war richtig, was er machte, und der kommende Freitag würde dies zeigen.

Es war ein Tag, wie man ihn sich im goldenen Oktober vorstellt. Die Luft war klar und in den Mittagsstunden erstaunlich warm, und am blauen Himmel zogen nur gelegentlich weiße Wolken vorbei. Achim hatte den Tag in der Redaktion verbracht und die ruhige Mittagszeit genutzt, den Fünfhunderteuroschein von beiden Seiten zu kopieren. Er wusste, dass das verboten war, aber er fürchtete nicht, deshalb in Schwierigkeiten zu geraten. In seinem Büro zerschnitt er dann die Kopien und war erstaunt, wie verwechselbar die Kopien mit den Originalen waren. Er packte dann die jeweils kopierten Zettel oben und unten auf seinen Stapel und steckte beides wieder in den weißen Briefumschlag, den er extra gekauft hatte, denn er wollte keinesfalls private oder dienstliche Umschläge verwenden, auf denen Namen beziehungsweise das Senderlogo aufgedruckt waren. Achim schaute auf die Uhr. Er hatte noch mehr als zwei Stunden Zeit.

Kurz vor fünf Uhr schlenderte Achim seit fast einer halben Stunde bemüht gelassen durch den städtischen Park, wobei er wie ein zufälliger Spaziergänger verschiedene Wege entlangging, interessiert die Beschriftung der Schilder las, die über Pflanzennamen und ihre Lebensräume Aufschluss gaben, und dabei unauffällig seine Umgebung beobachtete. Gab es andere, die ihm auffielen, die ihm mehrfach begegneten oder gar ihn beobachteten? Der Einzige, der Achim aufmerksam angeschaut und im Vorbeigehen sogar gegrüßt hatte, war ein ältliches Männlein gewesen, dass, als Verdächtiger kaum in Betracht kam. Sonst war ihm nur noch eine junge Mutter mit einem Kinderwagen aufgefallen, die ihn sicher nur aus Langeweile taxiert hatte, denn das Buch, das sie auf dem Schoß liegen hatte, beschäftigte sie offenbar ebenso wenig wie das schlafende Kind.

Es waren überhaupt trotz des schönen Wetters wenig Menschen im Park. Achim schaute erneut unauffällig auf seine Uhr. Es war genau fünf Minuten vor fünf. Er ging zu der verabredeten grünen Parkbank, auf der ein älterer Herr saß. Er hatte den Hut neben sich gelegt und genoss ebenso die Sonne wie der Hund, der sich vor ihm auf den Weg gelegt hatte. Damit hatte Achim nicht gerechnet. Was sollte er machen? Wie sollte er den alten Mann vertreiben, denn er konnte sich kaum neben den Mann setzen, den Umschlag in der Zeitung hinlegen und gehen. Sicher würde ihm der Alte aus Höflichkeit die Zeitung nachtragen, würde hinter ihm herrufen, und wenn Achim nicht reagieren und weitergehen würde, den Umschlag bemerken und bei der Stadtverwaltung abgeben. Er musste erst einmal Zeit gewinnen, und er musste sich auf die Bank setzen. Falls Benrath die Bank beobachtete, und daran zweifelte Achim keine Sekunde, würde der ein Nichterscheinen als Wortbruch auslegen. Das durfte Achim nicht riskieren, denn wer konnte wissen, was Benrath dann unternehmen würde. Achim setzte sich also ans andere Ende der Bank, grüßte den Alten mit leichtem Kopfnicken und vertiefte sich in die Zeitung, die er mitgebracht hatte. Unkonzentriert blätterte Achim in der Zeitung, was die Aufmerksamkeit des Mannes auf sich zog, der sicher einen Gesprächspartner suchte. Der ältere Mann schaute ein paarmal zu Achim rüber und dachte sicher schon darüber nach, wie er ein Gespräch beginnen könnte. Aber das konnte Achim beim besten Willen nicht gebrauchen.

»Ist was?«, fragte Achim in strengem Ton, was den Mann sichtlich einschüchterte.

Als der Mann spürte, dass Achim ihn unverfroren taxierte, nahm er seinen Hut, setzte ihn auf, griff nach der Hundeleine und zog grußlos von dannen. Achim schaute noch einen Moment mitfühlend dem Mann nach, der nun verlassen den Weg entlangtrottete. Er fühlte sich unwohl, weil er dem Alten sicher einen Schreck eingejagt hatte, indem er ihn so frech anging. Zumindest hatte er dem Alten den Nachmittag verdorben, der es so schnell nicht mehr wagen würde, mit einem Banknachbarn ins Gespräch zu kommen. Aber das war nicht zu ändern. Hauptsache war, dass Achim nun die Bank für sich hatte. Bis auf den entschwindenden Alten war kein Fußgänger in der Nähe, und Achim widmete sich wieder seiner Zeitung. Er blätterte noch ein paarmal hin und her, dann schaute er auf die Uhr. Es war genau fünf Uhr. Achim faltete die Zeitung zusammen und zog den Umschlag aus der Innentasche seines Mantels, legte ihn unauffällig mit der Zeitung neben sich und schaute sich ebenso vorsichtig um. Dann stand er in aller Ruhe auf und ging.

Zügig, aber nicht eilig, umrundete er die große Wiese, an deren hinterem Ende ein pilzförmiges Holzgestell stand, unter dem man sich bei Regen unterstellen konnte. Hier blieb Achim im Schutz des kräftigen Stützpfeilers stehen und schaute zurück. Aus dieser Entfernung konnte er die grüne Parkbank sehen, auf der die Zeitung lag. Zunächst geschah nichts. Niemand hatte bemerkt, dass Achim etwas auf der Bank liegengelassen hatte.

Plötzlich hörte Achim ein herannahendes Auto. Er beugte sich ein wenig aus seiner Deckung hervor und sah einen weißen Kleinwagen, der mit hoher Geschwindigkeit auf den Zugang zum Park zufuhr. Aber statt vor dem Park nach links oder rechts abzubiegen, holperte der Wagen nach kurzem Abbremsen den Bordstein hoch und fuhr auf den Parkweg bis neben die Bank. Hier hielt der Wagen kurz an, das Fenster wurde heruntergelassen, eine Hand ergriff die Zeitung, zerrte den Umschlag heraus und ließ die Zeitung achtlos zu Boden fallen. Mit durchdrehenden Rädern setzte der Wagen zurück und entfernte sich rasch.

Achim schaute dem Wagen konsterniert nach, schaute sich um, aber offenbar hatte niemand außer ihm die überfallartige Aktion mitbekommen. Lediglich die Reifenspuren zeugten von dem, was Achim aus der Entfernung gesehen hatte. Es war alles so rasend schnell geschehen, dass Achim kaum erkennen konnte, wer am Steuer des Wagens gesessen hatte. Ebenso wenig konnte er das Kennzeichen entziffern, denn auf dem verschmutzten Blech waren weder Zahlen noch Buchstaben auszumachen. Dieser Benrath war clever, fuhr es Achim durch den Kopf. Er hatte in seiner Naivität gedacht, dass nach einiger Zeit ein Fußgänger käme, den Umschlag an sich nehmen würde und dann eilig wegging. Achim wäre ihm bis zu dessen Wohnung gefolgt oder hätte ihn bei einer günstigen Gelegenheit eingeholt und zur Rede gestellt. Aber jetzt? Jetzt war er keinen Schritt weitergekommen, hatte nichts in Erfahrung gebracht, was ihn weiterbringen würde, aber er hatte Benrath provoziert, der vielleicht jetzt schon wusste, dass Achim ihn betrogen hatte.

Er hatte Benrath einmal mehr unterschätzt. Er wusste

immer noch nicht, was Benrath wollte, was er mit der ganzen Geschichte überhaupt bezweckte, denn es konnte kaum nur um das Geld gehen. Aber er wusste, dass er einen Fehler begangen hatte. Jetzt war es nur eine Frage der Zeit, wann und wie Benrath reagieren würde. Jetzt konnte Achim nur hoffen, dass Benraths Wut nicht dazu führte, dass er sich bei Susanne melden würde. Und jetzt war er gewarnt, dass er beim nächsten Mal besser auf Benraths Forderungen eingehen würde.

Mit Verzweiflung wurde sich Achim darüber klar, dass seine Möglichkeit, aufzugeben und zur Polizei zu gehen, mit jedem seiner Schritte unmöglicher wurde. Die Geschichte, die er zu erzählen, zu gestehen hatte, wurde immer komplizierter, und es war wenig wahrscheinlich, dass er auf einen Beamten treffen würde, der ihm glaubte. Zudem hatte er alle Indizien, die ihn zwar weder be- noch entlasten würden, wie den Schlüsselbund oder das Streichholzheftchen, entsorgt, womit er praktisch nichts in Händen hielt, um seine Version der Ereignisse zu untermauern. Lediglich der Zeitungsartikel des nächtlichen Verbrechens in der Hamburger Morgenblatt war ein Hinweis. Aber auch der war ohne die bestätigende Aussage von Sylvia, dass er es ihr erzählt hatte, praktisch wertlos. Und den Bezug zu Sylvia wollte er auf jeden Fall vermeiden.

Nun blieb ihm nichts anderes zu tun, als zu warten. Achim überlegte, was er nun machen könnte. Nach Hause fahren wollte er nicht, denn dort würde er alleine sein. Susanne war zu einem kleinen Essen eingeladen und würde nicht vor elf zurück sein. Er überlegte, ob er ins Kino gehen sollte, aber eigentlich wollte er jetzt auch nicht in einem dunklen Saal sitzen. Zudem schien es ihm klüger, das Handy nicht auszuschalten, denn er wollte erreichbar sein. Vielleicht war es doch klüger, nach Hause zu fahren, denn wenn sich Benrath meldete, und daran gab es eigentlich keinen Zweifel, dann wäre es besser, er wäre gleich am Apparat.

Also fuhr er in seinem Wagen wenig später die Einfahrt zum Haus hinauf, parkte und ging ins Haus. Als Erstes warf er einen Blick auf den Anrufbeantworter. Das rote Lämpchen blinkte, und die Zahl im Sichtfenster zeigte zwei Anrufe an. Mit leicht zittriger Hand schaltete er auf Abhören. Unendlich schien es ihm zu dauern, bis das Gerät endlich ansprang. Dann musste er zunächst die eigene Ansage abhören, bevor der erste Anrufer angekündigt wurde, dessen Anruf um 14.52 Uhr eingegangen war, was für Benrath auch zu früh gewesen wäre.

»Hallo Susanne, ich melde mich noch mal ... ich probiere es auf dem Handy, bis gleich, Doris.«

Es knackte, und dann folgte der zweite Anruf, der um 17:32 Uhr angekommen war, aber auch das war für Susanne gewesen.

Achim ging in den Wohnraum, in dem hinter einer Holzvertäfelung ein Fernsehbildschirm hing. Er machte den Apparat an, schaute ein wenig einem Nachrichtenkanal zu, der sicher heute zum x-ten Mal über irgendein Fußballspiel berichtete, von dem er nicht einmal wusste, wann es stattgefunden hatte oder worum es dabei ging. Danach folgte das Wetter, was Achim zum Anlass nahm, weiterzuschalten. Es folgten irgendwelche Serien oder Spielfilme, die er nicht kannte, zweimal geriet er in einen Werbeblock, dann in einen Musiksender, auf dem ein Video mit mehreren Sängern gespielt wurde, die offensichtlich an einem Strand musizierten, ohne dass man hinter der Musik das Rauschen des Meeres hörte, dessen Wellen im unmittelbaren Hintergrund lärmen mussten.

Er schaltete den Fernseher wieder aus, überlegte, ob er Rolf anrufen sollte, verwarf die Idee aber sofort wieder, da er keine Leitung blockieren wollte. Er ging in die Küche, trank einen Schluck Mineralwasser, überlegte, ob er etwas essen sollte, aber er entschied sich dagegen. Eigentlich wollte er nichts machen, er wollte nur, dass das zermürbende Warten ein Ende fand, wollte, dass sich dieser verdammte Benrath endlich melden würde, damit er wusste, wie es weitergehen würde. Dabei konnte er sich selber ausmalen, wie es weitergehen würde. Aber er wollte Gewissheit. Er blätterte in ein paar Zeitschriften, die er im Wohnzimmer auf dem Couchtisch fand, aber er fand keinen Artikel, der ihn abgelenkt hätte.

Um seine Nerven zu beruhigen, aber mehr noch, um sich zu beschäftigen, beschloss er, eine Flasche Wein aus dem Keller zu holen, aber auf dem Weg dahin kam er an dem kleinen Servierwagen vorbei, auf dem allerlei Flaschen standen. Er schaute die Etiketten durch und entschied sich für einen Cognac. Er öffnete die gerade angebrochene Flasche und schenkte sich ein Glas ein. Der Duft des Getränks stieg ihm in die Nase, und er nahm einen kleinen Schluck, der angenehm auf der Zunge brannte. Sicher würde ein Kenner sagen, dass der Cognac besonders mild war, aber da Achim wenig Erfahrung mit dieser Getränkesorte hatte, empfand er den Geschmack als nicht unangenehm, jedoch leicht brennend. Warm rann der Cognac durch seine Kehle und für einen Moment fühlte er sich ruhiger. Das war nicht durch die Wirkung des Alkohols, sondern mehr aus dem Gefühl heraus, beschäftigt zu sein und etwas für sich zu haben, mit dem er die nächste halbe Stunde zu tun haben würde.

Anschließend ging er mit einem zweiten Glas in sein Arbeitszimmer, kontrollierte seine E-Mails, was er zwar schon im Sender getan hatte, aber vielleicht war ja eine neue hinzugekommen – was nicht der Fall war. Dann sah er seinen Kalender durch, in dem die Aufgaben der nächsten Tage verzeichnet waren. Auch hier gab es nichts Neues, aber es vertrieb die Zeit, sodass Achim regelrecht erschrak, als plötzlich das Telefon läutete.

In der Eingangshalle stand das Telefon, die kabellosen anderen lagen irgendwo im Haus, nur in Achims Arbeitszimmer schien keines zu sein. Achim ging in die Eingangshalle, aber er wollte nicht von der Feststation aus sprechen. Was wäre, wenn Susanne überraschend früher heimkäme? Er horchte in den Wohnraum, aus dem ein weiteres Klingeln zu hören war, und mit wenigen Schritten hatte er das Telefon gefunden. Er drückte auf Annehmen, während er mit dem Gerät zurück in sein Arbeitszimmer ging.

»Kröger?«

»Sie sind da? Ich hatte gehofft, Ihre Frau zu sprechen.«

»Was wollen Sie?«

Ein kurzes Auflachen war am anderen Ende zu hören.

»Sie sind wohl verrückt!«, hörte er Benrath, dessen Stimme nicht unfreundlich klang. Achim hatte es sich anders vorgestellt. »Ich habe Sie nur um einen kleinen Gefallen gebeten. Sie versuchen mich reinzulegen, und jetzt fragen Sie, was ich will?«

»Ich lasse mich nicht erpressen.«

»Sie sollten froh sein, dass ich noch mit Ihnen rede und nicht nur noch mit Ihrer Frau. Sie tun mir jetzt einen Gefallen. Fünfzigtausend in kleinen Scheinen.«

»Ich lasse mich nicht erpressen.«

»Sie wiederholen sich«, belehrte ihn Benrath.

»Sie sind doch verrückt.«

»Jetzt pass mal auf«, sagte Benrath, und seine Stimme verlor den freundlichen Ton. »Verrückt ist hier nur einer. Wenn Sie weiterhin mit dem Geld Ihrer Frau ein gemütliches Luxusleben führen wollen, zahlen Sie. Und zwar, bevor ich es mir anders überlege.«

»Warum rufen Sie mich nicht auf dem Handy an?«, fragte Achim spontan und wusste, dass das ein Fehler war.

»Sollte ich das? Wäre Ihnen das lieber?«

»Ich brauche Zeit, und Sie können doch nicht wissen, wo Sie mich am besten ...«

»Ich habe Sie doch jetzt auch so erreicht. Ich gebe Ihnen zwei Tage Zeit. Wann und wo die Übergabe stattfindet, sage ich Ihnen noch. Und noch etwas sage ich Ihnen. Ich bringe Sie hinter Gitter. Vielleicht nicht für lange, aber lange genug, um Ihr Leben zu zerstören. Ihr faules, sattes Wohlstandsleben. Oder Sie erfüllen mir den kleinen Gefallen. Fünfzigtausend sind doch nicht zu viel für ein Leben als Schmarotzer, oder? Ich denke, übermorgen, oder? Ich will Sie ja auch nicht zu lange mit der Geschichte aufhalten.«

Es gab ein leises Knacken in der Leitung, und die Verbindung war beendet. Jetzt weiß ich, woran ich bin, dachte Achim, aber er konnte nicht sagen, dass es ihm jetzt besser ging. Die Ungewissheit war jetzt einem Problem gewichen, das unlösbar war. Wie sollte er eine solche Geldsumme auftreiben? Die Zehntausend, die Benrath letztes Mal gefordert hatte, hätte er ohne Susannes Wissen vielleicht noch auftreiben können, aber das Fünffache ... Das war völlig unmöglich. Für Susanne wäre es sicher kein allzu großes Problem. Sie würde nur Aktien oder was auch immer verkaufen müssen, was sich rasch in ein oder zwei Tagen bewerkstelligen ließ. Aber wie sollte er das machen? Auf seinen eigenen Wunsch hatten sie vor ihrer Hochzeit einen Ehevertrag gemacht, in dem Gütertrennung vereinbart war, weil er unterstreichen wollte, dass er Susanne nicht wegen, sondern trotz ihres Reichtums heiratete. Susanne war das nicht wichtig gewesen, aber es hatte das Verhältnis zu ihrem Vater erheblich verbessert, der seitdem Achim als Mann mit Charakter schätzen gelernt hatte. Aber auch wenn er Vollmachten besäße, hätte er niemals hinter Susannes Rücken diese Summe beiseitegeschafft. Das stimmte sicher nur bedingt, denn er wusste gar nicht, über welches Vermögen Susanne genau verfügte. Wenn es ein stilles Depot, eine langfristige Anlage oder etwas Ähnliches gegeben hätte, von dem er gewusst hätte, vielleicht ... nein, sicher hätte er mit dem Gedanken gespielt, sich doch mit dem Geld Benrath vom Leibe zu schaffen. Er würde das Geld nur brauchen, um Benrath auf die Spur zu kommen. Wie er es dann zurückholen würde, wusste er noch nicht, aber Achim war sich sicher, dass er nur auf diesem Weg Benrath loswürde. Vielleicht könnte er die Übergabe öffentlich machen, Benrath mit dem Geld verhaften lassen, aber das verwarf er gleich wieder. Er hatte jedenfalls nicht den Mut, Benrath ein zweites Mal mit Papierschnipseln zu täuschen.

Nichts war gelöst, aber irgendwie hatte er Zeit gewonnen, wenigstens bis zum nächsten Anruf. Ja, es schien ihm, als gäbe ihm dieser Aufschub kurzfristig das Gefühl, Herr der Lage zu sein. Er ging ins Wohnzimmer zurück, schenkte sich einen weiteren Cognac ein und schaltete wieder den Fernseher an. Er zappte durch ein paar Sender, bis er bei einem Bericht über Hybridautos hängen blieb, den er beinahe interessiert verfolgte. Nach und nach kam er einige Cognacs später zu der Erkenntnis, dass es eigentlich unverantwortlich war, dass er und Susanne immer noch mit Benzinfressern herumfuhren, wie ihre Wagen im Bericht genannt wurden. Er würde gleich morgen mit Susanne darüber sprechen, dass es ein Gebot der Vernunft war, umzusatteln. Später sah er noch die Zusammenfassung der Tagesnachrichten, die ihn auch über Anlass und Ergebnis des gesehenen Fußballspiels informierten, bevor er, nun schon liegend, einem älteren, aber dennoch spannenden Krimi folgte, bei dem ihn das Gefühl beschlich, dass er cleverer als der Kommissar den Fall sicher deutlich rascher gelöst hätte. Von Zeit zu Zeit setzte er sich auf, um noch einen Schluck Cognac zu trinken, und schlief schon tief und fest, als der Täter dingfest gemacht und der Spielfilm einem weiteren, noch älteren, Platz machte.

Susannes Abend war ganz anders verlaufen als geplant, denn als sie bei ihrer Verabredung mit Doris ankam, fiel ihr ein, dass sie kurz davor war, ein lange schon verabredetes Abendessen zu versäumen. So war sie noch rasch in den Juwelierladen gefahren, in dem sie in ihrem Schrank für unerwartete Gelegenheiten immer ein elegantes Kostüm deponiert hatte, und war nach einem kurzen Telefonat zur beinahe verpassten Verabredung gefahren. Es war ein netter Abend gewesen, den sie gemeinsam mit einem Händler verbrachte, bei dem sie in den letzten Jahren immer wieder Steine eingekauft hatte, aber der ältere Herr, der sie so nett ausgeführt hatte, war eigentlich mehr ein Freund und Geschäftspartner ihres Vaters gewesen. In den letzten Jahren hatte er sich mehr und mehr aus dem Geschäft zurückgezogen, aber beide hielten seltenen, aber gleichwohl regelmäßigen Kontakt. Sie waren bei einem kleinen, aber sehr feinen Italiener in der Innenstadt gewesen, hatten mehr von den alten Zeiten als von der Zukunft geplaudert, und Susanne hatte gespürt, wie sehr der Ältere den Abend genoss. Aber auch für sie waren diese Abende ein Gewinn, denn nicht einmal mit Achim konnte sie so offen über die früheren Jahre plaudern, konnte sich an Anekdoten und Ereignisse, an Geschäfte und die damit verbundenen Menschen erinnern, denn immer spielte auch eine gewisse Diskretion mit, wenn die Betroffenen noch lebten und deren Kinder vielleicht die Kunden von heute waren. Mit einem Mann vom Fach ging das natürlich besser, denn der verstand auch die Hintergründe, wusste um die Verschwiegenheit und um das schwierige Geschäft, bei dem man wenigstens früher sowohl bei den Steinen oder den Edelmetallen wie auch beim Geld der Kunden nicht allzu detailliert über die jeweilige Herkunft nachdenken mochte.

Diese Abende, die etwa alle drei, vier Monate stattfanden, waren wie aus einer anderen Zeit. Schon die Verabredung des Termins folgte einem bestimmten Ritual, denn die erste Einladung kam immer per Briefkarte, auf deren Umschlag die leicht zittrige Schrift den Absender verriet. Sie verabredeten sich anschließend telefonisch und auch wenn sie seit Jahren immer in dasselbe Restaurant gingen, kam der Vorschlag jedes Mal, als sei es eine neue Entdeckung, die man einmal ausprobieren könnte. Dann traf man sich im Restaurant, da Susanne wie jedes Mal das Angebot, mit dem Taxi abgeholt zu werden, abgelehnt hatte. Aber am Ende des Abends ließ sie sich dann doch zum Taxi begleiten und erlaubte es dem älteren Herrn, ihre Fahrt zu bezahlen, indem der Fahrer per Rechnung an ihn das Geld und ein entsprechendes Trinkgeld erhalten würde. Es wäre unverzeihlich gewesen, diesen netten Termin einfach unentschuldigt zu vergessen und den alten Herrn damit zu enttäuschen.

So war es bereits fast Mitternacht, als Susanne müde vor dem Haus ankam. Sie wunderte sich nicht, dass im Haus noch Licht brannte. Sicher hatte Achim noch auf sie gewartet. Sie verriegelte hinter sich die Haustür.

»Ich bin's!«, rief sie, aber Achim schien sie wegen des laufenden Fernsehers nicht zu hören. Sie legte ihren Mantel ab, hängte ihn in die Wandgarderobe in der Eingangshalle und ging ins Wohnzimmer. Hier fand sie ihren Mann, der angezogen auf dem Sofa lag und schlief. Auf dem Tisch stand eine mehr als halb leere Flasche Cognac. Sie schüttelte lächelnd den Kopf, nahm von einem Sessel eine Decke und legte sie über ihn, denn Achim machte nicht den Eindruck, dass er leicht zu wecken wäre. Dann sollte er lieber hier auf dem Sofa schlafen, beschloss sie und schaltete den Fernseher aus. Sie strich ihm leicht über den Kopf, löschte das Licht und ging hinaus.

Mitten in der Nacht wachte Achim auf. Er musste sich zunächst orientieren, bis ihm wieder einfiel, dass er auf dem Sofa im Wohnzimmer lag, wo er gestern Abend noch ferngesehen hatte. Einzelne Bilder eines Berichts über Autos schwirrten durch seinen Kopf und das Gesicht eines Schauspielers, der einen Polizisten oder einen Kommissar darstellte, aber mehr konnte er jetzt nicht rekonstruieren. Er spürte ein unangenehmes Klopfen in seinem Schädel und bemerkte, als er sich aufsetzte, wie eine Decke von seinen Schultern rutschte. Und er schmeckte den faden Restgeschmack des Cognacs in seinem Mund. Er schaute auf seine Uhr, die 3.17 Uhr anzeigte. Susanne musste längst im Bett liegen, fiel ihm ein. Und sie hatte ihn nicht geweckt, sondern schlafen lassen. Vielleicht war sie auch gleich nach oben gegangen, aber dann würde der Fernseher noch laufen. Sie war also im Wohnraum gewesen und hatte ihn dort schlafen sehen. Mühsam rappelte er sich auf und tastete sich im schwachen Wandlicht, dass von der Treppe nach oben in den Wohnraum fiel, zur Eingangshalle. Er ging in sein Bad, putzte sich notdürftig die Zähne und legte sich rasch in Unterwäsche ins Bett, da er nicht lange nach seinen Schlafsachen suchen wollte. Er schlief sogleich ein, wobei ihn noch im Dahindämmern irgendeine Sorge beschlich, deren Ursache er aber nicht mehr fand. Mit einer letzten kraftlosen Geste tastete er auf die andere Bettseite und fühlte den Körper Susannes, die tief und fest schlief. Sie ist doch da, dachte er, aber seine ungewisse Sorge schien sich dadurch nicht aufzulösen, bis ihn der Schlaf übermannte.

Durch die Fenster der Küche fiel sonniges Morgenlicht, während Susanne ein Frühstück aus frisch gepresstem Orangensaft und einem Fruchtsalat zubereitete. Sie war schon vor über einer Stunde aufgestanden, hatte nach dem Aufenthalt im Bad ihren morgendlichen Gang durch den Garten gemacht und war sich sicher, dass es noch dauern konnte, bis ihr Mann ebenfalls aufstehen würde. Zunächst hatte sie gedacht, ihn noch schlafend auf dem Sofa vorzufinden, aber als sie ihn beim Aufwachen neben sich fühlte, war sie doch eher beruhigt.

Als Achim geraume Zeit später herunterkam, saß seine Frau bereits im Wintergarten und widmete sich einer Blumendekoration, die sie für den Wandtisch in der Eingangshalle zusammenstellte. Unverkennbar sah Achim trotz eines ausgiebigen Bads noch ein wenig mitgenommen aus, und er wusste das.

»Guten Morgen«, räusperte er sich. »Du bist schon lange auf?«

»Ich wollte dich nicht wecken.«

Susanne ging zu ihm und strich ihm beinahe mitleidig über die Wange.

»Ausgeschlafen?«

»Na ja, eher nicht«, gab er ehrlich zu. »Gibt es schon Kaffee?«

»Ich mach dir welchen.«

Achim nahm auf einem der Hocker an der Küchentheke Platz, während Susanne den Kaffee zubereitete. Er sah seiner Frau zu, die nichts von den Sorgen ahnen konnte, die langsam wieder von seinem Bewusstsein Besitz ergriffen. Er hatte einen Fehler gemacht und hatte nicht den Hauch einer Ahnung, wie er den wettmachen könnte. Er musste diesen Benrath loswerden, aber dafür musste er an ihn rankommen. Diese Logik schien ihm unumstößlich, nur dürfte er sich nicht noch einmal so idiotisch austricksen lassen wie am gestrigen Nachmittag.

»Ich denke, du bist mir eine Erklärung schuldig«, riss ihn seine Frau aus seinen Gedanken.

»Wegen der Flasche Cognac?«, fragte er spontan zurück.

»Es ist zwar nicht deine Art, aber wenn du das nicht jeden Abend machst, stört es mich nicht.«

Sie sagte das beinahe sachlich, aber er spürte, dass sie etwas anderes meinte.

»Eine Erklärung wofür?«, fragte er nach, denn er wusste, dass es seine Frau Überwindung kosten würde, ihn direkt zu fragen.

»Ich meine die letzte Zeit. Du hast dich verändert. Ich mache mir Sorgen um dich.«

Das klang ehrlich und anteilnehmend.

»Das brauchst du nicht. Gestern war einfach nicht mein Tag.«

»Ärger im Sender?«

»Frag nicht. Ich werde da behandelt wie ein Anfänger, weil mein Feature über den Don Giovanni irgendwem nicht gepasst hat.«

»Und was noch?«

»Wie was noch?«

»Das ist doch nicht der Grund«, sagte sie entschieden. »Es hat immer wieder einmal Beiträge von dir gegeben, die in die Kritik geraten sind. Das liegt in der Natur der Sache, und da geht es deinen Kollegen auch nicht anders.«

Er musste sich eingestehen, dass sie recht hatte, aber das konnte er natürlich nicht zugeben. Doch er spürte, wie die Sorge an ihm nagte, wie die Frage, wie er seine Probleme lösen sollte, an ihm fraß, an seinen Schädel klopfte und ihm keine Sekunde Ruhe ließ. Es war die Aussichtslosigkeit, die ihn einzwängte, das Gefühl, keine Chance zu haben. Er würde alles verlieren, und er wusste nicht, wie er das abwenden konnte. Er musste allein sein, nachdenken, Pläne schmieden und deren Für und Wider abwägen, um zu einer Entscheidung zu kommen, zu einer Lösung, die wie ein Befreiungsschlag für ihn wäre. Für ihn und seine Zukunft. Er dachte an die Zeit, als sie wieder zueinanderfanden, an den Tag, an dem ihm Susanne sagte, dass sie ein Kind bekäme und dass er Vater würde. Er hatte sich gemeinsam mit seiner Frau gefreut, aber jetzt zeigte sich, dass er der Aufgabe nicht gewachsen war. Er hatte erbärmlich versagt und die Chance auf das familiäre Glück vertan.

Aber das durfte nicht sein. Das wollte er ihr und dem Kind nicht antun, deshalb brauchte er einen Plan. Wieder fuhren ihm Bilder durch den Kopf, was er machen könnte, um diesen Benrath loszuwerden. Vielleicht hatte er Glück und Benrath passierte etwas. Jeden Tag starben Menschen an Unfällen oder Krankheiten. Nur warum sollte es ausgerechnet jetzt Benrath treffen? In anderen Kulturen würden Leute in seiner Situation jetzt zu einem Schamanen oder Zauberer gehen, um sich helfen zu lassen. Achim wusste natürlich, dass das Unfug war. Aber gab es eine andere Lösung?

»Achim?«, hörte er seinen Namen, während ihm seine Frau eine Kaffeetasse und eine kleine Kanne mit Milch hinstellte. »Ich weiß nicht, was in letzter Zeit mit dir los ist. Es war doch alles wieder in Ordnung. Wir waren doch auf dem besten Weg, dass alles wie früher ... aber seit ein paar Tagen ...«

Susanne kam um die Theke herum und nahm ihn in den Arm.

»Was ist los?«

»Es ist nichts. Wirklich. Vielleicht setze ich mich selber zu sehr unter Druck.«

»Wegen deiner Musik?«

Achim schüttelte vage den Kopf, was Susanne als Zustimmung verstand.

»Das musst du nicht. Wirklich. Du machst das wunderbar.«

Er machte gar nichts wunderbar, aber das konnte sie nicht wissen. Sie wusste gar nichts, nur war unklar, wie lange das noch so bleiben würde.

Er trank einen Schluck Kaffee, dessen Wärme und Aroma ihm guttat, aber ihm gleichzeitig einen feinen Schmerz zufügten, in dem er das Ende seines Lebens in diesem Haus und an Susannes Seite vorauszuahnen glaubte.

Der Morgen im Sender verlief gewohnt ruhig. Natürlich musste er erklären, warum er erst gegen elf Uhr kam, aber mit wenigen Ausredefloskeln, er habe noch etwas erledigen müssen, dann der Verkehr und die Parkplatzsuche, war sogar Hartung zufrieden, dem er auf dem Flur in die Arme lief.

Auch im Sekretariat herrschte die gewohnte Ruhe, als Achim ankam, um sich einen Kaffee zu holen. Er stand am Kaffeeautomaten, der neben der Tür auf einer Anrichte stand, und holte gerade die Milch aus dem danebenstehenden Kühlschrank, als sein Handy klingelte. Achim erschrak und drückte das ankommende Gespräch weg, ohne zuvor auf die Nummer zu schauen. Erstaunt blickte ihn die Sekretärin an.

»Sie haben ein Handy?«

»Ich konnte nicht länger widerstehen«, erklärte Achim.

»Und Sie haben sich doch immer gegen so ein Ding gewehrt.«

Jetzt tat sie, als würde Achim übel mitgespielt.

»Ich weiß, aber es ist doch ganz praktisch. Meine Frau ist doch viel allein, wenn ich unterwegs bin. So kann sie mich immer erreichen oder mir eine Nachricht hinterlassen.«

»Wenn ich Ihre Handynummer allen weitersage, werden Sie bald aber keine ruhige Minute haben.«

»Sie müssen sie ja nicht gleich allen weitergeben. Es ist vor allem, wenn ein Herr Benrath anruft, den brauche ich dringend. Ich bin da an einer interessanten Geschichte dran. Bleibt aber noch unter uns.«

»Sicher. Und diesem Benrath soll ich dann Ihre Handynummer geben?«

»Er müsste sie eigentlich haben, aber da er sich nicht mehr gemeldet hat, nehme ich an, dass er sie verlegt hat.«

»Sie können sich auf mich verlassen«, sagte sie, beinahe ein wenig stolz, dass sie jetzt mehr wusste als alle Kollegen.

»Ich mach mich dann mal an die Arbeit«, sagte Achim und verließ das Sekretariat.

An diesem Tag war Susanne gegen ihre Gewohnheit ins Geschäft gefahren, denn es hatte sich ein Händler angesagt. Es war Cees van Hünseln, der etwa einmal im Jahr bei ihr vorbeischaute, vor allem dann, wenn sie es nicht nach Antwerpen geschafft hatte. Es ging um die Anschaffung der Steine für das Collier, das ihre Freundin Anne in Auftrag gegeben hatte. Sie hatte Anne immer wieder mit Entwürfen aufgesucht, hatte Variationen und Gegenentwürfe erarbeitet, und schließlich hatte sich Anne entschieden. Nun mussten die Steine ausgesucht werden, musste geplant und kalkuliert werden, denn auch wenn Rüdiger sein schlechtes Gewissen aufwiegen musste, gab es natürlich auch da Grenzen. Eigentlich hatte sie einen Mitarbeiter, der sich auf dieses Spezialgebiet verlegt hatte, aber da es um Annes Collier ging, wollte sie lieber dabei sein. Das hatte sich eingebürgert, seit sie vor Jahren einmal einen Entwurf für Anne hergestellt hatte und in der anschließenden Diskussion über die Details nicht in allen Fragen Rede und Antwort stehen konnte. Damals hatte Anne ihr auf eine recht harsche Art zu verstehen gegeben, dass sie als Kundin die persönliche Betreuung der Chefin selbst verlangte. Sie wäre schließlich nicht irgendeine Kundin. Auch wenn sich Susanne damals sehr über diese Zurechtweisung geärgert hatte, siegte bei ihr der Geschäftssinn, und seitdem kümmerte sie sich um alle Belange von Annes Wünschen.

Als sie in ihrem Laden ankam, war Cees van Hünseln schon da.

»Sie müssen entschuldigen, aber der Verkehr . . .«

»Ich bitte Sie, liebe Susanne, ich freue mich sehr, Sie zu sehen.«

Man begrüßte sich wie gute Freunde, küsste sich gegenseitig links und rechts auf die Wange und setzte sich dann zu einem gemütlichen Plausch in den Räumen hinter dem Verkaufsraum zusammen. Diese waren nicht mehr so luxuriös wie die vorderen, aber ihre Einrichtung war immer noch von ausgesuchtem Geschmack, und manch ein anderer Juwelier in der Stadt wäre froh, wenn so seine Verkaufsräume ausgesehen hätten. Auch hier gab es noch viel Holz, aber zwischen den eingebauten Schränken und den zwei Tresoren, von denen der eine den anderen um fast das Doppelte überragte, waren die Wände einfach weiß getüncht. Beherrschten in den Verkaufsräumen einige Ölgemälde die Wände zwischen den Vitrinen, so waren hier vornehmlich Kupferdrucke aufgehängt. In einem weiteren Nebenraum arbeiteten zwei Mitarbeiter, aber Susanne schloss beim Betreten sogleich die Tür, damit sie und van Hünseln ungestört waren.

Susannes Mitarbeiterin Frau Kaul brachte Kaffee und ein wenig Gebäck, dass van Hünseln traditionell als Verführung tadelte, für die er nicht empfänglich sei, um es dann doch im Laufe der nächsten halben Stunde Stück für Stück zu verzehren. Man kam vom Allgemeinen ganz zwanglos zu geschäftlichen Fragen und ging dann zum eigentlichen Grund von van Hünselns Besuch über.

Susanne ging zur Tür zum Verkaufsraum.

»Frau Kaul, sagen Sie Herrn Reiter, wir wären jetzt so weit.«

Es dauerte einen kleinen Moment, bis Reiter erschien, beinahe ergeben van Hünseln begrüßte, um dann diskret die Tür zum Verkaufsraum zu verriegeln, denn die Steine, die van Hünseln aus seinem Koffer hervorholte, würden, gepaart mit denen, die Susanne schon im Tresor für das Collier bereitgelegt hatte, einen nicht unbeträchtlichen Wert haben. Zudem ließ sich der Haupttresor nur bei verriegelter Verbindungstür öffnen, eine Sicherungsvorrichtung, die Susanne kurz nach der Geschäftsübernahme einbauen ließ.

Die nächste Stunde wurden Steine verglichen, kombiniert, neu zusammengestellt und umdrapiert, bis ein Ergebnis erzielt wurde, das Susanne zufriedenstellte und van Hünseln zu Begeisterungsrufen antrieb.

»Göttlich« nannte er den Entwurf und fügte hinzu, dass nur eine Königin dieses Collier tragen dürfe, wobei er selber wusste, dass dies wahrscheinlich nie der Fall sein würde.

Sie saßen noch ein wenig beisammen, nachdem die Steine wieder im größeren der beiden Tresore verschlossen waren. Reiter zog sich zurück, und nachdem auch van Hünseln das Seine wieder im Stahlkoffer verstaut hatte, servierte Frau Kaul den obligatorischen Champagner, ohne den van Hünseln einen Geschäftsabschluss als unbefriedigend betrachtete.

Einen wirklich unbefriedigenden Arbeitstag verbrachte Achim vor allem damit, sich in das Thema Musical weiter einzuarbeiten. Inzwischen hatte er aus der sendereigenen Bibliothek jede Menge Bücher angefordert und erhalten und hatte darüber hinaus im Internet weitere, entlegenere Quellen ausfindig gemacht. Nun war er damit beschäftigt, das Material zu sichten, eine Gliederung zu erarbeiten, aber im Grunde genommen kam er nicht richtig vorwärts. Zu sehr war er damit beschäftigt, sich seine Argumentation zurechtzulegen, sich auf das Gespräch zu konzentrieren, das er am späteren Nachmittag bei der Bank haben würde. Es war nur ein kurzer Anruf gewesen, und man hatte ihm sogleich für denselben Tag einen Termin gegeben, aber das besagte natürlich gar nichts. Viel interessanter war die Frage, ob man ihm den Kredit über fünfzigtausend Euro einräumen würde. Sicher war er der Mann einer wohlhabenden Frau, aber er selber hatte wenig Sicherheiten zu bieten. Zudem fehlte ihm jegliche Erfahrung, denn er hatte seit der Eheschließung mit Susanne alle wichtigen Geldfragen ihr überlassen. Sie hatte die Erfahrung durch das Geschäft des Vaters und handelte mit Summen, bei denen es Achim anfangs die Sprache verschlagen hatte. Entsprechend nervös war Achim an diesem Tag, denn die Stunde seines Termins rückte unaufhaltsam näher, und bald musste er sich auf den Weg machen.

Er ging zuvor bei den Kolleginnen im Sekretariat vorbei.

»Ich habe einen Termin in der Stadt, der bestimmt eine Stunde dauert. Es lohnt sich danach kaum noch, wieder hierherzukommen«, erklärte er lapidar.

»Wenn etwas ist, haben Sie ja Ihr Handy«, entgegnete freundlich die junge Schreibkraft, die die Nachricht von seinem neuen Handy inzwischen auch erfahren hatte.

»Sicher«, sagte Achim, aber er blieb dennoch stehen. »Besser ist, Sie sagen, ich bin im Haus unterwegs. Ich besorge eine Überraschung für meine Frau.«

»Verstehe«, sagte die junge Frau und blinzelte ihm zu. Sicher fand sie es romantisch, wenn der Ehemann nach vielen Ehejahren noch für eine Überraschung für seine Frau gut war. Zudem würde sie jetzt Susanne auch nicht verraten, dass er unterwegs wäre. Wenn die Kollegin wüsste, dachte Achim, während er auf den Aufzug zuging, um was für eine Überraschung es sich handelte, würde nicht nur sie, sondern auch seine Frau aus allen Wolken fallen. Aber sie würde es nie erfahren, sie durfte es nie erfahren.

Für Achim war sein Plan relativ einfach. Er würde sich bei der Bank die erforderliche Summe leihen und das Geld zurückzahlen. Entweder rasch und vollständig, wenn er Benrath aufgespürt und es ihm abgenommen hatte, oder monatlich in kleineren Beträgen, die er von seinem Gehalt sparen würde. Bei den Haushaltskosten, die Susanne größtenteils aus dem Gewinn bestritt, den das Geschäft abwarf, oder der aus Vermögenswerten resultierte, würde es gar nicht auffallen, wenn er regelmäßig einen Betrag davon für seine, diese Zwecke abzweigte. Dafür war sein Beitrag zum gemeinsamen Leben zu unbedeutend. Genaugenommen interessierte sich Susanne vom Beginn ihrer Beziehung an nicht für sein Gehalt, sondern bestritt alle Ausgaben großzügig aus ihren Mitteln.

Auf dem Parkplatz war zu dieser frühen Stunde vor dem eigentlichen Feierabend wenig los. Einzelne Parklücken hatten sich schon gelichtet, aber die meisten Autos standen noch seit dem Morgen da. Achim ging über den beinahe menschenleeren Platz, stieg in sein Auto und fuhr los. Er kam gut durch den Verkehr und stellte fast zehn Minuten vor seinem Termin den Wagen in das bankeigene Parkhaus, das ihm aufgrund der Enge einmal mehr bewies, dass Susannes Autogeschmack ihm schwierige Parkmanöver abverlangte. Aber er schaffte auch das rechtzeitig und stand wenige Minuten später vor dem Büro, in dem er gleich vom zuständigen Abteilungsleiter erwartet wurde.

»Nur einen kleinen Moment, dann ist Herr Leitner frei«, hatte ihm eine junge Mitarbeiterin verkündet und ihm einen Kaffee angeboten, den er allerdings ablehnte. Er wollte nicht mit seiner kleinen Aktenmappe unter den Arm geklemmt, die schwappende Kaffeetasse in der Hand, in das Büro gebeten werden, ohne dann diesem Herrn Leitner, der über sein Ersuchen entscheiden würde, die Hand geben zu können. Zudem wäre ein Missgeschick mit dem Kaffee das Letzte, was er brauchen konnte, und er war sich sicher, mit seiner Entscheidung gegen den Kaffee eine kleinere Katastrophe verhindert zu haben. Er bemerkte, dass ihn die einzelnen Szenarien amüsierten, mit denen er einen anderen Kreditnehmer mit dem Kaffee in das Büro treten sah. Er sah den Kaffee schon auf Leitners Hose oder wenigstens auf dem hellen Teppichboden, sah den anderen bekleckert die Tasse nebst Unterteller und Löffel auf dem Boden zusammensuchen, während der Mann nicht einmal merkte, dass seine Unterlagen gefährlich zu Boden rutschten.

Ein leichtes Schmunzeln glitt über sein Gesicht und wurde von der jungen Angestellten erwidert, die ihn offenbar beobachtet hatte. Er lächelte der jungen Frau zu, die ihn spätestens jetzt für einen potenten Bankkunden halten musste, dessen Kreditanfrage nur eine Formalität war, und war entsprechend positiv gestimmt, als er in das Büro von Leitner gebeten wurde.

Minuten später sank seine gute Laune in sich zusammen, denn Leitners Miene sah bei der Durchsicht von Achims Unterlagen keineswegs entspannt aus. Vielmehr ließ sein Blick Skepsis erkennen; in den Unterlagen vor und zurück, um sie schließlich mit einem leichten Seufzen von sich weg auf den Schreibtisch zu schieben.

Achim saß einfach da, schaute Leitner an und wartete, aber es dauerte einen Moment, bis Leitner sich zur Mitteilung seiner Entscheidung durchringen konnte.

»Herr Kröger«, begann er, als sei er ein Arzt, der sein Gegenüber über dessen baldiges Ableben vorbereiten müsste. »Wie soll ich es Ihnen sagen«, setzte er erneut an, was Achim jetzt schon fast beleidigend empfand. »Wir können Ihrem Antrag leider nicht entsprechen.«

»Das heißt, Sie lehnen es ab, mir einen Kredit zu geben?«

»Aber Herr Kröger, davon kann doch keine Rede sein«,

lenkte Leitner ein, aber nur, um hinzuzufügen: »Es tut mir leid, aber eine solche Summe können wir nur gegen Sicherheiten zur Verfügung stellen. Zwanzigtausend Euro wären kein Problem, aber fünfzigtausend ... Sie dürfen nicht vergessen, dass Sie bei uns über keine größeren Einlagen verfügen. Und Ihr Girokonto weist zurzeit auch einen Saldo auf.«

Daran musste Leitner Achim nicht erinnern, das wusste er selber.

»Ich bin seit mehr als zwanzig Jahren Kunde bei Ihrer Bank.«

»Das habe ich sehr wohl in meine Überlegungen mit einbezogen. Wäre es für Sie denkbar, dass wir als Sicherheit auf eines der Geschäftskonten Ihrer Frau oder auf eines Ihrer Depots zurückgreifen? Ihre Frau verfügt über ein nicht unbeträchtliches Vermögen ...«

»Das möchte ich gerade nicht.«

»Eine Unterschrift Ihrer Frau würde bereits die Sicherheitslage verändern.«

Der redet wie ein Agent von Sicherheitslage. Allmählich beschloss Achim für sich, diesen Leitner für einen inkompetenten Schnösel zu halten. Schon wie er da saß, in seinem schicken Anzug mit weißem Hemd und einer etwas zu bunten Krawatte. Susanne hätte sicherlich gleich einen Termin bei einem diensthöheren Mitarbeiter bekommen.

»Meine Frau möchte ich nicht in diese Sache einbeziehen.«

»Es wäre doch nur als Sicherheit.«

Achim sagte nichts, sondern sah sein Gegenüber nur an.

»Wofür brauchen Sie das Geld denn?«

»Das muss ich Ihnen nicht sagen.«

»Das ist nur bedingt richtig«, verbesserte Leitner. »Natürlich können Sie mit Ihrem Geld machen, was Sie wollen.

Aber wenn wir Ihnen etwas leihen sollen, zumal eine solche Summe, dann haben wir sehr wohl das Recht, Informationen zu erfragen. Kaufen Sie ein Auto?«

Achim schüttelte den Kopf.

»Herr Kröger«, mahnte der andere. »Wenn ich Ihnen helfen soll, müssen Sie mir schon mehr erzählen.«

»Nein, das geht nicht«, sagte Achim. »Ich bin ein langjähriger Kunde und verfüge über ein sicheres Einkommen. Meine Frau ist nicht unvermögend. Ich sehe Ihr Problem nicht.«

»Gerade die Tatsache, dass Ihre Frau vermögend ist, wirft doch die Frage auf, weshalb Sie überhaupt Geld brauchen. Wenn Ihre Frau es Ihnen nicht leihen will, muss Sie doch auch Gründe haben.«

»Was wollen Sie damit sagen?«

»Ich will damit gar nichts sagen«, sagte Leitner, inzwischen leicht genervt. »Ich habe auch Vorgesetzte und kann ab einer bestimmten Höhe nur noch bedingt alleine entscheiden. Die Fragen, die ich Ihnen hier stelle, muss ich an anderer Stelle doch auch beantworten.«

Das wiederum amüsierte Achim beinahe, dass Leitner sich ähnlichen Verhören aussetzen musste.

»Das heißt, Sie können nichts für mich tun?«

Achim war dieses Herumgerede leid.

»Wenn Sie keine Sicherheiten bieten, Ihre Frau nicht mit unterschreibt und es bei diesem Kreditrahmen bleiben soll ...«

»Dann?«, fragte Achim nach.

Es entstand eine kurze Pause.

»Dann bedauere ich«, sagte Leitner verlegen.

Mehr oder weniger wortlos verlief die Verabschiedung, wobei sich Leitner nun doch ein wenig sorgte, den Mann einer angesehenen Geschäftsfrau der Stadt so einfach abgewiesen zu haben.

»Wenn Sie es sich noch einmal überlegen wollen«, versuchte er den schroffen Eindruck seiner Absage zu beschönigen. »Eine etwas kleinere Summe ... dann sehe ich kein Problem, oder wie gesagt, wenn Ihre Frau ...?«, aber Leitner merkte selbst, dass diese Versuche sinnlos waren.

Achim war enttäuscht aber auch verärgert über die Art und Weise, wie er in der Bank abgefertigt worden war. Aber mehr als darüber resultierte seine Verstimmung daraus, dass er nicht wusste, was er nun machen sollte. Er konnte doch nicht einfach kapitulieren, konnte doch nicht aufgeben, nur weil eine Bank ihm keinen Kredit geben wollte. Natürlich wusste er auch, dass er es bei einer fremden Bank gar nicht zu versuchen brauchte, und in unseriöse Hände, die Geld ohne Sicherheit und ohne andere Nachweise verliehen, wollte er sich nicht begeben. Er hatte genug Schwierigkeiten, dass er auf weitere Sorgen durch betrügerische Geldverleiher wirklich verzichten konnte.

Aber wen konnte er ansprechen? Er merkte, dass er wenige Menschen kannte, an die er sich vertrauensvoll wenden konnte. Susanne wäre ein solcher Mensch, aber das war ausgeschlossen. Sylvia wäre genau die falsche Adresse, denn durch sie war er doch in diese Notlage geraten. Abgesehen davon wusste er nicht, ob Sylvia über solche Mittel verfügte. Nach ihrer Wohnung zu urteilen, konnte sie sich einiges leisten, aber solche Summen konnte er sich bei ihr nicht vorstellen. Es blieb nur Rolf, den er seit Jahren kannte, länger als Susanne, und erst recht länger als die meisten seiner Kollegen.

Rolf war einst Studienkollege gewesen. Sie hatten sich in einem der ersten Semester kennengelernt, als sie beide noch voller Illusionen und Träume aber ohne jeden Blick für die Realität und eine spätere Berufswahl vor sich hin studierten.

Rolf war genau so ein weltfremder Musikidealist wie er selber, aber im Gegensatz zu ihm, der, seit er die Welt der Musiker kennengelernt hatte, nichts anderes werden wollte als Mitglied in dieser Welt der Klänge und Töne, war Rolf vielleicht doch mit einem Funken Realismus mehr ausgestattet.

Schon im dritten oder vierten Semester begann Rolf neben dem Studium in einer Kneipe zu jobben, eben genau in jener Kneipe, in der sie später spielten und in der Achim seine Susanne kennenlernte. Und während Achim von der Musikerkarriere träumte, die sich dann doch nie einstellte, kümmerte Rolf sich nach Jahren des Vagabundierens in verschiedenen Berufen neben seinen Filmen immer mehr um irgendeinen Kneipenjob, bis er Jahre später selber eine aufmachte. Keine Kneipe natürlich, die Zeiten hatten sich gewandelt, sondern ein Szenelokal, ein In-Café, in dem die verkehrten, die eine Zeit lang Yuppies genannt wurden.

Rolf hatte über die langsame Aufgabe des Studiums den Einstieg in die Geschäftswelt gefunden und lebte nach einem kleinen Trennungsschmerz von der Musik mehr recht als schlecht von seinem In-Lokal, wenn er sich nicht einen kleinen Ausflug in die Welt des Dokumentarfilms leistete. Achim dagegen, der der Musik treu geblieben war, wurde nicht erfolgreicher, und am Ende waren es dann vielleicht doch mehr die Beziehungen seines Schwiegervaters, die ihm nicht nur ein regelmäßiges und sicheres Einkommen, sondern auch die Arbeit in der Musikredaktion bescherten, in der er nicht mehr nur die angesagten Hits abspielen musste. Aber dennoch haderte Achim gelegentlich mit seinem Berufsleben. Im Gegensatz zu Rolf. Der fügte sich nicht nur klaglos in sein Schicksal, sondern sah in der Fügung des Lebens, die ihn zum Inhaber eines gutgehenden In-Lokals gemacht hatte, einen erfreulichen Wink des Schicksals. Und trotz aller Unterschiede wusste Achim, dass Rolf ihn in seinem Innersten verstand. Sie waren Freunde im besten Sinne geblieben. Auch wenn sich ihre Wege immer wieder trennten, wenn sie sich manchmal einige Monate nicht sahen, war jedes Treffen ein Wiedersehen, als seien sie erst vor Stunden auseinandergegangen.

Auch als Achim Susanne kennen und lieben gelernt hatte, änderte sich daran nichts. Sie sahen sich sicher seltener, die spontanen Abende nahmen ab, aber es blieb die treue Verbundenheit. Susanne trat nicht zwischen sie, sondern wurde Ehefrau des einen und als diese irgendwie auch Freundin des anderen, aber es war für Susanne wie für Rolf klar, dass ihnen beiden Achim näher stand als sie ihm oder umgekehrt.

Das galt auch für die Verschwiegenheit Rolfs, der sich nie illoyal gegenüber einem der beiden verhalten hätte, wenngleich Susanne akzeptierte, dass Rolf Achims Vertrauter war. Sie konnte mit ihm sprechen, ihn um Rat fragen, aber die Verbundenheit der beiden Männer konnte und wollte sie nicht durchbrechen.

Was lag für Achim näher, als nach dieser deprimierenden knappen Stunde in der Bank in der Stadt zu bleiben und Rolf in seinem Café zu besuchen. Im Sender wurde Achim nicht mehr erwartet, denn es gehörte zu den Gepflogenheiten, dass ein nachmittäglicher Termin außer Haus mit einem

Dienstschluss gleichzusetzen war. Man wäre im Gegenteil verwundert gewesen, wenn Achim noch einmal zurückgekommen wäre, nur um die letzte halbe Stunde diensteifrig abzusitzen.

Aber es war weniger der gespürte Wunsch, den alten Freund Rolf zu treffen und seinen Rat zu brauchen, als vielmehr ein Gefühl der Verlorenheit, das Achim umtrieb. Rolf würde ihm wahrscheinlich gar nicht helfen können, und selbst wenn, würde er es nicht annehmen. Er würde niemals das Geld von Rolf annehmen, redete er sich ein, darum ging es gar nicht. Es ging nur darum, dass er ratlos war, und in solchen Situationen gibt es keine Hilfe, nur ein offenes Ohr. Helfen musste er sich selber oder eben nicht.

Achim musste nicht lange nach einem Parkplatz suchen, denn er hatte Glück. Die Leere der Stadtstraßen setzte sich in der Parkplatzbelegung fort. Nur wenige Kauflustige gingen, teils mit Einkaufstüten, von oder zu den Geschäften, aber es fehlte die hektische Betriebsamkeit, die mit dem Ende der Bürostunden einsetzen würde.

In Rolfs Café, das dank der gemäßigten Temperaturen noch draußen Sitzplätze hatte, neben denen später in der Dämmerung Gasstrahler für annehmbare Temperaturen sorgten, waren am späten Nachmittag wenig Gäste. Die jungen Kellnerinnen langweilten sich trotz aller Zurückhaltung hinter der Theke, und Rolf schaute die Abrechnungen und notwendigen Bestellungen durch, um sich den Anschein einer Beschäftigung zu geben.

Die Mittagsgäste waren längst gegangen, die abendliche Kundschaft noch lange nicht aufgetaucht, und so füllte sich das Lokal ein wenig mit den Einkaufsbummlern oder denen, die nach dem Shoppen eine kleine Pause wünschten. Hier gab es sowohl die, die nach ihrem Einkauf eine Stärkung brauchten, genauso wie jene, die die Atmosphäre in Rolfs Café genossen, weil sie meinten, schon durch diesen Besuch in Rolfs Café zur erlesenen Shoppingfamilie zu gehören. Achim betrat das Café und ging auf die unbesetzte Theke zu, hinter der Rolf stand und von Zeit zu Zeit das Treiben in seinem Café beobachtete.

»Na, um die Zeit schon genug gearbeitet?«, begrüßte er Achim.

»Kann ich dich einen Moment sprechen?«, platzte Achim heraus, obwohl er sich vorgenommen hatte, erst über einen belanglosen Smalltalk auf sein eigentliches Anliegen zu sprechen zu kommen. Rolf sah ihn aufmerksam an, denn eine solche Dringlichkeit erlebte er bei Achim selten. Meist kreisten ihre Gespräche um das alltägliche Einerlei, die Arbeit, die einen ernährte, aber nicht ausfüllte, die nicht vorhandenen Alternativen und die etwas schale Erkenntnis, dass man auf sehr hohem Niveau klagte.

»Sicher, setz dich schon mal, ich komme sofort. Möchtest du etwas?«

»Einen Milchkaffee.«

»Nadine, bist du so lieb?«, wandte sich Rolf an eine der jungen Serviererinnen.

Achim ging bereits zu einem der hinteren Tische, der etwas abseits stand, und nahm Platz. Wenig später kam Rolf, setzte sich neben ihn und schaute ihn an.

»Wie kann ich dir helfen?«

Plötzlich fühlte sich Achim in die Enge gedrängt, aber er hatte ja selber das Thema mit seiner Frage eingeleitet.

»Das ist nicht so einfach«, begann er zögernd.

»Du siehst nach ›Ich habe ein großes Problem‹ aus, und da du mit diesem Gesicht zu mir kommst, biete ich dir meine Hilfe an. Oder liege ich falsch?«

»Nein, ist schon richtig. ... Ich brauche dreißigtausend Euro.«

Rolf lehnte sich lachend zurück.

»Du? Das soll doch wohl ein Witz sein. Wenn ich Geld bräuchte, würde ich dich anpumpen. Für euch ist doch Geld kein ernstes Thema.«

»Für Susanne nicht, für mich schon.«

In dem Moment kam die Bedienung und stellte Achim den Milchkaffee hin.

»Möchten Sie auch etwas?«, fragte sie Rolf.

»Danke, später vielleicht.«

Rolfs Gesicht war wieder ernst, aber er wartete, bis die junge Frau gegangen war. Zu erfahren, was passiert war, war jetzt wichtiger, als in wenigen Minuten aufgrund der Bestellung erneut unterbrochen zu werden.

»Und wieso fragst du nicht deine Frau?«

»Wie soll ich ihr das erklären?«

Das war also das Problem. Achim steckte in Schwierigkeiten, und Susanne durfte nichts davon wissen. Dabei wusste Rolf, dass Susanne bereits ahnte, dass es irgendetwas gab, was Achim ihr verheimlichte. Das wollte Rolf zunächst für sich behalten, aber er hatte es Achim gegenüber schon angedeutet, obwohl er wusste, dass auch Susanne ihm vertraute.

»Verstehe, dann erkläre es mir.«

»Ich werde erpresst.«

Jetzt war es gesagt, nun würde das Weitere einfacher werden.

»Wegen deiner Liebelei in Hamburg?«

Rolf verstand sofort die Zusammenhänge.

»Ich hab mit Sylvia Schluss gemacht.«

»Also die Rache einer verlassenen Frau«, spekulierte Rolf, aber Achim schüttelte den Kopf.

»Das ist es nicht. Alles fing mit dieser Geschichte in Hamburg an. Mit dem Schuss im Parkhaus und diesem Mann.«

»Diesem ... Benrath?«

»Genau.«

»Du hättest doch zur Polizei gehen sollen. Susanne hin oder her.«

»Solche guten Ratschläge helfen mir sehr«, sagte Achim mit beleidigtem Ton. Zudem war es ein unsinniger Ratschlag, und das wusste Rolf auch.

»Und weiter?«, forderte er Achim auf.

»Nun werde ich erpresst, weil meine Fingerabdrücke auf dem Wagen sind. Es muss jemand gesehen haben, dass ich ihn angefasst habe. Am Tag danach hat die Polizei eine Vermisstenmeldung ausgegeben und als einen letzten Hinweis auf den Vermissten den Wagen genannt, auf dem meine Fingerabdrücke sind.«

»Aber da hast du doch nichts zu befürchten. Juristisch gesehen ...«

»Das weiß ich auch«, erwiderte Achim. »Das sagt sogar mein feiner Erpresser. Aber selbst wenn mich nach einiger Zeit ein geschickter Anwalt heraushaut, weißt du, was das bedeutet? Glaubst du, Susanne will, dass unser Kind ...«

Rolf schaute seinen Freund an und überspielte seine Ratlosigkeit, indem er aufstand.

»Jetzt brauche ich auch etwas zu trinken. Du auch noch was?«

»Danke, ich bin mit dem Wagen hier«, sagte Achim; er wusste, dass Rolf nun ein Glas Rotwein trinken würde.

Rolf ging zur Theke und bestellte wie ein Gast bei einer Bedienung sein Getränk und kam kurz darauf mit einem großen Rotweinkelch zurück, in dem ein kleiner roter Flüssigkeitsspiegel hin und her schwappte.

»Ich habe dich immer gewarnt«, nahm er das Gespräch wieder auf und gönnte sich einen kleinen Schluck, der für einen kurzen Moment seine Gesichtszüge erhellte.

»Ja, das hast du«, musste Achim zugeben. »Eine Geliebte ist immer ein Risiko. Aber das jetzt ist doch was ganz anderes.«

»Und du sollst jetzt für deinen Ehefrieden dreißigtausend Euro zahlen?«

»Eigentlich sind es fünfzigtausend, aber zwanzigtausend gibt mir die Bank.«

Rolf hob beeindruckt die Augenbrauen.

»Und was erreichst du damit? Der Kerl will doch eine Woche später wieder Geld.«

»Deshalb muss ich den Typ kriegen. Erst wenn die Polizei ihn hat, habe ich Ruhe. Ich habe ihn schon unter seinem Namen gesucht, aber allein in Hamburg gibt es davon ein knappes Dutzend im Telefonbuch.«

»Und was willst du tun? Ihm auflauern. Und dann?«

»Dann habe ich ihn auch in der Hand. Wenn ich weiß, wer er ist, kann ich ihm mit einer Anzeige drohen, dann hat der mehr zu verlieren als ich.«

»Kein ungefährliches Unterfangen. Schließlich hast du eine ungefähre Vorstellung, wozu dieser Mann fähig ist.«

»Aber gerade darum ist es wichtig, dass ich ihn in der Hand habe. Dann ist es eine Pattsituation.«

»Und du meinst, dann lässt er dich in Frieden?«

»Wenn ich ihn in Frieden lasse, sicher.«

»Und wenn du ihm einfach nur Papier in einen Umschlag steckst?«, spekulierte Rolf.

»Das habe ich schon getan. Er hat es natürlich gemerkt und die Summe erhöht«, musste Achim zugeben. »Pass auf, ich nehme das Geld, schreibe zur Sicherheit die Seriennummern auf; und sollte er mich dann erneut erpressen, dann kann ich auch damit zur Polizei gehen. Dann haben die eine Spur. Sie verfolgen das Geld zurück und ...?«

Achim war von seinem Plan wirklich angetan, aber in Rolfs Gesicht überwog die Skepsis.

»Ich will dir deinen Optimismus ja nicht kaputtmachen, aber ich wäre da etwas vorsichtiger.«

»Habe ich denn eine andere Wahl? Hast du eine bessere Idee?«

»Nein, habe ich nicht, aber das heißt noch lange nicht, dass deine Idee damit gut ist. Achim, ich mache mir einfach Sorgen.«

»Kannst du mir das Geld leihen?«

»Dreißigtausend Euro?« Rolf schüttelte den Kopf. »Es tut mir leid, aber so spontan habe ich so viel Geld auch nicht flüssig.«

Rolf machte eine kleine Pause, denn es fiel ihm schwer, mit der Wahrheit herauszurücken. Aber es musste sein. Er wollte auf keinen Fall, dass Achim denken könnte, er wollte nicht helfen. Denn er konnte nicht.

»Ich habe einige Verbindlichkeiten«, begann er sein Geständnis. »Der Laden hier ist gepachtet, das Auto geleast, die Wohnung gemietet ... ich glaube kaum, dass mir die Banken spontan die Kohle hinterherwerfen. Außerdem stecke ich mitten in der Arbeit an meinem neuen Film. Ich habe Vorkosten«. Er winkte ab, als ließen sich diese Zahlen gar nicht mehr beziffern.

»Du kriegst es doch wieder.« In Achims Stimme schwang Verzweiflung mit.

»Ich hab es wirklich nicht, und ich werde es auch nicht bekommen. Schon vor Drehbeginn musste ich mit einer Bankbürgschaft die Kosten absichern. Was meinst du, was das kostet? Die Idioten von der Bank haben getan, als wollte ich das Geld geschenkt haben, aber dabei nehmen die mich aus wie eine Mastgans. Wenn der Film fertig und abgerechnet wäre, sähe es vielleicht etwas anders aus, aber jetzt ...«

»War auch nur eine Frage«, sagte Achim resigniert, denn natürlich verstand er seinen Freund. Dreißigtausend Euro waren schließlich auch nicht gerade wenig. »Sei mir nicht böse, aber ich wollte es auch gar nicht so genau wissen. Ich dachte doch nur ... Es war blöd von mir.«

»Überhaupt nicht, wir sind doch Freunde, und ich wünschte, ich könnte dir helfen. Aber mit Geld ... ich wüsste nicht, wie.«

Rolf haderte mit sich und der Situation.

»Und wenn du den Kerl hinhältst?«

Achim schüttelte den Kopf.

»Der ruft mich überall an. Zu Hause, auf dem Handy, sogar im Sender. Er schickt Mails und Faxe, der hat mich regelrecht ausspioniert. Er weiß scheinbar immer, wo ich bin. Vorgestern rief er mich an und erzählte, dass ich das Geld auf einer grünen Bank hinter mir deponieren sollte. Und hinter mir stand tatsächlich eine grüne Bank. Vielleicht schaut der uns auch jetzt zu.«

»Hast du ihn denn auch gesehen?«

»Nur am Abend in der Hotelgarage, vor dem Lokal und am Morgen danach an der Rezeption. Aber er kann doch Komplizen haben, irgendeine Freundin, die ihm hilft. Was weiß ich.«

»Geh zur Polizei, das ist die einzige Lösung.«

»Du hast recht. Aber das geht nicht. Sei mir nicht böse, aber ich muss weiter.«

»Der Sender erwartet dich«, bemühte sich Rolf, die Stimmung aufzulockern.

»Der heute sicher nicht mehr.«

Achim stand auf und wollte sein Portemonnaie aus seiner Tasche holen.

»Lass das, bitte«, sagte Rolf. »Ich kann mir zwar manches nicht leisten, aber das ist immer noch drin.«

»Danke. Für alles«, fügte Achim noch hinzu, denn er spürte, dass er Rolf verletzt hatte.

»Mach keinen Fehler.«

»Die habe ich schon längst gemacht. Jetzt muss ich da irgendwie rauskommen.«

Ohne etwas zu sagen, standen sich beide Männer gegenüber. Plötzlich umarmte Achim seinen Freund, drückte ihn kurz an sich, dann nickte er ihm zu und ging ohne ein weiteres Wort. Rolf sah seinem Freund lange nach, als er das Café verließ und über die Straße ging. Er hätte ihm gern geholfen, auch wenn er es für einen Fehler hielt, was Achim vorhatte. Aber er hatte das Geld wirklich nicht, und er würde es auch nicht besorgen können. Dafür lebte er zu sorglos in den Tag. Er hatte in all den Jahren keine Rücklagen gebildet, sondern das Geld, wie es hereinkam, ausgegeben. Deshalb dachten sicher auch die meisten, dass er eine gute Partie wäre, aber er wusste, dass alles, was ihn umgab, Banken gehörte.

Achim spürte Rolfs Blick in seinem Rücken, und er schämte sich beinahe. Er schämte sich, weil er sich aus Dummheit und Gedankenlosigkeit in solche Schwierigkeiten manövriert hatte, aber mehr noch, weil er seinen Freund mit seiner Bitte in die peinliche Lage gebracht hatte, seine finanziellen Verhältnisse offenlegen zu müssen. Er hatte einfach nicht darüber nachgedacht, denn er hatte wie die meisten geglaubt, dass es Rolf wirtschaftlich blendend ging; aber wenn er länger darüber nachdachte, wurde ihm klar, dass das kaum sein konnte. Rolf lebte auf großem Fuß, wie man so schön sagte. Immer schicke Sportwagen, neueste Modelle, regelmäßige Kurzreisen, deren Fotos bewiesen, dass Rolf exquisite Hotels bevorzugte, gelegentliche Freundinnen, die sicher auch den Geldbeutel belasteten, und vieles mehr. Es war ihm peinlich, und er nahm sich fest vor, sich bei nächster Gelegenheit noch einmal bei Rolf zu entschuldigen.

Aber das Gespräch mit Rolf hatte noch andere Gefühle in ihm ausgelöst. Er spürte eine Art Dankbarkeit für sein bisheriges Leben und das Bedürfnis, seinen unmittelbaren Mitmenschen diese auch zu zeigen. Wie ein Lebensmüder, der noch einmal Abschied nehmen will, der im letzten Moment einen guten Eindruck hinterlassen will, spürte er, dass er seinen Mitmenschen etwas geben musste. Bei Rolf war es eben misslungen, aber da wusste er noch nichts von diesem Wunsch. Erst Rolf hatte ihn darauf gebracht, und vielleicht auch die Ausweglosigkeit seiner Situation. Vielleicht war es auch eine Art Deal mit dem Schicksal: Bin ich zu allen rücksichtsvoll und liebenswert, habe ich mir ebensolche Rücksicht verdient. Natürlich hätte er sich nie eingestanden, dass es in seinem Unterbewusstsein diesen Deal gab, aber das Bedürfnis, Gutes zu tun, wurde übermächtig.

Er ging noch ein wenig durch die Straße seinem Parkplatz entgegen, aber bald änderte er seine Richtung und schlug den Weg zu Susannes Geschäft ein. Er wusste, dass sie heute Nachmittag dort sein würde, und wollte sie besuchen.

Der Juwelierladen Kröger war ein mittelgroßes, aber sehr feines Geschäft in bester Lage der Innenstadt. Schon von Weitem erkannte er die edle Fassade, die den Passanten nicht im Unklaren ließ, dass hier der Durchschnittsverdiener schauen und staunen durfte, dass es ihm hier zu kaufen aber eher verwehrt war. Auch die Geschäfte neben und gegenüber des Juweliergeschäfts zeichneten sich durch einen ähnlich erlesenen Geschmack, auf jeden Fall aber durch ein ähnliches Preisniveau aus. Es waren Antiquitätenläden, Galerien und ein Uhrengeschäft, das sich mit dem krögerschen Laden prächtig ergänzte, da schon Susannes Vater Uhren aus dem Sortiment genommen und sich ganz auf Schmuck spezialisiert hatte.

Die Außenfassade war aus dunklem Holz und ließ Raum für relativ große Fenster, wie man sie bei einem alteingesessenen Juwelier eigentlich nicht erwartet hätte. Die Auslage bestand aus Skulpturen und Antiquitäten, auf denen wenige, aber umso ausgesuchtere Schmuckstücke ausgestellt waren. Die Schaufenstergestaltung schien immer einem gemeinsamen Thema, einer abgestimmten Farb- und Formgestaltung unterworfen, was die einzelnen Fenster zu einem Ensemble verschmolz. Mal spiegelten sich die Jahreszeiten wider, mal gab eine ausgewählte Epoche den Ton vor, mal nahm die Gestaltung auf ein Stadtereignis Rücksicht. Achim erinnerte sich, als vor Monaten eine bedeutende Impressionistenausstellung in der Stadt gastierte, dass die Schaufenster beinahe vor Farben und Blumen ertranken. Sie weckten eine solche Lust auf Natur und Freiheit, dass die Passanten oft länger vor den Schaufenstern verweilten, um sich an der Pracht satt zu sehen. Wie üblich waren auch damals die meisten Schmuckstücke ohne Preisangaben, nur in einem oder in zwei der drei Fenster gab es jeweils ein kleineres Schmuckstück mit Preisschild, das dem Interessierten zumindest die Größenordnung klarmachte, in der sich die Preise der Colliers bewegen mussten, und dem zufälligen

Passanten vor Augen führte, dass ein ernsthaftes Kaufinteresse für die meisten von ihnen unrealistisch war. Entsprechend war das Geschäft meist ohne Kundschaft anzutreffen, aber es genügten auf diesem Niveau wenige Kunden im Monat, um das Geschäft in der gewohnten Blüte zu erhalten. Zurzeit gab der Herbst den Ton des Schaufensterschmucks vor, was sich im dunklen Holz der Antiquitäten und den wenigen Gemälden thematisch in den Auslagen widerspiegelte.

Als Achim sich dem Juweliergeschäft näherte, sah er, dass Susanne gerade mit einer Mitarbeiterin die neue Dekoration besprach, denn das Herbstthema war schon seit einigen Wochen dekoriert, und es war an der Zeit, neue Akzente zu setzen. Er ging aber direkt zum Eingang und betätigte die Klingel, denn durch das Schaufenster zu winken kam ihm selbst unangebracht vor. Es dauerte einen kleinen Moment, bis ein Mitarbeiter erschien und nach einem kurzen Blick Achim als Susannes Mann erkannte und öffnete.

Die Klingelvorrichtung hatte noch Susannes Vater einbauen lassen, als klar wurde, dass Susanne das Geschäft bald übernehmen würde. In früheren Zeiten war eine solche Vorsichtsmaßnahme nicht unbedingt notwendig, auch wenn es etwas Vergleichbares in den ersten Jahrzehnten des 20. Jahrhunderts schon einmal gegeben hatte. Er hatte Susanne auch geraten, mindestens einen männlichen Angestellten im Geschäft zu haben, denn die Zeiten hatten sich geändert. Vor allem in den letzten Jahren, in denen Luxus wieder gefragt war, obwohl die allgemeine wirtschaftliche Lage für den Einzelnen nicht unbedingt rosig aussah, war der Abstand zwischen Wohlstand und Mittelstand enorm gewachsen. Und Vorsicht war in diesem Metier immer noch der beste Ratgeber.

»Guten Tag, Herr Kröger«, sagte Susannes Mitarbeiter und schloss hinter Achim die Tür.

»Guten Tag«, erwiderte Achim bloß, denn der Name des Mannes war irgendwo in seinem Gedächtnis vergraben.

Zunächst war Susanne mit ihrer Mitarbeiterin noch in das Gespräch vertieft, so dass sie von seinem Erscheinen keine Notiz nahm. Sie musste ihn für einen Kunden gehalten haben, und es gebot die Höflichkeit, nicht gleich neugierig den Kopf herumzudrehen. Aber ihre Mitarbeiterin nickte Achim freundlich zu, was für Susanne wiederum bedeutete, dass der Kunde ein Bekannter sein musste, und sie schaute sich um, um den Ankömmling zu begrüßen.

Als sie ihren Mann erkannte, beendete sie rasch das Gespräch.

»Wir werden später weitersehen«, sagte sie noch und ließ die Mitarbeiterin stehen, die sich sogleich zurückzog, während Susanne auf ihren Mann zukam.

»Nett von dir, einmal vorbeizuschauen«, sagte sie und begrüßte ihn mit einem Wangenkuss wie einen vertrauten Freund. Mehr Intimität gestattete Susanne ihnen in der Öffentlichkeit nicht.

»Ich habe etwas Zeit, und da wir die letzten Tage ...«

»Komm, wir gehen nach hinten«, sagte Susanne spontan und zog ihren Mann mit sich in die hinteren Geschäftsräume.

»Ein versöhnlicher Besuch?«

»Ein sehr versöhnlicher Besuch.«

»Eine nette Idee von dir«, sagte Susanne und strich ihrem Mann über den Arm. »Kann ich dir etwas anbieten? Kaffee?«

»Ich hatte zwar gerade einen bei Rolf, aber ... gern.«

»Oder Tee?«

»Dann den Tee.«

Susanne öffnete die Tür zum anderen Nebenraum, in dem sich das Verkaufspersonal aufhielt, wenn es keine Kundschaft zu beraten gab.

»Frau Kaul, sind Sie so nett, zwei Tassen Tee bitte.«

»Gern, Frau Kröger«, hörte Achim eine Frauenstimme, dann schloss Susanne wieder die Tür.

»Setz dich doch bitte.«

Susanne machte eine einladende Geste zu der kleinen Sitzgruppe, die vor dem Fenster mit Blick auf einen kleinen begrünten Innenhof stand.

»Oh, es gab Champagner«, bemerkte Achim, als er die angebrochene, beinahe leere Flasche und die zwei Gläser sah.

»Van Hünseln war da«, sagte Susanne erklärend. »Da musste ich eine Ausnahme machen. Nur einen Schluck.«

»Und den Rest hat er sich genehmigt. Mutig für einen Herrn im besten Alter, der mit Hunderttausenden durch die Stadt läuft.«

»Wie geht es Rolf?«, fragte Susanne. Das war perfekte Konversation, wie Susanne es liebte.

»Rolf geht es gut, ich soll dich grüßen«, erwiderte Achim, auf den höflichen Umgangston seiner Frau eingehend. »In den letzten Tagen bin ich einfach etwas aus dem Tritt. Midlife-Crisis, was weiß ich.«

»Du wirst Vater, da solltest du dir mit der Midlife-Crisis noch ein paar Jahre Zeit lassen.«

»Du weißt doch, was ich meine.«

»Als Motiv für den alltäglichen Frust?«

»Ich war einfach unzufrieden, irgendwie komme ich mit meinem Stück nicht weiter. Ich habe verschiedene Ideen durchgespielt, aber ... du weißt, was es für mich bedeutet. Du müsstest doch am ehesten verstehen, wie einen das trifft. Ein Ziel vor Augen, und man kommt nicht an.«

»Ich hatte nicht das Gefühl, dass sich deine Sorgen rein auf deine Komposition beschränken.«

In dem Moment öffnete sich die Tür, und eine junge Frau mit einem Tablett kam herein.

»Der Tee«, sagte sie erklärend. »Soll ich ihn hier abstellen?«

»Ja, danke, Frau Kaul«, sagte Susanne. »Den Rest mache ich selber«, fügte sie noch hinzu, damit sie und ihr Mann bald wieder unter sich wären.

Die junge Frau zog sich auch rasch und diskret zurück und schloss hinter sich leise die Tür.

»Mit Milch oder Zucker?«

»Milch«, sagte Achim, nur um etwas zu sagen, denn er war im Gegensatz zu seiner Frau eigentlich kein Teetrinker. Ihm war dieses Getue um das meist fade schmeckende Getränk lästig, dieses minutenzählende Ziehenlassen, was je nach Sorte höchst unterschiedlich und von immenser Bedeutung war, sollten nicht Geschmack und Wirkungsgrad einen erheblichen Schaden nehmen. Während seine Frau den Tee einschenkte und ihm das Milchkännchen anreichte, nahm Achim das Gespräch wieder auf.

»Ich bin doch glücklich, dass zwischen uns alles wieder in Ordnung ist. Aber ich möchte eben auch, dass du stolz auf mich sein kannst.«

»Das bin ich. Auch ohne eine gewidmete Komposition.«

»Erst lasse ich monatelang alles laufen, und jetzt will ich alles gleichzeitig erreichen.«

»Du musst mehr Geduld haben«, sagte Susanne auf ihn eingehend. »Man erreicht nicht alles auf einmal, und manchmal sind auch für einen selbst kleine Schritte in den Augen anderer große Erfolge.«

Im Hintergrund klang dezent die Ladenglocke, und Achim sah seine Frau an.

»Die anderen sind ja da«, sagte sie, um ihm zu zeigen, dass sie sich nicht stören lassen wollte, aber im gleichen Moment kam Frau Kaul zurück.

»Entschuldigen Sie bitte, Herr Dr. Mistler.«

»Ich komme sofort, einen kleinen Moment noch«, sagte Susanne, und Frau Kaul zog sich wiederum zurück.

»Entschuldige, es tut mir wirklich leid. Es geht um ein Geschenk zu einem höheren Hochzeitstag«, sagte Susanne.

Achim verstand natürlich, dass es dabei um viel Geld gehen würde, wenn die Chefin sich unverzüglich selbst auf den Weg machte.

»Wenn du Zeit hast, es dauert sicher nicht so lange.«

Achim nickte seiner Frau stumm zu, die nun den Raum verließ. Noch im Hinausgehen hörte er, wie sie den »lieben Herrn Doktor« gutgelaunt und hocherfreut begrüßte. Dann schloss sie die Tür, und die Stimmen verschwanden hinter einem wattierten Schleier.

Achim stand auf und schaute sich um. In den verschlossenen Regalen lagen hinter Glas Schmuckstücke verschiedenster, meist höherer Preisklassen, die Achim betrachtete. Ein einziges Stück würde seine Probleme lösen, fuhr es ihm durch den Sinn. Nur ein einziges Stück, das hier sinnlos herumlag und auf einen Käufer wartete, um dann den Hals einer Frau zu schmücken. Er ließ seinen Blick über die funkelnden Stücke gleiten, von denen der Wert der meisten seinen Geldbedarf bei Weitem übertraf. Es war schon eine verrückte Welt, in der sich ein Teil der Bevölkerung Schmuck im Wert von Mittelklassewagen und mehr um den Hals hängte, während andere kaum genug zum Leben hatten. Er erinnerte sich an ein Gespräch zwischen Susannes Vater und einem Lieferanten, bei dem es darum ging, dass ein Juwelier in irgendeiner anderen Stadt gegen einen Stadtstreicher prozessiert hatte, weil der auf dem Bürgersteig vor seinem Laden bettelte und damit die Kundschaft vertrieb. Verkehrte Welt, fuhr es ihm durch den Sinn.

Er ging ein paar Schritte umher, als sein Blick auf der angelehnten Tür des kleineren Tresors hängen blieb. Er horchte einen Moment, aber bis auf das gedämpfte Gemurmel der Stimmen aus dem Verkaufsraum war nichts zu hören. Mit wenigen Schritten ging er zu dem Tresor und zog die Tür auf, hinter der zahlreiche Schubladen zu sehen waren. Wahllos zog er eine auf, in der ein wertvolles Collier mit Ohrringen und einem passenden Armband lag. Nicht vorstellbar, was sich hinter der Tür des größeren, verschlossenen Tresors verbergen würde. Achim öffnete eine zweite Schublade, in der ähnlich wertvoller Schmuck lag. In einer weiteren Schublade befand sich eine Perlenkette, die er herausnahm und taxierend durch seine Finger gleiten ließ. Er sah auf das eine Preisschild, das am Ende der Perlenschnur baumelte, und auf das zweite, das die mit Steinen verzierte Schließe betraf. Davon konnten die Bewohner eines ganzen Mietshauses wochenlang leben. Er legte den Schmuck zurück, der offensichtlich schon verkauft war, denn sonst war es unüblich, fertige Ketten anzubieten. In einer weiteren Schublade fand er mehrere Ringe, von denen einer mit einem besonders prächtigen Stein strahlte. Er nahm ihn in die Hand, drehte ihn und betrachtete das funkelnde, mehrfarbige Licht, das der Schliff aus dem Sonnenlicht brach. Der würde reichen, dachte Achim und ertappte sich bei dem Gedanken, den Ring einfach einzustecken. Das würde niemand merken, auf jeden Fall nicht sofort, und wenn es dann in ein paar Tagen oder erst Wochen auffiel, würde niemals der Verdacht auf ihn fallen. Es würde vermutlich einen der Mitarbeiter treffen, dem der Diebstahl unterstellt würde.

Den würde es seinen Arbeitsplatz kosten, von den strafrechtlichen Konsequenzen ganz zu schweigen.

Nein, das würde er nicht auf sich nehmen. Er wollte nicht Zeuge dieses Unrechts sein, was er unvermeidlich mitbekommen würde. Mit ruhiger Hand legte er den Ring zurück, und wie ein Gefährdeter, der sich vor seinem eigenen Tun schützen muss, schob er die Schubladen zu, lehnte die Tresortür wieder an und verließ den Raum.

Im Verkaufsraum saß Susanne mit ihrer Mitarbeiterin und einem Mann, der sicher dieser Dr. Mistler war, in einer kleinen Sitzgruppe im hinteren Teil des Verkaufsraums. Sie unterhielten sich angeregt, als Achim aus dem hinteren Raum herantrat. Susanne sah ihn aus dem Augenwinkel.

»Herr Dr. Mistler, entschuldigen Sie mich einen kurzen Moment.«

Susanne nickte ihrer Mitarbeiterin Kaul aufmunternd zu, dass sie einen Moment alleine den wichtigen Kunden bei Laune halten musste.

»Du gehst schon?«

»Wir sehen uns heute Abend. Ich werde sehen, dass ich früh zu Hause bin.«

Achim nickte seiner Frau versöhnlich zu, die ihn wortlos verabschiedete. Er verließ das Geschäft, ging über die Straße und sah sich von der gegenüberliegenden Seite noch einmal um. Susanne war längst wieder in das Kundengespräch vertieft.

Achim ging durch die Stadt und wenig später auf den Parkplatz seines Wagens zu, als sein Handy klingelte. Achim holte es aus der Tasche.

»Nun hat auch Ihre Sekretärin Ihre Handynummer. Sie werden keine ruhige Minute mehr haben.«

»Was wollen Sie?«

»Haben Sie das Geld? Nein, Sie haben es noch nicht.«

Achim spürte, wie seine Anspannung rasch zunahm. Wusste Benrath wirklich, dass er das Geld nicht hatte? Das würde bedeuten, dass er ihn auch jetzt verfolgte, irgendwie immer in seiner Nähe war. Oder war es bloß eine Vermutung, um ihn unter Druck zu setzen? In keinem Fall durfte er sich seine Nervosität anmerken lassen.

»Vielleicht habe ich auch gar nicht vor, es zu besorgen, um es einem Verbrecher wie...«

»Nicht doch«, hörte er Benraths Stimme. »Morgen, dreizehn Uhr, Hamburg, Alsterufer. Näheres erfahren Sie früh genug.«

»Morgen um dreizehn Uhr in Hamburg, das ist unmöglich. Ich kann nicht einfach so früh in Hamburg...«

»Sie wollen pünktlich sein, versteh ich. Sagen wir, gegen sechzehn Uhr. Sie sollen ja eine faire Chance haben.«

»Muss es in Hamburg sein?«

»Hamburg ist doch eine schöne Stadt, oder?!«

»Und wenn ich nicht rechtzeitig...«

»Dann rufe ich Ihre Frau an. Sie weiß sicher, wo ich Sie finde.«

Ein Knacken, das Gespräch war beendet.

Was konnte er jetzt machen? Er musste zahlen, aber wie sollte er das Geld auftreiben? Natürlich könnte er noch einmal zu einer anderen Bank gehen, aber dort würde man ihm ebenso wenig helfen wie bei seiner Hausbank. Und der Versuch, bei verschiedenen Banken das Geld in kleineren Summen zusammenzukriegen, würde an der heutigen Vernetzung der Banken untereinander scheitern.

Er könnte seine Frau bitten, aber er wusste, dass ihm die Dreistigkeit fehlte, das durchzustehen. Ihr irgendeine Ausrede ins Gesicht zu lügen, warum er unbedingt jetzt, heute noch, fünfzigtausend Euro brauchte. Es wäre sicher für Susanne kein allzu großes Problem, ihm das Geld zu geben, aber was sollte er sagen? Er konnte doch kaum irgendeine Anschaffung vorschieben, denn die würde er irgendwann vorweisen müssen. Zudem würde er das auch ohne Susanne kaum angehen können. Sie hatte überall Kontakte und würde erfahren, dass er gelogen hatte.

Ihm fiel wieder der Schmuck ein, den er noch vor wenigen Minuten in seinen Händen hielt. Aber was würde der helfen? Er konnte kaum damit in ein Pfandhaus gehen, denn bei solchen Werten würde man sich nach der Herkunft des Schmucks erkundigen. Kein seriöses Pfandhaus würde sich auf ein solches Geschäft einlassen. Und die weniger seriösen würden ihm nur einen Bruchteil des tatsächlichen Wertes zahlen. Und wie würde die Geschichte weitergehen? Würde er den Schmuck dann je wiedersehen? Nein, das war keine Lösung, außerdem fehlte ihm jegliche Erfahrung, wie man so etwas anstellte und wo ein solcher Laden zu finden wäre. Zudem wollte er keinen Kontakt zur halbkriminellen Szene. Er hatte schon genug Schwierigkeiten und hätte dann vielleicht noch größere Probleme als ohnehin.

Er fuhr nach Hause, aber auch während der Fahrt beschäftigte ihn nichts so sehr wie die Frage, wie er bis morgen das Geld beschaffen sollte. Er fuhr unkonzentriert und zu schnell, denn seine Ratlosigkeit trieb ihn an, als könnte er mit der Geschwindigkeit auch seinen Sorgen entfliehen. Beinahe wäre er auf der Ausfahrtstraße mit einem entgegenkommenden Fahrzeug zusammengestoßen, und erst das heftige Hupen und das grelle Fernlicht des anderen rissen ihn aus seinen Gedanken. Später fuhr er langsamer, beinahe vorsichtig, und er versuchte zwanghaft, sich auf den Verkehr zu konzentrieren; und er war beinahe erleichtert, als er den Wagen unbeschädigt in der Einfahrt zum Haus parken konnte.

Nachdem er längere Zeit in seinem Arbeitszimmer gesessen hatte, verzweifelt und ratlos, ergriff ihn plötzlich eine Furcht, eine Angst des Verlassenseins. Wenn er bis morgen nicht das Geld zusammenbekäme, würde Benrath sich bei Susanne melden? Oder würde er sich anonym an die Polizei wenden, um Achim Schwierigkeiten zu bereiten? In beiden Fällen würde er Susanne verlieren. Würde nicht mehr mit ihr die gemeinsamen Abende verbringen, würde ihre Unterstützung und ihre Ermunterung verlieren, mit der sie seine Arbeit förderte. Auch das Kind würde er verlieren, das noch nicht geboren war. Susanne würde es ihm entziehen. Nicht aus Rücksichtslosigkeit, Egoismus oder Rache, sondern in der Konsequenz begründet, mit der sie ihr Leben führte. Natürlich hätte er Rechte, die er einklagen könnte, aber damit würde er mehr Schaden anrichten als dadurch gewinnen. Er wäre ein Vater ohne Kind, ohne es aufwachsen zu sehen, ohne ihm beistehen und ihm helfen zu können. Sicher war das in dieser Stunde kaum mehr als eine Sentimentalität, aber sie ergriff ihn so sehr, dass er für einen Moment spürte, wie Tränen seinen Blick verschleierten. Er würde auch seine Kompositionen verlieren. Selbst wenn sie keinen Erfolg hatten, nicht von Musikern eingespielt und aufgeführt oder gesendet würden, selbst dann hatten sie in den letzten Wochen an Bedeutung für ihn persönlich gewonnen. Er war nicht der Einzige, dem dieses Schicksal beschieden war. Vielleicht würde der Erfolg sich noch einstellen. Vielleicht in Jahren oder erst in Jahrzehnten. Vielleicht auch erst nach seinem Tod. Aber er hätte ein Samenkorn in die Erde gelegt, das wachsen und Früchte tragen würde. Irgendwann. Und was bliebe ihm stattdessen? Rolf vielleicht, aber darüber hinaus? Auf seine Kollegen konnte er nicht zählen, Hartung würde ihn fallen lassen, und der Sender würde ihn kaltstellen. Einen Mann am Mikrophon, der mit der Justiz zu tun hatte. Der womöglich in ein Verbrechen verstrickt war? Das konnten sich die Sendergewaltigen nicht leisten, und er würde Glück haben, wenn er in irgendeiner untergeordneten Abteilung weiterbeschäftigt würde, nachdem die Sache überstanden war. Und er würde sein Zuhause verlieren, das ihm nicht wegen, sondern trotz seiner Annehmlichkeiten ans Herz gewachsen war.

Achim stand auf und ging wie von einer Schnur gezogen in den Wohnraum zu einem der Bilder an der Wand. Aber es war, als ging nicht er selber, vielmehr sah er sich wie einem Fremden zu, der sich in seinem Haus bewegte. Sah, wie dieser andere eines der Bilder an der Wand wegklappte und den dahinterliegenden Tresor öffnete. Er kannte die Zahlenkombination, hatte sie sich eingeprägt, weil sie sich aus ihren Geburtsdaten und dem Tag ihrer ersten gemeinsamen Nacht zusammensetzte. Hinter der Tür waren zwei Schubladen und ein offenes Fach, in dem verschiedene Stapel Papiere lagen. Es waren Unterlagen über Aktiendepots, die Susanne unterhielt, Wertpapiere verschiedener Art und andere Unterlagen. Im ersten Schubfach befanden sich verschiedene Schmuckstücke, die Susanne persönlich gehörten.

Ohne darüber nachzudenken, was er tat, untersuchte Achim den Inhalt des Tresors beinahe akribisch, als wäre hier ein Schatz zu finden. Er suchte weiter, fand in der anderen Schublade verschiedene Papiere, auch ein dünneres Päckchen Geldscheine sowie weitere Schmuckstücke. Achim schätzte das eine oder andere in seiner Hand ab, betrachtete es genau, legte es aber dann wieder in den Tresor zurück. Schließlich fand er unter einem anderen Papierstapel einen kleinen Schlüssel, den er ohne zu zögern einsteckte. Er wusste, dass er zu einem Schließfach einer Bank gehörte, denn er war mehrfach mit Susanne dort gewesen. Nicht dass er genau wusste, was sich in dem Schließfach befand, aber irgendwie gab ihm dieser kleine Schlüssel Sicherheit, und Achim war sich, ohne es erklären zu können, sicher, dass er alles in den Griff bekäme.

Schon gegen Abend legte Achim eine Schallplatte ruhiger Chopin-Etüden auf und leerte eine Flasche in eine Karaffe, damit der Wein sich entfalten konnte. Auf einem kleinen Tisch standen bereits zwei Gläser. Er widmete seiner Tätigkeit größte Aufmerksamkeit, als wäre es ein besonderer Abend, und auf gewisse Weise war es das auch.

Achim hoffte, dass seine Frau bald nach Hause käme, denn er wollte den Abend mit ihr verbringen, wollte das Gespräch fortsetzen, das im Juwelierladen durch die Ankunft des Kunden unterbrochen worden war.

Es dauerte noch eine halbe Stunde, bis er Susannes Wagen in der Einfahrt hörte. Noch bevor sie das Haus betrat, schaltete er die CD noch einmal auf Start, sodass erneut die perlenden Klaviertöne erklangen, als Susanne die Haustür öffnete. Sicher würde sie die Musik hören, würde wissen, dass er sie erwartet hatte, aber nahm sich noch einen Moment Zeit, bis sie den Raum betrat. In der Tür blieb sie einen kleinen Moment stehen, als ob sie sich entscheiden müsste hereinzukommen, ging dann aber lächelnd auf Achim zu.

»Hast du dir etwas vorgenommen für heute Abend?«

»Ich wollte nach den letzten etwas missratenen Tagen einfach an gute Zeiten anknüpfen. Darf ich?«, fragte Achim und wies auf die bereitgestellten Gläser neben der Karaffe.

Susanne nickte.

»Aber nur einen winzigen Schluck.«

Achim schenkte ein und reichte Susanne das Glas. Sie nahm es lächelnd an, trank aber noch nicht.

»Und was heißt das?«

»Dass ich dich nicht verlieren möchte.«

»Das liegt auch an dir. Ich habe in den letzten Tagen nicht das Gefühl, dass du dir darüber im Klaren bist.«

»Auf unsere Zukunft?«

Susanne zögert einen kleinen Moment.

»Auf unsere Zukunft?«, versuchte Achim erneut, Nähe zwischen ihnen herzustellen.

»Du bist in letzter Zeit reichlich angespannt. Wirklich nur der Ärger im Sender?

»Lass, bitte.«

Sie hob das Glas und schaute ihrem Mann beinahe prüfend in die Augen.

»Auf uns?«

»Auf uns.«

Mit leisem Klang stießen die beiden kelchartigen Gläser aneinander und ließen einen klaren dunklen Ton erklingen. Dann hoben sie die Gläser und tranken, wobei Susanne kaum mehr als einen winzigen Schluck nahm.

Wenig später saßen beide in der kleinen Sitzgruppe nebeneinander.

»Weißt du, dass wir jahrelang kaum einen gemütlichen

Abend zu zweit verbracht haben? Einer von uns beiden war immer unterwegs.«

»Oder wir hatten Besuch, was für dich ja auch nicht immer ein Vergnügen ist.«

»Ich finde es schön, dass das in den letzten Wochen anders geworden ist. Fehlt dir der Beruf?«

»Weniger, als ich dachte. Und bald habe ich doch alle Hände voll zu tun. Ich freue mich auf unser Kind.«

Achim plauderte mit seiner Frau, aber obwohl er sich alle Mühe gab, musste er sich konzentrieren, das Gespräch in Gang zu halten. Es war wie eben vor dem Tresor, als wäre er ein anderer. Er hörte sich reden, charmant mit seiner Frau von der Zukunft sprechen, und dachte in seinem Inneren: Was redet der da, der Mann auf dem Sofa? Der plaudert vor sich hin, dabei weiß er, dass die Fassade, die er so mühevoll aufrechterhalten will, morgen schon zerbrochen sein wird, und spielt dennoch den treuen, sich sorgenden Gatten. Aber es war nicht gespielt. Achim hätte alles gegeben, wenn er das Geschehene in Hamburg rückgängig machen könnte. Jetzt konnte er nur Susanne seine Liebe versichern, die er ihr so gern schenken wollte. Aber er spürte auch den Schlüssel in seiner Tasche, mit dem er seine Frau bestehlen würde. Er war hin- und hergerissen von seinen Gefühlen, und Susanne spürte, die Not ihres Mannes. Sie wollte ihm helfen, aber es schien, als müsste er allein damit fertig werden.

»Ich sollte mir vielleicht einfach ein paar Tage frei nehmen und mit dir wegfahren«, schlug Achim vor.

»Du entwickelst ja richtigen Unternehmergeist. Wo soll es denn hingehen?«

»In eine Stadt, in der es keine Oper gibt.«

»Überdrüssig?«

»Nur ein wenig Abstand nehmen. Einen freien Kopf für

die eigenen Sachen bekommen. Sonst bin ich mit meinem Berufsleben zufrieden und mit meinem Privatenleben sehr glücklich. Auch mit den Aussichten.«

Susanne küsste ihn zärtlich, denn sie spürte hinter diesem Vorschlag den Wunsch, ihr eine Freude machen zu wollen.

Es war noch nicht allzu spät in der Nacht, als sie nach oben gingen. Susanne war von einer wohligen Müdigkeit erfüllt, sodass sie sich rasch ins Bett legte und sofort einschlief. Achim dagegen ging noch einmal hinunter, als er nach dem Aufenthalt im Bad seine Frau schlafend vorfand. Er setzte sich in sein Arbeitszimmer, legte eine Schallplatte auf und berauschte sich an der stürmischen, peitschenden Musik von Mozarts Konzert Nummer 42. So wild, so ungestüm fühlte er in seinem Inneren die Verzweiflung, mit der er auf sich selbst herabsah.

Der nächste Morgen begann mit einem leuchtenden Sonnenaufgang. Schon früh war Achim aufgestanden, war rasch ins Bad gegangen, um wenigstens an diesem Morgen seiner Frau zuvorzukommen. Er hatte sich angezogen und war bereits auf dem Weg nach unten, als er durch die Schlafzimmertür den Wecker seiner Frau klingeln hörte.

Flink, als wäre das seine tägliche Aufgabe, machte er Kaffee und Tee, frischen Toast, stellte alles mit ein wenig Konfitüre und Honig auf ein Tablett, holte aus dem Garten ein paar Blumen, die er als kleinen Blumenstrauß in eine Vase stellte, und trug es nach oben, wo seine Frau noch im Bett lag. Sie hatte den Wecker abgestellt, fühlte sich aber noch zu wohlig im Bett, um aufzustehen.

»Einen guten Morgen.«

Achim küsste seine Frau auf die Wange, die ihn mit noch ein wenig müden Augen ansah.

»Guten Morgen, was ist denn mit dir los?«

»Gute Vorsätze unterstreicht man am besten damit, dass man sie in die Tat umsetzt.«

»Es ist noch nicht sieben.«

Sie setzte sich auf, um das Tablett auf ihrem Schoß absetzen zu können.

»Ich trinke noch einen Kaffee mit dir, und dann fahre ich in den Sender. Dort werde ich meinen Schreibtisch in Angriff nehmen, damit auch dort der Schlendrian aufhört.«

»Das hört sich nach frischem Optimismus an.«

»Das *ist* frischer Optimismus«, verkündete er, während er sich und seiner Frau Kaffee einschenkte.

»Und den werde ich nutzen, um doch noch etwas anderes zustande zu bringen.«

»Ich weiß, dass du es schaffst.«

Achim nickte ihr zuversichtlich zu und wünschte sich inständig, dass seine Frau recht behalten sollte. Der heutige Tag würde die Zukunft weisen, würde zeigen, ob es einen Neuanfang gab, der Bestand hatte. Er wusste nur zu genau, was er riskierte, aber er wusste auch, dass er es für eine gemeinsame Zukunft tat.

»Jetzt hast du wieder viel Ähnlichkeit mit dem Mann, dessen Phantasie und dessen Elan ich immer geliebt habe … und immer noch liebe.«

Er umarmte seine Frau und küsste sie. Dann trank er noch seinen Kaffee aus, während sie über allerlei Belangloses sprachen, und als er ging, musste er sich losreißen, um ihr nicht in seiner Sehnsucht danach, dass diese Lügen ein Ende hätten, alles zu gestehen. Aber das durfte er nicht, denn in seiner Angst, Susanne noch einmal zu enttäuschen und sie endgültig zu verlieren, war sein Plan für ihn die einzige Lösung. Er musste Benrath entlarven, um vor ihm sicher zu sein.

Wenig später saß Achim vor einem Schreibtisch, auf dessen gegenüberliegender Seite der Angestellte einer Bank die notwendigen Formulare ausfüllte.

»Wenn Sie bitte hier unterschreiben.«

Achim nahm den Stift, den der Bankangestellte ihm reichte, und unterschrieb. Der Angestellte unterschrieb ebenfalls. Dann gingen beide durch die weitläufige Schalterhalle zu einer der vielen Türen, hinter der eine schmale Treppe in das Untergeschoss führte. Hintereinander gingen sie hinab, einen langen Gang entlang, bis sie vor dem Raum ankamen, in welchem sich die Schließfächer befanden.

Der Angestellte schloss mit seinem Schlüssel die Gittertür auf, dann betraten er und Achim den Raum mit den Schließfächern. Der Raum war nicht besonders groß, aber die Wände waren vom Boden bis zur Decke mit zahllosen Schließfächern verschiedener Größe bedeckt, sodass die Wände des Raums komplett aus Metall waren. Der Bankbeamte schaute auf seine Liste und entsicherte mit seinem Bankschlüssel das Schließfach, das Achim nun mit seinem Schlüssel öffnen konnte.

»Bitte sehr, Herr Kröger«, sagte er freundlich, trat einen Schritt zurück und deutete dabei auf einen kleinen goldenen Knopf neben dem Eingang. »Sie läuten, wenn Sie so weit sind.«

»Danke«, erwiderte Achim und nickte dem anderen zu, der den Raum verließ und das Gitter hinter sich zuzog.

»Wenn Sie mich brauchen, rufen Sie mich«, sagte der Bankangestellte noch.

»Ich sage Bescheid«, sagte Achim, und der andere verschwand.

Achim wartete einen Moment, bis die Schritte im Gang verhallten, dann öffnete er eilig das Schließfach, holte die

Metallschatulle heraus und öffnete sie. In ihr lagen einige Papiere, etwas Schmuck, Geld und ein paar Goldbarren. Ein letztes sekundenlanges Zögern, aber dann ging alles schnell. Achim zählte die Scheine und steckte einen Teil davon in seine Brieftasche. Dann nahm er drei Goldbarren, die er in einen Umschlag schob, den er extra mitgenommen hatte, schloss die Schatulle wieder und schellte nach dem Angestellten. Die Goldbarren würde er einlösen, und zusammen mit dem Geld würden sie etwa fünfzigtausend Euro ergeben. Er wollte keinesfalls mehr entnehmen, denn er wollte sich nicht bereichern. Er wollte das Geld nicht für sich, sondern für sie, für ihre Zukunft. Deshalb war es in seinen Augen kein Diebstahl. Sicher, ein Vertrauensbruch, aber der ließ sich nicht umgehen.

Mit der gebotenen Diskretion kam der Bankangestellte wieder in den Kellerraum, verschloss das krögersche Schließfach, ohne auch nur einen Blick auf den Umschlag zu werfen, in dem Achim die Goldbarren und die übrigen Geldscheine verstaut hatte.

Später saß Achim in einem Büro, in das ihn der Angestellte geführt hatte, nachdem er erklärt hatte, dass er die Barren zu Geld machen wollte.

»Keine schlechte Zeit dafür«, wertete der Angestellte Achims Vorhaben und entschuldigte sich. Achim saß in dem Büro und wartete einen Moment. Unwillkürlich machte er sich Sorgen, weil man ihn warten ließ. Hatte Susanne das Fehlen des Schlüssels entdeckt und die Bank informiert? Ahnte der Bankangestellte, dass Achim nicht mit dem Einverständnis seiner Frau handelte, und rief jetzt bei ihr an? Es war bei der Bank bekannt, dass sie die Geschäftsfrau war, deren Mann mit den Transaktionen seiner Frau nichts zu tun hatte. Auch dass sie bei ihrer Eheschließung Gütertrennung vereinbart hatten, mussten die Bankmitarbeiter wissen; wie sonst hätte Susanne ohne Achims Unterschrift schalten und walten können.

Als ein anderer Bankangestellter den Raum betrat, fühlte Achim, wie sich winzige Schweißtropfen auf seiner Stirn bildeten.

»Berger«, stellte sich der andere vor.

»Kröger.«

Sie gaben sich die Hand, bevor der andere hinter dem Schreibtisch Platz nahm.

»Es hat ein wenig gedauert, aber Sie wissen ja, wie das manchmal ist«, entschuldigte sich Berger und sah Achim kurz freundlich an, bevor er sich den zwei Blättern widmete, die er mitgebrachte hatte. Achim hatte sich noch nicht wirklich beruhigt, aber seine Sorgen erwiesen sich als unbegründet.

»So, ich habe hier schon einmal alles vorbereitet«, sagte Berger, drehte ein Blatt herum und legte es vor Achim auf den Tisch.

»Hier sehen Sie den Wechselkurs, hier die Bearbeitungsgebühr, und das ist die auszuzahlende Summe«, erklärte er. »Wohin sollen wir das Geld überweisen?«

»Ich nehme es bar.«

Ein winziges Zucken war in Bergers Gesicht zu erkennen, aber dann hatte er sich wieder gefasst.

»Es ist eine beträchtliche Summe.«

»Ich werde das Geld nicht lange herumtragen. Ein Gelegenheitskauf.«

Mehr sagte Achim nicht, aber das war auch nicht nötig. Es war nicht zu erkennen, dass Berger sich weitere Gedanken machte. Ein Kundenwunsch eines beinahe alltäglichen Bankgeschäfts, mehr nicht.

So stand Achim wenig später im Fahrstuhl der Bank und fuhr in die Tiefgarage hinab, in der er seinen Wagen abgestellt hatte. In der Innentasche seines Sakkos fühlte er den dicken Briefumschlag, in dem mehr als 100 Geldscheine waren. Er wagte nicht, den Umschlag aus der Tasche zu holen, denn er war sich sicher, dass die Bank schon aus Sicherheitsgründen ihre Fahrstühle mit Kameras überwachen ließ. Konnte man sichergehen, dass nur ehrliche Mitarbeiter den Bildschirm kontrollierten?

Als er im Auto saß, per Knopfdruck die Türen verriegelt und sich mit einem raschen Blick vergewissert hatte, dass er unbeobachtet war, holte er den Umschlag heraus, entnahm ihm den Auszahlungsbeleg, den er zerriss und ins Seitenfach der Tür stopfte, und das überschüssige Geld, das er in seine Brieftasche legte. Den Umschlag mit den fünfzigtausend Euro legte er ins Handschuhfach. Dann fuhr er los.

Bei der Ausfahrt hielt er einen Moment an und beobachtete den Verkehr, ließ mehrere Wagen an sich vorbeifahren und schaute sich mehrfach um, wie er es auch bei der Einfahrt in das Parkhaus gemacht hatte. Aber es fiel ihm nichts auf. Hatte Benrath ihn aus den Augen verloren, oder war es ihm nicht mehr wichtig, weil er bereits in Hamburg war und auf das Geld wartete? Er wusste es nicht. Und es war eigentlich auch egal, er musste fahren.

Die Fahrt nach Hamburg zog sich hin, auch wenn Achim sich bemühte, schnell zu fahren. Neben Abschnitten, in denen er rasend schnell vorankam, musste er auch immer wieder mit verringerter Geschwindigkeit hinter anderen herfahren, um dann irgendwann an den Langsameren und den scheinbar endlosen LKW-Kolonnen vorbeizukommen. Unterwegs hielt er zum Tanken an einer Raststätte, und erst beim Bezahlen an der Kasse fiel ihm ein, dass er seinen Wagen mit dem Geld unbeaufsichtigt gelassen hatte. Er spürte, wie ihm beim Unterschreiben des Zahlungsbelegs die Hand zitterte. Natürlich wusste niemand von dem Geld, aber war er deshalb vor Diebstahl sicher? Ein dummer Zufall könnte sein, dass es Diebe genau auf seinen Wagen abgesehen hatten. Ihnen würde dann das Geld zusätzlich in die Hände fallen. Er gab eilig den Beleg zurück und eilte zu seinem Wagen, der aber unangetastet in der Sonne stand. Achim verriegelte den Wagen von innen und griff ins Handschuhfach. Der Umschlag mit dem Geld lag unberührt an seinem Platz.

Nachdem er Kassel und dann Göttingen hinter sich gelassen hatte, lichtete sich der dichte Verkehr, und Achim fuhr auf der Autobahn mit hoher Geschwindigkeit, als ihm der zerrissene Auszahlungsbeleg der Bank im Seitenfach des Wagens einfiel. Er schaute nach hinten, wo in näherem Abstand kein anderes Auto zu sehen war. Er öffnete das Fenster einen kleinen Spalt, griff nach den Papierstücken und ließ sie nach und nach im Fahrtwind fliegen, sodass er diese weißen Schnipsel beinahe wie ein fröhliches Band hinter sich herzog.

Hamburg zeigte sich an diesem Tag einmal von seiner guten Seite. Die Sonne schien, und die Fußgänger flanierten mit Einkaufstüten belastet an den schicken Fassaden der Geschäfte vorbei, aber Achim hatte keinen Blick für die einladenden Seiten des Tages. Er saß unruhig wartend in einem der zahllosen Cafés. Vor ihm auf dem kleinen Bistrotisch lag sein Handy griffbereit, neben dem eine leere Espressotasse stand. Achim wartete. Er war schneller nach Hamburg gekommen als erwartet, sodass er sich noch ein wenig die Zeit vertreiben musste. Er war am Neuen Wall entlanggeschlendert und musste auf andere Passanten wie ein zufälliger Flaneur wirken, aber seine Nerven waren angespannt. Er musste warten, warten darauf, dass Benrath sich meldete. Er war durch die Stadt gegangen, schaute in viel zu kurzen Abständen auf die Uhr und ging schließlich am Rathaus vorbei über die kleine Brücke zum Neuen Wall. Hier blieb er einen Moment vor dem Schaufenster der Bücherstube stehen, deren Auslage sein Interesse weckte. Für einen Moment vergaß er seine drängende Ungeduld, die Zeit vergehen zu lassen, vielmehr kam ihm der Gedanke, ein Buch zu kaufen, den er aber gleich wieder verwarf. Das war der falsche Gedanke zur falschen Zeit. Er ging weiter und landete schließlich in einem Straßencafé, wo man trotz der frischen Temperatur für die Gäste Stühle und Tische in der Sonne standen. Hier saß er nun und wartete weiter. Ein erneuter Blick auf die Uhr bestätigte, dass es in wenigen Minuten 16.00 Uhr sein würde. Nun würde es nicht mehr lange dauern, und obwohl er den Anruf herbeisehnte, mit dem das Warten endlich vorbei wäre, erschrak er heftig, als sein Handy läutete. Ein Blick auf das Display kündigte einen unbekannten Anrufer an.

»Ja?« Achims spürte sein Herz klopfen.

»Sie sind schon in Hamburg?«

»Wie Sie verlangt hatten.«

»Sie sind ja ein richtiger Rennfahrer«, klang höhnisch Benraths Stimme.

»Sie sagten doch sechzehn Uhr.«

»Sie haben völlig recht«, sagte der andere.

Es entstand eine kleine Pause.

»Und jetzt?«, fragte Achim ungeduldig. Er spürte, wie Wut sich seiner bemächtigte. Er hasste es, dass dieser Mann wieder seine Spielchen mit ihm trieb, hasste es, dass er jetzt hier sitzen und warten musste, hasste es, dass der andere ohne erkennbaren Grund sein Leben zerstören wollte. Und jetzt ließ der ihn am Telefon zappeln. »Was wollen sie?«, fragte er gereizt.

»Jetzt gehen Sie zu Ihrem Auto und fahren in Richtung Eppendorf. Weiteres erfahren Sie noch.«

»Richtung Eppendorf.«

»Kriegen Sie doch hin, oder?«

»Natürlich.«

»Dann fahren Sie mal los.«

Achim stand auf und wollte gerade das Telefonat beenden.

»Bezahlen nicht vergessen.«

Dann war die Leitung stumm. Erschrocken schaute Achim sich um, aber außer verschiedenen zufälligen Passanten konnte er nichts Auffälliges entdecken. Aber jetzt wusste er, dass Benrath in der Nähe war. Wie hatte er ihn gefunden? Es war doch kaum möglich, dass er seit seinem Start heute Morgen in Wiesbaden verfolgt wurde. Oder war es einfach Zufall, dass er ihn auf dem großen Platz vor dem Rathaus entdeckt hatte? Aber woher sollte Benrath wissen, dass er dort vorbeigehen würde? Achim bezahlte seinen Espresso und ging zu seinem Wagen.

Kurz darauf saß er in seinem Autor und fuhr in den Hamburger Norden. Er steuerte seinen Wagen durch den Straßenverkehr und hatte bald das unmittelbare Zentrum Hamburgs hinter sich. Die Straßen wurden schmaler und waren weniger befahren. Dabei versuchte er während der Fahrt, vor sich oder im Spiegel hinter sich irgendetwas Auffälliges zu entdecken. Irgendwo musste dieser Benrath doch stecken, aber er sah ihn nicht. Er fuhr gerade über eine Kreuzung, als das Handy erneut klingelte. Er nahm das Handy und drückte die grüne Taste.

»Jetzt die Nächste links abbiegen. Und bleiben Sie dran.«

Es war wieder Benrath. Achim fuhr bis zur nächsten Kreuzung und bog links ab. Die Straße war eine der typischen Stadtstraßen, links und rechts parkende Wagen, Mietshäuser, wenig Passanten.

»Halten Sie hinter der Reklametafel an.«

Achim sah einige hundert Meter vor sich eine bunte Reklametafel, hinter der mehrere besetzte Parkbuchten waren. Er fuhr an den Straßenrand, setzte den Blinker und hielt an. Er sah sich um, aber nirgends war etwas Verdächtiges zu sehen. Keine Person, die mit einem Handy telefonierte. Benrath hatte vielleicht Helfer, aber auch die blieben unsichtbar.

»Sehen Sie links die Telefonzelle?«, meldete sich Benraths Stimme wieder. »Dort werden Sie gleich telefonieren und legen dabei unauffällig Ihren kleinen Umschlag ins Telefonbuch beim Buchstaben S wie Spende. Dann gehen Sie zu Ihrem Wagen und fahren wieder. Das war's dann.«

»Wer sagt Ihnen, dass ich das Geld habe?«

»Warum haben Sie sich sonst auf den weiten Weg gemacht?«

»Und wenn in der Zwischenzeit ein anderer den Umschlag nimmt?«

»Machen Sie sich mal nicht meine Sorgen. So, nun fahren Sie in das Parkhaus vorne rechts und stellen den Wagen ab. Alles Weitere ist doch klar gewesen, oder?!«

»Sicher.«

»Sie sind ein kluger Mann, das habe ich sofort gesehen. Einen Dummkopf hätte Ihre Frau nie geheiratet.«

»Lassen Sie meine Frau aus dem Spiel.«

»Die spielt doch gar nicht mit, wenn Sie machen, was wir verabredet haben. Sonst kann ich noch ganz anders«, drohte Benrath.

Achim wollte noch etwas erwidern, aber mit einem Knacken war das Gespräch bereits unterbrochen worden.

Achim legte das Handy neben sich auf die Ablage und fuhr langsam in Richtung Parkhaus, wobei er tat, als müsse er sich erst einmal orientieren. Aber in seinem Kopf raste es. Jetzt durfte er keinen Fehler machen. Jetzt war er an Benrath dran.

Was würde passieren? Er würde den Wagen in dem Parkhaus parken und zur Telefonzelle gehen. Nachdem er dort das Geld deponiert hatte, würde er zum Wagen zurückkehren, während Benrath sich das Geld holen würde. Benrath würde genau den Moment nutzen, in dem er auf dem Rückweg zum Auto wäre. Das Risiko, das Geld länger in der Telefonzelle zu lassen, war viel zu groß. Selbst wenn Benrath die Telefonzelle beobachten würde, könnte jeder beliebige Passant das Geld finden. Und je nach Person würde man der das Geld nicht einfach wieder abnehmen können. Benrath musste ganz in der Nähe sein, und in dem Moment wusste Achim, was zu tun war. Er musste schneller sein, damit er Benrath noch sehen konnte, wie er in der Telefonzelle das Geld nahm. Er musste Benrath reinlegen.

Auf der linken Seite sah er die Einfahrt des Parkhauses, kurz davor war die Telefonzelle. Als hinter ihm die Straße frei war, setzte er den Blinker und fuhr auf das Parkhaus zu. Er ließ noch zwei entgegenkommende Fahrzeuge passieren und sah sich deren Insassen genau an, aber deren Gesichter kannte er nicht, und auch die Personen selber schenkten ihm keine Beachtung. Dann fuhr er mit seinem Wagen langsam in das Parkhaus, hielt kurz an der Schranke und zog einen Parkschein. Dann fuhr er weiter, als suche er einen Parkplatz, bis er die Einfahrt nicht mehr im Rückspiegel sehen konnte. Mit quietschenden Reifen schnellte er vor zu einem der Kassenautomaten neben dem Treppenhaus. Er stieg aus dem Wagen, steckte den Parkschein hinein, warf die geforderten 2 Euro ein, nahm den bezahlten Parkschein wieder entgegen, stieg in seinen Wagen und fuhr mit quietschenden Reifen mit dem Wagen zu einer Stahltür, auf der Ausgang stand. Dort parkte er den Wagen so, dass er auch bei geöffneter Tür von der Straße nicht gesehen werden konnte. Mit wenigen Schritten war er an der Tür, öffnete diese und betrat den Bürgersteig. Das Ganze konnte kaum mehr als wenige Minuten gedauert haben und dürfte keinen Verdacht erweckt haben, denn er war sich sicher, dass Benrath ihn beobachtete, um rasch das Geld zu holen.

Auf der Straße schien alles unverändert. Einige Wagen waren auf der Straße zu sehen, fuhren aber mit unverändertem Tempo an ihm vorbei. Achim ging auf die Telefonzelle zu, betrat die Zelle und tat so, als wollte er telefonieren. Dabei schaute er sich gelangweilt um, als würde er darauf warten, dass sich der Teilnehmer am anderen Ende der Leitung meldete. Nach einiger Zeit begann er im Telefonbuch zu blättern, als suchte er eine Nummer, wobei er unauffällig den Umschlag zwischen die bezeichneten Seiten gleiten ließ.

Dann legte er auf und verließ die Telefonzelle in Richtung Parkhaus.

Als er das Parkhaus wieder betreten hatte, rannte er zu seinem Wagen und fuhr so schnell es ging zur Ausfahrt, wobei er in der Eile einem anderen Wagen die Vorfahrt nahm. Der Fahrer des anderen Wagens bremste gerade noch rechtzeitig, hupte und regte sich auf, aber das interessierte Achim nicht. Sekunden später stand er an der Ausfahrtsschranke, steckte seinen Parkschein hinein und fuhr bedächtig los, was den Fahrer des nun hinter ihm fahrenden Wagens noch mehr aufregte.

Langsam schob sich Achims Wagen aus dem Parkhaus. Als die Telefonzelle in Achims Blickfeld erschien, sah er gerade noch, wie ein Mann in einem hellen kurzen Mantel die Telefonzelle verließ und nun den Bürgersteig in der entgegengesetzten Richtung entlangging. Achim fuhr langsam auf die Straße und folgte in einigem Abstand am Straßenrand dem sich entfernenden Mann.

Langsam rollte Achims Wagen weiter, als ihn der andere Wagen aus dem Parkhaus überholte und neben ihn fuhr. Der Fahrer hatte das Fenster heruntergelassen und wollte sich offenbar beschweren, aber Achim machte kurz eine entschuldigende Geste, um den anderen loszuwerden. Er konnte nichts gebrauchen, was Aufmerksamkeit auf ihn lenkte, und er hatte Glück, denn der andere gab nach wenigen Sekunden Gas und fuhr weiter.

Weiter vor ihm verschwand der Mann in dem hellen Mantel inzwischen in einer Nebenstraße. Sofort gab Achim Gas, fuhr schnell bis zur Kreuzung und bog mit seinem Wagen langsam um die Straßenecke, die zu einer ruhigen Nebenstraße gehörte. Der Mann erschien wieder in seinem Blickfeld. Achim fuhr langsam weiter, immer um Unauffälligkeit bedacht.

Plötzlich wechselte der Mann die Straßenseite, schaute sich dabei aber nur so flüchtig um, dass er Achims Wagen nicht bemerkte. Der Mann ging zu einem gegenüber geparkten Wagen, schloss die Tür auf und wollte einsteigen. In dem Moment fiel sein Blick nach vorne und begegnete Achims Blick, der ihn aus seinem Wagen beobachtete.

Achim erschrak. Es war Benrath. Einen kurzen Moment schaute der ihn irritiert an, dann machte sich ein Lächeln auf seinem Gesicht breit. Benrath richtete sich auf und ging einige Schritte auf Achims Wagen zu.

Achim fühlte, wie ihm der Schweiß auf die Stirn trat. Benrath hatte ihn entdeckt und kam auf ihn zu. Ein zweites Mal hatte er den Fehler begangen, den anderen herauszufordern, und der nahm die Herausforderung an. Jetzt musste er Nerven bewahren, aber er fühlte sich verloren. Noch als er hinter ihm herfuhr, war er sich sicher, das Richtige zu tun. Aber was sollte er jetzt machen? Aussteigen und auf Benrath zugehen? Vielleicht war Benrath bewaffnet? Hatte er ihm nicht gedroht, er könne auch anders? Mit langsamen Schritten sah er den Mann näher kommen, und Achim ergriff Panik. Er musste hier weg. Sein Blick maß die Straßenbreite ab, und ihm war klar, dass Wenden ausgeschlossen war. Er würde mehrfach vor- und zurücksetzen müssen, und bis er es geschafft hätte, hätte Benrath ihn längst erreicht. Er musste an ihm vorbeifahren. Auch Benrath würde ihn in dem fahrenden Wagen nicht aufhalten. Plötzlich gab er Gas; er wollte, er musste hier weg. Er war vielleicht nur noch hundert, vielleicht nur noch fünfzig Meter entfernt, und immer noch kam Benrath ihm mit gemächlichen Schritten entgegen. Keine dreißig, keine zwanzig Meter, kaum zehn Meter, und Achim sah das grinsende Gesicht des anderen, als dieser plötzlich einen Schritt zur Straßenmitte machte und dabei in seine Manteltasche griff. Er war nun dicht vor ihm, als der gerade die Hand wieder aus der Manteltasche zog. Er hat eine Pistole, fuhr es Achim durch den Kopf, er wird auf mich schießen! Und in einem instinktiven Reflex duckte er sich auf den Beifahrersitz. Er versuchte blind, den Wagen in der Fahrbahnmitte zu halten, aber er spürte, dass er das Lenkrad ein wenig verrissen hatte, steuerte blind dagegen, aber mit einem plötzlichen Knall wusste er, dass er den Mann erfasst hatte. Im oberen Augenwinkel sah er einen schweren Schatten über die Windschutzscheibe fliegen, hörte ihn auf dem Dach des Wagens aufschlagen und mit dröhnendem Gepolter über den Kofferraum abkugeln.

Achim bremste und schaute sich entsetzt um und wagte kaum, seinen Augen zu trauen. Hinter seinem Wagen lag der Körper des anderen leblos auf der Straße. Lass ihn nicht … Er wusste nicht, was er dachte, er betete wortlos und unzusammenhängend, dass dies alles nicht geschehen sei, dass dies ein Albtraum war, aus dem er erwachen musste.

Er stieg aus und lief zu dem Mann hin. Und je näher er kam, desto sicherer wusste er, dass der leblos auf dem Boden liegende Mann eindeutig Benrath war. Er beugte sich über ihn und sah eine klaffende Kopfwunde, aus der Blut hervorströmte und in deren offener Stelle eine beige Masse blutig hervorquoll. Er versuchte in seiner Panik, den Puls zu fühlen, aber es gelang ihm nicht.

»Benrath, wachen Sie auf!«, rief er ihn an. »Das geht doch nicht! Bitte nicht. Sagen Sie etwas, geben Sie ein Zeichen.«

Er stammelte weiter unzusammenhängend, Benrath möge ihn anschauen, etwas sagen. Er bettelte und betete, aber es war vergebens. Benrath war tot. Achims Blick fiel auf die Hand in der Manteltasche, in der er eine Pistole vermutete, und zog Benraths Hand heraus. Aber die umklammerte keine Waffe, sondern den Umschlag mit dem Geld. Achim schaute den Mann an, der tot dalag. Kopflos schaute er sich um, aber er sah niemand. Was sollte er tun?

Achims Kopf war leer; er versuchte, sich zu konzentrieren, aber es waren nur Bruchstücke, die zusammenhanglos durch seinen Kopf schwirrten. Der Mann war tot, ihm konnte er nicht mehr helfen. Jetzt konnte er nur noch an sich denken. In seiner Panik, dass er schnell irgendetwas machen musste, packte er den Umschlag, rannte zu seinem Wagen zurück und fuhr in Panik weg. Er fuhr durch die Stadt, sah kaum die Straßen, durch die er kam, nicht die Brücken, über die er fuhr, und nur gelegentlich nahm er Gebäude oder Straßen wahr, die er zu kennen glaubte. Eine halbe Stunde, vielleicht mehr oder auch weniger, fuhr er gedankenlos herum, versuchte zu überlegen, aber seine Gedanken hatten keinen Zusammenhang. Wie lose Bilder, die auf den ersten Blick keinen Sinn ergaben, die sich vielleicht später mit Mühe zu einem Puzzle formen würden, ging es in seinem Kopf wirr und schrill durcheinander. Es wechselten Szenen aus seinem Haus, in manchen tauchte Susanne auf und sah ihn vorwurfsvoll an, andere Bilder wieder zeigten Sylvia, schön und verführerisch, die ihn auslachte, sich an ihn schmiegte, und es gab Bilder, in denen er sich vor einem großen Orchester am Flügel sah, letzte Akkorde spielend, bevor er mit schauerndem Genuss den tosenden Applaus auf sich spüren würde. Und dazwischen sah er das Gesicht von Benrath, spöttisch grinsend, obwohl ihm das Blut über das Gesicht rann, auf den hellen Mantel tropfte und daran herunterlief. Und selbst im plötzlich einsetzenden pompösen Orchesterklang hörte er das dumpf polternde, mehrtonig schlagende Geräusch, mit dem Benraths Körper auf seinen Wagen aufschlug und über ihn hinwegkatapultiert wurde.

Es war schon nach fünf Uhr, als Achims Wagen allein auf dem Sandplatz in der Nähe einer verlassenen Halle stand. Als würde er erwachen, nahm er plötzlich die Umgebung war, sah die zerbrochenen Fenster und das aus den Angeln gehobene Tor und hörte in der Ferne das Horn eines ablegenden Schiffs. Er wusste nicht, wie er auf diesen Platz gekommen war, wusste nicht, was in der letzten Stunde geschehen war, aber allmählich kamen wie wankende Gestalten die Bilder seines wirren Wachtraums wie aus einem Nebel auf ihn zu. Aber sie waren nicht wirr und konfus, sondern klar und sortiert, wodurch sie aber nichts von ihrem Schrecken verloren hatten. Er saß noch eine Weile in seinem Wagen, schaute vor sich hin und versuchte krampfhaft, die Bedeutung der Bilder zu erkennen, hinter ihrem Schrecken ihren Sinn zu verstehen; und allmählich lichteten sie sich. Ihm war klar, dass er nicht ewig da stehen konnte. Er musste etwas unternehmen, musste zurück in das Leben, das er verlassen hatte.

Plötzlich fiel ihm ein, dass der Unfall an seinem Wagen sicher auch Spuren hinterlassen hatte. Er stieg aus und ging um den Wagen herum, der auf den ersten Blick unbeschädigt aussah. Ein paar Kratzer konnte er auf der Kühlerhaube erkennen, aber er wusste nicht, ob die vom Aufprall stammten oder zufällige Folge von Steinschlägen waren. Er untersuchte den Wagen und war dabei irgendwie erleichtert; nicht weil er sich Sorgen machte, dass man ihn finden würde. Auf den Gedanken kam er nicht einmal. Er war erleichtert, weil er dadurch Zeit gewann, in der er entscheiden würde, was zu tun sei.

Zehn Minuten später stand er vor Sylvias Haus und läutete. Es war vielleicht noch eine Dummheit, aber er musste mit jemandem sprechen, brauchte ein menschliches Wort, das ihn wieder zurückbringen würde in das Alltägliche, das ihn wieder zu einem Menschen machte.

Nach einigen Augenblicken erschien Sylvia und öffnete die Tür. Sie sah blendend aus wie immer und trug ein elegantes Kleid mit einem tiefen Ausschnitt. Sie zuckte zusammen, als sie Achim sah und brachte ein paar Sekunden kein Wort hervor.

»Achim, was machst du denn hier?«, sagte sie mit brüchiger Stimme, ohne eine Geste, die ihn hereingebeten hätte.

»Kann ich einen Moment hereinkommen?«

Trotz seiner angeschlagenen Verfassung merkte Achim, dass er ungelegen kam, aber darauf konnte er keine Rücksicht nehmen.

»Bitte«, flehte er.

»Sicher, aber ... ich erwarte Besuch.«

Achim betrat den Wohnraum, dessen Licht sorgfältig heruntergedimmt war, was den Raum noch eleganter aussehen ließ. Unter der dezent leuchtenden Tischlampe stand ein nett gedeckter Tisch für zwei Personen. Kerzen brannten, und im Hintergrund erklang leise Musik.

Achim nahm das nur am Rande wahr und ließ sich in einen Sessel fallen.

»Ich hatte ... einen Unfall.«

»Wie, du hattest einen Unfall?«, fragte Sylvia zurück, und

in ihrer Stimme schwang ein ungeduldiger Ton mit, der ihn spüren lassen sollte, dass sie sich eigentlich nicht für seine Belange interessierte.

»Du erinnerst dich doch an diese Geschichte in der Tiefgarage. Der Mann heißt Benrath oder er nennt sich nur so, ist ja egal. Er hat mich erpresst. Erst wollte er zehntausend, dann fünfzigtausend.«

»Und hast du gezahlt?«, erkundigte sie sich gereizt.

»Was sollte ich denn machen?«

»Und der Unfall?«

Achim reagierte nicht auf ihren ungeduldigen Ton, zu sehr war er mit sich selbst beschäftigt, mit der Geschichte, die er erlebt hatte und die er erzählen wollte, um sie zu verstehen. Mühsam suchte er nach Worten, mit denen er die Ereignisse schildern konnte, suchte nach einem Anfang, bis es schließlich aus ihm herausplatzte.

»Ich habe ihm heute das Geld gegeben, hier in Hamburg. Ich bin ihm gefolgt, und dann steht er plötzlich vor meinem Wagen, erkennt mich, grinst und greift in seine Tasche. Ich dachte, der will mich erschießen.«

»Und?«

Sylvias Ton war schlagartig verändert. Dieses bloße »Und?« war fordernd und aggressiv, jetzt wollte sie mehr wissen und konnte sich kaum zurückhalten, ihn zum Geständnis zu zwingen.

»Ich wollte weg, einfach weg … Ich bin losgefahren … und habe ihn mit dem Wagen gestreift.«

»Du hast ihn überfahren?« Jetzt klang ihre Stimme hektisch, fast panisch.

»Ja, ich habe ihn angefahren … Was hättest *du* denn gemacht? Soll ich mich abknallen lassen?«

Je mehr Achim preisgab, desto fassungsloser schien Sylvia.

»Du meinst, er hatte eine Waffe ...?«

»Nein, aber das habe ich erst gesehen, als es passiert war.«

»Und wo ist das Geld?«

»Das habe ich.«

»Ist er ...« Sylvias Stimme stockte.

»Ich glaube.« Achim stockte. »Ja, er ist tot.«

Sylvia sah ihn versteinert an. Ihr Gesicht war starr, ihre Augen aufgerissen, und ihr Atem keuchte. Nichts erinnerte mehr an die reizvolle Frau, die ihm die Tür geöffnet hatte; selbst das Kleid sah jetzt nach einer deplazierten Verkleidung aus, die ihren Schrecken zur Karikatur werden ließ.

»Du hast ihn umgebracht«, entfuhr es ihr, als habe sie nicht selbst gesprochen.

»Es war ein reiner Selbstschutz.«

Sylvia reagierte nicht. Achim sah Sylvia vor sich stehen, als wüsste sie nicht, wo sie war. Sie zitterte am ganzen Körper, Schweißperlen bildeten sich auf ihrem Gesicht, aber sie sagte nichts. Er stand auf und nahm sie in die Arme, was sie geschehen ließ.

»Komm, beruhige dich ... Ich habe mich geduckt und dabei das Lenkrad ... Es war ein Unfall.«

Sylvia kam plötzlich wieder zu sich und machte sich abrupt los.

»Lass mich los!«, rief sie, und ihre Stimme überschlug sich. »Ich will dich nicht mehr sehen. Nie mehr! Und jetzt geh.«

»Sylvia, bitte, ich konnte doch nichts dafür.«

»Du hast mich verlassen. Hast du das vergessen? ... Raus, raus aus meiner Wohnung!«, schrie sie ihm entgegen. »Geh, oder ich rufe die Polizei.«

»Sylvia, bitte.«

»Hau ab! Du Scheißkerl, hau ab.«

»Ich geh ja schon. Aber ...«

Achim zögerte, wollte noch etwas sagen, aber schließlich ging er zur Wohnungstür und spürte dabei Sylvia hinter sich, als wollte sie ihn antreiben und sichergehen, dass er so schnell wie möglich verschwand. In der Tür wollte er sich noch einmal zu ihr umdrehen, ein letztes versöhnliches Wort sagen, aber sie schlug ihm die Tür gegen die Schulter und presste sich dagegen, bis er draußen stand und die Tür laut zuknallte. Jetzt stand er im Flur, der still und menschenleer vor ihm lag. Er wagte es nicht, den Aufzug zu rufen, sondern ging mit leisen Schritten durch das Treppenhaus nach unten.

Als er aus dem Haus trat, schaute er, bevor er in seinen Wagen stieg, noch einmal an der Hausfront hoch und sah Sylvia hinter dem Vorhang stehen, um ihn zu beobachten. Aber in dem Moment, in dem sie bemerkte, dass er sie entdeckt hatte, verschwand ihre Silhouette. Schließlich stieg er in seinen Wagen und fuhr los.

Erst kurz bevor er die Autobahn erreichte, fielen ihm wieder die Kratzspuren auf der Kühlerhaube ein, und schlagartig hatte er wieder das Bild des Unfalls vor Augen. Er würde es niemals loswerden, das Bild des fliegenden Schattens und die Geräusche, während der Körper über den Wagen stürzte. Er musste die Bilder verdrängen, musste seiner Gefühle Herr werden, denn jetzt durfte er keinen Fehler machen. Er musste sich noch einmal vergewissern, ob er auch keinen gravierenden Schaden übersehen hatte. Nicht dass Susanne seinen Wagen auf Schäden kontrollieren würde, aber er wollte nicht mit einer Frage überrascht werden und sich dann in Widersprüche verstricken. Er fuhr an der letzten Tankstelle der Stadt noch einmal an den Straßenrand und stieg aus, um sich den Wagen vorne noch einmal genauer anzusehen. Aber erneut konnte er bis auf kleinere Kratzer wenig entdecken. Lediglich eine winzige Delle im Stoßfänger konnte er ausmachen. Er fuhr mit dem Finger darüber, aber die kleine Vertiefung war kaum spürbar.

Als er einstieg, schaute er wie zufällig über das Dach hinweg, aber dabei entdeckte er eine Beule kurz oberhalb der Windschutzscheibe. Benrath musste mit seinem Körper beim Aufprall auf der Windschutzscheibe die Dachfront darüber getroffen haben. Anders war der Schaden nicht zu erklären. Aber war der Schaden nicht vielleicht schon länger da? Hatte ihn ein Steinschlag verursacht? Dafür war die Delle zwar nicht scharfkantig genug, aber es konnte auch ein Vogel gewesen sein, den er mit hoher Geschwindigkeit getroffen hatte. Was sollte er jetzt machen? Er schaute genauer hin. Würde ein anderer die Delle überhaupt bemerken? Litt er nicht schon an Verfolgungswahn, dass er selbst eine unbedeutende Delle einem Krater gleichsetzte? Dass er sich etwas erklären wollte, wo andere lediglich mit der Schulter zucken würden?

Er stieg wieder in den Wagen und fuhr zur Tankstelle. Wenn er schon einmal hier war, würde er den Wagen auftanken, um dann ohne Pause zurückzufahren. Dort stellte er den Wagen in einer der Warteschlangen ab, und wartete, dass der Fahrer des Wagens vor ihm tanken und bezahlen würde, damit er aufrücken könnte.

Während er wartete, rechnete er jeden Moment damit, dass jemand auf ihn zukommen würde. Dass unerwartet die Fahrertür aufgerissen würde und man ihn herauszerrte. Es war verrückt, es waren Bilder aus irgendwelchen Hollywoodfilmen; aber was ihn im Fernsehen früher völlig unberührt gelassen hatte, ließ ihm jetzt Schauer über den Rücken laufen. Aber nichts geschah. Er wartete. Der Fahrer des Wagens vor ihm kam und stieg ein. Aber hatte er ihn nicht kurz gemustert? Vielleicht erkannte er ihn, hatte ihn schon einmal gesehen und würde nun, kaum im Auto sitzend, telefonieren? Doch der Wagen vor ihm fuhr los, und Achim rollte zur Tanksäule, als sei nichts passiert. Dabei hatte er einen Menschen getötet, hatte ihn liegen gelassen und war geflohen. Aber das konnte hier noch niemand wissen und würde auch niemand erfahren. Er hoffte es inständig. Nichts konnte den Unfall ungeschehen machen. Irgendwo lag jetzt ein Mensch, dessen Leben er vernichtet hatte. Sicher hatte man den Toten längst gefunden, waren die Ermittlungen nach der Todesursache in vollem Gange, und sicher würde man bereits nach dem flüchtigen Unfallfahrer fahnden. Die Spurensicherung würde winzige Lackpartikel gefunden haben, würde kleinste Details entdecken, über Wagenfarbe, Wagentyp, aber wenn es keine Zeugen gab, würde man unter Tausenden identischer Autos das Betreffende nicht unbedingt finden.

Er fühlte sich beinahe sicher, als er auf den Tankstellenschalter zuging, aber dennoch war alles anders. Hinter jedem Blick glaubte er den Verdacht zu sehen, als trüge er ein Kainsmal auf der Stirn. Sah man ihm das Geschehene an? Sah man, dass er einen Menschen getötet hatte, in seinem Gesicht? Er begann die Menschen zu beobachten, die junge Frau, die vor ihm ihr Benzin und einen Schokoriegel bezahlte. Schaute sie nicht einen Moment länger als nötig, als sie an ihm vorbeiging? Würde sie, wenn sie draußen war, zum Handy greifen und der Polizei verraten, dass sie ihn gesehen und erkannt hatte? Auch als er dran war und bezahlte, schien ihn der Tankwart prüfend anzusehen. Natürlich musste ihn der Mann anschauen, schließlich bezahlte er bei ihm. Aber heute schien ihm der Blick aufmerksamer als notwendig, dauerte alles länger, als wollte man Zeit gewinnen, ihn aufhalten, bis die Nachricht »zuzugreifen« erfolgen würde.

Aber nichts dergleichen geschah. Wie jedes Mal erhielt er

den Beleg und sein Wechselgeld und ging zurück zu seinem Wagen. Aber bis er bereits einige Kilometer gefahren war und die Dämmerung sich langsam gleichsam schützend über alles legte, war ihm alles wie die Ruhe vor dem Sturm vorgekommen, der ihn hinwegfegen würde, seiner gerechten Strafe entgegen. Erst jetzt fuhr er in der beginnenden Dunkelheit in der Reihe unzähliger Namenloser durch die Nacht.

Susanne hatte schon lange ihre Besorgungen erledigt, hatte anschließend im Garten gearbeitet und damit angefangen, die ersten Beete winterfest zu machen. Sie hatte die Strohmatten verschiedener Größe aus dem Schuppen geholt und begonnen, die Rosenstöcke zu umwickeln. Sie liebte diese Arbeit, denn sie gab ihr das Gefühl, etwas zu schützen, etwas zu bewahren, was ihr die Natur im Frühjahr und Sommer mit ihrer Blütenpracht zurückschenken würde.

Sie hatte zweimal versucht, ihren Mann anzurufen, aber im Sender war er noch nicht und auf seinem Handy wollte sie es nicht versuchen, wollte ihn nicht in Verlegenheit bringen und vor allem keine Ausflüchte hören, warum er nicht dort war, wo er tatsächlich zu sein vorgab. Es würde sich bei einer zufälligen Gelegenheit klären, wenn er wieder zurück war. Damit hatte es keine Eile, denn die Frage war nicht, wo er sich in jedem Moment seiner Zeit aufhielt. Die Frage, um die es tatsächlich ging, war größer und würde nicht von kleinteiligen Details abhängen. Diese waren gleichwohl Anzeichen, die sie nicht übersah, sondern sehr wohl erkannte. Vielleicht vertiefte sie sich auch deshalb so bereitwillig in die Gartenarbeit, weil sie spürte, dass sie damit etwas für sich tat.

Erst als die Dunkelheit die Arbeit zu behindern begann,

räumte sie ihre Sachen zusammen, verstaute die Gerätschaften notdürftig im Schuppen, denn sie würde gleich morgen früh ihre Arbeit fortsetzen, was ihrer Stimmung guttat. Sie empfand es immer motivierend, wenn sie durch eine Aufgabe für den nächsten Tag diesem gleich einen Sinn gab.

Auch im Haus blieb sie nicht untätig. Zunächst versorgte sie die Blumen im Haus, gab den Blumensträußen in der Eingangshalle und im Wohnraum frisches Wasser und bereitete sich einen kleinen Abendimbiss zu. Auch wenn sie alleine war, neigte sie nicht dazu, auf die Schnelle ein schlichtes Butterbrot zu essen, sondern machte sich mit Liebe und nicht ohne ein wenig Aufwand eine kleine Mahlzeit, die sie am für sich gedeckten Esszimmertisch einnahm. Später machte sie es sich mit einem Buch im Wohnzimmer gemütlich, wobei sie im Gegensatz zu ihrem Mann auf Hintergrundmusik verzichtete. Susanne liebte die Stille, die ihr die ganze Konzentration für ihre Lektüre ließ. Den Gedanken daran, dass sich Achim noch nicht gemeldet hatte, hatte sie längst beiseitegeschoben und sich eine belanglose Erklärung zurechtgelegt, die sie für den heutigen Abend zufriedenstellte. Was morgen sein würde, beschäftigte sie im Moment nicht.

Im Licht seiner Scheinwerfer erkannte Achim für einige Sekunden ein Hinweisschild, dass die Entfernung nach Frankfurt mit 38 Kilometern angab. Achim fuhr zügig, aber nicht zu schnell. Es war vielmehr, als hätten die Ereignisse der letzten Stunden oder besser, der letzten Tage, das Chaos, in das er getrudelt war und das mit dem schrecklichen Unfall seinen Höhe- und Endpunkt gefunden hatte, ihn zur Vernunft gerufen. Konzentriert wie selten saß er hinter dem

Steuer seines Wagens und dachte an nichts als die Fahrt. Keine Hirngespinste oder Pläne, wie es weitergehen würde, keine Ausflüchte, mit denen er sich herausreden könnte; nichts dergleichen. Aber er verwandte auch keinen Gedanken darauf, sich zu stellen, zur Polizei zu gehen und ein Geständnis abzulegen. Er ließ alles Weitere auf sich zukommen, ohne Plan und ohne Konzept, aber auch ohne Angst. Er fühlte sich vielmehr seinem Schicksal ergeben, als wäre es schon geschrieben, als würde es einfach geschehen. Er spürte den Strudel, in den er seit Tagen immer tiefer hineingezogen wurde, und hatte sich ergeben.

Es war schon mitten in der Nacht, als Achim mit seinem Wagen die Auffahrt zur Villa hinauffuhr, wobei er den Motor auf den letzten Metern ausmachte und den Wagen leise auf dem Kies ausrollen ließ. Er blieb noch einen kleinen Moment wie apathisch hinter dem Lenkrad sitzen, dann stieg er aus, als sei damit ein weiteres Kapitel abgeschlossen. Er nahm seine Tasche aus dem Wagen und ging ins Haus.

Dunkel und still empfing ihn die Eingangshalle. Er machte nur wenig Licht, ging erst ins Wohnzimmer, bevor er seine Jacke in den Garderobenschrank hängte. Er schaute sich um, ging in sein Arbeitszimmer, aber auch hier wusste er nicht, was er tun sollte. Er betrachtete den Flügel, der schwarz und glänzend im Raum stand, berührte die Notenblätter darauf, aber obwohl ihm alles so vertraut war, obwohl das alles Teil seines Lebens war, hatte er das Gefühl, dass ihn all das nicht betraf. Er schaute lange in den dunklen Garten, und auch wenn er kaum etwas erkennen konnte, genoss er den Blick in die Dunkelheit, als gäbe es an deren Ende etwas zu sehen, ein Licht oder einen Ausweg. Aber obwohl er nichts dergleichen sah, erfüllte ihn die Aussicht ins Nichts mit einer tiefen Ruhe, als hätte er eine Lösung gefunden.

Mit bedächtiger Geste löschte er das Licht und ging nach oben, wo seine Frau bereits seit Stunden schlief. Sicher, alles war schiefgegangen, alles war missglückt, aber statt sich darüber zu grämen oder aufzuregen, war es ganz ruhig. Was immer kommen würde, das düstere Chaos der Ungewissheit hatte er hinter sich gelassen. Er blieb einen Moment auf der obersten Stufe der Treppe stehen, horchte und ging dann mit ruhigen Schritten wieder nach unten.

Es war noch ganz früher Morgen, als Achim bereits das Haus verließ. Selbst Susanne, die an den meisten Tagen die Erste zu sein für sich beanspruchen konnte, war noch nicht aufgestanden. Er lief die Einfahrt hinunter und spürte schon bei den ersten Schritten, dass er schon lange, allzu lange nicht mehr gelaufen war. Er kam rasch aus der Puste, und auch die Joggingschuhe an seinen Füßen waren ungewohnt. Nach wenigen hundert Metern wechselte er vom leichten Laufen ins Gehen über, um sich ein wenig zu erholen, denn schon dieses Minimalpensum hatte ihm seine mangelnde Kondition vor Augen geführt. Aber bald fiel er wieder in leichten Trab, denn so leicht wollte er es sich dann auch nicht machen.

Dennoch stand er wenig später vor einem Zeitungskiosk und überflog die Schlagzeilen, während ihm der Schweiß in dicken Tropfen den Rücken herunterlief. Unter all den verschiedenen Zeitungsblättern blieb sein Blick am Hamburger Morgenblatt hängen, die er neben einer anderen Zeitschrift aus dem Ständer zog und bezahlte. Noch im Weggehen klemmte er sich die andere Zeitschrift unter den Arm und blätterte das Hamburger Morgenblatt durch, aber er musste bis zum Lokalteil blättern, um die Meldung zu finden. »Fahrerflucht nach tödlichem Verkehrsunfall« lautete die Überschrift. Achim überflog die Meldung, in der von einem Opfer namens Gerd B. die Rede war. Für Achim war sofort klar, dass es sich bei dem Toten Gerd B. um Benrath handelte. Aber die Polizei schien keine Spur zu haben, sondern bat die Bürger um Mithilfe. Es gab also keinen Hinweis auf einen möglichen Zeugen, der ihn gesehen haben könnte.

Aber weder beruhigte ihn das noch machte er sich Sorgen. Er nahm es unbeteiligt hin, als wäre es einem anderen geschehen und beträfe ihn nicht. Ihm fehlte nach den letzten Tagen die Kraft, sowohl um seine Chance zu kämpfen als auch aufzugeben. Er ließ alles einfach geschehen, gleichmütig, wie manche Tierarten, die aufgaben, wenn die Flucht und die Chance auf Überleben aussichtslos waren.

Den Rückweg ging er mehr, als dass er lief. Er spürte die feuchte, kalte Kleidung auf seinem Körper. Die Zeitung hatte er noch unter dem Arm, aber als er an einem Papierkorb vorbeikam, warf er sie achtlos hinein.

Als er schließlich, die verbliebene Zeitschrift in der Hand, in die Einfahrt einbog, sah er schon den Wagen der Polizei vor seinem Haus stehen, aber erneut spürte er nichts. Weder Nervosität noch Aufregung. Er sah die Beamten einfach im Eingang stehen, auch wenn er natürlich den Grund ihres Erscheinens kannte. Aber es berührte ihn nicht.

Susanne war im Gespräch mit den Beamten an der Haustür, die ihren Wagen direkt vor der Eingangstür geparkt hatten. Achim nahm sich trotz der Müdigkeit zusammen und lief auf das Haus zu, wie ein morgendlicher Jogger, der von seiner täglichen Tour zurückkam.

»Guten Morgen, Liebes. Guten Morgen, meine Herren.«

Susanne schaute ihren Mann irritiert an, der ihr freundlich zulächelte.

»Wo kommst du her?«

Achim hielt die Zeitschrift hoch.

»Ich wollte dich nicht wecken, und da habe ich mir rasch etwas Lektüre für den Kaffee besorgt. Geh doch rein, ich kläre das hier.«

»Warum hast du auf dem Sofa geschlafen?«

»Susanne, bitte.«

Er legte seinen Arm um sie und schob sie langsam in Richtung Haus.

»Sind Sie Herr Achim Kröger?«

»Ja, bitte.«

»Uns liegt eine Anzeige gegen Sie vor, wegen eines Unfalls mit Fahrerflucht ... Wir sind gezwungen, jedem Hinweis nachzugehen. Ist das Ihr Wagen?«

Achim nickte, aber seine Gelassenheit, die er noch vor wenigen Sekunden gespürt hatte, schwand.

»Aber ich war gestern nicht hier«, versuchte es Achim schwach. »Ich war auf Dienstreise?«

»Der Unfall hat sich in Hamburg ereignet. Waren Sie gestern in Hamburg?«

Wie eine Schlinge legten sich die Worte des Polizeibeamten um seinen Hals. Man war ihm auf der Spur. Aber wie konnte das sein? Es hatte keinen Zeugen gegeben, niemand hatte etwas bemerkt, und doch stand jetzt die Polizei vor seinem Haus und hatte ihn unter Verdacht.

Einer der Beamten ging um den Wagen herum, und Achim folgte ihm. Als der Beamte den Wagen umrundet hatte, schaute sich der andere die Frontpartie genauer an.

»Eine kleine Beule?«, fragte er und strich mit einem Finger über eine kaum erkennbare Unebenheit.

»Die ist schon einige Wochen alt. Ich weiß nicht einmal, woher sie stammt.«

Das klang dünn, das wusste auch Achim, aber er log nicht aus nervöser Anspannung, sondern sagte einfach, was der Wahrheit entsprach. In jeder anderen Situation hätte er selbstbewusst darauf verwiesen, dass er sich die Herkunft der Beule nicht erklären könnte, und jeden Zweifel daran hätte er entschieden zurückgewiesen. Aber jetzt spürte er selbst die Schwäche seiner Aussage und ahnte, dass die Beamten seine Unsicherheit bemerkten.

»Das würde mich aber schon interessieren. Wir werden uns Ihren Wagen einmal genauer ansehen müssen. Kann ich bitte Ihren Wagenschlüssel haben? Die Kollegen holen ihn dann ab.«

Nun wurde Achim schlagartig klar, dass es vorbei war. Die Zeit des leeren Raumes zwischen dem Chaos der letzten Tage und den Folgen war vorüber, und kommentarlos händigte er dem Beamten den Schlüssel aus.

»Und Sie begleiten uns und beantworten uns ein paar Fragen.«

»Natürlich, ich sage nur kurz meiner Frau Bescheid.«

Die beiden Beamten nickten einander zu, worauf einer der beiden Achim ins Haus folgte, während der andere bei dem Wagen blieb und ein Handy aus der Tasche holte.

»Kann ich mich noch rasch duschen und umziehen?«

»Sicher«, nickte ihm der Beamte zu.

Sie gingen gemeinsam durch die Eingangshalle und den Wohnraum in die Küche, wobei der Beamte kurz davor stehen blieb. Er behielt Achim im Auge, wollte sich, nicht zuletzt beeindruckt von dem riesigen Haus, aber auch nicht aufdrängen. Wenn sich die Anschuldigung als haltlos erwies, ließen solche Leute gern ihre Beziehungen spielen und den

Unmut an den Beamten vor Ort aus. Da hielt er sich lieber zurück.

Achim ging in der Küche auf seine Frau zu, die ihm gleich entgegenkam.

»Was ist passiert?«

»Eine reine Routineangelegenheit. Sie haben nur ein paar Fragen. Deshalb soll ich kurz mitkommen.«

»Was ist mit deinem Wagen?«, fragte sie besorgt.

»Nichts, ich erkläre es dir später.«

Susanne sah ihren Mann verzweifelt an. Sie hatte es geahnt, und dennoch traf es sie härter, als sie es erwartet hatte. Sie schaute ihren Mann fassungslos an. Sie wusste nicht, was das alles zu bedeuten hatte, aber die Vorzeichen hatte sie gespürt. Sie hatte gespürt, dass etwas geschehen war, dass Achim seine guten Vorsätze kaum noch beachten konnte, aber sie wusste nicht, warum. Nur würde die Polizei kaum aus nichtigen Gründen kommen und ihn mitnehmen. Aber statt Aufregung oder Sorge ergriff sie eine tiefe Traurigkeit.

»Deine guten Vorsätze?«

»Ich habe fast alle gehalten, ehrlich. Nur klappt nicht immer alles, wie man es sich vornimmt. Aber ich gebe mein Bestes. Versprochen.«

Er legte seine Hand auf ihr Gesicht und küsste sie auf die Wange, was sie geschehen ließ.

»Es dauert nicht lange.«

Aber sie ließ nicht nur den Kuss geschehen, mehr noch ergriff sie die Hand an ihrem Gesicht und presste sie an sich, als wolle sie einen Abdruck behalten, der die Zeit überdauern würde. Achim löste sich von seiner Frau und ging an dem Beamten vorbei nach oben. Hier ging er ins Bad, duschte sich, und als das Wasser über sein Gesicht rann, spürte er, wie das Leben zurückkehrte. Wie ein Spuk verflog die Teilnahmslosigkeit, mit der er die Stunden nach dem Unfall bis zum heutigen Morgen verbracht hatte.

Eine schreckliche, unglaubliche Geschichte hatte ihn in ihren Bann gezogen. Er wusste nicht, warum er es war, dem das geschah, aber er verstand auch nicht den Sinn der Ereignisse. Wer konnte ein Interesse daran haben, ihn in ein solch schreckliches Schauspiel zu ziehen und sein Leben zu zerstören? Er wusste es nicht, aber er würde nicht aufgeben. Er würde nicht kapitulieren und sich in ein Schicksal ergeben, das andere für ihn geplant hatten. Für einen kurzen Moment dachte er an Flucht. Was wäre, wenn er jetzt einfach durch ein Fenster hinauskletterte und über die Garage verschwand? Es war kaum anzunehmen, dass die beiden Beamten diesen Fall einkalkuliert hatten. Aber er wollte nicht fliehen, wollte kein Schuldeingeständnis abgeben, was seine Lage erschweren würde, wenn man ihn Tage oder Stunden später gefasst hätte. Denn er würde nicht weit kommen, und er wollte es auch nicht. Er wollte hierbleiben, hier leben mit seiner Frau und dem Kind, das sie von ihm erwartete. Und dafür musste er sich seiner Verantwortung stellen. Er zog sich rasch an und ging die Treppe hinunter, wo er bereits von dem Beamten erwartet wurde.

»Wir können gehen«, sagte er ein wenig tonlos, und der Beamte nickte zustimmend. Vor dem Beamten her ging Achim durch die Eingangshalle, als er hinter sich seine Frau hörte.

»Warum?«, hörte er ihre Stimme, die ihn stehen bleiben ließ.

»Ich habe alles richtig machen wollen, aber ...«, er wusste nicht, was er weiter sagen sollte.

Er sah seine Frau an, die stumm nickte, als habe sie verstanden, aber als er dann einen Augenblick später das Haus verließ, sah er sie im Fenster neben der Haustür, und ihr Blick war leer. Er schaute sie an, hoffte, irgendeine Regung zu sehen, die ihm etwas signalisierte, aber er konnte nichts erkennen, bis ihn einer der Beamten zum Polizeifahrzeug weiterzog.

Achim stieg zu den beiden Beamten ins Auto, wobei er ihnen dankbar war, dass sie auf jede demütigende Geste verzichteten. Vielmehr stieg er in deren Auto wie ein freier Mann, der zu einer beliebigen Aussage mitfuhr. Während der Polizeiwagen auf dem knirschenden Kies durch die Einfahrt hinausrollte, drehte Achim sich noch einmal um und sah noch einmal seine Frau, die ihm aus dem Fenster nachschaute.

Susanne sah dem Polizeiwagen noch nach, als er sich längst aus ihrem Blickfeld entfernt hatte. Dann löste sie sich schweren Herzens und ging in den Wohnraum. Durch das große Fenster schaute sie in den Garten, der unter dem grauen Himmel wenig Trost spendend aussah. Sie wusste nicht recht, was sie jetzt machen sollte. Sie könnte einen Anwalt einschalten, aber sie wusste zu wenig, um sich nicht nur als die ein wenig hysterische Ehefrau zu melden. Sie musste erst einmal abwarten. Abwarten, bis sie etwas unternehmen konnte, aber auch, bis sie wusste, *ob* sie etwas unternehmen würde. Sie musste einfach warten, was ihr überhaupt nicht lag.

Wenig später verließ sie das Haus. Sie trug eine dunkle Hose, bequeme Schuhe, hatte sich eine wärmende Steppjacke angezogen und stapfte die Einfahrt hinaus, als wollte sie heute noch weit kommen.

Und tatsächlich kam sie erst Stunden später mit rot glühenden Wangen zurück, um sich bei einer Tasse Tee in ihrem Wohnzimmer nach dem Marsch durch den Wald auszuruhen. Was sie danach machen würde, wusste sie noch nicht. Aber sie würde nicht warten und zusehen, was geschah, würde sich nicht dem entwürdigenden Lügen und Verschweigen aussetzen. Sie würde nicht bloß warten, das wusste sie jetzt schon genau.

Sie ging ins Haus, in dem ihr wenig später Frau Schneider helfen würde.

Als Achim im Innenhof des Präsidiums aus dem Wagen stieg, nahm ihn einer der Beamten am Arm und führte ihn ins Gebäude. Es war nur eine leichte Berührung, eine kleine Geste, weiter nichts, aber es war für Achim ein unübersehbares Zeichen, dass spätestens jetzt seine Freiheit beschnitten war. So schnell fühlte er sich nicht mehr als freier Bürger, sondern als einer, dessen Schritte nun andere lenkten. Ähnlich empfand er die Prozedur der Aufnahme der Personalien.

Vor ihm saß ein junger Polizeibeamter in Zivil am Computer, der sich mit dem Namen Kanzke murmelnd vorgestellt hatte und ihn dann nach den Personalien fragte, die er selber Achims Ausweispapieren entnommen hatte. Als sei dies ein erster Glaubwürdigkeits- oder Kooperationstest, schaute der Mann nach jeder Position hoch zu Achim, um sich mit einem Nicken oder einer Antwort die Richtigkeit der Angaben in dem amtlichen Dokument bestätigen zu lassen.

Anschließend begann die eigentliche Vernehmung zur Sache, weshalb ein zweiter Polizeibeamter hinzugezogen werden sollte.

»Wir wären dann so weit«, sagte Kanzke ins Telefon. »Okay, bis gleich.«

Dann legte er auf.

»Einen kleinen Moment«, erklärte er Achim und setzte sich hin, um in irgendwelchen Akten zu blättern.

Sie warteten mehrere Minuten, bis die Tür aufging und der andere erschien. Er war sicher Mitte vierzig und offenbar Kanzkes Vorgesetzter.

»Sorry, hat etwas gedauert«, sagte er jovial und streckte Achim die Hand hin. »Winter«, stellte er sich vor, sah Kanzke an und übernahm die Befragung, die Kanzke am Computer protokollierte.

»Wo waren Sie gestern?«

»Im Einzelnen oder den ganzen Tagesablauf?«, fragte Achim zurück. Das klang vielleicht ein wenig aggressiv, war aber eher nachfragend gemeint.

»Waren Sie gestern in Hamburg?«, präzisierte Winter seine Frage, ohne auf die mögliche Provokation einzugehen.

Achim zögerte einen kleinen Moment.

»Wir haben eine Anzeige gegen Sie vorliegen wegen eines Verkehrsunfalls mit Fahrerflucht, bei dem ein Mensch ums Leben gekommen ist«, übernahm Winter das Wort. »Wir haben Ihren Wagen mit einer Beule, die Sie sich auch nicht erklären können. Ich denke, Sie sollten uns sagen, was passiert ist.«

Winter sah Achim interessiert und auffordernd an.

»Ja, ich war gestern in Hamburg«, begann Achim. »Und ich hatte gestern auch den Unfall, aber es war ... es war eine Art Selbstschutz. Ich wollte das gar nicht.«

»Was verstehen Sie unter Selbstschutz? Eine Art eigene Justiz?«

Achim ahnte, dass die beiden ihn nicht verstehen würden.

»Ich wollte ihn doch gar nicht umfahren. Ich habe mich geduckt, weil ich Angst hatte.«

»Angst vor einem Fußgänger?«

»Wie soll ich das erklären?«, fragte Achim und suchte nach Worten.

»Wir haben Zeit.«

»Ich wurde erpresst. Angefangen hat alles mit einem Verbrechen, das ich zufällig beobachtet habe.«

Die beiden Beamten sahen sich an.

»Sie haben ein Verbrechen beobachtet? Welches Verbrechen?«, fragte Winter interessiert, und auch Kanzke setzte sich unmerklich auf.

»Ich war vorletzte Woche in Hamburg und habe im Parkhaus eines Hotels gesehen, wie ein Mann einen anderen erschossen hat. Also, ich habe den Schuss gehört und gesehen, wie ein Mann etwas Schweres zu seinem Auto geschleppt hat. Es sah wie ein Körper aus. Dass dann auch am nächsten Tag ein Mann vermisst wurde, hat auch in der Zeitung gestanden. Er selber hat mir den Artikel zugefaxt.«

»Wer?«

»Dieser Benrath.«

»Wer ist Benrath?«

»Das Unfallopfer.«

Winter nickte, als sei für ihn damit die Frage geklärt.

»Haben Sie das Fax noch?«

»Ich habe es nicht mehr, ich habe es weggeworfen.«

»Das ist dumm.«

»Ich konnte ja nicht wissen, dass ich es brauchen würde.«

»Verstehe«, sagte Winter süffisant. »In welcher Zeitung erschien der Artikel?«

»Hamburger Morgenblatt.«

Winter schaute seinen Kollegen an.

»Wird überprüft.«

Winter nickte zustimmend.

»Haben Sie Ihre Beobachtung der Polizei gemeldet?«

»Nein, das habe ich nicht«, gab Achim kleinlaut zu.

»Sie beobachten eine Straftat, möglicherweise einen Mord, und gehen nicht zur Polizei? Das müssen Sie mir erklären.«

»Ich war dienstlich in Hamburg. Ich arbeite als Musikredakteur fürs Radio und sollte einen Beitrag über die Don-Giovanni-Aufführung machen. Ich war aber nicht in der Oper, sondern habe mich stattdessen mit einer Bekannten getroffen.«

»Und das hinderte Sie, zur Polizei zu gehen?«

»Es war meine Geliebte, meine ehemalige Geliebte, und ich wollte nicht, dass meine Frau oder irgendwer davon erfährt.«

»Wie heißt diese Frau?«

»Amberg, Sylvia Amberg«, sagte Achim und gab den Beamten auch die Adresse in Hamburg.

»Und wenn der Mann, der nach Ihrer Aussage erschossen wurde, noch lebte? Wenn es gar kein Schuss war? Vielleicht hätten Sie Schlimmeres verhindern können? Vielleicht war es unterlassene Hilfeleistung?«

»Ich habe doch kaum etwas gesehen. Es war dunkel, ich hatte Angst, es ging einfach alles viel zu schnell.«

»Weiter«, sagte Winter ungerührt.

»Also dieser Mann hat mich gesehen und versuchte mich seitdem zu erpressen.«

»Ist das nicht ein wenig ungewöhnlich, dass Sie ein vermeintlicher Täter erpresst?«

»Er wollte sich meines Schweigens sicher sein und mich dafür zahlen lassen. Das hat er selber so gesagt. Er wusste alles über mich. Er kannte meine private Telefonnummer, die im Sender, meine Handynummer, wusste, wo ich wohne. Ich war dem ausgeliefert.«

»Wie ging die Geschichte weiter?«

»Erst hat er mir den Schlüssel von einem Nachtclub in Hamburg zugesteckt. Wahrscheinlich sollte ihn meine Frau finden.«

»Wie zugesteckt?«

»Als ich am nächsten Morgen das Hotelzimmer an der Rezeption zahlen wollte, stand der plötzlich neben mir. Ich war mir sicher, dass es der Mann aus der Tiefgarage vom Vorabend war. Er nannte sich Benrath und wollte wissen, ob eine Nachricht für ihn da wäre. Und als er ging, stieß er mit mir zusammen; dabei muss er mir den Schlüsselbund zugesteckt haben.«

Winter und Kanzke sahen sich an, und Achim spürte, dass ihnen die Geschichte reichlich unglaubwürdig vorkam.

»Haben Sie den Schlüssel noch?«, schaltete sich nun Kanzke ein.

»Den habe ich weggeworfen. Es war auch nicht der Schlüssel aus diesem Nachtclub. Es stand zwar True Love drauf, aber ich war in dem Laden und habe den Schlüssel ausprobiert. Er passte nicht. Aber eine Nachricht hatte der Hausmeister in dem Laden für mich. ›Neugierde ist gefährlich‹ stand auf dem Zettel.«

»Den haben Sie natürlich auch nicht mehr, den Zettel.«

Achim schüttelte den Kopf.

»Wie ging es dann weiter?«

»Er hat mich angerufen, mir Faxe geschickt und wollte dann fünfzigtausend Euro, die ich ihm gestern auch gegeben habe. Und dann bin ich ihm nachgefahren.«

»Und haben ihn überfahren.«

»Ich wollte ihm nachfahren. Aber plötzlich bleibt der stehen und dreht sich um. Der schaute mich an, hat mich sofort erkannt und kam grinsend auf mich zu. Ich hatte Angst und wollte wegfahren, einfach an ihm vorbei. Dann griff der in seine Tasche. Ich dachte, der hat eine Waffe, und spontan habe ich mich geduckt. Dabei muss ich das Lenkrad etwas verzogen haben. Auf jeden Fall tat es einen Schlag. Ich habe sofort angehalten, aber ... er lag einfach nur da.«

»Und es war derselbe Mann, den Sie in dem Parkhaus gesehen haben?«

Achim nickte.

»Haben Sie einen Zeugen für Ihre Aussage?«

»Nein, eigentlich nicht.«

»Das ist schlecht.«

»Aber Sylvia, ich meine Sylvia Amberg, meine ... Bekannte. Sie war damals meine Freundin. Sie kann alles bestätigen. Alles mit diesem Benrath, in dem Hotel und das Verbrechen in der Tiefgarage. Sie hat auch den Artikel in der Zeitung gelesen. Wir haben darüber gesprochen.«

»Und der Unfall?«

»Ich war direkt nach dem Unfall bei ihr. Ich stand unter Schock und habe ihr alles erzählt.«

»Dann wollen wir Ihre Aussage zu Protokoll nehmen. Also, an welchem Tag fing die Geschichte an?«

Es dauerte ungefähr zwei Stunden, bis Achim alle Fragen hinreichend beantwortet hatte. Mehrfach musste er die komplizierten Zusammenhänge dieser doch unglaublichen Geschichte erzählen, bis Winter und Kanzke keine Fragen mehr hatten.

Anschließend wurde das Protokoll ausgedruckt und Achim zur Unterschrift vorgelegt.

»Herr Kröger«, begann Winter mit offiziellem Ton. »Sie müssen sich natürlich zu unserer Verfügung halten. Sie waren kooperativ, sind nicht vorbestraft und haben einen festen Wohnsitz, sodass wir Flucht- oder Verdunklungsgefahr ausschließen. Wir werden Ihre Angaben überprüfen. Wegen der fahrlässigen Tötung und der Fahrerflucht werden Sie sich natürlich vor Gericht verantworten müssen. Sie dürfen damit vorerst gehen.«

Winter erhob sich, sammelte die unterschriebenen Unterlagen ein.

»Herr Kanzke bringt Sie noch nach unten, Sie hören von uns.«

Ein kurzer Gruß, dann verließ Winter das Büro. Direkt hinter ihm verließen auch Achim und Kanzke das Büro und gingen in die entgegengesetzte Richtung zum Treppenhaus.

»Das ist aber eine wilde Geschichte, in die Sie da reingeraten sind«, begann Kanzke ein wenig zu privat das Gespräch.

»So ist es gewesen. Frau Amberg wird es bestätigen«, erwiderte Achim förmlich. Schweigend gingen sie weiter, bis sie das Treppenhaus erreicht hatten.

»Halten Sie sich zu unserer Verfügung.«

»Sicher.«

Kanzke grüßte und sah zu, wie Achim die breite Marmortreppe hinunter und dann Richtung Ausgang ging.

Achim spürte die Blicke des Polizeibeamten in seinem Rücken noch, als er den Ausgang schon erreicht hatte, aber er drehte sich nicht um. Er wusste, dass diese Befragung nicht seine Letzte sein würde, aber er hoffte, dass alles gut ausgehen würde. Irgendjemand musste ihn gesehen haben und hatte ihn angezeigt, aber so abenteuerlich seine Geschichte für die beiden Beamten auch geklungen haben mochte, gab es doch Beweise, Indizien und nicht zuletzt Sylvias Aussage, die seine Version bestätigen würde. Natürlich blieb der Unfall, vor allem blieb die Fahrerflucht; dafür würde er sich vor Gericht verantworten müssen.

Mechanisch trat er hinaus, verließ das Polizeigebäude und ging planlos weiter. Konnte er jetzt einfach nach Hause gehen? Vor Susanne treten und ihr alles erklären? Er wusste nicht, was und nicht, wie. Sollte er ihr die ganze Wahrheit erzählen? Dann hätte er sie verloren, dann wäre es aus. Niemals würde sie ihm diesen Vertrauensbruch verzeihen. Vor allem würde sie sich niemals diese Geschichte mit allen Details, Verwicklungen und Missverständnissen anhören, um dann objektiv urteilen zu können. Und vielleicht war das auch zu viel verlangt. Vielleicht gab es eine Art Maß, dessen Überschreitung unzulässig und unumkehrbar war. Und dieses Maß hatte er schon längst überschritten.

Er wusste nicht, was er machen sollte, und lief ziellos durch die Straßen. Er könnte Rolf besuchen. Nicht dass der Rat wüsste, ihm helfen könnte, aber er würde zuhören, was manchmal schon eine Menge war. Er würde ihn vielleicht nicht verstehen, aber er würde ihn nicht verurteilen und nicht mit billigen Vorschlägen in Sicherheit wiegen wollen.

Sofort schlug er die Richtung zu Rolfs In-Lokal ein und betrachtete auf dem Weg dahin die Menschen, die ihm entgegenkamen. Sie wirkten sorglos, unbelastet, frei von jeder Art Schuld, an der er zu tragen hatte. Er hatte einen Menschen getötet; daran änderte auch die Tatsache nichts, dass es eine Art Unfall war, denn er hatte ihn ja nicht einmal treffen wollen. Es war einfach Pech, auch wenn er wusste, dass diese Formulierung im Zusammenhang mit einem tödlichen Unfall nicht akzeptabel war. So ging er sorgenvoll zwischen all den Sorgenfreien, aber sicher wirkte er genauso auf die anderen wie diese auf ihn.

Eigentlich merkwürdig, fuhr es ihm durch den Sinn. Diese vermeintliche Sorglosigkeit, die man immer und überall genau den anderen unterstellte und die es wahrscheinlich gar nicht gab. Steckte nicht hinter jeder Fassade ein Geheimnis, dessen Schrecken vielleicht noch kaum spürbar war, vielleicht aber auch noch gar nicht entdeckt? Aber bedeutete es Sicherheit, nur weil man noch nicht den eigenen Untergang erkennen konnte? War nicht jeder in jedem Moment allen Gefahren ausgesetzt? Tatsächlich drehte sich alles um Verdrängung, war Glück und mochte es noch so klein sein, ohne diesen Mechanismus gar nicht möglich. Wohl dem, der verdrängen kann, dachte er, und er dachte auch daran, dass Angst lähmen konnte, wie er es in den letzten Tagen bitter erfahren hatte, und jetzt konnte er nur hoffen, dass sein Verhalten, seine Fehler ihn nicht die Freiheit und das Glück kosteten.

Wenige Straßen weiter und einige Augenblicke später betrat Achim das Lokal seines Freundes Rolf, das um diese Zeit wenig besucht war. Rolf saß an einem der freien Tische und las Zeitung. Achim setzte sich wortlos zu ihm.

»Na, den Beruf an den Nagel gehängt oder einfach nur freigenommen?«

Achim schaute Rolf an, ging aber auf den lockeren Ton nicht ein.

»Machst du mir einen Kaffee?«, fragte er als Antwort, und Rolf erkannte, dass sein flapsiger Ton unangebracht war, denn er spürte, dass Achim Rat suchte. Rolf wusste nicht, was geschehen war, aber wenn Achim jetzt plötzlich in seinem Lokal erschien, dann sicher nicht ohne Grund.

»Sicher. Komm«, sagte Rolf und wies Achim mit einer einladenden Geste an die Theke des Lokals.

Achim setzte sich direkt an die Theke, und Rolf machte ihm einen Kaffee.

»Du siehst müde aus«, stellte er fest, während er sich an dem Kaffeeautomaten zu schaffen machte.

»Ich weiß.«

Zischend rauschte der Kaffee durch das Pulver und den Filter, um dampfend in zwei Tassen zu laufen.

»Kann ich dir helfen?«, fragte er und stellte dabei die beiden Tassen auf Unterteller und legte Löffel, Zuckerpäckchen und den obligatorischen Keks dazu.

»Ich wollte nur einen Freund sehen.«

»Nichts dagegen einzuwenden«, erwiderte Rolf und stellte den Kaffee vor ihnen auf die Theke.

»Du bist doch mein Freund?«

Rolf schaute ihn verwundert an.

»Natürlich, seit über zwanzig Jahren. Das weißt du doch.«

»Und das bleibt auch so?«

»Was ist mit dir los, Achim.«

Bevor er antwortete, nahm Achim einen Schluck aus seiner Kaffeetasse.

»Ich habe ein Problem«, begann er, und dann erzählte er die Ereignisse der letzten beiden Tage. Als er geendet hatte, herrschte zunächst Schweigen zwischen ihnen. Rolf sah seinen Freund an.

»Hast du schon mit Susanne gesprochen?«

Achim schüttelte den Kopf.

»Du musst dir einen Anwalt nehmen«, schlug Rolf vor. »Ihr habt doch sicher einen Hausanwalt oder so etwas, der euch in Rechtsfragen berät.«

»Susanne kennt sicher mehrere, aber was soll ich denen erzählen?«

»Die Wahrheit, so wie du sie jetzt mir erzählt hast.«

»Das glaubt mir doch kein Mensch«, erwiderte Achim resigniert. »Ich bin da in irgendeine Geschichte reingeschlittert; ich versteh es ja auch nicht.«

»Umso mehr brauchst du einen Anwalt, der dir hilft. Ein

guter Anwalt kann vieles erreichen. Der kann mit der Staatsanwaltschaft sprechen, mit dem Richter; der hilft dir. Ein Anwalt kann sich erkundigen, kann Akten einsehen.«

»Das kann ich auch beantragen«, sagte Achim fast trotzig.

»Ja, toll«, gab Rolf zurück. »Und du weißt, wie das geht? Kennst die kurzen Dienstwege? Ein guter Anwalt erfährt mehr, kann herausbekommen, wie der Stand der Ermittlungen ist, und kann Verteidigungsstrategien entwickeln.«

»Du tust, als wäre ich ein Verbrecher.«

»Im Gegenteil, du brauchst ihn trotzdem. Du bist schließlich kein Verbrecher.«

Achim sah sein Gegenüber an und nickte, wobei sein Gesicht wenig Zuversicht ausstrahlte.

»Das weiß ich selber«, sagte er. »Aber ein Anwalt?«

»Du wirst einen brauchen, frag Susanne.«

Als Achim nach Hause kam, war es schon Abend. Das Haus lag inmitten des parkähnlichen Grundstücks, und in keinem Fenster war Licht zu sehen. Die beiden Garagentüren waren verschlossen, aber Achim brauchte sie nicht zu öffnen, um zu wissen, dass Susannes Wagen fehlte. Er blieb in seinem Wagen sitzen und überlegte, ob und wohin er fahren sollte, aber er entschied sich dagegen. Er parkte seinen Wagen und ging zum Haus. Er wusste, dass Susanne nicht nur in der Stadt oder bei Freunden war, und das schien auch die Leere des Hauses zu bestätigen.

»Susanne?«, rief er in die Dunkelheit des Hauses, aber er wusste, dass es sinnlos war.

Er ging durch das Wohnzimmer, durch die anderen Räume, warf einen Blick in den Garten, und auch der Kleiderschrank verriet, dass sie gegangen war. Er ging zum Telefon und wählte ihre Handynummer. Es läutete und die Mailbox ging an. Achim legte auf. Was hätte er sagen sollen? Sich entschuldigen, sich erklären, Ausflüchte stammeln, das war alles unmöglich. Das konnte und wollte er sich und ihr nicht antun.

Es war früher Morgen, als in der malerischen Herbstlandschaft die Nebelschwaden noch in den Bäumen hingen. Nur gelegentlich hörte man einen frühen Vogel, der aus dem Schlaf geschreckt war. Menschen sah man kaum zu dieser Stunde, und die wenigen, die bereits auf waren, hatte ihre Arbeit aus den Federn getrieben.

Nur Susanne gehörte zu den wenigen Ausnahmen. In dem Landhotel war es noch der Nachtportier, der sie grüßte, als sie, in den wärmenden Wintermantel gehüllt das Hotel verließ. Sie ging mit zügigem Schritt die Dorfstraße entlang, zunächst ziellos, bis sie in einiger Entfernung den Bahnhof des kleinen Ortes sah, neben dem ein kleiner Zeitschriftenladen für die frühen Fahrgäste und Pendler bereits geöffnet hatte. Sie schlug direkt den Weg dorthin ein und sah sich am Zeitungsständer beiläufig um. Natürlich lagen hier schon die ersten Tageszeitungen, und ein wenig wahllos nahm sie einige Regionalblätter, die sie später durchsuchen würde. Aber noch als sie mit dem Geld in der Hand vor dem kleinen Verkaufsfenster stand, fiel ihr Blick auf eine Schlagzeile in der rechten Spalte einer weiteren Zeitung. »Fahrerflucht – Juweliersgatte unter Verdacht«. Ihr Herz begann plötzlich spürbar zu schlagen, und sie spürte, wie ihr der Schweiß ausbrach. Mit zitternder Hand nahm sie auch diese und weitere Zeitungen und legte sie auf den kleinen Stapel. Der junge Verkäufer rechnete erneut und gab ihr das Wechselgeld zurück. Sie nickte dankend und ging zurück zum Hotel. Nein, eigentlich ging sie nicht, sie eilte, und sie musste an sich halten, nicht zu rennen. Endlos kam ihr der Weg vor, der nur wenige hundert Meter lang war, aber sie konnte es kaum erwarten, in ihr Zimmer zu kommen. Wie ein schwerer Klotz lasteten die Zeitungen in ihrem Arm. Sie hätte es wissen, hätte es ahnen müssen, dass dies eine Geschichte für die Presse war. Wie sie damals wohlwollend über ihre Hochzeit, über die Renovierung des Geschäfts und die Neueröffnung geschrieben hatten, so nahmen sie jetzt auch diese Geschichte auf, in die ihr Mann verwickelt schien.

Kaum hatte sie ihr Hotelzimmer erreicht, hängte sie das Schild vor die Tür, dass sie nicht gestört werden wollte. Sie warf den Mantel einfach aufs Bett, setzte sich in den Sessel am Fenster und nahm mit zittrigen Händen die Zeitungen. Die erste berichtete nur kurz und sachlich, dass es einen tödlichen Unfall mit Fahrerflucht gegeben habe und dass ein gewisser Achim K. aus Wiesbaden unter Verdacht stehe, einen Mann namens Gerd B. mit seinem Wagen getötet zu haben. Die Ermittlungen stünden noch am Anfang, und Genaueres wüsste man noch nicht. Aber natürlich waren nicht alle Zeitungen so diskret. Unverhohlen fragte eine andere in großen Lettern: »Hat er den Tod verschuldet? Wiesbadener Juweliersgatte unter Tatverdacht«. Darunter war ein Foto zu sehen, auf dem die Gesichter leicht verfremdet waren, aber sie erkannte das Bild, das sie und ihren Mann bei einem Empfang im Spielcasino zeigte. Sie blätterte weiter und stieß in allen Zeitungen auf ähnliche Meldungen. Es hatte also einen tödlichen Autounfall in Hamburg gegeben, bei dem der Fahrer Unfallflucht begangen hatte. Und offenbar gab es irgendeinen Hinweis darauf, dass ihr Mann verdächtigt wurde, der gesuchte Autofahrer zu sein.

Das war doch nicht möglich. Ihr Mann war am fraglichen Tag tatsächlich gar nicht in Hamburg gewesen. Das hätte sie doch mitbekommen. Zudem wäre er doch nicht mit dem Wagen morgens hingefahren, wenn er am Abend zurück sein wollte. Das wären mehr als zehn Stunden Autofahrt, das machte doch gar keinen Sinn. Aber warum dann diese Anschuldigungen?

Beinahe bereute sie, dass sie ihn nicht fragen konnte, aber sie hatte sich richtig verhalten, wollte mit dieser Geschichte nichts zu tun haben. Schon als die Polizei gestern bei ihnen war, hatte sie übelste Ahnungen, doch Achim hatte versucht, sie zu beruhigen. Und jetzt hatte man ihn festgenommen.

Ein Unfall mit Fahrerflucht. Darum ging es also. Es war keine Routineangelegenheit, zu der die Polizei ein paar Fragen an ihn hatte. Er hatte sie wieder belogen, hatte gewusst, warum die Polizei da war. Hatte sie belogen, aber warum? Selbst wenn der Vorwurf stimmen sollte. Menschen machten Fehler, auch schreckliche. Wenn es stimmen würde, dass er den Unfall verursachte hatte, selbst wenn er Fahrerflucht begangen hatte, war das kein Verbrechen im eigentlichen Sinne. Er hatte getötet, aber nicht gemordet. Es war ein Unfall, und die Fahrerflucht war mit dem Schrecken und der Panik zu erklären, die Menschen nach solch traumatischen Erlebnissen ergriff. Sie würden einen Anwalt nehmen, und Achim würde vor Gericht stehen müssen. Das war schrecklich, aber das mussten er und sie durchstehen.

Sie blätterte noch einmal in den Zeitungen, aber über den Toten war nichts weiter als der abgekürzte Name zu erfahren. Nichts über seine Lebensumstände, ob er eine Frau hinterließ und Kinder. Das wäre furchtbar, aber sie würden helfen können, selbst wenn Geld in solchen Situationen nur ein schwacher Trost war. Aber das beschäftigte sie nur einen kurzen Moment. Vielmehr bedrängte sie die Frage, warum er sie belogen hatte. Wollte er sie schützen, bis der Irrtum sich aufgeklärt hätte? Würden dann die Zeitungen nicht vorsichtiger die Schuldfrage formulieren? Es musste Gründe für diesen Tatverdacht geben, sonst hätte die Polizei Achim nicht mitgenommen; sie hätten ihn nicht stundenlang verhört, denn anders war es nicht zu erklären, dass sich Achim nicht im Laufe des gestrigen Vormittags bei ihr gemeldet hatte.

Als sie später den Frühstücksraum des kleinen Hotels betrat, sah sie die junge Bedienung sorgenvoll an.

»Haben Sie nicht gut geschlafen?«, fragte sie besorgt.

»Es ist nichts, bringen Sie mir bitte einen Tee«, wich Susanne aus und sah der Frau nach, die sich diensteifrig entfernte.

Den nächsten Tag verbrachte Achim beinahe wie in einem Nebel. Er stand auf, ging zur Arbeit in den Sender, aber er vertat die Zeit, indem er grübelte, aus dem Fenster sah, irgendetwas tat. Auf jeden Fall war er erleichtert, als der Tag überstanden war. Und auch wenn so knapp neun Stunden vergangen waren, hätte er kaum zu sagen vermocht, womit er die Stunden verbracht hatte. Anschließend fuhr er direkt nach Hause, denn er wollte niemanden sehen. Auch im Sender hatte er darauf geachtet, wenig oder besser noch gar nicht mit Kollegen in Kontakt zu kommen. Was hätte er ihnen sagen sollen? Worüber mit ihnen reden? Hätte er eine ihm untypische, aufgesetzte Fröhlichkeit versprühen sollen, damit man ihm nicht anmerkte, wie er sich fühlte? Aber mehr als das fürchtete er, dass man es ihm ansah, dass die Ereignisse eine Spur in seinem Gesicht, seinen Augen hinterlassen hatten, die ihn als Gebrandmarkten auswiesen. Dass man ihm ansah, dass er einen Menschen getötet hatte.

Ihm knurrte der Magen, als er auf das Haus zuging, denn er hatte die Zusammenkunft in der Mittagspause vermieden, war nicht in die sendereigene Kantine gegangen. Lieber hatte er in seinem Büro gehockt und die Zeit verstreichen lassen.

Natürlich wusste Achim auch, dass das keine Lösung war. Wie sollte es weitergehen? Er konnte sich schließlich nicht Tage oder Wochen verkriechen, aber er wusste nicht, was er hätte tun können. Immer wieder gingen ihm Rolfs Ratschläge durch den Kopf, dass er sich einen Anwalt nehmen sollte, dass er an seine Verteidigung denken musste. Denn auch wenn er kein Verbrecher war, es hatte einen Toten gegeben, und ihn traf Schuld, wenn auch nicht die Schuld eines vorsätzlichen Täters, so doch die Schuld eines unglücklichen Verursachers oder wie immer man das nennen wollte. Er musste sich eingestehen, dass er nicht einmal wusste, weshalb man ihn anklagen konnte. Fahrerflucht, das war sicher, aber der Unfall selber … war es eine Verkettung unglücklicher Umstände, war es Notwehr? Er wusste es nicht. Wenn Susanne da wäre, sie würde ihm sofort einen guten Anwalt empfehlen können, würde sofort telefonieren und alles in die Wege leiten, und sicher hätte er bereits morgen früh einen Termin.

Aber Susanne war nicht da, war weg, und er wusste auch nicht, wo sie war. Er hatte mehrfach versucht, sie auf ihrem Handy zu erreichen und ihr auf die Mailbox gesprochen, aber entweder hatte sie das Handy aus, hörte sie die Mailbox nicht ab oder wollte ihn nicht zurückrufen.

Er ging in die Küche und suchte im Kühlschrank nach etwas zu essen, nahm etwas Käse und Butter heraus, schnitt sich Brot ab und begann es lustlos zu essen. Dann suchte er etwas zu trinken, fand eine angebrochene Flasche Rotwein und leerte diese mehr, als dass er Brot und Käse aß. Bereits nach den ersten Schlucken spürte er, wie sich der Rotwein in seinem leeren Magen breitmachte, nahm das Glas und ging in sein Arbeitszimmer. Eher ratlos stand er vor den Regalen, in denen sich neben CDs vor allem Schallplatten stapelten, die er ordentlich sortiert sammelte. Er besaß Tausende davon, berühmte aber auch seltene Aufnahmen, die er sich mit Genuss auf einem sündhaft teuren Plattenspieler anhörte. Eigentlich war diese Bezeichnung eine schamlose Untertreibung, denn allein vom Geld, das der Tonarm verschlungen hatte, konnte eine vierköpfige Familie wochenlang leben. Die Anlage insgesamt würde dem Wert eines gehobenen Mittelklassewagens entsprechen.

Mit Bedacht ging er die Reihen der Regale ab, auf der Suche nach einer Musik, die er jetzt hören wollte, die er jetzt ertragen könnte, die ihn mitnehmen würde auf eine Reise weg von sich selbst. Er ging die schmalen Rücken seiner Schätze entlang, fuhr mit seinem Finger über die Epochen und Jahrhunderte, aber er spürte mehr und mehr, dass er die Musik, seine Musik, nicht dafür missbrauchen wollte, sich vor den Geistern, die ihn trieben, zu schützen.

Lange stand er da, trank gelegentlich einen Schluck aus dem sich leerenden Glas, als das Telefon klingelte. Es klingelte erneut, bis er begriff, dass es ihm galt, und zugleich erschrak er, als ihm aufging, dass es Benrath nicht sein konnte. Vielleicht ist es Susanne, fuhr es ihm durch den Kopf. Er stellte rasch das Glas ab, zu rasch, denn es fiel um, aber er konnte sich jetzt nicht darum kümmern, sondern stürzte los, zum Apparat, auf dessen Display er die Nummer seines Freundes erkannte. Wie erlahmt hielt er inne, wusste das Interesse und das damit verbundene Hilfsangebot zu schätzen, aber er wollte nicht in seiner Hilflosigkeit gesehen und erkannt werden, wollte nicht Mitleid empfangen für etwas, an dem er selber einen großen Anteil Schuld zu tragen hatte. Nein, er konnte jetzt nicht ans Telefon gehen, konnte nicht mit ihm sprechen, und so hörte er die Stimme über den Anrufbeantworter wie durch einen Nebel, dass Rolf sich weitere Gedanken gemacht hatte, die er gern mit ihm besprechen wollte.

Aber vor allem dachte er an seine Frau. Wo könnte Susanne sein? Natürlich hatte sie genug Freundinnen, kannte genug Freunde ihrer Familie, bei denen sie als Gast eingeladen würde, und natürlich war sie Frau genug, um in einem Hotel in irgendeiner Stadt zu wohnen. Saß sie jetzt bei einer Freundin oder Freunden? Wurde sie getröstet oder abgelenkt? Er hätte es gern gewusst, denn trotz allem wollte er für sie da sein, auch wenn er wusste, dass er genau dabei versagt hatte. Aber vielmehr als das interessierte ihn die Frage, wie sie sich fühlte, was sie wusste und wie sie über ihn und die Ereignisse der letzten Tage dachte. Er war sich sicher, dass sie an ihn dachte, hoffte es wenigstens, aber er hätte gern gewusst, ob sie an ihn glaubte, ob sie *ihm* glaubte. Sie waren verheiratet, kurz davor, eine Familie zu werden. Hatte sie dies alles schon begraben mit den Sorgen, die er ihr zurzeit machte? Er hätte gern gewusst, wo sie war. Nicht dass er sie suchen, aufstöbern wollte, einfach gewusst, dass es ihr an nichts fehlte, dass es ihr entsprechend gut ging, und dass er hoffen durfte. Wenn nicht auf sie, auf was dann?

Dachte sie in diesem Moment an ihn? Schaute sie in denselben Himmel? Er wusste es nicht, aber ihn ergriff ein tiefes Gefühl der Sehnsucht nach etwas, das er nicht näher erklären konnte. Nach etwas Unfassbarem, was sich wahrscheinlich jeder Mensch herbeisehnte, nach einem Gefühl, das er nicht anders als mit Zuhause bezeichnen konnte. Er wusste, dass das sentimental, vielleicht sogar kitschig war, aber es trieb ihm die Tränen in die Augen, die er nicht aufhalten, nicht verhindern wollte und auf eine selbstzerstörerische Weise sogar genoss. Aber es war kein Genuss der Freude, sondern des Leidens, in dem auch Selbstmitleid mitschwang.

Am nächsten Morgen läutete in aller Frühe das Telefon. Achim hörte das Läuten dumpf durch das rauschende Wasser der Dusche, das an seinem Körper herabströmte, und er überlegte einen Moment, ob es Sinn machte, jetzt halbnass und tröpfelnd loszustürzen, aber entschied sich dagegen. Zum einen war es nicht sicher, ob er es rechtzeitig erreichen würde, denn er wusste nicht genau, wie oft das Klingelzeichen schon ertönt war. Zum anderen wollte er auch mit niemandem außer Susanne sprechen, und die würde sich wieder melden, wenn sie es denn war.

Als er angezogen war, machte er sich Kaffee und ging dann zum Telefon, das ihm einen Anrufer mit einer unbekannten Nummer anzeigte. Gleichgültig sah er die Nummer an, ging dann in die Küche zurück, schenkte sich eine Tasse Kaffee ein und dachte ein klein wenig wehmütig daran, dass dies immer Susanne tat, gleichsam als eingespielte Einladung für ihn an den neuen Tag. Im selben Moment läutete es erneut, und er spürte, dass sich sein Rücken ein wenig anspannte. Mit wenigen Schritten war er am Telefon. Es wurde wieder die Nummer des unbekannten Anrufers angezeigt, aber er nahm dennoch ab, in der Hoffnung, es könnte Susanne sein.

»Kröger?« Seine Stimme klang fast hoffnungsvoll.

Am anderen Ende der Leitung hörte er die Stimme von Winter.

»Herr Kröger, hier Winter, Polizeihauptkommissar. Es ist gut, dass ich Sie antreffe, ich hatte es schon einmal versucht.«

»Ich war nicht schnell genug.«

»Macht ja nichts. Jetzt sind Sie da«, sagte Winter mit ruhiger Stimme. »Es haben sich ein paar Fragen ergeben, und ich müsste Sie bitten, gleich noch einmal herzukommen.«

»Hat das nicht bis zum Nachmittag Zeit, ich habe heute Morgen ...«

»Nein, das duldet keinen Aufschub«, fuhr Winter mit deutlicher Stimme dazwischen. »Wenn Sie unverzüglich kommen, erspare ich Ihnen, dass wir Sie holen. Sehen Sie dieses Angebot als ein Entgegenkommen meinerseits.«

»Was ist denn passiert?«

»Nur ein paar Fragen, wie gesagt. Sie kommen?«

»Ich bin in zwanzig Minuten da.«

»Das ist gut. Ich erwarte Sie.«

Dann war die Leitung stumm. Etwas ratlos starrte Achim auf den Hörer. Was könnte Winter gemeint haben mit den neuen Fragen, die sich ergeben hätten? Vielleicht gab es einen neuen Zeugen, der etwas zur Klärung beitragen könnte, aber warum musste Achim dann unverzüglich kommen? Oder warfen die neuen Fragen Belastendes gegen ihn auf? Er konnte es sich nicht erklären, aber in seinem Hinterkopf schwang Rolfs warnender Hinweis, dass er einen Anwalt brauchte. Vielleicht hatte Rolf recht. Aber wenn nicht, würde er viel Aufregung um nichts machen, würde die Zahl der Mitwisser vergrößern und die Aufmerksamkeit auf sich und damit auch auf Susanne und deren Geschäft lenken. Auch daran dachte er, dass er, wenn er schon Susanne das Geschehene nicht ersparen konnte, wenigstens geschäftlichen Schaden verhindern wollte. Er schaute auf die Uhr. Es war nicht einmal halb acht. Um diese Zeit konnte er in keiner Kanzlei irgendjemanden erreichen. Sicher auch nicht vor acht, die meisten wären erst um halb neun oder gar neun Uhr zu erreichen. Susanne hatte bestimmt eine Privatnummer, unter der sie Tag und Nacht einen befreundeten Anwalt stören konnte, aber er hatte diese Kontakte nicht. Und er hatte zugesagt, in zwanzig Minuten in der Polizeidienststelle zu sein. Winters Stimme hatte, warum, wusste Achim auch nicht zu erklären, nicht geklungen, als würde er eine größere Verspätung akzeptieren.

Noch erfrischt von der kühlen Luft des Waldes, war Susanne in das Zimmer ihres Hotels zurückgekehrt und hatte es sich noch einmal auf dem Balkon bequem gemacht, um die ersten Sonnenstrahlen der sich langsam aufzehrenden Herbsttage zu genießen. Wobei genießen sicher nicht das richtige Wort war. Sie war seit zwei Tagen hier im Hotel, da sie einfach Abstand brauchte. Sie hatte noch immer das Bild in Erinnerung, wie der Polizeiwagen mit ihrem Mann davonfuhr, aber daran wollte sie jetzt nicht denken. Sie musste sich über sich, über ihr Leben im Klaren werden, musste entscheiden, wie sie leben und was sie auf sich nehmen wollte. Aber jetzt würde sie sich erst einmal ein wenig draußen auf dem Balkon ausruhen. Später würde es dann zu kühl werden, und so ging sie zur Balkontür und ließ die frische Luft herein. Sie wollte gerade hinaustreten, als das Telefon läutete und ihr ein Mitarbeiter der Rezeption ein Gespräch für sie ankündigte. Am anderen Ende hörte sie, nachdem ein Knacken die Verbindung freigegeben hatte, die sonore Stimme eines älteren Herrn.

»Frau Susanne Kröger?«

»Ja, bitte?«

»Hier Degenhorst«, hörte sie die Stimme, die dann durch ein kräftiges Husten unterbrochen wurde. »Ich bin ein Freund ihres geschätzten Herrn Vaters. Ihre Frau Schneider war so freundlich, mir Ihre Nummer zu geben«, erklärte er, aber Susanne wusste längst, wer am anderen Ende der Leitung war. Heinz-Gert Degenhorst, ehemals leitender Oberstaatsanwalt und zuvor mehrere Jahre als Professor für Strafrecht tätig, war früher ein steter Gast im Hause ihres Vaters gewesen. Sie konnte sich an viele Abende erinnern, an denen der berühmte Professor zu Gast war. Sie konnte sich an ihn erinnern, als sie noch jung war, aber schon damals war er für sie ein älterer Herr gewesen, was weniger an seinem Alter als an der Art zu sprechen und sich zu bewegen gelegen haben musste und an der Art, wie er aufgrund seiner früh ergrauten Haare damit kokettierte, bald ein Greis zu sein. Inzwischen war er natürlich längst der ältere Herr, für den sie ihn schon als Kind gehalten hatte.

»Ich bitte Sie, Herr Professor, natürlich erinnere ich mich an Sie.«

Sie konnte sich sogar vorstellen, wie er mit seiner mächtigen Gestalt hinter einem Schreibtisch oder in einem Sessel saß, die unvermeidliche Zigarre vor sich hin qualmend in seiner Hand, denn trotz aller Warnungen der Ärzte, aller Hinweise, die ihm sein Körper selber gab, konnte und wollte er von diesem Laster nicht lassen. Wie immer im Anzug mit Weste, würde er während des Telefonats hinaus in den Garten schauen, der sich vor seinem Arbeitszimmer ausbreitete.

»Ich rufe in einer sehr unangenehmen und umso vertraulicheren Sache an, und ich bedaure sehr, dass ich Ihnen diesen Anruf nicht ersparen darf«, begann er umständlich.

Susanne spürte ihr Herz schlagen, denn sie ahnte, dass etwas Schreckliches passiert sein musste. Nicht ohne Grund hatte Frau Schneider die Nummer herausgegeben.

»Ich mache es kurz: Gegen Ihren Mann ist ein Haftbefehl verhängt worden«, sagte er, bevor erneut ein kräftiges Husten durch die Leitung bellte. »Ich dürfte Ihnen das eigentlich natürlich gar nicht sagen, aber im Andenken an die Freundschaft mit Ihrem Herrn Vater und auch aufgrund meiner Wertschätzung Ihrer Person erlaube ich mir diese kleine Unkorrektheit.«

»Mein Mann ist ...« Susanne stockte. »Das kann nicht sein.«

»Selbstverständlich kann das sein«, korrigierte er sie. »Und das ist auch so. Meinen Sie, ich scherze damit?«

Natürlich wusste Susanne auch, dass der alte Jurist niemals damit scherzen würde. Sie brauchte aber dennoch einen Moment, um diese Nachricht zu verstehen, sie anzunehmen, weil sie so absurd, so unerwartet war, dass Susanne sich gar nicht vorstellen konnte, was geschehen sein musste, damit ihr Mann verhaftet worden war. Achim in Handschellen, Achim im Gefängnis, Achim auf der Anklagebank und dann verurteilt? Das konnte doch alles gar nicht sein. Oder doch?

»Was ist geschehen?«, fragte sie, nachdem sie sich gefasst hatte.

»Allzu detailreich ist mein Kenntnisstand leider nicht«, erklärte er. »Ich weiß nur, dass es sich um eine sehr unangenehme Angelegenheit handelt. Ihr Mann ist in ein Tötungsdelikt verwickelt. Genau genommen wird er beschuldigt, bei einem Verkehrsunfall einen Mann getötet und Fahrerflucht begangen zu haben.«

»Es steht ja schon in den Zeitungen, oder gibt es neue Entwicklungen, die ich noch nicht kenne? Warum hat Achim denn nach dem Unfall nicht die Polizei gerufen?«, fragte sie, auch wenn sie wusste, dass der alte Herr diese Frage kaum beantworten konnte.

»Soweit ich es verstanden habe«, sagte Degenhorst, »erklärt sich das wohl daraus, dass Ihr Mann das Unfallopfer kannte.«

Susanne stockte der Atem.

»Das müssen Sie mir erklären«, sagte sie mit tonloser Stimme.

»Der Getötete ist der Lebensgefährte einer gewissen Sylvia Amberg, die zuvor, es ist mir unangenehm, das zu sagen, mit Ihrem Mann eine Art Bekanntschaft pflegte.«

»Sie meinen, sie war seine Geliebte.«

»So nennt man das heutzutage wohl.«

»Woher wissen Sie das?«

»Auch wenn ich seit Jahren nicht mehr aktiv tätig bin, habe ich doch noch genügend Kontakte. Zudem berate ich hier und da, bin noch Mitglied im einen oder anderen Freundeskreis. Als dann Ihr Familienname Kröger in den Akten dieses Unfalls auftauchte, hat man sich meiner alten Freundschaft zu Ihrem Herrn Vater erinnert...« Ein erneuter Hustenanfall unterbrach seine Worte.

»Aber es war doch ein Unfall?«

»Zurzeit wird gerade das untersucht, aber Genaueres weiß ich auch nicht. Nur wirft die Tatsache, dass Ihr Mann das Unfallopfer kannte, ein anderes Licht auf die Ereignisse. Wie gesagt, meine Kontakte bestehen nicht zu den ermittelnden Beamten.«

»Was heißt das?«, drängte Susanne den alten Professor.

»Dass die Polizei bei der jetzigen Verdachtslage nicht mehr von einem Unfall ausgeht.«

Jetzt war es gesagt. Es entstand eine kurze Pause, in der

keiner von beiden wusste, wie er das Gespräch fortsetzen sollte.

»Geht es um ... Mord?«

Ihr stockte der Atem, als sie am anderen Ende der Leitung nur den Atem Degenhorsts hörte.

»Sie müssen mich nicht schonen«, forderte sie Degenhorst auf.

»Sie sind wie Ihr Vater.«

Degenhorst hustete erneut.

»War es Mord?«

»Ich weiß es nicht, aber schließen Sie es nicht aus.«

Also ja, fuhr es ihr durch den Kopf, aber sie erschrak nicht. In den wenigen Sekunden, die seit der ersten Andeutung verstrichen waren, hatte sie sich gefasst und sich äußerlich auf die neue Situation eingestellt.

»Wie muss ich mir einen Autounfall vorstellen, der nun als Mord behandelt wird?«

»Es sind bisher nur Verdachtsmomente, aber die Motivlage lässt offenbar auf eine vorsätzliche Tötung schließen.«

»Und was sagt Achim? Hat er gestanden? Verteidigt er sich?«

In ihrem Kopf schwirrten die Fragen durcheinander.

»Er leugnet, aber die Geschichte, die er erzählt, also seine Version der Ereignisse, wirkt wenig glaubhaft. Zumindest scheint es keine Anhaltspunkte zu geben, die seine Version stützen.«

In wenigen Sätzen schilderte Degenhorst, was man ihm vertraulich berichtet hatte, aber er war daraus ebenso wenig schlau geworden wie die ermittelnden Beamten oder jetzt Susanne.

»Was raten Sie mir?«, fragte Susanne schließlich, ruhig, beinahe geschäftsmäßig, als habe sie die Tragweite des Gesagten nicht verstanden oder als sei es für sie nicht von größerer Bedeutung.

»Ich kann Ihnen schlecht etwas raten«, begann Degenhorst zögerlich. »Sie sollten sich juristischen Rat holen. Ich meine, nicht dass Sie welchen benötigten, aber ein Anwalt an Ihrer Seite könnte Ihnen als unmittelbare Angehörige präzisere Informationen beschaffen. Zum Tathergang, aber eben auch zum jeweils aktuellen Stand der Ermittlungen. Dann könnten Sie klarer entscheiden, wie Sie sich verhalten wollen.«

»Und mein Mann?«

»Der braucht auf jeden Fall juristischen Beistand. Nicht dass ich der Justiz misstraue, aber man muss Glück haben, einen guten Pflichtverteidiger zu bekommen.«

»Wen würden Sie mir empfehlen?«

»Für Ihren Mann? Ich würde Ihnen raten, Sven Hansen in der Kanzlei Heimgart, Dorn und Selges zu konsultieren. Ein junger Mann, engagiert, diskret, mit glänzenden Kenntnissen und einer großen Zukunft. Er wird sich sicher gern für Sie einsetzen, und … ich werde ein Auge auf ihn haben.«

»Ich bin Ihnen sehr dankbar, dass Sie mich angerufen haben.«

»Aber sagen Sie nicht, dass ich ihn empfohlen habe«, fügte er noch hinzu. »Der junge Mann hat durchaus seine Qualitäten, aber er sollte sich nicht zu früh der Tatsache bewusst werden, dass er ein glänzender Jurist ist. Er soll mit beiden Beinen auf dem Boden bleiben, sonst nehmen auch die klügsten Köpfe ein böses Ende.«

»Ich werde Sie nicht verraten«, sagte Susanne, was beinahe schon wie ein kleiner Scherz klang, auch wenn ihr danach überhaupt nicht zumute war.

»Es wird nicht ganz leicht für Sie werden. Es soll bei der Staatsanwaltschaft schon erste Anfragen gegeben haben.«

»Ich verstehe, was Sie meinen«, sagte Susanne fast tonlos.

Susanne wusste sofort, was Degenhorst so diskret andeutete. Die wenigen Zeitungsartikel, die noch von der Theorie des Unfalls mit Fahrerflucht ausgingen, würden zu einer Presselawine anwachsen, die niemand kontrollieren oder eindämmen konnte. Spätestens jetzt war ihr klar, was auf sie zukommen würde. Sie hatte Ähnliches schon erlebt, als bei Anne und Rüdiger das Finanzamt auf Unregelmäßigkeiten gestoßen war. Die Presse war über beide hergefallen; wochenlang konnten Anne und ihr Mann das Haus nicht verlassen, ohne dass ihnen einige Fotografen auf den Fersen waren. Man unterstellte ihnen Millionenunterschlagungen, was sich im Nachhinein als völlig übertrieben herausstellte, aber dennoch dauerte es Monate, bis die Geschichte überstanden und in Vergessenheit geraten war. Und damals war es nur um den Verdacht der Steuerhinterziehung gegangen, die schließlich in einer Geldstrafe und Steuernachzahlung unspektakulär endete. Da boten sie und Achim für die Presse einen ganz anderen Fundus an Geschichten um Sex and Crime.

»Es tut mir leid, wirklich«, fügte er hinzu. »Und wenn ich Ihnen helfen kann, lassen Sie es mich wissen. Ich habe immer noch gute Beziehungen.«

»Danke«, sagte Susanne.

Dann wechselten sie noch wenige Worte, bevor sie das Gespräch beendeten, denn was gab es jetzt noch zu sagen. Schweigend und mit leerem Blick saß sie in dem Sessel am Fenster und starrte hinaus. Sie hatte es geahnt, befürchtet und zu verdrängen versucht. Es war kein Unfall. Deshalb hatte Achim geschwiegen, deshalb war er nach dem Zusammenstoß geflohen und hatte den anderen liegen gelassen.

Aber wenn es kein Unfall war, war es dann Mord? Natürlich konnten Verkehrsunfälle tödlich enden, aber konnte man mit einem Wagen einen anderen absichtlich töten? Der andere würde doch zur Seite springen, würde doch nicht auf der Straße stehen bleiben und sich umfahren lassen? Sosehr sie sich auch bemühte, sie verstand es nicht.

Aber sie musste handeln.

Beinahe pünktlich traf Achim vor dem Präsidium ein und wurde am Eingang schon von Winters Mitarbeiter Kanzke erwartet.

»Der Chef hat sich schon Sorgen gemacht«, begrüßte er ihn.

»Guten Morgen«, erwiderte Achim mit stoischem Blick, dem Kanzke mit skeptischer Mine begegnete.

»Und was macht meinen Besuch so dringend?«

»Das ist nicht mein Job, ich soll Sie nur in Empfang nehmen.«

Sie wechselten noch das eine oder andere Wort, aber Kanzke blieb reserviert, und Achim musste sich gedulden, bis er mehr erfahren würde. Kanzke führte Achim durch die Flure. Sie fuhren mit dem Aufzug ins zweite Stockwerk und betraten dann einen Raum, vor dem ein Polizeibeamter in Uniform stand.

Das Innere des Raums fiel durch besondere Kargheit auf. Vier Stühle, in deren Mitte ein Tisch stand, ein vergittertes Fenster und eine Spiegelwand, wie Achim sie aus dem Fernsehen kannte. Hatten sie sich bei der letzten Befragung noch in Winters Büro getroffen, so machte allein der Raumwechsel auf Achim einen beklemmenden Eindruck.

»Können Sie mir sagen, was ich hier soll?«

»Wie gesagt, Herr Kröger, wir haben Sie noch einmal hergebeten, weil wir noch ein paar Fragen an Sie haben.«

Mehr sagte Kanzke nicht, sondern setzte sich demonstrativ auf einen der Stühle und forderte Achim mit einer Geste auf, ebenfalls Platz zu nehmen.

»Also?«, fragte Achim provozierend.

»Es dauert noch einen Moment, Herr Winter kommt gleich.«

»Hören Sie«, begann Achim erneut. »Ich habe einen Beruf, ich muss ins Büro, habe Termine.«

»Das wird alles warten müssen.«

»Was erlauben Sie sich?«

Aber Kanzke blieb ganz gelassen.

»Er kommt bestimmt gleich.«

So saßen die beiden einander schweigend gegenüber, Kanzke gelassen wartend und Achim mit wachsender Ungeduld.

»Hören Sie, wenn Ihr Herr Winter nicht bald kommt, kann ich nicht länger warten.«

»Sie missverstehen die Situation. Wir haben Fragen an Sie, und Sie werden warten müssen.«

»Und wenn ich einfach gehe?«

Kanzke sah ihn nur an, was Achim als Provokation verstand.

»Was dann bitte?«

Achim stand auf und ging zur Tür, aber als er sie öffnete, stand der Polizeibeamte unmittelbar vor ihm und sah ihn an.

»Sie halten mich hier fest?«

Achim drehte sich fragend zu Kanzke um, während der Beamte hinter ihm wieder die Tür von außen schloss.

»Wie gesagt, Sie müssen warten.«

»Und warum?«

»Machen Sie es uns doch nicht unnötig schwer«, versuchte Kanzke ihn zu beruhigen. »Herr Winter kommt bestimmt gleich.«

Achim schien die Warterei endlos. In Wahrheit wartete er kaum eine Viertelstunde, als Winter erschien.

»Morgen«, begrüßte er die Anwesenden. »Es tut mir leid, dass Sie warten mussten, aber ich hatte noch einen Termin bei der Staatsanwaltschaft.«

»Können Sie mir erklären, was das soll? Ich komme in aller Herrgottsfrühe pünktlich hierher, und dann lässt man mich warten. Als ob ich alle Zeit der Welt hätte?«

»Herr Kröger«, begann Winter ganz ruhig, nachdem er sich ihm gegenüber gesetzt hatte. »Ich habe Sie heute Morgen so früh und so pünktlich hergebeten, um Ihnen zu ersparen, dass Sie von meinen Kollegen abgeholt werden. Betrachten Sie das als Geste der Höflichkeit Ihnen und vor allem Ihrer Frau gegenüber.«

»Heißt das, ich bin verhaftet?«

»Davon war heute Morgen noch keine Rede, aber ich hätte Sie auch zur Befragung abholen können. Ich habe mich bei der Staatsanwaltschaft für dieses Entgegenkommen persönlich eingesetzt.«

»Und wenn ich nicht gekommen wäre?«

»Wir hätten Sie zur Fahndung ausgeschrieben«, sagte Winter und sah Achim an.

Bei dem Wort Fahndung schaute Achim auf. Was konnte geschehen sein, dass man jetzt nach ihm fahndete? Er hatte doch Rede und Antwort gestanden, hatte weder geleugnet noch sich mit Unwahrheiten herausgewunden.

»Würden Sie mir bitte erklären, warum Sie nach mir fahnden wollen? Sie wissen doch, wo ich wohne.«

»Lassen Sie uns anders anfangen«, sagte Winter mit ruhiger Stimme und legte die Akte vor sich auf den Tisch. Hieraus zog er zwei Blatt Papier und legte sie Achim hin.

»Das ist das Protokoll unseres ersten Gesprächs, richtig?«

Achim warf nur einen flüchtigen Blick darauf.

»Richtig.«

»Herr Kröger, das ist die Aussage, die Sie vor zwei Tagen bei uns gemacht haben. Haben Sie dem noch etwas hinzuzufügen?«

»Nein, ich habe alles gesagt.«

Winter sah Kanzke an, sagte aber nichts zu seinem Kollegen.

»Und Sie bleiben bei Ihrer Aussage?«, fragte nun Kanzke.

»Natürlich. Was soll das?«

»Wir haben eine Aussage, die eine ganz andere Version der Geschichte erzählt.«

Kanzke ließ nicht locker.

Achim sah die beiden Beamten an.

»Das kann nicht sein. Wer ist es?«

»Wollen Sie nicht zuerst einmal wissen, was die andere Person behauptet?«, fragte Winter dazwischen. »Vielleicht überdenken Sie dann doch noch einmal Ihre Version.«

»Ich habe alles erzählt. Und ich habe die Wahrheit gesagt.«

»Herr Kröger, Sie machen es uns und vor allem sich selber nicht gerade leicht.«

»Was unterstellen Sie mir?«

Achim spürte, wie seine Geduld nachließ. Seine Nerven waren gespannt, denn in ihm stieg die Sorge auf, dass der Albtraum noch nicht vorüber war, dem er meinte entronnen zu sein. Es hatte einen schrecklichen Unfall mit einem Toten gegeben, aber damit war doch auch der Drahtzieher dieser Intrige weg. Wer könnte jetzt noch ein Interesse daran haben, ihn zu erledigen?

»Wir unterstellen gar nichts. Wir haben nur gegensätzliche Aussagen, von denen nur eine stimmen kann«, sagte Winter. »Folglich ist einer der beiden ein Lügner.«

»Das ist bei konträren Behauptungen nun einmal so.«

»Richtig. Nur lassen sich manche Aussagen belegen, andere wiederum nicht.«

Achim nickte. Das war auch eine Binsenweisheit.

Winter nickte seinem Kollegen zu.

»Sie haben doch von diesem Zeitungsartikel erzählt«, setzte Kanzke an. »Auch hier haben wir eine gegenteilige Aussage. Wie erklären Sie sich das?«

»Das kann doch nicht sein. Ich habe ihn doch selber gesehen.«

»Diesen Artikel in Ihrem Büro?«

Achim nickte.

»Frau Amberg kann meine Aussage auch bestätigen, sie hat ihn in der Zeitung gesehen. Das hat sie mir gegenüber am Telefon selber gesagt.«

»Ihre Freundin Sylvia Amberg«, stellte Winter fest.

»Frau Amberg ist nicht meine Freundin.«

»Aber Sie wissen, wen wir meinen?«, fragte Kanzke frech.

»Natürlich, Frau Amberg und ich hatten ein Verhältnis, aber das ist vorbei.«

»Das deckt sich mit der anderen Aussage«, bestätigte Winter.

»Sie haben gesagt, dass Sie das Verhältnis beendet haben.«

Achim nickte.

»Das deckt sich wiederum nicht mit der anderen Aussage«, stellte Kanzke fest.

»Wer sagt das?«

»Sie haben vor ein paar Tagen vor dem Haus, in dem Frau Amberg wohnt, einen Passanten ohne Grund angegriffen?«

»Ich dachte, er beobachtet Frau Amberg. Sie fühlte sich durch den Beobachter bedroht.«

»Kannten Sie den Mann?«

»Ich dachte, es wäre der Mann aus der Tiefgarage, dieser Benrath.«

»Den es ja nach unseren Recherchen nicht gibt.«

»Das ist doch verrückt!«, Achim spürte, dass er wütend wurde. »Fragen Sie doch Frau Amberg. Die wird Ihnen alles bestätigen, dann ist endlich Schluss mit diesen Unterstellungen. Ich habe doch die Wahrheit gesagt.«

»Wir haben Frau Amberg befragt, warten Sie bitte.«

Winter stand auf und ging zur Tür, während sich Kanzke neben Achim auf den Stuhl setzte.

»Frau Amberg, kommen Sie bitte«, sagte Winter in den Flur, und einen Moment später betrat Sylvia Amberg das Zimmer. Ohne Achim eines Blickes zu würdigen, nahm sie auf dem Stuhl schräg gegenüber von Achim Platz, den Winter ihr anbot.

»Bitte, Frau Amberg.«

Achim konnte es nicht fassen, es war tatsächlich Sylvia, die ihm gegenübersaß. Sie saß aufrecht, aber sie sah verängstigt und müde aus. Achim starrte sie an, aber sie hielt die Augen gesenkt.

»Frau Amberg, wir haben Sie hergebeten, da Herr Kröger Sie als Zeugin für seine Aussage benannt hat. Herr Kröger, können Sie Ihre Aussage noch einmal kurz zusammenfassen?«

»Ich bin vor einiger Zeit Zeuge eines Verbrechens geworden und werde seitdem von einem Unbekannten, der sich Benrath, nennt, erpresst. Vor ein paar Tagen habe ich diesen Mann nach der Geldübergabe mit meinem Auto angefahren. Du weißt doch, dass es so war, du hast doch ...«

»Das reicht erst einmal«, unterbrach ihn Winter, der die Beeinflussung der Zeugin verhindern wollte, und wandte sich direkt an sie.

»Frau Amberg, können Sie diese Angaben bestätigen?«

Sylvia sah Winter an.

»Nein. Das stimmt doch alles gar nicht.«

Achim schaute Sylvia entsetzt an, aber sie blickte vor sich hin.

»Bitte? In der Tiefgarage warst du nicht dabei, aber dich hat er doch auch belästigt. Du hast doch sogar geglaubt, dass er dich verfolgt.«

Jetzt schaute sie ihn zum ersten Mal an, und ihre Augen verdunkelten sich.

»Was redest du da? Du hast Gerd auf dem Gewissen, du hast ihn umgebracht und willst jetzt deinen Kopf retten.«

Fassungslos hörte er, was sie sagte. Das konnte doch nicht sein. Was für ein Spiel wurde hier gespielt? Er verstand im Moment gar nichts. Tausend Fragen schwirrten in seinem Kopf, aber in dem Gewirr blieb nur eine übrig, die sich nach vorne drängte.

»Wer ist Gerd?«, fragte er tonlos. Etwas anderes fiel ihm im Augenblick nicht ein.

Winter sah Achim prüfend an.

»Der Mann, den Sie überfahren haben, hieß Gerd Brauner.«

In dem Moment schrie Sylvia auf.

»Du Schwein hast ihn getötet«, schluchzte sie. »Gerd war mein … meine Zukunft.«

Weinend zog Sylvia ein Taschentuch aus der Jackentasche und presste es sich vor den Mund.

»Spinnst du? Was soll das?«

Das war doch eine Lüge, eine glatte Lüge. Sie wusste doch,

dass der Tote Benrath war. Es konnte doch nicht sein, dass sie den kannte. Schließlich hatte sie nie etwas davon gesagt. Das war doch eine bodenlose Lüge, die sie hier auftischte. Achim wollte aufspringen, aber Kanzke hielt ihn zurück.

»Bitte, Herr Kröger.«

»Frau Amberg, nun erzählen Sie uns doch Ihre Version der Geschichte«, forderte Winter sie auf.

Es dauerte einen Moment, bis Sylvia sich gefasst hatte. Dann sah sie zuerst Winter an, der ihr mutmachend zunickte.

»Es ist alles in Ordnung. Sprechen Sie ruhig.«

»Ich hatte vor einiger Zeit ein Verhältnis mit Herrn Kröger, bis ich Gerd Brauner kennen lernte. Ich habe mich dann von Herrn Kröger getrennt, was dieser aber nicht akzeptieren wollte. Er hat mich weiter belästigt, hat mir gedroht ...« Weiter kam sie nicht, denn wieder traten ihr die Tränen in die Augen, und sie weinte still.

»Das ist doch eine Lüge, eine glatte Lüge!«

»Herr Kröger, ich ermahne Sie ausdrücklich«, fuhr Winter dazwischen. »Sie lassen jetzt Frau Amberg ausreden.« Dann machte er eine kleine Pause und wandte sich mit ruhiger Stimme an Sylvia.

»Bitte, Frau Amberg.«

»Er hat auch Gerd gedroht. Er war rasend vor Eifersucht. Einmal hat er sogar einen zufälligen Passanten vor meiner Tür angegriffen, weil er dachte, es wäre Gerd. Er hat nicht lockergelassen. Er wird Vater und hat mich nicht ...«

»Woher weißt du, dass ich Vater werde?«

Sie hörte seine Frage, aber sie sah ihn nicht an.

»Er hat es mir doch selber erzählt.«

»Woher weißt du das?«, fragte Achim ungläubig, aber Sylvia ging gar nicht darauf ein.

»Und dann hat er ihn umgebracht. Einfach überfahren, aus Hass.«

Jetzt schaute sie Achim mit blanker Verachtung an, der nicht verstand, was sich hier abspielte. Sie beschuldigte ihn des Mordes an einem Mann, dessen Namen er noch nie gehört, von dessen Existenz er bis vor Sekunden nichts wusste? Und Winter und sein Kollege Kanzke schienen ihr zu glauben. Hier stimmte etwas nicht. Achim war sich sicher, dass er hier reingelegt werden sollte. Man wollte ihn fertigmachen, aber er verstand nicht, warum. Was machte das für einen Sinn? Dass Sylvia Gründe hatte, ihn zu hassen, wäre möglich, schließlich hatte er sie sitzen lassen. Aber dass die Polizei ihrer Aussage mehr Glauben schenkte als seiner, das war eine Ungeheuerlichkeit.

»Danke, Frau Amberg, Sie haben uns sehr geholfen«, hörte er die Stimme Kanzkes, der Sylvia hinausbegleitete.

Die Tür fiel hinter den beiden ins Schloss. Nach wenigen Augenblicken ging sie wieder auf, Kanzke kam herein und setzte sich wieder hin. Es war jetzt still im Raum, keiner sagte etwas. Vielmehr taxierten die beiden Polizeibeamten Achim, als würde von seinem Verhalten, seiner Reaktion alles abhängen. Aber Achim reagierte kaum, er schaute von einem zum anderen und wusste nicht, was er sagen sollte. Was sollte er gegen diese Lügengeschichten sagen, wie sollte er sich verteidigen? Hier stand Aussage gegen Aussage. Aber das konnte doch nicht sein. Es musste doch Beweise, Indizien geben, die seine Version stützten. Aber er wusste nicht, wie er anfangen sollte.

»Was sagen Sie nun?«, sagte Winter nach einiger Zeit.

»Das ist ... das ist verrückt. Sie werden diese Geschichte doch nicht glauben?«, stammelte Achim wenig geschickt.

»Warum nicht?«, fragte Kanzke zurück.

»Weil sie nicht stimmt. Ich bin doch kein Mörder.«

»Das sagen Sie«, sagte Kanzke.

»Was soll das heißen?«, brauste Achim auf.

»Ich habe übrigens noch eine schlechte Nachricht für Sie.« Winter suchte in einer Mappe und legte eine Ausgabe des Hamburger Morgenblatts auf den Tisch.

»Was soll das?«

Achim schaute die beiden Beamten an, die auf seine Frage gar nicht eingingen.

»Ihr Artikel ist nie erschienen. Das ist die Ausgabe des entsprechenden Tages. Auch an den Tagen davor und danach keine Meldung dieser Art. Der dortigen Polizei ist dieser Vorfall auch nicht bekannt. Sie sollten aufhören, uns mit Ihrer abstrusen Geschichte aufzuhalten. Legen Sie ein Geständnis ab. Es hat diesen Artikel nicht gegeben.«

»Ich sage die Wahrheit. Es gab dieses Fax«, sagte Achim.

»Wie wollen Sie Ihre Behauptung beweisen? Glauben Sie, wir unterschlagen Ihnen die Zeitungsmeldung, wenn es sie gegeben hat?«

»Sie wurde mir zugefaxt, als ich in Frankfurt im Sender war. Es gibt doch ein Sendeprotokoll.«

»Herr Kröger«, sagte Kanzke fast mitleidig. »Wir bestreiten nicht, dass an dem Faxgerät an diesem Tag ein Fax aus Hamburg eingegangen ist. Ein Fax aus Hamburg beweist doch gar nichts. Das kann alles Mögliche gewesen sein.«

»Warum sollte ich das behaupten?«

»Dann erklären Sie mir, warum und von wem es kam«, forderte Winter ihn auf.

»Ich dachte, es wäre von Benrath. Er hat mich ja auch später angerufen und gefragt, ob ich es erhalten habe«, sagte Achim resigniert. »Und Sylvia hat es doch auch in der Zeitung ...«

Er stockte, als er das Gesicht Winters sah.

»Herr Kröger, Sie schätzen Ihre Lage falsch ein«, erklärte Winter. »Sie haben uns Ihre Version erzählt, für die es nicht einen einzigen Beweis gibt. Für die Version von Frau Amberg sprechen zumindest mehrere Indizien.«

»Es ist aber die Wahrheit, ehrlich.«

»Geben Sie uns einen Anhaltspunkt für Ihre Geschichte«, sagte Kanzke. »Ich glaube weder Ihnen noch Frau Amberg. Aber für deren Aussage gibt es mehr Anhaltspunkte. Wir müssen dann doch davon ausgehen, dass sie die Wahrheit sagt. Was würden Sie an unserer Stelle tun?«

Achim schüttelte den Kopf.

»Sie müssen es wissen, Herr Kröger«, sagte Winter. »Hiermit sind Sie vorläufig festgenommen. Alles, was Sie jetzt aussagen, kann gegen Sie verwandt werden. Sie haben das Recht, einen Anwalt zu konsultieren.«

Achim sagte nichts.

»Herr Kröger.« Winter sah ihn an. »Ich meine das nicht nur in meiner Aufgabe als zuständiger Ermittler. Nehmen Sie es auch als persönlichen Rat.«

Danach ging alles ziemlich schnell. Achim musste seine Fingerabdrücke abgeben, wurde fotografiert und musste erneut Angaben zur Peron machen. Dann führte man ihn durch Gänge, über Treppen und durch Flure, bis er schließlich vor einer Zellentür landete.

Der Raum, kaum mehr als vier mal drei Meter groß, würde nun für eine gewisse Zeit sein Aufenthaltsort sein, und er konnte es wenden, wie er wollte, dieser Raum war eine Zelle.

Fast benommen saß Susanne immer noch unbeweglich da. Sie wusste nicht, wie viel Zeit vergangen war, aber es interessierte sie auch nicht. Noch klangen die Worte Degenhorsts in ihrem Ohr nach, und auch wenn sie deren wörtlichen Sinn verstanden hatte, wusste sie dennoch nichts damit anzufangen. Wie ein dumpfes Wabern klangen die Silbengruppen in ihrem Kopf nach, gleich einer Ansage, deren Wortfetzen keinen Sinn ergaben. Sie wusste nur, dass es sie betraf, sie persönlich, ihr Leben und das, was vor ihr lag. Und dass es alles aus den Angeln hob, was sie so sicher um sich errichtet glaubte. Sie musste sich eingestehen, dass dies so nicht stimmte, denn schon seit Wochen ahnte sie, dass die Fundamente ihres Privatlebens schwankten, dass sie mehr einer Dekoration glichen, die schließlich dem Leben doch nicht standhalten konnten. Aber was sie jetzt erfahren hatte, was jetzt geschehen war, hätte sie nicht in ihren düstersten Albträumen zu befürchten vermocht.

Verhaftet, klang es in ihr nach. Was bedeutete das? Was sollte, was musste sie tun? Sie war ratlos, und niemand konnte ihr Rat geben, denn niemand wusste um die letzten Wochen. Einzig Rolf würde ahnen, was in ihr vorging, würde verstehen, dass sie nicht einfach wie die Gattin des Verhafteten auftreten, seine Partei ergreifen konnte, denn zu viel war inzwischen geschehen.

Aber sie konnte auch nicht einfach nichts tun. Jetzt saß sie auf einem fremden Stuhl in einem fremden Haus, in das sie sich zurückgezogen hatte, bis die Zweifel vergangen wären. Aber jetzt, jetzt war die Ungewissheit vollständig, jetzt blieb ihr nichts.

Ihr Mann war verhaftet worden, beschuldigt des Mordes an einem Nebenbuhler, so die wahrscheinlich formulierte Beschuldigung, der er sich sicher bald in Form einer Anklage würde stellen müssen. Und was sprach ihn frei? Seine kühne Geschichte von einem Verbrechen, das es nicht gab, von Indizien, die keiner Überprüfung standhielten, und von Zeugen, die das Gegenteil behaupteten. Es gab keinen Grund ihm zu glauben, und keinen Grund, an der Aussage der anderen, seiner angeblichen Ex-Geliebten, zu zweifeln, außer wegen der Unerschütterlichkeit, mit der ihr Mann an seiner Version festhielt. Aber warum hielt ihr Mann so verzweifelt daran fest? Auch Degenhorst konnte es ihr bei ihrem letzten Gespräch nicht erklären. War Achims Trotz ein überzeugendes Motiv zu vertrauen? War Leugnen ein Grund zu glauben? Nein, der gesunde Menschenverstand sagte ihr ein entschiedenes »Nein«, aber hatte sich nicht auch der sogenannte Menschenverstand schon oft geirrt? Gab es überhaupt eine verlässliche Größe, der man sich anvertrauen konnte?

Susanne blieb noch einige Minuten sitzen, dann ging sie zum Telefon und bat darum, die Rechnung fertig zu machen. Es war ihr egal, was die Angestellten des Hotels über ihre spontane Abreise dachten, genauso wie es ihr egal sein musste, was sie dachten, sollten sie schon von der Verhaftung ihres Mannes erfahren haben. Keines der hiesigen Boulevardblätter würde es versäumen, im Zusammenhang mit diesem Fall auf das Juwelierhaus Kröger hinzuweisen; mehr noch wäre dieser Zusammenhang mit dem renommierten, alteingesessenen Geschäft überhaupt erst der Grund, über diese Verhaftung zu berichten.

Die Verabschiedung im Hotel ging lautlos und diskret vonstatten. Man bedauerte ihre plötzliche Abreise, hoffte, dass sie bald wieder Gast im Hause sein würde, aber vielleicht war der Hotelier ganz froh, dass sie abreiste, bevor die Journalistenhorde vor seinem Haus auftauchte. Vielleicht tat sie auch dem Hotelier, den sie seit vielen Jahren flüchtig kannte, Unrecht, und es war noch nicht publik, dass jener verhaftete Achim K. der Mann der Juwelierin Susanne Kröger war.

Vor dem Hotel stand bereits ihr Wagen, den ihr eine hilfreiche Hand des Hauses vom Parkhaus in der Nähe in die Auffahrt des Hotels gestellt hatte. Natürlich war man so freundlich, ihr mit dem Gepäck behilflich zu sein, sie zum Auto zu begleiten, aber für die Herzlichkeit, ob aufgesetzt oder echt, hatte sie an diesem Tag keinen Sinn.

Als sie in ihrem Wagen Platz nahm und losfuhr, hatte sie noch kein Ziel, wusste noch nicht, wohin sie fahren würde, aber dass sie hier wegmusste, das war ihr unumstößlich klar. Lieber wollte sie zu Hause versuchen, den lästigen Journalistenfragen aus dem Weg zu gehen, als sich hier in einer Art »Versteck« aufstöbern zu lassen. Konnte man ihr ihren Aufenthalt hier im Hotel als Flucht oder Feigheit auslegen, so würde ihr ein Leben in ihren eigenen vier Wänden sicher nicht als Täuschung ausgelegt werden. Also nach Hause, fuhr es ihr durch den Sinn. Selbst, wenn das kein Zuhause im eigentlichen Sinne mit dem ihren war, so war es doch eine Heimkehr dahin, wo sie die letzten Jahrzehnte gelebt hatte. Und im tiefen Bewusstsein, das Richtige zu tun, fuhr sie mit ihrem Wagen langsam die schmale Straße hinunter, die für das Hotel die Anbindung an die restliche Welt war.

Aber sie würde nicht warten und alles weitere auf sich zukommen lassen. Noch während der Fahrt telefonierte sie mit dem Anwalt einer stadtbekannten Kanzlei, von dem sie sich schon öfter in geschäftlichen Fragen beraten ließ, und erkundigte sich unverbindlich nach einem jungen Anwalt namens Sven Hansen. Nicht dass sie dem alten Freund ihres Vaters misstraute, aber eine kleine unverfängliche Nachfrage war nie ein Fehler. Sie wollte auf alle Eventualitäten vorbereitet sein und nichts dem Zufall überlassen, den sie für den schlechtesten Ratgeber hielt. Schließlich konnte sich auch ein renommierter Professor in seinem Urteil irren oder konnte

Namen verwechseln. Sie hasste Menschen, die sich aus Entscheidungsfaulheit oder -angst passiv verhielten und dann das sich von selbst Ergebende für ihre Entscheidung hielten. Nein, sie wollte aktiv sein, wollte die Geschicke in der Hand halten, so weit ihr das möglich war.

In dem kurzen Telefonat wurde ihr all das bestätigt, was Degenhorst ihr gesagt hatte. Hansen genoss trotz seiner jungen Jahre beste Zeugnisse und hatte einen untadeligen Ruf.

Dank der Empfehlung Degenhorsts und sicher dank des Namens Juwelierhaus Kröger brauchte sie nicht lange auf einen Termin bei jenem Sven Hansen zu warten, sondern wurde bereits am Nachmittag zu einem Gespräch empfangen. Zuvor fuhr sie nach Hause, wo sie schon erwartet wurde.

Kaum hatte sie die Auffahrt erreicht, lief ein Mann herbei, gefolgt von einem zweiten, der eine schwere Kamera auf der Schulter trug. Als der erste ihren Wagen erreichte, hielt er ihr das Mikrophon hin, aber Susanne öffnete weder das Fenster noch sah sie ihn an, sondern schaute unbeirrbar geradeaus. In dem Moment, als das Tor die Einfahrt freigab, wollte sie gerade losfahren, als das Blitzlicht eines Fotografen aufblitzte. Sie hatte den Mann gar nicht gesehen, der offenbar hinter dem Baum vor ihrem Grundstück gewartet hatte. Drei, vier Mal erhellte das gleißende Licht die Szenerie, dann war sie durch das Tor hindurchgefahren, das sich langsam hinter ihr schloss.

Im Haus machte sie nur spärlich Licht, ließ aber die Rollläden oben und die Vorhänge offen, denn sie wollte sich nicht verstecken. Vielleicht versuchte der Fotograf, durch die Büsche mit einem Teleobjektiv ein paar Bilder zu erhaschen, aber sie hatte nichts zu verbergen und wollte durch übertriebenes Versteckspiel auch nicht den Eindruck erwecken. Als sie in den Wohnraum kam, zeigte ihr der blinkende Anrufbeantworter, dass die ersten Journalisten offenbar schon vor Stunden gern mehr wissen wollten und erste Stellungnahmen von ihr suchten.

Sie hörte die Nachrichten kurz ab, drückte aber gleich weiter, sobald sie wusste, dass es sich nicht um einen privaten Anruf handelte. Aber diese waren ohnehin nicht dabei. In ihren Kreisen wäre es eine grobe Unhöflichkeit gewesen, sich jetzt bei ihr zu erkundigen. Vielmehr gingen alle Freunde und Bekannte auf eine Art höfliche Distanz und warteten den weiteren Verlauf der Entwicklung ab. Das bedeutete auch, dass die Geschäfte mit der erlesenen Klientel auf Eis lagen, aber das störte sie im Moment nicht. Jetzt ging es vor allem darum, sich zu beraten. Sie musste erfahren, woran sie war, musste wissen, was wirklich geschehen war, und vor allem, was Achim genau vorgeworfen wurde und was daran haltbar blieb. Erst dann würde sie überlegen, was sie tun würde, was machbar wäre.

Sie ging noch mal in die Eingangshalle, wo Frau Schneider die Post in die große Schale auf der Anrichte gelegt hatte. Es lagen einige Briefe in der Schale, deren Absender sie gleich erkannte. Es lag auch ein brauner Umschlag dabei, der keinen Absender trug, aber an sie adressiert war. Beiläufig riss sie den Umschlag auf, während sie zurück in den Wohnraum ging. Der Umschlag enthielt lediglich ein Foto, das sie herauszog, und sie musste extra an eine helle Lampe herantreten, um die Abbildung zu erkennen. Sie schaute auf das Bild und traute ihren Augen nicht. Auf dem Bild war Achim Hand in Hand mit einer Frau zu sehen. Es musste bei einer Hafenrundfahrt aufgenommen worden sein, denn im Hintergrund war deutlich ein Fährschiff zu sehen. Beide schauten fröhlich in die Kamera, ein Schnappschuss, wie sie oft entstanden. Kein inszeniertes Bild, bei dem das Handhalten vielleicht auf Anweisung des Fotografen zustande gekommen war. Nein, dieses Bild zeigte ein fröhliches Paar, dass die Zweisamkeit bei einem gemeinsamen Ausflug genoss. Unwillkürlich drehte sie das Foto um. Auf der Rückseite stand: »In Erinnerung Sylvia, 8. September 2009«.

Susanne ließ das Bild sinken, steckte es dann in den Umschlag zurück, und in diesem Augenblick hatte sie für sich alles weitere entschieden, hatte ihr Leben die klare Linie zurückerhalten, die sie durch Achims Verhaftung verloren hatte.

Nein sie würde nicht länger hadern, zweifeln und sich diffusen Hoffnungen hingeben, denn das war jetzt vorbei. Sie musste jetzt an sich denken, an sich und ihr Kind, dem sie ein faires, ein gutes Leben bieten würde und das von dem ferngehalten werden musste, was andere aus purer Lebensgier und fahrlässiger Unvernunft angerichtet hatten.

Die Wände waren grau, die Einrichtung war karg, und Achim wusste, als er den Raum betrat und sich die Tür hinter ihm schloss, dass er hier Stunden und Tage verbringen würde, unterbrochen nur von den wenigen Malen, wenn er zu erneuten Befragungen geholt oder wenn sich wider Erwarten doch ein Besucher finden würde, mit dem er sprechen durfte. Er schaute sich um, ging zum Fenster, aber sehr viel mehr als der graue Himmel und die Mauern der Nachbargebäude war nicht zu sehen. Dennoch blieb er stehen, schaute ins Nichts und versuchte, sich an den Gedanken zu gewöhnen, dass dort draußen, in diesem Nichts, sein bisheriges Leben lag. Irgendwo dort jenseits der Mauern lag das Haus, in dem er gewohnt hatte, war das Leben, von dem er jetzt ausgeschlossen war. Dort war irgendwo seine Frau, die sicher schon wusste, was geschehen war. Was mochte sie denken, wie mochte sie über ihn denken? Er hatte es nicht gewagt, sie anzurufen, denn was hätte er ihr sagen sollen? Hätte er ihr erzählen sollen, was geschehen war? In seiner »Version«, die auf die Polizei wie ein schlechtes Lügengespinst wirkte? Was sagte man in einer solchen Situation? Am besten schwieg er, und er hoffte, Susanne würde das verstehen.

Aber auch Sylvia war da draußen. Sylvia, die er nicht geliebt, aber begehrt hatte, die ihn bezirzt hatte mit ihrem Charme und ihrer Erotik, die aber für ihn nie mehr war als ein Abenteuer, das er genossen, aber nicht hinterfragt hatte. Wer war sie? Und warum log sie? Er wusste es nicht, denn ihre Lügen machten doch keinen Sinn. Oder ging es ihr einfach um Rache? Es war keine Frage, dass er sie verletzt hatte, als er sie verlassen hatte, aber es war nie davon die Rede, dass es so etwas wie eine gemeinsame Zukunft geben könnte. Niemals hatte er ihr seine Liebe oder die Treue geschworen. Ihre Beziehung war immer nur ein riskantes erotisches Spiel, dessen wahre Risiken er jetzt zu spüren bekam.

Aber wenn es Rache war, wie passte das mit den Ereignissen in der Tiefgarage des Hotels zusammen? Es war doch ausgeschlossen, dass Benrath plötzlich einen anderen Namen hatte und ihr Lebensgefährte sein sollte. Es war ein unlösbares Puzzle, aber er spürte, dass Sylvia der Schlüssel zur Lösung war.

Er wandte sich vom Fenster ab, sah den Tisch, den schäbigen Stuhl und das Bett, auf dem schon viele vor ihm gelegen hatten, und legte sich mit dem Blick zur Decke hin. Er wusste nicht, wie lange er dort gelegen hatte, aber langsam wurden die Konturen im Raum unscharf, verblassten die schwachen Schatten in der zunehmenden Dämmerung, und als er wieder zum Fenster ging und hinaussah, waren bereits die ersten Lampen an den umliegenden Mauern angegangen. Bald würde es sicher etwas zu essen geben, wenn man ihn nicht vergessen hatte, aber auch das war ihm in diesem Moment egal, und so empfand er es auch nicht als Erleichterung, als er Schritte, Stimmen und das Geklapper von Geschirr hörte, was die Essensausgabe ankündigte. Es gab ein paar Scheiben Graubrot, etwas Margarine, je eine Scheibe Wurst und Käse und ein bräunliches Gebräu, das sicher Tee sein sollte.

Als Achim dann wieder allein in seiner Zelle saß, wollte er zunächst alles stehen lassen, aß dann aber doch etwas, weil er zum einen wusste, dass es bis morgen früh nichts geben würde, und zweitens, dass das Frühstück sicher auch nicht anders würde. Aber das Schlimmste war nicht das Essen, nicht die Enge oder der wenig ansprechende Ausblick aus dem Fenster. Das Schlimmste war das Ausgeliefertsein, die fehlende Selbstbestimmung, die Tatsache, dass andere für ihn entschieden. Er würde schlafen und essen, wenn der Zeitplan es vorsah, würde warten, ob man ihn holen würde, ob man noch Fragen an ihn hatte oder nicht. Er würde sich einen Anwalt nehmen müssen, wenn er nicht darauf angewiesen sein wollte, von einem Pflichtverteidiger vertreten zu werden, für den er entweder ein beliebiger Fall war oder der die Chance, einen prominenten Menschen zu verteidigen, als Karrierechance begriff. Er musste etwas unternehmen, und das würde er morgen angehen.

Die Dämmerung hatte ihr letztes Licht verloren, und der Abend brach heran, als Susanne noch einmal das Haus verließ. Sie setzte sich in den Wagen und fuhr in die Stadt. Sie hatte am Nachmittag mehr als eine Stunde in der empfohlenen Kanzlei verbracht und lange mit dem jungen Anwalt gesprochen, der sich höflich und engagiert ihres Anliegens angenommen hatte. Er hatte, von ihr bevollmächtigt, mit der zuständigen Staatsanwältin gesprochen und konnte damit Susanne Auskunft geben. Der junge Anwalt, der sich als Sven Hansen vorstellte und dessen Türschild ihn als promovierten Juristen auswies, hatte ihr Rede und Antwort gestanden, aber wenig Hoffnung machen können.

»Es ist fatal«, sagte er, nachdem er mit der Staatsanwältin gesprochen hatte, »es gibt kaum Beweise, praktisch keine Zeugen außer jener Sylvia Amberg, die mit ihrer Aussage Ihren Mann schwer belastet. Das Hauptproblem besteht darin, dass es für all das, was Ihr Mann zu Protokoll gegeben hat, keine Indizien oder Beweise gibt. Zum Beispiel die Behauptung des Zeitungsartikels. Es hat ihn nie gegeben. Warum erfindet Ihr Mann das? Wir wissen es nicht, aber diese Lüge lässt die Aussagen Ihres Mannes in einem anderen Licht erscheinen.«

»Und wenn es ihn doch gab?«

»Sie meinen, er hat wirklich dieses Fax erhalten? Kann sein, aber wie beweisen wir das? Ihr Mann behauptet, er habe es weggeworfen.«

Sven Hansen machte eine Handbewegung, die seine Ratlosigkeit in diesem Punkt ausdrückte.

»Was halten Sie von Sylvia Amberg? Ist sie glaubwürdig?«, hatte Susanne ihn gefragt.

»Ich kenne sie nicht und kann natürlich wenig darüber sagen«, erläuterte Hansen. »Aber wir müssen anerkennen, dass sich ihre Aussagen zumindest in einigen objektiven Punkten leicht beweisen lassen. Bei dem Toten handelt es sich tatsächlich um einen gewissen Gerd Brauner. Ob er ihr Lebensgefährte war, wissen wir nicht, aber sie kannten sich. Mehr wissen die auch noch nicht. Aber wenn diese Dinge objektiv stimmen, warum soll man an den anderen Aussagen von Frau Amberg zweifeln?«

»Vor allem wenn der andere, mein Mann in diesem Fall, offenbar in mindestens einem Punkt gelogen hat.«

Der junge Dr. Hansen zuckte mit den Schultern und machte Susanne damit klar, dass er ihre Schlussfolgerung teilte.

»Würden Sie die Verteidigung meines Mannes übernehmen?«, fragte Susanne nach kurzer Überlegung.

»Sicher«, sagte Hansen mit fester Stimme.

»Dann ergreifen Sie alle notwendigen Schritte, die für ein faires Verfahren notwendig sind, aber halten Sie mich raus.«

»Sie müssen als Ehefrau nicht aussagen, denn Sie müssen einen unmittelbaren Verwandten nicht belasten. Ich werde Sie auf dem Laufenden halten und ...«

»Rufen Sie mich bitte nur an, wenn es ein äußerster Notfall ist. Darüber hinaus weiß ich die Angelegenheit in guten Händen.«

Sven Hansen stutzte, als Susanne das Verfahren gegen ihren Ehemann als Angelegenheit bezeichnete, aber er sagte nichts. Vielmehr spürte er, dass irgendetwas geschehen sein musste, das sie ihm vorenthielt.

Als er am Vormittag in die »heilige Etage« von Heimgart, Dorn und Selges gerufen wurde und von Selges persönlich mit dem Auftrag betraut wurde, sich des Anliegens von Frau Kröger anzunehmen, hatte Selges durchblicken lassen, dass hier beste Kontakte um eine diskrete, aber effektive juristische Hilfe baten, und als er wenig später Professor Degenhorst im Flur begegnete, ahnte er, dass der alte Herr seine Finger im Spiel hatte.

Aber nun saß ihm nicht die treue Gattin gegenüber, die sich um ihren Mann sorgte und ihn mit allen juristischen Tricks befreien wollte, hier saß eine Frau, die ein Geschäft abschloss, das es abzuwickeln galt, aber dessen tatsächlicher Ausgang sie nicht wirklich interessierte.

Der junge Anwalt nahm das zur Kenntnis, sagte nichts, aber er beschloss für sich, der Sache auf den Grund zu gehen.

Das Gespräch endete auch bald, man verabschiedete sich höflich voneinander, und Hansen versicherte Susanne, dass er alles in ihrem Sinne erledigen würde. Er selbst würde dann Selges selber berichten, und der konnte dann über den alten Degenhorst oder mit Susanne direkt alles weitere besprechen.

Nun saß Susanne in ihrem Wagen auf dem Weg in die Stadt. Sie fühlte sich müde, erschöpft, denn es hatte an ihren Kräften gezehrt, dem jungen Anwalt gegenüber ruhig und sachlich zu bleiben und ihre Verzweiflung zu verbergen. Sie fühlte sich wie auf einem sinkenden Schiff, wie auf einer Eisscholle, die in der Sonne schmolz, und nirgends war eine rettende Insel oder eine rettende Hand in Sicht. In ihrer Handtasche wusste sie den Briefumschlag mit dem Foto. Einen kurzen Moment hatte sie mit dem Gedanken gespielt, es dem jungen Anwalt Sven Hansen zu geben, aber dann hatte sie sich doch dagegen entschieden. Es war nicht so sehr die Tatsache, dass ihr Mann sie betrogen hatte und dass es diese Sylvia Amberg war. Das würde Hansen sowieso bald wissen oder er wusste es schon, auch wenn er diesen Umstand bei ihrem Gespräch nicht ausgesprochen hatte. Nein, sie wollte sich nicht seinem Blick aussetzen, wenn er das Bild betrachtete, wollte nicht erleben, wie er aus männlicher Sicht die Ehefrau und die Geliebte verglich und sich ein Urteil bildete. Auch wenn Hansen dies sicher mit Stil und ohne Aufhebens gemacht hätte, das wollte sie nicht.

Dagegen wollte sie wissen, was Rolf wusste, um sich selbst ein besseres Bild zu machen. Vielleicht wusste Rolf mehr, schließlich war er Achims Freund, und Männer, dachte sie, sprechen bestimmt auch, wie Frauen untereinander, über privatere Dinge. Sie wusste bei den meisten Freundinnen sicher mehr aus deren Privatleben als manche der dazugehörigen Ehemänner. Sicher waren Männer da anders, aber vielleicht gab es doch das eine oder andere, was Achim Rolf anvertraut hatte. Schließlich hatten die beiden erst vor kurzem einen Männerabend, von dem weder Achim noch Rolf ausführlicher erzählt hatten. Sie wollte damals keinen der beiden aushorchen, schließlich machte sie so etwas auch nicht. Aber jetzt war die Situation anders. Jetzt ging es um sie, um ihre Zukunft und die Zukunft ihres Kindes.

Ihm würde sie auch von den unterschlagenen fünfzigtausend Euro erzählen, die sie Hansen verschwiegen hatte. Aber das ging den jungen Anwalt auch nichts an. Sie wollte nicht, dass der mit ihrer Hilfe ein schlechtes Bild seines Mandanten bekommen würde und von vornherein mit einem Vorurteil auf Achim zugehen würde. Und sie wollte nicht, dass sich hieraus ein Verfahren entwickelte. Natürlich hatte sie Anrecht auf dieses Geld und hätte es zurückfordern können. Aber sie wollte für ihren Mann einen fairen Prozess, keine Rache. Aus diesem Grunde hatte sie auch das Bild verschwiegen, schließlich könnte Hansen das auch als Hinweis verstehen, dass es ihr mit dem fairen Verfahren doch nicht so ernst gemeint war.

Außerdem konnte alles, was im Prozess zur Sprache kam,

Anlass für die Presse sein, neue Storys und Spekulationen in Umlauf zu bringen, die alles nur schlimmer machen würden. Sie verstand die Journalisten, für die eine Story Geld und Einkommen bedeutete, verstand sogar, dass man dabei auch manchmal über das Ziel hinausschießen konnte, aber sie hasste es verzweifelt, dass sie und ihr Mann Gegenstand der Kampagne waren.

Sie wunderte sich selbst, dass sie in ihren Gedanken Achim immer noch ihren Mann nannte, denn sie hatte sich längst entschlossen, sich von ihm zu trennen. Deshalb hatte sie Hansen auch mit allen Vollmachten ausgestattet, die er für eine erfolgreiche Verteidigung brauchte, und sie wünschte dem jungen Anwalt ebenso alles Gute wie Achim. Aber sie würde sich zurückziehen, würde sich aus dem Prozess heraushalten und wollte auch nicht über den weiteren Verlauf der Verhandlungen informiert werden. Sie wollte nicht die nächsten Monate mit Hoffen und Bangen verbringen, wollte nicht zusehen, wie alles zerbrach. Natürlich hatte sie Treue geschworen, in guten wie in schlechten Tagen, und an dieses Versprechen fühlte sie sich auch gebunden, aber bedingte das nicht auch, dass sich der Partner auch an sein Versprechen hielt? Sie hatte ihm den Seitensprung verziehen und hatte ihm die Hand für einen Neuanfang gereicht, aber er hatte die Hand nach wenigen Wochen ausgeschlagen, hatte seine Liaison fortgesetzt und war nun in ein Verbrechen verstrickt, bei dem alle Indizien für seine schwere Schuld sprachen. Sie hätte den erneuten Seitensprung verziehen, hätte zu ihm gestanden bei dem Prozess wegen der Fahrerflucht, aber dass jetzt alles darauf hindeutete, dass er einen Menschen getötet hatte, um diese Frau nicht zu verlieren, das war unverzeihlich. Das konnte nicht gemeint sein mit »in guten wie in schlechten Tagen«. Wenn einer sich vom anderen abwandte, sich mit einer solchen Tat zu einem anderen Menschen bekannte, dann war dieses Versprechen gelöst und nichtig.

Sie musste nicht lange suchen, bis sie einen Parkplatz gefunden hatte, denn um diese Zeit waren die ersten Stadtbesucher schon wieder auf dem Heimweg, und für die Nachtschwärmer war es noch ein wenig zu früh. Rasch ging sie über die Hauptstraße und über den Platz, der von zwei Nobelhotels gesäumt wurde, und erreichte über wenige Stufen das Plateau, auf dem sich auch Rolfs schickes Lokal befand. Im Lokal war es ähnlich wie auf den Parkplätzen. Auch hier waren die Nachmittagsbesucher und die des frühen Abends schon im Aufbruch, und die Stunde der Nachtschwärmer würde noch kommen. So wartete auch das Personal hinter der Theke in Ruhe auf den kommenden Ansturm. Rolf selber saß an einem der Tische vor einem Glas Wein und vertiefte sich in das Szeneblatt der Stadt, das offenbar gerade erschienen war.

Susanne betrat das Café und ging auf Rolf zu, der sie zunächst gar nicht bemerkte.

»Entschuldige, kann ich dich einen Moment sprechen?«

Überrascht sah er auf und erkannte Susanne, die unmittelbar vor ihm stand.

»Sicher, setz dich. Einen Kaffee?«

»Es dauert nicht lange.«

Sie begrüßten sich, indem er sie an sich zog und auf die Wange küsste; eine Geste, die nicht nur zum Szenelokal gehörte, sondern auch sein Mitgefühl ausdrückte. Susanne verstand das und war ihm dankbar, auch wenn es sie irgendwie unangenehm berührte, dass ein anderer um ihre Schwäche wusste.

»Ich bitte dich, ich habe Zeit«, sagte Rolf, und man sah seinem Gesicht die Sorge an, dass er ihr und ihrem Mann wahrscheinlich nur helfen konnte, indem er mehr ein geduldiger Zuhörer war als Ratgeber.

Susanne zog ihre Tasche auf den Schoß, als suchte sie Halt.

»Ich wollte dich nur kurz sprechen.«

»Ich bin ganz Ohr«, sagte Rolf und schaute Susanne auffordernd an.

»Hast du Achim schon besucht?«

»Ich bin kein direkter Verwandter. Das dauert, bis ich drankomme.«

Jetzt holte sie einen Umschlag aus der Tasche und gab ihn Rolf.

»Ich wollte dich bitten, das Achim zu geben. Es ist von dieser Frau. Vielleicht bedeutet es ihm etwas.«

»Was ist darin?«

»Ein Foto, es kam mit der Post.., nein, hol es nicht raus. Ich will es nicht sehen.«

Rolf schaute Susanne fragend an, die tapfer seinem Blick standhielt.

»Es zeigt das fröhliche Paar.«

»Du irrst dich«, sagte Rolf und schaute Susanne an. »Willst du ihn nicht besuchen? Du könntest ...«

Sie unterbrach ihn.

»Du musst verstehen, dass ich ihm das nicht selber bringen möchte. Ich möchte ihn überhaupt nicht sehen.«

»Er braucht dich.«

Susanne lachte kurz auf.

»Das hätte er sich früher überlegen sollen. Er wollte mit ihr ein neues Leben anfangen.«

Sie musste sich beherrschen, um nicht zu weinen.

»Aber nein«, sagte Rolf ruhig. »Achim hat immer gesagt ...«

»Er hat aus unserem Bankschließfach Geld und Wertsachen für über fünfzigtausend Euro genommen.«

Augenblicklich verstand Rolf, was Achim mit dem Geld gemacht hatte. Er selbst hatte seinem Freund nicht helfen können, und nun hatte Achim sich selbst geholfen, indem er seine Frau bestohlen hatte.

»Achim wurde erpresst.«

»Wie kommst du denn darauf?«

»Er hat es mir selber erzählt. Er war vor ein paar Tagen hier und wollte sich Geld leihen. Dreißigtausend Euro wollte er haben, den Rest hätte er selber auftreiben können, hat er erzählt. Aber ich konnte ihm nicht helfen. So viel Geld habe ich nicht, und Kredit? Schau dir meine Konten an, die bei der Bank würden mich auslachen.«

»Und statt mit mir zu reden, bestiehlt er mich.«

»Das macht doch alles keinen Sinn. Wofür nimmt er Geld, wenn er es bei seiner Festnahme bei sich hatte?«

»Er wollte weg.«

»Versteh mich nicht falsch, aber dann hätte er doch mehr genommen. Ich meine, er hätte doch sicher mehr beiseiteschaffen können.«

Susanne schaute auf und sah Rolf an.

»Sicher hätte er, hat er aber nicht.«

Rolf schaute Susanne fest in die Augen.

»Glaubst du, dass er den Mann absichtlich überfahren hat?«

»Wie kann ich ihm glauben«, wich sie ihm aus. »Alles, was er sagt, ist durch Indizien widerlegt. Und durch die Aussage seiner ...«

»Und wenn die lügt?«, unterbrach Rolf.

»Ich bin nach dem frühen Tod meiner Mutter allein mit meinem Vater aufgewachsen und habe sehr darunter gelitten. Ich habe immer gehofft, dass meine Kinder beide Elternteile haben. Manchmal wiederholt sich das Schicksal ... Ich muss los, entschuldige.«

Susanne konnte nun die Tränen nicht mehr zurückhalten. Sie schluchzte in das Taschentuch, das sie aus der Tasche gezogen hatte. Rolf legte ihr beruhigend eine Hand auf die Schulter, aber sie schüttelte sie ab.

»Ich besuche ihn und werde dir erzählen, was ...«

»Ich muss los.«

Sie stand auf, und ohne sich umzusehen, verließ sie das Café und verschwand um die nächste Ecke.

Rolf saß betroffen da und schaute ihr nach. Schließlich holte er das Foto aus dem Umschlag. Es zeigte mehrere Personen an der Anlegebrücke eines Hafens. Im Vordergrund stand Achim Hand in Hand mit einer Frau. Das war also diese Sylvia.

Es war bereits früher Abend, und Achim saß in seiner Zelle, als er von einem Beamten abgeholt wurde. Sein Anwalt, ein gewisser Sven Hansen, wolle ihn sprechen, um sich ein erstes Bild von dem Fall zu machen. Beinahe erleichtert folgte Achim dem Beamten durch die Gänge des Gebäudes, denn er wartete schon ungeduldig darauf, endlich seinen Pflichtverteidiger zugewiesen zu bekommen. Schließlich hatte er schon mehrfach darauf hingewiesen, dass er ein Anrecht auf einen Verteidiger hatte. So saß er kurz darauf an einem der Besuchertische, als kurz darauf ein junger Anwalt den Raum betrat.

»Ich darf mich vorstellen: Sven Hansen, ich bin Ihr Verteidiger«, stellte sich der junge Mann vor.

Achim war überrascht, denn damit hatte er nicht gerechnet. Sicher war er auch noch nie in dieser Situation gewesen, aber er hatte sich einen Pflichtverteidiger immer anders vorgestellt. Älter, grauhaarig und von den unzähligen Prozessen, die ihm aufs Auge gedrückt wurden, entsprechend frustriert. Er hatte einen Mann in einem billigen Anzug erwartet, dessen Ellenbogen bereits glattgewetzt waren, aber nun stand ihm ein junger Mann gegenüber, der jedem Modejournal der Besserverdienenden entsprungen sein konnte. In maßgeschneidertem Anzug, mit seidener Krawatte, teuren Schuhen und einer feinen Ledertasche hatte sein Gegenüber nichts mit seiner Vorstellung eines Pflichtverteidigers gemein.

Achim nahm die angebotene Hand des Mannes und nickte ihm zu.

»Achim Kröger, aber das wissen Sie ja.«

Hansen nickte, sagte aber nichts.

»Und was werden Sie jetzt machen?«, fragte Achim, der seine Ungeduld kaum verbergen konnte.

»Ich werde die Aussagen, die Sie gemacht haben, mit der Aussage von Sylvia Amberg abgleichen und suche nach den Stellen, an denen ich ansetzen kann.«

»Sie müssen meine Unschuld beweisen.«

Hansen wurde hellhörig.

»Und wie mache ich das?«

»Sie müssen Sylvia Amberg das Handwerk legen.«

»Das ist eine wenig juristische Vorgehensweise.«

»Herr Hansen, Sie müssen ihre Wohnung durchsuchen lassen, ihren Arbeitsplatz«, sagte Achim mit wachsender Aufregung. »Müssen ihre Handy- und Telefongespräche durchforsten, ihr Privatleben ausspionieren. Sie werden etwas finden. Sie ist der Schlüssel zu der Geschichte.«

»Und auf welcher Grundlage soll das geschehen? Soll ich die Staatsanwaltschaft davon überzeugen, dass aufgrund des

Antrags des potentiellen Täters das Opfer unter die Lupe genommen werden soll?«

Hansen schüttelte den Kopf.

»Das ist keine Strategie, das ist Unfug. So holen wir uns nur Ablehnungen und verspielen das bisschen Kredit, das wir haben.«

»Wir haben Kredit?«

»Wir leben in einem Rechtsstaat.«

»Was nicht heißt, dass man Recht bekommt.«

»Ich werde mein Bestes tun, Herr Kröger.«

»Setzen Sie einen Privatdetektiv auf sie an.«

Hansen schüttelte den Kopf.

»Wissen Sie, welchen Eindruck das bei der Staatsanwaltschaft macht? Spielen wir das einmal durch. Wenn Sylvia Ambergs Version stimmt, dass Sie sie aus Eifersucht verfolgt haben und schließlich ihren neuen Freund getötet haben, wie würde man den Privatdetektiv verstehen? Als eifersüchtige Verfolgung eines Mannes, der es immer noch nicht verstanden hat, dass sie ihn nicht will? Als jemand, der manisch weiterhin die Frau verfolgen und beobachten lässt, die ihm den Kopf verdreht hat? Nein, Herr Kröger, das würde dem Staatsanwaltschaft nur in die Hände spielen.«

Natürlich klang das plausibel, aber Achim ärgerte sich, dass ihn dieser junge Mann so maßregelte. Er saß zwar im Gefängnis, aber er war kein dummer Junge, dessen Vorschläge man einfach so beiseiteschob.

»Wie sieht denn Ihre Strategie aus?«

»Ich suche in dem Puzzle die Steinchen, die nicht zueinanderpassen. Und dann sehen wir weiter, so oder so.«

So entspannt wollte Hansen die Sache angehen. Bei den Worten »dann sehen wir weiter« spürte Achim, wie sehr er sich über diesen schnöseligen Anwalt ärgerte. Der würde ein bisschen Akten lesen und dann »weitersehen«, während er hier seine Tage hinter Gittern verbrachte.

»Warum setzen Sie sich für mich ein? Ich dachte immer, ein Pflichtverteidiger würde ...«

Achim stockte, denn Hansen zog schlagartig die Augenbrauen hoch.

»Gehen Sie davon aus, dass mein Einsatz für Sie bestens honoriert wird, so gut, dass sich mein Einsatz garantiert lohnt.«

»Sie sind nicht einfach ...«

»Ich bin seit knapp einem Jahr Anwalt in der Kanzlei Heimgart, Dorn und Selges, da sprengt schon die bloße Anfrage jedes Pflichtverteidigergehalt.«

Hansen griff in seine Mappe und gab Achim eine Visitenkarte.

»Sie haben promoviert?«

»Ein kleiner Ausflug in die Jurisprudenz des siebzehnten Jahrhunderts. Nichts, was mir im Leben oder im Beruf weiterhilft, aber interessant.«

»Herr Dr. Hansen, hat meine Frau Sie engagiert?«

»Vertrauen Sie mir«, sagte Hansen ausweichend. »Mehr kann ich Ihnen nicht sagen. Aber das macht Sinn, glauben Sie mir.«

Wenig später packte Hansen seine Sachen zusammen, verabschiedete sich von seinem Klienten und ließ Achim mit dem Beamten in dem kahlen Raum zurück. Noch einen kurzen Moment hörten sie das Klackern der eleganten Lederschuhe Hansens in dem kahlen Gang, bis es hinter einer der vielen Zwischentüren verhallte.

Das war also sein Anwalt, dachte Achim. Einer, der es sich bequem machte, der ein wenig Aktenstudium betrieb, der Protokolle lesen würde, vor Gericht sicher den einen oder anderen Trick aus der Tasche zog, mehr, um sich in Szene zu setzen, als für seinen Mandanten zu kämpfen. Aber würde ihm ein anderer Anwalt mehr bieten? Ein lustloser Pflichtverteidiger oder ein anderer, den er nicht kannte? Dann schon lieber ein schnöseliger Nobelanwalt, der aber sicher nicht allzu viele Fehler machen würde, denn er könnte es nicht riskieren, sich bei Susanne und ihrem Umfeld einen schlechten Ruf einzuhandeln. Aber hatte Susanne etwas damit zu tun? Sie hatte sich nicht gemeldet, weder persönlich noch hatte sie ihm eine Nachricht zukommen lassen. Und auch Hansen hatte geschwiegen, in wessen Auftrag er seine Verteidigung übernahm.

Spätestens nach diesem Besuch machte er sich wenig Illusionen, wie das Verfahren laufen würde. Die Indizien schienen erdrückend, und die Aussage von Sylvia würde den Rest besorgen. Er hatte vergessen zu fragen, mit wie vielen Jahren Gefängnis er rechnen musste. Aber eigentlich war auch das egal. Ob er nun von fünf, acht, zehn oder noch mehr Jahren ausgehen würde, sein Leben war aus der Bahn geraten, und alles war verloren. Seine Ehe und die kleine Familie, von der er vor wenigen Tagen noch geträumt hatte.

Es waren mehrere Tage vergangen, als Rolf endlich vor den Toren des Gefängnisses stand, in dem Achim seine Untersuchungshaft verbüßte. Eine ungewohnte Situation, denn Rolf hatte noch nie ein Gefängnis betreten.

Es war ein nasskalter Tag, und der graue Himmel trug dazu bei, die Szenerie noch grauer wirken zu lassen, als sie ohnehin schon war. Das Gebäude war ein hinter hohen Mauern verborgener Betonbau, der auch durch den farbigen Anstrich nichts von seiner Tristesse einbüßte. Einzig ein riesiges Tor stellte den Übergang von der Außen- zur Innenwelt dar, neben dem eine kleine Pförtnerloge als Eingangsstation hinter dicken Glasscheiben untergebracht war.

Geduldig ließ er die Formalitäten über sich ergehen, die damit begannen, dass er schon am Eingang das Schreiben, das seinen Besuchertermin bestätigte, vorlegen musste. Nach kurzer Prüfung durch einen Beamten der Anstalt konnte er das große Tor passieren, hinter dem sich eine schmucklose flache Ebene aus plattierten Waschbetonflächen und kleineren Rasenabschnitten ausbreitete, aus denen die hohen Gebäudemauern hervorragten. Sie waren von regelmäßigen, mittelgroßen Fenstern unterbrochen, die zu Rolfs Überraschung nicht vergittert waren. Er hatte sich nie Gedanken darüber gemacht, aber es war eigentlich naheliegend, dass man heutzutage bruchsicheres Glas statt Gitter verwendete.

Jetzt folgte am Eingang des Hauptgebäudes die Kontrolle der Personalien, anschließend musste er einige Angaben zu seiner Beziehung zum Häftling machen, wurde über seine Pflichten aufgeklärt und schließlich in einen kargen Raum geführt, in dem er warten sollte. Es dauerte knapp zehn Minuten, die er damit verbrachte, auf und ab zu gehen, aus dem Fenster in den Innenhof zu schauen und sich vorzustellen, wie es Achim erst gehen musste, der in diesen Verhältnissen festsaß.

Erst als die Tür geöffnet wurde und Achim gemeinsam mit einem Beamten erschien, drehte sich Rolf um und sah seinen Freund an. Er sah blass aus, beinahe grau wie alles um sie herum, und setzte sich auf den Stuhl, den der Beamte ihm angewiesen hatte.

»Blöde Frage: Wie geht es dir«, überspielte Rolf die anfängliche Verlegenheit.

»Geht schon. Schön, dass du gekommen bist.«

»War gar nicht so einfach.«

»Das denke ich mir.«

»Wie geht es Susanne?«

Rolf sah Achim nur an.

»Blöde Frage, aber was soll ich sonst fragen. Ich muss es doch wissen.«

»Es geht so«, sagte Rolf ausweichend, aber sicher verstand Achim, wie es um seine Frau stand.

»Ich soll dir das von ihr geben«, sagte Rolf und zog den Umschlag aus der Tasche, den er mit Blick auf den Beamten Rolf geben wollte.

»Kurzen Moment«, sagte der Beamte, nahm den Umschlag, sah hinein, fühlte ihn ab, ob noch mehr als das Bild darin war, und gab ihn Achim.

Achim nahm den Umschlag und holte das Foto heraus.

»Wenig freundliche Idee von deiner Ex, Susanne dieses Bild zu schicken.«

»Das ist doch ...« Den Rest ließ Achim in der Luft hängen.

»Ich verstehe es nicht. Was hat sie davon?«

»Sie will mich fertigmachen.«

Rolf zuckte mit den Schultern, als reiche ihm diese Erklärung nicht.

Achim nahm das Bild in die Hand und betrachtete es. Es musste vor wenigen Wochen in Hamburg aufgenommen worden sein, als er und Sylvia mit einer Hafenfähre übergesetzt waren und bei der Ankunft in einen Touristentrubel gerieten, der von mehreren Fotografen erwartet wurde. Er hatte am Rande wahrgenommen, dass Bilder gemacht wurden, aber er war sich nicht im Klaren gewesen, dass auch ein Bild von ihm und Sylvia geschossen worden war. Und er wusste auch nicht, dass Sylvia sich dieses Bild besorgt hatte.

Auf der Rückseite stand in ihrer Schrift: »In Erinnerung Sylvia, 8. September 2009«.

»Damals war mein Leben schon aus den Fugen, aber alles war noch so einfach. Und jetzt? Jetzt gelte ich als Mörder des Liebhabers dieser Frau. Und mir glaubt keiner. Nicht einmal du.«

»Was nützt es, dass ich dir glaube.«

»Auch wieder wahr.«

Achim legte das Bild wieder zurück.

»Ich will es nicht«, sagte er mit einem letzten Blick darauf, aber plötzlich zog er das Bild zurück und schaute es sich ganz aus der Nähe an. Sein Blick fixierte einen Mann, der mit anderen im Hintergrund stand.

»Das ... das ist ja unglaublich. Du musst mir helfen.«

»Was ist denn jetzt los?«

»Siehst du diesen Mann? Das ist jener Vermisste.«

»Welcher Vermisste?«

»Der aus dem Zeitungsartikel.« Achim zeigte auf den Mann auf dem Bild. »Es ist genau das Bild, dass in dem Zeitungsartikel war. Derselbe Kopf, dieselbe Haltung.«

»Bist du sicher?«

»Ich brauche das Fax. Es muss doch irgendwo sein.«

»Wo hast du es denn hingetan?«

»Ich habe es weggeworfen. Aber es muss doch das Original geben, dass jemand auf das Faxgerät in Hamburg gelegt hat.«

»Und selbst wenn es so ist. Was beweist das?«

»Dass Sylvia das Fax gebastelt hat. Sie steckt hinter der ganzen Geschichte.«

»Ich weiß nicht, was du jetzt von mir erwartest.«

»Nichts«, versicherte Achim. »Es war nur eine spontane Idee, es war unsinnig«, fügte er hinzu, aber er wusste, das war seine Chance. Natürlich konnte er nicht seinen Freund Rolf bitten, das Fax zu suchen. Wie sollte das gehen? Sollte er ihn bitten, nach Hamburg zu reisen, in Sylvias Wohnung einzubrechen und das Fax zu stehlen? Was, wenn sie es gar nicht hatte? Wenn seine Theorie falsch war? Nein, das würde er Rolf nicht zumuten, das konnte und wollte er nicht von ihm verlangen. Auch den schicken Doktor Hansen würde er nicht von diesem Plan überzeugen können. Aber für ihn gab es keine Alternative. Er musste es selber schaffen. Wenn er nur hier herauskäme. Er musste hier raus, raus aus diesem Kreislauf, der ihn immer mehr festsetzen würde. Er wusste, dass es schier unmöglich war, wusste, dass es seine Situation vielfach belasten würde, dass seine Chancen noch aussichtsloser waren, wenn es missglückte, aber er wusste auch, dass er keine Wahl hatte. Er musste raus.

»Was willst du jetzt machen?«, fragte Rolf.

»Warten«, erwiderte Achim seinem Freund. »Ich bin im Recht, das zählt«, sagte er zuversichtlich und schaute seinen Freund an. »Heb das Bild für mich auf, ich werde es vielleicht brauchen.«

Als Rolf ging, verließ er das Gebäude mit dem mulmigen Gefühl, dass er Achim das Bild, das er jetzt wieder bei sich trug, besser nicht gezeigt hätte. War Achim zu Beginn des Gesprächs noch mutlos und deprimiert, so war er schließlich ruhig und beinahe zuversichtlich, was Rolf für ein schlechtes Zeichen hielt. Er hatte Achim auch beim Abschied gemahnt, keine Dummheiten zu machen, zuversichtlich zu bleiben, schließlich könne alles noch gut werden, auch wenn er sich dabei selber verlogen vorkam. Aber was sollte er Achim sagen? Er schätzte Achims Lage selber als wenig hoffnungsvoll, ja eigentlich als verfahren ein und rechnete kaum damit, dass er Achim innerhalb der nächsten Jahre in Freiheit begegnen würde. Ob er nun den Mord begangen hatte, ob es ein Unfall war und was er selber glaubte, spielte eigentlich keine Rolle mehr. So wie die Dinge lagen, sprach alles gegen seinen Freund. Denn sein Freund war er und würde er bleiben. Er glaubte nicht an Achims Schuld, aber wie sollte das Gericht bei dieser Beweislage für Achim entscheiden? Und das Foto bewies gar nichts, solange es dieses Fax nicht gab.

Rolf überlegte, ob er Susanne anrufen und ihr berichten sollte, aber er entschied sich dagegen. Es gab nichts, was nicht schon bekannt wäre, und das war traurig genug.

Die letzten Tage hatte Susanne bei ihren Freunden Doris und Bernd verbracht, seit sie nach dem Besuch bei Rolf nicht mehr in ihr Zuhause zurückgekehrt war. Sie wollte sich einfach nicht mehr der Presse aussetzen, die sicher das Haus belagerte, wollte auch nicht in Hotels wohnen, in denen sie das Personal mitleidig beäugte. Sie wollte einfach untertauchen und war nach dem Besuch in Rolfs Café zu Doris gefahren, die sie liebevoll empfangen hatte. Zufällig war Bernd an diesem Abend noch bis spät unterwegs, sodass die beiden Frauen unter sich waren. Sie hatten sich unterhalten, gemeinsam eine Kleinigkeit gekocht und über alles Mögliche, nur nicht über Achim und die neuesten Nachrichten gesprochen. Für Susanne war es eine Wohltat gewesen, nicht ununterbrochen daran denken zu müssen, denn ihre Freundin schaffte es, eine Atmosphäre herzustellen, die eher an unbelastete Jugendjahre erinnerte. Natürlich kamen sie im Verlauf des Abends darauf zu sprechen, aber es geschah ungezwungen, ohne jede Attitüde von Neugierde oder künstlicher Betroffenheit.

»Und du meinst wirklich, dass Bernd nichts dagegen hat, wenn ich die nächsten Tage hier …«

»Ich bitte dich, ganz sicher nicht«, unterbrach sie Doris. »Zum einen mag er dich wirklich, zum anderen besänftigt das sein schlechtes Gewissen, wenn er abends so spät nach Hause kommt.«

»Und die Kinder?«

»Die sind groß und gehen fast ihre eigenen Wege. Die brauchen uns nur noch, wenn es wirklich Probleme oder etwas zu besprechen gibt. Oder wenn sie Geld brauchen«, fügte sie lachend hinzu. »Nein, mach dir keine Gedanken deswegen; ich freue mich, wenn du ein paar Tage hier bleibst.«

»Aber ich bin doch gar nicht darauf vorbereitet.«

»Bitte doch deine Frau Schneider, die kann dir doch eine kleine Tasche packen und hierher bringen.«

Susanne überlegte einen Augenblick, und mehr und mehr gefiel ihr der Gedanke, für ein paar Tage als anonymer Gast bei ihren Freunden zu sein. Und Frau Schneider würde ihr sicher gern den Gefallen tun, schließlich wusste sie, was Susanne durchmachte, denn auch sie musste sich morgens und mittags durch die Journalisten drängen, die sie aber eher weniger beachteten, sondern auf Susanne warteten.

»Und wie soll es danach weitergehen?«, fragte Susanne ihre Freundin.

»Jetzt warte doch erst einmal ab, in ein paar Tagen sieht die Welt vielleicht schon ganz anders aus«, sagte Doris, der der Blick ihrer Freundin begegnete. »Eine dumme Plattitüde, entschuldige.«

»Du hast ja recht, was sollst du denn sonst sagen. Es ist eben leider sicher, dass die Welt in ein paar Tagen anders aussieht, nur für mich ändert sich in diesem Verfahren wenig.

Aber *ich* werde etwas ändern. Egal wann und wie dieser Prozess ausgeht, ich werde es nicht abwarten.«

»Du trennst dich von Achim.«

Susanne nickte. Langsam hatte in den letzten Tagen der Entschluss in ihr Form angenommen. Eine erste Ahnung bekam sie nach dem Anruf von Professor Degenhorst, der sie über die neusten Ermittlungsergebnisse informiert hatte, wonach ihr Mann eine Anklage wegen Mordes zu erwarten hatte. Das bedeutete, dass für Achim diese Sylvia Amberg keine flüchtige Liaison war, wie sie in der heutigen Zeit unvermeidlich zu sein schienen. Er musste sie lieben, ihr verfallen sein, wenn er seinen Nachfolger in deren Liebesgunst vorsätzlich umbrachte. Aber den endgültigen Ausschlag gab das Bild, dieses Dokument verliebter Zweisamkeit. Dieses Bild, das ihren Mann und die andere zeigte, hatte den Ausschlag gegeben.

»Endgültig?«

»Soll ich warten, wie der Prozess ausgeht, und mich dann, in Wochen oder Monaten, entscheiden? Ich kann doch mein Leben nicht davon abhängig machen, wie die Richter entscheiden. Es ist vorbei. Und wenn er dann rauskommt, nach Monaten oder Jahren, weiß ich, wie er sich entscheidet? Immerhin hat er für sie einen … Mord begangen.«

Sie zögerte auch in Gedanken immer bei dem Wort Mord. Es auszusprechen kostete sie noch mehr Überwindung, denn das war ein Wort aus der Klatschpresse, aus Lebensverhältnissen, mit denen sie nichts zu tun haben, die sie nicht in ihre Gedankenwelt hineinlassen wollte.

»Also Scheidung.«

»Das ist eine Formalie, die ich nicht brauche, und das ist im Moment auch nicht wichtig. Ich muss jetzt mein Leben einrichten, schließlich werde ich Mutter.«

Doris schaute sie an.

»Jetzt schau nicht so; es gibt viele alleinerziehende Mütter. Das ist doch sogar modern. Erfolgreich im Beruf und trotzdem Mutter. Wahrscheinlich freut sich sogar Frau Schneider, dass sie so eine Art Adoptivgroßmutter wird.«

»Sie kann dir bestimmt helfen.«

»Ich werde sie fragen, ob sie nicht ganztags bei uns ... bei mir arbeiten möchte, dann kann ich stundenweise ins Geschäft gehen. Das lässt sich alles sicher organisieren.«

»Und Achim?«

»Achim muss sich auch sein Leben einrichten. Und wie das aussehen soll, dass musst du ihn fragen, wenn du eine Besuchserlaubnis erhältst.«

»Was sagt er denn? Warst du schon bei ihm?«

»Nein, ich habe ihn noch nicht besucht, und ich werde das auch nicht tun. Ich weiß, das klingt hart, aber das ändert nichts. Ich habe lange nichts gesagt, zugeschaut, aber wir hatten eine Aussprache und wollten wieder zusammenfinden.«

»Und?«

»Eine Zeitlang haben die guten Vorsätze gehalten, dann begannen wieder die Reisen zu ihr. Ich habe ihn an sein Versprechen erinnert, aber vergeblich. Ich hätte ihm viel verziehen, aber irgendwann geht es einfach nicht mehr.«

Die beiden Freundinnen sahen sich an.

»Verstehst du das?«

Doris nickte stumm.

»Er musste doch wissen, was er mir antut. Aber er hat nicht nur mich persönlich verletzt. Er ruiniert auch das Geschäft. Fast hundert Jahre Tradition sind doch auch ein Wert, den man nicht achtlos aufs Spiel setzt. Er musste wissen, wie ich darüber denke. Und jetzt?«

Doris sah Susanne erschrocken an.

»Hast du Schwierigkeiten?«

»Nein«, winkte Susanne ab. »Es gibt keine Probleme, Gott sei Dank, aber dennoch belastet die Situation das Geschäft. Die feine Klientel bleibt aus. Du warst doch dabei, als Anne das Collier anprobierte. Das Geschäft ist storniert.«

Erst vor wenigen Tagen hatte Anne im Juweliergeschäft Kröger angerufen und die Arbeit an dem geplanten Collier stoppen lassen. Sie hatte nicht einmal mit Susanne selbst, sondern mit Susannes Mitarbeiter gesprochen und in wenigen Worten erklärt, dass sie sich jetzt doch gegen die Steinauswahl entschieden hätte, dass sie auch gar nicht mehr sicher sei, ob es überhaupt ein Halsschmuck sein sollte, und dass sie sich wieder melden würde, sobald sie sich mit ihrem Mann beraten hätte.

Das war natürlich kompletter Unsinn, das wusste Susanne sofort, als ihr ihr Mitarbeiter Reiter von dem Telefongespräch berichtete. Es wäre das erste Mal, dass sich Anne von ihrem Rüdiger beraten ließ; zudem hatte der nach seinem Seitensprung einen viel triftigeren Grund; das Collier zu bezahlen, als es zu stornieren. Vielmehr war klar, dass sie jetzt den Kontakt zu Susanne auf Eis legte, weil es doch eher unschicklich war, mit der Frau eines in einem Strafverfahren Angeklagten zu verkehren. Susanne überschlug rasch, was sie diese Absage kostete, und kam auf einen nicht gerade unbeträchtlichen Verlust. Aber was sollte sie machen? Anne anrufen und sie an mündliche Zusagen erinnern? Da wäre sie bei Anne genau an der richtigen Adresse. Klüger war es, die Stornierung des Auftrags kommentarlos anzunehmen, das Thema einfach unberührt zu lassen und zu warten. Irgendwann würden sich die Wogen glätten, und dann würde Anne sich wieder daran erinnern, und Susanne würde dann den Vorwurf, warum sie Anne nicht daran erinnert hätte, großzügig überhören.

»Kann man so einen Auftrag einfach platzen lassen?«

»Wie jeden anderen auch«, erklärte Susanne. »Natürlich kann man dagegen vorgehen, an die Zusage und die Vorgespräche erinnern, und man würde sicher auch recht bekommen. Aber ob man damit gut beraten ist, wage ich zu bezweifeln.«

Sie plauderten noch ein wenig, aber noch bevor Bernd von einem abendlichen Geschäftsessen nach Hause gekommen war, zog sich Susanne in das Gästezimmer zurück. Sie wollte nicht auf Bernd treffen und alles noch einmal erzählen müssen. Das würde Doris für sie erledigen, sodass das Thema auch am nächsten Morgen nicht auf der Tagesordnung stehen würde. Aber sie war froh, dass sie zu ihrer Freundin Doris gefahren war und mit ihr sprechen konnte. Und es hatte ihr gutgetan, auch über ihre Ehe und die bevorstehende Trennung zu reden. Für Susanne war das wie ein erster Schritt, ihren Entschluss in die Tat umzusetzen.

Hansen saß bereits mit übereinandergeschlagenen Beinen im Raum, als Achim von einem Beamten hereingebracht wurde. Wie bei seinem letzten Besuch war Hansen etwas zu elegant gekleidet, und Achim spürte bereits vor Beginn des Gesprächs, dass er nichts von diesem Yuppie und dessen Besuch erwartete.

»Herr Kröger, wie geht es Ihnen?«

Hansen war aufgestanden und hatte Achim per Handschlag begrüßt.

»Sagen wir, den Umständen entsprechend«, erwiderte Achim und ärgerte sich über die gute Laune des anderen.

Sie setzten sich an den Tisch, während der Beamte neben der Tür Platz nahm.

»Ich habe mir in den letzten Tagen einen ersten Eindruck verschafft, habe Ihre Aussagen gegenüber der Polizei und die Aussage von Frau Amberg gelesen und arbeite mich jetzt weiter vorwärts.«

Mehr hatte Hansen nicht vorzuweisen und hatte für die Lektüre der zwei Aussagen Tage gebraucht? Achim war irritiert, aber dennoch interessierte ihn jetzt Hansens Meinung.

»Und? Wie schätzen Sie meine Lage ein?«

»Noch gar nicht, ich mache mir erst einmal ein Bild.«

Wunderbar, dachte Achim, ich sitze hier fest, und der braucht Tage, um die paar Aktenseiten durchzulesen und sich ein Bild zu machen.

»Und was wollen Sie dann von mir?«, fragte Achim, und er merkte selber, dass seine Frage eine Spur zu aggressiv klang.

»Jetzt sind Sie dran. Erzählen Sie mal«, sagte Hansen, stellte dabei ein kleines silbriges Aufzeichnungsgerät auf den Tisch, klappte seine Schreibmappe auf und legte einen goldenen Kugelschreiber daneben.

»Was soll ich?«

Achim war beinahe sprachlos. Sollte jetzt alles wieder von vorne losgehen?

»Sie sollen mir Ihre Version der Ereignisse erzählen«, erklärte Hansen ungerührt.

»Das habe ich doch schon alles getan.«

»Soll ich Sie nun verteidigen oder nicht?«

Hansen schien durch Achims stures Verhalten in keinster Weise verärgert, sondern sah in auffordernd an.

»Wo soll ich anfangen?«, ergab sich Achim.

»Beginnen wir mit dem Toten«, schlug Hansen vor, der

sich ein wenig anmerken ließ, dass er es gewohnt war, seine Ziele zu erreichen. »Laut Aussage der Zeugin Sylvia Amberg kannten Sie ihn als deren Lebenspartner Gert Brauner. Sie hingegen sagen, Sie hätten ihn unter dem Namen Benrath gekannt. Eine kleine Differenz, die ich unter anderem gern von Ihnen erklärt bekäme.«

»Das kann ich nicht erklären. Ich sage die Wahrheit«, sagte Achim.

»Ich habe Zeit«, entgegnete Hansen und schaute ihn erwartungsvoll an.

»Ich habe das doch alles schon zu Protokoll gegeben.«

Sollte er das alles noch einmal erzählen? Das brächte doch nichts, reden und noch mal reden. Hansen sollte lieber handeln.

»Sie haben bereits alles gesagt, richtig. Aber ich möchte, dass Sie es mir noch einmal erzählen. Vielleicht habe ich andere Fragen, fällt mir etwas anderes auf, verstehe ich manches besser oder anders. Ich will alles wissen, jedes Detail, jedes noch so schwache Indiz, denn ich will Sie hier herausholen.«

»Sie glauben an meine Unschuld?«

Achims Neugierde war geweckt.

»Ich verstehe bei Ihrem Fall vieles nicht. Und das mag ich gar nicht.«

»Meinen Sie, ich mag das?«

»Hören Sie, Herr Kröger, ich habe ihren Fall übernommen, und das heißt, dass ich alles geben werde. Ich mache das immer, denn ich hasse Niederlagen.«

»Setzen Sie sich immer so ein bei Ihren Fällen?«

»Ich fange gerade erst an, mich einzusetzen. Einverstanden?«

Achim nickte und begann. Er erzählte von dem Abend im

Parkhaus, dem Schlüsselbund aus dem True Love, seinem Besuch dort, von den Faxen und Anrufen und von dem Verkehrsunfall, der jetzt plötzlich als Mord ausgelegt wurde. Immer wieder unterbrach ihn Hansen, fragte nach, machte sich Notizen, auch wenn sein Recorder die ganze Zeit mitlief, und es waren mehr als zwei Stunden vergangen, als Hansen sich zurücklehnte.

»Ich glaube, für einen ersten Eindruck reicht es.«

»Ich habe wirklich alles gesagt.«

Hansen winkte ab.

»Man kann gar nicht alles sagen. Beschreiben Sie irgendeinen simplen Gegenstand, und ich werde Ihnen beweisen, dass Sie es schlecht und missverständlich gemacht haben. Sicher können sie sich vielleicht an Uhrzeiten erinnern, an Orte, an Personen. Auch hier ist die Fehlerquelle groß. Man kann sich irren. Aber schließen wir das mal aus. Alles darüber hinaus ist Spekulation. Oder nehmen wir diesen Mann, der sich nach Ihrer Aussage Benrath nannte, an der Rezeption Ihres Hotels. Sie sagen, er wäre am fraglichen Morgen nach den Ereignissen in der Tiefgarage an der Rezeption gewesen. Frau Amberg behauptet, ihr Partner Gerd Brauner wäre an diesem Morgen bei ihr gewesen. Nun scheinen Benrath und Brauner ein und derselbe Mann zu sein. Wem soll ich glauben?«

»Er war an der Rezeption«, fuhr Achim dazwischen.

»Sind Ihr Benrath und Gerd Brauner vielleicht nicht dieselbe Person?«

»Doch, Brauner hat sich nur als Benrath ausgegeben. Ich habe ihn doch mehrmals gesehen. Ich lüge nicht.«

»Sehen Sie, aber einer von Ihnen lügt«, korrigierte ihn Hansen. »Und damit nicht genug. Der Portier des Hotels kann sich natürlich an Sie erinnern und an einen Herrn, der sich vordrängelte, als Sie bezahlt haben. Den Namen des Mannes weiß er nicht mehr, aber er hatte den Eindruck, dass Sie sich gekannt haben.«

»Das stimmt nicht«, empörte sich Achim.

»Er soll Sie mit Ihrem Namen angesprochen haben.«

»Den hatte er doch vom Portier gehört.«

»Sie machen es sich zu einfach, Herr Kröger«, wies Hansen Achim zurecht. »Der Richter und der Staatsanwalt waren doch nicht dabei. Sie müssen abwägen aus Aussagen, die mehrheitlich unpräzise sind. Spielen wir das Beispiel einmal durch. Nehmen wir an, an der Rezeption war jener Brauner, und er und Sie kannten sich, wie es die Aussage des Portiers nahe legt. Dann hat Sylvia Amberg gelogen, denn sie sagte, Brauner wäre bei ihr gewesen. Warum sollte sie das tun? Bleibt also, dass Sie gelogen haben. Dann stellt sich die Frage, wer der Mann war, der Sie mit Namen angesprochen hat. Es macht auch keinen Sinn, dass Sie sich das ausdenken, denn es unterstreicht Ihre Verbindung zu diesem Mann, die Ihnen ja gar nicht recht sein kann.«

»Sie haben mit dem Portier gesprochen?«

»Was dachten Sie? Ich kann Ihnen die Belege meines Flugtickets zeigen. Der Portier ist ein wichtiger Zeuge.«

»Ein wichtiger Zeuge wofür?«

»Sie behaupten, dass sich Frau Amberg im Hotel als Ihre Ehefrau ausgegeben hat, was der Portier mir gegenüber bestätigte.«

Achim nickte. Worauf wollte Hansen hinaus?

»Sehen Sie, und da hake ich ein. Wenn Gerd Brauner ihre Zukunft war, wie sie im Beisein der beiden ermittelnden Beamten Winter und Kanzke sehr tränenreich vorgetragen hat, wieso gibt sie sich im Hotel als Ihre Frau aus? Da stimmt doch etwas nicht.«

Achim war überrascht, welche Mühe sich Hansen gab, aber der war schon beim nächsten Beispiel.

»Oder nehmen wir den Abend, an dem Sie nach Ihrer Aussage Benrath vor dem Haus von Frau Amberg gesehen haben. Es war irgendwie dunkel. Nur die entscheidende Frage ist: Was konnten Sie erkennen? War es richtig dunkel? Wirklich dunkel, oder herrschte noch die Dämmerung? War schon die Straßenbeleuchtung an? Waren alle Lampen in Ordnung und leuchteten? Oder war ein Glas beschlagen und deswegen der Lichtschein schwächer als gewohnt? Haben Sie Brauner auf der Straße als Benrath erkannt? Dann hätte auch Frau Amberg die Ähnlichkeit des Mannes schrecken müssen. Sie kann kaum gewollt haben, dass Sie ihren Freund Gerd Brauner verprügeln. Was meinen Sie?«

Achim sah Hansen an und zuckte mit den Schultern.

»Sie sehen, ich kann jedes kleine Steinchen des Mosaiks umdrehen und finde immer etwas darunter, das Fragen aufwirft.«

»Und was versprechen Sie sich davon? Die Wahrheit?«

»Sie schätzen meine Aufgabe falsch ein. Die Wahrheit ist was für Philosophen, für bessere Menschen, die an einer besseren Welt interessiert sind. Ich bin Jurist. Mir geht es um Ihre Verteidigung, also darum, das Recht im legalen Rahmen so zu nutzen, dass es für Sie den größtmöglichen Vorteil bringt. Im optimalen Fall also einen Freispruch, auch wenn Sie es mir nicht gerade leicht machen.«

»An einen Freispruch glauben Sie doch selber nicht.«

Hansen sah Achim taxierend an.

»Nein, das scheint mir eher zurzeit noch unwahrscheinlich, aber mich bewegt eine ganz andere Frage.«

»Und die wäre?«

»Warum gibt sich ein Mann wie Sie solche Mühe, mit einer völlig abstrusen Geschichte gegen seine Verurteilung anzutreten? Wenn Sie Details variieren würden, wenn Sie andere Angaben machen würden, um die Aussage von Frau Amberg zu diskreditieren, wenn Sie mit Aussagen kämen, die nachprüfbar wären, egal was für einen Sinn die machen. Ich würde es verstehen. Aber Sie? Sie erzählen Dinge, die auf den ersten Blick völlig unsinnig sind.«

»Zum Beispiel?«

»Nehmen wir die Geschichte mit dem True Love. Weder trägt es zu Ihrer Entlastung bei noch glaubt es Ihnen irgendwer. Und wenn, glaubt es doch eher Ihre Frau als ein Richter oder Staatsanwalt, für den es auf den Prozess bezogen irrelevant ist. Dennoch halten Sie detailgetreu daran fest, obwohl die Tatsache, dass Sie einen solchen Laden kennen, wenig schmeichelhaft für Ihre Frau ist. Oder wie sollte Ihre Frau die Inschrift des Streichholzheftchens deuten, von der Sie erzählen. Warum machen Sie das?«

»Soll ich lügen?«, fragte Achim zurück.

»Sie könnten es sich einfacher machen. Könnten Ihre Aussage auf wenige Details beschränken.«

»Sie raten mir zur Lüge?«

»Sicher nicht, ich mag meinen Job. Lügen müssen Sie in eigener Verantwortung.«

»Deshalb bleibe ich bei der Wahrheit.«

»Ob Sie die Wahrheit sagen, kann ich noch nicht beurteilen, aber die Hartnäckigkeit Ihrer Behauptungen birgt etwas. Und das würde ich gern herausfinden.«

»Was werden Sie tun?«

»Ich weiß es noch nicht. Wie heißt noch einmal Ihr Kollege im Sender?«

»Sie meinen Dr. Hartung, meinen Vorgesetzten?«

»Nein, den anderen, der dieses Streichholzheftchen gefunden hatte.«

»Paul Wegener.«

Hansen notierte sich den Namen.

»Und was wollen Sie von dem?«

»Auch so eine Geschichte«, sagte Hansen. »Die Geschichte des True Love kann erfunden sein, aber warum das Streichholzheftchen, das ausgerechnet Wegener findet? Er kennt Ihre Frau, das heißt, Sie bringen damit Ihre Ehe in Gefahr, wenn er es ihr erzählen würde. Warum? War Ihnen Ihre Ehe zu diesem Zeitpunkt schon so egal, dass Sie das billigend in Kauf nahmen? Unwahrscheinlich, denn dann hätten Sie sich einfach Urlaub genommen, um nach Hamburg zu fahren. Aber nein, Sie erfinden eine Dienstreise wegen des Don Giovanni: Sie sehen, worauf ich hinauswill?«

Achim nickte zustimmend.

»Aber reichen diese Unstimmigkeiten aus?«

»Vor Gericht natürlich nicht, aber es sind Anfänge. Und vielleicht ist eine Unstimmigkeit dabei, die das Kartenhaus Ihrer Freundin einstürzen lässt.«

»Sie glauben mir?«

»Wie gesagt, ich habe jede Menge offene Fragen, und das mag ich gar nicht. Ich bin lieber Herr der Lage, wenn es dann vor Gericht losgeht.«

»Hört sich nach Sportsgeist an.«

»Ich bin ein Kämpfer und nur ungern ein Verlierer. Und jetzt entschuldigen Sie mich, denn während wir hier plaudern, könnte ich längst weitergemacht oder etwas anderes unternommen haben. Ich spiele leidenschaftlich Golf«, setzte Hansen augenzwinkernd hinzu.

Als Achim schließlich wieder in seiner Zelle war, dachte er noch lange über Hansen nach und musste feststellen, dass er sich in ihm getäuscht hatte. Sicher war Hansen etwas schnöselig und ein wenig selbstgefällig, aber er ging den Dingen auf den Grund, ließ scheinbar nicht locker, und Achim musste sich eingestehen, dass wer immer diesen Dr. Sven Hansen engagiert hatte, ihm damit einen großen Dienst erwies, denn zum ersten Mal seit seiner Festnahme spürte Achim so etwas wie Hoffnung.

Wie an jedem Morgen, den Susanne im Haus ihrer Freunde verbrachte, las Susanne die Zeitung, und wie an jedem Morgen warteten die Schlagzeilen mit weiteren Details des Falles auf. Susanne machte sich kopfschüttelnd über die Vernehmungsdetails ihres Mannes her. Nun hatte ein Journalist auch eine Frau namens Cindy in einer Hamburger Bar gefunden, die Achim gekannt haben wollte. Zumindest schilderte sie Details aus ihrem Arbeitsleben, in dem auch Achim eine gewisse Rolle gespielt haben sollte. In einer Zeitung wurden diese Enthüllungen, wie die Artikel in der Unterzeile genannt wurden, als tägliche Fortsetzung ausgebreitet, wobei jeder Artikel mit einem ins Auge fallenden großformatigen, fast textilfreien Bild jener Cindy garniert war.

»Warum tust du dir das an?«, fragte Doris sie, als Susanne sich mit einer Tasse Tee in das Wohnzimmer gesetzt hatte.

»Ich will mich dem nicht entziehen«, erklärte sie. »Weißt du, ich will Achim verstehen, will wissen, was geschehen ist, was uns auseinandergebracht hat.«

»Glaubst du alles, was darin steht?«

»Nein, das ist auch nicht wichtig, ob es die Wahrheit ist. Entscheidend ist doch, dass auch diese Geschichten einen wahren Kern haben. Diese Cindy wird das doch nicht alles erfunden haben. Denk an das Streichholzheftchen. Dessen Existenz hat scheinbar auch Achim zugegeben.«

»Es gibt keinen Anhaltspunkt dafür, dass das alles stimmt.« Susanne schüttelte den Kopf.

»Es ist nett, dass du es mir leichter machen willst, aber das ist nicht notwendig. Ich komme damit klar. So, und jetzt mache ich einen kleinen Spaziergang für mich und mein Kind, denn die frische Luft wird uns guttun. Wenn du Lust hast, kannst du mich begleiten.«

Wenig später gingen die beiden Frauen in dicke Mäntel gehüllt die Straße entlang, an deren Ende sich weite Felder und in der Ferne ein kleiner Wald abzeichneten. Es war ein sonniger Tag, aber wie immer um diese Jahreszeit reichte die Kraft der Sonne kaum noch, die kalte Luft zu wärmen, die still und klar über der Landschaft lag.

»Verstehen Sie das nicht falsch«, begann Hansen seine Erklärung. »Ich gebe nicht auf, ich gebe nie auf, aber es fehlt in diesem Puzzle der Stein, der Auslöserfunktion für andere hat. Wir bräuchten irgendeinen Ansatz. Ich habe gestern lange mit einem Fachmann zusammengesessen, einen alten Knaben, der mit allen Wassern gewaschen ist. Der wiederum hat seine Kontakte zur Staatsanwaltschaft und zum Gericht spielen lassen, und daher weiß ich, dass zumindest das Gericht uns nicht einmal negativ gegenübersteht. Aber die können keinen Schritt auf uns zu machen, wenn wir denen nicht etwas bieten.«

Achim und sein Anwalt saßen schon mehr als eine Stunde voreinander und hatten noch einmal einige Punkte durchgesprochen. Sven Hansen hatte mit verschiedenen Zeugen gesprochen und sogar versucht, diese Hamburger Cindy zu sprechen, aber die war angeblich mit unbekanntem Ziel verreist. Offenbar wusste nur der Reporter des Boulevardblattes, wo sie sich aufhielt, aber der hielt sich bedeckt und gab vor, seine Informantin schützen zu müssen. Hansen wusste, dass das nicht der wahre Grund war. Sicher wollte der Reporter diese Cindy vor der Konkurrenz abschotten, denn manche Zeitung würde etwas für weitere pikante Details zahlen. Er musste etwas anderes finden.

»Und was könnte das sein?«

»Wenn ich das wüsste, wäre das Problem doch gelöst.«

»Würde ein Foto helfen, auf dem ich, Sylvia und Brauner drauf sind?«

Hansen schaute hellhörig auf.

»Sie alle drei?«

Achim nickte.

»Ein Freund von mir hat es von meiner Frau bekommen.«

Hansen schaute Achim ungläubig an.

»Sylvia muss es aus Rache an meine Frau geschickt haben, und die wollte es über Rolf mir zukommen lassen. Rolf hat es sicher noch.«

»Und was ist das für ein Bild? Ein Schnappschuss oder ein gestelltes Bild?«

»Ein zufälliges Bild«, begann Achim, das Foto zu beschreiben. »Sylvia und ich im Vordergrund, und Brauner wie ein zufälliger Passant im Hintergrund. Es wurde in Hamburg aufgenommen.« Und Achim erzählte Hansen, wie das Bild entstanden war.

»Gehört er zu Ihnen, ich meine, ist er zufällig auf dem Bild, oder sollte er mit drauf sein?«

»Er ist eher zufällig drauf. Einfach im Hintergrund.«

»Wieder so ein Indiz, das nichts besagt. Warum soll er nicht zufällig auf einem Bild durch den Hintergrund gehen, das von Ihnen und Ihrer Freundin gemacht wurde. Verstehen Sie mich nicht falsch. Natürlich kann man das als Beweis ansehen, dass er in Ihrer Nähe war, Ihre Nähe suchte. Zumal Sie mit seiner späteren Freundin abgelichtet wurden. Aber vielleicht kannte er sie damals ja noch nicht, und es war wirklich Zufall.«

»Es steht ein Datum hinten drauf«, sagte Achim hoffnungsvoll.

»Ja und? Das kann jeder zu jeder Zeit draufgekritzelt haben. Wenn wir das Original auf einem Chip hätten, da sind die Aufnahmedaten schwieriger zu manipulieren.«

»Ich habe keine Ahnung, wer das Bild gemacht hat.«

»Ein Hafenfotograf, ein Mann der Fährgesellschaft?«, hakte Hansen nach.

»Ich weiß es nicht«, gab Achim zu.

»Wo soll ich da anfangen zu suchen? Nein, das Bild ist es nicht. Irgendetwas anderes. Kennen Sie niemanden, der wiederum Sylvia Amberg kennt, der sie besuchen könnte?«

»Ich verstehe nicht, worauf Sie hinauswollen.«

»Vielleicht gibt es ja in ihrer Wohnung irgendetwas. Vielleicht das Fax des Zeitungsartikels? Vielleicht hat sie es aufgehoben?«

»Ich soll einen Freund bitten, bei ihr einzubrechen?«

»Unsinn«, wiegelte Hansen sogleich ab. »Das war nur so eine vage Idee, vergessen Sie es. Ich werde noch einmal nachdenken. Irgendetwas wird mir noch einfallen. Nicht böse sein«, sagte er gähnend, »aber es war ein langer Tag. Wir sehen uns morgen.«

»Ich werde pünktlich sein, Herr Dr. Hansen.«

Hansen lächelte.

»Morgen ist noch nicht so entscheidend. Wir haben noch ein wenig Zeit, aber dann ...«

»Ich bin in guten Händen.«

»Damit meinen Sie aber den«, sagte Hansen und schaute nach oben. »Hier unten sieht es nämlich im Moment leider nicht so gut aus.«

Die Nacht breitete ihre Dunkelheit langsam aus. Achim lag auf seinem Bett und starrte ins Nichts. »Kennen sie niemanden, der wiederum Sylvia Amberg kennt, der sie besuchen könnte«, hallten die Worte Hansens in seinem Ohr. Nicht dass er etwas damit anfangen konnte, nicht dass er damit etwas verband, aber dennoch schwangen die Worte in seinem Gedächtnis nach, und allmählich nahmen sie Gestalt an. Denn es musste doch einen Sinn für diese Äußerung geben. Hansen würde doch nicht unbedacht diesen Satz gesagt haben, einfach nur, um abzulenken. Was könnte Hansen gemeint haben? Hansen lag nun in irgendeinem Bett und würde wahrscheinlich schlafen oder auch nicht. Aber Achim hielten die Gedanken wach, die er sich wegen dieses Satzes machte. Wer könnte Sylvia besuchen? Das war die Frage, die ihn beschäftigte. Hatte Hansen eine Idee, als er diesen Satz sagte? Ganz sicher. Hansen war viel zu clever, um solche Andeutungen ohne Sinn in die Welt zu setzen. Er war Anwalt, kannte sich mit Gesetzen und Paragraphen aus, wusste zu formulieren und zu reden. Das war garantiert kein Zufall. Aber wenn das stimmte, konnte Hansen nur ihn gemeint haben. Dann war die Anspielung eindeutig, dann wäre er gemeint; dann würde Hansen darauf setzen, dass er eine Möglichkeit haben würde, nach Hamburg in Sylvias Wohnung zu kommen. Er musste abhauen, ausbrechen, aber er hatte keine Ahnung, wie.

Es war früher Morgen, als Achim neben einem Beamten durch einen der langen Flure ging, um sich mit Winter, Kanzke oder einem anderen zu einer der zermürbenden Befragungen, wie es neuerdings hieß, zu treffen. Sie gingen den Gang entlang, den sie schon oft gegangen waren. Achim zählte die Türen, die Fenster, und er wusste, wie viele Schritte es noch sein würden, bis er wieder in dem Raum ankommen würde, in dem ihn ein Tisch, ein paar Stühle, eine Spiegelwand und natürlich seine Befragungspartner erwarten würden. Hier in den Gängen war eine Flucht ausgeschlossen, fuhr es ihm durch den Kopf, aber irgendwann würde es vielleicht eine Chance geben. Gleich beim Aufwachen hatte sich der gestrige Gedanke wieder eingestellt, den Hansen mit seinem Satz in ihn ausgelöst hatte. Und seit dem Aufstehen dachte er an nichts anderes, spielte alle erdenklichen Situationen durch, die ihm die Möglichkeit zur Flucht geben würden. Sie passierten mehrere Sperrgitter, die aufgeschlossen werden mussten, aber die Kontrollen funktionierten wie immer reibungslos.

Es war eigentlich ein Tag wie jeder andere in diesem unseligen Einerlei von Vorschriften und Anpassung, an das Achim sich nicht gewöhnen konnte und wollte. Aber es war dennoch irgendetwas anders. Als sie die Büros im Kommissariat erreicht hatten, lief es immer noch so selbstverständlich, so automatisch ab wie gewohnt, aber irgendetwas schien die Abläufe zu verzögern. Schließlich stellte sich heraus, dass ein Gerichtstermin anberaumt war. Davon hatte Hansen gestern gar nichts erwähnt, aber Achim fiel ein, dass Hansen gesagt hatte, sie würden sich heute sehen. Nun ein Gerichtstermin, von dem keiner zuvor etwas wusste. Achim war sofort hellhörig, denn das bedeutete, dass sie das Kommissariat verlassen mussten. Hatte Hansen das organisiert?

Schließlich konnte ein geschickter Anwalt sicher Einfluss auf die Prozessführung und ihre Termine nehmen.

Achim bestieg im Hof des Polizeigebäudes mit zwei Beamten einen Polizeibus, der sie zum wenige Kilometer entfernten Gerichtsgebäude bringen würde. Schon auf der Fahrt dachte er, dass sich auf dem Weg, beim Ein- oder Aussteigen, vielleicht die Gelegenheit zur Flucht ergeben würde, aber die beiden Beamten ließen ihm keine Chance.

Im Gerichtsgebäude ging er, begleitet von zwei Beamten, durch das mächtige Treppenhaus in einen der Gänge des Erdgeschosses, den er schon einmal entlanggegangen war, aber dieses Mal war er konzentriert, achtete auf jede Kleinigkeit, die für ihn eine Gelegenheit sein konnte.

Auf dem Weg durch die langen Gänge sah er in einiger Entfernung vor sich seinen Anwalt Sven Hansen mit einem Berufskollegen im Gespräch. Sie standen beieinander, nahmen von ihm und den Beamten praktisch keine Notiz, als er an ihnen vorbei in den Gerichtssaal geführt werden sollte. Aber in dem Moment, kurz bevor er sie erreichte, hörte er ihre Stimmen, die sich offenbar über juristische Fragen unterhielten.

»... damit kommst du nie durch, ließ Absatz 2 genauer«, hörte er Hansens Stimme. »Heute ist es aber stickig hier drin«, sagte Hansen weiter und öffnete das Fenster neben sich. »Absatz zwei besagt nämlich, dass im Falle von ...«

Dann waren Achim und die beiden Beamten an den beiden Juristen vorbei, die sich weiter unterhielten. Kaum spürbar wandte Achim den Kopf und sah im Augenwinkel das halbgeöffnete Fenster. Das könnte eine Möglichkeit sein. Hatte Hansen dabei an ihn gedacht, als er das Fenster öffnete? Hatte Hansen ihn gemeint, als er bei seinem letzten Besuch davon sprach, jemand sollte in Sylvias Wohnung nach Entlastungsbeweisen suchen? Er musste es versuchen, denn es war eine Chance, die sich nicht wieder bieten würde.

Achim ging weiter, zögerte noch einen Augenblick. Alles schien ruhig. Es war die tägliche Routine, die auch die beiden Polizeibeamten unaufmerksam werden ließ. Jetzt schien es günstig, fuhr es ihm durch den Kopf.

»Kann ich mal kurz?«

Der Beamte schaute seinen Kollegen an, dann kurz auf die Uhr. Die beiden Männer nickten sich zu.

»Kommen Sie«, sagte einer der Beamten und begleitete Achim zurück in Richtung Herrentoilette. So kamen sie wieder auf Hansen zu, der inzwischen mit seinem Kollegen einige Schritte gegangen war und sich so einige Meter von dem offenen Fenster entfernt hatte. Vom anderen Ende des Ganges kam ihnen jetzt eine Frau in Amtsrobe entgegen.

»Kann ich Sie einen Augenblick sprechen?«, hörte er die laute Stimme Hansens, der sich an die Frau wandte und sie gleich in das Gespräch mit dem Kollegen einband.

Jetzt waren sie an Hansen und den beiden anderen, dann auch an dem offenen Fenster vorbei.

Auf dem Weg zu den Toiletten gingen Achim und der Beamte jetzt beinahe nebeneinander, als er rechts von sich sah, dass sich in einem Seitengang eine Tür öffnete, aus der mehrere Personen traten. Er verlangsamte seine Schritte, schaute nach rechts und sah im Augenwinkel, dass der Beamte seinem Blick folgte.

In dem Moment drehte Achim sich plötzlich um und rannte in die andere Richtung zurück. Der Beamte brauchte einen Sekundenbruchteil, bis er reagierte, aber da hatte Achim schon das offene Fenster erreicht, kletterte auf die Fensterbank und sprang hinaus. Er landete auf den Füßen und rannte sofort los. Hinter sich hörte er den Beamten rufen und tumultartiges Durcheinander, aber man folgte ihm nicht, sondern wollte anscheinend erst Kollegen zur Unterstützung holen.

Auf der Straße waren wenig Passanten, und als er um die erste Häuserecke in die nächste Straße eingebogen war, wunderte sich niemand mehr wegen eines Mannes, der es eilig hatte. Er hatte noch keinen Plan, wohin er laufen sollte, nur wusste er, dass sie bereits jetzt begannen, ihn in einer Art Großeinsatz zu suchen. Er musste weg von der Straße. Er könnte in ein Haus, in ein Geschäft laufen, aber dann säße er in der Falle, denn vielleicht würden sie der Reihe nach die Häuser des Zentrums durchkämmen. Zudem konnte er sich dort nicht endlos aufhalten. Hausbewohnern könnte er auffallen, Geschäfte würden schließen, und beim letzten Kontrollgang der Wachmannschaft würde man auf ihn stoßen. Nein, er musste eine andere Lösung finden. Wenige hundert Meter vor sich sah er den Abgang zu einer S-Bahn-Station. Das war eine Möglichkeit. Immer mehrere Stufen auf einmal nehmend, hastete er die Treppe hinunter und stieß auf dem Bahnsteig mit einer älteren Frau zusammen, die er beinahe zu Boden gerissen hätte.

»Können Sie nicht ...«, regte sich die Frau auf. »Das ist ja eine Unverschämtheit, Sie Rüpel, Sie ...«

»Entschuldigung, mein Fehler, entschuldigen Sie«, stammelte Achim, löste sich von der Frau und stieg in einen Zug, der gerade angekommen war. Er stieg ein, setzte sich und wartete ungeduldig, dass sich die Türen schlossen und der Zug losfuhr.

Der Zusammenstoß mit der Frau war ein dummer Fehler, denn die würde sich sicher an ihn erinnern. Er saß ungeduldig wartend im Wagen, während die Frau feindselig zu ihm herüberschaute und immer noch vor sich hin schimpfte.

Endlos verrannen die Sekunden, und Achim befürchtete schon, dass man ihn einholen würde, dass die Polizei den Zug stoppen und ihn festnehmen würde, aber dann schlossen sich die Türen, und mit zunehmendem Tempo setzte sich der Zug in Bewegung. Es war alles ganz einfach gewesen, wunderte sich Achim, während der Zug durch die nächtlichen Tunnelröhren raste. Im Wagen saßen vielleicht sechs oder sieben Personen, aber Achim schaute sich nicht um, achtete nicht auf die anderen Fahrgäste, um nicht selber aufzufallen. An der nächsten Station stieg er aus, denn es war wahrscheinlich, dass die Polizei auch die S-Bahnen kontrollieren würde. Er wartete einen Moment auf dem Bahnsteig, bis auf dem gegenüberliegenden Gleis ebenfalls ein Zug einfuhr, dann stieg er ein und fuhr den gleichen Weg zurück. Es war relativ unwahrscheinlich, dass man diesen einfahrenden Zug kontrollieren würde, denn man vermutete ihn sicher schon ein paar Stationen weiter, wenn man auf die Idee, er könnte die S-Bahn zur Flucht nutzen, kommen würde. Noch während der Fahrt zog er sein blaues Sakko aus, wendete es und zog es wieder an. Natürlich sahen die nun offen liegenden Innennähte aus der Nähe unmöglich aus, aber aus einiger Entfernung war statt des blaufarbenen Cords jetzt das seidene helle Innenfutter zu sehen. Kein Garant dafür, dass man ihn nicht erkennen würde, aber eine kleine Auffälligkeit weniger.

Mit Herzklopfen verfolgte Achim, wie der Zug in den S-Bahnhof einfuhr, in der er erst wenige Minuten zuvor in den entgegengesetzt fahrenden Zug eingestiegen war. Auf dem Bahnsteig standen einige Beamte, befragten Reisende, aber niemand kümmerte sich um den ankommenden Zug, in dem Achim saß. Vielmehr waren die Beamten damit beschäftigt, die Passanten auf dem Bahnsteig und die einsteigenden Fahrgäste zu kontrollieren.

Die Türen schlossen sich wieder, der Zug fuhr los, und hinter sich ließ Achim den Bahnsteig und die ihn suchenden Beamten zurück. Zwei Stationen später stieg er an einem Umsteigebahnhof aus und verschwand in der Menge in Richtung Ausgang.

Aber er fühlte sich auch in der Menge keineswegs sicher. Überall im Bahnhof hingen Überwachungskameras, und Achim war sich sicher, dass man seinen Weg verfolgen konnte, aber bis die Menge der Bilder der in Frage kommenden Kameras der verschiedenen Stationen, der Bahnhofshallen, der Vorplätze ausgewertet waren, war er längst auf dem Weg. Man würde sicher annehmen, dass er untertauchte, dass er sich absetzte, dass er schon lange Geld beiseitegeschafft hatte, von dem er dann eine Zeitlang würde leben können, aber dass er sich nach Hamburg durchschlagen würde, damit rechnete sicher niemand. Nur Rolf könnte es ahnen, denn mit ihm hatte er über Sylvia gesprochen, aber dass man Rolf befragen würde, war annähernd ausgeschlossen. Und natürlich Hansen selbst. Er würde genau verfolgen, wie die Ermittlungen der Polizei verlaufen, denn als sein Anwalt hatte er sicher ein Recht darauf.

Für Susanne würde es eine schwere Zeit werden. Schon die letzten Wochen mussten für sie ein Albtraum sein. Der tödliche Unfall, der dann zum Mordvorwurf und zur Anklage führte, der Spießrutenlauf durch die Presse, und jetzt eine neue Schlagzeilenwelle, die über sie niedergehen würde, wenn die Presse über seine Flucht berichtete. Aber er konnte es ihr nicht ersparen. Er wusste, dass er kein Mörder war, wusste, dass er zu Unrecht angeklagt und verurteilt werden würde. Und er wusste auch, dass nur er selber sich retten konnte.

Denn keiner glaubte ihm. Niemand ging den Spuren nach,

die seine Unschuld beweisen konnten, weil sich jeder von Sylvias Tränen und den spärlichen Anhaltspunkten überzeugen ließ. Auf jeden Fall wurden alle Anträge abgelehnt, die ansatzweise Indizien zu Achims Unschuld hätten beschaffen können. Selbst sein Anwalt Hansen war im Rahmen der rechtlichen Möglichkeiten nicht weitergekommen. Die Durchsuchung von Sylvias Wohnung war abgelehnt worden, weil es keinen hinreichenden Verdacht gegen die trauernde Frau gab. Der Mann, der ihm die Nachricht im True Love gegeben hatte, konnte nicht gefunden werden, weil der Laden zur betreffenden Tageszeit laut Besitzer geschlossen gewesen sein soll. Ob andere Personen Schlüssel gehabt haben könnten und einer der anderen den Mann eingelassen haben könnte, wurde nicht überprüft. Und so weiter. Die Liste dieser Ablehnungen war lang und resultierte aus der Annahme von Achims Schuld und der Jugend seines Anwalts, dem man sein Engagement als jugendlichen Übereifer auslegte.

Natürlich sprach offensichtlich alles gegen ihn, aber war das ein ausreichendes Argument, ihn aufzugeben? Es war kein Zufall, dass der junge Anwalt Sven Hansen das Fenster geöffnet hatte, denn er hatte es genau in dem Moment geöffnet, als Achim mit den beiden Beamten vorbeikam. Er wollte ihm damit ein Zeichen geben, ihm eine Chance geben, seine Unschuld zu beweisen, weil es mit juristischen Mitteln nicht möglich schien.

Auf dem Bahnhofsvorplatz war reger Betrieb. Menschen kamen und gingen, eilig oder gelangweilt, hatten leichtes Handgepäck oder waren mit schweren Koffern beladen. Alle gingen achtlos aneinander vorbei, und so fiel auch Achim in der Menge nicht weiter auf. Er ging vor dem Bahnhof zu einem der bereitstehenden Taxis und ließ sich in die Stadt fahren. Nahe Rolfs Lokal bat er den Fahrer zu warten.

»Ich bin in wenigen Minuten wieder hier, warten Sie bitte.«

Der Fahrer nickte stumm und schaltete den Motor aus.

Jetzt musste Rolf im Lokal sein, durfte nicht weg sein, denn er würde ihn nicht suchen können. Er hatte nichts dabei, kein Geld, keine Papiere, nichts. Rolf musste Achim helfen, denn sonst war alles umsonst. Man würde ihm seinen Fluchtversuch als Schuldeingeständnis auslegen, und dann wäre alles aus. Rolf war der einzige Ausweg, denn Achim brauchte Geld für seine Fahrt nach Hamburg.

Und Achim hatte Glück. Schon von der Tür aus sah er Rolf hinter der Theke und ging direkt zu ihm hin.

»Hallo Rolf«, sagte er schlicht und sah, dass das Gesicht seines Freundes erblasste.

»Achim, was . . . wie kommst du hierher?« Weiter wusste Rolf nichts zu sagen.

»Ich brauche deine Hilfe. Wie nie zuvor brauche ich sie«, sagte Achim, ein wenig außer Atem. »Ich habe nur dich.«

»Setz dich erst einmal.«

»Ich habe keine Zeit, keine Minute. Ich brauche Geld. Hilfst du mir?«

»Was hast du vor?«, fragte Rolf mit gedämpfter Stimme und sah sich dabei vorsichtig um.

»Ich muss nach Hamburg.«

»Was willst du dort?«

»Ich muss in Sylvias Wohnung. Ich muss Beweise finden, dass sie mich reingelegt hat.«

»Wenn das schiefgeht . . . Mensch, Achim.«

Rolf sah sich in der Zwickmühle, seinem Freund helfen zu wollen, aber nicht zu wissen, ob er ihm damit nicht einen erheblich größeren Schaden zufügen würde. Sollte er helfen und Achims Wunsch nachkommen, oder musste er ihn vor seinem verrückten Plan und damit vor sich selber schützen?

»Ich habe keine Zeit. Ich muss weiter«, drängte Achim. »Die suchen mich doch schon längst.«

Rolf nickte, aber es war zu spüren, dass er Achims Plan nicht guthieß. Er machte sich Sorgen.

»Mach keinen Unsinn, Achim. Bitte.«

»Hilf mir, für mich und für Susanne. Ich brauche vor allem Geld. Sonst weiß ich nicht weiter. Sonst ist alles verloren. Wenn sie mich kriegen, bevor ich Beweise habe ...«

Rolf sah seinen Freund an und wusste, dass er ihm helfen würde. Es fiel ihm nicht leicht, aber er erkannte, dass es für ihn als Freund keine Wahl gab. Er ging zur Kasse, holte aus den Fächern die meisten Scheine und drückte sie Achim in die Hand. Dann zog er seine Geldbörse hervor, entnahm ihr seine Scheckkarte und hielt sie Achim hin.

»Einfach mein Geburtstag, der Pin. Es müsste für einige Zeit reichen, aber du willst ja nicht endgültig weg, oder? Ich hoffe, du machst keine Dummheiten.«

»Nein, ich denke nicht. Danke.«

Einen Moment standen sie voreinander, dann folgte eine kurze Umarmung, und Achim lief aus dem Lokal, ohne sich noch einmal umzudrehen.

Von weitem sah er das wartende Taxi, stieg ein und ließ sich nach Mainz fahren, wo er sich in Bahnhofsnähe absetzen ließ. Sicher war es möglich, dass auch hier Polizei war, aber dass man gleich eine Großfahndung nach ihm einleiten würde, die sogar ins Nachbarbundesland bis Mainz reichte, bezweifelte er doch.

In der Nähe des Bahnhofs fand er rasch einen Friseurladen, in dem er sich die Haare deutlich kürzen ließ, kaufte sich in einem Kaufhaus eine Sonnenbrille mit sehr hellen

Gläsern und eine sportliche beigefarbene Jacke, die er gleich gegen sein blaues Cordsakko eintauschte. Schließlich kaufte er noch eine kleine Aktentasche und ein paar Zeitungen, die er teils in die Tasche legte, teils unter dem Arm trug, und so sah er aus wie ein zufälliger Berufsreisender, der sich zu einer Tagesgeschäftsreise auf den Weg machte. Und erneut stieg er in ein Taxi, wohl wissend, dass das die teuerste Art zu reisen war, aber er sorgte sich, dass die Bahnhöfe in der Nähe Frankfurts stärker kontrolliert wurden. Sein Plan war es, sich mit wechselnden Taxis aus dem Rhein-Main-Gebiet zu entfernen, bevor er dann in Bonn oder Köln den Zug nehmen würde. Nur so fühlte er sich sicher, packte ihn nicht bei jeder Polizeiuniform, jedem Streifenwagen die nackte Angst.

Auf eine eigentümliche Art fühlte er sich ungebunden und frei, auch wenn er wusste, dass das unter Umständen nur von sehr begrenzter Dauer sein würde. Seine Einsamkeit wurde von einem Gefühl des Lebens überdeckt, wie es ein Vagabund empfinden musste. Niemand ahnte, wo er war, niemand kümmerte sich um ihn, sondern er lebte unerkannt inmitten all der Menschen, die ihn nicht kannten. Natürlich wusste er, dass zeitgleich fieberhaft nach ihm gefahndet wurde, aber dieses Gefühl der Sorge und Angst ließ er nicht zu. Er würde Hamburg erreichen und würde seine Unschuld beweisen.

Am meisten plagte ihn die Sorge um Susanne. Was musste sie von ihm denken, einem entflohenen Mörder, dessen Frau sie war und dessen Kind Mutter sie sein würde? Wie würde sie durchstehen, dass sich einmal mehr die Presse auf den Fall stürzen würde, dass auch die Zeitungen sich an der Jagd nach ihm beteiligen würden? Bei einem Umstieg von einem Taxi in ein weiteres überfiel ihn der Gedanke, ein Handy zu kaufen oder eine Telefonzelle aufzusuchen, aber er ließ beide Gedanken fallen. Er war in technischen Fragen nicht sehr bewandert, aber er konnte sich durchaus vorstellen, dass sein Hausanschluss überwacht wurde. Dass man Handys orten konnte, wusste er, und er durfte sich nicht in Gefahr bringen. Denn der Erfolg seiner Flucht war nicht nur Voraussetzung für die Entlastung vom Vorwurf des Mordes, er war gleichzeitig die einzige Chance für eine mögliche gemeinsame Zukunft, wenn Susanne es noch wollen würde. Deshalb musste er Susanne im Unklaren lassen und durfte sie nicht über seinen Plan informieren, der ihr ein klein wenig von seiner Hoffnung auf ein mögliches gutes Ende geben könnte.

Er saß bereits im vierten Taxi und näherte sich Königswinter, als er feststellte, dass diese Reiseart sehr zeitraubend war. Natürlich hatte er darauf geachtet, mit eher kürzeren Fahrtstrecken nicht den Verdacht der Taxifahrer auf sich zu lenken, aber das bezahlte er mit dem Preis, dass er erst spät in der Nacht Hamburg erreichen würde. So saß er wenig später im letzten ICE, der von Köln aus Hamburg kurz nach 24.00 Uhr erreichen würde.

Es war noch früher Vormittag, und Susanne war gerade aus dem Garten ins Haus ihrer Freunde gekommen, als ihr Handy läutete. Sie war allein, denn Bernd war den ganzen Morgen schon unterwegs, und Doris hatte einige Erledigungen zu machen. Susanne zögerte einen Moment, bevor sie den Anruf annahm, und vergewisserte sich erst anhand der Nummer auf dem Display, welcher Anrufer sie am anderen Ende sprechen wollte. Sie hatte sich das angewöhnt, seit die Anrufer vornehmlich neugierige Journalisten auf der

Jagd nach einer Story waren oder Zeitungsleser, die, von der Presse aufgehetzt, sie und ihren Mann beleidigen wollten. Auch ihre Handynummer war nach wenigen Tagen bekannt, sodass sie auch hier erst die Nummern prüfte, bevor sie abnahm. Andere Anrufer drückte sie weg, löschte ihre Nachrichten und Anrufdaten, als wäre damit alles erledigt.

Dieses Mal zeigte das Display die Nummer von Sven Hansen, aber sie nahm dennoch nicht ab, sondern wartete, bis er seine Nachricht auf die Mailbox gesprochen hatte. Schließlich hatten sie nicht vereinbart, dass sie auf dem Laufenden gehalten würde, sondern dass Hansen selbstständig sich des »Falles« annehmen und alles Erforderliche erledigen sollte. Sie wollte Achim alle Hilfe geben, die es gab, aber sie hatte den Glauben an einen guten Ausgang verloren.

Es dauerte einige Zeit, bis Hansen seine Nachricht beendet hatte. Unschlüssig schaute Susanne auf das Handy, auf dessen Display ein kleiner Briefumschlag die eingegangene Nachricht anzeigte. Sollte sie sich wieder hineinziehen lassen in die schreckliche Geschichte, die ihr jeden Lebensmut nahm? Sollte sie sich wieder vereinnahmen lassen von einem Verbrechen, für das sie keine Erklärung hatte? Der Anruf Hansens war wie eine Erinnerung an etwas, dass sie verdrängen wollte. Wie eine Nachricht, die daran erinnerte, das man verloren war, dass das Schwert des Damokles weiter über ihr hing. Aber dennoch konnte sie sich nicht entschließen, die Nachricht ungehört zu lassen. Auch wenn Achim alles zerstört hatte, blieb er doch der Mann, den sie geheiratet, dem sie Treue geschworen hatte und von dem sie ein Kind haben würde.

Sie drückte einige Tasten, und ihr Handy spielte die empfangene Nachricht Hansens vor.

»Sehr geehrte Frau Kröger«, hörte sie Hansens übertrieben förmliche Anrede. »Ich würde Sie nicht stören, aber es ist wirklich sehr dringend. Rufen Sie mich bitte unverzüglich an. Ich halte mich immer an Absprachen, aber dies ist eine Ausnahme, ein Notfall. Melden Sie sich bitte.«

Das Letzte hatte fast flehentlich geklungen, meinte Susanne, und sie musste beinahe schmunzeln, als sie sich vorstellte, welches Gesicht der junge Hansen dabei gemacht haben musste. Aber es schien ihm wirklich ernst zu sein, das verstand sie sofort. Und es hatte etwas mit Achim zu tun. Hoffentlich war ihm nichts passiert, fuhr es ihr durch den Sinn. Und instinktiv befürchtete sie, er könnte sich etwas angetan haben. Nur das nicht, betete sie, bitte nur das nicht. Sie hätte Schuld, sie hatte ihn allein gelassen, hatte es nicht über sich gebracht, ihn zu besuchen. Sie verwünschte für einen kleinen Moment ihre Eitelkeit, ihre Hartherzigkeit, ihm keinen Glauben geschenkt zu haben. Er ist mein Mann, sagte sie zu sich, drückte auf Rückruf, und ihr Handy wählte Hansens Nummer.

»Hansen«, hörte sie die Stimme des jungen Mannes.

»Kröger. Herr Dr. Hansen, Sie hatten versucht, mich zu erreichen.«

»Ja«, sagte er und dann nach einer Pause, »Ihr Mann ist heute Mittag aus der Untersuchungshaft geflohen. Zurzeit wissen wir nicht, wo er sich ...«

Susanne ließ das Handy sinken und schaute hinaus in den Garten, in dem die farbigen Blätter der meisten Bäume bereits zu Boden gefallen waren. Aber sie schaute nicht planlos oder abwesend, sondern in ihrem Kopf erfasste sie genau, was geschehen war, erkannte die Konsequenzen und wusste rasch, was ihr zu tun übrig blieb.

»Hören Sie mich, Frau Kröger?«, hörte sie die Stimme Hansens.

Mühsam nahm sie das Handy wieder hoch, nachdem sie noch einen kleinen Moment überlegt hatte.

»Ich habe verstanden«, sagte sie gefasst. »Herr Dr. Hansen, ich entbinde Sie hiermit von Ihrem Mandat, da ich Sie nicht mit einer aussichtslosen Sache belasten will. Es war vielleicht ein Fehler, Sie damit zu beauftragen, aber ich hatte gehofft, dass juristischer Beistand helfen würde. Nun hat sich das ohne Ihre Schuld erledigt.«

»Frau Kröger, handeln Sie nicht überstürzt. Ich denke, ich mache Ihnen einen Vorschlag. Es gibt ein paar vertrauliche Details, die Sie wissen müssen, und die ich nicht gern am Telefon besprechen würde.«

»Und was kann das sein?«, fragte sie.

»Tun Sie mir den Gefallen, mir und sich«, bat Hansen. »Eine Viertelstunde würde ausreichen. Sie sagen, wann und wo, und dann dürfen Sie allein entscheiden, was Sie machen werden. Fünfzehn Minuten, es ist wirklich wichtig, und es geht nur vertraulich.«

Sein Drängen rührte sie. Sie sah den jungen Mann vor sich. Sicher wie immer blendend gekleidet, wie immer professionell, aber dieses Mal hörte sie in seiner Stimme nicht nur den aufstrebenden Anwalt, der mit einer Klientin sprach, dieses Mal ging ihm sein Anliegen zu Herzen.

»Heute gegen elf im Café am Park.«

»Abgemacht«, sagte Hansen so spontan, dass er die Zusage unmöglich mit seinen Terminen abgestimmt haben konnte, so sehr schien ihm dieses Treffen am Herzen zu liegen. »Ich werde da sein.«

»Dann bis später«, sagte Susanne und ließ langsam den Hörer sinken.

Sie hatte sich überreden lassen, war von ihren Prinzipien abgewichen, denn eigentlich wollte sie konsequent bleiben und Hansen von dem Mandat entbinden. Warum sollten er und sie Kraft und Energie in eine verlorene Sache stecken? Aber hier spürte sie, dass sie sich selber gegenüber unehrlich war. War es nicht eher so, dass Hansen sie mit seinem Einsatz stärkte, dass er ihr vormachte, was es hieß, um etwas zu kämpfen? Vielleicht war es keine Frage des Mutes, sondern der Feigheit, die sie bewogen hatte, gegenüber Doris von Scheidung zu sprechen.

Natürlich kreiste in ihrem Kopf die Frage, wo Achim jetzt war. Und warum er aus der Haft geflohen war. Wollte er sich der zu erwartenden Strafe entziehen? Wollte er jene Sylvia wiedersehen, für die er gemordet hatte? Aber mit welchem Ziel? Das Puzzle wurde immer verworrener, aber gleichzeitig wurde ihr klarer, dass alles ganz anders sein könnte. Vielleicht hatte Achim recht mit seiner konfusen Geschichte, die der alte Professor Degenhorst ihr gegenüber angedeutet hatte. Sie wusste es nicht, aber sie würde Hansen sehen, mit ihm sprechen, und dann würde sie weitersehen.

Wenig später verließ sie im Wagen das Grundstück ihrer Freunde und war erleichtert, dass sie sich frei bewegen konnte, denn vor ihrem eigenen Haus würden die Journalisten und Fotografen sicher schon wieder Stellung bezogen haben.

Das Café am Park war um diese Tages- und Jahreszeit beinahe menschenleer. Der Blick in den Park bot dürre, kahle Baumkronen und Büsche, aus denen die letzten Blätter gelb oder rötlich gefärbt heruntersegelten. Auf den Wegen gab es kaum Spaziergänger, und dort, wo man im Sommer kleine Ruderboote leihen konnte, hatten jetzt die Enten und Gänse die Wasseroberfläche für sich.

Als Susanne das Café betrat, saß Hansen bereits wartend an einem der Tische und stand auf, als er sie kommen sah.

»Ich bin froh, dass Sie gekommen sind, Frau Kröger«, sagte er zur Begrüßung, und es klang ehrlich aus dem Mund des jungen Mannes, der sicher vor Gericht zu einigen Tricks und Kniffs bereit war.

Susanne legte ihren Mantel ab, bestellte bei der ankommenden Bedienung einen Tee mit Zitrone und setzte sich gespannt Hansen gegenüber.

»Was gibt es denn so Wichtiges, was Sie zu berichten haben?«, fragte sie Hansen.

»Ich will ganz offen sein, und Sie werden später verstehen, dass das für mich nicht ganz einfach ist.«

»So wenig einfach, dass Sie es nicht am Telefon sagen können?«

Hansen zögerte.

»Ich möchte anders beginnen. Sie wissen, dass ich als Anwalt einer Schweigepflicht unterliege und deshalb viele Informationen für mich behalten muss.«

»Und davon wollen Sie jetzt abweichen?«

»Die Sache ist ein wenig komplizierter. Mir wäre sehr geholfen, wenn ich Sie bezüglich dieses Gesprächs zu einer gewissen Schweigepflicht verpflichten könnte.«

»Sie verstehen es spannend zu machen«, sagte Susanne noch, bevor die Bedienung den bestellten Tee brachte. Erst als diese gegangen war, nahm Hansen das Gespräch wieder auf.

»Ich bin an den neuesten Entwicklungen nicht ganz unbeteiligt«, begann Hansen vorsichtig.

Susanne sah Hansen aufmerksam an.

»Haben Sie meinen Mann überredet auszubrechen?«

Hansen schüttelte den Kopf.

»Die Sache ist komplizierter«, sagte er, und dann erzählte er Susanne die Ereignisse der letzten Tage. Dass es Differenzen zwischen den Aussagen gab, dass Sylvias Version an einigen wenigen Stellen nachprüfbar war, Achims Version aber für ihn selber an vielen Stellen unklug. Dass Achim Details erzählte, die ihm eher schadeten, dennoch aber trotzig daran festhielt. Bis hin zur unsinnigen Geschichte mit dem Streichholzheftchen jener ominösen Cindy aus dem True Love.

»Erklären Sie mir, warum sollte er das erfinden?«, fragte Hansen.

»Sie meinen, es ist vielleicht nicht erfunden?«, sagte Susanne.

»Diese Cindy, die mit bürgerlichem Namen Petra Neufuhrer heißt, arbeitet angeblich als Tänzerin in dem Etablissement True Love. Ich weiß aus sicherer Quelle, dass sich das Honorar für die mehrteilige Story sowie die Fotos auf über zehntausend Euro summiert. Sie müssen wissen, dass diese Fotos erst vor wenigen Tagen exklusiv von einem Fotografen gemacht wurden, der sie dann an dieses Revolverblatt verkauft hat. Dafür müsste Cindy viele Tage alles Mögliche machen, um an diese Summe zu kommen. Zudem gibt es bereits Anfragen anderer Magazine nach weiteren freizügigen Fotos und mehr.«

»Und was wollen Sie damit sagen?«

»Vielleicht gibt es im True Love wirklich eine Cindy oder einfach eine junge Frau, die sich jetzt so nennt, seit die Presse erschien. Die junge Frau hat vielleicht endlich eine Gelegenheit gesehen, auch einmal berühmt zu werden. Schauen Sie sich die Klatschblätter oder einschlägige Magazine im Fernsehen an. Für ein kleines Eckchen sogenannter Prominenz machen die Menschen alles. Sie ziehen sich aus, erzählen intimste Details, geben sich jede Blöße für einen Artikel oder ein Foto, weil sie das mit Berühmtheit verwechseln.«

»Sie meinen, diese Cindy ist nur eine Art Trittbrettfahrerin?«

»Es deutet vieles darauf hin.«

»Und weshalb diese Flucht?«

Hansen zögerte einen Moment.

»Ich habe heute Morgen im Flur des Gerichtsgebäudes ein Fenster offen gelassen, als Ihr Mann gerade vorbeikam.«

»Sie haben …?« Susanne schaute Hansen fassungslos an.

»Frau Kröger, ich glaube, dass Ihrem Mann übel mitgespielt wird. Ich kann mich natürlich irren, aber irgendetwas stimmt an der ganzen Geschichte nicht. Es wirkt wie ein Kartenhaus, aber uns fehlt die Idee, durch die es zusammenstürzen würde.«

»Sie riskieren eine Menge«, stellte Susanne fest. »Und was soll jetzt geschehen?«

»Ihr Mann wird versuchen, Beweise zu finden. Er kennt den Mann aus dem True Love, mit dem er gesprochen hat. Er … ich weiß auch nicht genau, was er machen wird, aber es ist seine einzige Chance.«

Hansen sah ihr in die Augen und hielt ihrem Blick stand.

»Und wenn er gefasst wird?«

»Er ist des Mordes angeklagt, was hat er zu verlieren?«

»Sie spielen ein gefährliches Spiel. Als Sie mir empfohlen wurden, wusste ich, dass Sie ein aufstrebender Anwalt mit besten Referenzen sind. Aber ich hatte nicht damit gerechnet, was Ihnen ihre Karriere wert ist.«

Hansen schaute sie an, und für einen kurzen Moment zerbrach die sonst so souveräne Fassade.

»Glauben Sie mir, ich mache das auch nicht gern. Ich riskiere Kopf und Kragen, wenn das rauskommt. Allein dass ich hier mit Ihnen sitze und Ihnen das alles erzähle, ist doch schon eine Dummheit von mir. Aber …«, und da war er wieder ganz der junge erfolgverwöhnte Dr. Hansen, »...ich will die Wahrheit wissen. Das ist ein Risiko wert.«

Susanne schaute ihr Gegenüber lange an. »Ich glaube, es ist besser, ich gehe jetzt.« Sie stand auf und verließ, ohne sich umzudrehen, das Café, und ihr Blick, der Hansen kaum streifte, machte für ihn jeden Versuch, sie aufzuhalten, unmöglich.

Es war bereits früher Abend, als der Zug durch die flache, zunehmend dunkler werdende Landschaft fuhr und sich Hamburg näherte. Die letzten Stunden hatte Achim gelegentlich in der Zeitung lesend damit verbracht, seinen Plan durchzuspielen, alle Varianten und Unvorhergesehenes durchzugehen, denn er wusste, dass er nur *eine* Chance hatte. Er musste Beweise für seine Unschuld finden, und das ging nur, solange er auf freiem Fuß war. Sobald irgendjemand ihn erkennen würde, war es vorbei.

Langsam schob sich der Zug auf Hamburg zu. Neben den ersten Kanälen des Hafens waren nun auch die ersten ehemaligen Lagerhallen zu sehen, die entweder verfielen oder zweckentfremdet anderweitig genutzt wurden, und bald wurden nach einer langgezogenen Linkskurve die ersten Nebengebäude des Hamburger Bahnhofs sichtbar.

Es war schon in den letzten Stunden draußen immer dunkler geworden, und nun war es stockfinster, lediglich die Lampen der Gebäude, der Schiffe auf dem Wasser und die erste Beleuchtung des Bahnhofs erhellten die Landschaft draußen. Wenige hundert Meter später fuhr der Zug in den Bahnhof ein. Draußen wurde es schlagartig heller, denn der Bahnhof war trotz der späten Stunde vollständig erleuchtet. Der Zug verringerte weiter seine Geschwindigkeit, und beinahe mit

Schritttempo rollte er seiner Halteposition entgegen, als Achim auf dem Bahnsteig zu seinem Schrecken mehrere Uniformierte sah. War es Zufall, dass die Polizei um diese Zeit hier patrouillierte? Oder erwarteten sie ihn, hatten irgendwie erfahren, dass er auf dem Weg nach Hamburg war? Das war unwahrscheinlich, denn er konnte überall hingefahren sein, aber er wagte dennoch kaum, sich zu bewegen. Selbst wenn sie nicht seinetwegen hier auf dem Bahnsteig standen, war das Risiko groß, erkannt zu werden. Achim war sich sicher, dass man eine Fahndung nach ihm herausgegeben hatte, die nun mehr als zehn Stunden später alle Polizeidienststellen erreicht haben dürfte.

Unbeweglich blieb er sitzen, schaute kaum den anderen Fahrgästen zu, die den Zug verließen und achtlos an den Polizisten auf dem Bahnsteig vorbeigingen. Sollte er sich ihnen anschließen und hoffen, in ihrer Mitte unerkannt durchzukommen? Sein Herz klopfte bis zum Hals, und er rang verzweifelt mit sich, was er tun sollte, aber mit jeder Sekunde Zögern ließen seine Chancen dramatisch nach. Schon jetzt wäre er ein Nachzügler, der auffallen würde. Sicher gab es Leute, die im letzten Moment ausstiegen. Aber fanden die nicht immer besonderes Augenmerk? Er haderte noch immer, als bereits der helle Pfeifton erklang, der das Schließen der Türen ankündigte. Jetzt war es zu spät. Und mit stoischer Miene schaute er vor sich hin, während sich der Zug nur wenige Meter von den Polizeibeamten in Bewegung setzte, die der Abfahrt des Zuges keine Bedeutung schenkten.

Jetzt blieb nur noch Hamburg-Harburg. Wenn dort auch die Polizei präsent wäre, wusste er auch nicht weiter. Aber er hatte Glück. Als der Zug den dortigen Bahnhof und damit seine Endstation erreichte, war der Bahnhof menschenleer.

»Jetzt haben wir es auch geschafft«, verabschiedete ihn der Zugbegleiter, der vor ihm den Bahnsteig betreten hatte und seinem letzten Fahrgast den Weg freigab.

Wie selbstverständlich verabschiedete Achim sich mit einem Nicken und ging dem Ausgang entgegen, ohne zu wissen, wohin er gehen sollte. Er würde erst einmal den Bahnhof verlassen, denn er musste den Überwachungskameras entgehen, die den Bahnhof sicher auf späte Gäste überprüften.

Auf dem kleinen Bahnhofsvorplatz stieg er in eines der letzten Taxis und ließ sich in die Innenstadt zurückfahren, denn dort kannte er sich aus. Er wusste natürlich, dass er in kein Hotel gehen konnte, er hatte keine Papiere, und ohne würde man einem Gast zu dieser Uhrzeit selbst in schäbigen Absteigen niemals ein Zimmer geben.

In seinem Stammhotel würde man ihn sicher aufnehmen, aber konnte er sicher sein, dass die nichts von seinem Fall wussten? Wenn man ihn in Hamburg suchen würde, dann dort. Jetzt hatte er es bis Hamburg geschafft, jetzt durfte er kein Risiko eingehen. Wäre es erst neun oder zehn Uhr abends, würde er zu Sylvia fahren, um anhand der Zimmerbeleuchtung zu sehen, ob sie in ihrer Wohnung war. Aber um diese Zeit wären alle Fenster dunkel, ob sie da war oder nicht. Und wenn sie da war, dürfte er sich dort nicht blicken lassen. Sie würde die Polizei rufen, würde die Nachbarschaft herbeischreien, und dann war es um ihn geschehen.

Nein, er brauchte ein Quartier für diese Nacht, aber das war nicht so einfach, wie er es sich vorgestellt hatte. Zunächst ließ er sich vor einem Hotel in der großen Bleiche absetzen, von dem er wusste, dass der Portier von seinem Platz kaum die ankommenden Gäste vor dem Hotel sehen konnte. Er bezahlte den Fahrer, stieg aus und wartete einen Moment, bis der Wagen anfuhr, um dann nicht in das Hotel, sondern die

Straße in entgegengesetzter Richtung entlangzugehen. Die ersten Minuten ging er beinahe zielstrebig wirkend vor sich hin, aber er merkte, dass er müde wurde, und vor allem, dass es kalt war. Hamburg, sowieso immer ein paar Grad kühler als Wiesbaden, machte seinem Ruf alle Ehre und zeigte sich von seiner nasskalten Seite. Er ging noch einige Zeit weiter und landete schließlich vor einer Bar, die er spontan betrat.

Sofort umfingen ihn die Wärme und das rote gedämpfte Licht des Raumes, der aus einer Theke und ein paar separierten Sitzgruppen bestand. Er schaute sich um. Es waren nur noch ein paar Gäste in der Bar, die sich in die kleinen Sitzgruppen verzogen hatten. Achim steuerte auf die Theke zu und setzte sich auf einen Barhocker.

Kaum saß er, erhob sich eine blonde Frau in enger Hose und knappem Oberteil von ihrem Sitzplatz am anderen Ende der Theke und kam auf ihn zu.

»Na, später Gast«, sprach sie ihn an, »spezielle Wünsche?«

»Ich hätte gern ein Bier.«

»Bier gibt's nur als Flasche«, erklärte sie ihm, und auf Achims zustimmendes Nicken ging sie zu einem Schubfach unterhalb der Theke und holte eine Flasche hervor, die sie geöffnet mit einem Glas vor ihm hinstellte.

Er schenkte sich ein und trank einen Schluck. Das Bier war lauwarm, aber er wusste, dass eine Reklamation zwecklos war, und sagte nichts. Die Bedienung stand immer noch auf der anderen Thekenseite ihm gegenüber.

»Warst aber auch noch nicht oft hier?«, versuchte sie ein Gespräch zu beginnen.

»Ich glaube, noch nie«, gab Achim zurück.

»Eigentlich 'ne gute Gelegenheit für einen Einstandsschluck.«

Sie sah ihn an und beugte sich vor.

»Ist üblich hier bei uns.«

»Na dann.«

Für die Frau hinter der Theke war das als Einladung zu verstehen.

»Ich nehme ein Glas Champagner, man trifft schließlich nicht alle Tage einen netten neuen Gast.«

Sie schenkte sich aus einer Flasche, die geöffnet in einem Eiskübel lehnte, ein Glas ein.

»Auf dich und darauf, dass du uns gefunden hast.«

Sie prostete ihm zu, und aus anerzogenenr Höflichkeit nahm er sein Glas und trank ebenfalls. Dann setzten sie die Gläser ab. Für einen Augenblick schwiegen sie.

»Bist aber kein großer Plauderer«, stellte sie fest.

»Ist schon spät.«

»Dann gehörst du aber eher ins Bett als an die Theke.«

Achim nickte zustimmend, aber natürlich wollte er noch bleiben.

»Ist aber nicht so schlimm. Ich musste nur früh raus.«

»Wenn du durchhältst, wir schließen gegen vier. Dann könnten wir beiden Hübschen doch noch was unternehmen.«

Achim schaute die Frau an. Sie war nicht hübsch. Sie war es vielleicht einmal gewesen, aber die Jahre und ihr Leben hatten Spuren hinterlassen. Aber das interessierte ihn nicht. Ihm war das eindeutige Angebot unangenehm, und das wollte er auch sogleich klarstellen.

»Lieber nicht, danke.«

»Du bist mir ja ein Höflicher«, sagte sie freundlich und von seiner Absage unbeeindruckt. »Wir würden uns sicher einig«, versuchte sie es erneut.

»Wirklich nicht. Ich bin verheiratet«, fügte er ungeschickt hinzu.

Die Frau lachte kurz, aber schallend auf.

»Wenn das ein Argument wäre, wäre der Laden hier längst pleite.«

Achim fühlte sich eingeengt und wollte das Gespräch beenden, aber der Frau gelang es immer wieder, Anknüpfungspunkte zu finden, ihn mit Fragen ins Gespräch zu ziehen, dass er keinen Ausweg wusste.

»Ich möchte gern zahlen.«

»Na gut«, sagte die Blonde und gab auf. »Macht vierunddreißig.«

Das hatte Achim nicht anders erwartet. Er holte ein wenig ungelenk das Geldbündel aus der Tasche, weil er niemand sehen lassen wollte, wie viel Geld er bei sich hatte, und legte einen Zwanziger und zwei Zehner auf die Theke.

»Stimmt so.«

»Bei so viel Großzügigkeit wären wir bestimmt gut miteinander ausgekommen.«

Das hatte sie ohne jede anzügliche Note gesagt, und Achim tat sie fast leid, wie sie da allein hinter der Theke stand.

»Vielleicht«, erwiderte er mit einem leichten Lächeln.

»Dann alles Gute.«

»Ebenso.«

Dann war er auch schon aus der Bar auf die Straße getreten und sah sich im schwachen Licht der Straßenbeleuchtung um. Kein Mensch war um diese Zeit auf dem Bürgersteig zu sehen, und auch der Straßenverkehr bestand nur noch aus wenigen Fahrzeugen, die an ihm vorüberfuhren.

Inzwischen hatte es zu nieseln begonnen. Zunächst spürte Achim das kaum, aber bald merkte er, dass sein Gesicht und seine Haare feucht wurden. Er ging durch die verlassenen Straßen und wusste, dass er nicht die ganze Nacht weitergehen konnte. Er musste eine Bleibe finden, aber er wusste nicht, wie. Sicher hatte eine Stadt wie Hamburg verschiedene

Möglichkeiten, aber ihm fehlte jede Erfahrung, an wen man sich wenden konnte. Zumal um diese Uhrzeit schien das aussichtslos. Er war schon einige Zeit gelaufen und wusste nur noch ungefähr, wie viel Uhr es war, als er einige hundert Meter vor sich eine Gestalt gehen sah. Es schien ein älterer Mann zu sein, der mit zwei vollen Plastiktüten und einem Rucksack beladen durch den leichten Nieselregen ging. Unauffällig ging Achim schneller, um dem anderen näher zu kommen, um den anderen besser sehen und einschätzen zu können. Nun war er nur noch wenige Meter hinter dem anderen, als dieser begann, schneller zu gehen, ja trotz seines Gepäcks zu laufen.

»Keine Angst!«, rief Achim. »Ich tue Ihnen doch nichts!«

Aber der andere lief weiter, wobei unschwer zu sehen war, dass er dieses Tempo, so langsam es auch sein mochte, kaum lange durchhalten würde.

»Jetzt bleib doch mal stehen!«, rief Achim erneut und packte den anderen am Ärmel. Der andere versuchte, sich loszureißen, ließ dabei seine Tüten fallen und riss, als er sich nicht aus dem Griff lösen konnte, angsterfüllt die Hände vor das Gesicht.

»Nicht, ich hab doch nichts.«

»Ich will doch gar nichts«, wiederholte Achim. »Keine Angst, ich ...« Er wusste nicht, was er weiter sagen sollte, sondern sah den anderen nur an, der langsam seine Arme sinken ließ. Vor Achim stand ein Mann, der bestimmt über sechzig Jahre alt war, auch wenn das bei seinem verwahrlosten Zustand nur schwer zu schätzen war. Die grauen Haare klebten ihm teils im Gesicht, teils hingen sie ihm strähnig bis fast auf die Schultern. Er war unrasiert und hatte sich sicher lange nicht mehr gewaschen. Der Mann trug einen verschlissenen graugrünen Mantel und eine fleckige Hose, und alles an ihm sah schmutzig und abgenutzt aus.

»Was willst du von mir?«, fragte er misstrauisch.

»Ich ... ich weiß nicht, wohin heute Nacht.«

Der Mann musterte Achim von oben bis unten.

»Du gehörst doch nach Hause oder in ein Hotel, so wie du aussiehst.«

»Beides geht nicht.«

»Nicht mein Problem.«

»Ich weiß aber nicht weiter.«

»Dann hast du ein Problem.«

»Sie müssen mir helfen. Ich habe auch Geld«, sagte Achim, griff in seine Tasche und holte die gebündelten Scheine hervor und fächerte sie auf.

»Wenn du so weitermachst, bekommst du mit Glück ein Bett in der Notaufnahme, wenn sie dich zufällig am Straßenrand finden.«

Achim schaute den anderen verständnislos an.

»Was meinst du, was hier um die Zeit los ist? Da triffst du einige, die für Geld 'ne Menge machen.«

Aber bevor Achim das Geld verlegen in die Hosentasche zurückstopfen konnte, hatte sich der andere rasch einen Schein geschnappt.

»Was stellste dir denn vor für die Nacht?«

»Irgendeinen Ort, an dem es nicht regnet, vielleicht auch nicht so kalt ist.«

»Für 'nen Zehner kannste mit.«

»Sie haben doch schon ...«

»Das war für den Schreck. Der Zehner ist dann für den Tipp.«

Achim nickte zustimmend und holte erneut das Geld aus seiner Tasche, um dem Mann den Zehneuroschein zu geben.

»So viel Geld nie an einem Ort aufheben. Besser in verschiedene Taschen. Immer nur kleine Beträge, größere haste eh nicht«, sagte der Mann und fügte erklärend hinzu: »Wenn se dich filzen, finden die immer nur einen Teil. Klar?«

Das klang plausibel.

»Komm, gehen wir«, sagte der Mann, nachdem er die Scheine in einer Art Beutel verstaut hatte, den er wieder hinter dem Gürtel seiner Hose verschwinden ließ.

»Baumelt zwischen den Beinen, da suchen die wenigsten«, erklärte er, hob seine Tüte wieder auf, packte die Habseligkeiten, die beim Sturz herausgefallen waren wieder hinein und marschierte los.

Sie gingen eine Zeitlang schweigend nebeneinander her.

»Zu Hause rausgeflogen? Ist mir auch passiert.«

»So ähnlich«, sagte Achim vage.

»Geht mich auch nichts an.«

Wieder gingen sie schweigend nebeneinander her. Die Dunkelheit und die Stille der Nacht umgaben sie, und nur gelegentlich drangen die Geräusche letzter Autos, die durch die Stadt fuhren, zu ihnen. Achim fror immer noch und spürte den Regen langsam durch seine Kleidung sickern, der nunmehr seit Stunden in feinsten Tropfen vom Himmel nieselte.

»Ein paar Dinge solltest du wissen«, begann der Mann plötzlich. »Mit der Jacke geht das gar nicht.«

»Was ist mit der Jacke?«

»Ist viel zu auffällig. Die riecht nach Geld, das gibt Ärger.«

»Ich habe keine andere.«

»Ich könnte dir eine leihen«, schlug der Mann vor und deutete auf den Rucksack auf seinem Rücken. »Willste die sehen?«

Spontan blieb der Mann stehen, ließ den Rucksack über seine Schultern herunterrutschen und zog nach einigem Wühlen umständlich eine Jacke hervor, die der seinen nicht unähnlich war.

»'nen Zwanziger«, sagte der Mann stolz und hielt Achim die Jacke hin.

»Zwanzig Euro für diesen Fetzen?«

Achim schaute den Mann entgeistert an.

»Hey, hab ich selber lange getragen.«

Das klang wie ein Vorwurf, dass Achim dieses geschätzte Kleidungsstück beleidigt habe.

»Aber zwanzig Euro?«

»Wärmt und schützt vor besitzgierigen Nachbarn.«

Achim kramte erneut die Scheine hervor, gab dem Mann das Geld und nahm die Jacke. Schon beim ersten Anfassen fühlte Achim, dass der speckige Stoff völlig verschmutzt war, und sie stank. Er musste sich überwinden die Jacke überzuziehen, aber er sah ein, dass seine helle Jacke Begehrlichkeiten wecken würde. Jetzt sah er kaum wohlhabend aus.

»Lebst du schon lange ... so?«

»Nur wenn ich nicht in meinem Haus am Meer bin.«

»Entschuldige«, sagte Achim verlegen.

»Kein Problem, Bruder, man ist schneller hier, als man sich das vorstellen kann. Ist nicht immer lustig, aber was willste machen? Das Leben auf der Straße hat auch seine Vorteile.«

Das klang bitter, auch wenn sich der andere das nicht anmerken lassen wollte.

»Brauchst dich um nichts zu kümmern, kannst machen, was du willst. Ist manchmal okay. Aber natürlich ist es scheiße. Man muss sich das Leben schönreden. Machen doch alle.«

Ohne zu überlegen griff Achim in seine Tasche.

»Lass mal stecken, dein schönes Geld. Hab meinen Teil doch schon.«

»Und wohin gehen wir?«, fragte er, als er frisch ausstaffiert vor dem anderen stand.

»Zur Brücke, alles andere ist belegt. Ich war einfach zu spät dran. Müssen nur ein bisschen aufpassen. Sind wieder ein paar unterwegs.«

»Ein paar wer?«

»Leute ohne Anstand. Die Nacht ist nicht ganz ohne, kannste mir glauben.«

Wieder stockte das Gespräch, denn Achim wusste nicht, worüber er mit dem Mann reden sollte, und der andere hatte gerade nichts zu sagen. Sie gingen einfach nebeneinander weiter.

»Ich bin Heinz«, sagte unvermittelt der Mann neben ihm.

»Ich heiße Achim.«

»Schon wieder ein Fehler«, polterte Heinz los. »Du heißt doch Achim, oder?«

Achim nickte stumm.

»Wozu plauderst du das rum? Geht mich doch nichts an, oder? So wird aus dir nie was«, sagte Heinz zu sich und ging kopfschüttelnd weiter.

»Du hast mich überzeugt«, beschwichtigte ihn Achim. »Was muss ich sonst noch wissen?«

»Halt vor allem die Klappe, wenn andere dabei sind. Kannst froh sein, dass du an mich geraten bist, manch anderer wäre mit deiner Kohle schon auf und davon.«

Gemeinsam zogen sie nun durch die leeren Straßen, wechselten mehrfach die Straßenseite und gingen allen Kneipen, aus denen Licht und Stimmen drangen, aus dem Weg.

»Is' sicherer«, versprach Heinz. »Am besten man bleibt unter sich.«

Nach einer guten halben Stunde erreichten sie das Wasser. Achim hatte längst die Orientierung verloren, denn sie hatten die Gegend verlassen, die Achim von seinen Hamburgbesuchen kannte. Sie waren von den tagsüber belebten innerstädtischen Stadtvierteln weggegangen, hatten unbebaute Plätze überquert und waren zwischen Lagerhallen durchgegangen, hatten selten den direkten Weg, sondern immer den Umweg genommen, bis sie über sich die breite Brücke schwarz am Himmel sahen. Inzwischen waren sie völlig durchnässt. Achim klebte die Jacke des anderen am Körper, ihm war kalt, und er wusste nicht, wie er die Nacht durchstehen sollte. Einige hundert Meter vor sich sahen sie einige Gestalten, die in einer leeren Blechtonne ein Feuer entzündet hatten und sich daran wärmten. Es war eine beinahe gespenstische Kulisse, aber der Mann neben ihm ging ohne zu zögern, aber doch langsam, auf die anderen zu.

»Erst mal sehen, wer da ist«, sagte er und hielt Achim am Ärmel fest. So gingen sie langsam näher.

»Lass einfach mich reden«, sagte er noch zu Achim.

Dann traten sie zu den anderen.

»Ganz schön kalt heute, nicht?«

»Sommer wäre mir lieber.«

»Wem nicht?«

Sie waren näher an das Feuer getreten, und Achim spürte, von vorne die Wärme, die langsam durch die nassen Klamotten zog. Er streckte die Hände vor, um sie näher an die Flammen zu halten, aber Heinz zog seinen Arm zurück.

»Der Ring, du Idiot!«, knurrte er ihm zu.

Es dauerte einen kleinen Moment, bis Achim verstand. Natürlich hatte der Mann recht, dass sein goldener Ehering in dieser Gesellschaft neugierige Blicke auf sich zog. Er steckte die rechte Hand in die Tasche, dann die andere auch, als sei es ihm so gemütlicher.

»Neu hier?«, fragte einer der anderen.

»'n alter Bekannter, war ein paar Nächte woanders«, stellte Heinz Achim den anderen vor.

444

»Diebstahl?«

»Wer weiß das schon genau«, gab Heinz zurück, und das Gespräch verstummte wieder.

Unauffällig sah Achim die anderen an. Es waren drei Männer zwischen vierzig und sechzig und eine Frau, deren Alter schwer zu schätzen war. Sie achtete darauf, dass man ihr nicht ins Gesicht sehen konnte, hielt den Kopf gesenkt und hatte zudem die Kapuze ihres Mantels tief ins Gesicht gezogen. Sie lebten wie Heinz bestimmt auf der Straße, lebten von dem, was sich finden oder organisieren ließ, bettelten oder stahlen.

Nun standen sie gemeinsam mit Achim beieinander und versuchten, sich an dem Feuer zu wärmen.

»Hat keiner 'nen Schluck?«, fragte einer der Männer.

Allgemeines Murmeln ließ klar werden, dass keiner etwas zu trinken bei sich hatte oder aber nicht mit den anderen teilen wollte. Minuten vergingen. Von Zeit zu Zeit ging einer ein paar Schritte vom Feuer weg, kam bald darauf wieder, und als Heinz später von einem kleinen Weggang zurückkehrte, meinte Achim, einen leichten Alkoholgeruch zu spüren. Aber er sagte nichts, auch wenn er jetzt mit noch so billigem Fusel vorliebgenommen hätte. Er fror, obwohl sie jetzt unter der schützenden Brücke standen, denn die Nacht war kalt. Und er spürte eine bleierne Müdigkeit, gegen die anzukämpfen ihm zunehmend schwerer fiel.

Es mochten Stunden vergangen sein, als Achim von einem klirrenden Geräusch und Stimmen geweckt wurde. Er brauchte einen Moment, um sich zu orientieren. Das Erste, was er sah, waren ein paar Gestalten, die eilig verschwanden, und bevor er begriff, was geschehen war, wusste er, dass er allein war. Die anderen waren offenbar Bruchteile vor ihm aufgewacht und waren verschwunden.

Achim rappelte sich ein wenig hoch und sah drei Männer, die den Platz durchsuchten, an dem die anderen noch Minuten zuvor gelegen hatten. Achtlos warfen sie durcheinander, was an Gerümpel und zurückgelassenen Dingen der anderen liegengeblieben war. Sie fanden aber offensichtlich nichts, was ihnen lohnend schien.

Achim ließ sich langsam zurücksinken, duckte seinen Kopf in den Papierstapel, den er unter seinen Kopf gestopft hatte, und wartete. Er wagte kaum zu atmen und hoffte inständig, nicht entdeckt zu werden, aber da hörte er schon eine Stimme.

»Schau mal da, ein Langschläfer?«

Achim wusste sofort, dass er gemeint war, aber dennoch bewegte er sich nicht, hoffte, dass sie ihn in Ruhe lassen würden. Aber einer der Männer war schon näher gekommen und stieß ihn mit dem Fuß an.

»Hey, wir reden mit dir.«

»Schöne Schuhe hat der an.«

Einer der Männer zog die lumpige Decke weg, die Achim über sich gezogen hatte.

»Feines Bürschchen.«

»Steh auf, wenn man mit dir redet.«

Im gleichem Moment spürte Achim einen Tritt und wusste, dass er sich nicht länger schlafend stellen konnte. Sie würden ihn nicht in Ruhe lassen. Rasch setzte er sich auf, aber ehe er gerade stand, schubste ihn einer der Männer, sodass er gegen einen der anderen stolperte.

»Kannste nicht aufpassen!«, rief der mit gespielter Empörung und schubste Achim zurück. Jetzt stand er in der Mitte der drei, wartete, was passieren würde.

»Dich haben wir ja noch nie gesehen.«

»Ich bin nicht von hier.«

»Er ist nicht von hier«, höhnte der Mann hinter ihm.

»Wo haste denn die Jacke her? Passt doch gar nicht zu den anderen Klamotten.«

»Gestohlen, so wie du aussiehst. Hast du die gestohlen?«

»Bist 'n Dieb?«

Ein Stoß traf ihn an der Schulter.

»Ich habe sie bezahlt.«

»Bezahlt hat er sie«, lachte einer los. »Sicher in 'nem feinen Laden.«

»Der lügt uns einfach an«, empörte sich ein anderer, und wieder traf ihn ein Stoß.

»Ich habe euch nichts getan.«

»Aber du wirst uns was tun. Mir gibste erst mal die Schuhe.«

Achim zögerte. Er wusste nicht, was er machen sollte, aber eigentümlicherweise spürte er keine Angst. Er war ihnen ausgeliefert und hatte keine Chance gegen die drei, aber er spürte plötzlich Wut auf die Männer.

»Ich denke gar nicht dran. Das sind meine ...«

Plötzlich riss ihn eine Hand herum, und bevor er reagieren konnte, traf ihn eine Faust in den Magen, und er sackte zusammen.

»Hey, nicht gleich hinknien.«

Arme von hinten zogen ihn wieder hoch, aber bevor er auf den Beinen stand, traf ihn erneut eine Faust in den Magen, und während er zusammensackte, traf ihn eine zweite am Kinn. Er fiel zu Boden und krümmte sich, während einer der Männer sich an seinen Schuhen zu schaffen machte.

»Wollte mir einfach die Schuhe nicht geben.«

Während der eine seine Schuhe auszog, begann der andere,

in Achims Taschen zu suchen. Nein, das würde er nicht zulassen. Achim begann sich zu wehren.

»Na, haste was zu verbergen?«

Die Hände des anderen wurden drängender, aber Achim hielt dagegen.

Wieder traf ihn eine Faust am Kinn. Der dritte Mann war hinzugetreten und schlug erneut zu. Für einen kurzen Moment verlor Achim das Bewusstsein, aber der reichte für den anderen.

»Der hat Kohle, jede Menge Kohle«, staunte der Mann und hielt mehrere Geldscheine hoch.

»Der hat sicher noch mehr.«

Wieder versuchte Achim, sich zu wehren, aber diesmal hatte er keine Chance. Fausthiebe trafen ihn. Schützend hielt er die Arme vor seinen Kopf, aber sie schlugen erbarmungslos auf ihn ein, und selbst als er reglos dalag, trafen ihn weiter Hiebe und Tritte, bis er erneut das Bewusstsein verlor.

Plötzlich spürte er erneut Hände an seinem Körper, wollte sich wehren, aber es fehlte die Kraft. Er konnte sich nur zusammenkrümmen, um den Schlägen wenig Angriffsfläche zu bieten, die ihn gleich treffen würden. Er hatte Schmerzen und Angst, dass sie weitermachen würden, dass er wieder Schläge und Tritte aushalten musste. Mühsam und ängstlich versuchte er, die Augen zu öffnen, aber nur das linke Auge gab einen Spaltbreit den Blick frei.

»Warst zu langsam, Kumpel«, hörte er eine Stimme und erkannte Heinz, der sich über ihn beugte.

»Trag es mit Fassung, ist mir auch schon passiert«, sagte eine andere Stimme.

»Pack mal mit an.«

Das war wieder die Stimme von Heinz. Er spürte, wie sie ihn zudeckten, ihn an den Füßen und Armen etwas näher an das Feuer zogen. Er stöhnte leise wegen der Schmerzen, aber er spürte die Wärme, die langsam in seinen misshandelten Körper drang.

Es mochten Minuten, vielleicht ein paar Stunden vergangen sein, als er wieder zu sich kam. Langsam machte er die Augen auf und sah die anderen, von denen die einen ihre Sachen zusammensuchte und andere einfach dasaßen und sich von der aufgehenden Sonne bescheinen ließen.

Er setzte sich auf, seine Glieder schmerzten, und das Atmen tat weh. Wahrscheinlich hatte er eine Rippe gebrochen oder eine andere innere Verletzung, sodass er gezwungen war, möglichst flach zu atmen. Seine Hände waren blutig, und er versuchte mühsam, beide Augen zu öffnen. Das linke ließ sich beinahe ganz, das rechte ein wenig öffnen, und als er sein Gesicht vorsichtig betasten wollte, merkte er, dass er den rechten Arm kaum heben konnte. Er fasste mit der linken Hand die rechte Schulter, aber mehr als die Schulter schmerzte der Brustkorb. In seinem Gesicht dagegen fühlten sich seine Brauen und sein Kiefer geschwollen an, als er mit der Hand darüberfuhr. Alles schmerzte, alles tat weh, aber er fühlte, dass seine Zähne scheinbar unversehrt waren. Er bewegte sich vorsichtig und versuchte aufzustehen, aber er sackte zurück. Er wusste nicht, was geschehen war, wusste nicht, wie er an diesen Ort gekommen war. Alles lag in einem Nebel aus dumpfen Schmerzen und Übelkeit.

Mit einem Blick sah er, dass seine Schuhe weg waren, und schlagartig fielen ihm die drei Männer ein, die ihn überfallen hatten. Er wusste noch, dass er sich gewehrt hatte, aber er hatte verloren. Sie hatten nicht nur seine Schuhe gestohlen. Seine Jacke war weg, sein Geld, seine Uhr; nur seinen Trauring fühlte er noch, den er am Abend zuvor ausgezogen und sich in die Socke gesteckt hatte. Vorsichtig stand er auf.

»Geht's wieder?«, hörte er die Stimme von Heinz.

Achim nickte und versuchte, sich auf den Beinen zu halten und erste Schritte zu machen.

»Hast eben einen tiefen Schlaf.«

»Ist mir auch schon passiert«, sagte ein anderer.

»Schöner Trost.«

»Konnte dir leider nicht helfen«, entschuldigte sich Heinz.

»Schon in Ordnung«, sagte Achim und schaute an sich herunter.

»Einer von denen hat seine Schuhe dagelassen. Passen vielleicht. Warte, ich helfe dir.«

»Nicht den rechten Arm«, sagte Achim rasch. »Den linken besser.«

»Dir geht's nicht so doll, oder?«

Achim probierte, ohne zu antworten, die völlig zertretenen, verdreckten Schuhe an. Sie passten tatsächlich irgendwie.

»Ich bräuchte 'nen Kaffee«, brachte er heraus.

»Das kriegen wir hin, können zur Else gehen. Kannste denn gehen?«

Achim nickte schwach.

»Wird schon gehen.«

»Die Else gibt uns doch nie was«, wandte einer der anderen ein.

»Wir sind Kunden, bestellen wie andere, trinken wie andere und zahlen wie andere.«

»Du hast Geld?« Das klang eher skeptisch.

»Lass mich nur machen. Kannste denn gehen?«

»Geht schon«, sagte Achim schwach, und mit dem linken

Arm auf Heinz gestützt, humpelte er langsam unter der Brücke hervor ins Freie. Ein anderer Mann begleitete sie.

Sie brauchten einige Zeit, bis sie den Platz erreicht hatten, an dem Else ihren Wagen stehen hatte. Mehrfach musste Achim pausieren, denn durch die Schmerzen in der Brust war er nach wenigen Schritten außer Atem.

Elses Laden war eine dieser leicht schmuddeligen Imbissbuden, an denen es morgens vor allem Kaffee und belegte Brötchen, danach aber Würstchen, Pommes frites und das andere übliche Angebot gab. Schon von weitem sah die Frau hinter der Theke die drei Männer kommen, und es war unübersehbar, dass sie wenig erfreut war.

»Ihr habt nichts, und ich geb nichts, klar, die Herren?«

»Drei Kaffee«, sagte Heinz und sah Else an, die ihn bewegungslos anstarrte.

»Nicht verstanden?«

»Wir zahlen auch.«

»Ihr? … Na dann, erst zahlen, dann sehen wir mal.«

»Drei Kaffee und drei Käsebrötchen.«

»Sieben fünfzig.«

Mühsam suchte Heinz in seiner Hose nach dem Beutel, sah, dass die Frau hinter der Theke ihn skeptisch anschaute und drehte sich um, um besser an sein Geldversteck heranzukommen. Es dauerte ein wenig, aber schließlich zog er einen zerknitterten Zehneuroschein hervor, den er über die Theke hielt, während sich Achim auf einen der Stehtische stützte.

»Wo haste den denn her?«

»War 'ne Spende«, sagte Heinz und zwinkerte Achim zu.

Schulterzuckend nahm die Frau den Schein, steckte ihn in die Kasse und machte sich an die Arbeit.

»Und mein Wechselgeld?«

Ungerührt drehte die Frau sich um und legte Heinz das Restgeld hin.

»Und wer ist das?«, fragte Else mit Blick auf Achim.

»Der?«, fragte Heinz zurück. »Ist 'en Freund.«

»Sieht nicht gut aus, dein Freund«, stellte die Frau fest.

»Gerade dann brauchen sie einen. So ist das mit Freunden.«

Wenig später standen die drei an einem der seitlichen Stehtische, tranken heißen Kaffee und aßen die Käsebrötchen, und Achim hatte das Gefühl, schon lange nicht mehr mit einem solchen Heißhunger gefrühstückt zu haben, auch wenn das Kauen nicht ganz schmerzfrei möglich war. Zuvor waren sie in einer öffentlichen Toilette gewesen, hatten gegen Bezahlung an einem Waschbecken Achim das Blut abgewaschen und ihn in der Bahnhofsmission mit einem Pflaster über dem Auge verarztet. Die Verletzungen sahen glücklicherweise schlimmer aus, als sie waren. »Glück habe er gehabt«, versicherte man ihm, aber daraus sprach mehr die Absicht, ihn loszuwerden, als eine vernünftige medizinische Beurteilung.

Kurze Zeit später trennten sich ihre Wege.

»Glück werde ich brauchen«, erwiderte Achim, denn er wusste, was er zu tun hatte.

»Was haste denn vor?«

»Das kann ich wirklich nicht sagen.«

»Werden aber Augen machen, deine Leute, wenn du da so aufkreuzt«, meinte Heinz.

»Das machen die bestimmt.«

»Was macht der Arm?«

»Hängt noch fest«, gab Achim zurück. »Nur 's Atmen tut weh.«

Sie standen noch einen kleinen Moment voreinander.

Achim und die beiden Männer würden getrennt ihrer Wege gehen, aber dennoch hatte die kurze gemeinsame Zeit Spuren hinterlassen.

»Wenn alles gut geht, ich meine, wenn ich euch dann irgendwie helfen kann?«

»Nee, lass mal«, winkte Heinz ab. »Hast ja selber gesehen, was dir deine schicken Klamotten eingebracht haben. Wir wollen uns doch nicht für ’n bisschen Kohle krumhauen lassen.«

Und auch der andere pflichtete Heinz bei.

»Mach’s gut, bist ein Netter«, sagte Heinz.

»Ich habe zu danken. Ohne dich, euch beide …«

»Bevor wir jetzt alle heulen, gehen wir dann mal. Haben schließlich nicht ewig Zeit.«

Es gab noch ein kurzes Schulterklopfen, ein paar knuffige Seitenstöße, die Achim ein wenig schmerzten, aber dann gingen sie ohne weitere Worte auseinander.

Nun ging Achim wieder allein durch die Stadt, immer noch ein wenig humpelnd, aber zunehmend sicherer auf den Beinen, bis er in die Straße einbog, in der Sylvia wohnte. Die Straße war menschenleer, Sylvias Wagen war nirgends zu sehen. Sie würde wahrscheinlich um diese Zeit in der Agentur und erst am Nachmittag zurück sein. Er ging auf das Haus zu und spürte dabei die Eisenstange, die gegen sein Bein schlug. Er hatte sie am Rande einer Baustelle auf dem Weg durch die Stadt gefunden und mitgenommen, denn ohne Werkzeug würde er nicht in Sylvias Wohnung einbrechen können.

Neben der Haustür betätigte er die obere Klingel. Es musste für Passanten ein eigenartiges Bild sein, einen Mann, der offensichtlich ein Stadtstreicher war, in dieser Wohngegend zu sehen. Heruntergekommen, wie er aussah, durfte er jetzt niemandem der Bewohner oder Nachbarn begegnen, denn jeder im Haus würde sofort die Polizei rufen, um sich vor diesem Individuum zu schützen.

»Hallo?«, hörte er eine Stimme durch die Wechselsprechanlage.

»Paketservice«, erwiderte er knapp.

Der Türsummer ertönte, und durch leichten Druck sprang die Tür auf. Achim ging hinein, und so leise er konnte, humpelte er die Treppe zum Keller hinunter. Hier wartete er, lehnte sich an ein Kellerregal und nutze die Zeit, sich auszuruhen. Eine Wohnungstür wurde geöffnet, er hörte Schritte im Hausflur, dann einen Moment der Stille.

»Hallo?«, rief eine Stimme von oben.

Wieder Stille, dann Schritte und eine Wohnungstür, die sich schloss.

Jetzt hörte er nur noch seinen etwas schnaufenden, flachen Atem und spürte den Herzschlag leicht stechend in der Brust. Er musste eigentlich zu einem Arzt, musste sich untersuchen lassen, denn irgendetwas stimmte nicht. Aber darauf konnte er jetzt keine Rücksicht nehmen, jetzt durfte er nicht schlappmachen. Er musste mit ein wenig Glück eine, vielleicht zwei Stunden durchhalten, musste eindeutige Beweise finden, dann konnte er sich der Polizei stellen, dann würde alles gut.

Achim wartete noch einige Minuten, dann ging er langsam die Treppe hinauf.

Als er vor der Tür von Sylvias Wohnung stand, holte er die Eisenstange unter seiner Jacke hervor. Einen Moment lauschte er in die Stille des Hausflurs, bevor er versuchte, mit der linken Hand die Spitze der Stange zwischen Rahmen und Tür zu pressen. Sofort splitterte Lack ab, aber das spielte jetzt keine Rolle. Mit aller Kraft zwängte er die Stange tiefer in den Spalt. Holz knirschte, und sosehr er sich auch bemühte, leise zu sein, waren die knirschenden und klopfenden Geräusche der Metallstange und des splitternden Holzes im Hausflur zu hören. Millimeter um Millimeter presste er die Eisenspitze vorwärts. Er führte die Stange, die er unter der rechten Achselhöhle eingeklemmt hatte, mit der linken Hand, bis sie weit genug eingedrungen war, um sie als Hebel zu verwenden. Mit krachendem Geräusch brachen Holzstücke aus der Türfassung, aber die Tür selbst gab kaum nach. Erneut stieß er die Eisenspitze in das nunmehr klaffende Loch. Weiteres Holz splitterte, und es wurde die Metallzarge sichtbar, die das Schloss hielt. Er brauchte noch zwei, drei Versuche, dann war das Schloss offengelegt. Jetzt warf er sich gegen die Tür, spürte, wie sie nachgab, aber gleichzeitig auch einen stechenden Schmerz in der Schulter. Er krümmte sich zusammen, denn der plötzliche Schmerz nahm ihm für einen Moment den Atem. Er wartete, bis sich der erste Schmerz gelegt hatte, und spürte, wie sich vor Schmerzen Schweißperlen auf seiner Stirn bildeten, die ihm bald über das Gesicht rannen. Aber es half nichts, einen Moment Pause, dann versuchte er es erneut. Dieses Mal mit der linken Schulter. Auf dieser Seite hatte er weniger Kraft, war einfach ungeschickter, aber er spürte, wie das Schloss in der Verankerung der Tür ächzte, und warf sich dann mit voller Kraft gegen die Tür, die mit einem heftigen Krach nachgab und aufsprang. Rasch betrat er die Wohnung und zog die Tür hinter sich zu. Jeder im Haus, der an der Tür vorbeikam, würde den Schaden sofort bemerken. Aber er musste sich erst einen kleinen Moment ausruhen. Er wischte sich mit dem linken Jackenärmel durchs Gesicht, versuchte, wenig zu atmen, um größere Schmerzen zu vermeiden, aber er spürte, wie seine Knie weich wurden. Langsam rutschte er an der Tür herunter, aber im selben Moment riss er sich zusammen, presste die Knie durch und blieb stehen.

Schwer atmend und mit heftigen Schmerzen in der Brust stand er da und fühlte, dass sich unter die Schweißtropfen auf seinem Gesicht Tränen mischten, die er nicht zurückhalten konnte.

Aber er musste handeln, musste die Zeit nutzen, die ihm blieb. Einen Moment noch stand er im Flur, dann schleppte er sich so rasch, wie es ihm möglich war, in den Wohnraum, in dessen Ecke sich auch Sylvias Schreibtisch und der große Arbeitstisch befanden. Er wusste nicht genau, was er suchte und wo er beginnen sollte, aber er war sich sicher, dass es irgendein Indiz geben musste, mit dem er seine Unschuld und ihre Intrige gegen ihn beweisen konnte.

Aus einem Regal zog er Aktenordner hervor, blätterte sie durch, ließ sie fallen, nahm andere, aber alles ohne Erfolg. Dann durchsuchte er die Stapel von Papier, Zeichnungen und Skizzen, die sich auf dem Arbeitstisch und dem Regal daneben angesammelt hatten. Er fand ein Notebook, aber er konnte es nicht anschalten, da er das Passwort nicht kannte. Er suchte unter dem Schreibtisch und dem kleinen Schubladenschrank, zog die Schubladen heraus, aber auch dabei wurde er nicht fündig. Er sah, dass er ein ziemliches Durcheinander hinterließ, aber ihm fehlte die Kraft, alles ordentlich zurückzustellen, vielmehr musste er die restlichen Reserven für die Suche aufsparen.

Unschlüssig stand er da, schaute sich um, ging im Wohnraum umher, bis sein Blick auf einige wenig geordnete Zeitschriftenstapel fiel, die Sylvia einfach oben auf das Regal gelegt hatte. Einer der Stapel stand bedrohlich weit vor, als würde etwas dahinterliegen. Er zog einen Stuhl heran, zog sich vorsichtig an dem Regal hoch und tastete die Fläche zwischen den Zeitschriftenstapeln ab, aber er kam mit dem linken Arm nicht weit genug. Er fühlte die glatte Holzfläche zwischen dem Papier, zog die Hand zurück. Die Hand war ohne jeden Staub. Achim kletterte herunter, rückte den Stuhl ein wenig nach rechts, stieg wieder hinauf und tastete die weitere Fläche ab. Jetzt reichte sein linker Arm weiter, und unter wachsenden Schmerzen reckte er den Arm zwischen den Stapeln durch, bis er auf etwas stieß. Eine Art Heft oder kleines Buch schien dort zu liegen. Er stellte sich auf Zehenspitzen, hatte den Gegenstand erreicht, fasste ihn und zog den Arm zurück, aber dabei verlor er das Gleichgewicht, wollte sich irgendwie festhalten. Den rechten Arm konnte er nicht benutzen, und mit dem linken Arm erwischte er nur den Stapel, der mit lautem Gepolter hinabstürzte, und riss dabei auch den an der Kante liegenden Stapel herunter. Mit einem missglückten Sprung versuchte er, einen Sturz zu verhindern, aber seine Beine versagten den Dienst, und beinahe ungebremst schlug Achim mit dumpfem Knall erst mit dem Hintern und dann mit Schulter und Kopf auf dem Boden auf. Aber in seiner linken Hand hielt er das kleine Buch, das er auf dem Regal gefunden hatte. Von den heruntergestürzten Stapeln, die bereits auf dem Boden aufgeschlagen waren, hatten sich einzelne Blätter gelöst und segelten langsam auf den Boden und auf ihn herunter.

Achim lag auf dem Boden und hielt den Atem an, aber außer den wenigen Geräuschen, die er dabei machte, als er sich zur Seite wälzte, war nichts zu hören. Mühsam versuchte er, auf die Beine zu kommen, kroch auf allen Vieren zum Tisch und zog sich daran hoch. Für das angerichtete Chaos hatte Achim keinen Blick übrig. Er hielt immer noch das kleine Buch in der Hand. Die darauf gedruckte Jahreszahl zeigte, dass es ein für dieses Jahr gültiger Kalender war. Mit zittrigen Händen schlug er den Kalender auf und blätterte. Die ersten Monate waren voller Einträge, die weniger wurden und bald endeten. Unter den Daten der letzten Wochen stieß er auf einen Eintrag, der ihn stutzen ließ.

»A. angerufen, er will mich loswerden.«

Das A. stand für Achim, das war keine Frage. Ein paar Tage später fand er den nächsten Eintrag.

»So nicht, nicht mit mir.«

Wieder ein paar Tage später.

»Jetzt geht's los. G. hilft.«

Mit G. konnte Gerd Brauner gemeint sein.

»Es läuft nach Plan. Morgen faxen.«

Gebannt starrte Achim auf das Kalenderbuch, in dem minutiös Sylvias Plan aufgezeichnet war. Sie hatte alles vermerkt, jeden weiteren Schritt notiert, damit ihr Plan gelang. Es war unglaublich. Alles war geplant, war durchdacht, um an ihm Rache zu nehmen, ihn büßen zu lassen, dass er sie verlassen wollte. Sie hatte also die Andeutungen in seinem Telefonat genau verstanden, hatte sehr wohl gewusst, weshalb er sich ein letztes Mal in Hamburg mit ihr treffen wollte, und hatte ihn nach allen Regeln der Kunst verführt. Auch ihre letzte gemeinsame Nacht war Teil der Intrige gewesen. Es war nicht Lust oder alkoholisierte Liebelei gewesen, sondern eiskaltes Kalkül. Und sie hatte diesen Gerd Brauner angestiftet, ihr zu helfen. Mit der Aussicht auf Geld, oder sie selber hatte ihn für ihren Rachefeldzug eingespannt.

Achim hatte sich an den Tisch gesetzt und blätterte fassungslos den Kalender durch. Er war so vertieft, dass er beinahe vergaß, dass er gefunden hatte, was er suchte, und dass er nun wegmusste. Raus aus der Wohnung. Aber während er das dachte, blätterte er ebenso entsetzt wie fasziniert von diesem üblen Spiel, dass er das Geräusch des ankommenden Fahrstuhls nicht bemerkte. Erst als er Geräusche an der

Wohnungstür hörte, sah er erschrocken auf und sah Sylvia, die ihn anstarrte.

»Was machen Sie … Achim?«, fragte sie ungläubig.

Achim nickte ihr zu.

»Wie siehst du denn aus?«, entfuhr es ihr.

»So sieht man sich wieder.«

»Was tust du hier?«, fragte sie, fasste sich aber sogleich. »Ich rufe die Polizei.«

Sylvia betrat entschlossen die Wohnung und stellte ihre Einkaufstüte auf der Küchenplatte ab. Achim sah ihr dabei zu und sagte nichts, während Sylvia zum Telefon griff.

»Die werden kurzen Prozess mit dir machen«, sagte sie.

Während sie wählte, behielt sie Achim genau im Auge, und erst jetzt bemerkte sie die Unordnung, die Achim angerichtet hatte. Plötzlich erkannte sie den Kalender in seiner Hand. Sie zögerte einige Sekunden, aber sie fasste sich sofort wieder, wählte und wartete auf die freie Leitung.

»Amberg, hier Amberg, Burgunderstraße!«, rief sie gehetzt ins Telefon, ließ aber Achim dabei nicht aus den Augen. »Ein Überfall! Hilfe, kommen Sie!«

Die letzten Worte hatte sie ins Telefon geschrien, dann legte sie auf und sah Achim fragend an.

»Damit kommst du nicht durch.«

Aber sie reagierte nicht, auf das, was er sagte. Sie zog eine Schublade im Küchenblock vor sich auf, griff hinein, und mit Schrecken sah Achim, dass sie ein Küchenmesser in der Hand hielt, dessen Klinge silbern glänzend aus ihrer Hand hervorragte.

»Du bist doch irre«, sagte Achim.

Mit wenigen schnellen Schritten war sie aus der Küche in den Wohnraum gekommen und kam langsam auf Achim zu.

Achim stand auf, hielt den Kalender in der Hand und ging einen Schritt zurück hinter den Arbeitstisch.

»Der Mörder kehrt zurück, so einfach ist das.«

»Damit kommst du nicht durch«, wiederholte er fassungslos.

»Gib mir das Buch.«

Unwillkürlich presste er es an sich. Er stand jetzt hinter dem Tisch und beobachtete Sylvia, die näher kam. Noch stand der Tisch schützend zwischen ihnen. Er musste raus aus der Wohnung, fuhr es ihm durch den Kopf, und er musste diesen Kalender mitnehmen. Unbeweglich stand er da, hielt er das Buch umklammert und schaute Sylvia in die Augen.

»Willst du mich umbringen?«

»Es ist Notwehr«, sagte sie, als sei das eine logische Tatsache, die aus den bisherigen Ereignissen folgen müsste. »Das kennst du doch gut.«

Einen Moment standen sie voreinander, nur den Tisch zwischen sich. Er musste die Hände frei haben. Er presste den Kalender mit dem rechten Arm auf den Tisch und riss mit der Linken die Seiten heraus, die er zuletzt gelesen hatte. Der rechte Arm schmerzte unerträglich, aber er stemmte ihn auf das Büchlein und riss weitere Seiten heraus, die er mit den anderen in seine Hosentasche stopfte. Unverwandt sah er dabei Sylvia an, die offenbar erst jetzt begriff, was er machte. Dann warf er den Rest des Buches in ihre Richtung, ergriff mit einer plötzlichen Bewegung mit einer Hand die Tischkante und schleuderte den Tisch Sylvia entgegen. Krachend fiel der Tisch um.

Achim nutzte den Moment und rannte um den Tisch, aber Sylvia war schneller und holte mit dem Messer gegen ihn aus.

Ein stechender Schmerz fuhr ihm durch den rechten Arm,

dem sie mit der Klinge eine rasch blutende Wunde zugefügt hatte. Achim schrie vor Schmerzen auf.

»Und jetzt gibst du mir die Blätter.«

»Niemals. Eher lasse ich mich umbringen.«

»Das ist die zweite Möglichkeit«, sagte Sylvia und holte plötzlich zu einem Stoß aus. Aber Achim konnte ausweichen, indem er sich nach hinten in einen Sessel fallen ließ. Neben ihm auf dem Boden sah er in dem Durcheinander ein Lineal, das er mit einer raschen, seitlichen Bewegung griff. Nun war auch er bewaffnet, stemmte sich mühsam aus dem Sessel hoch. Jetzt konnte er sie sich vom Leib halten, indem er mit dem Lineal in der linken Hand vor ihr herumfuchtelte. Beide belauerten sich, warteten, was der andere als Nächstes machen würde, und als Sylvia erneut versuchte, ihm mit dem Messer zu treffen, schlug er mit dem Lineal auf ihren Arm. Klirrend fiel das Messer zu Boden.

»Du bist ein Schwein«, jammerte sie vor Schmerzen, griff aber in dem Moment nach einem Hocker, den sie in Achims Richtung schleuderte. Achim sprang zur Seite, aber ein Bein des Hockers traf ihn am Kopf. Für einen Moment gaben Achims Knie nach. Er fiel hin, und ehe er sich aufraffen konnte, war Sylvia über ihm. Die Schmerzen in seiner Brust betäubten ihn beinahe. Sie schlug auf ihn ein, heulte, fluchte und versuchte immer wieder, an seine Hosentaschen zu kommen, um ihm die Blätter zu entreißen, die er mit letzter Kraft verteidigte. Ohne Gegenwehr ließ er alles über sich ergehen, wusste kaum, woher die Schläge kamen, er wusste nur, dass diese Zettel seine Rettung für die Zukunft waren, wenn es denn eine geben sollte. Er spürte kaum die Schmerzen am Kopf, seine Hand und die Schläge, die auf ihn niedergingen.

Er spürte auch nicht, dass sie plötzlich aufhörten und dass Sylvia aufgestanden war. Er sah nicht, dass sie mit dem Messer zurückkehrte, dass sie sich neben ihn hockte, dass Messer in beide Hände nahm und ihn hasserfüllt ansah. Und er realisierte auch nicht, dass im letzten Moment die Wohnungstür aufflog, mehrere Polizisten hereinstürmten und Sylvia das Messer abnahmen.

»Alles in Ordnung, Frau Amberg, jetzt sind wir da.«

Die Beamten zogen Sylvia von ihm weg, die bitterlich weinte.

»Dieses Schwein«, schluchzte sie.

»Es ist vorbei, Sie brauchen keine Angst mehr zu haben, Frau Amberg.«

Und während sich zwei Beamte um Sylvia kümmerten, beruhigend auf sie einredeten, zerrten zwei andere Achim ohne jede Rücksicht an den Armen hoch, legten ihm Handschellen an und schleppten ihn aus der Wohnung. Achim konnte sich kaum auf den Beinen halten, hielt sich mit Hilfe der beiden Männer aufrecht, und obwohl sein Körper unsagbare Schmerzen spürte, liefen ihm Tränen der Erleichterung über das Gesicht. Er wusste, dass die beiden Beamten es für Tränen der Wut oder der Enttäuschung hielten, aber das war ihm egal, und er hatte auch nicht die Kraft, das aufzuklären. Sie würden das sowieso nicht verstehen, weder können noch wollen, denn sie waren losgestürzt, einen gesuchten Mörder von einer schrecklichen zweiten Tat abzuhalten, und sie waren froh, rechtzeitig gekommen zu sein. In welch glücklicher Weise rechtzeitig, das würden sie erst aus den Polizeiberichten oder aus der Zeitung erfahren, wenn der Prozess weitergehen würde.

Man brachte Achim in Hamburg auf die Wache, wo er medizinisch untersucht wurde, aber bevor er sich umziehen ließ, bestand er auf einem Telefonat mit seinem Anwalt, was ihm auch gestattet wurde.

Endlos klingelte das Telefon, und ungeduldig wartete der leitende Kommissar, aber dann hörte Achim die schnöselige Stimme des jungen Dr. Hansen, und beinahe hätte er vor Freude geweint.

»Ich bin's, Kröger, es ist alles gut«, sagte er und meinte zu spüren, dass der andere den Tonfall seiner Stimme erkannte und erleichtert lächelte.

»Sie haben es geschafft?«

»Ja, aber ich brauche jetzt dringend einen guten Anwalt, der mir hier helfen muss, denn man will mir meine Klamotten abnehmen, weil ich geröntgt werden soll.«

»Da sind Sie bei mir in den besten Händen, mein lieber Kröger. Geben Sie mir den leitenden Beamten, alles andere kläre ich. Sie bekommen gleich Besuch; auch so ein junger Yuppie-Anwalt, dem Sie vertrauen sollten.«

Achim ließ sich auf die Trage zurücksinken und gab den Hörer weiter.

Das Telefonat dauerte nur wenige Minuten.

»Dann müssen sie sich noch ein wenig gedulden, Doktor«, sagte der Beamte zu dem bereitstehenden Arzt. »Jetzt kommt erst einmal ein Anwalt, danach dürfen Sie ihn untersuchen, röntgen, was Sie wollen. Und wie es Herrn Kröger in der Zwischenzeit gesundheitlich geht, muss er selber wissen.«

»Es ist alles okay, Doktor«, sagte Achim. »Wirklich alles.«

Inzwischen waren Stunden vergangen. Hansens Kollege, ein junger sommersprossiger Anwalt, hatte ihn besucht. Er hatte sich korrekt vorgestellt, hatte eine Vollmacht von Hansen dabei und sprach unter vier Augen kurz mit Achim.

Dabei wurden die Kalenderblätter als Beweismaterial

ausgehändigt und würden zu den Prozessunterlagen weitergereicht.

Anschließend hatte man Achim zunächst auf der Krankenstation gelassen, wo der Arzt seine Untersuchungen beenden konnte. Er wurde medizinisch versorgt und anschließend zu einer ersten Befragung gebracht, nachdem der Arzt ihn für vernehmungsfähig erklärt hatte. Dagegen hätte man sicher erfolgreich Einspruch erheben können, aber das war Achim egal. Er hatte alles kommentarlos über sich ergehen lassen und wartete nun in Handfesseln auf die erste Befragung durch die ermittelnden Beamten. Er war müde, hatte vor allem an der Hand und in der Schulter Schmerzen, aber er war zuversichtlich, dass nun das Schlimmste überstanden war. Er hatte es geschafft und spürte eine Art Ruhe, die ihm niemand nehmen konnte. Natürlich waren die Ereignisse der letzten Tage ein Schrecken, aber er war kein Mörder, und das würde er beweisen können.

Es verging sicher noch eine halbe Stunde, die er in dem kargen Büroraum verbrachte. An der Tür saß ein Beamter, der ihn schweigend ansah, und er wusste, dass auch vor der Tür eine Wache stand, denn nach den letzten Stunden stufte man ihn sicher als gewalttätig ein. Aber das störte Achim nicht, er würde erst einmal schlafen, bevor man ihn am nächsten Morgen nach Wiesbaden überstellen würde. Es war alles gut gegangen, waren seine Gedanken, bevor er einschlief, und noch in den ersten Schlummer, der ihn gefangen nahm, mischten sich Bilder, die er nicht erklären konnte, nach denen er sich aber mit einer nicht zu erklärenden Heftigkeit sehnte.

Das Husten ließ erst nach einiger Zeit nach, und Sven Hansen sah besorgt zwischen Degenhorst und Selges hin und her, aber an Selges entspannter Miene sah er, dass diese Hustenanfälle offenbar nicht besorgniserregend waren, sondern dass man sie als Folge jahrelangen exzessiven Zigarrenkonsums von Degenhorst gewohnt war. Sie saßen in der gemütlichen Sitzgruppe in Selges Büro, in der nur wenige wichtige Klienten Platz nehmen durften. Und natürlich prominente Besucher wie Degenhorst, der über seine Funktion in verschiedenen Zirkeln lange mit der Kanzlei verbunden war.

»Wer hätte gedacht, dass es eine solche Wendung gibt?«, nahm Selges das Gespräch wieder auf. »Ich dachte, dass es um eine faire Verteidigung eines eher aussichtslosen Falles ging.«

»Das dachten wir alle«, gab Degenhorst zurück, nachdem er wieder zu Atem gekommen war. »Es war anfangs vor allem die alte Verbundenheit zum Hause Kröger; ich kenne Frau Kröger noch, als sie als kleine Sanne durch das Haus ihres Vaters stürmte. Ich freue mich für sie. Wie kamen Sie denn darauf, dass Kröger eher Opfer als Täter war.«

»Das hatte auch ich nicht geahnt«, gab Hansen bescheiden zurück. »Er hat schließlich selber die Beweise gefunden.«

»Das müssen Sie mir genauer erzählen«, bat Degenhorst. »Ich werde schließlich auch Rede und Antwort stehen müssen.«

»Achim Kröger hat in der Wohnung von Sylvia Amberg Seiten aus einem Kalender gerissen, die darauf hindeuten, dass einige Behauptungen seiner Version der Ereignisse der Wahrheit entsprechen. Auf jeden Fall haben diese Dokumente ausgereicht, dass eine Durchsuchung dieser Wohnung angeordnet wurde, und dabei hat sich einiges belastendes Material gegen Sylvia Amberg und ihren verstorbenen Helfer Gerd Brauner gefunden. Das wird gerade ausgewertet, aber es sieht nicht schlecht für Herrn Kröger aus.«

»Es bleiben natürlich der Unfall mit Todesfolge und die

Fahrerflucht, das wird sich nicht wegdiskutieren lassen«, wandte Selges ein.

»Aber wenn die Indizien und Beweise ausreichen und Krögers Version der Geschichte glaubhaft wird, kann man auf mildernde Umstände plädieren, denn alles deutet darauf hin, dass Kröger regelrechtem Psychoterror ausgesetzt war«, ergänzte Hansen.

»Dann war das ja eine glückliche Fügung, dass Kröger ein offenes Fenster auf dem Gerichtsflur gefunden hatte«, bemerkte Degenhorst mit unscheinbarer Mine.

Hansen rutschte ein wenig auf seinem Stuhl.

»Es war ein unglücklicher Zufall, dass ausgerechnet in dem Moment ein Flurfenster offen stand, als die Beamten Herrn Kröger durch den Gang führten.«

»Und Gerüchte, wer für diese Schlamperei verantwortlich war ...«

»Gibt es keine«, unterbrach Hansen seinen Chef Selges. »Einfach Zufall.«

»So etwas kommt vor, mein Junge«, lachte Degenhorst, dessen Lachen gleich in einen weiteren Hustenanfall überging.

»Ich muss dann mal wieder«, sagte Degenhorst, nachdem er sich beruhigt hatte, und stand auf.

Auch Selges und Hansen erhoben sich von den Stühlen und verabschiedeten den alten Herrn.

Als sich hinter ihm die Tür schloss, sah Selges seinen Mitarbeiter Hansen an.

»Na, dann machen Sie sich mal an die Verteidigung, das wird ja noch ein schönes Stück Arbeit werden.«

»Aber es könnte gut ausgehen.«

»Ja, es deutet darauf hin«, sagte Selges und entließ Hansen aus seinem Büro. »Sie halten mich auf dem Laufenden?«

»Sicher, Herr Selges«, sagte Hansen.

»Und solche Zufälle, ob glücklich oder unglücklich, gehören hoffentlich nicht zu Ihrer Art von Prozessführung.«

»Natürlich nicht«, versicherte Hansen und hatte verstanden, dass dieser wohlmeinende Tadel eine klare Zurechtweisung enthielt.

Als Susanne an diesem Morgen das Handy läuten hörte, hatte sie soeben Doris verabschiedet, die in die Stadt gefahren war. Sie schaute aufs Display, auf dem eine ihr unbekannte Nummer erschien. Als sie Minuten später die Nachricht abhörte, war es die Stimme Degenhorsts, der sie zu einem Kaffee in seine Kanzlei bat. Sie rief ihn umgehend zurück, und man verabredete sich für den späteren Vormittag.

In ihrem Büro saßen die beiden ermittelnden Beamten Kanzke und Winter zusammen und arbeiteten sich durch Kalender, Daten aus dem Computer, Telefonlisten und anderes Beweismaterial.

»Das ist wirklich unglaublich«, begann Winter, nachdem er einige Unterlagen auf den Tisch zurückgelegt hatte. »Je weiter wir kommen, desto wahrscheinlicher ist, dass dieser Kröger tatsächlich das Opfer einer genau geplanten Intrige geworden ist.«

»Diese Amberg muss ihn gehasst haben.« Kanzke schüttelte den Kopf. »Plant minutiös diesen Betrug mit allen Details, nur um ihrem zukünftigen Ex eins auszuwischen.«

»Und diesen Brauner hat sie überredet mitzumachen.«
Winter legte die Unterlagen zusammen.

»Da waren wir aber ganz schön auf dem Holzweg«, gestand Winter sich ein. »Ich war überzeugt, dass Kröger lügt.«

»Daran war aber der tränenreiche Auftritt von Sylvia Amberg nicht unschuldig.«

»Diese Tränen waren Tränen der Wut und des Hasses, und dennoch war sie clever genug, diesen Unfall gleich zugunsten ihres Plans umzumünzen.«

»Wo ist eigentlich Kröger?«

»Der müsste bald landen, sie haben ihn von Hamburg hierher überführt.«

»Kommen Sie, gehen wir zur Staatsanwaltschaft und teilen denen mit, dass alles anders aussieht, als wir dachten. Die lieben doch Hundertachtzig-Grad-Wendungen.«

Degenhorst saß wie erwartet an seinem Schreibtisch mit Blick auf den Garten, als die junge Kanzleimitarbeiterin Susanne in das Büro führte.

»Frau Kröger«, kündigte sie Susanne kurz an und zog sich dann diskret zurück.

»Meine liebe Susanne«, erhob sich Degenhorst und begrüßte den Gast mit der vertraulichen Anrede. »Kommen Sie, setzen wir uns.«

Er führte sie zu der kleinen Sitzgruppe am Fenster, auf dessen Tischchen bereits Tee und ein wenig Gebäck warteten.

»Tee?«, fragte er und begann sichtlich umständlich damit, die Tassen zu füllen.

»Darf ich?«, fragte Susanne höflich, und Degenhorst überließ ihr das Terrain.

»In meinem Alter ist man einfach ungeschickt.«

»Ich nehme an, dass Ihnen dafür die Übung in jüngeren Jahren fehlt.«

»Sie sind eine kluge Frau«, erwiderte Degenhorst und schaute Susanne beim Einschenken des Tees zu. »Ich danke Ihnen, dass Sie gekommen sind, Susanne, denn es gibt Dinge, die Sie dringend wissen sollten. Dafür muss ich allerdings ein wenig ausholen«, sagte Degenhorst und griff spontan zu der kleinen Zigarrenkiste, um dann aber doch die Hand wieder zurückzuziehen.

»Es stört mich nicht«, sagte Susanne höflich, die erkannte, was Degenhorst vorhatte.

Entschuldigend lächelnd nahm sich Degenhorst eine Zigarre und steckte sie heftig qualmend an.

»Es plaudert sich dann einfach besser«, hörte sie ihn durch die aufsteigende Wolke. »Ich beginne einfach von hinten, das geht schneller«, setzte er erneut an und berichtete von der erfolgreichen Hausdurchsuchung bei Sylvia Amberg, der Achims Einbruch vorausgegangen war, und dass sich jetzt die Indizien und Beweise mehrten, das Puzzle zusammenzufügen, das am Ende das Bild von Achims Version der Ereignisse ergeben würde.

»Ihr Mann ist das Opfer einer dreisten Intrige geworden«, schloss er seinen Bericht.

»Und wie geht es ihm?«

»Er wird heute hierher überstellt, wird dann noch einige Fragen beantworten müssen, und dann liegt die Entscheidung bei der Staatsanwaltschaft, ob man ihn gegen eine Kaution auf freien Fuß setzt.«

»Und gesundheitlich, Sie sagten doch ...«

»Das wird schon wieder. Nach den ersten Untersuchungen hat er eine gebrochene Rippe, Prellungen und Schürfwunden und eine abklingende Gehirnerschütterung, aber nichts Bedrohliches. Er hat Glück gehabt, denn zweimal hat man wenig Rücksicht auf seine Gesundheit genommen.«

»Wieso zweimal?«

»Er ist nachts in Hamburg ein paar Schlägern in die Hände gefallen, die ihn ausgeraubt haben. Und dann der Streit in der Wohnung Amberg. Das kann nach meiner Einschätzung auf eine Anklage wegen Mordversuchs gegen Sylvia Amberg hinauslaufen. Sie hat versucht, Ihren Mann zu töten, weil er die Beweise für ihre Schuld gefunden hat.«

»Sie muss ihn geliebt haben.«

»Es gibt viele Gründe, die Menschen in den Hass treiben«, sagte Degenhorst. »Neid, Missgunst und vieles andere. Liebe ist da eher selten dabei.«

Es entstand eine kleine Pause, in der Degenhorst seine Zigarre ablegte, um sie ausgehen zu lassen.

»Ich möchte mich nicht in Ihr Privatleben einmischen und habe auch gar nicht das Recht dazu, aber überdenken Sie noch einmal Ihre Lebensplanung. Sicher hat Ihr Mann Fehler gemacht, aber er hat mit seiner Flucht alles riskiert, um seine Unschuld zu beweisen. Das hat er sicher auch für sich selbst, aber nicht nur für sich selbst getan.«

»Das sehe ich auch so«, sagte Susanne nach einigen Momenten und sah Degenhorst an. »Sie wissen nicht, was Sie für mich getan haben. Ich bin Ihnen zu tiefstem Dank verpflichtet.«

»Danken Sie nicht mir, danken Sie dem jungen Hansen. Was der sich dabei geleistet hat, manche würden ihm dafür die Ohren lang ziehen.«

»Sie wollen mir aber sicher nichts Genaueres darüber sagen?«

»Wissen Sie, in meinem Beruf legt man Wert auf seine Erfolge, aber wie man die erreicht hat, darüber schweigt man.«

Und genüsslich fügte er hinzu: »Man schweigt, weil man entweder keine Nachahmer haben will oder weil man selber nicht weiß, wie man es geschafft hat.«

Es war bereits fast Mittagszeit, und Rolf hatte in seinem Café alle Hände voll zu tun, als Susanne das Lokal betrat. Sie winkte ihm kurz zu und nahm an einem der freien Tische Platz. Sie hatte mehrere Tüten dabei, in denen sie ihre Einkäufe hatte. Sie verspürte nach dem Besuch bei Degenhorst spontan den Wunsch, ein wenig zu bummeln, nachdem sie zuerst einen langen Spaziergang durch den Stadtpark gemacht und anschließend bei Doris ihre Sachen abgeholt hatte.

»Und du wirst wieder in dein Haus ziehen?«, fragte Doris.

»Da gehöre ich hin«, sagte Susanne lapidar. »Ich weiß jetzt, dass ich beinahe einen großen Fehler gemacht hätte. Achim hat sich sicher nicht immer wie ein treuer Ehemann aufgeführt. Aber die Ereignisse der letzten Zeit ... Er ist in einen manipulierten Strudel hineingeraten, aus dem er alleine nicht herauskam. Und mich konnte er nicht fragen, weil er mich schonen wollte.«

»Und du bist dir sicher, dass du das Richtige tust?«

»Ich hatte heute Morgen ein längeres Gespräch mit einem alten Freund meines Vaters. Er ist ebenfalls Anwalt und hat Einblick in vieles und beste Kontakte.«

Kurze Zeit später kannte auch Doris die Hintergründe der Intrige, deren Opfer Achim geworden war.

»Ich muss zu ihm stehen, denn wir hatten uns für einen Neuanfang entschieden. Ich denke auch an mein Kind. Vielleicht bekommt es doch eine Chance, mit Mutter und Vater aufzuwachsen.«

»Ich wünsche es ihm«, sagte Doris und nahm ihre Freundin beim Abschied in die Arme.

Nun saß Susanne im Café und dachte an die hübschen Sachen, die sie für ihr Kind ausgesucht hatte. Nicht dass sie Achim von diesen Anschaffungen ausschließen wollte, aber der Wunsch, jetzt, heute die ersten Kleidungsstücke für das Kind zu kaufen, war mehr als nur eine Idee. Es war ihre endgültige Entscheidung, den Neuanfang anzunehmen. Sie würde nicht mehr stundenweise in den Laden gehen, würde nicht mehr für Stammkunden auf Wunsch zur Verfügung stehen und Sonderwünsche erfüllen. Sie würde einen Geschäftsführer einstellen, der die komplette Verantwortung übernahm. Sie würde sich um ihre kleine Familie kümmern und gleichzeitig das Geschäft aus den Schlagzeilen nehmen. Was später einmal würde, wenn das Kind da war, sie nicht mehr ständig brauchen würde, darüber wollte sie jetzt noch nicht nachdenken. Bis dahin war noch viel Zeit.

»Susanne, ich freue mich, dich zu sehen. Ich bin gleich bei dir«, sagte Rolf im Vorbeigehen, und es verging noch einige Zeit, bis er seine Ankündigung wahr machen konnte.

Aber schließlich war der große Andrang bewältigt, und er setzte sich zu ihr. Rasch kamen sie auf Achim zu sprechen, und Susanne konnte Achims Freund alle Neuigkeiten berichten.

»Ich freue mich für Achim, freue mich für euch«, sagte er schließlich und fügte dann hinzu, »und auch für mich.«

»Ich weiß«, sagte Susanne.

»Nein, weißt du nicht«, korrigierte sie Rolf und erzählte ihr von Achims letztem Besuch nach seiner Flucht. »Aber jetzt verstehe ich wenigstens den Anruf meiner Bank. Ich habe Achim neben dem Bargeld auch meine Karte gegeben. Die müssen die Schläger bei ihm gefunden haben, denn mein Konto ist bis zum Anschlag geplündert und immer noch gehen Ausgaben von Geschäften ein, die die Karte und den Kontostand nicht automatisch mit der Bank abgleichen.«

»Um Himmels willen, und wie hoch ist der Schaden?«

»Das meiste wird eine Versicherung zahlen, denke ich mal. Aber wie das bei verliehenen und dann gestohlenen Karten ausschaut, weiß ich nicht.«

»Ich möchte dir den Schaden ersetzen«, entschied Susanne.

»Achim ist auch mein Freund.«

»Du hast genug für ihn getan. Bitte«, fügte Susanne hinzu.

Rolf zögerte kurz, nickte ihr aber dann zustimmend zu. Susanne wollte Achim helfen, wollte ihm zeigen, dass sie zu ihm stand, und das war gut so.

Sie unterhielten sich noch eine Weile, tranken noch etwas, bis Susanne auf die Uhr schaute.

»Tut mir leid, ich muss los.«

Rolf schaute sie fragend an.

»Mein Mann erwartet mich«, sagte sie einfach.

»Ich glaube eher nicht, dass er dich erwartet, aber er wird sich freuen. Du wirst ihm seinen sehnlichsten Wunsch erfüllen.«

Für Achim begann der Tag mit einer Fahrt zum Flughafen. Er wurde von zwei Beamten in Zivil begleitet, aber aufgrund der neuesten Erkenntnisse verzichtete man darauf, ihn wie einen Verhafteten zu behandeln, sondern gestattete ihm, wie ein Fluggast zwischen zwei anderen zu reisen. Er trug noch einige Blessuren von der Schlägerei und den Angriffen Sylvias, aber er war neben einem Verband und einem größeren Pflaster wieder so weit hergestellt, dass er weitestgehend selbstständig gehen konnte. Seine Schulter war geröntgt worden, aber der glatte Bruch des Schlüsselbeins sollte durch eine Fixierung und ohne Operation selbst ausheilen. Man würde ihn eine Zeitlang noch unter Beobachtung halten. Bleibende Schäden waren nicht festgestellt worden.

Vom Frankfurter Flughafen wurde er wieder in das ihm schon bekannte Kommissariat gebracht, wo ihn Winter und Kanzke zu einer weiteren Befragung erwarteten.

»Ich glaube, wir müssen uns bei Ihnen entschuldigen«, begann Winter, nachdem sich die drei Männer begrüßt hatten.

»Wie geht es Ihnen?«, fragte Kanzke, nachdem er Achim angeschaut hatte.

»Glück gehabt, in jeder Beziehung.«

Achim beschrieb kurz, was die Ärzte festgestellt hatten, dann kamen die Beamten auf ihre Ermittlungen zurück.

»Sie haben es uns wirklich nicht leicht gemacht mit Ihrer Geschichte.«

Erleichtert hörte Achim den beiden zu.

»Sie haben tatsächlich Glück gehabt. Die Kollegen haben belastendes Material in der Wohnung von Sylvia Amberg gefunden, das Ihre Version der Geschichte bestätigt.«

»Heißt das ...?«

»Ich gebe zu, dass wir wenig von Ihrer Geschichte geglaubt haben. Was meinen Sie, was hier manchmal erfunden wird, um den Kopf aus der Schlinge der Justiz zu ziehen. Aber die Kalenderseiten mit den ersten Hinweisen auf ein Komplott gegen Sie, die Sie bei sich hatten, haben zu einer Wohnungsdurchsuchung bei Sylvia Amberg geführt, und die Hamburger Kollegen sind fündig geworden.«

»Ihre Freundin hat alles genau recherchiert. Und sie hat alles ganz genau aufgeschrieben, jeden Anruf bei Ihnen, jedes Fax, ordentlich wie eine Sekretärin. Sie hat geahnt, dass Sie sich von ihr trennen wollten. Sie hat sich wahrscheinlich mehr von Ihrer Liebschaft mit Ihnen versprochen.«

Winter holte ein Blatt aus der Mappe auf dem Tisch.

»Das ist das Fax des Zeitungsartikels. Sie haben ihn tatsächlich am Tag nach dem angeblichen Verbrechen im Parkhaus - zugeschickt bekommen. Sehen Sie hier die Daten«, erklärte Winter und wies auf das Fax. »Der Artikel ist gebastelt worden, damit Sie denken, Sie hätten eine Straftat beobachtet. Sehen Sie das Kennzeichen? Der Halter des Wagens ist Gerd Brauner. Auch der Schuss in der Tiefgarage war Teil des Plans.«

Achim schüttelte fassungslos den Kopf. Alles fügte sich zusammen, wie er es sich zusammengereimt hatte. Es war genau so gewesen.

»Und weiß man, warum sie es getan hat? Ging es denen um das Geld oder ...«

»Das ist nicht unser Ressort. Uns interessiert nur Ihr Fall, und da scheint die Beweisaufnahme abgeschlossen. Sie werden sich wegen des Autounfalls und der Fahrerflucht verantworten müssen.«

In dem Moment sah man durch die Glastür Hansen den Gang entlangkommen. Winter ging zur Tür.

»Kommen Sie herein, Herr Dr. Hansen.«

Hansen betrat den Raum, nickte den beiden Beamten zu und ging auf Achim zu.

»Sie machen ja vielleicht Sachen«, sagte Hansen locker.

»Ich hätte es auch lieber anders gehabt, aber es ging nicht anders«, erwiderte Achim.

»Gott sei Dank ist alles gut gegangen, denn das hätte auch ins Auge gehen können.«

Achim nickte stumm.

»Entschuldigen Sie bitte, dass ich zu spät bin, aber ich hatte noch einen wichtigeren Termin.«

»Das macht doch nichts.«

»Sie dürfen dann nach Hause«, begann Winter und schaute Achim an. »Sie müssen sich zu unserer Verfügung halten. Das Verfahren gegen Sie wird in den nächsten Wochen verhandelt. Die Staatsanwaltschaft und das Gericht sehen von weiterer Untersuchungshaft ab.«

Mit wenigen Worten verabschiedeten sich die vier voneinander, und Hansen und Achim verließen das Büro.

»Ich weiß gar nicht, wie ich Ihnen danken soll.«

»Das ist mein Beruf«, sagte Hansen. »Ich wollte einfach die Wahrheit wissen, und die kennen wir jetzt.«

»Ich meine doch das Fenster im Gerichtsgebäude.«

Hansen blieb stehen und schaute Achim an.

»Kommen Sie jetzt nicht wieder mit einer neuen Geschichte, die Ihnen dann wieder keiner glauben wird.«

»Trotzdem danke. Und wie geht es jetzt weiter?«

Sie setzten ihren Weg fort.

»Das Verfahren wird nicht allzu lange dauern, wahrscheinlich läuft alles auf eine Bewährungsstrafe hinaus, wenn man die psychischen Umstände berücksichtigt. Man hat Sie doch regelrecht unter Psychoterror gesetzt. Dann müssen Sie sich ein, zwei Jahre gut führen. Juristisch gesehen war es das dann.«

»Ich hoffe, Sie werden mich vor Gericht vertreten.«

Sie hatten inzwischen das Gebäude verlassen und standen auf den Stufen vor der großen Doppeltür.

»Ehrensache. Herr Kröger, ich habe jetzt noch einen Termin, wenn Sie mich bitte entschuldigen.«

»Auf Wiedersehen, und vielen Dank.«

»Wissen Sie, was Sie jetzt machen werden?«

»Nein, ehrlich gesagt. Ich glaube, ich werde einen Freund besuchen.«

»Das sollten Sie nicht machen«, sagte Hansen und deutete auf einen Wagen, der auf der Straßenseite gegenüber geparkt hatte. »Ich sagte Ihnen doch, dass ich noch einen wichtigeren Termin hatte. Sie werden erwartet.«

Die beiden Männer gaben sich wortlos die Hand, und Achim ging zu dem Wagen hinüber während er über die Straße ging, stieg eine aparte Frau aus und sah ihm entgegen. Wenige Schritte später standen Achim und seine Frau voreinander, sahen sich an und nahmen sich in die Arme, wie zwei Menschen, die sich wiederzusehen nicht mehr zu hoffen gewagt hatten.

»Wer dieses Buch überlebt, hat ein starkes Herz.«

LOS ANGELES TIMES

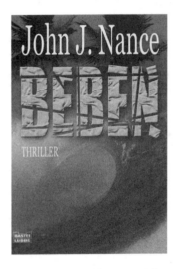

John J. Nance
BEBEN
Thriller
480 Seiten
ISBN 978-3-404-15988-8

Die Insel Cascadia ist ein heimtückisches Idyll. Der Architekt Mick Walter hat in der unberührten Natur ein Luxusressort für Superreiche gebaut. Die Eröffnungsfeier ist ein Mega-Event. Hunderte Prominente reisen an. Doch niemand weiß von der Bedrohung, die tief unter der Erde lauert. Niemand ahnt, wie hoch der Preis für das Eindringen in die Natur ist.

»Haarsträubende Achterbahnfahrt – atemberaubend!«
Publishers Weekly
»Bleiben Sie solange angeschnallt, bis Sie die letzte Seite gelesen haben« *People*

Bastei Lübbe Taschenbuch

»Kein Buch für schwache Nerven – und dabei bin ich wahrlich kein ängstlicher Zeitgenosse!« STEPHEN KING

Bentley Little
BÖSE
Horror
416 Seiten
ISBN 978-3-404-15986-4

In der kleinen Stadt Willis ist noch nie etwas Schreckliches geschehen. Das Grauen beginnt an dem Tag, als ein Fremder in die Stadt kommt. Plötzlich erhalten die Einwohner Briefe von Menschen, die seit Jahren tot sind, und Botschaften, die ihnen Geheimnisse ihrer Nachbarn verraten. Argwohn und Missgunst verbreiten sich wie ein Virus, und bald begeht ein Bewohner den ersten Mord. Das Böse ist nach Willis gekommen. Es wird nicht ruhen, bis der letzte Einwohner zur Hölle gefahren ist.
»Der Horror-Roman eines Genies« *Times*
»Ein besserer Horror-Autor als Bentley Little? Nicht auf diesem Planeten!« *Los Angeles Times*

Bastei Lübbe Taschenbuch